Permiso para vivir

Alfredo Bryce Echenique

Permiso para vivir

(Antimemorias)

EDITORIAL ANAGRAMA
BARCELONA

Portada:
Julio Vivas
Ilustración: «Alfredo Bryce Echenique», Herman Braun-Vega, 1983

Primera edición: marzo 1993
Segunda edición: abril 1993
Tercera edición: abril 1993
Cuarta edición: mayo 1993
Quinta edición: septiembre 1993
Sexta edición: febrero 1994

ISBN: 84-339-0950-9
Depósito Legal: B. 5244-1994

Printed in Spain

Libergraf, S.L., Constitució, 19, 08014 Barcelona

ACERCA DE LAS DEDICATORIAS

Dijo el sabio Borges, que más sabía por viejo y sabía más todavía por diablo: «Como todos los actos del universo, la dedicatoria de un libro es un acto mágico. También cabría definirla como el modo más gracioso y más sensible de pronunciar un nombre.»

Dicho lo cual, pronuncio muy graciosa y sensiblemente tu nombre, Pilar de Vega.

SECCIÓN EPÍGRAFES DE KONSTANTINO KAVAFIS

La delicia y el perfume de mi vida es la memoria de esas horas
en que encontré y retuve el placer tal como lo deseaba.
Delicias y perfumes de mi vida, para mí que odié
los goces y los amores rutinarios.

Nada me retuvo. Me liberé y me fui.
Hacia placeres que estaban
tanto en la realidad como en mi ser,
a través de la noche iluminada.
Y bebí un vino fuerte, como
sólo los audaces beben el placer.[1]

1. **Nota del autor**: digamos que *andante ma non troppo* y que, muy probablemente, el gran poeta que fue Kavafis debe exagerar en su afán de embellecer.
Pero, como tantas veces he oído decir, no es lo mismo un desnudo griego que
un calato peruano, que también quiere decir «misio», que también quiere decir
«sin un cobre». Eclecticemos, pues, muy peruanamente a Kavafis, quitémosle un
poco de audacia y agreguémosle un poco de limeñísimo pisco sauer. O ron de
quemar. Lo habremos así rutinizado un poco, un poco como Gide rutinizó a
Malraux, el amante de la grandeza, de un gran designio humano, casi divino,
casi divinas palabras:
GIDE: Veo que en su obra no hay imbéciles, Malraux.
MALRAUX: No escribo para aburrirme. Para idiotas, me basta y sobra con el
mundo.
GIDE: Se nota que es usted aún muy joven, Malraux.
Montaigne, en cambio, parece que tenía toda la razón: «*Chaque homme porte
la forme entière de l'humaine condition.*» Y, por si acaso, vuelvo a citar a Michel
Eyquem López, señor de Montaigne, güelfo entre los gibelinos y gibelino entre
los güelfos, en su delicioso francés del siglo XVI: «*Si le monde se plaint de quoi je
parle, trop de moy, je me plains de quoy il ne pense seulement des à soi.*»

I. Por orden de azar

NOTA DEL AUTOR QUE RESBALA
EN CAPÍTULO PRIMERO

Empecé, sin querer queriéndolo casi, a escribir estas «antimemorias» en Barcelona, en 1986. Hacía poco más de un año que
me había instalado en España, dispuesto a empezar una nueva
vida, una vida realmente nueva y distinta. Para empezar, había
abandonado mi *modus vivendi* habitual, o sea la enseñanza universitaria. Debía vivir, a partir de entonces, exclusivamente de la
misma máquina de escribir con la que ahora redacto estas páginas
y con la que desde entonces he redactado varios libros, muchísimos artículos periodísticos y las conferencias que, por temporadas, salgo a dar por otras ciudades de España o por otros países. Y
había planificado mi vida de la siguiente manera, *ad infinitum*:
siete u ocho meses de trabajo intenso en España y cuatro o cinco
meses de vacaciones intensas en el Perú.

Casi la mitad de mi vida había transcurrido en Europa, por
entonces, y esto, por supuesto, produce adicción. De ahí que lo
que empezó siendo casi un exilio forzado por la oposición de mi
padre a que fuera escritor se hubiese ido transformando en
agradable condición de exiliado, con «esta *i*, de rigurosa estirpe
académica (que) añade al exilio una condición de aristocracia o
de rigor», según ese excelente escritor y amigo cubano que es
Severo Sarduy. En fin, algo tan distinto al exilado, al emigrado,
al refugiado, al apátrida... ¿Apátrida yo? Jamás de los jamases. Todo estaba perfectamente bien planificado por primera vez en
mi vida: cuatro o cinco meses de intensas vacaciones bien gana-
das y merecidas en el Perú de mis amores y dolores. Cuatro o
cinco meses para, literalmente, comerme y beberme todas mis

13

nostalgias, todas mis ausencias, a mis familiares y a mis amigos. Pero Dios sabe hasta qué punto, cuando escribo una novela o un cuento, incluso un artículo periodístico o alguna conferencia, el plan inmediatamente se me congela, congela el libro y, lo que es peor, me congela a mí. Vivir de verano en verano, trabajando en España y viviendo sin vivir ahí, en el Perú, también fue un plan que se me congeló muy pronto y, aunque al Perú voy más que nunca, pero muchas veces en invierno y por mucho menos tiempo y bebida de lo inicialmente planeado en mi nueva vida, entre otras cosas porque sí hay males que duran más de cien años pero me consta que no hay cuerpo que los resista más de cincuenta, también he ido descubriendo poco a poco, como mi amigo Sarduy, que finalmente he pasado de la académica y elegantosa condición de exiliado con *i*, a la mucho más humilde y, a lo mejor sabia, condición de *quedado*. Creo francamente que Sarduy y yo nos parecemos un poco a aquel tan egotista personaje de Lorenzo Palla, en *La Cartuja de Parma*: se pasa la vida gritando que es un hombre libre, mientras le prueba a medio mundo con su vida y su muerte que es esclavo de una pasión. Como en la canción *Valentina, una pasión me domina y es la que me hizo venir...* a Madrid.

Claro que, como todos los peruanos, tengo algo de Vallejo *empozado en el alma*. Y basta con verme pasar por el Cementerio del Presbítero Maestro, en mi Lima natal. Lo tengo visto y aprendido desde niño: por eso ahora corro, me agito, me desespero, me como un cebiche con su cerveza bien helada y un poeta joven que me escuche: en esa repostería de la vida está, al lado de íntegra mi familia hasta donde le alcanzó a mi abuelo para comprar panteones y tumbas, mi lugar en la única democracia perfecta que hasta hoy nos ha sido dada. Felizmente que existe aquello de las cenizas ya y sale más barato y, sobre todo, mucho menos dramático. Tan poco dramático, en realidad, que muy pronto todos los muertos empezarán a no ser necesariamente buenos y honrados, dentro del catálogo de mentiras universales. Serán *che sarà, sarà* y nada más. Y se podrá mandar una urnita a Lima sin molestar a nadie y barato, además, conservándose otra urnita donde mi esposa, mi agente literario, mis hermanos o mi perro, decidan.

Me he detenido en este esfuerzo de desdramatización por lo dramáticos que solemos ser los peruanos. No quisiera que, como sucedió con la esposa peruana de aquel compatriota más adinerado que afincado en Cataluña, partan en dos mi patriótico cadáver, para enseguida enviar 89 centímetros (éste sería mi caso) al Presbítero Maestro y dejar los otros 89 en esta Europa que tanto me ha dado y en esta España que tanto amo. Porque es verdad lo que dijo el poeta: los peruanos hemos sido siempre totalmente incapaces de ser argentinos hasta la muerte pero también de lograr establecer diferencia alguna entre un clásico desnudo griego y un miserable calato peruano. Como dicen los mexicanos al explicar lo que es una cerveza de barril y una de botella, «es igual, nomás que diferente.»

Bueno, pero hay un par de preguntas que siguen pendientes: ¿Por qué empezar a escribir unas antimemorias (o sea lo único que pueden ser unas memorias hoy, según mi recién releído Malraux, que me ha convencido) en el momento en que se empieza una nueva vida, se compra y se usa una bicicleta de salón todos los días, se abstemia uno y tiene recién cuarenta y seis años? ¿Por qué publicarlas, o empezar a publicarlas –espero– cuando se está viviendo una segunda nueva vida en Madrid, se compra y se usa un remo de salón todos los días, se terminó de abstemiar uno y recién anda por los *fifty three*? Muy fácil de contestar: normalmente la gente escribe sus memorias estando ya tan vieja y con la muerte tan generalizada que apenas se acuerdan y le importan sus recuerdos. Como no sea para hablar mal de otros, por supuesto.

Escribir memorias cuando uno piensa que, a lo mejor, aunque Dios no lo quiera, aún puede llegar a querer a su peor enemigo o consultar sus dudas con la gente que evoca, recibir su ayuda para confirmar algunos hechos, etc., es algo que contiene tanta carga lógica y vital como la ley de la gravedad que, en este caso, llamaré ley de la seriedad. Pero, si es necesario ampliar aún más estas razones, diré que hay en la escritura de cada uno de estos capítulos (como en todo aquello que escribe un escritor) un temor oculto: mejor no podía andar mi madre física y psíquicamente, tan joven de cuerpo y espíritu que sólo aceptaba a la gente joven de edad y de espíritu (más un *lord* inglés un poquito más joven que ella por novio, ay adorable vieja indigna, como la llamaba

15

yo), cuando de pronto la sorprendió el siglo XIX como único tema de conversación, después el virreinato, que siempre le gustó tanto, y hoy, con una asombrosa cara de rosa y una salud física que está acabando con hijos, enfermeras, inmortales mayordomos, cocineras, empleadas domésticas y ex empleadas domésticas de familiares nuestros que recogió y acogió en lo que fue mi dormitorio de Lima, por ejemplo, no sólo vendió un fabuloso juego de té de plata que mi marxista primera esposa no aceptó pero yo sí y a escondidas y cuídamelo mucho si hay revolución, mamá, sino que además vendió el piano y muchos valores antepasados más que le dejó mi hermana mayor cuando su primera (y esperemos que última) deportación política, previo encomisariamiento de todos los miembros varones de la familia mientras ubicaban a mi cuñado el político, y la pobrecita de mi madre hoy ya ni reconoce a su hijo Marcel Proust, por más que en cada viaje yo recurra a la más fina y francesa esencia de violetas para que me sonría siquiera cuando le doy un beso que a mí me deja perdido en un tiempo irrecuperable y bañado en lágrimas y a ella la deja tan fresca como una rosa caprichosa, infantil, mandona y gritona. Pero nunca grita un recuerdo sino una molestia más.

Bueno, pero aunque todos conocemos a Malraux, ¿por qué antimemorias como Malraux? Pues precisamente por haber leído demasiado sobre memorias, autobiografías y diarios íntimos, antes de ponerle un subtítulo a esta sarta de capítulos totalmente desabrochados en su orden cronológico y realmente escritos «por orden de azar» y «a mi manera», como la primera y segunda parte de este volumen. La tendencia a mezclar estos tres géneros se generaliza, sobre todo cuando de memorias se trata. Yo sólo me propongo narrar hechos, personas, lugares que le dieron luz a mi vida, antes de apagarla después. Tal vez cuando sea como mi miedo a ser como mi madre, alguien tenga la bondad de entretenerme leyéndome todo lo que el tiempo se llevó. Tal vez logre reconocerme, sonreírme, cuando ya no logre ni retener quevedianas lágrimas o cacas que tampoco supe retener en la infancia, como *tuttilimundi*. Estaré muerto en vida o casi muerto.

Pero nunca se está tan mal que no se pueda estar peor: Malraux *dixit* que las memorias ya han muerto del todo, puesto que las confesiones del memorialista más audaz o las del chismo-

16

so más amarillo son pueriles si se las compara con los monstruos que exhibe la exploración psicoanalítica. Y esto no sólo da al traste con las memorias sino también con los diarios íntimos y las autobiografías. Las únicas autobiografías que existen son las que uno se inventa, además. Este *Permiso para vivir* no responde para nada a las cuestiones que normalmente plantean las memorias, llámense éstas «realización de un gran designio» o «autointrospección». Sólo quiero preguntarme por mi condición humana, y responder a ello con algunos perdurables hallazgos que, por contener aún una carga latente de vida, revelen una relación particular con el mundo.

De ahí también el título de *Permiso para vivir*. Y de allí que tanta gente me haya literalmente otorgado ese permiso cuando me he comunicado con ella porque mi memoria no lograba repetir la frase exacta o el año o el lugar o el rango. Deliciosa es, por ejemplo, esta anécdota: Analisa Ricciardi Pollini, cuya nariz bella y respingona tanto perturba el sufrimiento que experimento en el capítulo titulado «Después del amor primero», leyó esas páginas cuando las publiqué en la limeña y familiar revista *Oiga*, causa de más de una deportación, bronca, y pérdida de antiguo piano familiar. Unos treinta y cinco años más tarde, Analisa llamó *al mio fratello* Alberto Massa y se presentó emocionada por teléfono: lo que yo contaba era exacto y a ella le alegraba enormemente que esta especie de amadrileñado —en vez de amontillado— Inca Garcilaso de la Vega, pobrecito tan solo en Montilla, realmente lo había comentado todo realmente bien, en fin, que mis comentarios eran reales aunque iguales nomás que diferentes que los de mi ilustre antecesor cusqueño. Sólo un detalle, sólo una mínima imprecación en este nuevo *quedado peruano*: Analisa no es condesa sino marquesa. Alberto se lo contó a mi hermana mayor y ésta a mí. Y todo muy a tiempo para corregirlo a tiempo para la imprenta y para que mis comentarios sean más reales todavía.

Bueno, pero a qué santo tanto Garcilaso si por mis venas no corre ni sangre de nobleza incaica ni fue, gracias a Dios que no llegaron hasta esos extremos, ninguno de mis antepasados hidalgo conquistador. Garcilaso de la Vega Chimpu Ocllo y Alfredo Bryce Echenique. Escoceses y vascos que degeneraron en el fin de raza peruano que, según dicen, soy. Y según es peor, a veces me siento. Claro que hubo ilustres antepasados llegados para fundar la Casa Bryce, que después fue Bryce *and* Grace, después Grace *and* Bryce, hasta que nos quedamos sin casa, en lo que, según el pícaro don Ricardo Palma, al hablar de los nefastos fastos de mi familia en sus *Tradiciones peruanas*, la coincidencia con Echenique es abrumadoramente total: Echenique querría decir, según don Ricardo, «no tengo casa». No tengo Grace, no tengo Bryce. Limpiando un poquito la honra, mi abuelo Echenique decía en cambio que Echenique, en el vascuence que él no hablaba, quería decir «casa antigua». Presidentes hubo que tuvieron que excusarse ante sus descendientes con bellísimas *Memorias para la historia del Perú*. Y aquel virrey que dejó a su célebre sobrina carnal convertida en una paria peregrinante, al negarle su legítima herencia. A la misma Flora Tristán que fue abuela de Gauguin, el cual por habernos venido a visitar, *«oh, c'est pas le Pérou»*, a sus parientes de América, sufrió un trauma infantil que determinó su locura futura. Cosa que, la verdad, no me sorprende nada, y que afirman muchos de los biógrafos del primo Paul.

Como tampoco me sorprende que mi pobre antepasada Flora haya terminado de socialista precursora, amiga y admirada de y por Marx y Engels. Durante todo mayo del 68, Althusser, el autor de *Pour Marx*, casi me vuelve loco reclamándome documentos marxistas que mi familia habría podido conservar. Le expliqué que mi familia era demasiado conservadora como para conservar ni siquiera algún buen recuerdo de aquella noble paria cuya obra «No circulará en el Perú mientras quede un Echenique vivo», según el mismo abuelo que, muchos años más tarde, y sabiendo ya más por diablo y más todavía por viejo, me sorprendió con la fuente de la eterna juventud en su casona de la avenida Alfonso Ugarte. Tremenda contradicción la que me soltó el adorable flaco aquel que remaba a los ochenta años y solía quejarse de lo mal que estaba por haber intentado hacer el amor con una chica: «Pero Panchito Echenique, ¿no te acuerdas ya de que lo hicimos hace cinco minutos?» Y esas cosas prohibidísimas me las contaba a mí mientras leía *El capital*, de Karl Marx y la *Vida de Jesús*, de Renan, ya alejado de sus mermeladas oligárquicas hasta el punto de soltarme la tremenda contradicción aquella con todo su pasado: «Sí, vete a París. Pero no a radicarte sino a radicalizarte.» Y héme aquí quedado, ni tan radical ni tan radicado, sino en la eterna posición ecléctica que adoptamos siempre los peruanos.

Escéptico sin ambiciones (y por lo tanto sospechoso de pertenecer a la única especie inocente que queda sobre la tierra), mi vida ha estado siempre condicionada por mis afectos privados, jamás por tendencia mesiánica alguna. Prefiero, por ejemplo, comprar y ganar la lotería primitiva al privilegio de aquella lotería babilónica que son los premios y distinciones literarias. Veamos por qué: 1) da mucho más dinero y no hay que pronunciar discurso de agradecimiento, 2) produce mucha menos envidia, 3) no pone en funcionamiento vanidad alguna, 4) le permite a uno seguir siendo una joven promesa de la literatura y no lo obliga a declarar tanto sobre política nacional como internacional, 5) los premios que no se ganan a los veinticinco o treinta años y sirven para enamorar y escribir más, producen sensación de vejez, de no tener ya nada más que hacer en la vida que laurearse con frases para la «inmortalidad» y la televisión, mientras vamos pasando muy rápidamente de la categoría mosca a la de pesos demasiado pesados o, lo que es lo mismo, reverendos hijos de la chingada.

Monterrosiano de adopción libre, considero como aquel genial amigo guatemalteco que ser pobre no tiene nada de malo, siempre y cuando no se les tenga envidia a los ricos. Y dentro de esta misma línea agrego que, por supuesto, que claro, que hoy las ideologías y las teologías son letra muerta pero que sobreviven los ideales, exactamente de la misma manera en que los santos sobreviven a las iglesias y los héroes a los ejércitos. Todavía quiero al Che Guevara y todavía creo que quién no. Balzac lo dijo: «La esperanza es una memoria que desea», con lo cual le devolvió su perdida dignidad a esta suerte de abdicación de la fe de carbonero. Dubitativo, mi principal virtud teologal suele ser la abstinencia considerada como solitaria travesía del desierto. La caridad empieza por casa, aunque en mi caso también la haya reemplazado por el humor casero antes que nada. Voy de amigo en amigo como un náufrago va de boya en boya y sólo tengo la alta idea que me hago del humor como manifestación de la tolerancia para elevarme sobre los mares de la nada. No sé qué otro gran tema de nuestro tiempo me faltaría. ¿El erotismo? Pues creo que nada tiene que ver con el amor y que no es más que la revelación, bastante anónima por cierto, del sexo opuesto. Y Manuel, en *l'Espoir* de Malraux, «se convertiría en otro hombre, desconocido por sí mismo...»

En cuanto a este *Permiso para vivir*, citaré voces más autorizadas que la mía: Alain: «La paradoja humana consiste en que todo ha sido dicho y nada ha sido comprendido.» Y a Gaetan Picon, mi ex maestro, uno de mis críticos preferidos: «El pensamiento no es el guardián de un puñado de verdades que podría eternamente contemplar desde la distancia; pensar es un acto, pensar sólo existe en el infinitivo. Pensar es comprender lo que ya ha sido dicho: pero el esfuerzo de comprender no tiene nunca un final definitivo.» Otrosí dijo Gaetan Picon: «Resulta bastante excepcional que un artista logre hacer exactamente aquello que tiene la intención de hacer; y es bastante excepcional que se reconozca en lo que ha hecho.»

Queda el quedado pero sólo un ratito más. Mi querido Carlos Barral, en su afán de elevarme a la categoría arbitraria de «virrey», mientras yo tan arbitraria como afectuosamente le llamaba «vizconde de Calafell», solía decir que yo era un espécimen único de peruano, más un aislado que un quedado, y que sería difícil seguir el camino que yo estaba trazando. Que, a diferencia de otros escritores peruanos, por ejemplo, jamás produciría imitadores ni mucho menos seguidores. Con gran esfuerzo lograba aceptar que si a alguien me parecía, entre ilustres antecesores peruanos, era a Pablo de Olavide. Pero Olavide, nos cuenta su ilustre biógrafo, mi ex maestro don Estuardo Núñez, «era traductor y contertulio de Voltaire» (yo sólo tengo un mítico sillón Voltaire). Y que Olavide era «por antonomasia, el afrancesado hispanoamericano del XVII» (yo creo que soy más bien un desafrancesado peruano del siglo XX. Me afrancesó mi madre en el Perú y me latinoamericanizó Francia a partir de los veinticinco años de edad). «Dos veces perseguido por la Inquisición española, Olavide...» (conozco a fondo lo que es una buena perseguidora pero, líbreme Dios, hasta hoy no he sido perseguido nunca por nadie, ni siquiera por mis acreedores). «Famoso en el Madrid de Carlos III por sus inquietudes rumbosas de nuevo rico...» (Dios y mi familia saben hasta qué punto me volví más bien un nuevo pobre desde que puse el materialista pie izquierdo en Europa).

No me queda, pues, más que volver a Garcilaso de la Vega Inca Bryce Echenique y a partir de ahí correr y comprobar. No «tornóseme el reinar en vasallaje», como al «amontillado» (vivió tan solo en Montilla el pobre como yo en Montpellier, por ejemplo). Jamás he reinado y aunque algún «ilustre» antepasado virreinó (bastante bastardamente, por lo demás), sólo tengo de niño bien y de oligarca podrido en sentido literal y en sentido de dinero, cosas ambas que se me han atribuido, un ligero toque de todo aquello y nadie lo expresó mejor que mi ex colega, gran traductor y entrañable amigo francés Jean Marie Saint Lu: «Sólo una persona que ha sido alimentada privilegiadamente en su infancia y juventud puede resistir ocho años seguidos de restaurante universitario en París.» Le doy toda la razón. Mi primera esposa, que debió mejorar la raza final que era yo, y que era hija y nieta de inmigrantes burgaleses incumplidos en el comer, sufrió una terrible anemia al tercer año consecutivo de restaurante universitario, domingos incluidos y festivos ídem, la pobrecita por seguir a su inefable escritor inédito y malpagao.

Melancólico y nostálgico era el Inca y lo soy yo. Emotivo hasta dejarse arrastrar por la simpatía y la pasión de defender cosas queridas era el Inca y lo soy yo. Su eterno estudioso y biógrafo y mi eterno amigo y maestro Pepe Durand, dice del Inca y lo pudo decir de mí: «Aquel hombre insigne padeció la tragedia, propia de nuestros escritores, de tener gustos europeos y seguir siendo americano de sentimiento.» Aunque claro, yo matizaría confesional y egoístamente: No creo que la Comunidad Europea sea un éxito completo hasta que yo no pueda encontrar productos británicos *Yardley* de masculino tocador más que en una sola tienda del *dutty free* de Barajas. Yardley existió de padres a hijos en mi Lima familiar. Y además mi poeta preferido es el cholo Vallejo y sigo leyendo más prensa peruana que europea.

Que a Garcilaso de la Vega Chimpu Ocllo y a Bryce Echenique les serruchó el piso la historia hasta hacerlo desaparecer bajo sus pies, qué duda cabe. Al Inca se le acabaron el Imperio Incaico y la estirpe de los conquistadores como su padre. Y a mí se me acabó la Lima de Chabuca Granda y *La flor de la canela*, llamada también *Lima la horrible*, por otro ilustre limeño, Sebastián Salazar Bondy, y esto no es poca cosa. Salí de una Lima en que nunca pude aprender el quechua en ninguna parte y hoy vuelvo a una Lima que es la primera ciudad quechuahablante del país. Mis valsecitos, mis bolerachos, mis tangos y rancheras, ¿dónde están? Oligárquica y minoritariamente enguetados ya. Se canta, se baila, se toca la chicha y hay «chichódromos» por todas partes. Quedamos un 5 % de aquellos de pura cepa, ya. Lo cual no es poca ni poco dolorosa cosa en poco más de veinticinco años y no en una Montilla o Córdoba del siglo XVII sino en una España del siglo XX con vuelos directos a la Lima que se fue.

Andando un día por una calle ya sin piso, me preguntaron: «¿Con o sin dolor?» Casi pierde la paciencia el ladrón porque yo dale con no entender lo que me quería decir aquel agilísimo y nuevo limeño. Por fin, con las justas, le entregué mi sortija y logré conservar mi dedo anular. Por fin entendí. Pero, al cabo de unos minutos, resulta que no había entendido nada, de acuerdo al reproche de un amigo: «Imbécil, ¿no te das cuenta que ese tipo es un malnutrido, tuberculoso, colerizable, etc?» Aduje que yo no sabía pelear y me enteré de que hasta mi buena amiga Silvia de Piérola le había pegado a un nuevo limeño. Basta con perseguirlos un instante o con aguantarles los dos primeros golpes: después se derrumban solos por muerte de hambre habitual.

Y además detengo mi automóvil en un semáforo en rojo a las 4 am y me gritan: «¡Suizo!», lo cual en el Perú es más que menos la definición de huevo frito, pedazo de imbécil, cojudo a la vela, etc., etc.

Y las barriadas o pueblos jóvenes me aterran y me duelen de miseria y cuando las recorro científicamente con expertos sociólogos me desgarro entre la angustia y la basura. Y la última vez que fui al Perú, por algo de trabajo, me pusieron unos guardaespaldas que, francamente paranoico ya, no sabía si me estaban cuidando o vigilando. Y resulta que uno de ellos tenía una hermana universitaria sin plata para comprar mis libros y yo, paternal y por correo, quedé en enviárselos y le rogué que pasara a mi amontillada suite del Gran Hotel Bolívar y que me acompañara filial y conversadamente con un trago. Sólo logré que lo despidieran del trabajo por beber en horas de servicio. Y siempre que voy es así y cada vez más y por eso mis amigos limeños de siempre me quieren siempre tanto: «Llegó el quedado, y miren cómo anda todo tembleque de tanta jarana, de tanto no dormir.» Yo represento el pasado para esos entrañables seres que son el pasado. Un pasado que se abre paso serenamente a balazo limpio, si es necesario, entre los nuevos limeños. Yo represento esa Lima que olía a *Yardley* mejor que la Comunidad Europea y por donde hoy circulan suicidamente unos informales microbuses que vienen de barrios que no conozco y van hacia barrios que ya jamás conoceré. Y así es, mi querido Inca Garcilaso, el serrucho de la historia no huele a *Yardley* sino que huele como mierda. Pero esto es lo que se llama la peruanización del Perú y a ti te pescó en el siglo XVII y a mí en el XX.

Pero ya basta de histórica meditación y un poquito de leyenda, un poquito de jacarandosa poesía negra, para terminar. El gran Nicomedes Santa Cruz, marrón él, como todos los negros, trabajó hasta su muerte en una radio madrileña y siempre, en la Feria del Libro, me entrevistaba con su grabadora. Y siempre, con su bigotazo y su bemba, arrancaba la entrevista con el siguiente diálogo, tan limeño antiguo que a mí hasta me parecía la insinuación de un insulto racial, sin duda por eso de mala conciencia que contienen casi siempre las paranoias:

—¿Y cómo está su mamacita, querido Alfredo Bryce Echenique, sintonizando?

—Ahí va, Nico, ahí y ¡ay! va, Nico.

—No deje de saludármela, por favor.

El 25 de noviembre de 1987, en la residencia del entonces embajador peruano en Madrid, don Juan José Calle, Nicomedes Santa Cruz escribió mi biografía en una décima, que cariñosamente firmó, dedicó y me regaló. Por ello la puedo citar hoy, fallecido ya aquel gran bardo popular.

PARA ALFREDO

Limeño mazamorrero,
blanco con alma de zambo
cunda en Larco y en Malambo
espíritu aventurero.

23

Pintarte de cuerpo entero
hace q'tu ancestro explique:
De ingleses sin un penique
y vascos sin una pela
nació para la novela
Alfredo Bryce Echenique.

En fin, familia mía, chupemos y digamos que es menta.

Y así y aquí concluye esta nota de autor que dejé resbalar en capítulo primero para evitar el riesgo de que se convirtiera en un prólogo. O sea en esa cosa que se escribe después, se pone antes, y no se lee ni antes ni después, según la definición que tanto le gusta a mi buen amigo Gustavo Domínguez.

LA HISTORIA DE MI ROSA

A rose is a rose is a rose is a rose is a rose...

GERTRUDE STEIN

Todas mis ilusiones las tenía conmigo cuando llegué a Montpellier, hace ya más de seis años. Había hecho de tripas corazón, de mil reveses una gran victoria que nunca sabré muy bien en qué consistió, pero que la vida, allá en el sur de Francia, cerca del mar, se encargaría entonces de explicarme. Hasta ayer enfermo, bastante infeliz, allá en París, la provincia francesa me vio bajar sano y sonriente de aquel coche cama. Nevaba en la soleada ciudad rápidamente soñada, «para cambiar el rumbo de las cosas», timonel de mi vida.

Nevaba tan temprano aquel otoño de 1980. Por primera vez en casi un siglo nevaba en Montpellier a principios de octubre. Nevaba y en Montpellier rara vez se ve la nieve, me habían explicado. Pero yo insistí en contemplarme bajando de un coche cama sonriente, sonriente como yo, y por eso y mucho más a Montpellier llegué ligero de equipaje, pesado de ilusiones. Poco y malo había tenido en París, en los últimos años, y, en todo caso, lo bueno lo había perdido todo, casi todo porque quedaban los maravillosos recuerdos irrepetibles y jamás se me ha ocurrido abrazarme a rencor alguno. Esto último explica la ligereza de mi equipaje. La ciudad de Montpellier se encargaría de explicarme, soleada y soleadamente, el peso de mis ilusiones soñadas despierto, muy rápido.

Siempre he sido un iluso activo, o sea que puse las cosas en marcha con un ímpetu y agilidad que, con el paso del tiempo, resultaron excesivas. Alquilé, por ejemplo, enorme departamento de lujo y fue para nadie en un edificio llamado «Los jardines de la

25

reina» y en la calle del Huerto del Rey. Quedó soleada e inmediata constancia de ello en mis tarjetas de visita y en el sello de remitente que mandé hacer para los sobres de una alegre correspondencia. Pero el suelo, que era de mármol, pronto fue frío, de un color frío y anodino, pero terrible y como muy respetuoso de ciertas reglas para mí desconocidas, provincianamente burgués. Un suelo de mármol que le habría hecho más daño todavía a madame Bovary.

Me precipité en la compra de un automóvil diseñado por Pinín Farina. Era de colección, pero no cabía por las estrechas calles de la ciudad antigua mi impericia en hacerlo caber rápidamente, soñadamente, con eso que se llama destreza. Iba naciendo, en cambio, la triste pereza, y el pleito con un vecino en el parking, por cosas de milímetros cuadrados: un vecino de ideas cuadradas y que debía odiarse porque se apellidaba Negre y era racista. Y yo quería reírme llamándolo Negrete, en castellano, pero mis cassettes de Jorge Negrete, al igual que las de Boccherini o Haydn, Frank Sinatra o Manolo Caracol; mis cassettes, repito, como entonces me lo tuve que repetir con desconsuelo, simplemente no se escuchaban como yo soñé despierto y demasiado rápido, allá en París: me compro un descapotable, un millón de cassettes, grabo todos mis discos y ¡zas!, vagabundeo por el Languedoc y la Provenza escuchando música que, resultó, el viento se llevaba antes de que llegara a mis oídos en el precioso descapotable bajo el cielo azul, ente viñedos y maravillosos toros de la Camarga. Tenía que echarme yo mismo un capotazo, bajándole la capota al Pinín Farina, y entonces ya no era como en mi ilusión activa. Perdí todas mis cassettes cuando el automóvil se incendió contra un árbol.

Compré también muebles que, cuatro años más tarde, un iraní desterrado y pobre vendió porque yo no sé vender y para poder ir a medias y ayudarlo. Perdí un amigo cuando se quedó con todo y desapareció sin destierro alguno. Y así, al final, cuatro años más tarde, me deshice de todo, casi de todo. Me quedé con una tercera parte de mis libros, me habían robado el disco de Juan Rulfo (colección *Voz viva de México*), hoy agotado, leyendo como agotado dos de sus cuentos geniales: «Luvina» y «Diles que no me maten», o sea que me habían robado mucho de entre mis discos:

soy un escritor discófilo y no bibliófilo. Me quedé con el valor sentimental de algunas cosas y, entre estas, mi rosa.

Pertenecía a la ilusión activa de Montpellier, hoy pertenece a mi llegada a Montpellier, y la compré para decorar mi manera de esperar lo que, también hoy, daré en llamar «le elección de Sylvie». Ella tenía que escoger entre un pasado en que me amó casi niña, la que entonces era su actual desgracia (un fracaso matrimonial como el que precedió nuestro maravilloso encuentro en París —sólo que entonces era yo el fracasado matrimonial—), y el venirse con todo su equipaje y para siempre a esa ciudad en la que yo me había refugiado. Sylvie creía que se trataba de México y yo no se lo negué: tres amigos comunes conocían mi paradero y, de ser su elección favorable a mi rosa y a mí, esos amigos debían darle los pelos y señales de mi nueva vieja vida y dirección.

Sí, Sylvie tenía que elegir porque los dos ya estábamos hartos de unas llamadas a las cuatro de la madrugada con las que ella empezó y que yo imité pésimo (largo y sin gracia, agresivo y luego angustiado, al día siguiente, por lo de las copas y lo que debí decirle y ya ni me acuerdo, etc., etc., siempre etc. y etcétera), y porque yo ya estaba hasta la coronilla de esos fines de semana a cada rato, en los que aparecía ella por casa, con cuánta gracia llegaba de Italia, con cuánta alegría, pero para qué, en el fondo, si esa gracia es la suya hasta en la desgracia y esa alegría ya ni era contagiosa y por ahí alguien me había dicho: «Sylvie es lo mejor que te has inventado para quedarte soltero.»

La verdad, hasta hoy no lo sé, pero, en todo caso, quien por diablos y demonios me dijo aquello, en algo puso en marcha el «plan sur de Francia», mi soñar despierto, la activa ilusión de una ciudad con sol, *mens sana in corpore sano*, y todas esas cuartillas en blanco que llevaba dentro de mí. Iba a cumplir cuarenta años y dónde estaban todas esas novelas que noche a noche, insomne, escribía una mente desasosegada, mientras que, día tras día, todo lo postergaba un cuerpo cansado.

Supe entonces que quedaban años de literatura en mí y pasión por la literatura, pasión que ni siquiera había atisbado en mí, irresponsablemente, irrespetuoso conmigo mismo, casi indigno, convertido casi en el peor enemigo de mi promesa. Empezaba a atisbar, ¡por fin!, ¡por fin!

Mi rosa es testigo de todo lo mucho que escribí en Montpellier. Demasiado. Borrachera literaria que, a veces, empezaba a las dos de la tarde, al cabo de un magro almuerzo, y terminaba en arcadas de hambre hacia las dos de la madrugada. Reconocía entonces también que llevaba, por ejemplo, horas con ganas de mear. Y, después de hacerlo, torpemente apoyado por las paredes, llegaba a la cocina y abría la refrigeradora. Blanca. Mismísimo abismo pascaliano, lo blanco de la nada se me asomaba, se me iba a incrustar, y tenía que encender toda la casa, iluminar mi mundo oscuro, de interior helado, de piso de mármol. Y comiendo una manzana, una naranja, y un yogur, tomaba el whisky para la música del whisky, y dejaba el disco y el whisky puestos, mientras, con miedo al dormitorio, me dirigía a la cama de las lamparitas a cada lado. Mi lado: nada más que la lamparita. El otro: además, mi rosa.

En tres años y medio jamás llamé a Sylvie y nos vimos por primera vez en Italia, donde ella seguía residiendo. Yo salía del hospital y, aunque a mi regreso, tuve una breve (dos meses, ja ja) recaída, nos vimos ya sanos para siempre y nos volvimos a ver, con permiso de mi médico, en mayo de 1984, durante la feria de Nimes. Gozó con todo y gozó con el espectáculo que más extraño del sur de Francia. Y cómo gozamos abrazados como locos y muertos de risa y felicidad cuando hasta el picador dio insólita y fatigada vuelta al ruedo, acompañado por y acompañando a Nimeño II. Pobre picador en tierra. La gracia de Nimeño y sus luces bajo el sol del cielo azul de Provenza y, a su lado, la falta de gracia del pobre gordo engordado por toda esa indumentaria que lo hacía odiar tanta vuelta al ruedo, tamaña vuelta al ruedo, entre locos aplausos de fiesta, de bucólico espectáculo visual cuya perfección él rompía.

Y eso a Sylvie le gustó tanto que hasta hoy no he tenido nada mejor que enseñarle y así fue como ésa fue la última vez que nos vimos sin despedirnos para siempre en la cena de ostras y champán del Canal de Palavás que precedió al aeropuerto de Montpellier. Claro que antes se nos malogró un automóvil viejo y prestado para la ocasión por un colega mexicano.

Ya estaba todo decidido: dejaría el hospital, a mis excelentes colegas de facultad, y el mejor puesto que tuve en Francia. Nada más fácil: entre la bolsa y la vida, escogí la vida en el sur de ese sur, en España, para comer caliente y a mi hora y escribir más pausado y escuchar mis discos con amor, no con desolación. *Mens sana in corpore sano*, le diría adiós a la enseñanza y a mi tan querida juventud francesa —recuerdo mi cariño por una de mis últimas estudiantes, ya casi una bebe para mí, ya casi una niña para Sylvie, que jamás supo de su existencia: Marie Claude Devin—. A ese tipo de estudiante que se me acercaba por entonces después de la clase, como quien quiere conversar, le llamaba yo mis almas sensibles. Alguna de ellas conoció mi rosa, vino a hacerme unos masajes a ese *corpore* mío que andaba casi tan alicaído como la *mens* insomne, porque le fui suprimiendo la naranja, primero, luego el yogur, y hasta la manzana y la refrigeradora y la cocina, en mi afán de suprimir para siempre el abismo pascaliano de las dos de la mañana, la hora de mi rosa.

Lo he dicho ya: pertenece a mi llegada a Montpellier, como el mármol que se volvió frío, el descapotable por el que se me escapaba la música, como el iraní que huyó con mis muebles, como la voz viva de Juan Rulfo. La única diferencia: la rosa sobrevivió conmigo y aquí andamos juntos y ya sé que nadie me la quitará y que, pobrecita, me acompañó a esperar tiempos mejores en los peores tiempos y momentos.

De todo lo cual se puede deducir que mi rosa es falsa, además de roja. No lo fue cuando la vi poco tiempo antes de que me cambiaran la medida de los anteojos. Era la más bella de la florería y, como yo, andaba aislada en un rincón, por lo cual se creó un sentimiento de simpatía mutua, muy de a primera vista, y tan gratuito que pagué inmediatamente su precio y me la envolvieron y a mi casa fue a dar en el florerito que me regaló Valerie Game, mi tierna y querida amiga Valerie Game, apellido que, traducido del inglés, quiere decir juego. Y a la muy juguetona de mi rosa le cambiaba yo de agua, le cambié yo de agua tantas veces que, de pronto, se me volvió de lo que siempre fue: de terciopelo. Ese actuar mío de iluso activo, el impetuoso, el ágil, el miope. Entonces se volvió también compañera de casa de espera, de horas de trabajo, de tres libros, y hasta se volvió cursi cuando me la llevé al hospital conmigo, el último año de Montpellier, el de la larga enfermedad.

«Entre un margen de locura y otro de cursilería se mueve el tiempo», escribió Gómez de la Serna. Y: «Para vivir inviernos y enfermedades no hay nada como lo cursi. Salva.» Y: «No es conmovedor un traje de mujer si no tiene un lazo, y sólo la corbata salvará un traje gris de hombre.» Y: «Cuando no se ha hecho un poco cursi la casa de nueva planta... nos queda cierto arrepentimiento de la casa...» Y: «... lo más grato del porvenir es que tendrá sus formas nuevas de cursilería.» Y: «Lo cursi se atreve a consolar al fantoche humano y le consagra en cada tiempo.» Y: «¿Por qué un arte tan viejo como el chino es tan profundamente cursi?» Y: «... pero saltaré a Charlot, que es, si nos paramos a contemplarlo bien, el genio de lo cursi y se deshoja en postales cursis.» Y etc., etc., etcétera.

Mi rosa dura, pero sobre todo perdura cuando, burlándome de mi pasado, le echo su poquito de agua y no se inmuta. Es mi rosa y me la consagró en Oviedo mi gran amigo Ángel González, el 25 de diciembre de 1985, dedicándome un libro en el que están estos versos, tan suyos y míos, tan de mi rosa, quiero decir:

Pétalo a pétalo, memorizó la rosa.

Pensó tanto en la rosa,
la aspiró tantas veces en su ensueño,
que cuando vio una rosa
verdadera
le dijo
desdeñoso,
volviéndole la espalda:

—mentirosa.

TRES HISTORIAS DE LA AMISTAD

París, primavera de 1974. En el Jardín de Plantas, el sol no alegra la mañana de Sylvie. Tampoco alegra la mía mientras le cuento lo extrañas que pueden ser las cosas. Hasta hace un par de meses, ella se iba a casar en el otoño y yo era aquel tipo cabizbajo que debía asumir lo que ella ya había asumido. Pero ahora acabo de regresar del Canadá, en mi primer congreso de escritores, en la pequeña y helada ciudad de Windsor, y todo ha cambiado y la vida es tan increíble, Sylvie: «Me voy a casar antes que tú.» Nos abrazamos muy fuerte, como con mucho miedo, lo cual, entre nosotros, es ya una vieja costumbre. Mañana llega Eileen O'Malley.

Y ahora hace un par de semanas que Eileen y yo vivimos en un destartalado departamento de la rue Visconti, en el edificio en que murió Racine, frente a lo que fue una imprenta de Balzac. Dos años más tarde, en Menorca, buscando como siempre la facilidad al describir los espacios que habitan los personajes de mis libros (trato, más bien, que el alma de los personajes «segregue» su propio *habitat*), hago vivir al personaje central de *Tantas veces Pedro* en ese cuchitril. De los muchos departamentos en que había vivido desde que me separé de Maggie, mi esposa —departamentos con historia, sin historia, con amigos, sin amigos, prestados y lujosísimos, alquilados y paupérrimos—, éste era el más fácil de contar. Un plumazo bastó y sobró.

La rue Visconti queda en un sector del barrio latino que he frecuentado muy poco, o sea que siempre tiendo a llevar a Eileen, atravesando el Luxemburgo, hacia el sector del Panteón y la

31

placita de la Contrescarpe. Por ahí amé a Maggie, enloquecí con Sylvie, y por ahí me gusta amar a esta muchacha rubia y tosca que ha llegado de Michigan.

Un mes más tarde, insistimos en amarnos por ese sector, a pesar de que nuestro breve destino común y parisino acaba de jugarnos la peor de las pasadas. Tuve que devolver el departamento de la rue Visconti y el breve destino común nos ha llevado nada menos que al muy lujoso distrito 16, entre árboles que anuncian el Bois de Boulogne y la lujosa residencia en que aún vive Sylvie. Nuestro cuarto, arriba en el techo, es por supuesto un cuarto de servicio, y la ducha común se encuentra en el estrecho pasillo exterior. La única mañana que pasamos en un café del 16, Sylvie entró, compró cigarrillos, nos vimos todos, ahí nadie vio a nadie, y Eileen lloró. Le hablé de la necesidad de encontrar algo mejor que ese cuarto y en el barrio latino, pero entonces llegó el Gordo Massa y los acontecimientos se precipitaron.

Nuestra amistad, nacida en un internado británico, se había prolongado en la universidad y, sobre todo, en nuestras andanzas de esos años de Facultad de Letras, primero, y Derecho, después. Entre clase y clase, el Gordo y yo solíamos sentarnos en el Dominó, un café de las Galerías Boza, al cual acudían otros amigos de aquella época entrañable pero también muy dura para mí. Creo que con nadie en el mundo he conversado tanto como con Alberto Massa. Nuestras enamoradas, Delia y Maggie, habían intimado, y el trío de parejas quedó formado con Jaime Dibós Cumberledge, a quien reconozco como el primer amigo de mi vida en solitario, y con Peggy, la enamorada de Jaime.

Como en la película de Travolta, los sábados por la noche nos entraba la fiebre del Ed's Bar, luego la seguíamos donde fuera, y Jaime, Alberto y yo éramos lo que Peggy dio en llamar «tres tremendos galifardos».

Dije antes que aquella época fue entrañable y dura para mí. Mientras que el Gordo y Jaime ya se incorporaban al mundo de los negocios y las leyes, mi padre me forzaba a hacerlo, cancelando toda tentativa mía de huir a Europa para ser escritor, porque como Jaime muy bien decía, «el pobre Alf nació comercialmente cero». Por más gerentes y presidentes de bancos y por más hacendados que hubiese en la familia, yo *era*, recalcaba el Gordo,

32

muerto de risa, «*era* comercialmente cero». Huía entonces con ellos y con Peggy, Delia y Maggie (llegamos a casarnos las tres parejas), porque ellos me «perdonaban la vida» y cada locura que hacía y cada automóvil que estrellaba, como si quisiera derrumbar las murallas del Banco Internacional —el entonces banco familiar—, de aquel horrible estudio de abogados en que me tocó practicar, y de todos los negocios y valores con los que mi brillante porvenir me castigaba.

Hablo de todo aquello en un cuento titulado «Eisenhower y la Tiqui tiqui tin», aunque en realidad de todo aquello no queda casi nada en ese cuento. Queda una cosa, eso sí: lo duro y lo entrañable. Y queda la quintaesencia de aquellas conversaciones con el Gordo Massa, en el Dominó. Conversando con el Gordo, aprendí a escribir y también la lección de la risa transformada en coraje ante la adversidad. En ese café, Alberto y yo construimos un mundo poblado de Sartres y Tennessee Williams, a fuerza de observar a la gente que pasaba a nuestro lado. No nos basábamos en parecidos físicos, sino en una especie de «parapsicología telepática» que nos permitía, de la forma más intuitiva, cómica e irracional del mundo, ponernos de acuerdo, con una sola mirada, en un supuesto parecido psíquico entre un tipo muy nervioso, por ejemplo, un tipo que pasaba lleno de tics, y el teatro de Tennessee Williams.

Aquel cuento exalta y destruye, a la vez, aquellos años, aquellas conversaciones. Un flaco imaginario y vencido dialoga imaginariamente con un gordo burgués y triunfal. Es un diálogo lleno de amor y de dolor. Cuando publico aquel cuento, en 1974, Eileen y yo estamos viviendo nuestro corto destino común en París y la tensión, ya bastante grande y con asomos de punto final, llega a su grado más alto con la aparición del Gordo Massa, primero, y de Jaime Dibós Cumberledge, pocos días después.

Ambos anuncian su llegada desde Ginebra, donde se encuentran por asuntos de negocios. Siento sed de verlos y la nostalgia empieza a tenderme una trampa tras otra. El egocentrismo de Eileen me impide intentar siquiera explicarle quiénes son estos dos extraterrestres (para ella) que no tardan en llegar. Finalmente, lo dejo todo a la suerte, y llega el día en que aparece el Gordo. Corremos a instalarnos en nuestro nuevo Dominó, en nuestro viejo café: Aux Deux Magots. Eileen y el Gordo se odian cordialmente, pero el primer acusado termino siendo yo, mientras con Alberto vemos pasar imaginarios Sartres, tres Hemingways, un Saint Exupery, y así... Eileen le dice al Gordo que soy un esnob. Lo importante es que se lo dice finalmente, que finalmente se lo dice. Alberto, que posee la cultura general más vasta que he conocido en un abogado limeño, le da una lección de esnobismo y remata a la pobre muchacha explicándole, *muy* cordialmente, que un Bryce Echenique no puede ser un esnob porque, entre otras acepciones, esnob viene del latín *sine nobilitate*, que quiere decir...

Veo lágrimas en los ojos de esta feminista cuya militancia ha terminado en San Diego, poco antes de irse a Michigan para darse un salto por el congreso de escritores de Windsor, al otro lado de la frontera norteamericana, donde la conocí. El grupo feminista al que pertenecía se desinteresó de la guerra del Vietnam, por ser ésta cosa de hombres, y Eileen sufrió una terrible desilusión. Tal vez por eso vive ahora conmigo y tal vez por eso no está tan convencida de lo que está haciendo conmigo. En cuanto a mí, contemplo al Gordo Massa, gozo con él, veo nuevamente el mundo que fue mío, o sea el duro, y el que ya nunca volverá a ser mío, o sea el entrañable. Recuerdo el cuento sobre aquel gordo tan malo y veo cuánto de todo aquello no «cupo» en mi relato. Nuestro deporte favorito, por ejemplo. Consistía en ver pasar por nuestro café a personajes famosos (futbolistas, políticos, gente de la televisión, etc.), e incorporarnos, abrazarlos, preguntarles por su esposa, por su hijito, por cualquier detalle de su vida que conociéramos, para luego gozar con la forma en que titubeaban, tartamudeaban, perdían los papeles, porque no nos conocían ni en pelea de perros, pero...

Vuelvo a pensar en mi cuento y en lo duro que he sido con el personaje llamado el Gordo, con su mundo, con sus valores, y todo a través de ese diálogo-monólogo lleno de amor y desgarramiento. Me atrevo por fin a preguntarle si le ha gustado el libro en que se halla ese cuento. A Alberto el libro le ha encantado y repite con orgullo lo que también yo siempre he repetido con orgullo: que él ha sido la mayor influencia que ha existido sobre mi obra. O como le encanta decir a él: «A Alfredo, como escritor, fui yo quien lo parió.» Nos trasladamos a almorzar en La Coupole. Sin darnos cuenta, los tres días que ha durado la visita del Gordo los hemos pasado inventando Sartres en nuestro café de toda la vida. Y de pronto, en La Coupole, ¡no puede ser!, ¡pero si es ella!, ¡almorzando y leyendo el periódico!, ¡sin Sartre pero de carne y hueso! ¡Simone de Beauvoir! Y a gritos la interrumpimos, la saludamos, le preguntamos por Jean Paul, le damos vueltas alrededor... La pobre mujer titubea, tartamudea, casi pierde los papeles antes de echarse a reír con nosotros.

Mientras tanto, Eileen definitivamente no sabe pasarla bien. Es la ET del Gordo y el Gordo es el ET de Eileen. Y cuando el Gordo se va de París, las cosas se han deteriorado bastante entre esa muchacha y yo, y siento deseos de estar con Sylvie aunque se vaya a casar en noviembre. Pasan diez días y recibo la carta más bella de cuantas me ha escrito el Gordo. Como siempre, se dirige a mí con mi apodo de estudiante sanmarquino (nadie más me llama hoy así):

Querido Briceño,
A pesar de esa gringa, que espero ya hayas perdido, para bien tuyo y de ella, ha sido realmente cojonudo verte en París.
¿Sabes?, tras haber leído «Eisenhower y la Tiqui tiqui tin», intuí un ligero divorcio en nuestra amistad. Perdóname por no haber comprendido antes lo que es la literatura.
En todo caso, me alegro sumamente de haberme inventado todo un viaje de negocios, sólo para comprobar que seguimos siendo tan amigos como siempre. El gasto ha quedado plenamente justificado.
Delia me vuelve loco todo el día preguntándome por ti. Trata de comer caliente y a tu hora. Te abraza,

Alberto

En efecto, ya Eileen había regresado a los Estados Unidos cuado recibí esta carta. Se despidió llorando, como yo, y hasta volvimos a escribirnos, pero el segundo ET peruano fue mucho en tan pocos días para esa pobre muchacha, sobre la que me extenderé algún día con cariño y, si puedo, con gracia. Jaime Dibós Cumberledge aterrizó en París, previo aviso. Dijo simplemente que venía a verme y, como el egocentrismo de Eileen y su neurótico duelo a muerte con cada muchacha francesa me impidieron decir algo, algo siquiera sobre Jaime, me limité a decirle cuánto nos queríamos Jaime y yo, que era el amigo más introvertido que tenía y que, por teléfono, sólo dijo: «Voy a verte, Alf», y colgó.

La visita duró dos días y dos noches que Eileen, Jaime y yo pasamos sentados en un café de la Contescarpe. Ahí bebimos, comimos, fuimos al baño, y hasta dormitamos. Y ahí le hablé en inglés a Jaime, para que Eileen se sintiera menos incómoda y porque, muy a menudo, con unas copas de vino, Jaime y yo hablamos en inglés (pregúntenle a Sigmund Freud por qué). Le conté cosas de París, le imité a Burt Lancaster en *Veracruz*, a Jack Palance en *Shane*, y otras trampas más de la nostalgia. Jaime se fue agotado y tuve que quedarme, agotado todo ya, con Eileen. Recuerdo el punto final, el diálogo atroz, breve como los besos llenos de cariño que ella me daba por culpa de dos ETÉS, breve como los besos que yo le daba porque seguíamos viviendo cerca a la lujosa residencia en que aún vivía Sylvie:

–¡Es que simplemente no puedo entender cómo un hombre, que se dice tu mejor amigo, ha podido pasarse dos días enteros en París sin dirigirte la palabra!

Escogí el agotamiento:

–Mira, Eileen –le dije, y aún recuerdo cuánto la acaricié–: Jaime llamó para decir que venía a *verme*. Él *nunca* dijo que venía a hablarme.

Pensé que el Gordo se iba a matar de risa cuando le contara lo que me había sucedido por culpa de Jaime, de la misma manera en que a Jaime ya le había contado lo que me estaba sucediendo por culpa del Gordo.

Después llegó la alta noche y en la oscuridad total del cuarto de servicio encendí otro cigarrillo para hablar de dinero y billetes de regreso a los Estados Unidos.

Así de caro le cuestan a uno sus mejores amigos y así de caro les puede costar también uno a sus más queridos amigos. Pero en la tercera historia las palmas se las lleva todas una joven princesa belga.

Bruselas, diciembre de 1985. Hago un viaje relámpago desde París, para presentar la edición francesa de *El hombre que hablaba de Octavia de Cádiz*. Como siempre, mis editores tienen la gentileza de darme una noche libre para visitar a mi amigo, el príncipe Leopoldo de Croÿ Solre. Me recibe con su novia suiza y sus dos hijas, Jacqueline y Éléonore. Faltan Emanuel, que estudia ahora en España, y Henry, que se encuentra momentáneamente en Nueva York. Mientras observo el viejo, entrañable y alicaído comedor, Leopoldo, que he convertido en personaje de novela, se divierte contándome que ha tenido que impedir una llegada en masa de la familia Croÿ Solre (querían conocer al autor del libro en que él muere al final). Leopoldo ha preferido, como siempre, en estas breves visitas mías, la intimidad. En el salón, millones de recuerdos. Invito a Leopoldo a la presentación del libro, sabiendo que no vendrá. Hace tiempo que el príncipe huye del mundanal ruido. Vendrán, en cambio, sus dos hijas. Me despido y, ya en la calle, contemplo una vez más la fachada de la vieja casona convertida en monumento nacional.

Hace dos años que Éléonore vive con el muchacho que ama y con él aparece en la librería en que se presenta mi libro. Jacqueline ya estaba esperando cuando llegué. Un acto breve y simpático. Sigue una cena e invito a las dos jóvenes princesas. Les digo, además, que deseo que se sienten a mi lado. Jacqueline, a la derecha, por ser la mayor. Nerviosamente, Éléonore me dice que le será imposible venir. No hago comentario alguno. Me basta la expresión del muchacho que ella ama. Ni desea venir ni desea que ella venga. Finalmente, como quien no quiere arruinar la fiesta, Éléonore me dice que se acercarán a la hora del café, y opta por la más discreta retirada.

Cuando llegamos al restaurant, Éléonore espera en la puerta. Me sorprendo, no entiendo nada. Tampoco pregunto. Trato de adivinar, más bien. Estas muchachàs de belleza increíble, que conocí de niñas (Éléonore tenía cinco años cuando la veía corretear por su propiedad de Solre, del lado francés de la frontera), saben cuánto quise a su madre, trágicamente fallecida, cuánto quiero a su padre. Saben de esa vieja amistad. De días de fiesta, de amor y de risas y lágrimas. Saben. Claro, por eso ha venido Éléonore. Le explicó todo al muchacho que ama, ya arregló con él: volverán a reunirse no bien acabe la cena y eso no será muy tarde porque al día siguiente, a primera hora, debo regresar a

París. Éléonore se sienta a mi izquierda. La contemplo un rato y me siento absolutamente cretinizado por su belleza. Volteo a conversar con Jacqueline. Viene el buen vino y se entablan muchas conversaciones al mismo tiempo. Y ahora que todo ha acabado, descanso en mi hotel y no me lo puedo creer. Tampoco lo hubiese adivinado jamás. Fue una breve discusión entre ambas hermanas, en la puerta del restaurante, la que me permitió enterarme de que Éléonore no pensaba volver a casa de su padre, porque eso ya era el pasado. Ni tampoco a casa del muchacho que ama, porque eso también ya era el pasado. Por esta noche dormiría en casa de su tía Florence y después ya vería. Entonces me besó mucho y me dijo que no me preocupara, que yo era el amigo de su padre, después de todo, y que recordara el día en que ella fue tan feliz porque su papá me honró al pedirme ese favor tan pesado...

—¿Cuál? No lo recuerdo...

—Te pidió, por favor, que me llevaras al colegio. ¿No te acuerdas de la cara de pánico que pusieron las monjas? Casi se mueren al verme llegar con un bigotudo. ¡Y yo tan feliz porque odiaba ese colegio!

—Éléonore...

—Basta, Alfredo. Esta noche te he pagado ese gran favor...

—Éléonore...

—Y papá, ¿sabes...?

Ya nos habíamos mudado a la casa grande pero aún estudiaba yo en el Santa María. O sea que debía tener doce o trece años, máximo. Era un mundo en inglés, inglés con acento norteamericano, por ser el Santa María un colegio de religiosos estadounidenses, aunque no en perfecta consonancia con la sensibilidad de mis padres. Había algo tejano en aquel colegio: el padre Mitchel, el de la primera comunión y los primeros pecados, por ejemplo. Un día visitó el Inmaculado Corazón, el de las monjitas lindas que lloraban porque su madre estaba en Virginia o me daban clases de piano, mientras yo descubría tembleque que aquel delicioso olor provenía, sin duda alguna, del preludio de Chopin que *sister* Mary Agnes estaba tocando para que yo la imitara perfecto. Pero también el Inmaculado Corazón de la Zanahoria, la de los castigos, la granulienta y colorada Zanahoria que siempre se ponía furiosa en *Un mundo para Julius*.

El Inmaculado Corazón, norteamericano como el Santa María, pero con un acento mucho más dulce, era como el paraíso terrenal con incrustaciones de maldad infantil. Más la Zanahoria, también, claro. Y ahí llego el *father* Mitchel a estrenar nuestros pecados en la primera confesión, con el acento aquel que mis padres nunca le perdonaron. Mi madre, porque ya sólo perdonaba a Proust, por decirlo de una manera que daré en llamar francesa, y mi padre, por el estilo virginiano y rojo de la casa grande y sus columnas blancas.

Les dio simplemente porque *father* Mitchel era tejano y yo tuve que aprender que nosotros, en cambio, Bryce Echeniques o

Echeniques Bryce, andábamos como perdidos en Indias, eso sí, con gran refinamiento. Para mi madre, sin embargo, los apellidos italianos, por muchísimo más dinero que nosotros que tuviesen, no andaban perdidos en Indias y, tarde o temprano, hallarían el lugar que siempre les correspondió, en Buenos Aires. O sea que no veía con muy buenos ojos que yo me hubiera hecho tan amigo de Raúl Risso Matellini.

Digamos que, aunque nunca los vuelva a ver, jamás olvido a los que fueron mis grandes amigos de infancia o adolescencia. No siempre sucede lo mismo en el caso de aquellos niños que después fueron muchachos, y hasta grandes muchachos, pero como dijo el poeta: «Carácter es destino.» La suerte ha querido, sin embargo, que a Raúl lo encuentre algunas veces, durante mis visitas al Perú. La sonrisa china de siempre, la misma bondad y sencillez, la simpática esposa norteamericana que ya van por lo menos tres veces que me presenta, y el brazo roto, siempre roto, o son ideas que uno se hace. Raúl siempre me felicita por «mis éxitos en Europa», y yo siempre le devuelvo apresurada felicitación por la vez aquella en que fue campeón sudamericano de natación.

La infancia que se acababa y Raúl que perdió a su padre. La bondad de mi madre, entonces, se abrió de par en par, y un día ya del Santa María nos informó de que esa mañana se había cruzado con la señora Matellini de Risso, distinguidísima dama de negro, muy triste y bien sentada en una inmensa y lujosísima limousine negra con chofer uniformado. Después me miró con ternura y pude leerle en los ojos el pensamiento y el arrepentimiento: «Me equivoqué, Alfredo; los Risso Matellini, empezando por la señora Matellini de Risso, sí se perdieron en Indias.» Me pidió, además, que invitara a Raúl.

Lo invité un sábado por la tarde y, de pronto, me entró el alboroto aquel que, creía, era ya cosa de mi niñez, de cuando me acostaba vestido de futbolista porque tenía partido a la mañana siguiente. Ese alboroto que hasta ahora me dura y consiste, por ejemplo, en que un día en Barcelona unas amigas me invitaron a comer, sobre las nueve y media, y yo no logré hacer nada, sólo esperar hasta las nueve y media de la noche. Después, claro, hay gente que no entiende por qué uno no se larga hasta las seis y media de la mañana con derechos adquiridos.

Raúl tenía que llegar a las cuatro de la tarde, y sólo interrumpí mi espera, parado allí en la reja blanca para dominar con panorámica la llegada negra e inmensa del Buick (la limousine que mencionó mi madre), cuando el primer mayordomo salió y me dijo que mi padre andaba furioso conmigo y que qué esperaba para entrar a almorzar. «Alfredo —me dijo mi madre, al ver lo atragantado que andaba yo cuando mi padre me dijo mastica como es debido, muchacho—, no te preocupes, Alfredo: Raúl Risso llegará a las cuatro en punto.» La señora Elenita tenía, sin duda alguna, la bondad de madre abierta de par en par y acababa de leerme el pensamiento y el miedo.

El inmenso Buick negro de Raúl, con el chofer lejísimos del mundo entero, era único en Lima con esos asientos intermedios entre el asiento de delante y el de atrás y creo que hasta más asientos entre los intermedios y el de delante y más todavía entre los intermedios, nuevamente, y el de atrás. Y a las cuatro en punto de la tarde, dio la vuelta a la esquina y entró en mi calle, que el diputado Dammert Elguera llamaba La Mar de Felicidades, porque se llamó General La Mar hasta que, según el Gordo Massa, un alcalde de San Isidro les cambió de nombre a las cuatrocientas calles del elegante distrito perdido en Indias, con el único fin de que, en medio de tanto cambalache, nadie se diera cuenta de que a una de ellas le había puesto el nombre de su difunta madre.

El pobre General La Mar se llama Manuel Ugarte y Moscoso en San Isidro, desde entonces, y ahí sigue la casa grande, con sus columnas blancas, sus tejas y ladrillos rojos, sus garajes de puertas blancas, su jardinero llamado Jacinto, y su número 148 de reluciente bronce. Todo alquilado, desde que murió mi padre, pero impecable y siempre recién pintadito para que no se lo vaya a llevar el viento. Y ahí sigue también la blanca reja desde donde yo vi, para mi tristeza práctica y para toda la vida, cómo en Lima había otro Buick negro, negro, limousine, inmenso y exacto al de Raúl, la tarde a las cuatro en punto en que pasó con otro chofer y sin Raúl, por la sencilla razón de que mi amigo se había olvidado por completo de la invitación.

Desde entonces sé, sí, sé, que de todas las cosas y hasta de todas las personas únicas en el mundo o, en todo caso, en el

41

mundo en que a mí me ha tocado patear latas, por decirlo y hacerlo a mi manera, o sea como Frank Sinatra en la canción triste, solitaria y final... En fin, sé que en el mundo siempre hay, aunque no sea más que durante una fracción de segundo, *otra* persona y *otra* cosa (el Buick negro e inmenso, por ejemplo), para avisarme que mi espera es algo totalmente inútil. Lo sé, y resulta muy triste, si quieren, pero en la vida diaria resulta también de lo más útil. No saben ustedes el tiempo que me ha ahorrado la conquista de esta tristeza práctica.

Pongamos que espero a Pilar, a las diez de la noche. La estoy esperando y veo pasar un automóvil exacto al suyo (un automóvil cualquiera, ya ni siquiera un Buick «único» como el de Raúl), o allá por la esquina la diviso entre la gente y después, cuando se acerca, resulta que no es Pilar, segundos antes o segundos después de las diez de la noche. Entonces ya me puedo ir. Ha terminado la espera. No tengo por qué perder el tiempo triste y tontamente.

Jamás me ha fallado esta tristeza práctica o la práctica de esta tristeza, esta absurda intuición o este realismo mágico, como quieran ustedes llamarlo. Claro, ya lo sé, es Pilar la que me ha fallado, pero hay que saber reírse de uno mismo y saberse decir: «Ah, el tiempo que me he ahorrado, gracias al inmenso Buick negro de unos italianos que, finalmente, se perdieron en Indias.» Y basta con que uno se repita eso a lo largo de toda una vida, para que el hombre sea, como siempre, animal de costumbres. De costumbres unas veces más cabizbajas que otras, ya lo creo, pero insisto: uno termina acostumbrándose a todo.

Eso sí, lo que me ocurrió hace tan sólo unos meses, por nada del mundo. No, no soñé que la nieve ardía..., ya quisiera yo. Soñé con el asesino. Me explico: en una revista, vi la fotografía atroz de un crimen atroz. La víctima, tirada sobre el pavimento rojo de su propia sangre, aunque la fotografía era en blanco y negro. Un conocido industrial. Ningún indicio, ninguna huella, ninguna hipótesis por el momento. Sólo que la policía ya había entrado en acción. Y que se buscaba algún posible sospechoso porque, de momento, no había absolutamente ninguno. Un crimen inexplicable y un criminal inimaginable.

Entonces se me ocurre soñar a mí. Ver el crimen en sueños y en color no tiene nada de raro. Tampoco ver cómo la víctima cae, cosida a puñaladas, sobre el charco de su propia sangre, que crece y crece hasta terminar exacto al de la fotografía. Tampoco tiene nada de extraño que yo haya visto al criminal en mis sueños, puesto que con lo que yo soñé fue con el crimen, tal como lo presentaba y describía la revista. El único detalle relevante de mi sueño: el asesino no había huido por la calle que señalaba el croquis de tan macabro crimen en la revista. Pero estas cosas ocurren en los sueños más tranquilos, digamos así, para tranquilizarnos en el mundo tal como anda. Y, además, casi siempre me olvido de lo que sueño dormido, o no le doy la menor importancia, si lo recuerdo. A lo que sí me he dedicado siempre con freudiano interés es a la interpretación de los sueños que sueño despierto.

Compré la revista cuatro semanas seguidas y nada del criminal. Tampoco la quinta semana. Pero la sexta semana habían encontrado al criminal por mí soñado. Exacto. Habían encontrado al mismo individuo, con la misma ropa y, de pronto, ¡diablos!, recuerdo que también el nombre y apellido y el lugar en que se había refugiado los soñé yo.

Les he hablado de esto a varias personas y como que no me han hecho caso. La verdad, no sé qué hacer, y sólo espero jamás volver a caer en un sueño de angustia policial. Les huyo a los crímenes en la prensa, ahora. No quiero problemas de conciencia. Y detestaría que alguien me llamara delator.

DE CÓMO Y POR QUÉ LOS MONOS
ME DEVOLVIERON LA PALABRA

Hace ya más de diez años que estoy fuera del Perú. Sí, ya tomé la famosa distancia que, según tantos escritores latinoamericanos, permite escribir mejor sobre lo que vieron, oyeron y vivieron en su país. También yo, bastante loro, a veces, porque no me gusta reflexionar demasiado sobre lo que escribo —ni lo vuelvo a leer jamás—, debo haber repetido por ahí, en una o más entrevistas, esto de la *distancia necesaria*. Y también debo haberme asustado, en más de una oportunidad, al pensar en la innecesaria distancia que puede llevar al desarraigo total.

Por eso me alegra saber que sigo escribiendo como un limeño, con un tono inconfundiblemente limeño, que algunos han llegado a llamar «el tonito de Bryce». La verdad, cuando me encuentro con una cuartilla en blanco y una buena historia que contar, pienso inmediatamente en mis conversaciones con mi amigo el Gordo Massa, allá por los sesenta, en pleno centro de Lima, y la cuartilla empieza a llenarse borrachamente. Y cuando regreso al Perú, paro la oreja y me lanzo en busca de nuevos giros que, curiosamente, encuentro envejecidos en la siguiente visita al país. Por ello es que muy pocas veces me he atrevido a emplear una palabra que no haya llegado espontáneamente hasta mi cuartilla. Y prefiero repetir a lanzarme en busca de un sinónimo. Lo cual no quiere decir, por supuesto, que no tenga un diccionario de sinónimos. Lo consulto, además, pero en momentos en que no estoy escribiendo. A ver qué se filtra por ahí.

Pero las cosas se filtran por los lugares más inesperados, y fue así como unos dos mil monos me devolvieron la palabra *comecha-*

do. Me imagino que viene de *comer* y de *echado*: comer echado = comechado. En fin, es lo primero que se me ocurre.

Es larga y muy divertida mi correspondencia con Federico Camino, profesor de filosofía de la Universidad Católica de Lima, sin duda alguna la más viva, abierta, creativa y progresista de las universidades peruanas. Si la Católica, como la llama la gente en Lima, fuera un poquito más popular, llegaría a ser lo que fue la Universidad de San Marcos en sus grandes tiempos: el pulmón del Perú. Bueno, ahí enseña Fico Camino, uno de los más grandes amigos que he tenido en mi vida. El más serio, intelectualmente, el más implacable con los demás intelectuales —también con artistas y políticos—, sin duda porque para él la implacabilidad empieza por casa. Nadie ha ido tan lejos conmigo en sus críticas a mi trabajo literario, pero nadie, tampoco, me ha perdonado tanto la vida como este oculto sentimental. Sus cartas son una delicia, y la de los dos mil monos de su primo, el empresario, es realmente de antología.

Con la crisis económica que atraviesa el Perú, que también es de antología, de dolorosa y cruel antología, los empresarios criollos se lanzan a la búsqueda de lo que dará en llamarse «exportaciones no tradicionales», y para ello emplean todo su ingenio criollo. El primo de Fico es uno de estos empresarios. Es arriesgado, ágil, inteligente, y la aventura no termina nunca para él. Esta vez, esa aventura lo ha llevado hasta la Amazonía peruana, tras haber establecido algunos contactos en los Estados Unidos. Y de la Amazonía regresa con dos mil monitos que deben inundar laboratorios, circos y zoológicos del tío Sam.

Ya los monitos están confortablemente instalados en Lima, en jaulitas de exportación, con temperaturas ideales y con personal especializado en su cuidado, entre los cuales se encuentran veterinarios y verdaderos mayordomos que se encargan de servirles su comida, caliente y a su hora, tres veces al día. Los monitos deben causar una gran impresión a su llegada a los Estados Unidos, y esto sobre todo porque existe el muy negativo precedente de unas moscas exportadas a Oregón: estaban destinadas a arrasar con una plaga de gusanos que hacía estragos en la cosecha de las famosas manzanas del estado manzanero. Pero llegaron enfermas del Perú, según leí en un diario limeño, y no sólo no acabaron con los gusanos sino que, por envenenamiento, acabaron con las manzanas y la cosecha.

El primo de Fico recorre mil dependencias ministeriales, en busca del permiso de exportación. Los monos de nuestra Amazonía, ¿son o no son patrimonio nacional? ¿Deben o no ser protegidos por el Estado? Y la idea de este intrépido empresario, ¿puede o no contagiar otras mentes empresariales —o contagiarse a sí misma—, y dar rienda suelta a una verdadera caza de monos que, a su vez, pueda dar rienda suelta a una verdadera caza de brujas, hasta terminar con éstas y aquéllos? ¿Qué pasaría entonces con nuestra selva? ¿No sufriría con ello, también, el turismo nacional e internacional? En fin, son preguntas que se hace, por aquellos días, la burocracia estatal pertinente. Aquellos días, hoy algo lejanos, se convierten después en meses, y en meses y meses, mientras el empresario lucha, explica, improvisa, argumenta, habla de las divisas que el país necesita. Y mientras, los monitos viven, comen y crecen con envidiable confort.

La respuesta llega finalmente. Es un anonadante nones estatal. Los monos deben permanecer en la selva. Y, en el caso preciso de estos dos mil monos, pues a devolverlos a su Amazonía natal y cultural. Decepcionado, pero creando ya una nueva aventura empresarial, el empresario se ocupa, de manera por demás humanitaria, de que los dos mil monos del diablo regresen a su lugar de origen, en cumplimiento de los deseos estatales. Ya se fueron los monos. Partieron de Lima mirándose entre ellos, como preguntándose: «¿Pero adónde nos llevan, qué atropello es éste, por favor?»

No reconocen la tierra que los vio nacer, estos monos desarraigados. Se tropiezan, se doblan los tobillos, no logran usar sus colitas como antes, se resbalan cuando intentan subir a los árboles. Se reúnen, entonces, y deciden abandonar tanta barbarie, retornar a Lima, a sus jaulas, a sus horarios de comidas, donde sus veterinarios.

Y, si por esos días, uno avanzaba por las carreteras que se internan en la Amazonía peruana, veía el extraño y lamentable espectáculo de unos monos desorientados, agotados, dos mil pobres monitos que buscaban el camino a Lima, el confort de la gran ciudad. «Los monos —me explica mi amigo en su carta—

estaban *comechados*.» Y yo, que tantas veces la había escuchado, pero que con la distancia y el tiempo la había perdido tal vez para siempre, recupero la palabra.

En relación con otra gente, es muy alto el porcentaje de escritores que le tienen verdadero pavor a los aviones. Me ha tocado viajar con tantos excelentes narradores y poetas cuyo rostro simple y llanamente se desfigura al subir a un avión, que hasta me he sentido disminuido, inferior, escritor de poca monta, casi sin vocación, cuando he comparado mi rostro tranquilo, la total ausencia de taquicardia, o la perfección de mi pulso, con el desastre interior que revelan los ojos de tal o cual compañero de viaje y profesión. Y lo peor de todo es que la solidaridad lo obliga a uno a mostrarse útil en estos casos, de manera que a menudo uno termina convertido en una mezcla de mayordomo melosamente fiel y de esposa más machista que su esposo y tonta de capirote, además de todo.

Lo mal que se puede sentir uno en un avión por el único hecho de nunca sentirse mal en los aviones. En mi caso, por lo menos, regreso a los años duros en que, queriéndome sentir un escritor como cualquier otro, y con un poquito de porvenir, también, intentaba semana tras semana alojarme en el hotel Wetter, de París, porque madame La Croix había alojado a García Márquez y Vargas Llosa en ese y en otro hotel en que había trabajado de administradora. El Wetter, además, era muy frecuentado por peruanos que se pasaban la voz, pues se trataba de un hotelito muy bien situado en el barrio latino, barato y limpio como pocos. Y su legendaria administradora, sobre la que ya Vargas Llosa y García Márquez han escrito, merece por lo menos una breve mención en la historia de la literatura latinoamericana, por el olfato que tuvo al ayudar a dos jóvenes y desconocidos escritores, que luego alcanzaron la consagración universal, en sus épocas de vacas flacas.

Nadie sabe cuánto hice por alojarme en el Wetter y quedarme sin dinero en París para que a madame La Croix le funcionara el olfato. El hotel, sin embargo, siempre estuvo cruelmente lleno para mí, hasta pagando el triple por una noche, como lo intenté una vez, y lo más que logré hacer, con gran generosidad, modestia aparte, fue reservarles habitación a otros escritores que llegaron a París en los años en que, ya instalado en un correcto departamento, gracias a mi trabajo de profesor universitario, me pasaba tardes enteras preguntándome por qué demonios a mí no me podía ir tan mal como a otros escritores ni en los aviones ni en el hotel Wetter de madame La Croix.

Pero, gracias a Julio Ramón Ribeyro, puedo hablar del pánico que sentí al subir a un avión en el aeropuerto de Faro, en Portugal, allá por el año 70. Ha sido la única vez, desgraciadamente, pero valió la pena. Todo empezó con la forma en que son los esposos Ribeyro. Lindos, pero de vez en cuando uno los mataría. Resulta que para aquel mes de agosto alquilaron un departamento en la playa y nos invitaron a Maggie y a mí, haciéndonos saber que había que comprar los billetes con muchísima anticipación, por el enorme flujo turístico. Como seis meses antes, Maggie y yo ya teníamos billetes de ida y vuelta, Lisboa-Faro, y así fue como nos presentamos un 10 de agosto y nos encontramos con que los Ribeyro se habían ido a España, porque la refrigeradora del departamento estaba hasta las patas y se les cortaba constantemente la leche para su hijo Julito, que entonces era un bebe. Toda tentativa de regresar a Lisboa era imposible, porque los vuelos estaban llenos, y tuvimos que alquilar el mismo departamento al que nos habían invitado y esperar el 31 de agosto, día de nuestro regreso a Lisboa con billetes reservados.

Mientras tanto, los Ribeyro habían dado casi la vuelta al mundo, sin salir nunca del territorio español, y todo por el miedo de Julio Ramón a subirse nuevamente en un avión. En Marbella se arruinaron en un hotel, lograron cobrar un sueldo al cabo de mil gestiones, y se lo gastaron en salir de ese hotel y en llegar a otro, en Barcelona, donde también se arruinaron porque no había

49

manera de conseguir un billete de tren y lo que ellos querían era regresar a como diera lugar a París, por tierra, y a tiempo para que Julio Ramón pudiera incorporarse a su trabajo.

Con mil gestiones más y otro sueldo adelantado, llegaron a Marbella, nuevamente, y de ahí lograron llegar a Sevilla, esta vez en taxi y mediante un préstamo que les permitió, además, llegar hasta Faro, también en taxi, y con el tiempo justo para alcanzar el mismo vuelo en que debíamos regresar Maggie y yo, tras haber pasado unas deliciosas semanas de descanso y mar, mientras Julio Ramón, imaginando que también yo me hartaría de la refrigeradora y regresaría a España llevado por mi afición a los toros, se pasó horas enteras buscándome a la salida de todas las plazas de toros de Marbella, Barcelona y Sevilla. Como se podrá deducir, Julio Ramón es una de esas personas que realmente creen en el azar.

Todo aquello me lo contó con el rostro petrificado por el miedo. Nuestro avión no tardaba en despegar y, aunque había dos mujeres dispuestas a ocuparse muy tiernamente del pésimo momento que estaba pasando, también yo me ofrecí a cargarle todo lo que quisiera y hasta a subirlo a él cargado al avión, previo válium y whisky doble. En fin, subimos como pudimos, con bebe y todo, y yo ya empezaba a sentir mi cruel disminución, la grandeza de Julio Ramón, el miedo a volar de un verdadero escritor, lo poquita cosa que era yo sentado ahí atrás de un hombre que, como tantos grandes escritores, se aterra ante un avión, cuando de pronto Julio Ramón volteó con el rostro más sereno y sonriente que le recuerdo en veinte años de amistad.

—He estado reflexionando —me dijo—, y acabo de llegar a la siguiente conclusión: no hay muchos escritores en el Perú, o sea que es realmente imposible que dos se maten en un mismo vuelo. Que un escritor se mate, de acuerdo, viejo, pero dos... Dos, ni de a caihuas, viejo.

Julio Ramón hizo el viaje más sereno de su vida, sin duda, pero a mí me dejó totalmente convencido de que, por primera vez, y por la excepción que confirma la regla, dos escritores peruanos estaban a punto de encontrar la muerte en el corto trayecto entre Faro y Lisboa. Desgraciadamente, mi dignidad y grandeza pasaron totalmente inadvertidos aun para Maggie, y hasta hoy pienso que fue una verdadera lástima que nadie ahí se diera cuenta del único viaje de verdadero escritor que he hecho en mi vida. Tampoco puedo echarles la culpa a ellos. El pánico y sus consecuencias me obligaron a abandonar muy rápidamente mi asiento en busca del lugar de desahogo.

UNA NOVELA Y SUS CONSECUENCIAS

Yo vivía en París cuando, en abril de 1972, se otorgaron en Lima los premios de fomento a la cultura «Ricardo Palma», hoy conocidos como premios nacionales de literatura, si no me equivoco. Recuerdo que fueron dos escritores y amigos, Julio Ramón Ribeyro y Mario Vargas Llosa, quienes tomaron la iniciativa de enviar a concurso mi novela *Un mundo para Julius*. El jurado falló a favor de este libro, lo cual, en aquellos tiempos, era como fallar a favor del viento, pues el Perú vivía los años más radicales del Gobierno Revolucionario de las Fuerzas Armadas, bajo la presidencia del general Juan Velasco Alvarado, y se habían emprendido una serie de medidas de corte antiimperialista y antioligárquico. Una novela como la mía, en la cual un buen sector de la crítica vio, desde el comienzo, un retrato bastante duro de las clases altas del Perú, cayó como anillo al dedo, y aún circula por ahí la anécdota de aquel miembro de mi familia, tan conservador como despistado, que asistió al acto de entrega de los premios, y que al escuchar al ministro de Educación decir que entre el general Velasco y Alfredo Bryce Echenique habían liquidado a la oligarquía peruana, sufrió un fuerte desmayo y tuvo que abandonar el Instituto Nacional de Cultura en camilla.

Pocos meses después, viajé a Lima por primera vez en ocho años, y pude darme cuenta, no sin cierto asombro, de la importancia política que se le había dado a *Un mundo para Julius*. Para algunos periodistas, yo era un intelectual verdaderamente comprometido con el proceso peruano y hasta un verdadero experto en cuestiones de reforma agraria o nacionalizaciones; era un hombre capaz de juzgar y pontificar sobre muchos temas del momento, y la verdad es que me miraban con profundo desconcierto cuando les decía que, al cabo de ocho años de ausencia, era a mí a quien me correspondía hacer las preguntas y que, además, todo estaba basado en un malentendido porque *Un mundo para Julius* había sido escrito, casi en su totalidad, antes de que las Fuerzas Armadas tomaran el poder, en octubre de 1968, sin la más mínima intención política, sin compromiso alguno porque no me tomaba muy en serio aquello de la novela comprometida y, lo que era peor, sin haber tomado conciencia alguna de lo que estaba haciendo, felizmente, porque de lo contrario a lo mejor me asusto y arruino el libro.

En cambio sí repetí incesantemente algo que me parecía más importante y mucho más cierto. Nunca concebí ese libro como una novela y nunca me imaginé que sería tan largo ni que los críticos encontrarían en él tantas implicaciones sociales y políticas. Esto sí que era verdad. *Un mundo para Julius* fue concebido como un cuento pero creció y creció y fue escrito en función al placer que su escritura me iba produciendo y en la medida en que me iba identificando con una manera personal de contar simples historias en base a un tono oral y a todas sus consecuencias, como pueden ser las digresiones, un cierto desorden estructural, o una frecuente y aparente pérdida del hilo narrativo. Es muy probable que yo haya sentido todo esto mientras escribía y escribía, sin plan alguno, o traicionando inmediatamente cualquier tentativa de imponerme un plan. Simplemente escribía, y lo hacía sin saber cómo lo iba a hacer mañana y qué iba a ocurrir con mis personajes al día siguiente. La forma en que terminé el libro es muy reveladora de lo que fue el proceso de su escritura. Se acercaba el verano y mi esposa y yo estábamos locos por abandonar París. Fijamos el día de la partida y decidí que sería también el del punto final de la novela. No había escrito aún la historia que había puesto en marcha, en forma de cuento, lo que llegaría a ser una novela de unas seiscientas páginas. Guardaba esa historia para un posible epílogo, que luego me pareció innecesario, y hasta hoy recuerdo que opté por poner el punto final calculando el tiempo para preparar el equipaje y llegar a la estación en que Maggie y yo debíamos tomar el tren rumbo a España.

Sin embargo, fueron muchos los críticos que se empeñaron en juzgar *Un mundo para Julius* desde puntos de vista estrictamente ideológicos. Era, definitivamente, una novela comprometida con el momento histórico que estaba viviendo el Perú. Es más, durante mi visita a Lima, en 1972, me vi convertido en algo así como el novelista de la revolución, lo cual no dejó de producirme cierto temor. Recuerdo, por ejemplo, un almuerzo en el Club Nacional, centro de reunión de aquella oligarquía que, a decir de algunos, tan duramente había retratado yo en mi libro. No me sentía nada cómodo y constantemente miraba a mi alrededor, como quien espera que uno de los comensales se ponga en pie y pida airadamente su expulsión del local. Pero nada de eso ocurrió y, en cambio, tuve oportunidad de encontrarme con viejos amigos y compañeros de estudios que me felicitaron por el libro, lo cual, confieso, me tranquilizó lo suficiente como para aceptar una invitación al bar del club, donde un grupo de buenos bebedores, bastante decadentes y entre los cuales se hallaba más de un amigo de mi padre, se quejaba de que la provisión de coñac francés estaba a punto de agotarse para siempre. Maldecían burlonamente al gobierno y francamente creí que había llegado mi hora cuando uno de ellos se dirigió a mí.

—¿Y qué has venido tú a hacer al Perú? —me preguntó con cierta socarronería.

No tuve que molestarme en responder, porque otro miembro del grupo se adelantó.

—Éste —dijo, con tono irónico—, éste lo que ha venido a hacer es a echarnos una buena mirada para matarse de risa de nosotros en su próxima novela.

La carcajada fue general. Lo fue, también, días más tarde, cuando en un almuerzo que me ofrecieron mis ex compañeros de colegio, jugamos un partido de fútbol entre la primera y segunda promoción. Muchos habían sido afectados por la reforma agraria y hasta se disponían a abandonar el país, pero ello no impidió que se hiciera presente el viejo espíritu que nos unió en el anacrónico internado británico en que realizamos nuestros estudios secundarios. La copa en disputa llevaba grabado un importante lema revolucionario: TIERRA O MUERTE.

No creo que hoy nadie lea *Un mundo para Julius* como en

aquellos años, aunque no deja de tener su gracia recordar que también la crítica fue cambiando de parecer, a medida que los acontecimientos cambiaban en el Perú y la experiencia velasquista se encaminaba hacia su frustración final, anunciando el retorno de un nuevo régimen conservador. Fue como si mi libro se hubiese visto envuelto en el proceso de desencanto de alguna gente y de radicalización de otra. En efecto, con el tiempo, *Un mundo para Julius* dejó de ser «la novela de la revolución peruana», dejó también de ser «una novela revolucionaria», y todo ello para convertirse poco a poco en «el canto del cisne de una clase social» y hasta en «el lamento de un oligarca agónico y gatopardesco», como alguien escribió alguna vez por ahí.

Curiosamente, no fue en el Perú sino en París donde ocurrió el único incidente desagradable que tuve como autor de *Un mundo para Julius*. Fue una noche, en una pizzería del barrio latino, comiendo con un grupo de artistas y escritores latinoamericanos. Era una reunión de amigos (diecinueve, en total), y andábamos bastante alegres e intercambiando bromas de un lado a otro de las mesas instaladas en forma de L. Alguien había invitado a una hermosa multimillonaria peruana que, desde hacía algún tiempo, se había instalado en Europa y frecuentaba los mejores hoteles y conducía un bellísimo Rolls. La hermosura, elegancia y el *savoir faire* de esta dama, cuyos apellidos me eran bastante familiares y que de alguna manera la vinculaban lejanamente con parientes míos, destacaba en esa mesa de comensales bastante bohemios y catastróficos, que parecían rendirle pleitesía. De pronto, la dama del Rolls empezó a agredirme con preguntas bastante impertinentes acerca de mis relaciones con mi familia en el Perú. El vino y la risa de los comensales la ayudaban en su empeño, y la verdad es que empecé a sentirme bastante incómodo y hasta arrinconado por acusaciones tan graves que lo mejor era no responderlas. Pero la dama del Rolls me seguía lanzando sus dardos, cada vez más feroces, y los amigos empezaban a notar que las cosas iban perdiendo su buen cauce. La risotada general se había convertido en silencio general y yo continuaba siendo, en términos cada vez más agresivos y dolorosos, un traidor a mis padres y a mi mundo. Ahí ya nadie levantaba los ojos del plato y yo empezaba a sentirme realmente perdido, cuando Julio Ramón

55

Ribeyro, pegando un verdadero botellazo sobre la mesa, le puso punto final al asunto.

–Señora –le dijo–, todos los que estamos aquí somos amigos de Alfredo y usted acaba de llegar a París. O deja de fastidiar a nuestro amigo o en un instante nos paramos todos y se queda usted sola en el restaurante.

La normalidad volvió como por arte de magia y, por arte de magia también, la dama del Rolls y yo llegamos a ser excelentes amigos en París.

Pero *Un mundo para Julius* me ocasionó todavía un problema más. La novela, que contiene largas escenas sobre la vida escolar del personaje, en un colegio de religiosas norteamericanas, despertó sin duda la curiosidad de algunas monjitas y, lo que es más, produjo grandes cambios en la vida de dos de ellas. Supe, por amigos, que una de las madres o hermanas había abandonado el colegio y se había consagrado al trabajo social en una barriada de Lima. El verdadero problema vino más tarde, cuando una mujer me escribió de los Estados Unidos. Tenía cincuenta años, había colgado los hábitos, se sentía completamente perdida en el mundo, y la única solución que se le ocurría era escribirle al autor del libro que la había arrastrado a tomar tan drásticas decisiones y a no saber qué hacer con su vida. Con casi veinte años menos que esa mujer, y en París, era poco o nada lo que podía responder a una carta que realmente me abrumaba. Recuerdo haber dormido muy mal varias noches seguidas, antes de tomar la decisión de dirigirme al correo para enviarle el siguiente telegrama, firmado por Maggie, mi ex esposa: «Escritor Bryce Echenique falleció hace un año en trágico accidente de automóvil.»

Creo que a poca gente le gusta recordar a Juan Rulfo como un hombre lleno de humor. «Anacleto Morones», uno de los cuentos más extensos que escribió, se lee entre risas y sonrisas y no creo que hubiera tenido esa increíble «efectividad» que caracteriza toda la obra cuentística de este gran escritor mexicano sin esa dosis de humor que recorre todas sus páginas. Sin embargo, lo que me interesa recordar ahora es el humor tan personal de Rulfo en la vida diaria.

Lo vi dos veces en 1975, en París y en México, siempre con esa actitud del hombre que vive en voz baja y como pidiendo permiso. Su visita a París, a finales de la primavera, dio lugar a una serie de reuniones en las que siempre aparecía, para desesperación de Juan, una funcionaria mexicana que parecía tener un queso de camembert en la cabeza, por toda materia gris. Se pegaba a Rulfo constantemente y no dejaba de hacerle cualquier tipo de preguntas, menos las adecuadas o inteligentes. Juan le había tomado verdadero espanto y a cada rato le huía con el pretexto de una inexistente corriente de aire que lo obligaba a desplazarse hacia un lugar más abrigado. Pero no había nada que hacer y la funcionaria lo seguía sin darse cuenta de nada, y nuevamente se arrancaba con otra andanada de preguntas.

—Don Juan —le dijo, de pronto—, ¿ha leído usted *El capital* de Karl Marx?

—No, señorita —le respondió Rulfo, con su voz baja de siempre y la actitud de santa paciencia que adoptaba en estos casos—, no lo he leído pero lo he visto en el cine.

Y la endemoniada funcionaria como si nada. Lo siguió durante toda esa visita a París y también yo tuve que soplármela en casa la noche aquella en que Juan me llamó por teléfono porque estaba a punto de abandonar la ciudad.

—Mire, Alfredo —me dijo—, ésta es mi última noche en París y me gustaría mucho pasarla en su casa.

—No sabe cuánto se lo agradezco, Juan.

—No, no me lo agradezca tanto, porque la verdad es que somos veinte.

Me sentí perdido y sólo atiné a responderle que yo vivía solo, que mi departamento era muy pequeño, y que ni sabía cocinar ni tenía la suficiente «infraestructura» como para recibir debidamente a un grupo tan grande.

—Lo más que puedo hacer, Juan —agregé—, es bajar corriendo a comprar vino y algunos canapés. Bueno, y también vasos de plástico, porque...

—No se preocupe, Alfredo —me dijo—, ya la gente irá trayendo algunas cosas. Lo que sí le ruego, más bien, es que se pase usted la noche pendiente del teléfono, porque hay como cincuenta personas más que quieren venir y que yo no deseo ver. Bastará con que responda usted a esas llamadas y diga que Juan Rulfo no está en su casa.

Y así fue, la verdad, porque el teléfono no cesaba de sonar ni tampoco la famosa funcionaria de atormentarme con la más pegajosa sobonería y las preguntas más increíbles. Se imaginaba, sin duda, esta pobre e ignorante mujer, que yo debía ser una persona importantísima y con un gran ascendiente sobre Rulfo. Y todo esto porque su ídolo había decidido pasar en mi casa su última noche en París. Sí, yo debía ser un pez muy gordo para que el gran Rulfo tomara una decisión así. Total, que la mujer me perseguía por todo el departamento, atribuyéndome un conocimiento definitivo sobre lo divino y lo humano, a juzgar por la cantidad de sandeces que me preguntaba. Sólo me soltaba cuando el teléfono me obligaba a correr y responder que no, que Juan Rulfo por mi casa no había asomado, y que no, que tampoco sabía dónde podía andar a esas horas de la noche.

Me hallaba respondiendo a una de las mil llamadas, y Juan, con su eterna botella de Coca-cola tamaño familiar a un lado del asiento, no cesaba de mirarme burlonamente por el rabillo del ojo. Estaba encantado con todo, menos con la funcionaria, por supuesto, y desde el comienzo se había dado cuenta del espantoso asedio a que me estaba sometiendo, tan sólo porque él había querido pasar su última noche en mi departamento. Hasta que decidió intervenir.

—Mire, señorita —le dijo, como quien revela un gran secreto—, ese señor que está respondiendo el teléfono no es Bryce Echenique. El verdadero Bryce Echenique es un multimillonario peruano que vive encerrado en un convento, en la ciudad de Arequipa. Ahí escribe sus obras, y a ese tonto que ve usted ahí le paga dos mil francos mensuales para que lo suplante en el mundo y él poder escribir en paz. Ese del teléfono es un pobre diablo, señorita —concluyó Juan, con su eterna voz baja, pero me di cuenta de todo, y la verdad es que el resto de la reunión transcurrió sin que la espesa funcionaria me volviera a dirigir una mirada, siquiera. De esas cosas era Juan Rulfo.

Pocos meses después lo volví a ver en México, en casa de mi hermana Clementina y su esposo, Francisco Igartua, que habían sido deportados del Perú. Juan apareció con unos libros, para que se los dedicara, e inmediatamente se interesó por un viaje que yo debía hacer por el sur de los Estados Unidos, con el fin de escribir unas cuantas crónicas. Le fui contando detalladamente el itinerario que pensaba seguir, los medios de locomoción que quería utilizar, el tiempo que debía permanecer en cada lugar, etc. Le hablé de todo, creo, menos de la fecha de partida, que ya había aplazado varias veces porque alguna gente me había predispuesto contra un viaje tan largo y solitario por algunas regiones deprimidas de los Estados Unidos, y con tan poco dinero, además.

—No tenga usted miedo, Alfredo —me dijo Juan—. Lo importante es que vaya usted en busca de esa aventura y que no se deje influenciar por lo que cuenta la gente aquí. Además, cuanto más retrase usted la partida, peor será.

—Lo sé, Juan, tiene usted toda la razón.

—Bueno, pues mire una cosa. Mañana podemos encontrarnos a la hora que usted quiera. Yo lo acompañaré a una agencia de viajes porque quiero verlo con ese billete ya en la mano. No ande usted con tantos reparos, Alfredo. Yo le daré unos cuantos consejos y lo ayudaré a ponerse en marcha de una vez por todas.

Le agradecí mucho el gesto, y quedamos para el día siguiente a las cuatro de la tarde. Casi no hablamos mientras íbamos a la agencia y, cuando llegamos, apenas si cambiamos unas cuantas palabras con la persona que me vendió el billete Ciudad de México-Richmond, Virginia. Y, a la salida, el silencio era ya total. Juan lo rompió, finalmente, en el momento de la despedida. Yo partía al día siguiente, por la mañana.

–Mire, Alfredo –me dijo, mientras me estrechaba la mano, con toda su ironía reflejada en el rostro–, lo que es yo, jamás me hubiera atrevido a hacer un viaje igual. Pero, en fin, allá que Dios lo proteja...

Y se alejó con esa manera suya de reírse, como si no se estuviera riendo ni nada.

PRIMEROS CONTACTOS CON EL PUEBLO

1952. Tengo doce años de edad y, que yo sepa, por aquellos tiempos nadie soñaba aún con reformas agrarias ni cosas por el estilo, en el Perú. O sea que la hacienda El Cortijo extendía serenamente sus numerosas hectáreas en el valle de Cañete, a unos ciento cincuenta kilómetros al sur de Lima. Pertenecía a dos hermanas de mi padre, tía Clementina y tía Cristina, y a sus esposos, tío Pepe y tío Octavio, y en ella pasaron su luna de miel mis padres. Mis padrinos de bautismo fueron tía Clementina, llamada por todos Chemen, y don José García Gastañeta, a quien todos en casa llamamos siempre mi tío Pepe. Era el hombre más bromista de la familia y sus alrededores y, en cuanto a la tía Chemen, sólo puedo decir que era linda, dulce, adorable, y que había sido tocada por la gracia e Inglaterra. Era, en efecto, una verdadera Bryce perdida en Indias, pero su extraordinaria bondad hizo que viviera como si no se hubiera dado cuenta de nada. Con gran sencillez, reemplazó al Reino Unido por unas veinte o treinta tazas de té al día, y con ella sucedía un poco lo del huevo y la gallina, porque no creo que haya nadie en mi familia capaz de decir qué fue antes: si mi tía Chemen y su *look* inglés, o mi tía Chemen y su linda tetera de plata en la mano. Había, sin duda alguna, una relación causa-efecto tetera-*look*, pero estoy totalmente convencido de que nadie en la familia se atrevería a decir qué fue primero.

A los doce años, yo era para ellos como un hijo, más que un ahijado, y en todo me beneficiaba del cariño de mi tía, de las bromas de su esposo García Gastañeta y de la espléndida situa-

61

ción económica de ambos. Veraneaba con ellos en el balneario de moda, recibía astronómicas propinas a escondidas de mi padre, espartano partidario de la línea dura anglosajona (excelente alimentación, excelentes colegios, excelentes notas, excelentes modales en la mesa, y pésimas propinas la vida entera, como único medio de obtener los mencionados resultados). Visitaba El Cortijo a cada rato, y me había hecho amigo de Ernesto.

Ernesto era el arriero de la hacienda y hacía tal cantidad de muecas por segundo, que resultaba endemoniadamente difícil recordar cómo era, o cuál de todas era su verdadera cara. Y, por más que me esfuerzo y empiezo lentamente a mirar de nuevo sus patas en el suelo y voy alzando la mirada por las piernas todititas parchadas de su eterno pantalón kaki y su camisa también kaki y más parchada todavía, y llego al cuello desnudo y sin parches, o sin parches porque la camisa era de cuello abierto, y de ahí, paf, pego un salto con los ojos, llego siempre demasiado tarde y me quedo sin ese rostro en movimiento perpetuo. Es triste quedarse para siempre sin el rostro de Ernesto porque era el arriero de la hacienda cuando yo tenía doce años y lo seguía a sol y a sombra y lo admiraba y lo quería muchísimo.

Para Ernesto yo era el niño Alfredo de don Pepe el patrón y eso era respeto. Íbamos juntos a sol y sombra, por consiguiente, y al caer la tarde recogíamos el ganado a latigazos y gritos de arriero. Todo lo que hacía Ernesto lo hacía yo inmediatamente después y un poquito alejado, eso sí, o sea que todo lo que yo hacía resultaba completamente inútil porque Ernesto acababa de hacerlo bien cerquita al ganado, pero qué feliz era. Y qué valiente fui la tarde en que se escapó el Chico, un torazo malo y negro como su leyenda, que nos sorprendió desmontados en el lugar en que se guardaban los tractores. Ernesto me colocó detrás de una columna, recogió varias piedras de gran tamaño, tuvo la infinita bondad de alcanzarme un par, para que no me quedara atrás, se colocó también detrás de la columna pero delante de mí, y ahí solitos los dos logramos controlar tres embestidas del Chico pero se nos acabaron las piedras y la verdad es que si no llega el negro Coronado con la escopeta, Ernesto habría dado la vida por salvarme y también yo hubiera dado la vida por salvarme.

Se me prohibió terminantemente seguir a Ernesto el día

entero, y la tristeza me llevó al tambo de la hacienda, ese lugar prohibido donde unos japoneses les vendían aguardiente a los peones, entre otros productos de primera necesidad. Entré completamente niño Alfredo de don Pepe el patrón, porque eso era respeto y, ni cojudo, ya me había dado cuenta, y compré tres chocolates de mierda o del siglo pasado, de la única marca que había, en todo caso, y no sé qué efecto extraño me produjeron las paredes de adobe y el suelo de tierra húmeda, pero lo cierto es que al cabo de un instante sentí ganas de llorar a mares y al cabo de otro instante ya había aparecido de una manera terriblemente sexual para mí la hija de catorce años de los japoneses. Se llamaba María, en castellano, pero yo algún día la iba a llamar María en japonés, porque me habían prohibido juntarme con Ernesto y quería un trago. Reidera general de japoneses y de alguno que otro peón viejo y enfermo, porque los demás estaban aún en el campo, pero se me sirvió una copa de aguardiente, más o menos de la misma marca que los chocolates, y me instalé en una mesa frente al mostrador. Ahí permanecí largo rato, como quien decide que acaba de comerse las últimas golosinas de su infancia y ha empezado, para siempre y un poquito más, a tomarse los primeros tragos de su vida. Salía a cuenta el asunto, porque me habían prohibido juntarme con Ernesto y porque con cada copa me iba sintiendo mejor y quería cada vez más a María en mi rincón japonés. Después decidí quedarme a vivir en El Cortijo, pero ahí, en el rincón de esa cantina, y no en la casa hacienda. Más tarde le canté a María, quise bailar con María y todo era María, o sea que María era la que más vueltas daba cuando el mundo entero empezó a girar a mi alrededor con chispitas en el aire y unas ganas de vomitar que también daban vueltas a mi alrededor y la verdad es que si no llega el negro Coronado con la escopeta, Ernesto habría dado la vida por salvarme y también yo habría dado la vida por salvar a María.

Me prohibieron juntarme con el tambo y en la casa hacienda todos se rieron de mi amor por María, o sea que no me quedó más remedio que robarme el caballo de mi prima Inés, la hija de tía Chemen y tío Pepe, que felizmente se encontraba en Lima y nunca se enteró. Que el caballo era de ella, y sólo de ella, se notaba a la legua, porque no había manera de hacerlo partir.

Horas estuve montado e incrustándole las espuelas con toda mi alma, porque no me dejaban juntarme con Ernesto ni con María y era terrible mi soledad y tan grande la hacienda. Me bajaba del caballo, lo agarraba a patadas, me volvía a subir, y lo peor de todo era que apenas sabía montar. Pero insistía cruelmente con las espuelas, hasta que el caballo se arrancó, se desbocó, se alejó muchísimo, se introdujo entre los algodonales y, en una de ésas, ni sé qué hizo pero lo cierto es que desperté despavorido y el dolor era terrible por todas partes.

Aconsejado por el miedo, el dolor y la vergüenza, tomé una de esas decisiones tan mías: nadie me vería volver a la casa hacienda en ese estado, por la sencilla razón de que no había maltratado al caballo ni me había caído ni nada. Y tampoco sentía dolor alguno. Y de huesos rotos, ni hablar. Bueno, tal vez algunas costillas, pero por ahí había oído decir que cuando éstas no se desplazan no hay que enyesar y que basta con no reírse mucho para que el dolor sea soportable.

Y así empecé mi invisible retorno a la casa hacienda. Me arrastraba entre los algodonales y sólo me incorporaba de rato en rato para asomar la cabeza y ver si, en vez de acercarme, me estaba alejando. Pensaba en Ernesto y en María y por nada del mundo deseaba que apareciera el negro Coronado con la escopeta. Pero, en fin, aunque apareciera, yo era invisible y además no me había pasado nada. Aunque claro, con ese dolor tan fuerte, mucho más fuerte cuando me incorporaba, no me quedó más remedio que empezar a dudar de mi invisibilidad y en los momentos de mayor desconsuelo perdía la fe en mi estrategia y no me quedaba más remedio que aceptar mi derrota y decirme que a una persona que nadie ve, tampoco puede dolerle nada, *sine qua non*...

Pero seguía arrastrándome y qué lejos queda todo cuando uno se arrastra por la vida a los doce años. Pensando en eso fue que me di cuenta de la cantidad de bichos con que me estaba cruzando, a pesar de todos los insecticidas y la avioneta que fumigaba. No sé por qué, pero todos los bichos iban en sentido contrario y en eso me estaba fijando cuando vi un zapato hecho mierda. Después vi el otro zapato hecho mierda, también, y deduje que arriba había un peón. Alcé la vista y nos miramos con la más cruel indiferencia. Hasta creí ver odio en esos ojos que me vieron seguir hasta llegar a una lampa y ver otros ojos que me hicieron seguir hasta otro par de zapatos que me hizo seguir también, pero ya sin mirarle los ojos. Llegué por fin a una acequia, bebí unos sorbos de agua, me lavé la cara y, tras haber cruzado la alameda de la hacienda, entré en otro campo de algodón y me arrastré como un loco, jurándome siempre que el negro Coronado no aparecería con la escopeta.

Zapatos, lampas, pantalones parchados, camisas parchadas y ojos que yo hubiera parchado. Mi derrota era total: había querido ser invisible y nunca me habían visto tan claramente. Intenté ir saludando amablemente, pero para esos ojos con viejos sombreros de paja, camisas y pantalones puro remiendo, y lampas en las manos de barro cocido, aquel niño que se arrastraba, por más que le doliera, tenía una impresionante cara de casa hacienda. Opté por la indiferencia a los doce años, en vista de que la invisibilidad me había fallado por completo, y seguí cruzándome con más bichos, por ahí abajo. Era increíble, todos regresaban, sólo yo iba, como si me hubiera metido contra el tráfico en una calle. Logré verle los ojos a un grillo, pero no me dijeron nada y una lagartija se burló de mí con la cola y la odié.

Y odié también al caballo de mi prima Inés porque estaba paradito y tranquilísimo, delante de la casa hacienda, como si hubiese venido a delatarme horas antes. Pero ¿y si nadie lo había visto todavía? ¿Y si nadie había salido a la terraza, si nadie se había fijado en nada? Era como una renovada esperanza de invisibilidad. Me incorporé, desempolvé todo lo que pude mis pantalones y mi camisa, avancé como si nunca en la vida me hubiera golpeado y, gimiendo de dolor, logré montarme en el caballo y ahí me quedé montado como media hora, esperando que alguien saliera y me preguntara: «¿Recién llegas, Alfredo?» Y llegué recién como una hora más tarde, cuando mi tía Chemen salió con su tetera de plata y una taza en la mano. Me dijo que ya iba a ser hora de almorzar y le respondí que me ducharía en un instante. Luego bajé del caballo, entré en la casa y fui en busca del árnica.

Las bromas de mi tío Pepe en la mesa fueron un verdadero calvario para mis costillas, a lo largo de tres días. Y meses después, durante un chequeo médico, el radiólogo descubrió cuatro costillas rotas.

—Sí —le dije—, pero fue sin desplazamiento y sólo me dolían al reírme y al toser.

Hace mil años que no voy al Cortijo. ¿Qué habrá quedado de él, después de la reforma agraria? ¿Habrá mejorado la ropa de los peones? ¿Se casaría María en japonés? Ernesto era mayor, ya debe haber fallecido, y recién ahora se me ocurre pensar que, de haber podido asistir a su entierro, hubiese visto sus muecas detenidas para siempre y hoy sabría cómo era, cómo fue su cara. El Cortijo... Aún me veo sentado en la enorme mesa del comedor y recuerdo con asombro hasta qué punto logré ser invisible en la casa hacienda, durante los días que siguieron a mi caída. Nadie me veía. Nadie me vio. Nadie se dio cuenta de que en tan poco tiempo había conocido la amistad, el amor, y el odio.

HUGO JUGO

He llegado siempre tarde a todas las edades de la vida y, hasta hoy, cuando me preguntan por mi edad, tiendo a decir que me encuentro entre los veintinco años y la muerte. La gente cree ver una gran inmadurez en esta actitud, pero yo en cambio la relaciono con una sistemática rebeldía que me impide aceptar que la realidad no tenga un poco más de ficción, siquiera, y que, en momentos de melancolía o decaimiento, convierte mis días en un verdadero «oficio de sobreviviente», que simple y llanamente me impide comprender que un hombre posea una farmacia, por ejemplo. El reverso de esta podrida medalla lo conforman mis momentos de euforia, durante los cuales quemo brutalmente mis energías, trabajo como un loco, y sorprendo al farmacéutico que ayer atendió a un ser totalmente desasosegado, con un exceso de cordialidad y un sentimiento tal de admiración, que lo hacen pensar que hay un loco feliz entre su clientela gris. Después salgo emocionadísimo del establecimiento, porque ahí descansan todas esas aspirinas, y en la calle, como a Vallejo, me viene, hay días, una gana ubérrima y política de estrecharle la mano a aquel policía tan bueno, aunque no sea una tarde francamente primaveral. En fin, que paso de un Vallejo a otro: del haber nacido un día que Dios estuvo enfermo, al estar viviendo ¡un día tan rico del año pasado!

También creo que llego tarde a todas las ciudades, pero este ya es otro asunto, y lo que me interesa ahora es evocar la única oportunidad en que me adelanté —me adelantaron, más bien— a una edad de la vida. Ahí, creo, se origina este movimiento pendular de un Vallejo a otro, por decirlo de alguna manera, cuyo resultado es sin duda la ironía y el humor, en lo literario, y, en lo vital, un escepticismo con valiosas incrustaciones de apasionamiento, tan contradictorio y sin embargo tan real que resulta ya en un empacho de ironía y de humor, más una especie de nadie sabe para quién trabaja ni ríe ni llora.

Todo empezó durante mi más tierna infancia. Preocupado, sin duda alguna, por la terrible humedad de los inviernos limeños y algunos antecedentes familiares de tuberculosis en línea directa, mi padre optó por el sol eterno de Chosica, a unos cuarenta kilómetros de Lima. Sin esperar que empezara el habitual enverdecimiento moho de nuestra blanca ropa veraniega, nos trasladaba con mudanza y todo a una casa con algo de tudor y muy grande y bello jardín de clima seco. En el centro de ese jardín había un árbol que definitivamente dio lugar a toda una tradición familiar, ya que no recuerdo casa alguna, entre las muchas que construyeron mis padres, abuelos, y mis tíos más cercanos, que no tuviera un árbol en el centro del jardín. Uno sólo, eso sí, nunca dos, y a quién se le iba a ocurrir que tres, no habiendo nuevos ricos en la familia (nuevos pobres, más bien, sí). Habría sido ir en contra de toda una tradición, porque así son las tradiciones.

De Chosica partió Paquito, mi hermano mayor, a los Estados Unidos. Partió una tarde que he recordado siempre como la primera noche triste de mi vida, tal vez por lo eterna que se me hizo y el silencio oscuro que emanaba de cada rincón de la casa. Tal vez porque se iba a estudiar a un colegio para niños diferentes y ya había sufrido los primeros ataques, además. Paquito tardó cuatro años en volver y hasta hoy me ha quedado el sabor amargo de haberme pasado gran parte de mi infancia privado del hermano mayor y, pensándolo bien, también de una hermana seis años menor que yo. Y en efecto, mirando las cosas con efecto retrospectivo —valga la redundancia— hace tantos años ya que Elenita es mi hermana menor, que encuentro realmente cruel e inútil que se me haya hecho esperar más de un lustro para que naciera. Siento como si durante todo ese tiempo se me hubiera hecho desempeñar un papel de benjamín que no me correspondía, y aún recuerdo las desoladoras tardes en que mis hermanos Clementina y Eduardo se hallaban en el colegio y a mí me daban unos cólicos terriblemente nerviosos en la boca del estómago, o sea algo mucho peor que en el estómago, según mi madre, porque tres de mis hermanos tardaban tanto en llegar de sus colegios en los Estados Unidos, el parque central de Chosica, y la acera de enfrente de casa, respectivamente, y porque Elenita parecía que nunca iba a llegar de ninguna parte, retrospectiva y redundantemente.

Entonces apareció Hugo o, por lo menos, recién entonces aparece Hugo en mis recuerdos infantiles. Andaba yo por los tres años de edad y mis hermanos se encontraban todos en sus respectivos colegios, cuando una tarde de cólico salí a pasar un rato con el árbol y lo encontré jugando con un negrito enorme para mí. Fue brevísimo el lapso de tiempo que transcurrió entre el momento en que me fijé en lo asombroso de su color, el momento en que dijo que se llamaba Hugo, y el momento en que terminó de arrearme una soberana pateadura. Acto seguido, mi madre salió blanquísima por una puerta importante y la madre de Hugo, llamada Juana Lacocinera, salió de color modesto por una puerta sin importancia de la sección ajos y cebollas. Se produjo entonces el choque de colores, de jerarquías, y de pareceres al revés (mi madre opinaba que eran cosas de niños y Juana Lacocinera opinaba en cambio que iba a matar a Hugo), mientras yo examinaba lo negro que era Hugo en comparación a su madre y ambas mujeres me examinaban a fondo la pateadura y descubrían a Dios gracias, según les oí decir, que lo único que me dolía era el cólico y que éste era muy anterior a Hugo, por lo cual no había nada que lamentar en el pasado inmediato y los cuatro entramos en una especie de eterno presente cabizbajo que, lo recuerdo clarito, yo aproveché para examinar a fondo el color mulato y modesto de Juana Lacocinera y el impresionante negro de Hugo, a quien desde entonces llamé Jugo, para deleite de mi familia, porque siempre me caractericé por ese tipo de malas pronunciaciones y la primera canción que escuché por la radio y repetí después fue *saca las nalgas, morena*, en vez de *saca los nardos, morena*, también para deleite de mi familia, que jamás se enteró de que a Hugo lo llamé Jugo por oscuro y que las nalgas-nardos que con tanta gracia canté un día eran nada menos que las de la madre de Jugo, según confesé el día de mi primera confesión.

69

Hugo ya había desaparecido para siempre, cuando mi primera confesión, y hacía algún tiempo que habíamos abandonado la costumbre de los inviernos chosicanos. O sea que mi hermano Paquito nunca regresó a la casa de Chosica ni mi hermana Elenita llegó tampoco nunca de ninguna parte para conocer el primer árbol de la tradición ni el jardín de mis cólicos en la boca del estómago, mucho peor que en el estómago, según mi madre. Chosica quedó atrás, durante largo tiempo, precisamente en la época en que, por primera y única vez, me adelanté —me adelantaron, más bien— a una edad de la vida. Me refiero a la edad escolar, aunque también en este caso se produjo un desajuste cronológico.

Se produjo al revés, por culpa de Jugo y de Juana Lacocinera, y en medio de las crueldades más atroces y de un endemoniado círculo vicioso. Como siempre, mis hermanos siempre estaban en el colegio, Jugo y el árbol en el jardín, el cólico en la boca del estómago, mi madre estaba descansando de mí, mi padre trabajaba en el Banco Internacional del Perú, las cosas debían andar muy mal en el mundo porque mi tía María se pasaba la vida rezando por los pecadores, y el músculo de la servidumbre dormía la siesta porque en mi casa se trataba muy bien a esa gente. Serían, por consiguiente, las cuatro de la tarde y ocurría por cuarta vez en menos de seis meses, por la sencilla razón de que Juana Lacocinera le quemaba la mano a Jugo después de cada una de las pateaduras que me propinaba. Vi la escena una sola vez y fue algo aterrador. Recuerdo mi escondite en un rincón de la sección ajos y cebollas y la fuerza de la enorme mulata esclavizando la mano de Jugo sobre el fuego de una hornilla. Vi los ojos de mi mortal enemigo y hasta hoy, cuando pienso en el vía crucis de Nuestro Señor Jesucristo, el de mi primera infancia y mi tía María (y el que extrañamente dejó para mí de haber sufrido tanto en la cruz, cuando me lo tradujeron al inglés en mi primer colegio norteamericano de Lima), veo lo mismo que entonces: el rostro doliente de Jugo, la tarde en que aulló: ¡mamá, quiero morirme!

Y mi mente de tres años y medio trabajó desde entonces en ese sentido. No, no creo que a los tres años y medio se pudiera considerar todo aquello como un acto de muy precoz madurez. Sólo sé que mis pensamientos, desde que oí gritar a Jugo, con esa voz y sobre todo con esos ojos, trabajaron en ese sentido, y que lo hicieron porque sin duda alguna pensar y sentir han sido casi siempre una sola y misma cosa para mí, y puedo pensar tan eufórica como tristemente. De lo que sí estaba convencido entonces era de que matando a Jugo, mataba tres pájaros de un tiro, ya que terminaría con los abusos que cometía conmigo, aprovechando sus cinco años de edad y estatura, acabaría con los tormentos de fuego vivo que le aplicaba su madre, y finalmente convertiría en realidad el deseo de morir que Jugo había manifestado tan brutal y dolorosamente. Nada pudo detenerme, entonces, y aún me veo esperando detrás de la puerta y levantando la pesadísima barra de hierro que, no bien pasó Jugo, descargué con toda mi alma sobre su cabeza.

Casi me matan a mí también, pero finalmente se decidió enviarme al colegio de la acera de enfrente, el de las monjitas francesas y las chicas mucho más altas que yo. Y fue así como, por única vez en mi vida, me adelanté a una edad de la vida, aunque en realidad me adelantaron. Ingresé en el colegio a los tres años y medio, y hasta hoy lo recuerdo lleno de patios y jardines por los que galopaba feliz en busca de las chicas mucho más altas que yo. Y ahí, creo, se origina este problema mío que no sé si es una falta total de madurez, y que consiste en que hasta hoy no me he acostumbrado a la existencia de las mujeres, a su presencia en este mundo, y sigo, sí, sigo y creo que siempre seguiré mirándolas desde abajo, desde muy abajo, con profunda admiración e interminable, eterna sorpresa.

Como César Vallejo en tantos de sus poemas, a cada rato he vuelto, con todo mi camino, a verme solo. Mi atracción por los rincones la recuerdo desde niño. Y recuerdo que también yo atraía la presencia de los rincones más oscuros. Aquello era resultado de una traición anterior, de alguna historia de mala calidad, muy ligada a la eterna y terrible maldad infantil. Lo malo es que, en este caso, dicha maldad se produjo en complicidad con una persona mayor, pues me empecino en creer que todo ocurrió aquel día de excursión en que los niños de mi familia, siempre malditamente mayores que yo, urdieron con la mama Maña, un ama más de las antiguas y negras de la familia, aquel dejarme atrás con distracciones para diez minutos, el tiempo necesario para estar ya camino al cerro que yo lloraba por trepar con ellos. Desde entonces soñé con tener amigos y resulta que esto se sueña mejor en los rincones.

Pero de los rincones salen las arañas, aquella vieja pesadilla de mi vida. Me buscan, me han buscado siempre desde sus escondites, y hasta me han mirado de reojo desde sus telarañas. Pero esto lo explicaré más adelante porque está ligado más bien a la forma en que uno se arrincona tantas veces para recordar, sin molestarlo, al ser amado y perdido. Como siempre, hay que saber burlarse en público de estas situaciones. Hay que saber decirle a un periodista, como lo hice yo alguna vez: «A mí me dejas solito en un rincón y me entretengo como un loco.»

Los rincones los podemos hallar en los lugares más insólitos. Y quien entiende de ellos sabe que los hay también donde no debería haberlos. Por ejemplo, en el fondo de la cama, entre los pliegues de una sábana, y a altas horas de la madrugada. Existe una sola conducta ante la adversidad de los rincones. Hay que dejar pasar, como si no pasara nada, absolutamente nada, un cuarto de hora. Y si éste falla, se le aplica una sonrisa, y se empieza otra vez con el cuarto de hora más atroz. Mañana amanecerá de nuevo, hay que suponer, imaginando por supuesto que el amanecer no contiene rincones sino rutina de cabizbajo. El cuarto de hora, sin embargo, es la única sala de espera de los rincones. «Toda una vida de soledad en excelente compañía.» Son palabras que he puesto en boca de Martín Romaña. Lo hice sin querer queriendo. Pensando tal vez que era un buen hallazgo y una buena conclusión, una buena definición de su vida entera. *The elephant, the huge old beast, is hard to mate,* escribe D. H. Lawrence en un poema maravilloso, y ahora se me ocurre pensar que Martín Romaña era un elefante. Logró cansar a muchas mujeres, pero nunca se cansó de amarlas con pasión, con esa misma pasión con que había cultivado la amistad, pues quien no establece diferencias entre el amor y la amistad (y éste es su caso) no tiene por qué no hacer por un hombre lo que sí haría por una mujer y viceversa.

Existe el amor, la amistad, el trabajo (la literatura, en mi caso), y después no existe nada. La idea que me he hecho de ellos me ha permitido soportar una realidad siempre demasiado chata. Y el absurdo de la vida, el anonadamiento, y la nada. Hace tiempo que no viajo por geografía geográfica, pues siempre termino diciéndome a este paisaje no vuelvo más y poniéndole, por fin, su crucecita en el mapa. Es el paisaje humano el que ahora me lleva a atravesar tantas veces el charco, el que me obliga a ir de ser humano en ser humano, como un náufrago de boya en boya. Hermosa idea cuando se sabe que, al mismo tiempo, todo esto penetrará obsesivamente nuestra obra literaria. ¿Quién dijo que la literatura es siempre la puesta en marcha de una obsesión? Los que logran controlar esa obsesión, mediante el lenguaje, viven de la literatura. Los que la exaltan, mueren de ella. ¿Quién lo dijo?

Pero ¿cómo se llega a estos resultados? Me imagino que, siempre, logrando escribir los versos más tristes esta noche. Escribir, por ejemplo, que yo salí de mi infancia completamente solo, bastándome en un rincón, y ya en la época en que las arañas me decían: «Arrincónate, que aquí estoy. A ver si te atreves a recordar a ese amigo estando yo aquí.» Y uno acude a la cita y recuerda a la excelente, a la maravillosa persona que no sabe ni dónde estamos en ese momento, en esta noche de la tarántula. *Cual una araña maligna, que hoy aplasto con mi bota,* canta Luis Pardo, el famoso bandolero que es uno, a cada rato, nuevamente. Y se vuelve a lanzar al ruedo, porque fue tan bella la primera vez, aquella primera vez en que, adolescente, lo lanzaron a uno al ruedo de una nueva edad.

Fue un amigo, y dio perfectos resultados: «¿Fumas?» Hacía años que nadie me dirigía la palabra, que nadie me dirigía el primer cigarrillo de mi vida.

Yo no tenía barrio pero ese amigo me llevó hasta su barrio de ritos iniciáticos. Era el cumpleaños de Maxi, un italiano mayor que nosotros, con un departamento sin muebles y muchas botellas de pisco en el suelo.

—¿Bebes?

Aguardiente del más barato y a pico de botella. Se puede morir uno, pero también se puede morir uno de felicidad. Poco a poco, hasta que me perdí en la más total inconsciencia, en el famoso *black out,* fui notando cómo los hacía reír a todos, hasta qué punto los divertía con mis historias, hasta qué punto fui el único capaz de robarse el automóvil de su padre, hasta qué punto fui aceptado en el grupo, mientras, de regreso del primer burdel, fui popular y querido y en el departamento de Maxi fui el primero, lejos, en acabarse otra botella de aguardiente. *Black out,* después, y, hoy sé más que ayer, dije cosas que nunca dije. Insulté, de puro miedo al rincón insulté como un loco y le aplicaron el *in vino veritas* a las palabras que dije para saber hasta qué punto me querían, si me querían como yo a ellos, si se puede aprobar doblemente un rito iniciático, si podíamos llegar juntos al final de la maravilla.

Dejaron que me fuera. Tuvieron miedo de acompañarme, por lo del automóvil, y me dejaron ir. Era más fácil acusarme de mocoso de mierda, siguiendo el consejo de Maxi, tan adulto, tan maduro, tan hombre. Después me enteré de que las botellas que ellos bebieron conmigo sólo contenían agua. No sé, pero desde entonces sentí que, por culpa de esos muchachos maravillosos, me esperaba un porvenir brillante entre la gente. Y así, a menudo pienso que es preferible optar por la soledad cuando se carece de maldad.

Sé que los seres que me ha tocado querer en la vida son maravillosos, aunque mi madre siempre me decía que no, que la vida no podía ser así. Conocía a una chica y era la más bella del mundo. Y la más elegante y la más inteligente y la más todo. Abrumadoramente. Cada uno de mis amigos es el mejor que tengo, no bien pienso en él, y es también el más inteligente y el más divertido y el mejor escritor del mundo, cuando es un escritor. La gente adulta aprecia estas cosas. Quiero decir que la gente adulta aprecia siempre que uno piense lo mejor de ella.

Surgen entonces esos momentos maravillosos en que, con tremenda botella de aguardiente en la mano, uno se está haciendo querer a punta de mostrarle lo mejor al amigo, mientras éste, a su vez, se siente prestidigitador de sí mismo y va sacando, a gritos, millones de aspectos de su personalidad que son lo mejor que tiene. Estos momentos son altamente privilegiados. Son, en realidad, *los* momentos privilegiados de la vida pero en el amor como en la guerra... O, como decía Rabelais: «Cada uno regresa a su cadaunera.» Se repite, entonces, por milésima vez, el final de los ritos iniciáticos de la adolescencia, el de las botellas que sólo contenían agua que no has de beber, por inmaduro.

Lleno de arañas, el rincón se ha cerrado. Te lo han cerrado. Te han encerrado y la gente guarda la llave del lugar en que te encuentras y, de tiempo en tiempo, vuelve a visitarte. Ahí estoy, como siempre, entreteniéndome como un loco. Y de pronto más feliz que nunca, otra vez, porque es ella la que ha venido a buscarme. Resulta que me recuerda con muchísimo cariño. Ya ni siquiera intento decirle que recordarme, en realidad, es olvidarme. Ni que ha venido como siempre, entre dos momentos maduros, en busca de un momento altamente privilegiado. Me saca de mi encierro, pero sé que sigo encerrado en esa adolescencia prolongada y atroz, encasillado, y que tarde o temprano me dirán nuevamente que ser como soy es algo que sólo se ve en el cine, pero que las películas más largas duran cuatro horas, máximo, y además cansan cuando no son excelentes.

Bueno, pero salgo. Y salgo encantado. Encantado de la vida paso de un rincón a otro. Sí, eso. Porque poco a poco el mundo se ha ido *arrinconando*. Ciudades enteras son un rincón. La amiga aquella, por ejemplo, que, medio en broma-muy en serio, me dijo: «No sabes cuánto te quiero, Alfredo, pero, por favor, no te quedes a vivir en Madrid.» Yo todavía no había encontrado casa, pero su pedido me sonó a petición general y alcé con mis maletas sin haberlas terminado de abrir ni cerrar.

Un gran amigo me dijo un día que yo era especialista en crear el vacío (rincón, le entendí yo) en torno a mi persona. Le respondí que era cierto y que me dolía, pero me reí mucho al pensar en algo que también era cierto pero que no me atreví a agregar: «Bueno, el vacío hasta la próxima visita.» Me olvido de François George y de su hermosa *Historia personal de Francia*, un libro que me acompañó mucho durante un largo arrinconamiento hospitalario. Me olvido cuando no quiero ser, como él, un hombre empaquetado en la insignificancia de una adolescencia exagerada. Por ahí va la cosa, y si acaso insisto en un pensamiento, una idea o una actitud que realmente me pertenecen, la gente huye despavorida, como de un ser extraño y peligroso cuyos gestos mismos lo han conducido a la idiotez, la locura o la inanidad. Y así, a menudo, para tener amigos y ser querido, no me queda más remedio que representar un papel (¿tendrá esto algo que ver con el «me pongo la corbata y vivo», de Vallejo?). Un papel que, además, me resulta muy triste, porque todos sabemos que el placer de la verdadera amistad, como el del amor verdadero, consiste en mostrarse tal como uno es. Pero en mi caso, muy a menudo, todo sale patas arriba. No bien un amigo o una mujer me conocen como realmente soy, los pierdo. «Alfredo, al rincón.» François George ha escrito con triste belleza sobre estas cosas terribles. Y así resulta que no hay nada tan doloroso como un ser que se distancia de nosotros, precisamente porque acaba de conocernos. No sé, pero en mi caso es como si al cabo de un proceso realmente endemoniado, terminase hundido siempre en unas profundidades sin nombre, en aquellos rincones de los que he venido hablando, y en los que nadie soporta hacerme una visita prolongada.

PUDE HABER SIDO UN ESCRITOR PRECOZ

Sí, pude haberlo sido. Han pasado más de cuarenta años y todavía, cuando me encuentro con los que fueron mis compañeros y amigos en el Inmaculado Corazón, aquel colegio de monjas norteamericanas y estilo neoclásico, lo primero que hacemos es recordar aquel lunes de 1946 en que llegué contando que mi padre era Arnaldo Alvarado, un famoso automovilista peruano a quien el público llamaba por entonces el «rey de las curvas». Durante mucho tiempo, años, tal vez, mi padre continuó siendo Arnaldo Alvarado para muchísimos amigos, como si aquella ficción hubiese soportado espléndidamente la prueba del tiempo. Una cosa es mentir y otra engañar. Esto me lo enseñó hace mucho tiempo Oscar Wilde en un delicioso ensayo presentado en forma de diálogo entre dos personajes (Cyril y Vivian), cuyo título es *La decadencia de la mentira*. Para Wilde, la mentira es un arte, una ciencia, y un gran placer social. Lo malo, claro, es que hay buenos y malos mentirosos. Los primeros se distinguen por su extraordinaria franqueza, por el coraje con que lanzan sus aseveraciones, por su absoluto sentido de la responsabilidad y, sobre todo, por el profundo desprecio que sienten por la chata realidad o por la necesidad de probar lo que están diciendo. Esto caracteriza a los malos mentirosos, pues la mejor mentira es aquella que contiene, que es ya, su propia evidencia. Los malos mentirosos son seres tan carentes de imaginación que constantemente necesitan dar pruebas de lo que están contando. ¡Qué estupidez! Más les valdría, nos advierte Wilde, soltar la verdad de una vez por todas, pues lo que busca un buen mentiroso es simple y llanamente

77

causar placer, deleitar, encantar. La gente, en cambio, juzga al «mentiroso nato» con excesiva ligereza, mientras que, para Wilde, éste pertenece a una especie cuya decadencia hay que combatir, ya que constituye la base misma de la sociedad civilizada, del arte y de la literatura.

Haber sabido todo esto en 1946, cuando tenía siete años de edad... Haberlo sabido desde entonces para sentirme autorizado a denigrar a todos aquellos seres que, durante años, me interrumpían en lo mejor de una historia, exigiéndome todo tipo de pruebas al canto. Cuánta pena sentía yo entonces, qué enorme vacío interior, qué falta de inteligencia y sensibilidad a mi alrededor. Sentía que, mediante un feroz empujón, me habían obligado a descender de un lugar privilegiado, a caer de narices en el inmenso territorio de la banalidad y el lugar común. A nadie podía demostrarle yo entonces que lo mío era un arte y una ciencia, magia y civilización, y que eran ellos, sí, ellos, los que carecían totalmente de la capacidad de gozar con una buena historia. Y que ignoraban, además, que así como la arquitectura corrige las incomodidades de la naturaleza, la literatura corrige las incomodidades de la realidad.

Arnaldo Alvarado era un hombre bajo y moreno. Mi padre, en cambio, era un hombre alto y de aspecto bastante anglosajón. Pero a mí eso qué me importaba. El automovilista usaba en sus carreras un Ford del 46, coupé como el de mi padre, que también era del 46, pero uno era color ladrillo y el otro azul. Aquel estúpido detalle carecía de la más mínima importancia. No podía detenerme yo en menudencias de ese tipo después de lo ocurrido en la avenida Salaverry. Ahí sí que había algo que corregir, porque yo quería y admiraba mucho a mi padre. Hacía muy poco que había vendido su monumental Oldsmobile verde y, casi paralelamente, había dejado de llevar sombrero y bigote, como si quisiera ser mi amigo porque yo tampoco llevaba sombrero ni bigote. Una travesura, una sola travesura de mi padre, y yo hubiera sentido que, con toda su introversión y timidez a cuestas, me estaba tendiendo una mano de amigo y de cómplice.

En ese estado de ansiedad me encontraba aquella mañana en que regresábamos juntos del centro de Lima. Avanzábamos por la avenida Salaverry y, de pronto, mi padre empezó a acelerar como

Arnaldo Alvarado en una carrera. Me dijo, también de pronto, porque los tímidos y los introvertidos sólo hablan de pronto, que quería probar a fondo su carro y ver cuánto corría. «Como Arnaldo Alvarado», pensé yo, por lógica asociación, y la verdad es que durante un momento no supe muy bien cuál de los dos «reyes de las curvas» era el que quería ser mi amigo, porque una travesura tan audaz y maravillosa jamás se me hubiese ocurrido en mi padre, no, nunca, ni siquiera sin bigote y sin sombrero. Pero era él. Un solo detalle me bastó para saber que era él: la calidad y elegancia del zapato perfectamente bien lustrado que iba apretando el acelerador de una gran hazaña.

Del acelerador pasé al marcador de velocidad. La máxima, ciento sesenta kilómetros por hora, y ya íbamos por sesenta. Sesenta y cinco, ahora.

—¡Setenta, papá!

—Mira, setenta y cinco, hijo.

—¡Papá, ochenta! ¡Justo la mitad de ciento sesenta!

—Bueno, ya está bien... La mitad está bien... Más vale llegar a casa unos minutos más tarde que llegar al hospital dentro de una hora...

O sea que el lunes entré al colegio y conté que el «rey de las curvas» era mi padre, porque yo quería y admiraba muchísimo a mi padre y porque Arnaldo Alvarado acababa de ganar una versión más del circuito de Atocongo, sobrepasando lejos los ciento sesenta por hora en algunos tramos. La sorpresa fue general entre mis compañeros, también la algarabía. Mi madre, por supuesto, ignoraba que mi padre era Arnaldo Alvarado y ese nombre no era más que un seudónimo que yo le había inventado para ayudarlo a escaparse de madrugada hacia el circuito de Atocongo. La cara de las fotografías en los periódicos era una máscara, naturalmente. Lo demás era algarabía, dudas, torpes preguntas, fáciles respuestas, magia, y la enorme bondad de mi primo Alfredo Astengo Gastañeta, cómplice perfecto, amigo entrañable. Su sonrisa, y la forma en que gozaba con cada carrera que, desde aquel lunes, ganó mi padre, merecen mi eterno agradecimiento. Alfredo, que con el tiempo llegó a ser un gran automovilista, fue uno de los personajes fundamentales de este relato. Sin su silencio, sin su complicidad, y sin su capacidad de gozar con una buena historia que a nadie le hace daño (y, a algunos, tanto bien), la profunda veracidad del relato se hubiese hecho añicos en un instante.

Cuarenta y pico años más tarde, durante el último día de la feria de Sevilla, comparto una agradable sobremesa con Freddy Cooper, los hermanos Miguel y Luis Echecopar y sus respectivas esposas. Freddy y Miguel fueron testigos de la increíble historia del «rey de las curvas». Miguel la repite con tal lujo de detalles, que yo mismo me quedo asombrado. Pero, al final, confiesa que hay algo que le resulta totalmente inconcebible:

—Alfredo —me pregunta—, ¿cómo lograste que nos creyéramos todo eso durante tanto tiempo?

Le respondo:

—Es que era un relato redondo. O, mejor dicho, un cuento que, sin querer, me salió perfecto, gracias a dos personajes que jamás imaginé y que, al final, resultaron claves.

Miguel me mira con asombro y continúo:

—Uno fue mi primo Alfredo Astengo. Todos ustedes sabían que éramos parientes y, sin embargo, él nunca me interrumpió. Todo lo contrario: su presencia y su silencio, cada vez que yo narraba una nueva carrera en la que el ganador era mi padre, le fue dando día a día mayor verosimilitud a todo el relato...

—Pero, es que es increíble —insiste Miguel, volviendo a evocar algunos episodios.

—Es que resultó ser un relato perfecto, Miguel —le digo, recordándole la existencia de otro personaje tan inesperado como fundamental.

Ese personaje fue mi madre. Vino a buscarme una tarde, a la salida del colegio, y mis compañeros se abalanzaron literalmente sobre su automóvil. «¡Señora! ¡Señora! —exclaban—. ¿Es verdad que usted está casada con Arnaldo Alvarado?» Recuerdo intacta la mirada de mi madre, su sonrisa al mirarme parado detrás de todos, como un delincuente que espera su sentencia. Mi madre responde, por fin:

—Si mi hijo lo dice, ya lo creo que es verdad.

—¡Claro! —exclama Miguel—. Ahora lo entiendo todo. Por eso es que te creímos durante tanto tiempo.

Después mira a Freddy y vuelve a recordarle el detalle más

fantástico de la historia: mi padre no sólo se escondía de mi madre, para poder ser Arnaldo Alvarado, sino que además yo me metía en la maletera del automóvil de mi padre y ahí escondido me pasaba cada una de sus carreras, todo doblado y medio asfixiado. ¡Cuánto de cierto hay en eso! Sí, gracias a mi madre y a mi primo yo pude correr con mi padre a ciento sesenta kilómetros por hora y más todavía. Y ser el hijo del «rey de las curvas», porque lo quería y admiraba tanto y aquella mañana en la avenida Salaverry más valía llegar a casa unos minutos más tarde que llegar al hospital dentro de una hora...

Ahora me hace mucha gracia contar historias y que la gente me diga que me las he inventado. Luego, cuando las escribo, me dicen que son autobiográficas. Definitivamente, la gente no se pone de acuerdo conmigo, con una excepción: los escritores. Ellos saben o intuyen, al menos, que en el arte la verdad está en el estilo, que, desgraciadamente, la mentira está en decadencia, que otra cosa es engañar, y que, como decía Oscar Wilde en su delicioso ensayo, el siglo XIX es, en gran parte, un invento de Balzac.

Lástima que todo esto lo ignoraba yo en 1946. Habría podido ser un escritor precoz. De tan sólo siete años de edad. En cambio me sentía tan incomprendido y solitario cuando la gente me venía con sus eternas interrupciones.

Uno de los más graves inconvenientes de la feria de Sevilla es que se acaba. Hice el trayecto de regreso a Madrid en el automóvil de Lucho León Rupp. Él manejaba y, a su lado, venía Rochi Woolcott, bastante cansada, por lo que mi condición de amigo e invitado me obligaba a improvisar sucesivos temas de conversación para que don León, como le llamaban sus amigos de Jerez, no se nos fuera a quedar dormido. Y nunca olvidaré la incrédula e interminable carcajada que soltó don León (a quien yo llamo simplemente Lucho o Maestro), cuando le conté con lujo de detalles cómo, en los primeros momentos del franquismo, hubo quien pensó en casar a Hitler con Pilar Primo de Rivera, sin duda alguna con el deseo de restablecer algo muy similar al imperio de Carlos V.

Madrid nos recibió con un viento medio loco aquel lunes 4 de mayo de 1987, y a mí todavía me quedaba bastante feria adentro, o sea que necesitaba un buen trago en cuerpo y alma. ¿Cómo hago?, me preguntaba, porque Guillermo, el mayordomo de Lucho (que antes fue sacerdote uruguayo y luego valet de la duquesa de Alba), estaba preparándome una habitación y ocupándose de mi equipaje, y él había tenido que acompañar a Rochi a su casa. Detesto abrir el bar de los amigos, sobre todo por temor a encontrarlo vacío, o sea que fue una bendición escuchar la voz de lady Diá en algún lugar del inmenso departamento. Carraspeé con toda la afonía que traía de Sevilla, pero supe que con eso bastaba porque lady Diá nació parasicóloga y además le tengo bien dicho que debería escribir. Ella había regresado de la feria un par de días antes, llevada por el muy sano temor de que Lucho y yo no regresáramos nunca. O sea que en menos de lo que canta un gallo tenía un buen whisky en la mano, porque lady Diá me había leído el pensamiento o la carraspera. En fin, nunca se sabe con los parasicólogos.

Ella viajaba al día siguiente a Washington, aunque se moría de ganas de estar ya en Lima con sus hijos. Lo que la llevaba a D.C. era su trabajo en la Fundación Mundo Libre, uno de esos asuntos nobles en los que se mata trabajando la gente muy noble. Mientras Guillermo la ayudaba a hacer la más grande cantidad de maletas que he visto en toda mi vida, lady Diá respondía a mis nuevas carrasperas con nuevos vasos de whisky y me iba contando que la Fundación Mundo Libre se ocupaba de proteger a la juventud de los horrores de la drogadicción. Carraspeé de admiración, y lady Diá me lo agradeció enormemente.

Minutos después carraspeé nuevamente, pero porque tenía hambre y quería comer con un buen tinto, esta vez, o sea que lady Diá le pidió por favor a Guillermo que nos sirviera una comidita bien sencilla pero con un buen tinto para el señor, eso sí. La sobremesa fue larga y muy conversada porque lady Diá era una excelente amiga de Rochi y acababa de conocer a don León, y porque sabía que Lucho y yo éramos muy buenos amigos desde hacía algún tiempo y también que yo acababa de conocer a Rochi.

—Es una muchacha encantadora —le dije.

—¿Y es cierta la historia que contaste en Sevilla, la noche que comimos con los Behar en la Dorada?

Tetel y Moisés Behar completaban nuestro grupo peruano en Sevilla, y en esos momentos debían estar ya en Marbella, en un lugar llamado Incosol, uno de esos centros que son mitad hotel y mitad clínica, donde a uno lo pueden engordar, relajar, dormir, divertir y también, por supuesto, hacerle perder esos kilitos de más que se ha traído de la feria de Sevilla, por ejemplo. Todos habíamos ganado peso en la feria y los Behar me sugirieron que los acompañara, pero me negué rotundamente.

—Ni hablar —les dije—; yo de estos kilos no me deshago por nada del mundo. Hace como cinco años que los estaba necesitando y sabe Dios cuándo volveré a la feria de Sevilla.

Fue lady Diá quien carraspeó ahora, transmitiéndome parasicología o qué sé yo, pero lo cierto es que me hizo contarle y probarle que era cierta la historia que conté en la Dorada.

Le probé que era rigurosamente cierto que, durante mi último año en Francia, había pasado varios meses en la clínica debido a un insomnio que parecía realmente incurable. Me visitaron algunos amigos y parientes y, entre éstos, mi cuñado Paco Igartua. Por esos días había tomado ya la decisión de abandonar la enseñanza y de venirme a vivir a España.

—En Madrid tienes a un gran admirador —me dijo Paco.

—Eso no quita el insomnio —le respondí.

—Déjame que lo llame por teléfono.

Dejé que lo llamara, porque eso qué tenía que ver con el insomnio, y porque el insomnio era lo único que me interesaba en el mundo. La conversación en larga distancia parecía ser franca y cordial, aunque eso tampoco tenía nada que ver con el insomnio, y apenas me interesó que mi cuñado mencionara mi nombre antes de colgar el teléfono.

—Oye, Lucho —le dijo—, Alfredo se va a ir a vivir a España pronto. No dejes de darle apoyo moral, porque el hombre lo anda necesitando.

Pensé que con apoyo moral tampoco se duerme y lo único que recordé fueron algunas fotografías de Luis León Rupp que había visto en revistas o periódicos peruanos. Sabía también dos o tres cosas de él, aunque los escritores a duras penas imaginamos lo que es realmente un hombre de negocios. A mí, en todo caso, poco o nada me han interesado los empresarios de mi país. Y hasta los he despreciado, debo confesar, pero no por ser hombres de empresa sino porque siempre me han parecido malos hombres de empresa. Bueno, pero ¿qué sabía yo del hombre que meses después iba a conocer en Madrid? Sabía que creó un excelente diario de oposición, que el gobierno de Belaúnde se lo había cargado porque más sabe el diablo por viejo que por diablo, y que el gobierno español de Felipe González había negado su extradición. De pronto, recordé que a León Rupp le gustaban los toros y pensé que ése era el único punto en común que podíamos tener.

Mi cuñado se fue al día siguiente y yo tardé aún varios meses en llegar a Madrid. Ya ni recordaba que León Rupp vivía en esa ciudad, cuando una noche me lo encontré en un pequeño cóctel que dio nuestra entrañable amiga María Antonia Flaquer, vicecónsul de Perú en Madrid. Atravesaba uno de esos largos períodos en que todo me intimida, en que las manos me tiemblan notoriamente y en que lo primero que hago al llegar a comer a una casa es pegarle una aguaitadita al comedor para ver si hay platos de sopa. La sopa es el terror de los tembleques, y a nadie odiamos tanto como a esos mozos de café que llevan con asquerosa demagogia unas ciento cincuenta tacitas de café, con su cucharita y todo, en cada mano.

Pero a casa de María Antonia sólo había ido a tomar copas y bocaditos, y ahí lo único que podía intimidarme era la presencia de Álvaro de Toro, un pariente político casado con una de las más grandes amigas de mi madre. Hacía siglos que no veía a Álvaro, y eso también intimida cuando se anda en uno de esos períodos de intimidación general, pero a él le bastó con contarme dos entrañables anécdotas sobre mis padres y abuelos maternos, para que yo me atreviera a encender un cigarrillo sin quemarle el pelo a la elegante dama de al lado.

Bueno, pero lo que a lady Diá le interesaba de toda esta historia era que llegara a la parte en que Lucho y yo nos hicimos amigos. Creo que la pobre consideraba, además, que era la única manera de hacerme entender que la feria de Sevilla había terminado, sobre todo en Madrid, porque yo había pasado de secarme un gran Rioja a cinco o seis carrasperas más, en las rocas.

—Recuerdo esa noche como un primer round de pelea de box —le dije—. Lucho y yo como que nos estudiábamos, como que bailábamos el uno alrededor del otro pero sin acercarnos realmente, y el apretón de manos con que nos dijimos mucho gusto, apenas si respetó las reglas de la más elemental cortesía. Y, en el fondo, lo que nos unió al salir juntos a la calle fue el hambre. Yo, en todo caso, me moría de hambre. Y no porque María Antonia no hubiese pasado mil veces unos deliciosos canapés, sino porque esas cositas chiquitas con mayonesa encima y en fuente de plata también pueden producir una temblequería atroz. La mayonesa, sobre todo: siempre termina uno llevándose una capita de mayonesa en la punta de un dedo muerto de vergüenza, mientras el resto del canapé sigue su camino con la más cruel indiferencia y la elegante señora de al lado empieza a alejarse prudentemente.

—Bueno, ¿pero Lucho te invitó a comer o no?

—Comimos en un VIPS, porque era tarde, y quedamos en almorzar en un lugar mucho mejor, al día siguiente, porque Lucho es un hombre que siempre conoce un lugar donde se come muchísimo mejor. Y ahí arrancó la cosa, con un excelente Rioja y un buen trozo de carne a la parrilla. A él le alegraba mucho eso de que algunos escritores latinoamericanos hubiesen empezado por fin a ganar dinero y a comer caliente y a su hora. Había hecho sus cálculos y todo, y pensaba con razón que Mario Vargas Llosa debía ser un hombre bastante rico y García Márquez uno de los escritores más ricos del mundo. Cosas como ésas lo alegraban profundamente, porque consideraba que ambos eran grandes escritores, con lo cual yo estaba totalmente de acuerdo. Después vino lo que vino y yo lo tomé como lo tomé, o sea a burla. ¿Con qué derecho se atrevía ese señor a burlarse de mí? Nos acabábamos de conocer la noche anterior y ya me estaba viniendo con bromas pesadas. Imagínate lo que me dijo. Pues nada menos que lo siguiente: como mis libros le gustaban más que los de cualquier otro escritor latinoamericano, yo tenía que estar superforrado, tenía que ser el más rico de todos. Yo negaba, se lo negaba rotundamente, pero Lucho insistía en mirarme con cachita, se estaba matando de risa para sus adentros: ¿no sería yo un gran amarrete, por casualidad?

Me dio tal rabia que le solté los veinte años de mi vida como escritor en Francia. Se los conté íntegros, año tras año, fracaso tras fracaso, humillación tras humillación, restaurante universitario tras restaurante universitario y mucho más. Terminé diciéndole que así había sido mi vida, tal como se la había contado, y que si se la había contado sin lujo de detalles era porque en veinte años ni siquiera había vivido un detalle de lujo.

Lady Diá me interrumpió:

—O sea que ésa fue la primera vez que viste a Lucho con lágrimas en los ojos.

—¿Cómo que la primera? —le dije—. Fue la única.

—¿Y la alergia que le dio en Sevilla? ¿Te acuerdas cuando nos contaste esta misma historia en la Dorada?

—Lo que recuerdo es que la conté rapidísimo y muy resumida porque no quería que se me enfriara el pescado, que estaba excelente.

—Y Rochi le preguntó a Lucho por qué tenía los ojos tan inflamados, por qué se sonaba constantemente.

—Sí, ya me acuerdo de la alergia esa, durante la comida.

—¿Y? ¿A qué crees tú que se debió esa alergia? —me preguntó lady Diá, subrayando con la voz la palabra *alergia*.

Me quedé callado un rato, hasta que por fin le dije a lady Diá que, definitivamente, era una parasicóloga nata y que yo era un imbécil porque le había arruinado el pescado a Lucho esa noche en la feria de Sevilla.

Lady Diá tomó su avión a Washington, a la mañana siguiente. Yo dormía en las rocas y me dejó una cariñosa nota de despedida. Cuando la leí, tuve la sensación de que todavía me quedaba mucha feria adentro y recordé a mi amigo Chus García Sánchez, excelente librero y editor, y el único amigo que soporta bien el trago mientras trabaja. O sea que me fui a acompañarlo a trabajar y esa noche Chus me acompañó a casa de Lucho, ya con muy poquita feria adentro. Guillermo me había estado esperando para abrirme, y lady Diá ya estaría en Washington por asuntos de trabajo. Como detesto abrir el bar en casa de mis amigos, le pedí a Guillermo que me sirviera el consabido.

—¿Desea algo más, señor?

—¿Cae mucha gente por esta casa, no? —le pregunté, viéndolo bastante doble, para ser sincero.

—El señor Lucho tiene muchos amigos —fue su respuesta, e inmediatamente la empalmé con la siguiente pregunta en las rocas:

—¿Y cuál es el mejor, Guillermo?

—Usted, señor Alfredo.

Me reí doble, por decirlo de alguna manera, y le dije que se fuera a acostar ya, que era muy tarde, y que le agradecía mucho que me hubiera esperado hasta esas horas para abrirme esa puerta. Sí, eso fue lo que le dije: no *la* puerta, sino *esa* puerta.

Había ido a la feria de Sevilla, pero en realidad nunca había estado en ella. Sí, porque a la feria más feria del mundo puede ir cualquiera, pero estar, lo que se dice realmente estar ahí, eso sí que es otra cosa, algo prácticamente imposible cuando uno no es andaluz o no conoce a nadie en Sevilla. Pamplona y sus sanfermines son, desde hace tiempo, un desastre turístico del que muchos pamplonicos huyen horas antes de que, al mediodía del 6 de julio, se dispare el cohete de las vísperas, el famoso «chupinazo» con que estalla la juerga más juerga del mundo. Y es que en los sanfermines puede estar cualquiera, ya que basta con saber empinar el codo, cantar a gritos, y saltar y empujar también a gritos. Lo dice quien guarda los mejores recuerdos de esta fiesta grande y violenta y quien, todavía en el 85, se asomó por ahí, pero vino, vio, y se fue. Este año, en cambio, soñé que la feria de Sevilla se prolongaba eternamente. Y eso que al cabo de ocho días de mucho «fino» y poquísimo sueño empezaba a sentirme un poco aferiado, por no decir averiado. Más el problema de los pantalones, que cada día me cerraban con mayor dificultad.

Que el genial César Vallejo me perdone, pero también hay golpes de suerte en la vida, tan fuertes... Yo sí sé. En fin, que todo empezó con una feroz sinusitis, bronquitis y otitis. No lo digo por rimar sino por dar una buena idea de lo mal que me encontraba días antes de la feria. Nunca había tenido una bronquitis, mi otitis crónica había desaparecido para siempre desde la adolescencia y, en cuanto a la sinusitis supercrónica que influyó tanto en mi decisión de abandonar París (me asaltaba hasta tres veces al año, dejándome prácticamente sin bolsa y sin vida), San Doctor de Varennes, un gran otorrino de Montpellier, había obrado el milagro de descubrir su origen, que era nada menos que el siguiente, de acuerdo a sus santas palabras: «Lo que usted tiene, y va a dejar de tener, es una especie de sinusitis doble. Pues sí, señor, y no me mire con esa cara, porque yo tengo la profunda convicción, la fe, que no es lo mismo que la esperanza, ya que ésta es una especie de abdicación de aquélla, tengo la profunda convicción, le repito, de que con unas cuantas vacunas y una dosis de manganeso que podría matar a un caballo, pero que a usted le va a devolver la vida, todo pasará a ser cosa del pasado. Su mal no tenía remedio porque en París, y antes en su país, a usted sólo lo habían remendado. Nadie hasta ahora había ido al fondo de las cosas para descubrir lo que yo acabo de descubrir al cabo de muchísimos exámenes, de tantos ires y venires. Sí, lo sé, ha sido un viaje muy largo, casi tan largo como el de Colón, ja ja (usted me entenderá, porque es peruano), pero, modestia aparte, ya hemos llegado a tierra. ¿Y qué hemos descubierto una vez llegados a América? Hemos descubierto algo así como una sinusitis doble, nada menos, porque usted no sólo tiene una sinusitis crónica, sino que además tiene una feroz alergia al microbio que le produce esa enfermedad. De ahí que usted no se enfermara una sino dos veces cada vez que se enfermaba. Y de ahí el que usted haya sido doblemente infeliz crónicamente.»

Cuánta razón tuvo San Doctor de Varennes hasta unos quince días antes de la feria de Sevilla. Nunca más había sido doblemente infeliz y, de pronto, juácate, el fondo de la cama, las persianas cerradas, la total postración, la maldita enfermedad contra la cual mi organismo no tiene resistencia alguna. Receta tras receta, médico tras médico, día tras día, vacuna tras vacuna y manganeso tras manganeso. Y lo peor de todo es que se acercaba la fecha en que tenía que dar unas conferencias en Vigo y Pontevedra. Mejoré un poco, pero no lo suficiente como para emprender un viaje, o sea que llamé por teléfono a Vigo y todo quedó postergado por el momento. Pero aquí estoy mintiendo descaradamente. Sí, es cierto que yo iba a llamar a Vigo e intentar postergar el viaje, pero eso lo hice sólo minutos después de que Lucho León Rupp me llamara de Madrid para invitarme a la feria de Sevilla.

Le hablé de la sinusitis y de unas conferencias en Galicia, pero muy cortésmente me dijo que me olvidara de todas esas tonterías y que me presentara en su casa el sábado, agregando que partíamos el domingo por la mañana.

—Dame media hora para contestarte, Lucho.

—De acuerdo, media hora, pero ni un minuto más.

Manda mucho, don Lucho, o sea que inmediatamente llamé a Vigo, postergué mis conferencias, y lo volví a llamar para avisarle que sí, que llegaba el sábado, aunque doblemente convaleciente, en vista de que una vez, en Montpellier, un otorrino me había dicho que... Bueno, no quise soltarle el rollo porque ya me lo estaba imaginando muerto de risa en Madrid. Listo, esta vez sí que he dicho la verdad.

Tengo escrito por ahí que lo único malo de la feria de Sevilla es que se acaba. Para mí, en todo caso, ésta es una verdad del tamaño de una catedral. Y es que en este mundo no hay nada más distinto a la sinusitis que esa feria de abril. Son el cielo y el infierno, sin pasar siquiera por este valle de lágrimas. Que Dios te tenga en su feria. Está sentado a la feria de Dios padre. ¡Santa feria, qué ha pasado aquí!

Nunca olvidaré que, desde el hotel Alfonso XIII, llamé a varios amigos. Hablé con Pepe Esteban y no me reconoció la voz. Hablé con Maite, su esposa, y me dijo que me había cambiado por completo la voz, pero para bien. Llamé a Chus y Conchita García Sánchez, y estuvieron de acuerdo al decirme que con esa voz ya nunca más volvería a sufrir. Llamé a Milán, a mi recordada Sylvie, y me gritó: «¡Por favor, ven a visitarme con esa voz, Alfredo!» Me consta, por consiguiente, que no todos los extremos son malos. Y lo digo porque lo he vivido con tan sólo algunos días de diferencia. Es extremadamente malo estar doblemente enfermo, pero es extremadamente bueno ser doblemente feliz.

Cronológicamente, las cosas sucedieron más o menos de esta manera. Con cara de preocupación, Lucho me recibe en su departamento de Madrid. Me sirve el whisky que le pido, pero sé que le ha preocupado la cara de gran convaleciente que me he traído de Barcelona. Rochi Woolcott observa la situación, sonríe, y sugiere que deberíamos comer algo y acostarnos temprano porque mañana nos espera un buen trotecito. Por el fondo de la sala aparece Diana de la Puente, la gran amiga de Rochi. Ha llegado de Lima hace algunas semanas y también va a la feria. Me la presenta y, una hora más tarde seguimos conversando de la gran cantidad de amigos comunes que tenemos en Lima. Con Rochi me sucede lo mismo: resulta que es íntima amiga de Marilú y Michel Tola, de Titi y Marisol Moldauer, grandes amigos míos desde la adolescencia. La conversación sigue y Diana de la Puente empieza a convertirse para mí en lady Diá y siento la alegría que da toda nueva amistad y ya es un poquito como si la feria hubiese empezado.

Pero hay que comer y acostarse temprano. Lucho sugiere que caminemos hasta El Viejo León, un buen restaurant que se encuentra a un par de calles de su departamento. Comimos muy muy bien, pero hacía siglos que yo no bebía una copa y muchas más y, entre la alegría de la amistad compartida y la llegada de un guitarrista *cantaor* que se mandó por bulerías, el viaje a Sevilla se me hizo cortísimo y no bien llegué quise mandarme por peteneras pero me salió espuma. En fin, fue lo suficiente como para que me mandaran a la cama inmediatamente, tras haberme explicado que Sevilla se encontraba a más de quinientos kilómetros del Viejo León.

Me dejaron dormir a pierna suelta y amanecí premonitoriamente recuperado de mi primera noche de Sevilla en Madrid y de mis últimos días de enfermo doble en Barcelona. Lady Diá viajaría recién esa noche en avión, todavía nos faltaba recoger a los Béjar, que resultaron ser los Behar, sin acento y con hache en vez de la jota. Los Behar, Moisés y Tetel, forman una de esas parejas a las que, de entrada, uno les puede tener un poquito de miedo, por lo organizadas y perfectas que son. De salida, sin embargo, uno les ha tomado tanto afecto y ha aprendido tanto de ellos que siempre sentirá la necesidad de volverlos a ver. Los recogimos en el Residencial Colón, donde nos estaban esperando puntualmente desde hacía un par de horas. Ya sólo faltaba recoger a Rochi, cuya maleta me ofrecí a cargar y acomodar entre un abundante equipaje, procediendo ipso facto a lastimarme un dedo que empezó a sangrar abundantemente. Me parchó Moisés Behar, y ésa fue la primera, entre un millón de veces, en que tuve que darle las gracias por ser un viajero tan precavido. No exagero un ápice cuando digo que esta gente es tan buena que, antes de cada viaje, toma un millón de precauciones, pero las toma para los demás, porque la verdad es que a ellos nunca les pasa nada de puro precavidos que son.

Yo recogí a lady Diá en el aeropuerto de Sevilla, de lo cual me enorgulleceré eternamente. Y a ella no se le perdió mi maleta, lo cual es algo que le agradeceré también eternamente. Nos reunimos en el hotel Alfonso XIII, donde Lucho se había dado cita con el próximo amigo que descubrí en este viaje: don José Rivera. Gracias a él, Lucho había logrado alquilar cuatro departamentos, en vista de que todo lo hace a último minuto y las habitaciones en el Alfonso XIII hay que reservarlas con siglos de anticipación. Pero no debíamos quejarnos: los cuatro departamentos eran completamente nuevos, estaban provistos de todo el confort que la sociedad de consumo exige, y éramos nosotros quienes los íbamos a estrenar. Bueno, nos despedimos de don José Rivera, eternamente agradecidos porque había movido cielo y tierra en busca de nuestro perfecto confort, y nos dirigimos a los famosos departamentos.

El primero en rabiar fue Lucho, porque su departamento no tenía teléfono y él se pasa horas al día llamando al mundo entero. Le respondimos en coro que nuestros departamentos tampoco tenían teléfono y que también a nosotros nos gustaba hacer una llamadita de vez en cuando. Después ocurrió todo lo siguiente: a lady Diá se le bloqueó la puerta al salir y tuvo que dormir la primera noche en un sofá-cama que, felizmente, los Behar habían descubierto en la sala de su departamento. Al mío, que quedaba en la parte lateral del edificio, había que llegar con velas porque aún no habían instalado la electricidad en el corredor. En cambio sí habían instalado dos cuadros tan horrorosos sobre las camas, que todos me aconsejaron descolgarlos y esconderlos en el armario, por temor a que me volviera ese insomnio que tanto me había afectado al final de mi estadía en Francia. Por la ducha de Tetel y Moisés sólo salía agua caliente para una persona, y para eso sí que ellos no habían tomado ningún tipo de precauciones. El amor resolvió aquel problema: Moisés obligó a Tetel a ducharse siempre primero y Tetel se obligó a sí misma a ducharse tan tan rápido que Moisés, duchándose rapidísimo, aún lograba encontrar un poquito de agua quitadita el frío.

92

Drama: por la ducha de lady Diá no salía agua caliente ni fría. Fue entonces cuando Lucho contó algo que, a su vez, le había contado a él Armando Villanueva. Durante sus duros años de cárcel, lo único que le dieron para bañarse fue una lata de leche Gloria. Día a día y año tras año, cada mañana le traían su latita de agua y arrégleselas usted como pueda. Perfecta y orgullosa, lady Diá aprendió a ducharse igualito que Armando Villanueva en sus años duros. La única diferencia fue que ella lo hacía con un vaso de agua porque en su departamento sólo había vasos. Y en el de Tetel y Moisés sólo había platos. Y en el mío sólo había cubiertos. Recurrimos a la solidaridad, al buen humor, y al trueque, aunque claro, don Luis León Rupp recurrió a los cincuenta mil amigos que tiene en Andalucía y terminó perfectamente bien instalado y con teléfono (hay que reconocer que lo prestaba), en el Alfonso XIII. Y recién entonces exclamó, muerto de risa: «Pero todas estas cosas son la feria de Sevilla, señores.»

Qué tal conchudo, por Dios santo, pero para qué entrar en este tipo de consideraciones. Eran ya casi las doce de la noche y todavía no nos habíamos acercado a la maravillosa y enorme portada del Real de la feria. Nos dividimos en dos grupos, porque no cabíamos en un solo taxi y nos dimos cita ahí, bajo el millón de luces que muy pronto iluminarían la entrada al Real, toda una ciudad de mil avenidas e incontables casetas que, año tras año, se construyen para la feria y se destruyen cuando ésta termina. Tardamos horas en llegar, porque todo el mundo iba al mismo sitio y tardamos horas en encontrarnos porque todo el mundo se da cita en ese mismo lugar. Recuerdo lo bien que me sentí, de pronto, y recuerdo que perdí el sueño por completo pero que no era insomnio lo que tenía. Tenía simplemente que la feria de todos había empezado para mí también.

93

Toda cronología se perdió para mí —y me imagino que también para miles y miles de feriantes— desde el momento en que el alcalde de la ciudad hispalense apretó el botón y dio un iluminado banderazo de salida a la ya clásica y maratoniana semana del fino, el albero, los caballos, los claveles, los trajes de faralaes y un largo etcétera. Debí incluso guardarme el programa de las corridas para saber qué día vi a José Mari Manzanares llevarse una oreja, más que nada por la forma tan preciosa en que le colocó la muleta a un toro de Torrestrella, la misma tarde en que, «para variar», Curro Romero abandonaba la Real Maestranza protegido por policía nacional, en medio de una tremenda bronca. Recuerdo, eso sí, que la víspera de nuestro retorno a Madrid, Espartaco, el gran triunfador de la feria, se encerró con seis miuras. En la reventa se pagaba hasta mil quinientos dólares por una barrera de sombra, pero también la reventa se agotó y ahora cómo hacíamos porque Lucho no había sacado entradas para esa corrida. Ubicar a los Lozano, apoderados del diestro y grandes amigos de don León, era totalmente imposible. El mundo entero los buscaba para pedirles lo mismo (unas entraditas, por favor), y lo único que logramos averiguar fue que se habían escondido en Córdoba y que no aparecerían por Sevilla hasta el día de la corrida. Lady Diá había abandonado la feria y Tetel y Moisés preferían pasearse tranquilamente por la ciudad. Pero Rochi y yo habríamos dado cualquier cosa por llegar a los tendidos, y Lucho habría dado la vida por darnos ese gustazo. Movió cielo y tierra, y pocas horas antes de la corrida se nos presentó con tres entradas en la mano.

Vimos la lidia prácticamente desde la bandera, pero así y todo, valió la pena.

Para mí, ésta fue, además, la oportunidad de conocer otro rasgo de este hombre al cual sólo parecen preocuparle cinco cosas en la vida: su envidiable relación con Rochi, su familia, los amigos, la buena mesa y la caída del pelo. Me eran familiares el enorme tacto, la finura y el sentido del humor con que trata a cada persona. Sabe reírse hablando muy en serio y soltarle a la gente las humoradas más grandes con una gravedad tal que el interlocutor termina igual que un torero totalmente descolocado ante una res que no ofrece mayor peligro. Y, como diría un astrólogo, un rasgo oculto de su carácter podría ser la filantropía aplicada a la educación y la cultura de su país. Pero la tarde en que Espartaco se encerró con los seis toros de don Eduardo Miura, dándose el lujo de jugárselas además con un sobrero, descubrí que don León, como le llaman en Jerez, detesta las cosas fáciles. Ya dije que nos tocaba sentarnos prácticamente en la bandera. Lo lógico era, por consiguiente, llegar a la plaza una buena media hora antes, para empezar a trepar gradas sin que a uno lo degradaran de un buen empujón. Pero Lucho, nada. Tomó el asunto con calma chicha, alargó hasta donde pudo la sobremesa en el restaurant San Marcos, hizo que su precioso coche de caballos pasara antes por el Alfonso XIII (el hombre no perdía las esperanzas de ofrecernos a Rochi y a mí algo mejor que un rincón cerca del cielo de la Maestranza), y cuando por fin nuestra «carreta» llegó a la plaza, se le ocurrió nada menos que tomarse un carajillo e invitarme a un coñac en un barzuelo de al lado. Yo no cesaba de mirar mi reloj y, cuando faltando seis o siete minutos para el paseíllo, le dije Lucho, por favor, que no llegamos, me dijo que una de las cosas que más le entusiasmaban era la idea de llegar un minuto antes a la puerta del tendido y medio minuto antes del paseíllo a la bandera de la Real Maestranza.

—Eso agrega emoción, señor artista —añadió—; la vida tiene que ser así...

—Ay, Alfredo —intervino Rochi—, si tú supieras: así es con los aviones, con los trenes, con las citas, así es con todo en la vida.

El hombre cumplió su palabra. Pagó carajillo y coñac minuto y medio antes del paseíllo, nos guió hasta la puerta del tendido

95

que daba a la bandera un minuto antes, y nos abrió paso a Rochi y a mí como un campeón de cien metros con un millón de vallas. La pena que sentimos Rochi y yo al ver que algún puro «Fidel Castro» le había abierto tremendo agujero en el italianísimo sacón rojo que llevaba puesto. Nos dio tanta pena que quedamos en no decirle nada hasta después de la corrida.

El toreo es un arte visual en el que pierde su tiempo quien ignora una ley fundamental: al toro y al torero hay que estarlos mirando siempre al mismo tiempo. Es ridículo mirar a uno y a otro separadamente. Esa tarde, sin embargo, el asunto era mucho más complicado porque había tres cosas que mirar: a Espartaco, al toro, y a los apoderados de Espartaco. Ellos mismos no deben saber hasta ahora cuántos cigarrillos se fumaron entre las seis y media de la tarde, hora en que empezó la corrida, y las nueve y diez, hora en que, por fin, respiramos todos. Pero los «calvos Lozano» seguían como aterrorizados cuando nos invitaron a la suite que su protegido ocupaba en el Alfonso XIII.

¿Qué sentía el torero al saber que la gente había pagado hasta mil quinientos dólares por verlo esa tarde? Espartaco no respondía claramente. No estaba contento. Hubiera querido llevarse todas las orejas de esos endemoniados miuras cuya peligrosidad atroz se daba en dos tiempos: colándosele por la derecha o la izquierda, primero, y luego arrojándosele sobre el pecho tras haber girado en redondo con la rapidez de un toro bravo. Espartaco nunca había toreado miuras y es probable que la próxima vez lo haga mejor. Saber torear y saber torear miuras son dos cosas totalmente distintas. Pero el diestro se la había jugado durante dos horas muy largas de peligro. Con un poquito menos de facultades físicas, hubiera ido a dar rápidamente a la enfermería. Y el público lo supo desde el primer instante y fue eso lo que aplaudió cuando no guardaba el silencio del pánico o al terminar la corrida. A Espartaco lo esperaba luego la feria de San Isidro, casi un mes de corridas diarias en Madrid. Su nombre no podía faltar en el cartel de algunas tardes, pero para ello, el señor Chopera, eterno empresario de Las Ventas, tuvo que desembolsar una suma casi tan bonita como la que el torero había ganado a lo largo de todo el año anterior. «O si no, no hay torero», le dijeron los Lozano, que saben cuidar a sus toreros hasta el extremo de llevarlos de ciudad en ciudad y de país en país con médico propio. Chopera «atracó» y Espartaco manda mucho hoy en día en los ruedos.

Pero la feria del sexteto peruano se movía también por otras regiones de Andalucía. Lucho, como anfitrión, quería agradar tanto como Espartaco. Y nosotros, ni tontos ni perezosos, lo seguíamos puntualmente por todas partes, dentro de la impuntualidad más grande que he visto en mi vida. Es curioso cómo la imagen que dan los artistas corresponde muchas veces a la de los hombres de negocios. Para decirlo con menos dureza, el rasgo más artístico de la personalidad de don León es la impuntualidad. La practica con arte y gracia y, en honor a la verdad, tolera bien la crítica. Lo malo es que muchas veces Rochi no lo tolera a él. Y mucho menos la pobre lady Diá, que salió disparada de la feria un par de días antes del fin. Aprendió hasta a ducharse con una latita de leche Gloria (un vaso, en su caso), como Armando Villanueva en sus muy duros años de prisión, pero a lo que no se acostumbró jamás fue a la impuntualidad de Lucho y a todo aquello que él llamaba «cosas de la feria». Y temía que Lucho fuera impuntual hasta en abandonar Sevilla. Es decir, que nos quedáramos meses en la capital hispalense. La verdad, en aquellos momentos yo no tenía nada contra este tipo de impuntualidad.

Estaba a punto de hablar de nuestros desplazamientos a Jerez y Cádiz, pero me he desviado con el tema este de la impuntualidad. Voy a insistir un poquito más en ello, para mandarme una flor. Para todos, ahí el gran impuntual tenía que ser yo. Así pensaban Tetel, Moisés y lady Diá de mí: «Es escritor, luego es impuntual.» Los defraudé, como defraudo a tanta gente que llega a mi casa pensando que en ella encontrará el caos dentro de una leonera y se encuentra algo así como el departamento de un suizo que, en Lima, se detiene a las cuatro de la mañana ante un semáforo en rojo. Pero también yo aprendí mucho al lado de esta gente, y una de las cosas que siempre recordaré de Sevilla-87 fueron mis conversaciones con Moisés Behar. Fue un gran hombre de negocios y ahora es un filósofo. Supo retirarse a tiempo de la guerra pero nunca se retiraría del amor. Ni de la amistad ni de la buena mesa. Sabe cuidarse y ese saber lo comparte con su esposa, con quien viaja sin cesar por el mundo entero. Algo así como Ulises, pero recorriendo los mares con Penélope. En fin, algo que jamás se le ocurrió a Homero. Cada vez que me acercaba a Moisés, aprendía algo muy importante.

Bueno, pues lleguemos de una vez por todas a Jerez. Lucho lo había arreglado todo y Álvaro Domecq nos esperaba en Los Alburejos, uno de esos cortijos andaluces donde se crían reses bravas y caballos de leyenda en campos color violeta. Se lució don Álvaro hijo en una «tumbá» especialmente preparada para don León y sus amigos. Nos lucimos Moisés, don León (así le llama la familia Domecq a Lucho) y yo con el fino. Rochi prefirió siempre el oloroso y Tetel prefirió cuidarse un poco porque nos quedaba mucha feria por delante. Después, la maravilla de Álvaro hijo rejoneando a campo abierto para el sexteto peruano. Una y otra vez. Y de nuevo y nuevamente. Verlo cabalgar por esos campos que olían a lavanda es algo que nunca olvidaré.

Don Álvaro padre y su esposa nos esperaban para el almuerzo. ¿Qué le hace esta gente al gazpacho que, después, todos los demás gazpachos saben a jamonada en lata? Interminable almuerzo, acogida interminablemente andaluza. A la salida, un caballito que nació anoche buscando la teta de su madre. Una visita a las caballerizas donde se guardan los caballos más hermosos del mundo. Ni una sola mosca. No debe existir otra caballeriza en el mundo donde jamás haya entrado una mosca.

Valió la pena llegar tarde a la corrida aquel día, y para mí fue una especie de alivio. Lucho quería que Manzanares me brindara el primero de la tarde y yo no me sentía con derecho suficiente para ello. Había estado sólo una vez con José Mari en su finca alicantina, dos años atrás. Fue Lucho quien me invitó a verlo encerrarse con seis toros en su ciudad natal. Estuvo muy bien Manzanares, desde luego, aunque después de la corrida se quejó de fuertes calambres en los brazos y del gran cansancio que sentía. No era para menos: la noche anterior nos habíamos quedado hasta las mil quinientas bebiendo Don Perignon. Y ahora, en Sevilla, Lucho había insistido en que se me brindara el primero de la tarde. Lo perdió su impuntualidad. Por conversar con don Álvaro Domecq padre, llegamos al segundo de la tarde y no faltó el bromista que dijo que Manzanares me había estado buscando en el tendido seis.

Al día siguiente, Jerez nuevamente. Y eso, a pesar de que nos habíamos quedado hasta las seis de la mañana en nuestra caseta del Real de la feria. Nunca nos habíamos quedado hasta tan tarde, pero don José Rivera, que mandaba en la caseta, quiso que ésa fuera «una noche más noche que todas las demás». Fue Moisés, por supuesto, quien *diseñó* el menú que empezó a crearme problemas con la ropa. Entre finos y olorosos transcurrió una noche entera de cante y de baile. Eran genialmente graciosas las sevillanas que se bailaba José Rivera con sus hijas. Y perfectas las que éstas bailaban con sus novios y otros invitados. A la guitarra, un muchacho extraordinario que tuvo a bien acompañarme por peteneras. Aunque andaba ya un poco afónico con tantos puros y finos y oles, creo que me desquité del rotundo fracaso sinusítico que había sufrido en Madrid. En fin, me pidieron que me mandara y me mandé, aunque ahí la estrella del cante era un gordo de quimbas geniales que, de un solo papazo, pasaba de lo profundo a lo alegre y ligero y viceversa. Era nada menos que concejal del Ayuntamiento de Sevilla. Y ahora recuerdo que aquella noche descubrí que lady Diá era una parasicóloga nata. Nadie que no lo fuera hubiera podido ver todo lo que ella vio entre los asistentes a nuestra caseta. Cómo nos reímos aquella noche en la avenida Pepe Luis Vázquez n° 78.

Y a Jerez, otra vez, no bien logramos levantarnos. Don León había hecho sus llamadas al mundo entero y pudimos partir nuevamente invitados por Álvaro Domecq hijo. Pero esta vez, para ver el maravilloso espectáculo de los caballos andaluces de alta escuela. La idea vino, sin duda, de los famosos caballos de Viena, pero en Jerez todo ha cambiado, todo es perfectamente andaluz: desde la indumentaria de los jinetes, que se remonta a siglos pasados, hasta el andar algaracero de los caballos blancos, pasando por la música. Terminado el espectáculo, el cuerpo pide finos y olorosos, o sea que nos dirigimos al hotel Jerez de la Frontera, pero no sin antes despedirnos de Álvaro Domecq. Como de tantos otros encuentros, sucesos y despedidas, Moisés dejó un testimonio fotográfico. Era el fotógrafo del grupo y costaba trabajo arrancarle la cámara de las manos para aplicarle el lente a él.

Con Lucho uno nunca sabe lo que va a hacer ni lo que va a pasar, aunque hay que reconocer que las cosas que improvisa, a lo largo de cada día, suelen resultar mejores que aquellas que habíamos planeado la noche anterior. O sea que terminamos almorzando en Cádiz, deliciosa y muy impuntualmente, por supuesto. Y no llegamos a la corrida. Descansamos un poco al regresar a Sevilla y decidimos que, por fin, esa noche nos internaríamos en el barrio de Santa Cruz. Entramos por el encantado Patio de Banderas, cuyos naranjos dan un fruto tan agrio que sólo sirve para preparar la tan británica mermelada de naranja. Seguimos luego deliciosamente perdidos por calles cuyos nombres son Agua, Vida, y otras palabras que dicen tanto de Sevilla y Andalucía toda. Pero ahí tuvimos la única decepción de la feria. Fue en un restaurante situado en El callejón del Agua y cuyo nombre era, si mal no recuerdo, El Corral del Agua. El lugar, un patio escondido en pleno barrio de Santa Cruz, era tan hermoso, tan inolvidablemente bello, que decidimos comer ahí. Bueno, para qué recordar el servicio tan ineficaz y los trozos de carne que salían de aquella barbacoa al carbón vegetal.

Nos desquitamos al día siguiente, cruzando el Guadalquivir en la «carreta» de don León y consiguiendo una excelente mesa en un restaurante donde no cabía ni una mosca. Lucho empleó con encanto esas tácticas que siempre le envidiaré para obtener lo imposible. Y digo *imposible*, porque fue exactamente lo que a él le manifestó la propietaria de ese asador, no bien abrimos la puerta: «Es imposible, señor; no tenemos ninguna mesa ni la tendremos hasta la noche.» Lucho nos dijo que nos instaláramos en el bar, que pidiéramos unas copas, y empezó a pasearse por el restaurante con su sonrisota. Movió mesas, desplazó gente, se conquistó a la dueña, y Tetel, que la noche anterior era la que peor suerte había tenido con la carne, terminó comiéndose un cordero asado como Dios manda.

Encontré a lady Diá francamente cansada, al día siguiente. La esperaba todavía un viaje a Washington, por cosas de su trabajo, y la verdad es que, tal como iban las cosas de bien, ni Rochi ni Lucho ni yo teníamos cara de querer abandonar Sevilla el día fijado. Y Moisés y Tetel no tienen fecha fija sino para estar contentos, o sea que lady Diá no podía confiar en nadie para un regreso puntual a Madrid, donde también tenía cosas que hacer y parientes que visitar. Con muchísima suerte, consiguió un billete de tren para las tres de la tarde. Pero Lucho no podía despedirla de cualquier manera y, aunque la sabiduría de Moisés sugirió un taxi, él se empeñó en que la acompañáramos todos a la estación, nada menos que en la «carreta» para que nuestra buena amiga hiciese una salida triunfal de Sevilla. Y así fue, con paciencia, buen humor y la elegancia de cuatro preciosos caballos sabiamente tironeados por el cochero y su acompañante. Llegamos bien, bastante puntuales, para qué, pero lo malo fue que llegamos a otra estación. Vi pánico en la cara de lady Diá, y no me quedó más remedio que volar con su equipaje hasta un taxi y pedirle, por favor, al taxista, que batiera todos los records posibles porque la señora simplemente no podía perder el tren. La verdad, no lo perdió porque el tren salió con algunos minutos de retraso.

Dos días más tarde, Tetel y Moisés partían rumbo a Marbella. La feria del 87 había terminado y Lucho sonreía como si recién fuera a empezar. Yo no logré entender tanta alegría hasta que le oí decir: «Nadie se ha enfermado, nadie se ha sentido mal, y no hemos visto una sola escena desagradable en ocho días de fino y más fino.» Esto último resultaba increíble, pero en el fondo es la pura verdad. Decenas y decenas de miles de personas beben y beben pero nunca pasa nada. Ni siquiera cuando la España insólita hace su aparición en la feria. Me refiero, claro está, a uno de los máximos incondicionales de esta fiesta de fiestas, el autodenominado y bastante seguido Gregorio XVII, «el Papa paralelo al de Roma», que hizo su aparición con su habitual y muy amplio séquito del colegio cardenalicio cuya sede se encuentra en El Palmar de la Troya. El periodista Emilio González nos cuenta en el *Correo de Andalucía* que Gregorio XVII «degustó los diferentes caldos que por estas fechas se expenden en botellas de vidrio oscuro».

Son cosas de la inenarrable feria de Sevilla. Y cuando digo *inenarrable* es porque siento que, al cabo de dos crónicas y muchas cuartillas, no he logrado llegar al alma de la reina entre las fiestas de Andalucía. Ello es imposible, según ese extraordinario escritor y crítico taurino que fue Gregorio Corrochano. Leámoslo: «Quisiera llevarte, mujer, a la feria de Sevilla, porque si es verdad que estuve muchas veces, no sabré decirte cómo es. Para escribir de la feria de abril no es suficiente ser escritor; es necesario saber pintar, saber montar a caballo como un garrochista, y quizá saber también tocar la guitarra. Y después de todo esto tampoco te haría sentir lo que los andaluces llaman duende, que es algo así como el espíritu de las cosas que nos rodean y que al parecer vive en la feria. La feria de Sevilla hay que verla. Si no la has visto, si no la has vivido, por mucho que leas de la feria, nunca sabrás cómo es la feria de Sevilla.»

MIS DIEZ LIBROS PREFERIDOS

En realidad, el orden en que he colocado estos libros no quiere decir que prefiera el primero al segundo o el quinto al sexto, por ejemplo. Todos ellos son el libro que más me gusta, en el momento en que los abro por cualquiera de sus páginas o capítulos y, literalmente, caigo en el enorme placer de encontrarlos siempre mucho más bellos y sabios que la vez anterior. Ahí están, cada noche, sobre la mesa, al lado de la cama, y muchas veces cierro los ojos y dejo que el azar escoja por mí. Da lo mismo.

La gente me pregunta, a menudo, por qué entre estos libros no figura ninguno escrito por un escritor que aún vive, y, lo que es más, por qué la mayor parte pertenece a siglos lejanos. Esto me lleva a pensar que los escritores contemporáneos encuentran muchos más compradores que los clásicos. La única explicación que le encuentro a este hecho es que se debe a lo que yo llamaría la pequeñez cultural de muchos lectores. Un lector cuya cultura es poco sólida piensa, sin duda alguna, que se sentirá más cerca de un escritor que ha sido educado en su misma sociedad y que, por consiguiente, ha sufrido los mismos cuestionamientos y vivido las mismas experiencias.

El verdadero lector, el enamorado de la literatura, busca, por el contrario, un distanciamiento tanto a nivel temporal como espacial (es decir, libros de otros siglos, de otros países, de otros horizontes). Esto se debe a que, para él, los problemas fundamentales de la condición humana son siempre los mismos en todas partes, por lo cual resulta verdaderamente apasionante ver qué

103

soluciones reales o imaginarias se les ha encontrado. El hombre cambia, ha cambiado y cambiará siempre, puesto que es maleable por naturaleza. Lo curioso y lo realmente apasionante es seguir el inmenso dominio en que se han ido dando todas sus posibles transformaciones.

Un libro es un objeto mágico y el ojo de un buen lector puede hacer que surja todo un mundo de él. Por ello, la gran literatura no es otra cosa que ese conjunto de libros que, con el paso del tiempo, logran ser aprisionados en su totalidad. Nadie podrá cambiar ya el destino del *Quijote*, sin duda alguna el libro que más quiero conjuntamente con... Bueno, conjuntamente con los otros nueve libros que voy a citar. Cada uno, repito, es el que más me gusta, cuando lo tengo ante mis ojos. Cualquiera de ellos puede hacerme olvidar los otros nueve. Yo podría concebir toda una vida leyendo o releyendo a mis diez compañeros de mesa de noche. Y, en momentos en que tengo que leer algo que no me atrae, llego a desear intensamente que esa otra vida, por más imaginaria que sea (y esto por culpa de la vida real, de la maldita cotidianidad), se presente como un milagro ante mis ojos.

Noblesse oblige, he puesto al *Quijote* en primer lugar. Pero *noblesse* también me obliga a ser prudente y discreto porque, por más que me prueben lo contrario, un extranjero siente cierto pudor cuando se trata de hablar de este libro quintaesencialmente español, por más universal que sea. Soy un hombre de convicciones políticas o, por lo menos, provisto de un alto grado de sentimentalismo político, por decirlo de alguna manera. Pero no, simplemente no me atrevería a intervenir públicamente, aunque se trate tan sólo con juicios de valor, en la política del país que me alberga. Hay una cierta *noblesse* que a ello me obliga y, también, cierto pudor. Puedo contar, eso sí, que no fui lector infantil y que me inicié en la lectura durante mi adolescencia, ya en secundaria. Un profesor intuyó al escritor que había en mí y me prestó *La vida de don Quijote y Sancho*, de Miguel de Unamuno, y desde entonces hasta hoy. A Unamuno le debo, por lo menos, mi llegada al *Quijote*, y a este coloso le debo la facilidad y el placer con que pude entrar en *Gargantúa y Pantagruel* y en *Vida y opiniones del caballero Tristram Shandy*. Por eso no puedo pensar en uno de estos libros sin pensar en los otros dos. Me encantan por lo enormes que son en todo sentido porque el sentido de la desmesura que hay en todos ellos es y será siempre el único capaz de alborotar ese gallinero de vida que debe ser la literatura. Fíjense ustedes lo que le pasó a Francia: los autores se alejaron del desbordamiento para caer en la mesura cortesana y académica, en la perfección formal. Sólo Proust y Céline volvieron a encontrar el eco de la locura que es la libertad de escribir de acuerdo a un temperamento absolutamente personal, sin reglas ni perfecciones, como Rabelais. El idioma francés decayó a punta de corrección. Carlos Fuentes llega a considerarlo una lengua muerta. En cambio, *Gargantúa, El Quijote, Tristram Shandy*, qué libros tan malos, por Dios santo, qué manera de alejarse de cualquier arte poética, qué absurdas digresiones, qué manera de perder el hilo, cuántas páginas de más (?). Todo esto, señores, en nombre de la vida, del ser humano, de las «lágrimas y caca» de Quevedo. De la más absoluta actualidad.

LISTA DE LOS DIEZ LIBROS

Don Quijote de la Mancha (Cervantes)
Gargantúa y Pantagruel (Rabelais)
Vida y opiniones del caballero Tristram Shandy (Sterne)
La Cartuja de Parma (Stendhal)
En busca del tiempo perdido (Proust)
Viaje al fondo de la noche (Céline)
Bajo el volcán (Malcolm Lowry)
Obra completa (Francisco de Quevedo)
Cuentos completos (Hemingway)
Obra poética completa (César Vallejo)

EN LA ISLA Y SIN EL LIBRO

Como todas mis demás pertenencias, mis libros están en un guardamuebles. Vivo en un departamento ajeno, ajeno como una isla y, de pronto, muy parecido a la isla de Robinson Crusoe en el momento de su desembarco, pues acabo de llegar y me tropiezo con todo y nada me pertenece. Soy, eso sí, por razones estrictamente personales y sentimentales, todo lo contrario de un náufrago, ya que ando en la penúltima etapa de una mudanza simple y llanamente feliz hacia el mundo en el que dispondré del mejor escritorio que he tenido en mi vida. He visto ya sus amplias paredes desnudas, pero también al carpintero que las llenará con unas estanterías en las que, por primera vez en mi vida, podré ordenar muy cómodamente mis libros. Por ahora, sin embargo, mis libros están arrumados en cajas, casi por orden de azar, diría yo, debido al desorden de camionero con que los hombres de la mudanza los fueron arrojando en cajas de cartón, tras haber arrojado yo, en los días que precedieron este cambio de domicilio, bolsas y bolsas llenas de libros que jamás compré y que, por supuesto, jamás de los jamases leí ni pensé leer.

Hay dos cosas que detesto que me regalen: corbatas y libros (en ese orden), y la única excepción a esta regla de odio se produce cuando alguien me regala una corbata y, excepcionalmente, me gusta. Me tiene que gustar muchísimo, eso sí, para que la cuelgue junto a mis demás corbatas, y para que me obligue a leer el próximo libro que me regalen. Porque esta obligación me impongo y jamás falla, por esas cosas de la vida que son tan irracionales como uno mismo: si me regalan una corbata y me gusta, no tardan en regalarme un libro que me va a gustar. Muy poco antes de mi mudanza, por ejemplo, me llegó por correo una preciosa corbata escocesa, completamente fuera de moda. Era como una señal. No tardaba en llegarme algún libro excelente. Y así fue. El correo me trajo *La ternura del dragón*, la excelente novela de Ignacio Martínez de Pisón, cuya lectura me acompañó en un delicioso viaje a Santiago de Compostela, durante el cual, por supuesto, llevé siempre puesta mi excelente corbata escocesa. Hay leyes en la vida, yo no sé... Golpes de suerte en la vida, yo no sé... Vasos comunicantes en la vida, yo qué sé... Pero, en fin, durante los cuatro años que he vivido en Barcelona sólo me han regalado una corbata excelente y, por consiguiente, sólo me ha llegado, sin que la compre yo, una novela preciosa. Todos los demás libros y corbatas fueron a dar en bolsas y más bolsas a un contenedor que se encuentra en la esquina de la avenida Infanta Carlota y la calle Rocafort. Eran muchísimos, para escándalo de un amigo amante de la acumulación de libros y objetos, y era también muchísimo el placer que yo sentía al comprobar que nuevamente una mudanza me servía para realizar una verdadera operación de higiene domiciliaria y quedarme únicamente con aquellos libros que realmente me son indispensables.

Por eso tengo ahora la sensación de estar en una isla y de que, allá lejos, en un continente llamado Guardamuebles, ciertos objetos para mí maravillosos me esperan. ¿Cuál debo escoger? ¿Cuál escogería si sólo me dejaran sacar uno? No bien empiezo la lista, llego a cien y me entra un insomnio prematuro porque son tan sólo las cinco de la tarde. Y a las cinco de la tarde me entra ese insomnio prematuro porque *Quijote* y *Gargantúa* y *Tristram Shandy* y la poesía de Quevedo y/o Vallejo y y y... Insomnio. Ridículo insomnio porque en mi equipaje para la isla no he traído a ninguno de esos autores y en cambio sí he traído unas *Memorias* de Raymond Aron y *Alamo House*, novela de una escritora texana y austinita, además (casi diría que para colmo de males), que sólo adquirí con afán documental, porque hace un tiempo pasé unos meses en Austin, Texas, y tal vez algún día escriba algo sobre eso.

Estaba empezando a sentirme ridículo con esto de haberme venido a la isla sin libro preferido alguno y con Raymond Aron y

Alamo House, cuando de pronto una súbita oscuridad de nube que tapa el sol me ha llevado a *La Cartuja de Parma* con infinita nostalgia. Siempre he declarado y me he declarado a gritos que ésa es mi novela favorita. Aunque, la verdad, acabo de acordarme de eso, gracias a una nube. Pero la nube también me recuerda que para mí Stendhal no se lee por títulos sino por Stendhal. Me explico: cualquier página de Stendhal es de todos los libros de Stendhal y *El rojo y el negro* está en *La Cartuja* que está en *De l'amour* que está en *Crónicas italianas* que está en *Armance* que está en la correspondencia de Stendhal. Hay pocos autores así, y entre éstos Stendhal es el que más influyó sobre sí mismo y sobre mis lecturas y relecturas de Henry Beyle, *dit* Stendhal, el hombre que por odio a Grenoble y modelación y amor de su propia vida inventó la Italia del *Síndrome de Stendhal*.

Y todo esto lo tengo yo en un guardamuebles y en la isla tengo sólo a Raymond Aron y *Alamo House* ¡Qué enorme error! ¡Qué grave estupidez! ¿En cuál de mis selectas cajas se hallará encajonada mi *Cartuja de Parma?* Nube que has tapado el sol de esta tarde madrileña de isla y nostalgia, ¿en qué caja andará Lorenzo Palla gritando que es un hombre libre y dando su vida por una mujer? Nube nubarrona de mi isla *l'après midi*, ¿qué estará haciendo Fabrizio del Dongo en Waterloo y en una caja? ¿Cómo andará de amores la Sanseverina en su caja? ¿Y su abnegado esposo, cómo está en esta tarde sin sol y con caja? ¿Qué hace, por Dios santo, sol que te has ido, Stendhal en un guardamuebles? ¡Mírame, por favor, cinco en punto de la tarde, mira y descubre lo que es el síndrome de Stendhal!

Acaba de llegar Viernes a la isla y me ha encontrado sin mi *Cartuja de Parma* que es *Armance* que es *El rojo y el negro* que es *Crónicas italianas* que es etc., que es *La Cartuja de Parma*. Le explico todo lo anteriormente escrito a Viernes, aquel odioso personaje que realmente le arruinó *Robinson Crusoe* a Daniel Defoe, sonríe solícito y galante y, extendiendo la mano, tras haber alzado el brazo derecho, logra sacar de un estante su ejemplar íslico de *La Cartuja de Parma*. Agradezco infinitamente la diligencia con que Viernes ha querido resolver el problema de mi libro preferido, y no me queda más remedio que confesarle que esta tarde, por favor, Viernes, lo que quiero es empezar de una vez por todas con la lectura de *Alamo House,* para poder continuar en seguida con las memorias de Raymond Aron, y que felizmente nadie en esta tarde ya sin sol hasta mañana, nadie, por suerte, me ha enviado una corbata por correo porque yo soy así y por lo tanto muy capaz de dejar a Stendhal para siempre en ese guardamuebles en el que, a pesar de todo, seguirá siendo siempre mi lectura favorita.

LA CORTA VIDA FELIZ DE ALFREDO BRYCE

Siempre recordaré con nostalgia infinita aquellos cinco años en que fui escritor y punto. Empezaron durante el verano europeo del 65 en la pequeña ciudad italiana de Peruggia, al cabo de mis primeros nueve meses en París, intensos, felices, plagados de breves desplazamientos a Londres, Bruselas, Amsterdam y varias ciudades alemanas. Me pregunto ahora si huía de algo cada vez que abandonaba París y creo que debo inclinarme ante una respuesta afirmativa: huía de mí mismo, de un enorme y bastante justificado temor a no ser el escritor que durante años había soñado ser. Todo sonaba a farsa en los siete años transcurridos en Lima, desde que abandoné el colegio San Pablo para ingresar a la Universidad de Cambridge, en Inglaterra (llegué incluso a prepararme para aquellos exámenes y trámites), y terminé matriculado en la Universidad de San Marcos, en Lima. En Cambridge iba a escribir y estudiar literatura; en San Marcos, en cambio, por obra y arte de una tenaz oposición de mi padre, no logré escribir una sola página y terminé graduándome de abogado siete años después de haberles dicho a mis compañeros de colegio que pronto verían mi primer libro impreso.

París era demasiado grande y hermoso e importante como para que uno no dudara de algo y a lo mejor yo no había nacido para escribir ni para ser hombre de literatura, ni siquiera para ser abogado, cosa que por lo demás ya había quedado ampliamente demostrada ante los pobres abogados que me tuvieron de practicante en sus bufetes limeños. Ante el temor de no haber nacido para nada y de estarlo descubriendo nada menos que en París, tal vez lo mejor era huir y huía por todas aquellas ciudades europeas tan propicias para un buen aturdimiento del cuerpo y del alma, de la vigilia, el sueño, y los sueños de una adolescencia que de pronto había cumplido ya los veinticinco años de edad con todas sus cuartillas en blanco tal vez para siempre. ¿Qué sería de mí entonces? ¿Quién era y qué quería Alfredo Bryce en la vida y de la vida? ¿Para qué había gozado estudiando literatura al mismo tiempo que un millón de leyes absurdas? ¿Para qué había estudiado idiomas alegando que se negaba a leer traducciones, por ejemplo? ¿No había un lugar en el mundo donde uno pudiera retirarse unos meses sin aturdimiento alguno? Alguien me habló entonces de Peruggia y la palabra me sonó a serenidad y a conócete a ti mismo de una vez por todas, pedazo de imbécil.

Siempre he creído que la primera página que escribí en mi vida fue la venta de aquel billete de regreso a Lima con cuyo importe regresé a mí mismo, al muchacho ordenado y estudioso que había soñado escolarmente con ser escritor y que tanta oposición paterna y tantas burlas de amigos incrédulos habían alejado de sus cuartillas en blanco. Hacía nueve meses que mi madre me escribía puntualmente cada semana y me preguntaba por aquellas cuartillas que yo sólo llenaba con respuestas también puntuales pero en las que le hablaba de todo menos de un cuento o de un proyecto de novela. Ella había sido la única persona que me había declarado escritor a diestra y siniestra. Ella había tenido paciencia y confianza y por eso en el tren rumbo a Peruggia sus cartas al escritor ocupaban un lugar privilegiado en el ligero equipaje de mi debut italiano y literario.

No habían pasado ni cuarenta y ocho horas de mi llegada a Peruggia y estaba llorando de emoción y además no me lo podía creer. Una habitación de estudiante, las obras completas de varios clásicos rusos, y la mesa de trabajo ante un espejo. Sí, nada menos que ante un espejo porque hasta quería ver el sonido de mi Hermes portátil y el primer párrafo aquel que había escrito en mi vida y que además me gustaba mucho porque decía cosas que había querido expresar toda mi vida. Esta vez era yo quién me había bautizado con el nombre de Alfredo Bryce y había elegido la profesión de escritor y punto. Pero esto de escritor y punto no es tan fácil porque nacer de nuevo implica también crecer de nuevo y yo siempre como que he crecido bastante mal. Con gran dificultad, en todo caso. Pero aún faltaban como cinco años para dejar de ser niño y hoy puedo recordar esa primera infancia literaria y parafrasear aquel extraordinario relato de Ernest Hemingway sobre los hechos de una breve vida feliz y hablar de la corta vida feliz de Alfredo Bryce.

Un gran amigo fue testigo de mi segundo nacimiento en Peruggia. Su nombre es François Mujica y me enorgullezco de mantener con él una correspondencia que hoy tiene ya como veintitrés años... Este «divino calvo» de la amistad había viajado conmigo a Francia en aquel otoño (primavera, más o menos, en el Perú), y debía regresar pronto a Lima. Había viajado también con él por Bélgica, Holanda y Alemania, en mis famosas fugas con aturdimiento y miedo a la cuartilla en blanco de mi destino, y su visita de despedida se me presentaba como una fiesta tranquila en la que François me escucharía leerle el primer cuento que había escrito en mi vida. Creo que lo hice muy feliz, por aquello de divino calvo de la amistad, y su despedida alegre hacia su propio destino peruano me lanzó a terminar un libro entero que nunca pasé en limpio porque yo nunca había pensado pasar en limpio nada y porque me lo robaron el día de mi regreso a París.

Lo empecé de nuevo y tampoco lo iba a pasar en limpio porque en eso consistía para mí aquello de ser un escritor y punto. Me encantaba, en cambio, leerle páginas en alta voz a Maggie, la muchacha recién llegada de Lima y con la cual ya me podía casar, por la simple y sencilla razón de que ya era escritor y punto, o sea Alfredo Bryce, o sea un hombre profundamente enamorado de ella y con una vocación que ofrecerle en vez de tantos años de dudas y leyes absurdas y de fugas que de parrandas limeñas pasaron a vagancias y extravagancias europeas con amigos para perder el tiempo hasta perderme de vista a mí mismo. Maggie me escuchaba leerle con santa paciencia y además le gustaba e incluso no escondía cierto orgullo de aquel loquito que ni siquiera ordenaba bien sus cuartillas, que solía mancharlas de vino, y que confundía con insistencia pertinaz el leérselas a todo amigo que cayera por el departamento con lo que es realmente pasar un libro o una novela en limpio. Ella estudiaba cooperativismo por aquella época y una fría mañana de enero se casó con un escritor llamado Alfredo Bryce. Fue una boda alegre y la luna de miel, realmente feliz, consistió simplemente en que ella se mudó de departamento y durmió a mi lado y continuó con su cooperativismo mientras yo seguía escribiendo sin pasar en limpio. Pero la mala suerte quiso que por aquellos días algunos amigos encontraran que mis primeros cuentos merecían un destino mejor que llenarse de manchas de vino o salir totalmente arrugados de un bolsillo del pantalón. Me ayudaron a pasarlos en limpio con el título de *Huerto cerrado* (la versión escrita en Peruggia, robada en París y vuelta a escribir en una *chambre de bonne* se titulaba huachafamente y con mensaje a la humanidad *El camino es así*, por lo que Julio Ramón Ribeyro tuvo a bien armarse de coraje, soltarme la verdad sobre mi titulito y proceder a cambiarlo por *Huerto cerrado*) y la verdad es que ni cuenta me di porque yo andaba metido en el lecho matrimonial con Maggie o en *Un mundo para Julius* conmigo mismo y para que Maggie me quisiera muchísimo más mientras estudiaba cooperativismo y estallaba mayo del 68. Mientras tanto, *Huerto cerrado* literalmente aparecía y desaparecía en Cuba.

Me explico: Cuba era un país lejano y solo por causa del bloqueo pero, aun así, alguien se llevó *Huerto cerrado* hasta La Habana y el libro fue presentado al internacionalmente famoso concurso de la Casa de las Américas. Pasaron meses sin que supiera de su destino, hasta que de pronto pasó por París el escritor chileno Jorge Edwards. Venía nada menos que de La Habana y había sido jurado del concurso con otras cuatro personas, entre las que se hallaban el excelente crítico, traductor y profesor de La Sorbona, Claude Couffon, y el gran poeta peruano Emilio Adolfo Westphalen, que había publicado mi primer cuento en una revista llamada *Amaru*, famosa en muchos países por aquellos años, pero que para mi ignorancia de todo lo que no fuera Maggie y ser escritor y punto era algo tan lejano y solo como la revolución cubana. Jorge Edwards, el primer escritor extranjero que conocí en mi vida, me contó que *Huerto cerrado* había obtenido una mención honrosa en el concurso, que había gustado bastante, que el fallo había sido discutido y estrecho, que el libro se iba a publicar en La Habana, pero a mí todo aquello como que me entró por una oreja y me salió por la otra, tal vez

113

porque *Un mundo para Julius* era lo único que me importaba en la vida con Maggie, tal vez porque Cuba me quedaba tan pero tan lejos que un libro publicado por esos allende los mares era como un libro jamás pasado en limpio, y tal vez porque de pronto recordé aquella frase de Hemingway según la cual un libro terminado es un león muerto. Total que lo que realmente le agradecí a Jorge Edwards, al final de nuestro simpático encuentro, fueron las copas de un excelente vino que me invitó con sencillez de *connaisseur* y la generosidad de un adivino que se dio cuenta de que por toda hacienda yo sólo disponía de un restaurante universitario.

Pasaron semanas y semanas y nunca más debía saber cuál fue el destino de *Huerto cerrado* hasta que un día el cartero tocó dos veces. La primera, por la mañana, con el telegrama que anunciaba que había ganado el premio Casa de las Américas, y la segunda, por la tarde, con el telegrama que anunciaba que había obtenido mención honrosa en el concurso Casa de las Américas. Sólo recuerdo que a Maggie y a mí nos hizo una gracia terrible eso de ganar y perder la lotería por telegrama mandado desde el Caribe y que semanas después yo seguía mostrándole ambas noticias a cuanto amigo encontraba y que todo el mundo se mataba de risa y afirmaba más o menos lo mismo: «Típica cosa tuya, Alfredo.» Hoy, con un poquito de esa estúpida paranoia que tanto he visto por ahí, podría afirmar que un espía cubano me robó mis ajados y manchados telegramas. Estoy segurísimo, sin embargo, que nunca seré lo suficientemente importante como para merecer espía propio y que si perdí los telegramas fue por andárselos enseñando a medio mundo con una copa de vino en cada mano y con cada telegrama en la misma cada mano. Mientras tanto *Un mundo para Julius* seguía crece y crece porque me encantaba escribir ese libro y hasta hoy seguiría escribiéndolo si no es porque llegó el caluroso mes de julio y tuve que cerrarlo por vacaciones.

Así terminó la escritura de ese libro, casi sin darme cuenta, y también sin darme cuenta un día me encontré pasándolo en limpio, nuevamente empujado por algunos buenos amigos y sin sospechar que con su publicación en España empezaría a viajar como escritor, a ser saludado como escritor, a recibir cartas como escritor, a tener que responder preguntas sobre todo lo divino y humano como escritor, pero a observar y vivir en carne propia, no como escritor sino como hombre, que la corta vida feliz de Alfredo Bryce estaba llegando a su fin y que un matrimonio feliz también estaba llegando a su fin y que sólo la situación tan cómica que se produjo cuando vi mi primer libro impreso lograría salvarme, al haber despertado en mí un profundo sentido de humor y autoironía, de aquella estética de la autodestrucción que reemplazó en mí durante largos años a la corta vida feliz de un joven escritor y punto.

Esta historia me encanta y me encanta contarla porque, por más absurda que resulte, fue para mí entonces toda una lección y desde que la viví la atesoré y la he llevado conmigo siempre por donde voy ya que es portátil y profunda como una filosofía de bolsillo. La izquierda política (sobre todo la «tercermundista») frecuentaba una librería del barrio latino cuyo nombre traducido literalmente al castellano era *El goce de leer*. En ella compraban los pocos y robaban los casi todos, por la sencilla razón de que, aunque la librería tenía sus muy celosos guardianes, si éstos lo pescaban a uno en pleno robo izquierdista, lo amonestaban y hasta lo arrojaban a la calle (esto último sobre todo en el muy frecuente caso de reincidencia), pero jamás lo denunciaban a la policía, por ser éste un acto digno de una librería de derechas. Pues bien, una noche, andaba yo mirando libros, cuando de pronto me di con siete ejemplares bien ordenaditos de un libro verde cuyo título era *Huerto cerrado* y cuyo autor era además un tal Alfredo Bryce.

Había pasado mucho tiempo desde el encuentro con Jorge Edwards e incluso desde la pérdida de mis telegramas, pero el libro como que insistía en llamarme la atención y hasta me despertaba alguna sospecha de *cosa nostra* porque andaba entre muchos libros más publicados en Cuba. Saqué uno, lo hojeé, y los títulos como que también eran de cuentos que yo había escrito y punto. Claro que pasados en limpio, primero, y en letra impresa, después, como que se habían alejado para siempre de mí. Pero nada tan lejano de mí como el precio y mucho más cuando sumaba el total de los siete ejemplares. Decidí entonces poner las manos en la masa, pensando en lo feliz que haría a mi madre y a

115

otros seres queridos y recuerdo la pena profunda que sentí al pensar en la muerte de mi padre algún tiempo atrás. Él ya nunca sabría que su hijo, educado para ser banquero y abogado, acababa de descubrirse escritor impreso. Él nada sabría nunca de una corta vida feliz que también en ese instante, simbólicamente, encarnada en un libro verde, en un objeto demasiado caro para el hijo al que tantos dólares le había enviado hasta su muerte y que, a menudo, se los había devuelto sin que nadie lo supiera, estaba llegando a su fin.

Por supuesto que me pescaron y casi de inmediato. No puede uno estarse robando siete libros al mismo tiempo y andar pensando en tantas cosas y sintiendo todo lo que yo estaba sintiendo. Lo que sí, reaccioné, y reaccioné en gran forma y mejor estilo porque al cabo de muy pocos minutos tanto el guardián como el vendedor de *El goce de leer* como que se habían arrinconado y hasta empezaban a pedirle todo tipo de disculpas a aquel joven escritor tan pero tan pobre que no podía ni siquiera comprarse sus propios libros. Optaron por fin por regalarle íntegro el pequeño stock de siete ejemplares y hasta uno que otro periódico cubano que había por ahí cerca, sobre una mesa. Y el joven y muy pobre escritor hizo rápido abandono triunfal de la librería con los siete ejemplares de *Huerto cerrado* impreso, no mucho tiempo antes de que también en España se asegurara la impresión de *Un mundo para Julius* aunque ya no como la primera novela de Alfredo Bryce sino como la primera novela de Alfredo Bryce Echenique. ¿Qué había pasado? Poca cosa, en el fondo, si pensamos en lo que realmente estaba ocurriendo. Mi madre, que como ya lo he escrito, había sido la única persona en confiar en el escritor que tantos años tuvo que postergar su vocación, protestó al ver que su nombre había quedado excluido de la carátula de *Huerto cerrado*. Por eso añadí mi apellido materno al publicar mi segundo libro, unos cinco años después de haberme sentado por primera vez ante una verdadera cuartilla en blanco, en la pequeña ciudad de Peruggia. *Un mundo para Julius* fue una novela de bastante éxito, en su publicación, pero en cambio mil desengaños e infortunios estaban trayéndose abajo —y, lo peor de todo, con cara de ya para siempre— la corta vida feliz de Alfredo Bryce «escritor y punto».

CUAL SHAKESPEARE EN HARLEM

San Antonio, Texas, otoño de 1975. Terminaba, por fin, un largo recorrido que había empezado en México, al cabo de varias postergaciones. Juan Rulfo me acompañó a una agencia de viajes y, al verme salir ya con el billete de avión en la mano, me soltó con su típica voz baja que él, en mi lugar, jamás se habría aventurado a recorrer durante tres meses el *deep south* y menos todavía completamente solo y sin más de muy poco dinero. La primera escala había sido en Richmond, Virginia, y la última en Nueva Orleans. A San Antonio llegué cargado de cuadernillos y notas que ordené cuidadosamente y dejé para mi regreso a París, porque era en esta ciudad donde pensaba redactar los artículos sobre un viaje que, a fin de cuentas, me resultó a veces un poco largo y cansado pero nunca tan peligroso como me lo habían anunciado. Recuerdo haber dormido profundamente en San Antonio, como quien descansa tras el correcto cumplimiento de una tarea, y recuerdo también haberme levantado con la ilusión de llegar lo antes posible a Berkeley, California, para encontrarme con mis grandes amigos Anne y Ray Poirier. Los había conocido en París y Ray había sido mi gran amigo y compañero de estudios en La Sorbona. Hacía años que no nos veíamos y, a la idea de un reencuentro feliz, se unía la sensación de que por fin me sentiría como en mi casa y completamente a salvo de cualquiera de los asaltos (entre otras formas de peligro) de que pude ser víctima en ciudades como Atlanta, por ejemplo.

A menudo, durante las comidas, les contaba a Ray y Anne o a sus hermanos Patty y Carlos mis andanzas por el *deep south* aderezándolas con interpretaciones muy personales de lo visto y vivido y, a menudo, también, su reacción era de asombro, temor o incredulidad. Lo cierto es que por fin estaba sano y salvo con ellos y compartiendo su estilo de vida tan agradable y además dispuesto a acompañarlos en algunas de las actividades entre culturales y políticas a las que se dedicaban con tanta honestidad como ardor. Al día siguiente, por ejemplo, Ray iba a quedarse en casa cuidando a los niños, mientras Anne, Patty y Carlos iban a proyectar una película chilena, de franco corte antipinochetista, en un pequeño centro cultural del barrio negro de Berkeley, cuyo nombre era La Peña. ¿Quería acompañarlos? Por supuesto que quería acompañarlos.

Berkeley es una ciudad encantadora y la casa de mis amigos se encuentra en uno de sus más hermosos barrios residenciales, entre colinas y árboles y calles que suben y bajan, deliciosas para pasear en los soleados otoños del norte de California... Pero ahora nos encontrábamos camino al barrio negro de la ciudad que yo, como creo que cualquier latinoamericano común y corriente, me había imaginado deprimido y feo, de calles sucias y sin árboles, y de casas viejas y hasta tugurizadas. Todo lo cual, por lo demás, correspondía bastante bien a la idea que de estos barrios me había hecho durante mi visita al sur de los Estados Unidos. Pero llegamos a La Peña sin que yo hubiera notado cambio alguno en casas y automóviles que continuaban siendo tan caros o modernos como las zonas de Berkeley que ya me había tocado visitar. Deduje pues que mis amigos iban a explicarle qué tipo de buena bestia era Pinochet a un grupo de ciudadanos negros y muy ricos de California. En el automóvil, un precioso Alfa Romeo verde, se hallaban las cintas y el proyector de la película, y hasta la caja para guardar la recaudación. Carlos proyectaba, Anne vendía las entradas, y Patty hacía de acomodadora. Y el público era casi todo negro y vestía carísimo. Tal vez horroroso, pero carísimo, por lo cual yo, que tanto quería a los buenos negros de Berkeley y tan poco al monstruo de Pinochet, decidí no darme por enterado y sobre todo no aplicarles mis puntos de vista estéticos —con qué derecho— a una gente que, después de todo, había creado el jazz, esa maravilla de ritmo y melodía.

Terminó la función dentro del mismo desorden en que se

llevó a cabo, probablemente porque andábamos entre gente tan repleta de ritmo que simplemente no sabía estarse quieta, y Carlos procedió a guardar los rollos, el proyector y la caja de la recaudación en la maletera del automóvil, antes de unírsenos en el bar de La Peña para comentar la película con el bienestar del deber cumplido y una copa de tinto. Y en ésas andábamos cuando vinieron a avisarnos desde el estacionamiento que muchísimos negritos buenos porque odiaban a Pinochet estaban tratando de robarse nuestro proyector, la caja, el auto, en fin, todo lo que pudieran robarse. No, no era posible; no podía ser posible; tenía que ser cosa de niños que sin duda alguna se podría arreglar dialogando, explicándoles a los negritos de la ropa cara y horrorosa lo buenos que éramos nosotros y lo malo que era Pinochet. Además —pensaba yo—, ladrones no pueden ser porque con tremendo barrio y tremendos carrazos a quién le va a interesar robarse un par de tonterías y unos cuantos dólares.

Carlos fue el primero en captar que la situación era realmente peligrosa y que los chiquillos de trece años más o menos andaban dispuestos a todo en vista de la rabia que les había producido su fracasado debut como ladrones. Además, esos muchachitos sin duda alguna estaban actuando bajo la dirección de gente mayor, pasando un examen o algo así, y esa gente mayor debía andar por los alrededores. Todo esto se lo explicaba Carlos a Anne y Patty, urgiéndolas a subir al automóvil para largarnos de ahí lo antes posible, pero ellas insistían en la bondad y en que había que dialogar con la gritería de insultos que se estaba armando en torno nuestro, por lo cual yo, observando lo mal educados y mal hablados que podían ser los negritos en Berkeley hasta en un barrio elegante, ni salía de mi asombro ni podía tampoco subirme al carro porque primero las damas y qué quieres que haga Carlos si yo les estoy abriendo la puerta pero ni Patty ni Anne quieren subir. Lo malo, claro, era que el público en contra nuestra iba en aumento geométrico, con lo cual nuestras tentativas de diálogo amable y Pinochet es nazi iban sufriendo un detrimento más geométrico todavía, pero Patty y Anne se negaban a subir al auto y en un barrio tan elegante como ése no iba a subirme yo a un automóvil de burro por delante y sin ayudar a las damas en su diálogo, además. Y ahí es que decidí intervenir, en el preciso instante en que Carlos recibía un feroz proyectil en la cara, desaparecía bajo la hilera de autos estacionados, y con conocimiento de causa se prendía de la bocina de un automóvil cuya puerta estaba abierta, creando una sensación de alarma en el estacionamiento y permitiendo la muy pronta llegada de la policía. Mi intervención tuvo lugar en aquellas circunstancias y en un inglés que, sin duda alguna, les resultaba a mis futuros asaltantes tan shakespeareano como tribal y guerrero me resultaba a mí el suyo.

—Lo más posible es que se trate de un ligero malentendido —dije, y los negritos, más los negrazos que ya habían venido en su ayuda, debieron pensar que yo era Pinochet o algo así, porque lo cierto es que la palabra *malentendido* la pronuncié ya en el suelo y casi como último suspiro porque alguien acababa de rematarme con tremenda patada nocturna, trasera, y en plena zona del hígado. Era una pena morir malentendiendo y malentendido y mientras escuchaba cómo Patty y Anne gritaban enloquecidas que yo era peruano, que por qué me habían pegado siendo yo del tercer mundo como ellos los negros en los Estados Unidos y las víctimas del golpe de Estado en Chile. Como los negros tercermundistas de los Estados Unidos no sabían qué diablos era un chileno ni qué demonios un peruano, ya que todo eso junto equivale a chicano de mierda, estaba a punto de recibir las cincuenta mil patadas de gracia sin entender absolutamente nada (salvo que no debía moverme ni chistar), cuando por fin llegó la policía y se armó la gran encerrona negra y nocturna en el estacionamiento.

—Lo más posible es que se trate de un malentendido —les dije a los mil policías cuyos patrulleros iluminaban a unos cincuenta negros y negritos de torso desnudo y cara contra la pared del estacionamiento. Pero tampoco la policía de este Harlem tan poco esperado por mí parecía entender el inglés de William Shakespeare y lo que querían era en cambio que yo entendiera de una vez por todas en qué tipo de barrio de mierda andaba metido y que los ayudara de una vez por todas también a mantener su reputación de duros entre esa gente de mierda, señalándoles a un culpable de mi agresión para que ellos pudieran darle su tremendo merecido. Bueno, me dije, pensando que la policía no enseña sociología y que en todo caso nadie en ese momento me podría explicar la composición urbana de Berkeley. Simple y llanamente yo no me había fijado que entrábamos a uno de los barrios peligrosos de esa área vecina ya a Oakland. Llevado por la idea general de lo que suele ser el Harlem de cualquier ciudad, no había notado cambio alguno de una zona tranquila a otra peligrosa, al no haberse topado mi vista en el trayecto a La Peña con casas miserables, suciedad, gente tirada por el suelo, y demás características del Harlem universal que tenemos todos en la mente. Y, sin embargo, insistí en que debía tratarse de un ligero malentendido. Insistí a pesar de que me mostraron que más de uno entre aquellos niños que veía contra la pared había asaltado y violado ya. Me lo mostraron con fotos de prontuario y todo pero como mis propios amigos y sobre todo Anne y Patty andaban abrumados con lo que me había ocurrido, seguí malentendiéndolo todo y me limité a pedir escolta policial para un pobre William Shakespeare que no veía las horas de llegar a casa y de tomarse una copa con su amigo Ray, que se había quedado cuidando a los niños mientras nosotros salíamos a cumplir con nuestra noble misión entre gente muy noble también aunque no por ello totalmente incapaz de caer en un ligero malentendido.

DE ESCRITOR PROFESIONAL
AL MÁS EXTRAÑO CLIENTE

Julio-octubre de 1976. El escenario es Menorca, sin duda la más independiente de las Baleares en lo que a ser esclava del turismo se refiere. Mi destino exacto dentro de esta isla preciosa y querida es Port Fornells con sus trescientos habitantes, su par de bares poblados de pescadores en tierra y el célebre restaurant donde se detienen magnates provenientes de medio mundo a comer la caldereta más célebre del mundo entero.

En contra de lo que se ha dicho por ahí —que soy un escritor irresponsable en todo menos en aquello de perder el tiempo—, he llegado con un buen paquete de cuartillas en mano, la máquina de escribir y un proyecto literario en la mente. No solamente soy profesor de la Universidad de Vincennes, en París, sino que además he recibido meses atrás una beca de la Fundación Guggenheim, precisamente porque soy un escritor muy serio. He cometido algunos errores sin embargo antes de embarcarme con rumbo a Menorca, donde he alquilado el departamento más feo de Port Fornells, aquel que rompe la armonía de casitas de uno o dos pisos y persianas verdes, un departamento al que además le sobran dormitorios. Y aquí viene mi más grave error: el último día de clases les he dicho a mis alumnos de la universidad que si andan sin dinero para pasar el verano pueden venir a Menorca a acompañarme en algo en mi solitario trabajo de escritor serio.

Nadie viene, sin embargo, en julio, y llevado por una serie de extrañas circunstancias, empiezo a escribir *Tantas veces Pedro*, una novela que hasta hoy no sé muy bien de dónde me salió y olvido por completo *No me esperen en abril*, novela para la cual incluso ya había tomado algunas notas en París. *Tantas veces Pedro* funciona y eso es lo que realmente importa en Port Fornells y a diario me someto a unas verdaderas palizas de placer literario. Escribo junto a una ventana que da a la calle y siento que soy un hombre tan pero tan serio, un escritor tan comprometido con su vocación de artista antes que nada, que la misma Fundación Guggenheim ha decidido apoyar, otorgándole un premio en la lotería babilónica de sus becas anuales. Soy, pues, un elegido del arte, y tarde tras tarde, mientras Pedro Balbuena va haciendo de las suyas en la novela, logro sentirme hasta *el* elegido.

Estoy íntegramente entregado a la literatura. Por las mañanas repaso idiomas y leo o releo autores italianos cuyos libros he traído conmigo. Me acompañan Dino Buzzati, Italo Svevo, Leonardo Sciascia y el teatro de Pirandello que leo y casi interpreto en alta voz. Por las tardes, logro escribir la pasión de Pedro Balbuena, su maravillosa habilidad artística para la infelicidad, su incapacidad para escribir, y su perfección en el arte de morir de amor. ¡Qué serio, qué responsable, y qué Guggenheim soy! Por primera vez en mi vida no huyo de mis responsabilidades y soy hasta uno de esos escritores consulares británicos perdidos con su literatura por soleadas islas del Mediterráneo.

Llevo días y días escribiendo delante de una ventana que da a la calle y sin duda alguna para los habitantes y veraneantes de Port Fornells soy un escritor venido de lejos, que huye del mundanal ruido y que ha abandonado la vida por el arte. Hace por lo menos dos semanas que no río ni sonrío. Más que serio, soy grave. Y soy todo esto hasta que una tarde tocan a mi puerta: es una señora mayor, gorda y pueblerina, isleña de pura cepa. Necesita hablar conmigo y la hago pasar con voz cortés pero con una mueca grave de interrumpido en la cara. ¿Qué desea esta señora? Pues lo que desea esta señora es que le pase unos escritos a máquina, unos documentos de contenido legal que debe llevar a un juez. Intento explicarle quién soy, o sea un escritor en una isla, pero ella triunfa y me prueba por quién me ha tomado todo el mundo en Port Fornells, o sea por un escribano, por un escribidor o algo así.

Por fin me he librado de esta vieja maldita, le he rogado que no le cuente a nadie el favor que le he hecho, y he vuelto a la gravedad y a la pasión de Pedro Balbuena. Y así transcurren algunos días más, días Guggenheim, días de literatura en cuerpo y alma que terminan cuando el hambre nocturna me vence y salgo un rato a comer algo en el bar La Palma, al cual hago mi ingreso con pasos inciertos y cansados, porque es largo y difícil el retorno de la ficción a la realidad. Tropiezo con sillas, dudo entre mesas idénticas, me siento por fin, y sólo cuando he comido ya algo y bebido un par de coñacs, veo con nitidez mi entorno de pescadores alegres que entonan canciones recias y celebran el retorno de un día de faena en el mar. Pero al día siguiente debo volver a los libros italianos, al repaso del alemán que me preocupa estar olvidando, y a la pasión del ya tantas veces Pedro Balbuena, en la que me instalo puntualmente cada tarde a las tres, ante mi ventana de escritor en una isla.

Nuevamente una vieja toca a mi puerta, sin embargo, pero esta vez acompañada por una joven mujer a la que me presenta como su hija. Me explico escritor, grave y Guggenheim, pero lo que la señora me está explicando es que soy profesor de mecanografía y que debo encontrar dos horas, tres tardes a la semana para darle clases a su hija. El impasse es absoluto y el infierno son los demás. Y además, me pregunto con rabia e impotencia por qué mierda nunca le pasarán estas cosas a un Pablo Neruda, a un García Márquez, a un Vargas Llosa, y hasta al propio Julio Ramón Ribeyro, al cual le pasa de todo en esta vida.

Pero tampoco les pasa a estos escritores ni a ninguno de los que he conocido hasta hoy que el primero de agosto se les inunde la casa de estudiantes mochileros y hasta sesentaiochistas. Ellos que a mí me enseñaron lo que era la libertad, la independencia y la vida en comunidad con amor libre y todas esas cosas, se pelean ahora por camas y habitaciones, y acuden nada menos que a mí en busca de una solución a sus altercados, celos, envidias y verdaderas pugnas por agarrarse la mejor cama o el mejor dormitorio. De pronto me he convertido en una especie de padre de familia lleno de hijos insoportables, a los cuales les importa un verdadero repepino la vida y pasión de mi ya tantas veces Pedro Balbuena. Y a nadie parezco importarle tanto yo ni tan poco mi invadido trabajo literario, mi gravedad y mi Guggenheim, como a Claude X, que ha llegado entre mis alumnos y nada menos que con un hijo dispuesto a hacerme añicos mis manuscritos si me le vuelvo a acercar a su madre. Pero me le vuelvo a acercar y hay líos y escándalos y Claude X, a quien le ha dado por vivir desnuda, ofende el pudor enfermo de mi alumno puertorriqueño Héctor Feliciano, que hasta se baña en el mar vestido con un imponente chompón invernal que hasta nos obligó a reflotarlo una tarde en que casi se nos va a pique por el peso mojado de la pesada indumentaria con que se arrojó de un bote al agua.

Claude X, por ejemplo, entra desnuda al baño en que está cagando el pobre Feliciano, porque la vida es así de natural, y sigue así al natural y desnuda por pasillos y habitaciones del enorme y horroroso departamento, mientras yo corro y voy cerrando persianas para evitar que todas esas viejas isleñas que me han tomado por escribano, escribidor o profesor de mecanografía larguen a toda esa comuna de hippies inmorales de Port Fornells. Mientras tanto, otros alumnos llegan hasta las manos y tengo que convertirme en árbitro y hasta establecer rotaciones con camas y dormitorios. Por ejemplo, una noche, mi alumno Montagud dormirá en la cama del dormitorio más amplio, y al día siguiente el nerviosísimo Feliciano ocupará esa misma cama, Montagud pasará a la del dormitorio de servicio y Stephanie, a quien Claude X ya está odiando porque tiene mejores piernas, verá terminantemente prohibida la entrada a mi dormitorio.

¿Por qué demonios no les pasan estas cosas a Carlos Fuentes o a Jorge Amado? ¿Por qué demonios Claude X me hará comprobar un día que tiene un ojo verde y otro azul como Claudine, la mejor amiga de Pedro Balbuena en su vida, pasión y muerte? Nunca mezclé tanto la realidad y la ficción como a raíz de este incidente en que empecé a atribuirle a Claude X mil otros rasgos de la bondad, ternura y torpe generosidad de esa noble mujer de papel que fue Claudine en *Tantas veces Pedro*. Con altos muy bajos y bajos bajísimos, que a veces ya eran bajezas, mi relación con Claude X duró más de dos años, pero de ella me ocuparé en estas memorias cuando escriba sobre la que hoy ya me he dado cuenta que fue *La mujer incompleta*.

El primero de setiembre han abandonado ya la isla todos mis alumnos. El día 9 lo hace Claude X, a quien ya no considero mi alumna porque hemos hablado hasta de las posibilidades de contraer matrimonio. Abandona la isla en un barco de la Transmediterránea y, en el puerto de Mahón, la despido dentro de las costumbres menorquinas. Sobre la cubierta del barco, al igual que tantos otros pasajeros, está Claude X parada junto a su hijo rabioso y en las manos lleva un rollo de papel higiénico. En el muelle yo he cogido un extremo de ese papel que se va desenrollando y desenrollando hasta partirse en dos trozos, en dos larguísimos trozos cuando el barco se va perdiendo en el mar y la bellísima silueta de Claude X desaparece en la noche del mar.

No sé cómo he logrado avanzar en mi novela a lo largo de estas semanas tumultuosas y desordenadas. Sólo sé que me río de mí, que le sigo preguntando a un Vargas Llosa o a un Rulfo qué he hecho yo para merecerme estas situaciones tan poco Guggenheim. ¿O es que debo asumirme para siempre que son situaciones tan Bryce Echenique? Asuma lo que asuma, Pedro Balbuena me llama desde sus cuartillas y a él regreso en un desesperado afán por recuperar el tiempo perdido, la gravedad alterada, el sentido de la responsabilidad asaltado, y dispuesto también a abandonar Menorca en octubre con el borrador de *Tantas veces Pedro* ya terminado y hasta corregido.

Lo logro a base de largas palizas que agotan mis nervios y cansan mi cuerpo. El bar La Palma ve entrar noche tras noche al escritor grave y serio de la dignidad recuperada. El escritor tiene hambre, el escritor no sabe qué pedir, duda porque ha trabajado demasiadas horas y su regreso del mundo de la ficción hasta le ha impedido ingresar al local como un parroquiano normal. Varias veces se ha estrellado contra sillas y mesas, noche tras noche, y varias veces se ha quedado parado y dudando entre dos mesas similares sin motivo ni razón. El escritor crea toda una atmósfera de duda en torno a su persona, pues parece más un borracho que un hombre que llega a un bar a tomarse una primera y merecida copa de coñac al cabo de una larga jornada laboral. ¿No será acaso que este peruano que se dice escritor lo que hace, en realidad, a lo largo de la tarde es tomarse una buena botella de whisky? Algo extraño, muy extraño, ocurre sin embargo, porque el escritor, tras haber comido y haberse tomado sus habituales dos copas de coñac, abandona el bar La Palma caminando con un aplomo

126

digno del más sobrio de los clientes. Jaime Sanz, propietario del bar, se decide a aclarar el misterio.

Y una noche en que yo abandonaba el bar, tras haber pagado la cuenta, me abordó de la siguiente manera:

—Perdone que lo interrumpa, señor, pero realmente es usted el cliente más extraño que he visto entrar a este local en los años que llevo en él.

—¿Por qué?— le pregunté, totalmente desconcertado.

—Pues porque es usted el único cliente que he visto yo en mi vida entrar completamente borracho a un bar, tomarse luego unas copas, y salir completamente sobrio.

Creo que a Jaime Sanz le tomó varias semanas entender las explicaciones que le di. No, yo no era Pablo Neruda ni era Mario Vargas Llosa ni ninguno de esos escritores a los cuales nunca les ocurren aquellas cosas que lo llevan a uno de la gravedad a la imbecilidad, del orden al desorden, de la profesión tan seria de escritor a la de mecanógrafo y hasta escribidor. Mi nombre era Alfredo Bryce Echenique y ni la beca Guggenheim ni toda una tradición de escritores perdidos en islas baleares de vocación y olvido, totalmente dedicados a su profesión sacrosanta, me impedirían jamás encontrarme cara a cara con el lado absurdo y ridículo de las cosas que se ocultan en las cosas y la cara de imbécil con que uno amanece a veces en los mejores días de producción novelesca.

—Pero soy un escritor con sentido del humor, Jaime Sanz —le expliqué una noche ya casi al final de *Tantas veces Pedro*, y los dos nos reímos y ya había surgido una buena y larga amistad y logré abandonar la isla de Menorca entre tormentas ya casi de invierno, pero con esa alegre cara de pícaro con que uno amanece a veces en sus mejores días de producción novelesca.

DOCTOR POR ERROR

No faltaba mucho tiempo para emprender el viaje a Francia y andaba buscando ya un tema para mi tesis de doctor en Letras. Habíamos decidido con Mercedes Tola, mi profesora de francés y alemán, allá en Lima, desde hacía varios años, que lo mejor era optar por algún importante escritor cuya obra pudiese estudiar en La Sorbona, en París. Y nunca olvidaré aquella soleada mañana de verano en que ingresé a la casa de Merceditas, como le llamábamos en mi familia a esta mujer extraordinaria, y le dije que, llevado por el recuerdo imborrable de mi abuelo materno, había decidido trabajar sobre uno de sus escritores favoritos.

—¿Cuál es? —me preguntó Merceditas.

—Eso es lo malo —le respondí.

—¿Por qué?

—Porque la verdad es que no me acuerdo bien de cuál era ese escritor favorito de mi abuelo.

Y me lancé a describirle el escritorio de mi abuelo, en la vieja casona de la avenida Alfonso Ugarte, que hasta bar tenía y que para mí, hasta hoy, a pesar de los mil palacios que me ha tocado visitar como aburrido turista, es el escritorio más bello que existió en el mundo. La casona se vendió muy pronto después de la muerte de mi abuelo, a finales de la década del cincuenta, y los muchos muebles de ese escritorio fueron a dar a casa de mi madre, de su hermana y de algunos otros parientes. ¿Pero adónde habían ido a dar aquellos libros amarillos de un autor cuyo nombre no lograba recordar mientras hablaba aquella mañana

128

con Merceditas? Mi memoria visual ubicaba perfectamente el lomo de cada uno de esos volúmenes en una adusta estantería situada a la izquierda y hacia el fondo de aquella espaciosa habitación en cuya pared más importante colgaba un enorme retrato al óleo del presidente José Rufino Echenique. Le estaba explicando estos detalles a Merceditas, y ella me interrumpió:

—Haz un mayor esfuerzo visual, Alfredo.

—Ya creo que empiezo a ver el nombre —le dije, como quien intenta incrustarse una bola de cristal.

—¿Qué ves? ¡Qué ves!

—Veo algo así como Moter o algo así como Mater...

—¿Mater o Moter y qué más?

—No me da, no me da... Pero te aseguro que es Mater o Moter, Merceditas.

—¿No será Monter?

—No sé, Merceditas, pero por lo menos es Mater o Moter...

—¡Ya sé! —exclamó Merceditas, y volvió a exclamar—: ¡Montherlant!

Años después sudaba yo en París con el más misógino y antipático de los escritores franceses, aunque debo reconocer que era uno de los que más bellamente escribía su idioma y que aún hoy me siguen gustando algunas de sus obras de teatro, como por ejemplo *La reina muerta, Malatesta* y *El cardenal de España.* Pero peor aún, por aquellos años de mis estudios en La Sorbona, Montherlant no solamente tenía pésima fama entre los profesores que me despreciaban por ocuparme de su obra, sino que también entre la izquierda europea y latinoamericana se me acusaba de reaccionario, de señorito y hasta de esnob. Y cuando una tarde, durante una de nuestras primeras conversaciones literarias en París, en su departamento de la rue Tournon, le conté a Mario Vargas Llosa que estaba preparando un doctorado sobre Montherlant, alzó la cara con indignación de maestro y me soltó:

—¡Pero si Montherlant lo menos que es, es un cavernario!

Y en 1968, entre que aquel año tuvo su Mayo famoso y yo ya había publicado mi primer libro en La Habana, mis papeles sobre Montherlant, que eran ya varios centenares, fueron a dar al cajón de los olvidos mejor intencionados. Pero diez años después, o casi, el destino estuvo a punto de llevarme de regreso definitivo al Perú. Vivía yo con Claude X, que, como siempre, estaba arrepentida de algo, y habíamos decidido empezar una nueva vida sin pasado ni arrepentimientos en el Perú. Pensé entonces que tendría que encontrar un trabajo de profesor universitario en Lima, y no encontré mejor solución que desempolvar aquellos viejos papeles sobre Montherlant, quien entonces hizo su reaparición más antipático que nunca, al sacarlo yo del encierro de cajón al que lo había sometido.

Don Henry de Montherlant se había matado ya de un tiro a la garganta y prácticamente lo único que tuve que hacer fue leer algunas obras suyas, incluso póstumas, algunos ensayos críticos sobre su obra y, con gran flojera, poner al día una bibliografía que había dejado abandonada por más de una década. Le di a mi trabajo su redacción final, y en el invierno limeño de 1977 sustenté mi tesis titulada *Temas principales del teatro de Henry de Montherlant*, ante un importante y muy amable jurado de profesores de la Universidad de San Marcos de Lima. Don Augusto Tamayo Vargas, director de la Academia Peruana de la Lengua y antiguo maestro mío, logró abrir las puertas del varias veces centenario Salón de Grados sanmarquino, convertido en museo desde que San Marcos se trasladó a las afueras de Lima, para que yo fuera el último alumno en el Perú en graduarse en tan histórico local.

Pero Claude X nunca llegó al Perú, y aunque quedé con un diploma de doctor en Letras en la mano, me parecía un disparate haber tenido que releer todos esos viejos textos que pertenecían ya al recuerdo de mis primeros años en París. El asunto me parecía bastante absurdo, pero siempre me decía que no era para tanto y que para algo podría servirme algún día el haberme graduado de doctor en Letras, cuando una de esas tardes de invernales caminatas por los márgenes del Sena, pensando en el disparate para siempre de Claude X, literalmente me estrellé contra una de las evidencias más ridículas de mi vida de lector apasionado. Estaba pasando por delante de uno de esos viejos puestos verdes de los típicos *bouquinistes* parisinos y ahí, exactos a los del escritorio de mi abuelo, aparecieron los libros de encuadernación vieja y lomo amarillo que habían caracterizado durante años a la muy parisina editorial Garnier. Y entonces completé aquella soleada mañana de verano limeño y volteé donde Merceditas:

—¡Carajo —le dije— y además de todo se llama Maeterlinck!

TAMAÑOS ESCRITORES

El escritor guatemalteco Augusto Monterroso es tan chiquito pero tan chiquito, que de él dicen sus amigos, en México, que no le cabe la menor duda. La frase, creo, es del extraordinario escritor e historiador peruano José Durand, hoy en día profesor de la Universidad de Berkeley pero que hace muchos años residió en México y entabló amistad con el tamaño pequeño y la estatura gigante de Augusto «Tito» Monterroso, pues en México vive exilado desde hace muchos años el escritor más chiquito que mis ojos hayan podido ver. Refiriéndose al tamañazo de su amigo José Durand, e interrogado a menudo sobre estos asuntos de estatura y peso, responde Monterroso:

—Pues a Durand me lo paso por alto.

Y así hay escritores de muy distintos pesos y estaturas pero, cuando son grandes escritores, todos tienen un sexto sentido que les permite reconocerse y quererse y hasta plagiarse, sin querer, a larga distancia.

Conversaba una tarde con Augusto Monterroso, en la ciudad de México, donde me hallaba de visita, y le había estado contando durante largo rato la alegría que me había dado conocer, en París, al gran escritor más alto que me ha tocado conocer: Julio Cortázar. Y le seguía contando a Tito lo bueno y sencillo que era Julio, la forma increíble que tenía de no tomarse en serio, y cómo en cambio se tomaba muy en serio aquello de beberse cada mañana un *pastis* con el cartero que le traía centenares de cartas de lectores del mundo entero, que Cortázar respondía infaliblemente con una generosidad y sencillez que lindan en la verdadera

132

y santa paciencia. De pronto, Tito me puso una de esas caras pícaras e inteligentes y, en voz muy baja, me preguntó:

—¿Pero Cortázar existe, Alfredo?

—Ya lo creo que existe, Tito —le dije, extendiéndome en inútiles detalles de probación.

—O sea que Cortázar sí existe...

—Ya lo creo, Tito.

—Caramba, con que existe... Porque lo único que he hecho yo en mi vida es plagiar a Julio Cortázar.

Un año después comía con Julio Cortázar en su departamento parisino y me contó que estaba haciendo maletas para partir a México.

—Allá tienes que conocer a Augustito Monterroso —le dije.

—¿Monterroso? Pero ¿Monterroso existe?

—Ya lo creo Julio, y déjame que te busque su dirección en México, que la tengo ahí en mi saco.

Me disponía a traerle la dirección, cuando escuché que Julio exclamaba:

—¡Pero si lo único que he hecho yo en mi vida es plagiar a Monterroso!

Y pocas semanas después recibí de México una extraordinaria caricatura que celebraba el encuentro de tamaños escritores. Cuelga en la pared de mi despacho y, si no fuera porque estos recuerdos los estoy escribiendo en Texas, habría alzado la vista y me habría regodeado mirando, como a menudo suelo hacer, a un escritor que cada año crecía un centímetro, hasta su muerte, Julio Cortázar, y a un escritor que crece y crece pero sólo en el recuerdo de los amigos y lectores de Augusto Monterroso.

LAS CIUDADES Y LAS MUJERES

Rápida bendición que tan pronto se convertía siempre en tristeza y hasta en condena. Llegar a una ciudad, ver dirigir hacia ti, o casi, la sonrisa de una mujer bellísima, de una mujer que intuías aparecida para decirte con esa sonrisa que la ciudad con ella te sería dulce, apacible, definitivamente tuya. Pero después, la ciudad sin su sonrisa y sin su presencia, eso sí ya era cosa distinta, tal vez hostil, en fin, una ciudad sin esa sonrisa aparecida, en todo caso. Desde mi primera llegada a París, en 1964, esto me sucedió tal como lo cuento (así lo viví y lo sentí yo), y mi experiencia al cabo de más de veinte años en muchas ciudades y países de Europa fue que esto continuaría sucediéndome ya para siempre. En cada ciudad donde iba a residir, o donde acababa de instalarme el día anterior, prácticamente en mi primera salida a la calle, aparecía la sonrisa que anunciaba benevolencia, ternura, buena suerte e ideales compartidos. Pero luego, por una palabra que yo no me atrevía a decir, por un gesto, por una torpeza, pero básicamente por la timidez que me impedía romper el hielo maravilloso del acercamiento, la mujer y la sonrisa que la ciudad me regalaba como una bienvenida, se retiraban para siempre. Era inútil peinar calles, insistir en las esquinas, vigilar sus posibles pasos por el mismo lugar a la misma hora, el mismo día. Era inútil, lo fui aprendiendo con el tiempo en esta y aquella ciudad: la magia del primer instante jamás haría su reaparición. Recuerdo la vez de París en el otoño del 64. Subo al primer metro que tomé en esa ciudad y me encuentro con Pity Dibós, un amigo peruano cuya dirección no había traído conmigo a París. Pity me acompaña a una oficina de correos, a dejarles una carta a mis padres contándoles que había llegado sin novedad a París, y aparece el cineasta norteamericano Alan Francovich, viejo compañero de colegio cuyas huellas había perdido desde hacía años. Era como si el azar y la necesidad estableciesen vínculos por detrás de toda reflexión de mi parte, pero París como que empezaba a completarse para mí. ¿Qué faltaría entonces?

Eso lo supe un par de días después, mientras hacía la cola para entrar a un pequeño cine de la rue Champollion. De pronto, Pity y yo nos fijamos en la nuca como de terciopelo de una chica parada delante de nosotros. Nos miramos con angustia más que con inquietud, y la chica simplemente volteó para ver de dónde venía tanta timidez y desconcierto. Nos sonrió a Pity y a mí, nos habló casi, pero llevaba un elegantísimo saco de terciopelo marrón, mucho más caro y más bonito que todo lo que nosotros llevábamos puesto. Por consiguiente, nos correspondía a nosotros el gesto de preguntarle una estupidez. El tormento de encontrar esa estupidez continuó hasta que entramos en el cine, siempre después de aquella sonrisa aparecida, y empezó la película y se apagaron las luces y ni Pity ni yo vimos la película por andar planeando rematar nuestra timidez y darle el encuentro a la muchacha de belleza irremediable, con el estúpido coraje de una estúpida frase cualquiera a la salida del cine. Lo demás fue silencio, silencio en la rue Champollion al terminar la película y ver cómo esa muchacha hasta detenía el paso en espera de nuestra solución al problema de lo inalcanzable.

Años y años han transcurrido y Pity vive en Bolivia, pero ha habido encuentros en distintos lugares y siempre hemos recordado aquella escena con absoluta convicción de que nuestra vida en París y nuestra vida entera, probablemente habría sido distinta si hubiéramos logrado pronunciar aquella estúpida frase. Hay algo, sin embargo, que nunca me he atrevido a confesarle a Pity. Tal vez porque él ha hecho un santuario de aquel recuerdo, mientras que a mí aquel santuario se me ha convertido en el recuerdo de mi llegada a casi todos los lugares donde he vivido. ¿Por qué en mi primer baño en la piscina municipal de Peruggia, en julio de 1965, casi me mata una sonrisa que intentaba salvarme la vida? Pero no dije nada. Nada le dije a esa sonrisa de invitación a

Peruggia y, por más que volví al mismo lugar, por más que frecuenté la misma piscina a la misma hora, diariamente, esa muchacha del bikini azul y la sonrisa para mí no se volvió a repetir. Lo que sí se había repetido era exactamente la misma situación que en París. Me pasó lo mismo poco tiempo después en Mikonos, el día de mi llegada y la noche de mi primera discoteca. En este caso fue como una invitación al baile, pero en todos los casos empezaba a haber sido lo que siempre sería: una invitación a la vida, a quedarme en ese lugar para siempre, a adivinar mi destino en los labios sonrientes y la mirada infinita de una mujer que me hería con su belleza sorprendente y me dejaba para siempre sorprendido.

Finalmente, me digo ahora, mucho más lógico hubiera sido que en cada una de esas ciudades y en las que aún me aguardaban, apareciera la misma mujer de la primera vez y la misma de la segunda vez y así. Pero lo extraño y cruel era que siempre era una mujer diferente y que cada una mataba la emoción dejada por la otra, en la ciudad anterior, convirtiéndome al mismo tiempo en traidor y abandonado. Me pasó nuevamente en Grafrath, en Alemania, y puesto que no reaccioné a tiempo, ya ni me di el trabajo de volverla a buscar en el mismo lugar y a la misma hora. Es lo que se llama experiencia, me imagino, y recién ahora que lo escribo me pregunto si cada una de esas mujeres, en el fondo inexistentes, eran el símbolo del sortilegio de una ciudad que quería atarme para siempre en un lugar donde no quería quedarme para siempre.

En octubre de 1980, llegué a Montpellier lleno de ilusiones. Bajé del tren y recuerdo que tenía que visitar un departamento. Decidí cruzar la ciudad a pie, como quien aprende a patear las calles en las que realmente cree que desea vivir para siempre. Recuerdo clarito que andaba subiendo por la avenida de la Loge cuando apareció ante mis ojos una de las mujeres más asombrosamente bellas que he visto en mi vida. ¿Y si era la que me iba a sonreír? Estaba a unos veinte o treinta metros, o sea que aún tenía mucho tiempo para preparar la famosa frase estúpida o frase cualquiera que nunca llegaría a decir, pero la muchacha era francamente tan bella, a medida que nos acercábamos, que hasta pensé en cruzarme a la vereda de enfrente para que no me fuera a sonreír.

Recuerdo que todo esto lo hacía ya con experiencia, con una especie de cálculo desencantado y hasta amargo. Pero la muchacha era tan bella, a medida que nos seguíamos acercando, que decidí echarlo a cara o sello y me salió sello y me seguí acercando. Era una estudianta, sin lugar a dudas, pues llevaba bajo el brazo un cartapacio y libros, más una edad y una piel de estudiante incontestable, por lo cual recuerdo que incluso me dije que si me sonreía y dejaba pasar la ocasión de ser feliz, por no haber dicho una frase cualquiera, en una ciudad tan pequeña sería facilísimo que me la volviera a encontrar en la universidad. Me sonrió, dejé pasar al miura, maldije, y durante los cuatro años que viví en Montpellier nunca más volví a ver algo medianamente parecido. Las ciudades y sus mujeres...

Abandoné Francia a finales del 84 y, en Madrid, donde pensaba instalarme para siempre, esa mujer no apareció. La esperé... Era yo quien la buscaba esta vez. Pero no apareció, y meses después tampoco apareció en Barcelona, la ciudad donde me había ido a vivir, quizá porque esa mujer no apareció en Madrid pero de una forma como más hiriente que la de su no aparición en Barcelona. Perdida la magia para siempre, me dije, ha nacido con el tiempo el hombre sin ilusiones. Y sin embargo, creo que nunca me he reconciliado tanto con la vida como en España, y en Barcelona, en particular. En los últimos años he vivido casi a salto de mata entre Barcelona y Madrid, tranquilo y contento, trabajador y ordenado, hombre sin aparición. Tal vez por eso Pilar nunca sabe a qué me refiero exactamente cuando le hablo de su sonrisa para mí. Pero le gusta y se sonríe de nuevo cada vez que le pido de nuevo su sonrisa para mí. Ella me conocía desde hacía mucho tiempo y, un día, pasados ya un par de años de vivir en España, cuando ya nada se me podía aparecer, bajé cansado de un avión intercontinental y un amigo vino a recibirme y me presentó a Pilar... No me extiendo más, pero ese amigo me recibió con un gran abrazo y Pilar hasta hoy me confiesa que entonces simplemente no entendía por qué ya desde entonces, o sea aún antes de estrecharle la mano y decirle mucho gusto, le dije que había tardado como dos años con su sonrisa para mí.

Es curioso. Releo algunas páginas de *Huerto cerrado*, aquel libro de debutante en que intenté recrear algunas experiencias de mi adolescencia, indagando literariamente en ellas, y apenas quedan huellas de lo que fue mi vida religiosa en aquellos años. Ésta fue, sin embargo, bastante intensa durante un tiempo que hoy ni siquiera logro determinar con precisión. A la larga, claro, el paso del catolicismo ferviente, que viví en mi temprana adolescencia, a la indiferencia que ha dominado mis relaciones con cualquier religión, podría fácilmente explicarse por lo escéptico que he sido siempre y por el hecho de haber pensado, desde hace mucho tiempo, que en todas las religiones hay algo digno de ser tomado en cuenta y mucha poesía. Valiosa es, por ejemplo, la meditación trascendental que nos enseña el budismo, pero de ahí a querer asomar la nariz por el nirvana...

Por otra parte, me siento «bueno, en el buen sentido de la palabra», como dijo Antonio Machado, y en ello creo que está la importante dosis de cristianismo que hay en el fondo de mi vida. Creo que ésta ha transcurrido y que transcurrirá siempre lejos de toda tendencia generalista y mesiánica y que seguirá siendo una vida dominada por los afectos privados, por aquel altar en que he colocado desde muy joven la idea que tengo de la amistad y del amor. O sea que soy feo y sentimental, pero no católico, a diferencia del valleinclanesco marqués de Bradomín. Y a esto espero poder siempre agregar que para mí existen tan sólo el amor, la amistad y el trabajo. Y de más está decir que entiendo por trabajo exclusivamente mi actividad literaria, mi vocación de escritor. Para todo lo demás soy, en el fondo, bastante perezoso, y creo que, dado el mundo en el que casi siempre me ha tocado moverme, mi puntualidad y mi sentido del deber son sólo dos defectos heredados de entre las muchísimas virtudes que tuvo mi padre en vida.

O sea que esta tarde en que «proso», ya con ironía, sobre cómo diablos y demonios fui «un chico muy católico» y, de pronto, dejé de serlo, no sólo sin crisis religiosa alguna sino sin darme cuenta, siquiera, no creo que llegaré muy lejos en mi intento de aclarar el enigma de mi alejamiento tan insensible de las iglesias. Y no digo «alejamiento de la iglesia», porque el asunto cobraría entonces la importancia que nunca tuvo, precisamente. Y perdería algo de su extrañeza, también.

A veces he querido pensar que en aquel alejarme de las iglesias tuvo que ver esa especie de intento de violación de que fui objeto por parte de una conocida y beata dama de la parroquia de San Felipe, en San Isidro. Se trataba de una señora tan respetable en el muy respetable barrio de Orrantia, que, la verdad, tardé bastante en darme cuenta de lo que se traía entre manos la gorda cuando empezó a manosearme entre plegarias y un rosario que le colgaba del brazo y cuyo crucifijo me miraba como espantado. La señorona sabía perfectamente quiénes eran mis padres y todo, pero como que no pudo con su genio o algo así, o se sentía con aquello tan francés de *l'amour l'après midi*, porque eso sí, recuerdo claramente que el asunto fue por la tarde, durante una soleada tarde de verano, lo cual me hace pensar que yo era un chico tan católico que hasta a esas horas me acercaba a la parroquia de San Felipe. Normalmente, en la Lima de aquellos años, todo lo concerniente al catolicismo tenía lugar en latín y por la mañana, con excepción de la misa de gallo en Navidad, por supuesto. Lo de la vieja fue muy desagradable y duró, como toda violación consumada o no, horas y horas y horas. Yo no me lo podía creer, además, y todo era tan desagradable y como inmundo en aquel pequeño baptisterio de la iglesia de San Felipe, entrando, a mano izquierda.

Pero este feo y caluroso acontecimiento veraniego nada tuvo que ver con mi alejamiento de las iglesias. Puede ser que me alejara de la iglesia de San Felipe, como medida de precaución, pero aquel manoseo gordo del que fui víctima no puso en duda mis creencias ni me ocasionó crisis alguna, ni siquiera sexual. Creo que, en el fondo, me andaba alejando de mis prácticas piadosas desde algún tiempo antes, pues aquello debió sucederme cuando tenía ya unos quince años y yo recuerdo muy claramente que, por entonces, mezclaba la religión con todo lo concerniente a mi primer amor, que era todo para mí, o sea que mezclaba la religión con todo y como que por ahí debieron disolverse mis creencias, pues los catorce y los quince fueron aquellos años en que el descubrimiento de la amistad y el amor me marcaron y, creo yo, condicionaron mi carácter para siempre.

Lo cierto es que, al terminar mi educación secundaria, sólo iba a misa por obligación familiar. La misa de los domingos tenía ya para mí un carácter estrictamente social. Observaba conscientemente a alguna muchacha que me gustaba y, sin darme cuenta, observaba también el comportamiento de la alta sociedad limeña, el de las familias que asistían a misa a tal y tal hora y la manera en que los sacerdotes españoles de la parroquia de la Virgen del Pilar lo bendecían todo, mientras que en la iglesia de San Felipe los sacerdotes alemanes podían resultar incluso antipáticos con su temperamento prusiano, como decía mi madre, tal vez porque el esposo de su hermana era hijo de alemán.

En todo caso, al terminar la secundaria, el sufrimiento espantoso que me produjo la ruptura con la primera mujer que amé en mi vida, lejos de cegarme y de hacerme buscar algún consuelo en la religión, me sorprendió ya con una gran capacidad para ironizar, y convertido en un perceptor bastante imperceptible de las cosas y situaciones que ocurrían a mi alrededor. Y creo que el último capellán del San Pablo, el internado en que terminé mis estudios secundarios, se dio rápidamente cuenta de ello y perdió muy pronto las esperanzas de recuperarme para el seminario y ganarme definitivamente para el sacerdocio.

Y es que había sido seminarista a la bastante increíble edad de trece años. Fue un asunto breve (tan sólo unos meses), pero, por mi parte, al menos, bastante sincero, intenso y profundo. Y creo que lo que acabó con todo, al final de cuentas, fue que por una vez en la vida mis padres se tomaron las cosas con calma y dejaron hacer al tiempo. Yo estudiaba entonces mi primer año de secundaria en el colegio Santa María, adonde había ingresado según la costumbre y las buenas familias, tras haber pasado buena parte de mi infancia donde las monjas norteamericanas del Inmaculado Corazón. Estoy más que seguro que de ahí llegué ya profundamente católico donde los padres del Santa María, también norteamericanos. Y estoy más que seguro también de que en ese catolicismo había tenido mucho que ver mi relación sentimental, realmente inclasificable, con las monjitas.

Ellas, qué duda cabe, me querían por vocación, porque para eso habían llegado al Perú y a un colegio de niños ricos. Pero, en medio de este amor tan vasto, tan amplio, yo sentía algo más concreto, algo casi tangible, algo que estaba al alcance de mi mano, sin duda alguna. Las monjitas lo querían a uno con su vocación, es cierto, pero yo no podía dejar de sentir con los cinco sentidos, casi, que también lo querían a uno con su propio carácter y con cosas que se parecían al amor maternal de mi madre, pero que precisamente no eran amor de madre sino amor de monjita porque madre yo ya tenía con amor y todo. No, no, por ahí no iban ni ese amor colegial ni el amor a Dios de mi ya naciente y muy pronto además ferviente catolicismo.

Iban, en todo caso, por el camino de los hechos, de las tremendas sensaciones (olfativas, sobre todo) y del ritual. Y todo ello junto, creo yo, tendría con el tiempo mucho que ver con el escritor que soy. Pero, en fin, esto es cosa aparte. Los hechos, en cambio, son cosas de aquel entonces. Mi padre, por ejemplo, regaló una de las muchas bancas de la nueva iglesia, grande y preciosa para un niño, del nuevo colegio Inmaculado Corazón, grande, precioso y de estilo muy norteamericano como casi todo en el mundo en que me había tocado nacer. Recuerdo que mi viejo regaló aquella banca a regañadientes («Estas monjas no acaban nunca de sacarle dinero a uno»), pero eso qué podía importarle a un niño que, lo único que deseaba en el mundo, desde que la monjita de la clase de piano lo tocó por primera vez, era que su nombre quedara grabado para siempre en la historia del Inmaculado Corazón. Y lo grabaron para siempre en la placa de bronce que colocaron en la banca de Alfredo Bryce Echenique, el niño más orgulloso del mundo.

El olor del incienso me mataba con la única muerte agradable que he concebido hasta hoy. Me acercaba al cielo, además, porque me acercaba a Dios, y Dios me premiaba con otra clase de piano en que la monjita del piano me volvía a tocar con olor. Y con su olor (sin duda una mezcla de jabón y del producto con que limpiaban las teclas del piano), me tocaba. Y todo mientras yo tocaba un preludio de Chopin y había una increíble bondad en el mundo y para pruebas basta un botón: hasta dábamos limosna para los pobres del África, vía la Cruz Roja y las misiones, cuando las colectas.

Un día, mientras nos preparábamos para la llegada del *father* Mitchel, que nos iba a preparar para la primera comunión, y mientras yo andaba feliz, casi celestial de rituales e incienso, orgullosamente arrodillado en la banca con la placa de bronce Alfredo Bryce Echenique, brillante, el pavo real del colegio se metió por una puerta lateral de la flamante iglesia y, a la hora de comulgar de mentira, porque sólo nos estábamos preparando para la primera comunión, se acercó al comulgatorio y todo. Perceptor imperceptible, desde entonces ya, me imagino, como que metí al pavo real entre el coro celestial que esperaba al *father* Mitchel, pero después cometí la tontería de contar con lujo de detalles lo que había hecho el pavo, que además se pegaba unos resbalones terribles sobre el piso de mármol, en su afán de abrir espléndidas sus plumas por amor a Dios y en espera del día de la primera comunión. Para qué conté nada, caramba. Se reían de mí, me miraban con total incredulidad, se burlaban de mí en mi casa y en el colegio. Yo, que me había sentido sencillísimo y bueno como *Saint Francis of Assissi*. El mundo no era tan lindo como yo creía, entonces... Y entonces debió ser cuando sin darme cuenta ni nada le volví a echar una mirada al mundo de entonces con un pavo real resbalando por pavonearse en una iglesia y en medio de un incienso y de unas monjas y de unos niños y de la esperada llegada del *father* Mitchel, que venía del colegio Santa María y que tenía acento tejano según mi mamá. Fue un detalle muy importante, sin duda, y alguna irónica lección debí extraer de ese rápido retorno perceptor al imperceptible mundo del coro celestial con pavo real incluido.

Pero quedaba incienso para rato y quedaban monjitas con olores particulares cada una, que iban desde lo delicioso hasta la pestilencia de las monjas antipáticas que siempre tienen mala suerte con lo del sobaco. Quedaban monjitas para rato con más amor maternal del que ya uno tenía en casa, y además entre el incienso que hacía olvidar, que mandaba al infierno el sobaco de las monjas crueles. Y seguía quedando para rato la monjita del piano llena de ese amor-olor maternal y no, porque realmente tenía su variante con respecto al de casa. O sea que cuando aquel mundo se acababa para siempre, porque uno había crecido y le tocaba irse al Santa María para hacerse hombre incluso antes de llegar a la adolescencia, arrastraba conmigo un importantísimo catolicismo.

Entonces uno ya convivía escolarmente con *father* Mitchel y hasta le notaba el acento tejano del que hablaba mi madre, pero también entonces lo preparaban a uno para la llegada del cardenal Spellman, por ejemplo, que iba a la guerra con los *boys* y todo, y que podía llegar a ser *The Holy Pope*, con lo cual uno no sólo era católico, muy católico, sino que además era importantísimo. Y estudiaba más que nunca y hasta salía primero de la clase y algún día iba a jugar en el equipo de *basketball* e iba a ganar jugando muy limpio y con el uniforme importado y muy lindo del Santa María, el campeonato interescolar, y a jugar en el club Terrazas en presencia de las chicas del Villa María, nuestro exacto equivalente con falda, todo por amor a Dios, al colegio, a una chica del Villa María y a la patria, también, si se quiere, aunque esto último según el instructor de premilitar, que era un profesor como distinto a los demás y que, definitivamente, no venía de *West Point*.

Todas estas cosas ocurrirían, pero siempre y cuando no se le acercara a uno antes, durante los recreos, por ejemplo, un *brother* un poquito más fino y delicado que los demás. ¿Lo habrían estado observando a uno o qué? Lo cierto es que, por más observador que fuera uno, nada había notado y de pronto ya le andaban hablando de Dios mucho más que a los demás. Lo orgulloso, católico y bueno que se sentía uno. Se trataba entonces de la etapa de la aureola y el tropezón. Del balbuceo y del querer ser mucho más. Del llegar a ser muchísimo más católico que los demás. Así se vivía toda esa etapa por dentro y llegaba aquel día en que uno amanecía convencido de que quería entrar al seminario que los padres del Santa María, pertenecientes a la congregación de los marianistas, acababan de abrir en Chaclacayo, a unos treinta kilómetros de Lima, con sol todo el año.

Primero me resultó increíble que mis padres se opusieran, aunque después de escuchar todo lo que me dijeron (que era muy chico, que tenía mucho tiempo para decidir, que ellos estaban totalmente de acuerdo pero que antes debía terminar el colegio, siquiera, y que debía conocer chicas antes, también; etc.), lo que realmente me llamó la atención fue que no se opusieran tanto. Y ahora me pregunto si, a lo mejor, lo que en el fondo yo realmente deseaba era que mis padres se opusieran rotundamente.

Pero entonces no me pregunté absolutamente nada ni tuve duda alguna y al seminario de Chaclacayo entré como quien entra a un monasterio con votos de castidad, pobreza y humildad. Había renunciado a mi pasado y sus pompas y realmente quería seguir siendo casto (puesto que lo era, y mucho) y hasta dormir sobre una tarima de santo con una calavera sobre la raquítica mesa de noche, también de santo. Y quería levitar. No sé por qué, pero quería levitar. De eso me acuerdo con muchísima claridad, y me acuerdo también de lo mucho que le pedí a Dios que me hiciera levitar un día, claro que no tanto como a Supermán, Dios mío, pero, en fin, lo suficiente como para llamar muchísimo la atención.

Mi desilusión fue grande, no tanto por culpa de Dios o porque mi único intento de levitación terminó con una buena torcedura de tobillo (confesé incluso haberlo hecho sin la ayuda divina, o sea contra la voluntad de Dios, padre, e imitando un poquito el vuelo de los pájaros, más bien), cuanto por el enorme confort y tolerancia que reinaba en el ambiente. Nos levantábamos todos con una flojera increíble, y en seguida venía un duchazo caliente y lo menos ermitaño que darse pueda, más un desayuno a la norteamericana que atentaba seriamente contra mi espíritu de mortificación. Antes, por supuesto, habíamos estado en misa y también yo había cumplido ya con la única obligación humilde que tenía en todo el día: limpiar el altar y prepararlo para la santa misa. Eso me encantaba y ahí solito en la capilla fue cuando más esperanzas tuve de levitar (también fue el lugar donde me doblé el tobillo por imitar el vuelo de los pájaros, lanzándome desde una ventana). Mi obsesión era el tabernáculo y su ocupante. Nadie se puede imaginar lo mucho que frotaba con una franelita la pequeña puerta del cielo. La frotaba y la frotaba, hasta que un día la abrí. Después la cerré, simple y llanamente, medio desilusionado, creo yo. Pero me confesé y, a fuerza de penitencia, volví a limpiar el altar con humildad y, sobre todo, con la seriedad del caso.

Nunca nos vistieron de nada, lo cual creo que en mi caso fue un gran error. Tampoco era que yo hubiese querido ya sotana o hábito alguno, pero al menos un poco de luto, un terno negro o algo así. Nada, ni siquiera un uniforme escolar con un escudo de seminarista en el bolsillo superior del saco. En fin, algo por el estilo y no enseñarme a manejar, en cambio, cuando recién tenía trece años y podía ser pecado eso de ir en contra de la ley, por lo del brevete. Y además mi vecino de cama, que venía del Santa María para pobres, o sea del colegio San Antonio, nada menos que en el Callao, el puerto de chaveteros y el Sport Boys y el Atlético Chalaco, que jugaban tan sucio fútbol en el estadio nacional, se masturbaba. Sí, además de todo lo del Callao se masturbaba mi vecino y tenía unas ojerazas que debía realmente masturbarse mucho más de la cuenta. Y soltaba una palabrota tras otra y nunca se confesaba, si no tocaba día obligatorio de confesión. Y hasta me contó un día que estaba en el seminario porque así sus padres no tenían que pagarle el colegio y nadie se iba a atrever a jalar a un futuro curita en los exámenes.

Casi me muero y me confesé y confesé todito lo que el del Callao me había contado y después fui y se lo confesé a él, le confesé que se lo había contado todito al padre, y el otro sólo me escupió, me imagino que porque en el seminario ni los del puerto se trompean. Casi me muero de asco, esta vez, y decidí que en adelante sólo me iba a juntar con los seminaristas que vinieran del Santa María, por ser gente decente y bien educada, o sea mucho más católicos también.

Me acerqué pues a la flor y nata del seminario, pero sin grandes resultados porque todos eran mayores que yo y nos separaban en clase. Dos de entre ellos me hacían caso, pero no tanto. El primero, un muchacho apellidado Devoto, si mal no recuerdo, era altísimo y realmente muy devoto. Su sencillez y bondad me hacían sentirme malísimo, y el verlo a cada rato tan alto y tan flaco y con la quijada saliente, como en el aire, me hizo sospechar muy pronto que levitaba a escondidas. No pude más de odio, y un día se lo pregunté mientras escuchábamos *The Mikado*, la opereta favorita de *brother* Francis, en la nocturna y muy agradable sesión musical. Devoto me miró, sonrió, y me dijo que pensara en otra cosa, por favor, con lo cual mi odio se llenó de certezas y envidia y empecé a observarlo a escondidas. Jugaba demasiado bien *basket* y, sobre todo, pegaba cada salto... Sospechoso, sospechoso, la verdad es que Devoto me resultaba particularmente sospechoso.

Bueno, y pasaban las semanas y yo como que nunca iba a llegar a ser sacerdote, mucho menos santo, por supuesto, como un hermano de mi abuela que vivía en Buenos Aires y cojeaba porque se ponía piedrecillas en los zapatos. Lo imité y resultó incomodísimo, aparte de que se me notaba mucho al andar y me obligaron a sacármelas nada menos que en penitencia por habérmelas puesto. Sí, así de disparatado fue el asunto. Yo a todo el mundo le decía que cojeaba porque me había torcido los dos tobillos, por voluntad de Dios, pero un día me preguntaron por qué cojeaba, nada menos que en plena confesión, y tuve que soltarlo todo: lo de mi tío el de Buenos Aires y todo. No me entendieron, y mi penitencia constó nada menos que en cuatro padrenuestros y en sacarme las piedrecillas de los zapatos. Fue un gran alivio, la verdad, pero ya nunca volví a sentirme el mismo y más semanas pasaban y pasaban y las clases se desarrollaban normalmente, como en un colegio cualquiera. No sé, pero para mí como que faltaba devoción o algo así.

Y otro muchacho que había llegado del Santa María conmigo, pero que era tres o cuatro años mayor, me preguntó una tarde si me gustaban las chicas. Casi me mata. «Las chicas, las chicas —le respondí, agregando—: ¿Qué chicas?» Me dijo que las chicas, en general. Casi le pregunto: «¿¿Qué chicas, en general?», pero felizmente no fui tan bruto y me limité a sonreír sin sentir para nada la tentación de confesarme, además. «Las chicas en general no es pecado», me dije, y la verdad es que aquel muchacho empezó a caerme tan simpático que, cuando algunos días más tarde me mostró por una de las ventanas que daba a la calle a una chica en particular, la encontré alta y preciosa, aunque mucha hembra para mí, como se dice, por ser una chica mayor que yo y porque ya le hacía sus adiositos y todo a mi buen amigo mayor, sin que yo sintiera tentación alguna de confesarme ni de acusarlo en confesión o cosas por el estilo.

Total que, poco a poco, la terrible vocación con que entré se fue reduciendo en cantidad, sobre todo, y con el transcurso del tiempo quedó limitada a vocación muy matutina, más o menos de 7 a 7 y media de la mañana, o sea el momento que pasaba solo en la capilla, limpiando el altar de Dios. Pero no había pensado en salirme del seminario ni nada. Todo lo contrario: el par de veces que mi madre llamó por teléfono para preguntarme si me sentía realmente seguro de mi vocación, le dije sí, mamá, realmente me siento seguro de mi vocación y no te preocupes, por favor, mamá, que no me va a pasar nada por estar aquí.

Pero justo entonces me pasó algo por estar ahí. Resulta que las monjitas del Inmaculado Corazón, que tanto me querían y recordaban, se enteraron de que había entrado al seminario y, acto seguido, me dieron la más grande prueba de su cariño y alegría: una tonelada de chocolates, más o menos. Norteamericanos y riquísimos, además. Los guardé, o mejor dicho los escondí, y en la primera oportunidad que tuve realmente me los devoré, con atraganto, nocturnidad y sin convidarle a nadie. Empacho, cólico, vómitos, más vómitos, cólico y empacho. Creo que hasta entré en coma o algo así. Lo cierto es que hubo que trasladarme de urgencia a una clínica limeña, de donde nunca más volví a salir.

De donde nunca más volví a salir rumbo al seminario, se entiende, debido a la gran calma e inteligencia con que actuaron mis padres. Yo había parado por fin de vomitar y gritar de dolor, cuando me dijeron que nada los alegraría tanto en la vida como tener un hijo sacerdote. Y yo deseaba ser sacerdote. Y tenía vocación. ¿Qué más se podía pedir en la vida? ¿Estábamos o no de acuerdo? Les dije que sí, que por supuesto, y entonces me dijeron que con una vocación tan fuerte como la tuya, Alfredo, qué peligro podía existir si esperaba unos años. Les respondí, desafiante, que peligro ninguno. Y me desafiaron, los muy vivos. Me desafiaron a permanecer en el mundanal ruido, entre mis compañeros de colegio y en casita con ellos y mis hermanos. Y con las chicas y los amigos que iba a conocer y tener. Después, cuando ya hubiera disfrutado de todo aquello, podía alejarme de todo, incluso de todo aquello, y regresar para siempre al seminario de Chaclacayo.

Nunca más regresé y lo peor de todo es que nunca más pensé en regresar ni nadie en casa me volvió a mencionar el asunto tampoco. Todo se diluyó con el tiempo, y con ese insensible y paulatino alejamiento de las iglesias. Como a Hemingway, me gusta sentarme a veces en una iglesia grande, vacía y de piedra. En una iglesia antigua y, de preferencia, en algún pueblo o ciudad pequeña de España. Algún alivio siento, sobre todo si la noche anterior me he acostado muy tarde y la parranda ha sido grande. ¿Seré también, un poco como el viejo del mar, un hombre al cual le hubiera gustado ser católico? ¿Nada más que un escéptico olvidado de la mano de Dios? Es la primera vez que se me ocurre pensar una cosa así.

ABOGADO ASOCIADO

La maldita profesión de abogado, que mi padre tanto quería que ejerciera, y para la cual yo simple y llanamente no servía. Deseaba tanto ser escritor, además. Ah... Deseaba tanto embarcarme un día rumbo a París y olvidar aquel mundo al que parecía condenado de nacimiento y en el cual mis mejores amigos se perfilaban ya como grandes hombres de negocios, terratenientes, abogados, ingenieros y qué sé yo. Todos habíamos nacido con un porvenir brillante bajo el brazo, qué duda cabe, y yo mismo llegaba a maldecirme al notar, cada día más, que nunca lograría encajar bien en los mecanismos del dinero y el poder. Y hasta mis mejores amigos se burlaban de mí, diciéndome cariñosa y sonrientemente grandes verdades.

—Eres comercialmente cero —me repetía, en las juergas de los sábados, Jaime Dibós.

—O sea que quieres irte a París a estudiar para bohemio —me dijo un día Alfredo Díez Canseco, desde su estatura grande y esos kilos de más que empezaban a acentuar su parecido con John Wayne.

No les faltaba razón (más bien todo lo contrario), pero ahí estaban mi cariño y respeto por la vida de trabajo y responsabilidades de mi padre, pesando demasiado sobre la balanza y obligándome a terminar una carrera que me resultaba fácil estudiar, pero que en cambio en la práctica me era realmente insoportable. *Dura lex sed lex*. La verdad es que esta frase se había convertido para mí en sinónimo exacto de la vida diaria. Me espantaban los escribanos y tinterillos, y el Palacio de Justicia era una pesadilla kafkia-

149

na, un laberinto criollo y sucio del que ni mi instinto de conservación lograría salvarme, a la larga. El Gordo Massa y Mañuco Chacaltana, compañeros de estudios y excelentes amigos, eran testigos de la angustia, timidez y desasosiego con que me lanzaba al centro de Lima para iniciar algún papeleo legal. Los ministerios me aterraron siempre y cada burócrata hacía de mí un nuevo Franz Kafka. Y a todo eso se unía la mala suerte, además. Mientras practicaba con el doctor Otero Villarán, simpático y brillante abogado limeño, me tocó embargar a alguien por primera vez en mi vida, y ese alguien resultó ser nada menos que el padre de un amigo. De más está decir que salí disparado y que el doctor Otero Villarán me dio de alta con una sonrisa burlona y algún buen consejo. Aunque creo que debería decir, más bien, que el doctor Otero Villarán en realidad me dio de baja.

Yumi Braiman, otro buen amigo de entonces y compañero de facultad, quedó en conseguirme un trabajo con un abogado de la colonia judía, pero no sé qué diablos pasó que, al cabo de una larga entrevista con un señor tan barrigón como sonriente, quedé convertido en vendedor bastante ambulante de unos frasquitos de mil diferentes perfumes, sin sueldo alguno y hasta sin comisión mientras durara el período de prueba. Yumi y el Gordo Massa fueron los primeros en estallar en carcajadas al ver que mi timidez me había impedido explicarle a ese señor que lo que yo quería era practicar la carrera de Derecho que con tanto ahínco estaba estudiando en la cuatricentenaria Universidad Nacional Mayor de San Marcos, la primera de América aunque los dominicanos dicen que la suya fue antes, y que... Bueno, pero ahí estaba en el Dominó, nuestro café de las Galerías Boza, con un maletín repleto de frasquitos en la mano, tristísimo y con una impresionante cara de idiota, me imagino, mientras les contaba que el señor sonriente y barrigón, que no me dejó hablar, acababa de convertirme en vendedor. Finalmente, fueron mis amigos los que me arrancaron el maletín y se encargaron de decirle cuatro verdades a aquel imbécil que ignoraba de quién era hijo y nieto yo.

Y así iba por la vida de futuro abogado, de traspié en traspié y aterrado, cuando Mañuco Chacaltana nos habló al Gordo Massa y a mí de asociarnos. Al fallecer su padre, había quedado libre su despacho de abogado situado en el jirón Azángaro, a la altura de la calle Beitia, o sea en pleno centro de Lima. Asociarme con dos futuros abogadazos, qué duda me cabía entonces, era para mí escudarme tras la amistad que nos unía, ser cumplido y puntual pero nunca dar la cara realmente (para eso estaban los amigos), y poder contarle a mi padre que por fin le iba a dar gusto en todo. El doctor Eduardo Nugent Valderomar, que había sido profesor del Gordo y mío en secundaria, y que era también abogado, aceptó ser algo así como el director simbólico de la sociedad y firmar como abogado hasta que nosotros nos graduáramos y pudiéramos hacerlo. Así nació Abogados Asociados, con tarjeta de visita y todo.

El Gordo Massa trajo el primer cliente, un ex boxeador de la categoría peso medio, pero al que la miseria y el alcohol habían reducido prácticamente a la categoría de peso pluma. La vida le había propinado más y mayores palizas que el boxeo a ese pobre hombre que se hallaba ya al borde de la mendicidad y se pasaba tardes enteras esperando sabe Dios qué vuelco de fortuna en el despacho de Abogados Asociados. Nos salía carísimo, además, porque siempre había que darle algo para pasajes, para medicinas, en fin, para todo empezó a pedirnos el ex peso medio, y al final terminamos huyéndole porque ninguno de los tres socios sabía muy bien qué hacer con él. Y, en el fondo, creo que si no lo largamos a patadas fue porque pasaba el tiempo y seguía siendo nuestro único cliente.

Pero algo mucho peor sucedió, creo yo, y fue que tanto el Gordo como Mañuco empezaron a contagiarse de mi abulia o hasta de mi temor a los plazos legales, requerimientos, avisos, tinterillos, jueces y escribanos, y mucho mayor era el tiempo que pasábamos en el Dominó, mirando caminar a la gente, fumando y conversando de todo lo divino y humano, entre café y café. Formamos una verdadera peña, en el Dominó, y con el tiempo se unieron a ella Braiman, Pablo Arana, Nicolás de Piérola, todos estudiantes de Derecho, y hasta un muchacho de apellido Salazar, que para mí había desarrollado un sentido práctico que realmente atentaba contra la indumentaria de un futuro caballero limeño. Salazar, que jamás usaba corbata, andaba siempre en motocicleta, lo cual por supuesto no tenía nada de malo, pero por qué diablos guardaba sus enormes guantes de motociclista en los bolsillos del saco. El asunto llegó a ser tema de conversación en la peña, a cuyos miembros les gustaba vestir bien, y fue el propio Salazar quien me explicó un día que se mandaba hacer unos sacos con sentido práctico, o sea con tremendos bolsillotes laterales para que cupieran bien no sólo sus guantazos sino también los libros que andaba leyendo.

Chacaltana, Massa y yo decidimos por fin ocuparnos un poco más de Abogados Asociados, en vista de que un periodista de sociales, muy leído entre los limeños de la *high* de entonces, acababa de tomarnos el pelo en su columna, anunciando que Manuel de la Encarnación Chacaltana Jr., Albertito Massa Gálvez y el nieto de don Francisco Echenique, caballero de la triste figura, habían abierto un estudio con el nombre de Abogados Asociados Aficionados. En fin, más clara no podía ser la alusión a la peña del Dominó, o sea que los tres socios decidimos responder al ataque, consagrando nuestras mañanas a la facultad y la peña, y por las tardes alternar la peña y otras actividades (yo estudiaba también Letras, en San Marcos, y latín con una profesora particular), con Abogados Asociados. Nos turnaríamos, además, porque con que uno de nosotros pasara la tarde entera en el despacho, a la espera de clientes, sobraba y bastaba. Y ya vería el periodista de sociales: nuestros clientes empezarían a llegar, gracias a nuestras relaciones, motivo por el cual, al menos yo, empecé a mandarle tarjetitas o a molestar directamente a cuanto amigo de mi padre y familiar se me pasara por la cabeza.

Después, claro, me entró el miedo a que alguien respondiera a mis tarjetas y llamadas con una visita y algún problema legal que diera conmigo en algún juzgado o en alguna escribanía. Pero nadie llegaba, salvo el ex peso medio, por supuesto, que terminaba siempre recibiendo más propinas que uno, por lo cual una tarde me armé de coraje y decidí hacer algo tan feo como robarle un cliente al de la oficina de al lado. Nunca supe quién era ese señor, pues jamás abría su puerta ni aparecía por el edificio. Una placa decía DOCTOR y su nombre, con letras bastante grandes, por lo que para mí era otro abogado más de los muchos que había en el inmueble. En fin, como ese señor jamás atendía a sus clientes, yo me ocuparía de hacerlo no bien llegara alguno.

Una tarde apareció por fin una señora bastante guapa, mientras yo andaba en plena lectura del *Lazarillo de Tormes*, me acuerdo como si fuera ayer. Me puse muy nervioso y esas cosas, pero la señora seguía parada y tocando la puerta de mi colega de al lado, ignorando sin duda que ese señor jamás ponía un pie en su despacho. Bueno, la señora tocaba y era guapa y pobrecita ahí parada, y si me la jalo para Abogados Asociados, el Gordo Massa y Mañuco Chacaltana se van a quedar turulatos. O sea que dejé la lectura, me incorporé, salí al pasillo, le expliqué a la señora cómo y por qué estaba tocando en vano, y la invité a pasar a mi oficina y a tomar asiento. Luego, tomé asiento también yo, la invité a hablarme de sus problemas, y me dispuse a escucharla con atención y sin miedo.

Pero uno tiene muy mala suerte y, no sé por qué, justo esa tarde se les ocurrió al Gordo y a Mañuco llegar juntos a Abogados Asociados, en el preciso instante en que yo realmente no sabía qué hacer con la señora, aparte de deshacerme en excusas, tras haberle escuchado decir que, desde la semana anterior, segunda o tercera sin que le viniera la regla, había notado una serie de cositas que la hacían pensar que estaba encinta, lo cual me hizo a mí pensar que debía haberme fijado mejor en la placa del doctor de al lado, pero que ya era demasiado tarde y que *dura lex sed lex.* Lo que siguió es fácil de imaginar: la señora se fue asombrada, el Gordo y Mañuco se revolcaron de risa, y llegó el ex peso medio a fregarnos la vida una vez más.

Esa misma tarde arrojé la esponja, al menos para mis adentros. Y recuerdo como si fuera ayer que me gradué de abogado sólo por darle gusto a mi padre, y que del salón de grados de la facultad corrí hasta la clínica en que mi viejo se hallaba bastante enfermo ya, aunque acababa de salir con éxito de una temible operación. No sé cuál de los dos tembló más: si yo al entregarle el diploma, o él al recibirlo. Y claro que no hubo palabras de ésas sino balbuceos de tímidos ante esas situaciones.

Hacía algún tiempo que, paralelamente a mis estudios de Derecho, Letras e idiomas (estudiaba francés, italiano y alemán, con miras a un viaje a Europa, al cual me sentía ya con derecho), enseñaba castellano y literatura en el colegio San Andrés. Iba disparado de un lado a otro, en un pequeño Austin que me había vendido Jaime Dibós. No sé cómo me alcanzaba el tiempo para tanto, y me imagino que a eso se debía la fiebre de beber, cantar, amar y poner el mundo patas arriba que me entraba cada sábado por la noche, mientras Jaime Dibós me decía que yo era comercialmente cero y el Gordo Massa se carcajeaba a su gusto.

LOS HOMBRES SIN HORARIO

Una noche, mientras comía con cuatro amigos, les pregunté si ya habían llamado a la persona encargada de conseguirnos entradas para los toros. La respuesta, casi a coro, de los cuatro, fue: «¿Y por qué no has llamado tú, tú que te pasas la vida sentado en tu casita?» Ninguno de mis amigos agregó: «Sentado en tu casita y sin dar golpe», porque eso ya habría sido insultarme, pero de todos modos estas palabras quedaron lo suficientemente sobreentendidas como para que yo sintiera el latido de la eterna herida de ser escritor, la eterna herida de pertenecer a la raza de los hombres sin horario.

Yo mismo me he burlado de estos hombres y ahora les pido perdón por mis irresponsables palabras de mal colega. Recuerdo, por ejemplo, que cuando a los escritores del *boom* se les preguntaba por sus horarios y su disciplina laboral, todos respondían explicando con lujo de detalle cómo a partir de qué hora se sentaban a escribir y, luego, cómo escribían, cómo corregían, y hasta qué hora no paraban de llenar cuartillas en blanco. Unos trabajaban temprano, por la mañana; otros, por la tarde (los menos); y otros, por la noche. «Bueno —he afirmado yo, algunas veces, irresponsablemente—, eso dicen ellos, pero la verdad es que con todos ellos me he tomado yo más de un café o una copa a las horas en que afirman escribir maniática y metódicamente.» Mi afirmación causaba gran hilaridad, pero con el tiempo me he ido dando cuenta de mi error. Yo mismo, siendo escritor, había sucumbido a uno de los tantos falsos mitos que existen sobre esta profesión.

El escritor no trabaja, es un vago casi tan vago como el poeta. Por la noche, las musas lo visitan sin horario establecido, y suelen coincidir con un buen insomnio o con los vapores del licor o el olor de la absenta. La soledad de la página en blanco no existe o, en todo caso, es un truculento invento francés. La única soledad que conoce el escritor es la del vago, puesto que todo perezoso y todo parásito tiene algo de solitario y el escritor no es nadie que trabaje y, la verdad, tampoco se sabe nunca muy bien de qué malvive. Y, por último, aunque no sea ni vago ni parásito y haya heredado una gran fortuna, lo de bicho raro no se lo quita nadie.

Toda esta estúpida mitología la fui descubriendo a medida que pasaban los largos años que viví en París. Recuerdo que, desde que empecé a escribir, Mario Vargas Llosa, que entonces pensaba abandonar ya la Ciudad Luz, me decía que, al igual que él, algún día tendría yo que irme de esa ciudad a la que no cesaba de llegar gente que simple y llanamente se instalaba en casa de uno y le devoraba sus horas de trabajo, por la sencilla razón de que pertenecíamos a la raza de los hombres sin horario, palabras éstas que ocultan otras más graves: el escritor es un hombre que se pasa la vida sentado en casa, cuando no en un bar, sin hacer absolutamente nada. El escritor es la quintaesencia de la vagancia, por más que trabaje en una oficina pública, dé clases en una universidad o se pase la vida contándole a la gente cuál es su método de trabajo, cuál es su horario, y otras mentiras más por el estilo.

Tardé mucho en descubrir que hacía años que escribía en cualquier parte menos en París, la ciudad en la que empecé a escribir y en la que durante un buen par de lustros fui profesor universitario. La revelación tuvo lugar una tarde, durante una entrevista. Me preguntaron por qué vivía en París y respondí: «Porque en París es posible escribir.» Acto seguido, me di cuenta de que, desde hacía mucho tiempo, en París me era realmente imposible escribir. Huía de esa ciudad cada verano, con la conciencia negra, y en algún escondite malagueño, menorquí o vasco lograba llenar en marchas forzadas todas esas cuartillas que mil impertinentes visitas me habían impedido llenar en mi departamento parisino. ¿Por qué? Pues por la sencilla razón de que yo era un hombre sin horario, un vago.

¿Cómo había ocurrido esto? ¿Cómo, trabajando hasta en dos universidades al mismo tiempo, había logrado convertirme en un vago? Pues de la siguiente manera. Mi horario de escritura es el peor de todos: por la tarde, inmediatamente después del almuerzo, a la hora de una buena siesta andaluza. Y mi pequeñísimo escritorio estaba entonces al lado de la salita-comedor del departamento. Y a cada rato llegaba el infalible visitante, turista o no, y se quedaba a compartir la humilde ración del vago, mientras éste se defendía mal y apenas lograba explicar que, de acuerdo, que almorzaríamos juntos, pero que inmediatamente después se pondría a escribir. Además, qué sacaba el vago con defenderse bien ante toda una romántica y falsa mitología cuyo origen es remoto y pesa como la condena de un pasado sumamente imperfecto. Bueno, terminado el almuerzo, había que servir el inevitable café, y yo lo hacía, diciendo que el cuartito de al lado era mi despacho y que iba a escribir. ¿Ese cuartucho era tu despacho? ¿Puede un escritorio ser la habitación contigua a aquella en que se nos está pidiendo una copa para acompañar el café? Mentirillas de Alfredo Bryce, que se vino a París de puro bohemio. Mentirillas porque un hombre con horario tiene una oficina y toma el metro o se dirige a ella en su automóvil. Así, por estas razones, se me iban quedando los visitantes y arruinaban mis horas de trabajo y se despedían cuando la jaqueca se me hacía insoportable. Los visitantes peruanos regresaban a Lima y mandaban más visitantes y yo me pasaba la vida sentadito en casa sin dar golpe. Hasta que llegaba el verano redentor.

El verano y las vacaciones del escritor también han sido objeto de mito, aunque éste sí delicioso y deliciosamente contado, además, por Roland Barthes en su sabrosísimo *Mitologías*. Cuenta Barthes que, de acuerdo al mito, el hombre en vacaciones se olvida de todo. Pero no el escritor: éste tropieza con todo y se pasea distraidísimo y ausente, absorto en su mundo literario, por el malecón estival. Pudo ser verdad en mi caso, por culpa del mito en torno al hombre sin horario en que la gente me había convertido. Esta falsa verdad me obligaba a huir de París, en busca de la redención veraniega, y es muy probable que, como en el mito narrado por Barthes, cada verano redentor me convirtiese en ese individuo absorto en su mundo literario, ausente y distraidísimo, que caminaba por el malecón malagueño, menorquí o vasco. Claro, era yo, libre al fin para llenar redentoras cuartillas en blanco, tras haber partido de París sin decirle a nadie adónde iba.

Dos anécdotas, para terminar con esta breve historia de los hombres sin horario. El poeta inglés Marcus Cumberledge, cuya agresividad defensiva antimitológica siempre envidié, comía una noche en casa de un profesor de literatura. La noche parisina invitaba a hablar de poesía, pero el profesor empezó a hablar más bien de poetas y le preguntó a Cumberledge por su vida en Brujas. La respuesta del poeta fue: «En Brujas no escribo poesía, me mato bebiendo, y paso largas temporadas en el manicomio.» A buen entendedor pocas palabras, debió pensar el profesor, porque cuando, a su vez, el poeta inglés le preguntó qué hacía él en la vida, respondió: «Soy un parásito. La universidad me paga por leer lo que usted escribe y explicárselo después a la gente. Sí, así es: yo no soy nadie o, en todo caso, soy un pobre diablo que vive a costa de usted.»

Como jamás lograría defenderme del mito tan bien como el poeta Cumberledge, opté por huir de París (Vargas Llosa, tuvo, pues, toda la razón) y me refugié en una de esas ciudades que están fuera de la ruta turística de casi todo el mundo: Montpellier. Y fue en esa bella ciudad del Languedoc donde logré por primera vez en mi vida ser un hombre con horario. La verdad, tenía tanto horario que siempre logré empezar a trabajar cuando me tocaba, o sea después del almuerzo, y nunca supe cesar de llenar cuartillas en blanco cuando el cansancio así lo exigía. Había dejado, pues, de encarnar el mito del escritor vago y bohemio que la vida parisina me había impuesto. Eso me alegraba mucho y, a menudo, cuando recordaba mi último día en París, sentía hasta qué punto había resultado conveniente abandonar la Ciudad Luz.

Aquel último día, cuando ya el camión de la mudanza había partido con mis muebles rumbo al sur de Francia, decidí entregarme de lleno a uno de los placeres que la vida en París me había hecho abandonar y hasta olvidar desde hacía mucho tiempo. Salí a pasear sin rumbo fijo, a vagar y vagar por una de las ciudades más bellas del mundo. Pero mi paseo terminó en la esquina misma de mi casa, cuando fui literalmente asaltado por un grupo de peruanos que aseguraron ser amigos de amigos míos. Totalmente desprovisto de la defensiva agresividad del poeta Cumberledge, acabé sentado en un restaurante chino, ejerciendo el agotador y cursi deber del compatrioterismo. Lo seguía ejerciendo en las primeras horas de la madrugada, con el único consuelo de saber que, al día siguiente, dejaría París para siempre, llevado por mi amor al trabajo y a la disciplina. Y me sonreía al pensar que aquella noche, unos laboriosos compatriotas habían descubierto a un hombre sin horario, sin horario, efectivamente, y a un vago, disponiéndose efectivamente a vagar. En fin, cosas que pasan.

DISPAROS EN LA ESPALDA CON ABRIGO

Entre los latinoamericanos que vivíamos en Francia a principios de esa década, debemos ser muy pocos los que hemos olvidado aquel breve «gulag» de 1982. Duró un año, más o menos, y consistía en que ninguno de nosotros podía salir de Francia sin un permiso de la Prefectura de Policía. Un permiso para cada viaje, aunque uno fuera tan sólo a almorzar a Bruselas, desde París, o a comer en Barcelona, desde Montpellier. Y aunque uno tuviera el codiciadísimo Permiso de Residente Privilegiado, que era algo así como un vagón de primera especial en un tren con tercera especialmente mala. El Residente Privilegiado era un hombre que había pasado muchos años en Francia, que había tenido mucha suerte y muchísima paciencia, y que además de todo se había conseguido un gran padrino, en muchos casos.

Pero volvamos al breve «gulag» para latinoamericanos solamente, de 1982, que duró hasta entrado el 83. Prácticamente nadie se enteró a tiempo de la medida y nunca encontré a nadie que hubiera oído hablar de ello en la radio o en la televisión, ni a nadie tampoco que lo hubiera leído en un periódico. Decían que la tarea de hacer conocer la noticia correspondía a los consulados de cada país latinoamericano, pero, la verdad, o eso era una bola o las cosas debieron hacerse muy mal porque yo sólo conocí a gente que se enteró del asunto aquel día cualquiera de julio o agosto en que llegó a una frontera también cualquiera, rumbo a sus vacaciones veraniegas, y en el control de la policía le dijeron: Usted no puede pasar, usted es latinoamericano, y la fiesta no es para feos.

160

Y a cada latinoamericano lo devolvían con su cara de asombro y golpe bajo hasta la ciudad en que residía (desde Irún hasta París, por ejemplo), porque era la Prefectura de Policía de esa ciudad la única que podía otorgar ese permiso de salida, con fecha de caducidad y todo. O sea que uno regresaba del viaje de vacaciones sin haber llegado nunca a él, y cola. Hubo colas que duraron el mes entero de vacaciones. Y hubo colas también para entender el porqué de una noticia tomada contra gente que tenía permiso de residencia y de trabajo y, también, claro, para gente cuya esposa e hijos eran franceses y sí podían cruzar la frontera pero el señor no, porque es ecuatoriano. Más colas hubo todavía para tratar de entender la noticia y penetrar el tamaño entero de una desilusión: ¿cómo demonios, siendo Miterrand presidente, cómo demonios, estando los socialistas en el gobierno, cómo demonios, siendo el ex guerrillero Regis Debray consejero de Estado para Asuntos Latinoamericanos, cómo demonios nos hacen una cosa así? Y ¿por qué?

Dijeron los díceres que la única explicación que se dio fue, de parte oficial, que con esta medida-gulag el gobierno francés pretendía impedir la llegada de más travestís brasileños a París. Pero yo, por ejemplo, vivía en Montpellier, era catedrático en la Universidad, era peruano, no era brasileño, tampoco travestí, y tenía la Carta de Residente Privilegiado, gracias a mi padrino. Y dijeron también los díceres que, de parte extraoficial, de lo que se trataba era de una venganza de Regis Debray, que había pasado años preso en Bolivia y que ahora quería que todos los latinoamericanos supiéramos, al menos un poco, lo que era estar preso en Bolivia. Pero, en fin, esto no se lo cree ni mi abuelita, aunque sí tiene algo de haber estado preso en Bolivia o en Suiza, que a la larga da lo mismo, eso de sentirse preso totalmente inocente en Francia.

Yo llegué a ser un preso muy bueno, ya que para todo pedía permiso y tenía un pasaporte llenecito de permisos. Lo malo, claro, es que en la frontera lo podían odiar a uno por tener tanto permiso, pues eso quería decir, según un típico policía de frontera típicamente xenófobo, cosa típica, que ese extranjero de eme se da la gran vida a costa de mis impuestos. Y, la verdad, yo vivía en Montpellier, me había comprado un carro de extranjero de eme, y me daba la gran vida en España. Y, como Montpellier era ciudad pequeña donde uno se cruzaba por la calle y terminaba saludando hasta al que daba los permisos, mi condena se me iba haciendo cada vez más soportable, ya que el tipo me daba el permiso en cinco minutos (la primera vez tardó diez días, con padrino, y yo sólo quería pasar un fin de semana en Barcelona...), y así hasta que un día me paró por la calle y me regaló compadecido una fotocopia del decreto ley que ponía fin a aquella infame situación.

Bueno, tanto como fin, no. Ya les hablé del típico policía xenófobo-fronterizo. Esta vez volvía de Madrid en avión, a Marsella, y ahí en el aeropuerto me lo topé y no podía entrar porque no podía salir y me sacó el decreto viejo. Yo estaba agotado y me esperaba una amiga afuera con su hijita y era de noche. Y ya iban veinte minutos de maltratos xenófobos. Hasta que se me salió eso que en mi país llaman «el indio» y le saqué el decreto nuevo, que era mi amigo, y le nombré al padrino de mi Residencia Privilegiada, que también era mi amigo, y al tipo de los permisos de la Prefectura de Montpellier, a quien bien podía considerar un amigo, y así siguieron los gritos del indio que hablaba mejor francés que él y que a la esposa de Mitterrand la debía contar entre el círculo de sus amistades porque la llamó Danièlle a secas.

Cuando salí con la presión en 30 y 27, máximo y mínimo, a mi amiga se le había perdido su hijita por esperarme, pero pronto volvió a aparecer con esa capacidad especial para observar que tienen los niños. Y así, lo primero que descubrió en mí fue que yo tenía la espalda del abrigo llena de agujeros de bala. Les expliqué a la niña y a su madre que el cretino que me acababa de detener media hora era el culpable de que las polillas se hubiesen despachado mi abrigo durante el vuelo Madrid-Marsella. En todo caso, había estado días en Madrid y el abrigo había permanecido intacto y me lo había puesto todo el tiempo. O sea que las polillas estaban en el avión. Y yo todavía estaba sudando frío. Y, durante algún tiempo, sudé frío cada vez que comparé el hueco que deja una polilla con los agujeros mucho más grandes, de balas, de aquel abrigo. Ahora ya sé que eran simplemente las polillas de la xenofobia. Las polillas de aquella temporada en que algo se estuvo pudriendo para los latinoamericanos en el reino de Francia.

DIFICULTADES EXISTENCIALES
EN LOS ESTADOS UNIDOS

Spinoza decía: «Todo lo que existe trata de perseverar en su ser.» Y Fontenelle, enfermo y visitado por un médico que le preguntó qué sentía, explicó: «Lo que siento, doctor, es una cierta dificultad de ser.» Una tarde otoñal de 1987, mientras leía a Joseph Conrad en la ciudad de Austin, Texas, un súbito dolor de muela me hizo recordar las palabras de Fontenelle y me obligó a interrumpir mi lectura y a ponerme de pie para llamar a mi amigo y colega Aníbal González-Pérez, porque era mi amigo y tenía automóvil y llevaba años en aquella pequeña ciudad en medio del desierto.

Aníbal tenía experiencia, tenía, por consiguiente, que conocer algún médico local, tenía también que comprender fácilmente que, siendo yo un profesor visitante, con tan sólo un par de meses en Texas, no tenía por qué conocer ya a un odontólogo austinita (natural de Austin). Gracias a Dios, mi amigo y colega se encontraba en su casa y rápida y telefónicamente pude explicarle en qué consistía mi dolor y cómo de una cierta dificultad de leer a Conrad había pasado a una cierta dificultad de ser. Según Spinoza, agregué, ahora lo que necesito es tratar de perseverar en mi ser.

Interminables minutos después, cuando el automóvil de Aníbal se detuvo ante el edificio en el cual me dolía la muela, ya yo había tenido la aguda y premonitoria sensación de hallarme perdido en algún lugar de los Estados Unidos. Lo sabía: el desierto rodeaba la ciudad de Austin y la altísima modernidad de sus edificios de concreto y cristal, pero también sabía que era absurdo experimentar una sensación de desierto moderno. Y, sin embargo, cada vez más agudamente, ésa era la sensación que yo experimentaba: la de un modernísimo desierto. Experimentaba un desierto modernísimo premonitoriamente y, desde el punto de vista espiritual, ese desierto tan moderno iba a perjudicar gravemente el afán de tratar de perseverar en mi ser y se iba a desdoblar en una terrible dificultad de existir en los Estados Unidos.

Existencialmente, las cosas espirituales de lo muy moderno y desértico empezaron a materializarse no bien llegamos Aníbal y yo a un policlínico donde no me podían atender porque ni mi número obligatorio de seguridad social ni yo aparecíamos en la pantalla del ordenador, por más que una enfermera apretaba y apretaba teclas como si fuera a ella a quien le dolía una muela peruana en Texas. Puso buena voluntad y sonrisa y todo pero todo era inútil: yo no existía en esa red de ordenadores austinitas y había otra gente esperando en la cola.

Aníbal, felizmente, sabía de la existencia allí mismo de un doctor peruano como mi dolorosa dificultad de ser y lo mandó llamar con el tono de voz adecuado en Texas, cuando a un amigo visitante le duele cada vez más algo. Y así apareció el doctor Noblecilla. Apareció rápida, ágil y sonrientemente, como se acude al llamado de la patria o algo así, pero era que había leído algunos de mis libros y estaba dispuesto a ponerle ipso facto punto final a tanto sufrimiento. Claro que no podía hacerme entrar en su consulta, por el asunto aquél de mi inexistencia en los ordenadores texanos, ya que yo era algo así como un profesor invitado pero ilegal a pesar del contrato y del sueldo y de que cada mes me descontaban un ojo de la cara para seguridad social e impuestos, según constaba en mi boletín de salario.

Pero en ese instante no era un ojo de la cara lo que me dolía y mi médico compatriota, poseedor aún de ese rezago de humanismo típico de las sociedades subdesarrolladas, se salió del policlínico, se metió en el carro de Aníbal, nos indicó que nos agacháramos para que no nos fuera a ver nadie fuera de la ley, y me clavó una inyección calmante de ésas que se agradecen días después con ejemplares dedicados de nuestras obras completas. Como el doctor Noblecilla no era odontólogo, sólo urgente, me mandó continuar por los países en vías de desarrollo y así llegué con Aníbal y su auto donde un especialista mexicano que esa misma noche me extrajo la muela en la más absoluta clandestinidad y con la habilidad de un verdadero espalda mojada. Se llamaba doctor Sánchez y también recibió ejemplares firmados de obras completas y mi eterna gratitud.

Y desde ese día me dediqué a intentar aparecer en los ordenadores texanos y pasaron semanas antes de que se descubriera que el error no estaba en el estado de la estrella solitaria sino lejísimos, en una ordenadora centralizadora de Cleveland. Tuve que recurrir al norteamericanísimo recurso de la amenaza de un juicio, para que alguien me extirpara, de una vez por todas, esa terrible sensación de inexistencia y modernísimo desierto. Tanta felicidad duraría poco, sin embargo, pues con la llegada del invierno y la Navidad concluyó mi contrato con la universidad, y entonces de lo que se trataba era de que el Internal Revenue Service (aquel monstruo fiscal que, por un puñado de dólares evadidos al fisco, pescó a un Al Capone que había salido siempre impune de sus juicios por asesinato) me diera el *Sailing permit*, aquel «permiso de navegación» sin el cual marcharme de Estados Unidos habría constituido un grave delito.

Lleno de boletines de salario y loco por reaparecer en una ordenadora, me dirigí al IRS, no sin antes contratar los servicios de un abogado que guiara mis pasos hacia una normal existencia informática. Increíble: existía, y además el fisco norteamericano me debía varios miles de dólares. O sea que me dieron el permiso de navegación y pude regresar a España. Seis semanas después, el abogado se encargaría de remitirme los dólares que me debía el Imperio Americano. Me sentía orgulloso de mi abogado, de mí mismo, de los Estados Unidos, de todo me sentía orgulloso, y así, erguida y sonriente, me imaginaba que aparecería siempre mi imagen en la pantalla de los ordenadores de un gran país. Pero fue una sensación de un par de meses porque el dinero empezó a no llegar nunca y no tuve más remedio que escribirle a mi abogado.

Bueno, sigo escribiéndole a mi abogado y, como dije al comienzo, todo esto empezó en el otoño de 1987. Un modernísimo desierto me ignora y mi abogado se muere de vergüenza y me

165

escribe frases como la siguiente: «Como ciudadano de los USA, debo disculparme ante usted por la ineficacia de nuestro gobierno.» Y añade que he desaparecido esta vez de una ordenadora centralizadora de Filadelfia. Y escribe a Washington, al Senado, al senador Jake Pickle, nada menos. Y, con membrete del Congreso de los Estados Unidos, Casa de los Representantes, Washington D.C., nada menos que el senador Pickle se interesa por la dificultad de existir en su país a la que la IRS ha sometido al escritor peruano Bryce Echenique, quien, a su vez, escribe desde España en un desesperado afán de perseverar en los Estados Unidos de Norteamérica.

Mientras tanto, un gran amigo, profesor en la Universidad de Albuquerque, Nuevo México, me escribe y me invita a dictar un curso de literatura, semejante al que dicté en Austin, Texas. No me atrevo a decirle que, por haber visitado tan sólo una ciudad tan pequeña como Austin, he desaparecido ya en Texas, Cleveland y Filadelfia. No me atrevo a contarle de mi necesidad de volver a existir y del pánico a seguir desapareciendo en estados como California, Wisconsin o Luisiana, por ejemplo, si visito Albuquerque. En fin, no me atrevo a hablarle de lo que es un desierto modernísimo, cuando uno ha leído y vivido a Fontenelle y Spinoza. Simplemente, no me atrevo. Y, a veces, cuando leo algunos de esos artículos que hablan de la decadencia del Imperio Americano y se refieren, entre otras cosas, a una infraestructura industrial totalmente obsoleta, pienso que los ordenadores de mi desaparición pertenecen a esa infraestructura y me siento casi infrahumano en Filadelfia, sin haber puesto jamás los pies ahí. No, no es nada fácil vivir entre Fontenelle y Spinoza. Y puede ser muy difícil perseverar entre Cleveland y Texas.

SERIAS AVERÍAS EN EL PARAÍSO
(Dificultades existenciales nuevamente)

En la Universidad de Puerto Rico, recinto de Río Piedras, el segundo semestre empezaba el 15 de enero y yo llevaba ya más de un mes preparando en Madrid los dos cursos de literatura que debía dictar cada mañana, de lunes a viernes, según un acuerdo con el rector. Contaba con tener los billetes de avión y el visado USA muy a tiempo para viajar el 12 de enero, en vista de que la invitación la había recibido en junio del año anterior. Poco antes de Navidad, sin embargo, recibí la llamada de una adjunta del rector a la que en estas páginas voy a llamar Dolores Fuertes, aunque se llamaba mejor todavía, pero ya lo peor ha pasado y no quiero pecar de rencoroso. En larga distancia, la señora Fuertes me pareció una persona encantadora hasta que, tras haberme repetido durante muchísimos dólares que por mi culpa no dejaba de hacer aeróbicos, me anunció que las vacaciones navideñas no tardaban en empezar y que debía tener paciencia: un error que el tiempo y sus aeróbicos se encargarían de solucionar después de las vacaciones, eso sí, había hecho que solicitara mi visado a una oficina de correos (risas y aeróbicos en Puerto Rico), el pasado mes de octubre. Y como Correos andaba bastante mal, habían tardado muchísimo en contestar que ellos no eran el Departamento de Estado norteamericano. El error, pues, acababa de descubrirse y, aunque era de responsabilidad compartida con Correos, la señora Fuertes me dijo que ella asumiría «toditita la respo» y también los aeróbicos que los futuros trámites requirieran, no bien terminaran las vacaciones, claro está, y que ya vería yo cómo muy pronto tendríamos el placer de conocernos «en la

167

penumbra vaga de su lejana alcoba», palabras éstas de pasillo ecuatoriano con las que solía referirse a su oficina, según pude comprobar tiempo después al llegar a aquel despacho de persianas siempre cerradas, de luces casi siempre apagadas, de señora Fuertes acadarrato en la cafetería, de escritorio con muchas más flores, fotografías y souvenirs que papeles y documentos, y con aquel sillón-hamaca desde el cual, muy de vez en cuando, la señora Fuertes les anunciaba a sus víctimas los errores de responsabilidad compartida y aeróbica que acababa de cometer. En Madrid, ciudad en la que habría de permanecer cerca de dos meses más, traté de ser todo lo encantador que la señora Fuertes había sido conmigo hasta el momento en que empezó a compartir errores, motivo por el cual le dije que aquel pasillo de la penumbra vaga y la lejana alcoba se lo había oído ya cantar mil veces a Julio Jaramillo, en la penumbra también vaga y lejana de mi adolescencia y *La flor de la canela*, peruanas ambas, señora Fuertes, preciso instante este en que ella me interrumpió para anunciarme que, aunque aún era muy pronto para saber con quién debía compartirlo, un error en la solicitud de mi visado aseguraba que yo era irlandés y que ahoritica acababa de darse cuenta.

—Si no me dice usted lo de *La flor de la canela*, señor Bryce Echenique...

—¿Querrá decir eso que usted tendrá que intensificar sus aeróbicos? —le dije ya algo adrenalino.

—Deje usted que pasen las vacaciones y ya le iré contando cómo será mi vida ahora que es usted irlandés, señor Bryce Echenique.

—Feliz Navidad y próspero año nuevo, señora Fuertes —le dije, deseándole además que lo compartiera todo con los suyos.

Mi historia telefónica con la señora Fuertes, paradigma de burócrata que abunda y domina en una universidad donde encontré excelentes maestros y alumnos, se prolongó hasta bien entrado el mes de febrero. Pero voy a resumirla porque mucho me apenaría entristecer a alguno de los excelentes amigos que dejé en Puerto Rico, cada uno el mejor, por lo que a cada uno de ellos van dedicadas estas páginas de un hombre que, por preguntón e investigador, arruinó sus sueños de convertirse en el Stendhal de la menor de las Antillas Mayores, de convertirla en el territorio de su pasión, de inventar lugares que jamás conoció y de inventarse una vida en la cual, cambiándose hasta cien veces de seudónimo, sólo él creyó.

Baste pues con decir que la señora Fuertes me mantuvo en Madrid hasta un mes después de que empezaran las clases. Compartiendo la responsabilidad con el Departamento de Estado norteamericano, que no se había dignado comunicárselo a nadie, pidió una visa J-1 y, cuando la obtuvo, por fin, sabe Dios cómo se enteró de que, según una nueva disposición de responsabilidad compartida, hacía ya un tiempo que todo profesor visitante que no fuera norteamericano requería una visa H-1. Fue tal mi colerón telefónico que la señora Fuertes optó por dividir la audición de mis gritos entre tres personas: el tramitador de visas de la universidad, su ayudante en estos trámites y ella misma. A todo esto, las clases habían empezado ya y yo continuaba entre la J y la H.

—¿Cuánto calculan ustedes que va a demorar todavía este asunto? Porque, la verdad, yo no sé si mi viaje vale ya la pena.

—Yo me voy a Washington y lo arreglo todo en una semana —me dijo el tramitador, pasándole la posta a su ayudante.

—El señor tramitador se equivoca, señor. Esto se arregla en Vermont más rápido que en Puerto Rico. Esto ya no se arregla en Washington. Déjeme usted ir a Vermont y en dos semanas tendrá su visado. ¿Señor Bryce? Un instantito, que aquí la señora Fuertes está haciendo aeróbicos por decirle a usted algo.

—La escucho, señora Fuertes.

—De parte del señor rector, señor Bryce Echenique, la máxima solidaridad con sus problemas. Y la mayor preocupación aunque por aquí parece que va a haber huelga y eso lo tiene ocupadísimo. Por lo demás, su visa está al caer. Créame usted que en tres semanas está todo arreglado.

—Señora Fuertes —le dije—, sin pecar de preguntón, yo quisiera saber por qué cada uno de ustedes me ha dado un plazo distinto para que se arregle lo del visado: una, dos y tres semanas.

—Ah, señor Bryce, no se preocupe: es que ése es el número que se nos ha pasado a cada uno por la cabeza, pero ya verá usted como todo...

Fui yo, desde entonces, quien empezó a llamar a Puerto Rico.

Había calculado ya que llegaría con un mes de atraso, como en efecto ocurrió, y deseaba encontrar una solución que asegurara el buen resultado final de mi trabajo con los alumnos. Me comuniqué con las respectivas autoridades académicas, envié por fax la bibliografía que iba a utilizar en mis dos cursos, y añadí toda la información posible sobre su contenido, para que los estudiantes fueran avanzando en sus lecturas. Y, en cuanto al horario, se llegó a un acuerdo para ampliar cada clase en media hora y recuperar así el tiempo perdido, a lo largo del semestre.

Me llegaron por fin la visa y los billetes pero resultó que el banco español que había financiado el viaje de ida y vuelta descartó el vuelo directo de Iberia y me mandó más barato de Madrid a Nueva York, a cambiar de vuelo y compañía para llegar de esta ciudad a San Juan de Puerto Rico, isla del encanto. A Nueva York llegué con un atraso de tres horas y, aunque mi vuelo a San Juan había partido ya de otro terminal aéreo, yo recuerdo que esa noche llegué a San Juan como Stendhal llegó a Sicilia, muy puntualmente pero profundamente dormido y sin comer.

Me esperaba un chofer llamado Júnior Rodríguez, que estaba a mis órdenes y que tenía órdenes de trasladarme en el término de la distancia hasta la casa en que iba a vivir. Después debía descansar porque los viajes cansan y porque él tenía que descansar también. De mi entrada a la casa, recuerdo casi tanto como Stendhal de Sicilia, pero también como él podría escribir un libro sobre el tema. Prefiero en cambio decidir que mi dormitorio va a ser éste, que mi despacho va a ser ése, que me estoy muriendo de hambre pero que estoy muerto de sueño y, tras encender un sonoro aire acondicionado que, gracias a Dios funciona, me desplomo sobre una cama sin hacer y dejo el equipaje y todo lo demás para mañana.

Por fin despierto mañana y descubro que la casa es mucho más grande de lo que yo creía, que no tengo la menor idea de dónde se encuentra, que falta absolutamente de todo, que ni siquiera hay agua caliente, que en la refrigeradora quedan tres latitas de jugo de piña que debió dejar el último profesor visitante, que no hay cómo abrirlas. Me pregunto dónde quedará el recinto universitario de Río Piedras y compruebo que no hay teléfono para averiguarlo. Miro hacia fuera y es como una pequeña urbanización florida con más casas como la mía y algunos bloques de edificios no muy altos hacia el fondo. «Una pequeñísima ciudad jardín en el medio de ninguna parte. Un lugar ideal para trabajar», pienso, pero me contradice un brutal ruido de automóviles y motocicletas con el escape roto y unos frenazos de película. Me pregunto nuevamente dónde quedará la universidad y recuerdo entonces la felicidad con que la señora Fuertes, en una de nuestras conversaciones telefónicas, me había dicho textualmente: «Si viera usted lo bonica que está quedando la casita que le estamos preparando. Ahí sí que podrá usted olvidarse de todo este asunto del visado.» Deshago el equipaje, pongo ropa, libros y papeles en orden, y empiezo a esperar que alguna de las personas que sabían de mi llegada venga a buscarme.

A las tres de la tarde, el hambre puede más que el escritor viajero y el profesor visitante se lanza en busca de la universidad. Las lagartijas huyen a su paso y no se ve un alma en el vecindario. Abandona el residencial que, se supone, pertenece a la Universidad de Puerto Rico y desemboca en una amplia y sonora avenida de dos pistas, realmente peligrosa de atravesar a pie. Pero lo hace porque ha visto que al frente hay un hombre uniformado, una caseta de vigilancia, una entrada para vehículos y grandes edificios al fondo. Tiene que ser un cuartel y el profesor visitante, ya casi sin reflejos porque el hambre ha podido más que cualquier creatividad de corte stendhaliano, cruza la avenida que aún no sabe que se llama Barbosa y llega hasta la presencia del vigilante. Después todo ocurre con la velocidad de un atraco y se ve un hombre y un cuchillo y una mujer que grita y después ya no se ve nada más que a un vigilante totalmente superado por los acontecimientos y que, llevado por los nervios, insiste en utilizar el receptor-transmisor, *talkie-walkie*, como él le llama, que sabe Dios si el hombre o la mujer acaban de robarle. Por fin se encuentra con un individuo de extraño acento que insiste en preguntarle por la Universidad de Río Piedras y que insiste en presentarse como profesor visitante. Momentos más tarde, ese mismo individuo se encuentra detenido en el Departamento de Seguridad del campus por ser profesor universitario y no saber con un extraño acento dónde queda la universidad. Finalmente ha habido un asalto, un cuchillo, y ha desaparecido un *walkie-*

talkie. El hambre, el desánimo y la carencia de una documentación que lo acredite como profesor pueden más que las palabras de un hombre que además pregunta por una tal señora Dolores Fuertes a quien aquí no conoce nadie, chico.

—¡Júnior Rodríguez! —exclamo, al ver que se abre una puerta y entra el mismo mulato que ayer me recogió en el aeropuerto y me dejó en mi casa.

Recupero la palabra y la primera persona, Júnior da fe de que yo soy yo, y el vigilante que acaba de detenerme hace un momento me cuenta su vida y milagros mientras avisan al rectorado que ha llegado el profesor visitante que tanto se esperaba y que ahora mismo me manda para allá con el chofer Júnior, el padre del poeta, sí, ese mismo cuyo hijo por fin logró matricularse en la universidad y aprovecha, oye Júnior, para explicarle bien al profesor quién es tu hijo y a ver si le da un empujoncito y que el muchacho le dé sus poemas además para que aquí el profesor emita un juicio de mucho valor.

Termino sentado en alguna oficina del rectorado que el desánimo y el hambre me impiden determinar y se presentan varios profesores que tampoco podría reconocer media hora más tarde. Confieso que me muero de hambre y el decano me comenta, en un muy cortés afán de ponerme al día sobre los usos y costumbres de Puerto Rico, que aquí ya se almorzó hace horas. Lo cual, por supuesto, no impide que Los Gallitos esté abierto pero como usted se va a perder, acompáñelo usted, profesor Salcedo. Comprendo que el profesor Salcedo es el de menor categoría dentro del grupo, como en todas partes, además, y acepto muy agradecido su compañía. El profesor Salcedo me explica el camino que lleva hasta Los Gallitos, para que pueda volver solo la próxima vez, y mientras nos acercamos me enseña Burger Kings, Mac Donalds, un lugar para que haga mis fotocopias y por fin llegamos. Los Gallitos tiene la ventaja de estar abierto entre la hora del almuerzo y la comida y hay platos criollos y españoles. Escojo una entrada y un plato a la altura de mi hambre, y ver que sobre cada mesa hay una botella de vino tinto hace que me decida por unas copas, como bebida. Mientras tanto, el profesor Salcedo pide un 7-Up y me asegura que en Puerto Rico no se bebe vino.

172

—Pero si hay una botella de vino sobre cada mesa, profesor.

—No. En Puerto Rico no se bebe vino, señor Bryce.

—Ah, ya entiendo —le digo, mientras veo que el mozo trae una copa y un tirabuzón y recoge mi botella para abrirla—. Ya sé, ya entiendo. No se bebe vino por la misma razón por la que yo ayer llegué a Nueva York con tres horas de atraso y logré volar de allá hasta aquí en un avión que ya había partido desde otro terminal, además.

El simpático profesor Salcedo sonrió como quien ha empezado a entender algo, por fin, y yo sentí una mezcla de alegría y de serenidad, no desprovistas de un toque de encantamiento que me hizo sentir que la comida estaba realmente maravillosa.

Once días después, la historia de mi llegada a Puerto Rico me había granjeado muchas amistades y simpatías dentro y fuera de la universidad y entre unos y otros me habían ayudado a comprar todo lo que necesitaba para la casa, desde sábanas y toallas, platos, ollas y sartenes, hasta un interminable etcétera en el que no faltaba ni el cubo de la basura. Veinticinco personas, por lo menos, se interesaron porque sin movilidad y sin teléfono estaba aislado en una zona de alta peligrosidad, además, pero fue el extraordinario amigo y escritor Luis Rafael Sánchez quien utilizó todo el realismo mágico que hay en su simpatía para que me instalaran el teléfono más rápido de la historia de Puerto Rico. Por fin estaba instalado yo también y hasta con una asistenta que venía a limpiar un poco la casa cada semana. Me la envió una vecina que trabajaba en la universidad y, cuando le dije que me apellidaba Bryce, me respondió que no hablaba inglés y jamás volvió a dirigirme la palabra. Estando pues por fin instalado y habiéndose cumplido el undécimo día de mi llegada, una encantadora maestra que se llamaba Carmen Vázquez se presentó con cuatro cajas muy grandes en las que estaba escrita la dirección de mi casa con gran plumón rojo. En cada caja se detallaba su contenido, además, y como ya empezaba a acostumbrarme, no me sorprendió que el contenido fueran todos los enseres que yo acababa de terminar de comprar. Habían aparecido en el decanato de Humanidades, si mal no recuerdo, y el origen de toda la confusión se hallaba en que la señora Fuertes había delegado su entrega en la funcionaria tal, ésta en tal otra, y así sucesivamente hasta caer en el olvido en que Carmen Vázquez las había encontrado. Carmen tuvo la generosa idea de pedirme que buscara las facturas de todo lo que había comprado, para luego iniciar un trámite que desembocara en un reembolso que a todas luces me merecía. Me entró un miedo tan espantoso que me negué a aceptar su oferta y le expliqué que prefería guardar todas mis energías y toda mi paciencia para resolver el problema que había surgido con mi horario de clases. Era un problema grave, que debió estar ya resuelto cuando llegué con un mes de atraso y que debía afrontar con antiburocrático coraje. Además, mis alumnos esperaban una pronta solución y parte de mi reputación como profesor cumplido y empeñoso estaba en juego. Me juré que iniciaría la batalla a primera hora, la mañana siguiente, y no bien se fue Carmen Vázquez, me enfrasqué en la lectura de un folleto que alguien había dejado en mi buzón: *Lo que debe usted saber acerca del trastorno del pánico.*[1]

¿Con qué derecho, tras haber arreglado desde España que recuperaría el mes perdido agregándole media hora a cada una de mis clases, de lunes a viernes, se había dispuesto que lo hiciera trabajando también los sábados por la mañana? Se alegaba que faltaban aulas pero los alumnos alegaban a su vez que ya tenían sus sábados ocupados en tareas extraordinarias. Se me explicó que los alumnos eran sumamente caprichosos y que hacían huelgas hasta para exigir más espacio en las zonas de estacionamiento de automóviles, lo cual parece que era cierto, y en todo caso me hizo sentir temor al pánico, temblores, sensación de irrealidad y miedo a perder el control, de morirme o de enloquecer en Puerto Rico. En fin, un verdadero trastorno de pánico o casi, que empezó a acrecentarse instantes después, cuando se me dijo que, para obtener el aula los días sábados, debía elevar un pedido a la autoridad pertinente, con el objeto de que se me entregara la correspondiente llave, ya que los sábados las salas de clase estaban cerradas. La llave anduvo perdida un par de semanas porque alguien se la había delegado a alguien y ese alguien había viajado a Nueva York sin delegársela a nadie y, cuando por fin llegó desde Manhattan hasta mis manos, descubrí que los sábados había clases

1. The Upjohn Company. K. Kalamazoo, Michigan 49001.

y que, según me explicó un vigilante, «todas las puertas de todas las aulas permanecían herméticamente abiertas».

Más de un inolvidable colega puso el grito en el cielo al ver que al profesor visitante se le hacía dictar clases seis días a la semana y el rector intervino en mi favor. Con inusitada rapidez aparecieron dos aulas disponibles en la biblioteca central y en ellas podría dar media hora más de clases de lunes a viernes, poniéndole de esta manera punto final al problema de los sábados. Era ya mi tercera semana en la universidad y mis alumnos me conocían de sobra. Pero cuando los convoqué para dictar la primera clase en la biblioteca y aparecimos puntualmente, nuestra sorpresa fue mayúscula: nos esperaba la autoridad más pertinente de la universidad, solemnemente rodeada por otras autoridades poco o nada pertinentes. El acto tenía por objeto presentarles a los alumnos al profesor visitante Bryce Echenique, escritor peruano que no necesitaba mayor presentación, pero que era un honor tener entre nosotros, sobre todo ahora que se anuncia un alza en el precio de la matrícula. Un alumno se puso en pie y, rompiendo el protocolo con cara de huelguista, les lanzó la siguiente muy pertinente pregunta: Al cabo de tres semanas de clases, ¿no sería mejor que el profesor Bryce los presentara a ustedes?

—¡Juan Ramón Jiménez! ¡Pedro Salinas! ¡El maestro peruano Luis Alberto Sánchez! —exclamó la autoridad más pertinente, agregando—: ¡Ellos y cuántos hombres ilustres más encontraron su hogar en esta alma mater, en esta tierra de asilo!

—¡Pero eso fue antes de que nosotros naciéramos! —lo interrumpió un delegado estudiantil—. ¡Juan Goytisolo, en cambio, estuvo veinte veces a punto de largarse, cuando vino de profesor visitante, y además parece que al final se fue sin que le pagaran todavía! ¡Y el profesor Noé Jitrik escribió pestes contra esta universidad, tras su visita! ¡Y no recuerda usted el artículo del profesor Díaz Plaja en que le llamó a esta isla «la bien pagá»!

—¡Independentista! ¡Es usted un independentista, alumno...!

—¡Alumno Juan Gómez, para servirlo a usted y rogarle que le permita al profesor Bryce empezar su clase de una vez por todas!

Hubo huelgas y más de un día de paro estudiantil en que el campus estuvo cerrado y muy vigilado. Pero, por mayoría absoluta, mis alumnos votaron por venir a mi casa para que les dictara clases ahí. Me sentí Juan Ramón Jiménez y hasta los traté de discípulos y solía empezar mis clases diciéndoles: «Como decíamos ayer», en vista de que eran diarias. Los aprobé a todos y las altas calificaciones que les puse correspondieron a la alta calidad de los trabajos que me presentaron. Rosemary y su esposo organizaron una comida de despedida, días antes de mi partida. Ana María vino a buscarme en su automóvil para que no me perdiera una vez más e Hipólito nos acompañó en el trayecto. Juanita lloró porque su papá la trajo y se la llevó muy temprano. Me regalaron todos los objetos que había ido perdiendo a lo largo del accidentado semestre y yo les dejé en recuerdo la convocatoria a una reunión de departamento que había recibido, ya terminadas las clases, en la que se invitaba, según el punto tres del orden del día, a la presentación a sus colegas del distinguido profesor visitante Alfredo Bryce Echenique. No asistí porque me dio vergüenza que algunos colegas pudieran pensar que recién a esas alturas les estrechaba la mano y porque debía haberme cruzado con más de uno sin saber quién era, ganándome fama de antipático y altanero. La comida se convirtió en fiesta y, ya entrada la madrugada, dije que si la felicidad existiera, yo viviría en Puerto Rico.

–Bendición –dijo Hipólito, invitándome a asistir al día siguiente a su graduación.

MI HIJO, EL DEL CORREO

Acababa de instalarme en Barcelona y aún era mucho el correo que me llegaba reexpedido de Montpellier, ciudad en la que había vivido entre 1980 y 1984. Me llegaba también correo de Lima, y los amigos dispersos por España o por diversos países de América y Europa empezaban a descubrir (o yo se la hacía saber) mi nueva dirección: avenida Infanta Carlota, 66. Mi pequeño ático o *penthouse*, como le llamamos en el Perú, quedaba en el edificio de la Caja Postal, que hacía esquina con la calle París. Y en esta calle quedaba la oficina de Correos, a la que casi todas las mañanas llegaba yo con algunos sobres que despachar. Jamás pensé que, precisamente en esa oficina que tan familiar llegaría a serme, viviría nuevamente toda la ternura, toda la tristeza que puede sentir un padre por un hijo perdido.

Ni mi primera esposa ni yo habíamos querido tener hijos en los años que duró nuestra unión. La verdad, mi rechazo a la paternidad lo he explicado siempre (y me lo he explicado siempre) con pocas palabras que, sin embargo, para mí han tenido un significado bastante más profundo que el de una broma aparente. He repetido, a menudo, cuando me han preguntado si tenía hijos o por qué no los había tenido, más o menos estas palabras: «Conmigo basta. No quisiera hacerle a nadie la canallada de parecerse a mí.» Y es cierto. Mi vida no ha sido fácil. No ha sido fácil prácticamente nunca, por más que pueda jactarme y, de hecho, lo haga, de haber sido una persona capaz de disfrutar mucho más que el común de los mortales. Además, por decirlo de alguna manera, me he metido mucho con el amor y con la

177

amistad, y de ambos atrevimientos guardo recuerdos y vivencias, prolongaciones al infinito y promesas cumplidísimas, dignos todos y todas de un cofre sagrado. Mis amigos se han convertido en el motor principal de mis viajes y desplazamientos. Y las mujeres que amé o que me amaron, sin excepción alguna, se encuentran hoy entre mis importantes amistades.

De hijos, sin embargo, nada. Con eso sí que no quise meterme nunca. «Conmigo basta.» El cansancio de vivir que tan frecuentemente me ha invadido con crueldad desde niño, casi, y esa dificultad de estar en las calles de la vida, que puede ir desde no entender jamás que una persona le pueda hacer una maldad a otra, hasta el simple pánico de entrar en una tienda o de enfrentarme con la burocracia porque vivo con el convencimiento de que ese ogro siempre me ha perseguido y lleno carpetas enteras de documentos probatorios de tan implacable persecución (de la que, por otra parte, mis amigos son testigos a menudo atónitos), justifican plenamente el que no quiera transmitirle a un hijo tales condiciones de vida, tan duro oficio de vivir y, hasta por momentos, de sobrevivir. He vivido siempre con la sensación de pertenecer a un mundo vencido y de que el vencedor es cruel. De mí se ha dicho, a menudo, que soy «un fin de raza». Pues bien, punto final entonces.

Sin embargo, alguna vez terminé metiéndome con el amor paterno. Fue sin querer. Sin darme cuenta siquiera. Simplemente fui cayendo en eso. ¡Ah, si me hubiera dado cuenta antes! Conviví con una muchacha y su hijo, en París. Para ser breve, sólo diré que, al principio, le tomé cariño a ella y que él me resultaba realmente insoportable. Con el tiempo, llegué a adorar a ese niño que había conocido a los seis o siete años. Por su madre, en cambio, llegué a sentir una mezcla de asco y piedad en la que no faltaban, por esas profundas incoherencias que hay en todo ser humano, momentos de ternura, alegrías y hasta esperanzas. Pero esa joven mujer, madre soltera a los diecisiete o dieciocho años, no había nacido para tenerle cariño a nadie y sólo tenía una enfermiza necesidad de sentirse segura al lado de alguien, con algo de animalillo herido que podía resultar realmente tan conmovedor como embaucador. Me imagino que yo fui esa especie de seguridad social, durante un tiempo en el que cometí el

178

gravísimo error de creer y soñar al mismo tiempo que el hijo de esa muchacha era también mío (el chico llegó a llamarme papá y a quererme con el amor y la ansiedad con que se quiere al padre que se ha buscado toda una vida), y lo único que conseguí fue endeudarme hasta la camiseta. Claude X, la madre, siempre necesitaba dinero para pagar deudas de un pasado que la condenaba o para la educación de «nuestro hijo». Pero siempre terminaba gastándolo en otras cosas. Esa mujer, de asombrosa belleza, tenía el alma «más negra que la corteza de una embarcación perdida», según la copla flamenca. Algún día encontró quien la protegiera mejor que yo y se fue con mi adorado hijo Alexandre.

Trató de volver, años más tarde, mientras yo vivía en Montpellier, en un excelente departamento y con una situación económica bastante holgada, por primera vez desde mi llegada a Europa, unos veinte años antes. Una estúpida y malsana curiosidad me hizo abrirle nuevamente las puertas de mi casa. Quería ver a Alexandre, ¿cómo sería Alex a los quince años de edad? Pues era un fornido nadador de quince años, un violento escolar, y jamás en su vida había conocido a ese señor llamado Alfredo Bryce. Y Claude X, por fin llegaba a descubrirlo, no era ni una mala ni una buena persona. No tenía el alma negra ni blanca. Era simplemente la corteza de una embarcación perdida. Bella como pocas y frígida, física y psíquicamente frígida. Claude X, tan animalillo herido a veces, tan falsa y mentirosa a veces, tan frágil e insegura a veces, y a veces tan todas esas cosas al mismo tiempo, era simple y llanamente un patológico caso de bellísima mujer incompleta.

No supe más de ellos y en Barcelona me sentía lejísimos de aquellos sentimientos que, alguna tarde de 1978, en París, me hicieron llorar por el hijo que me arrancaban para siempre, por la sencilla razón de que no era mi hijo. También mi alma tenía ya una dura y negra corteza de embarcación perdida, al menos en lo que a hijos se refería, y nuevamente podía soltar mi «Conmigo basta», cuando alguien me preguntaba por qué no tenía hijos. Pero nuevamente «no bastó conmigo», por culpa de aquella amable y atenta empleada de la oficina de correos de la calle París, a la vuelta de la esquina.

La señora era rubia y andaluza y solía bromear con el escritor peruano que traía más cartas en un día que todo el barrio en un

179

año. «Ya llegó el señor peruano con sus cartas, o sea que ya podemos cerrar la oficina por hoy», solía decir al verme entrar lleno de sobres de una correspondencia que ha llenado mi vida de alegrías y de miserias, de penas y sorpresas muy gratas, pero, sobre todo, de absurdas, atroces y siempre equivocadas persecuciones burocráticas. Como la vez aquella en que me llegó una orden de embargo porque yo, Alfredo Bryce Echenique, sí, ese mismo, era el James Bryce que se había fugado de Rennes (ciudad en la que apenas había estado de visita una vez) sin pagar años de impuestos de televisión. Y como esa otra vez en que... Bueno, dejemos este calamitoso y aterrador aspecto de mi vida para otro capítulo, y volvamos a la oficina de Correos de la calle París, en Barcelona. A menudo me ausentaba de la ciudad y volvía al cabo de una semana o de unos días. Respondía las cartas acumuladas en mi ausencia, y bajaba a entregárselas a la simpática empleada andaluza. Y fue precisamente de regreso de uno de esos viajes cuando me sorprendió:

—Ya veo que no tiene usted tiempo para acercarse por aquí —me dijo, agregando que mi hijo era encantador y que cuántos hijos más tenía.

Yo le dije que no tenía ninguno pero ella debió entender que no tenía ninguno más, y ahí nació el malentendido. Y podría decir también que ahí nació mi hijo, el del correo. Era alto, muy delgado, de pelo muy rubio muy ensortijado. Y era también encantador. Y era también el muchacho más guapo del barrio. Y era también un excelente estudiante de química. Y era también tan bien educado que no parecía un muchacho de nuestros días. Y era también muy sonriente y se alzaba de hombros y sonreía cada vez que ella le decía que qué cantidad de cartas las que escribía su padre y que, bueno, que para algo era escritor, ¿no?

Mis pesquisas empezaron sin querer y fueron más que nada producto del error inicial que produjo la palabra «ninguno», a la que medio por cortedad, medio por flojera, no me atreví a agregar aclaración alguna. Y como la señora andaluza me hablaba de mi hijo cada vez que iba a dejarle alguna carta, yo filtraba en nuestro diálogo esa distraída pregunta que me permitía descubrir que era rubio y delgado y que tenía el pelo ensortijado y que estudiaba química. Después, les contaba a mis amigos la graciosa anécdota de mi hijo, el del correo, y cómo, con todo lo que me decía la señora del correo, cada día estaba más orgulloso de él.

Pero un día, tras esa maldita ventanilla del correo, en la que tantas veces la señora andaluza me había hablado de mi hijo mientras me vendía estampillas, había un muchacho que nunca había estado antes en esa oficina. Le pregunté por la señora andaluza. «Ya no trabaja aquí», me dijo, agregando que hacía tiempo que había pedido su traslado a Cádiz. Entonces... Entonces de golpe, brutal e increíblemente, pensé que ni siquiera sabía cómo se llamaba mi hijo y más brutalmente pensé en Alexandre y quise que mi hijo fuera Alexandre o que se llamara siquiera Alexandre o cualquier cosa parecida y sin sentido con tal de que tuviera un nombre, con tal de que existiera siquiera un poco, un instante de vida, una sonrisa siquiera. Pero no era por Alex que me estaba doblando esa inmensa pena. Era tan sólo por mi hijo, el del correo, que me encontraba en ese estado tan lamentable.

Y LO OPERARON TAMBIÉN DE SU AMIGO

Jaume Roig fue el segundo catalán que conocí en mi vida, y con él me pasó lo mismo que con la primera paraguaya a la que tuve realmente el gusto de decirle: «Mucho gusto.» Yo toqué una puerta en París, donde debía dejar un encargo, y una muchacha me abrió con una sonrisa que era también un bostezo y con un *striptease* que me ayudó a completar la idea que en aquel instante me estaba viniendo a la mente: había sorprendido a la muchacha esa tan sensual en plena siesta y si no me daba prisa en entregar el paquete que me habían encargado, el asunto podía terminar como en el cine. Porque la muchacha sonreía y bostezaba y se desperezaba, parada ahí en la puerta y como queriendo acoger muy bien a la persona que se ha tomado el trabajo de desplazarse para cumplir con un encargo destinado a su esposo. Lo malo, o lo bueno, y de ahí lo cinematográfico del asunto, es que la puerta seguía abierta de par en par y que yo sonreía y la muchacha también, pero con los senos cada vez más desnudos.

Tenía una boca grande y atrevidamente sensual y sonreía de oreja a oreja pero cuanto más se fijaba uno, en el fondo era con los senos que sonreía. Pero no estaba en el cine y de pronto tuve la sensación de que nunca había estado más vestido en mi vida, de que llevaba unos veinte pantalones o algo así, y que lo paraguayo era una dimensión del erotismo que yo jamás lograría alcanzar. Le dije: «Eres la primera paraguaya que conozco en mi vida», le entregué el paquete, y me fui a ver si llovía o si me atropellaba un carro o algo así. El exceso de ropa era realmente abrumador, me aplastaba física y moralmente, me anonadaba.

A Jaume Roig también lo conocí desnudo y también con él sentí esa extraña sensación de llevar unos veinte o treinta pantalones, amén de varios sacos y numerosos pares de zapatos. Jaume estaba atravesando una época profundamente hippie, natural y hasta naturista, y paseaba una honda depresión en pelotas por un inmenso departamento casi sin muebles, en una importante calle de la zona del Ensanche. Había llegado a Barcelona contra la voluntad de su familia para ponerse al día en cuestión aires de la época, abandonando el brillante porvenir que su padre le auguraba si lo ayudaba a llevar sus empresas textiles en Tarragona. Jaume odiaba Tarragona, aunque a cada rato iba de visita, gruñendo y como quien busca reafirmarse en su odio. Regresaba y no paraba de hablar de la vida horrible de Tarragona. En realidad, el drama de Jaume era ser rico heredero en Tarragona y no serlo en Barcelona. Bueno, éste era el primer drama, porque había otro y ese otro contenía una serie de dramas más como en una caja china o en una telenovela.

Bueno, pero decía que a Jaume lo conocí desnudo, y es cierto, pero la desnudez de que hablo en su caso no es la misma que la de la paraguaya. Era económica, moral, estética, psíquica; en fin, que de haber sido también física hubiese sido una desnudez total. Y es que Jaume era muy feo y creyó que con indumentarias hippies y una gran melena, con enormes anteojos negros y una gran barba, entre otras actitudes trascendentales, le sería más fácil atravesar este valle de lágrimas con una de las narices más prominentes de la década de los sesenta, la guerra del Vietnam y mayo del 68. Digamos que, aunque Jaume no cesaba de hablar de contracultura, de lo *underground*, de la librería *in* que abrió en Barcelona y lo dejó en la quiebra, teniendo ese maldito padre millonario en Tarragona, y aunque no cesaba de hablar de cosas del espíritu y del espíritu de la década, todo en él hablaba de su fealdad y, dentro de esa fealdad, absolutamente todo hablaba de su nariz.

Yo, sin embargo, lo quería muchísimo y cada vez que pasaba por Barcelona recalaba en su casa y hasta paraba la olla con el dinero que traía para un veraneo español. Vivía en París por aquellos años y España en francos franceses me resultaba bastante accesible incluso a mí. *Fat* era *beautiful*, en esa época, y los gordos caminaban desnudos por sus casas y uno tenía que soplárselos. O sea que Jaume también empezó a desnudarse físicamente, cada vez que podía, aunque era muy flaco, y se paseaba por toda su casa, haciéndome sentir el peso infame de mis complejos, de mis pocas ansias de liberación y realización personal, y el absoluto dominio que sobre mí ejercían todo tipo de inhibiciones. En fin, un pantalón, una camisa, o un jersey más, y me desplomaría con el peso atroz de mis complejos, de mis miserias y, sobre todo, de mis temores e inhibiciones.

Todo esto me lo explicaba Jaume, y nada menos que a mí, que había vivido mayo del 68 en París, que no tenía que soportar dictadura franquista alguna, y que realmente no me sentía en absoluto concernido por esa especie de tardía y provincianísima empresa de liberación en que parecía haberse embarcado mi querido amigo. Porque a Jaume lo quería, lo quería lo suficientemente, en todo caso, como para tragarme su incesante repetir tardío de todo lo que yo había visto, oído, aprendido y hasta olvidado, en París. Fumábamos porros, cosa que siempre consideré inferiorísima a una buena copa de Rioja y que, en todo caso, ya no «se llevaba», por usar una expresión que da una clara idea de lo poco serio, profundo o importante que era todo. Modas pasajeras que resultaban tan aburridas cuando ya se habían visto pasar de moda, tiempo atrás, a tan sólo unas ocho horas de tren, allá en París.

Pero Jaume me recibía siempre con gran afecto, eso hay que decirlo. Me gustaba verlo, pero me hartaba la forma hipócrita en que practicaba toda esa religión de moda con el solo propósito de sentirse *in*, y de esa manera alcanzar la verdadera meta de su vida por aquellos tiempos: acostarse con una mujer, con aires de superioridad, olvidando sus complejos y ejerciendo de gurú de la libertad, además de todo. Yo me había convertido en una especie de testigo privilegiado de Jaume y sus artes amatorias interminablemente postergadas, pues lo primero que salía a relucir en cada una de sus conversaciones era su enorme nariz. Ah, daban ganas todo el tiempo de irse a ver si llovía o si a uno lo atropellaba un carro o algo por el estilo. Y era todo realmente increíble, porque mi amigo era una persona bastante inteligente.

184

Hasta que un día se cambiaron los papeles. Estaba en París, viviendo con una muchacha bastante hermosa, tranquila y libre, cuando Jaume nos anunció su llegada. Llegó de hippie de lujo, como alguien también que está haciendo una verdadera peregrinación a La Meca, y le colgaban tal cantidad de cosas que parecía realmente un árbol de Navidad. Y Evaine, la muchacha que andaba conmigo, lo odió. La verdad, se odiaron mutuamente desde el instante en que se vieron y yo pasé de ser el inhibido testigo de Barcelona a ser un escritor que publica en París y al que seguro eso le permite ligar bastante. Claro, ésta era la visión de Jaume. La visión interior de Jaume porque ahí todos fingimos que no pasaba nada pero pasó en realidad que los papeles se habían alterado por completo y que este tarragonense acomplejado y rico se convirtió en un ricachón de pueblo al que se le hundían en las turbias aguas parisinas los pesados fardos de sus mil y una inhibiciones. Y todo por causa de la presencia de Evaine, que nada, absolutamente nada había hecho, aparte de estar ahí con naturalidad natural, ser bonita, y no tener que mostrarse desnuda a cada rato porque era invierno y podía pescar un buen resfrío. Y porque acostumbraba a andar vestida dentro y fuera de casa, como todos en este mundo.

De golpe a Jaume le dio por echar de menos a su madre, con tremenda barba y tamaña peluca, y adelantó su regreso a Barcelona en dos o tres días. Lo acompañé al tren y quedamos en vernos el próximo verano, si yo iba a España, o en seguir en contacto como siempre, en todo caso. Pero no nos escribimos en años y no nos vimos hasta que nueve años más tarde, recién instalado en Barcelona, supe que había tenido un grave accidente de automóvil y que había muerto su padre y que era ya un hombre rico, pues había heredado la fortuna de Tarragona y se la había traído en gran parte a Barcelona. Acababa de enterarme de eso, cuando me llegó, a través de la editorial Plaza y Janés, que estaba publicando títulos míos, una carta de Jaume. Lo llamé inmediatamente y quedamos en vernos esa misma noche.

La puerta de mi casa la tocó a las 9 un tipo al que realmente no le gustó nada que realmente no lo reconociera para nada, aunque había quedado con él a las 9 y eran las 9 en punto. Jaume era un *yuppie* con una nariz estudiadísima y un *new look* que para qué les cuento. Ropa cara italiana y un pelo corto que mejor llamar cabellera. Por fin nos saludamos y, estoy seguro, los dos sentimos que éramos viejos amigos y que nos teníamos verdadero afecto. Pero resulta que no me invitaba a comer solo, que no íbamos a estar solos y conversar hasta ponernos al día de tantas cosas y años. Jaume había invitado a una mujer con la que, según me explicó vagamente, quería terminar una relación. Después, claro, lo que realmente sucedió era que la mujer quería terminar la relación con él.

Era una señora mayor que llegó tarde a la comida y se fue temprano. Y cuando se fue, quedaron entre Jaume y yo siglos de mentiras y los millones de Tarragona, además. Y el accidente de automóvil que le destrozó la cara y sobre todo la nariz, no era más que una buena cirugía estética que se había hecho no bien heredó el dinero de su padre. Lo adiviné como sólo yo podía adivinarlo, casi diría «como sólo yo podía saberlo de nacimiento», desde el nacimiento mismo de nuestra amistad. No sé, me dio una inmensa flojera volverme a poner todo el interminable ropaje necesario para asumir nuevas mentiras y una nueva superioridad tan alejada de la verdadera amistad amistad como cercana a esos basureros del alma que tan contradictoriamente acompañan a menudo la vida de los seres humanos. No podía. Demasiada flojera. Era superior a mis fuerzas y, además, ¿para qué?

Jaume y yo nos despedimos esa noche y quedamos en seguirnos viendo a menudo, ahora que yo vivía en Barcelona. Muchas veces lo llamé, porque después de todo él tenía todo el derecho del mundo a operarse la cara y hasta a hacer que le transformaran el pelo en cabello, si así lo deseaba. Y a inventarse todo lo del accidente de automóvil. Siempre me topé con su contestador automático y le dejé mensajes que jamás me devolvió. Una muchacha había alejado a Jaume de mí, por tonterías del pasado, por modas y «costumbres» de moda que duran unos años y que, desgraciadamente, no llegan al mismo tiempo a la vida de dos amigos que habitan ciudades distintas. Pero ahora que todo eso había pasado, la nariz de Jaume, por fin corregida, nos apartaba. Un día me di cuenta de que esta vez nos apartaban para siempre su nariz, su cara, el pelo que ahora era cabello, y el accidente que jamás en la vida había tenido. Sí, así fue, y de ello me di cuenta el día en que un amigo común lo encontró totalmente borracho y de entrada Jaume le contó que su gran amigo Alfredo acababa de instalarse en Barcelona. Hacía ya un par de años que yo vivía en Barcelona.

EL REENCUENTRO

Lo extraño fue que él mismo me buscara, al cabo de tantos años. Había sido mi alumno en 1975 y 1976 y había pasado fugazmente por Menorca, también en el 76, donde yo andaba tratando de encerrarme lo más posible para trabajar en un libro y aprovechar al máximo el verano. En París nos vimos mucho hasta que él dejó esa ciudad, al terminar sus estudios, y regresó a su Barcelona natal. Siempre lo consideré un excelente alumno y un excelente amigo, pero ya se sabe que con los alumnos ocurre casi siempre lo mismo: un día terminan sus estudios y empieza para ellos una nueva vida, lejos de la universidad y metidos de cabeza en el mundo. Los profesores quedan atrás, y no tienen por qué guardarle rencor alguno a un muchacho o a una chica que, en su momento, acudían a ellos para todo, dentro y fuera de la universidad.

Además, yo nunca fui un profesor muy profesional que digamos, y los alumnos solían recalar por mi departamento parisino, primero, y montpellerino, después, con toda la familiaridad del mundo. Cocinábamos, escuchábamos música, y hasta armábamos una excelente juerga, de vez en cuando. Todo esto, además, estaba en el aire en los tiempos en que fui profesor en Francia y, cuando empezó a no estarlo más, debo confesar que empecé a sentirme incómodo y a aburrirme y así, un día decidí abandonar la enseñanza. Digamos, para concluir con este punto, que fui un profesor «muy mayo del 68» y que en 1984 era una especie de veterano que ya no rinde lo que antes o un ex combatiente incomprendido y nostálgico.

Bueno, ahora creo que podemos ya volver al reencuentro que quiero evocar en estas páginas. A Fernando G. había dejado de verlo cerca de diez años cuando me contactó en Barcelona, en casa de los amigos que me alojaban mientras encontraba un departamento. Eso fue en febrero o marzo del 85, y la verdad es que a mí ni se me había ocurrido buscar a Fernando. O, en todo caso, no se me había ocurrido buscarlo todavía. No había vuelto a tener noticias de él, y la verdad es que siempre lo recordaba como a una persona tan coherente, sentimental y testaruda, al mismo tiempo, que jamás se me hubiese ocurrido que podía cambiar en algo su manera de ser. Estaba muy enamorado, cuando lo dejé de ver, y casi diez años más tarde sólo me lo podía imaginar perdidamente enamorado de la misma muchacha. E igual con todo lo demás: era un furibundo izquierdista, uno de los últimos verdaderos gochistas «modelo 68» que tuve entre mis alumnos, y esa tarde de 1985, mientras lo esperaba en casa de mis amigos, sólo podía imaginarme que un activista muy de izquierda iba a llegar a visitarme. Y también vivía muy modestamente, en sus años parisinos, o sea que sólo lograba imaginarme que Fernando continuaba viviendo muy modestamente en Barcelona.

El contacto se estableció a través de un periodista amigo suyo que debía entrevistarme aquella tarde. Se habían encontrado casualmente, el periodista le había dicho que tenía que entrevistarme, y Fernando se había alegrado inmensamente al saberme en Barcelona y le había pedido a su amigo que le permitiera venir a saludarme antes de la entrevista. Y así fue. Y así fue también como no lo reconocí y como vi en su rostro la sonrisa triste que le produjo mi desconcierto. Claro, había dejado de ver a Fernando cuando lucía una gran melena marrón y sólo podía imaginármelo testarudamente melenudo. ¿Cómo reconocer entonces a ese muchacho totalmente calvo y bastante más bajo de lo que yo recordaba? No había nada que hacer, sólo mantener un instante más la cara de desconcierto que ambos teníamos, y por nada de este mundo soltar una metida de pata del tipo: «Sí, es cierto que no te he reconocido, pero es que el afecto te ha hecho crecer aquí.» Decir eso y llevarme la mano al corazón, al mismo tiempo, sólo habría contribuido a empeorar las cosas. Decidimos dejarlas tal como estaban, proceder a la entrevista con su amigo periodista, y

189

despedirnos hasta el día siguiente en la noche. Comeríamos juntos y nos pondríamos al día en casi diez años de nuestras vidas.

Calvo y mucho menos alto de lo que yo lo recordaba, bajo, en realidad, Fernando seguía siendo un muchacho de muy modestos recursos porque insistió en invitarme, ya que era yo quien había llegado a su ciudad, pero el pobre sólo pudo llevarme a un guarique que a duras penas merecía el nombre de restaurante. De ahí fuimos a tomar copas baratas, y no tuve más remedio que aceptar que ahora estuviese enamorado de otra muchacha y que tuviese un trabajito por ahí y que en ningún momento me hablara de política o temas así por el estilo, por la sencilla y llana razón de que habían dejado de interesarle por completo. Total, de Fernando sobrevivían dos cosas: su pobreza y nuestra amistad.

Lo seguí viendo cuando me instalé en el ático de la avenida Infanta Carlota, en el que viví los cuatro años exactos que pasé en Barcelona. Por casa venía siempre y a todas partes íbamos en ómnibus o en metro. Al principio, yo le decía para tomar un taxi, cuando salíamos a alguna parte, pero él ponía expresión de muy caro, Alfredo, e íbamos a dar al metro o a un paradero de ómnibus. Fernando... Nos pusimos al día en recuerdos, en mujeres amadas y perdidas, en los viejos y desaparecidos amigos comunes de París, en anécdotas casi olvidadas de esa ciudad o de aquel verano pasado en Menorca, en el enorme departamento que yo había alquilado con el dinero de la beca Guggenheim para escribir una novela. Fernando incluso me hizo recordar que en alguna oportunidad nos habíamos visto en Barcelona, durante una de mis visitas veraniegas, y que juntos nos habíamos pegado una importante borrachera. Sí, claro, lo recordaba, lo recordaba, y recordaba también, recién entonces, que había conocido a su hermano menor. Claro, claro que lo había conocido. Ahora lo recordaba.

La verdad, lo había conocido tan bien que, aunque por aquella época de mi paso etílico por Barcelona debía ser casi un niño, el hermano de Fernando era el muchacho que, desde un impresionante Jaguar amarillo, me estaba dando la voz en la esquina de las avenidas de Sarriá e Infanta Carlota. Tocaba la bocina y me hacía adiós y yo como que empezaba a salir del despiste eterno con que suelo andar por la calle y me decía: «Es el hermano menor de Fernando. Es el chofer de ese Jaguar. Carajo, qué maravilla de carro.» Y así, cuesta abajo en mi despiste, terminé sentado junto al chofer del Jaguar. Vestía la ropa más cara de Barcelona, pero no era ropa de chofer carísimo. En cambio, era un muchacho muy buen mozo o sea que era el gigoló de una importantísima dama de Jaguar y visón. Y la dama era muy liberal y muy poco celosa porque ni la llamó por teléfono ni nada para decirle que no iba a volver a casa hasta las cinco de la madrugada, por invitarme con champán francés y todo a un restaurante que, además, resultó ser suyo. Y del cual pasamos, con etiqueta negra hasta en el agua mineral, a una superdiscoteca que también era suya, en parte. «Bueno —me dije—, a éste la dama del Jaguar le compró su restaurante y lo hizo accionista de esta discoteca.» Al final, me entraron las copas tristes y todo: «Pobre Fernando. La vida de rey que se da su hermano y él invitándome a guariques que yo retribuyo con boletos de metro.»

Hasta que un día apareció un amigo común, y le conté la increíble historia del Jaguar del hermano de Fernando y la vida en metro del pobre Fernando. El tipo no podía creerme y casi me mata con su pregunta: «¿Cuál Jaguar —me dijo—, el amarillo, el rojo o el azul?» El resto de la conversación fue abriéndome cada vez más la boca. Fernando y su hermano eran herederos de un verdadero imperio. Y mi antiguo alumno y viejo amigo vivía en una casa marca Jaguar y tenía un piso marca Jaguar en Florencia y otro en Nueva York, más la casa Jaguar de Cadaqués y las oficinas más Jaguar de toda la avenida Diagonal y sus alrededores. «Basta», dije, interrumpiendo el recuento del amigo común.

Lo que sentí después fue una mezcla de ternura y de ganas de reírme. Una mezcla de mucha ternura y de ganas de reírme mucho. Pobre Fernando. No se podía imaginar que el viejo profesor de París... O era que no podía imaginarse que yo no andaba muerto de hambre o que yo no lo iba a censurar por haber dejado de pasar penurias en París. O porque sus ideas de ayer no encajaban para nada en su vida de hoy. Increíble, el tipo se daba la vida padre, la vida Jaguar, y yo tenía que pagarle *per vitam eternam* el metro para ir a comer a sitios feos y baratos y, muy a menudo, pésimos.

Dije *amén* y opté por darle un golpe de Estado a Fernando.

Una mañana me presenté en su trabajo, o mejor dicho, en las oficinas de su gran empresa, y lo pesqué totalmente desprevenido. No se atrevió a negarse, cuando me presenté ante sus secretarias, y jamás olvidaré la cabeza gacha y la mirada deprimida con que me miró entrar a su elegante despacho. Y ahí, me imagino, fue donde metí la pata o me tocó poner en marcha uno de esos extraños mecanismos humanos que hacen que la vida sea tan grande y tan miserable. Sólo quise bromear, y en vez de decirle: «Cabrón, de ahora en adelante vas a compartir tu vida Jaguar conmigo», le dije que necesitaba urgentemente un trabajito. Cualquier cosa. Lo que tengas. De lo que sea.

Almorzamos juntos en un sitio más o menos regular y le pedí un gran favor: allá por el 66, al llegar por primera vez a España, como turista, había pasado unos días inolvidables en Cadaqués. Pero curiosamente, jamás había vuelto. Y ahora que estaba a punto de abandonar definitivamente Barcelona, realmente lo que más deseaba era volver a ver Cadaqués. Fernando tenía una casa ahí. ¿Por qué no me invitaba a pasar un fin de semana bien Jaguar, antes de mi partida?

En eso quedamos, con palabras de verdadera promesa. Nunca más supe de Fernando y algo más creo que he aprendido de la vida.

BARCELONA

No creo haber preparado nunca nada tanto en mi vida como mi partida de Francia. Quería que fuera exactamente veinte años después de mi llegada a París y tenía realmente la sensación de que, como dice el tango, veinte años no son absolutamente nada en la vida de un hombre. «Que veinte años no es nada», me dije cuando el tren al que había subido en Montpellier cruzó la frontera entre mi vieja y mi nueva vida. Y me fui al bar a tomar una copa por una nueva vida. Ahí estuve un rato, guardando para mí toda la inmensa felicidad de saberme por fin en España. Había abandonado la enseñanza y, sin pensarlo dos veces, había decidido que en adelante viviría exclusivamente de mi máquina de escribir porque, nuevamente veinte años, veinte años de los cuales dieciséis consagrados a la enseñanza universitaria, no significaban absolutamente nada en la vida de un escritor.

Pero me robaron hasta la máquina de escribir en el tren. Debió ser en Figueras o en Gerona, porque lo cierto es que, cuando me acerqué a comprobar que mis maletas seguían en su debido lugar, porque estábamos llegando a Barcelona, faltaba la única maleta que realmente tenía valor para mí. Desde dinero o joyas familiares hasta los originales del libro que pensaba negociar a mi llegada a Barcelona. Ese robo me afectó muchísimo, y no sé qué hubiera sido de mí sin la ayuda de amigos tan extraordinarios como Marisa y Pepe Villaescusa, Maruja y Ramón Vidal Teixidor, Ivonne y Carlos Barral y Alfredo García Francés.

Y todo esto porque la vida en Francia no había sido nada fácil para mí y había empezado realmente con el robo de los originales de mi primer libro, a mi regreso a París de una larga temporada de estudios y trabajo en Italia y Grecia. Y ahora también mi nueva vida en España empezaba con un robo como el de mi nueva vida en París, veinte años atrás o casi. En aquella oportunidad mis pertenencias consistían en una sola maleta llena de todo lo que tenía en esta vida. Ahora había un poco más, uno que otro mueble y libros y discos esperando en un guardamuebles a que encontrara casa en España, y las tres maletas del tren. Pero la maleta que me acababan de robar contenía todo aquello que para mí tenía valor material o sentimental. Y ese maldito manuscrito que, como el de París, casi veinte años atrás, era el original de un libro de cuentos. La primera vez logré sobreponerme a todo y volví a empezar y escribí nuevamente mi libro. Pero esta vez el simbolismo era demasiado grande y todo en mí y a mi alrededor me decía silenciosamente que acababa de retornar al punto de partida de mi vida en Europa, a los duros años en que todo era posible porque uno era muy joven y el tiempo y las fuerzas le alcanzaban a uno para todo. ¿Veinte años no eran nada? Eran lo suficiente, en todo caso, para que una simple coincidencia adquiriera el valor de un aviso terrible: ¿de dónde iba a sacar fuerzas ahora para seguir adelante? Además, ¿valía la pena seguir adelante? Y, además, ¿qué diablos quiere decir seguir adelante? ¿Y qué quiere decir salir adelante? ¿Y qué valor tiene el salir adelante o el haber salido adelante alguna vez?

No me encontraba ambición por ninguna parte y pasaba entre la gente buena que veía con la sensación de ser un terrible aguafiestas y un ser perseguido por la mala suerte. Me hería la risa bondadosa de mis propios amigos. Y Barcelona no me resultaba tan atractiva como otras veces y la etapa madrileña, que insistí en realizar, terminó por convertirse en un verdadero infierno. Hasta que llegué a la conclusión de que debía pegarme un tiro. Estaba harto de la gente y sobre todo estaba harto de mí. Había amado demasiado a España pero tal vez había prolongado demasiado mi decisión de instalarme en España. Bebía demasiado y le tenía verdadero espanto a la gente. Sólo una cosa me hacía gracia: que la gente continuara refiriéndose a mí como el descendiente de una importantísima familia peruana, como un hombre sin necesidades, como un señorito acostumbrado a vivir como un pepe. En ese estúpido y triste sentido la frase del tango sí que era verdad: veinte años no eran nada. En fin, tan gracioso como grotesco, y tan grotesco como duro, en ese momento.

Nunca se me ocurrió cómo podría hacer para pegarme un tiro, por lo que comprendí que, en realidad, no deseaba acabar con mis días. Claro que sí: a una persona que quiere acabar con sus días, lo menos que se le tiene que ocurrir es una manera de hacerlo. De lo contrario, no puede andar tan mal como piensa. Elemental, Watson. Y tranquilo y por la sombra, usted. De esta conclusión saqué fuerzas suficientes para pasar a la siguiente conclusión de aquella temporada: el poeta Martín Adán, que se había arrastrado a punta de no poder con este mundo, encontró finalmente la paz en un cuarto de hospital en el que sólo recibía a personas totalmente incapaces de hacerle daño alguno. Una idea genial. No bien se me ocurrió, pensé que ésta era una idea genial y que, en vez de buscar un departamento, debería comprar o alquilar un cuarto de hospital. Recuerdo haber discutido largamente este asunto con Ivonne Barral, mientras tomábamos unas copas en el hotel de Suecia. Horas estuve tratando de convencer a Ivonne y, cuando nos despedimos, pensé que lo había logrado. Hasta hablamos de un lugar en el barrio de Pedralbes, en Barcelona. Y lo de Pedralbes me sonaba a mí como a una especie de San Isidro peruano, o sea a barrio elegante y con muchos jardines por los que en soleadas mañanas catalanas acudirían a visitarme todos mis amigos mientras yo escribía obras completas (o completaba, más bien, las que ya tenía escritas), un médico me tomaba el pulso no bien despertaba, y muchas enfermeras me traían desayuno, almuerzo, comida, siempre sonrientes y buenas.

Todo esto me iba dando fuerzas para continuar en Madrid, donde me alojaba en el departamento de Alfredo García Francés. Alfredo me había rescatado de un apart-hotel de la calle General Pardiñas donde mis vecinas de cuarto eran argentinas y recibían. Yo vivía desnudo, tirado en la cama, y mirando las dos maletas que no me habían robado y un frasco de Nescafé que permanecía cerrado a pesar de mis enormes esfuerzos por encontrar algo que hacer en esta vida. Ni abría las maletas ni abría el Nescafé ni nada. Mientras tanto, las argentinas recibían y recibían y cada vez que recibían arrancaban con tangos y más tangos para recibir.

195

Uno de ellos decía que veinte años no eran nada, pero había que verlas a ellas y a los hombres que recibían.

Y había que verme a mí, tirado y desnudo días enteros hasta que el hambre me vencía y con cuatro trapos y el abrigo encima bajaba a una cafetería y me hartaba de cerveza y bocadillos pero no lograba encontrar las fuerzas para llamar a alguien. Por fin, un día, marqué el número de Alfredo y fui a dar a su casa. Pero Alfredo trabajaba mucho y salía con muchas chicas y llevaba una vida muy sana y eso a mí me producía una tendencia a tirarme desnudo, y ya no sabía si el asunto consistía en tirarse desnudo sobre la cama o por la ventana.

No sé cómo me contactó mi ex esposa un día. Recuerdo sólo que estaba de paso por España y que estaba alojada en un gran hotel y que eso me daba ganas de tirarme desnudo por la ventana. En fin, esta vez al menos sabía por dónde quería tirarme desnudo. Pero Maggie, como siempre, me traicionó para bien mío, o sea con toda la amistad de que es capaz y llamó a los amigos de Barcelona para contarles de mi desnudez ante una ventana y generalmente con una copa en la mano. Bueno, de Barcelona llegaron instrucciones y todo: que me tirara por una ventana, que normalmente yo solía sobrevivir a estos y otros tipos de caída, y que, vestido o desnudo, me metieran en un tren a Barcelona. Alfredo García Francés tuvo la infinita bondad de acompañarme en las copas que me hicieron soñar con que bastaba subir a ese tren para que al día siguiente llegara al cuarto del poeta Martín Adán en el elegante barrio de Pedralbes.

Pero no tardaba en publicarse *El hombre que hablaba de Octavia de Cádiz* y en relaciones públicas de la editorial consideraban que era necesario promocionar el libro y que un escritor encerrado en una clínica para siempre no podía trasladarse a Málaga o a Sevilla y que, además, ningún programa de televisión se interesaría por un hombre que vivía derrotado en una clínica, sin causa conocida. Y mis amigos me sacaban a comer y Ramón Vidal Teixidor, el psiquiatra, me trataba con tanto cariño y sabiduría y Pepe Villaescusa me buscaba tanto un piso donde instalarme y los Barral me trataban con tanto cariño en un restaurante chino que había ahí cerca a su casa. Y después me empecé a encontrar con Jordi· Herralde y Lali Gubern y con ellos fui conociendo a más gente y hacía siglos de aquella pensión de las argentinas que recibían y más siglos de aquel tipo que deseaba pegarse un tiro desnudo por una ventana.

Y un día salió un sol de abril. Pepe Villaescusa por fin había dado con el departamento que me convendría por su luminosidad y todos en su casa estaban de acuerdo. Mientras tanto, seguía durmiendo en casa de los Villaescusa y una noche con Jordi Herralde y Lali Gubern comí el mejor rissotto de mi vida y conocí a Isabel Gortázar. Conocí también a muchos notarios porque Pepe Villaescusa es notario y la gente como que no me daba tanto miedo como antes. Más bien como que me daba amor. Todo el día andaba por Barcelona con el amor a cuestas y una noche dormí ocho horas de sueño natural, por primera vez en mil años. Después me mudé al ático de Infanta Carlota y contacté a Michel Delmotte, el único de todos mis alumnos de París que me ha quedado de amigo para toda la vida.

Michel me ayudó a instalarme y a reencontrarme con viejos amigos de Barcelona y París: Joan Pons, Cuqui, Joan Reig. Y después salí mucho en la televisión porque Plaza y Janés presentó *Octavia de Cádiz* y en el ascensor del edificio me empezaron a saludar y también en el bar de la esquina, donde tomaba toneladas de helados y bitters sin alcohol. Jamás en mi vida he amado tanto la vida. Y los amigos de Madrid, como Lucho León Rupp y Rochi Woolcott o María Antonia Flaquer llegaban de visita y yo los llevaba a conocer a los amigos de Barcelona y entre ellos se hacían amigos. Jamás en mi vida he amado tanto la vida. Y en las tiendas de mi barrio trataban tan bien al escritor peruano de la televisión. Y mi vecino don Pepe Casero, todo un señor. Y la vida jamás me había amado tanto a mí. No tardaba, por consiguiente, en aparecer una muchacha llamada Pilar.

Mientras tanto, volvía a escribir libros perdidos y otros libros y me encantaba quedarme dormido ocho horas cada noche después de leer el informe que me había dado el médico, al abandonar Montpellier: «Insomnio rebelde a toda terapia.» Volví a ver a Mercedes Noguera y a Ana María Moix y volví a beber vino con Carlos Barral en Calafell. Muchas cosas volvieron pero volvieron tan bien. De Barcelona puedo decir: mil amigos, qué linda ciudad, y que el catalán me parece un idioma feo con momentos horrorosos. Y nuevamente mil amigos y que parece que un peruano, descendiente de escoceses y vascos, está destinado a llevarse perfectamente bien con un catalán. Es más, creo que los catalanes son menos catalanes de lo que aparentan. Pero yo estaba hablando sólo de mi Barcelona. Jamás me amó tanto la vida y jamás se me dio tan fácil y graciosamente como en esa hermosa ciudad. Y jamás han sido tan poquita cosa veinte años, de los de antes, como en Barcelona.

Alguno de mis personajes hablaba de «prolongar la adolescencia hasta que lo sorprendiera la muerte», pero en mi caso ya no se trata de eso. No, al menos, durante un año en que, a lo largo de doce meses, voy cumpliendo al mismo tiempo cincuenta y veinticinco años. Los primeros pertenecen al tiempo contabilizable desde mi nacimiento, en el Perú; los segundos, al tiempo transcurrido desde mi llegada a Europa. Estos últimos, a veces, me hacen recordar a algún personaje de *Cien años de soledad* cuando afirma que los años de antes eran de mejor calidad que los de ahora, por la simple y llana razón de que duraban más. Hay, pues, un tiempo de mala calidad, como las falsas yardas de percal que miden los comerciantes turcos en la más famosa novela de García Márquez. En fin, del tiempo cronológico y del tiempo subjetivo se ha hablado muchas veces, y no sólo en literatura.

Siempre me queda decir que nací en Perú hace 50 años y que renací en Europa hace 25. Porque a eso vine cuando decidí abandonar una vida confortable y una familia adorable para entregarme a mi dudosa pasión por la literatura. Más o menos cumplí con el programa inicial de vivir tres años en tres países cuyos idiomas quería dominar: Francia, Italia y Alemania. Pero hablaba inglés todo el día en dos de esos tres países y las universidades las fui abandonando bastante rápido. Había empezado a escribir y la pasión dudosa se había convertido en terca decisión de continuar a cualquier precio. Y todo lo podría explicar así, en este momento: los tres años de la idea o programa inicial se convirtieron en estos 25 que llevo de escritor y de peruano en el extranjero.

Un exilio voluntario, entonces, y punto. Y sin embargo, cuántos retornos imaginarios a la ciudad natal. Cuántas casas compradas en este balneario de mis sueños en París, Barcelona, o en el propio balneario de la casa del sueño, mientras caminaba y camino con algún amigo poeta o sociólogo y de reojo miro la casa de veraneo de mi infancia en la península de La Punta. O cuando visito y visitaba lo ya casi nada que queda de la casa de invierno en la deteriorada Chosica, mientras pasaba delante en el auto de un amigo y paso aún esta tarde en que proso y los huesos húmeros de César Vallejo a la mala se me han puesto... Pasar siempre por ahí, volver al brutal enfrentamiento con los sueños, con esos monstruillos de la razón nostálgica, la menos crítica de todas. Volver como en un tango y como vuelve cualquiera. Duros placeres del exilio voluntario. Desexiliarse unas semanas. De los goces, el más triste es el viajar. Frase de nostálgico ésta cuyo autor no recuerdo ahora.

Un exilio voluntario, entonces, y punto, nuevamente. Pero nuevamente, también, un sin embargo. La literatura, la amistad, el amor. De la primera hice la vocación que explotó de una vocación dudosa, aquella de la cual mi padre me había hecho dudar y mis amigos, a veces, sentir vergüenza. La literatura era para otros. Unos *otros*, hay que decirlo, bastante mal vistos desde el alto mirador de mi padre y algunos de mis mejores amigos. Vocación tardía que explota en la pequeña ciudad italiana de Peruggia: hay un espejo en un cuarto de estudiante y ante él el estudiante que termina el primer párrafo de su primer cuento rompe a llorar quedamente, silenciosamente, alegremente. Éste es probablemente su primer y último instante de libertad. El párrafo lo convence y el estudiante de literatura italiana, que es peruano en Europa desde hace casi un año, pierde por completo su libertad. Un gran adiós a toda la familia y a todos los amigos, también a los mayordomos y a las empleadas y a los perros, allá en la limeña casa familiar. Recuerda el título de un libro que leyó algún día: *Good-bye to all that*. Sí, adiós. Y piensa en el título de un libro que todavía no ha leído, porque acaba de descartar *Bonjour tristesse*, mientras el espejo y el llanto, quedamente, silenciosamente, alegremente.

Ya no era, pues, tan voluntario el exilio. En París, de regreso de Italia y Grecia, existía aquel trabajucho, aquellas horas frías enseñando los mismos idiomas que se acababan de aprender o que se estaban estudiando. Ese trabajucho dejaba muchas horas libres para leer y estudiar, para conocer gente y viajar, pero dejaba sobre todo mucho tiempo libre para escribir. Ya eran esos días en que, en el consulado de Perú en París, me había inscrito con una falsa dirección. Temía que algún pariente de paso descubriera la alta miseria (un décimo piso de un cuarto y una claraboya y ninguna calefacción pero chinches) en que me había instalado. Que me chantajearan un regreso a Lima. Eso temía. Y muy duro fue cuando falleció mi padre y opté por no volver. Temía que un enorme *todo* sentimental y financiero me retuviera en Lima. Mi madre, formidable, me ocultó mil cosas y no tuve que pasar sobre el cadáver de mi padre. Mis hermanos ayudaron. Lo he dicho antes: una familia adorable, y yo aferrado al cuartito allá en el techo, a una máquina de escribir lo más portátil que darse puede. Tiernos recuerdos son estos de los años duros más fáciles y felices de mi vocación y de las decisiones fáciles y duras que iba tomando para seguir siempre disponible para una página en blanco.

Pasaron ocho años sin volver al Perú. Es increíble que uno se las pueda arreglar ocho años para no volver al mundo que habita prácticamente todo lo que ha estado escribiendo. Eran siempre esos trabajitos y trabajuchos: permitían escribir pero no permitían volver, salir del exilio y convertirlo en lo que en algún momento había dejado de ser: algo voluntario, algo realmente deseado. Y a la literatura se mezclaba la vida y en la vida se mezclaban tantas cosas. La casa de París se había convertido en el lugar en que uno hablaba de las cartas que hablaban de la casa de uno en Lima. Y las cartas que uno enviaba a Lima hablaban de literatura y de la gente que frecuentaba la vida de uno en París.

Ya a estas alturas era muy difícil hablar de cualquier tipo de exilio. Se tendía puentes que iban y regresaban en el mismo instante, y sentado ante una carta al amigo limeño se podía sentir añoranza de un París que estaba allá afuera. Trampas inconmesurables de la nostalgia lo devoraban a uno en su camino a la hora 25, totalmente desconocidos el camino y la hora. No había ambigüedad ni falta de claridad ninguna. Sí había, por el contrario, inmensas incoherencias. Bellas y dolorosas al mismo tiempo, a veces. Y la más completa diversidad.

He vivido en muchas ciudades y no sé cuántos países me han visto pasar. Y suele suceder que uno se despierta y pasa de cuarto en cuarto y de ciudad en país hasta llegar al cuarto en que se acaba de despertar. No es una pesadilla este recorrido. Tampoco una torpe manera de despertar. Es lógico. Uno piensa que es lógico y ya puede lavarse los dientes y, por qué no, también hablar el idioma que le corresponde. Más la maravilla de reconocer, en óptimos despertares, al ser amado. Uno está de regreso al amor de la misma manera en que la noche anterior estuvo de regreso a casa en el país en que ahora vive o de la misma y exacta manera en que visita por carta a un amigo en el país en que ayer vivió o de la misma y exacta manera en que ayer por la tarde se instaló en su despacho, colocó la página en blanco, y se dijo que ya muy pronto serían 25 los años que llevaba lejos de casa. E inmediatamente siente que no está lejos de *una* casa, que nunca ha estado más cerca de *una* casa, que no está en *su* casa, en realidad. Voltea, entonces, donde la mujer o el amigo queridos, y les habla de aquella casa de veraneo e infancia en la península de La Punta o la casa que ya casi no queda de Chosica para pasar el invierno.

Son ya casi las doce de la noche. Lo cerca que está la hora 25 siempre. Lo cerca que estuvo siempre. Uno cumple 50 años y esos otros 25. La calidad del tiempo y la calidad de vida se entremezclan. España es el país amado, el soñado, el ruidoso y caótico país del que te quejas ahora. Con cuánto amor te quejas. España es el país que te impide regresar al Perú. Más un súper viceversa. Tanto, que ya hay que reírse y decir: Más un súper bicerveza. Este año uno no quiere festejar nada y lo festeja todo, todos los días. Lo mucho que lloro por el Perú en España, lo festejo. Lo mucho que en el Perú lloro por París y Peruggia y Grafrath y Barcelona, lo festejo feliz en España por culpa de España. Vivecersas y bicervezas incluidas.

Me acuerdo de aquel tipo que no cesaba de proclamar: «Mi vida está exenta de toda tendencia al mesianismo. Mi vida siempre ha sido guiada por los afectos privados.» Y también: «Soy un escéptico sin ambiciones, y creo sinceramente que pertenezco a la única especie inocente que queda sobre la tierra.» Hace muy pocos días que recibí una carta del escritor peruano Guillermo Niño de Guzmán. Me contaba una conversación con el poeta, peruano también, Jorge Eduardo Eielson, que hablaba de la amistad como único país. Puentes fueron y puentes vinieron en ese mismo instante. Y túneles. Y ríos profundos. Yo no creo haber perdido nada, llegada la hora 25. Creo haber añadido mucho, para que llegara la hora 25. Fue un exilio voluntario, tal vez, en algún momento. Después vinieron los sinembargos. Después han llegado esos momentos puente-túnel-río profundo. Y también aquellos otros momentos (o aquellos momentos otros) en que se habla de exilios y uno voltea a ver de qué se trata y va de la mano con una mujer por Madrid. Diablos, la verdad es que uno anda siempre entre los 25 años y la muerte.

Teresa era una muchacha de tez muy blanca y nariz respingada. Su sonrisa era irónica, era inteligente, pero sobre todo preciosa. Preciosa y traviesa. Nadie en el mundo se había querido tanto como nosotros y perderla para mí había representado, entre otras cosas, acostarme gordo una noche de mi adolescencia y levantarme flaco al día siguiente, por la mañana. Desde entonces, lo sabía, cualquier cosa podía pasarme porque había perdido a Teresa de una manera simple y llanamente demasiado cruel. Teresa me había dejado por otro con alevosía y gran maldad, palabras éstas que eran totalmente nuevas en mi vocabulario y en mi vida. Me había dejado por un hombre mayor de edad, que tenía un carro mayor de edad y que le estaba dando un beso también mayor de edad cuando me acerqué a ver qué diablos había en ese automóvil que se había estacionado en la puerta de su casa, a la hora de aquel día de invierno en que me tocaba llegar del internado.

Me arrojé a la amplia acequia que había en el campo de polo, frente a la casa de Teresa, pero sin resultado alguno. O sea que cualquier cosa podía pasarme, simple y llanamente porque a Teresa no le importaba que yo enlodara mi amor por ella ni que enlodara la ropa elegantísima que usaba para irla a ver los fines de semana. Teresa incluso permitía que mi más atroz sufrimiento se cubriera también de barro. Perdí exactamente veinte kilos y terminé el colegio con un sentimiento de culpa atroz: a Teresa la había perdido por mi culpa, aterrándola con la posesividad de mi amor, con mis celos, con el desenlace trágico en el que siempre tenía que desembocar cada una de nuestras conversaciones. Convencido en cuerpo y alma de que los más grandes amores son los imposibles, quería que el nuestro resultara imposible a gritos, que fuera totalmente invivible, tremendamente desgarrado y lleno de lágrimas y divinos castigos imperdonables.

Además, alguna guerra mundial, alguna bomba atómica, alguna enfermedad incurable tenía que amenazar siempre nuestro amor hasta convertirlo en algo tan imposible como duradero. Yo recuerdo que, hacia el final de aquel amor primero, mi hermana Clementina trató de advertirme: «Debes tener cuidado, Alfredo. Teresa dice que ya sólo viene a verte porque te tiene terror.» Aquella noticia me preocupó, me entristeció bastante. Pero no porque a Teresa le temblaran las piernas cuando venía a verme desde su casa (esto también me lo había contado mi hermana), sino porque la distancia que recorría muerta de miedo y con las piernas temblándole no era lo suficientemente larga. Vivía en la misma calle que yo y a tan sólo siete u ocho cuadras de ridícula distancia para un amor como el nuestro.

Es fácil deducir que cualquier cosa podía sucederme porque había perdido a Teresa de una manera realmente atroz. Cualquier cosa podía sucederme. Y así fue como me dio por desmayarme, pero sólo de noche, sólo si la luz era de neón, sólo en el centro de Lima, y sólo si la chica lucía uniforme escolar azul, como el de Teresa, y tenía también la piel muy blanca, como la de Teresa.

Las crueles bromas de los amigos de siempre me hicieron vivir durante largo tiempo entre desmayo y desmayo. Aún hoy se ríen aquellos amigos al recordar cómo buscaban un rostro pálido entre la muchedumbre y, no bien lo divisaban, empezaban a decirme que por ahí venía una chica con uniforme azul y tez muy pálida. Muertos de risa, fingían prevenirme y protegerme. Pero todo era inútil. No bien detectaba yo esos residuos de amor imposible, aquella tez blanca que en un mundo aterradoramente feliz podría haber sido una reminiscencia de Teresa, el pecho se me congelaba, se me paralizaban el corazón y el pulso, y finalmente terminaba yéndome de bruces al suelo, en compañía del mundo cruel en que me había tocado vivir.

Un día, en el cine Metro, varios compañeros de estudios me señalaron a una chica que nadie había visto nunca jamás en Lima.

Volteé a mirarla y era una chica con alevosía y gran maldad como Teresa, con la nariz respingada y la sonrisa y la dentadura alegres y preciosas, y ese pelo corto en las mujeres que, por aquellos años, a menudo estuvo a punto de ponerle trágico fin a mi vida. Sin embargo, no sentí síntoma alguno de desmayo ni de amor imposible. La chica era preciosa. Y mis amigos y yo nos pusimos rápidamente de acuerdo: me pertenecía porque un clavo saca otro clavo, porque Alfredo anda muy mal, porque uno de estos días se nos desmaya sin que estemos ahí para ayudarlo y se nos desnuca. Cosa rara por aquellos años: la chica estaba sola. Había ido sola al cine y, por consiguiente, regresaría sola también a su casa después de esa función de matiné.

Así fue. Tomó un ómnibus que la dejó por el Cricket Club, a unas cuantas cuadras de la casa de Teresa, nada menos. El asunto iba a ser un lío, porque nosotros la habíamos seguido en un automóvil y ahora, si me bajaba a meterle letra y me desmayaba, no iba a saber muy bien si había sido por ella o porque la casa de Teresa no quedaba tan lejos que digamos. Los amigos me animaron, me empujaron, y por fin bajé del auto que continuó avanzando lentamente detrás de mí. Yo caminaba, como quien no quiere la cosa, hasta que le di el alcance a la chica. Estuve a un tris de desmayarme cuando comprobé que, objetivamente, esa chica era mucho más bonita que Teresa, como mucho más Teresa que la propia Teresa. La verdad sea dicha: no me desmayé porque me dio una cólera profunda comprobar que esa muchacha tenía una nariz respingada superior a la de Tere. Los ojos se me llenaron de lágrimas y empecé a odiar a esa chica que empezaba a sentirse algo incómoda con mi nerviosa presencia a su lado. Finalmente, la muchacha llegó a la puerta de su casa, entró y cerró, y yo me limité a anotar su dirección y lo que decía en una plaquita dorada pegada a la puerta: «Marqués Ricciardi Pollini»

La voz se corrió entre todos los amigos: Bryce había descubierto a una marquesita italiana, la había seguido hasta su casa, no se había atrevido a dirigirle una sola palabra, pero tampoco la muchacha había demostrado que le molestara ver a Alfredo paseándose a su lado. Había, pues, que proceder. Había que vigilar las entradas y salidas de la marquesita. ¿En qué colegio podía estudiar una muchacha que nunca nadie había visto en

Lima? Había que averiguarlo rápido porque los exámenes de fin de año no tardaban en empezar y, si llegaban las vacaciones, la muchacha podía desaparecer durante meses.

El Gordo Alberto Massa se había encargado de averiguarlo todo por teléfono. La chica se llamaba Analisa y estudiaba en el colegio Raymondi. Una astucia del Gordo nos permitió descubrir cuál era exactamente el calendario de exámenes de Analisa, que ese año terminaba la secundaria. Curiosamente, yo casi no tomaba iniciativa alguna. El Gordo, en cambio, optó por un sistema que él consideró infalible. Después de cada examen, Analisa debía regresar a su casa y encontrarse con Fortunato, uno de los mayordomos de casa de mis padres, esperándola elegantísimo en la puerta, con un enorme ramo de flores. Y como Analisa era italiana, yo debía ponerle unas líneas que dijeran cada día, según su calendario de exámenes: «Esperando que hayas obtenido la mejor nota en trigonometría, te saluda muy atentamente, Giuseppe».

A Fortunato le dimos órdenes estrictas de no decir nada, absolutamente nada, sobre aquel Giuseppe que tanto sabía sobre los exámenes de Analisa. Su papel consistía en entregarle el ramo de flores con sus guantes blancos e impecables bien puestos, en hacerle una profunda venia, y en desaparecer tan misteriosamente como había aparecido. Fortunato regresaba muerto de risa y nos contaba que la chica recibía el ramo de flores sorprendida y que se quedaba largo rato leyendo el breve contenido de mi esquela. Pero un día cometí el maldito error de escribir Giusseppe, en vez de Giuseppe, y Analisa se aprovechó de la situación para írsele encima a preguntas a un aterrado Fortunato. El mayordomo soltó mi nombre, mi dirección y hasta mi número de teléfono.

Y ahí estábamos, en la sala de mi casa, cuando el teléfono sonó y era para mí. Fortunato aún andaba en camino de regreso, o sea que todo me pude yo imaginar menos que iba a terminar hablando con Analisa. Confesé que de Giuseppe nada, que era peruano y me llamaba Alfredo, agregando que era el mismo tipo que días atrás la había seguido hasta la puerta de su casa sin decir ni pío. Nada le conté, por supuesto, del mal estado de nudo en la garganta con que había comprobado que la nariz respingada de

Teresa resultaba, al menos objetivamente, menos hermosa que la suya, lo cual había provocado en mí casi un nuevo tipo de desmayo cuyas características aún no lograba definir claramente.

Algo en todo lo que le dije y no le dije y algo también en la manera en que lo dije y no lo dije debió avivar la curiosidad de Analisa o despertarle alguna simpatía por mi persona. Me dijo, en efecto, con voz tan sincera como severa, que deseaba conocerme esa misma tarde y hablar conmigo de muchas cosas, porque ella pensaba, sí, ella pensaba que muy probablemente valdría la pena que nos conociéramos. El Gordo Massa se ofreció a acompañarme, por lo del desmayo, pero yo le dije que ya había caminado al lado de esa chica sin irme de cara al suelo y que, de veras, prefería y necesitaba enfrentarme solo a la situación. Y aún recuerdo la sosegada caminata hasta casa de Analisa. No había que pasar delante de la casa de Teresa, gracias a Dios.

Analisa me estaba esperando, porque yo aún no había apoyado mi mano en el timbre y ella ya había abierto la puerta. Definitivamente el marqués y su hija no habitaban un palacio. Era una casa cualquiera de ese barrio, que más tiraba para Magdalena que para San Isidro, o sea que debía tratarse de nobles arruinados o algo así. Pero no sentí pena. Ni tampoco sentí mareo alguno, de esos más o menos preventivos, ni mucho menos me fui de bruces al suelo. No sé, pero la propia Analisa parecía impedírmelo con la seriedad de su discurso. Sus labios carnosos eran de una dolorosa belleza y, objetivamente, había alevosía y gran maldad en la forma en que su nariz respingada era mucho más bonita que la de Teresa. Pero la propia Analisa parecía impedirme desmayo alguno porque no arrugaba de pronto todita la nariz para burlarse de mis celos locos o reírse de alguna tontería que nos haría felices hasta la muerte. Porque a Teresa y a mí, por ejemplo, en nuestros días más felices, sólo nos habían interesado las cosas felices o infelices que desembocaban inexorablemente en la muerte.

Los ojos de Analisa y su pelo corto podían ser el clavo que saca otro clavo si yo ponía algo de mi parte. Si yo, por ejemplo, me concentraba mucho en una luz de neón, en una noche en el centro de Lima y en una tez muy blanca que era la de ella, aunque ella más bien tuviera la tez bastante doradita y el pelo ligeramente rubio. En fin, yo hubiera podido hacer un esfuerzo y amar nuevamente hasta la muerte a una marquesita italiana, pero ella andaba en plena época de exámenes y, aunque su uniforme escolar también era azul como el de Teresa, el asunto aquel de los exámenes como que se le había contagiado un poco, porque lo único que hacía era explicarme cosas de una insultante cotidianidad. Una tras otra le iban saliendo las más elementales verdades como en un sencillísimo examen de matemáticas que me iba recitando en un castellano bastante bien hablado. En resumidas cuentas, le encantaba la idea de tener un amigo en Lima y de que ese amigo fuera yo. Pero ni una pizca más. En Italia la esperaba su novio o ella esperaba a su novio de Italia, en Lima. «Eso, por favor, Alfredo, que quede muy claro desde el comienzo.»

Le di la mano, fingiendo el mareo de mi vida, tras haberle explicado que para mí *«Era todo o nada».* Yo no podía ser su amigo y nada más. Ella podía pensar y decir lo que quisiera, pero esa era la verdad: «O *todo* o *nada*, Analisa, porque yo soy así y así te miré de perfil la primera vez. Es probable que no entiendas, pero tengo que irme porque ya sé que es *nada*. ¿Sabes? —añadí, citando el título de un cuento que había leído en aquellos días—: *Winner takes nothing.* A veces el ganador nada se lleva, nada gana, Analisa.» Le tendí una mano realmente experimentada en estos duros avatares de los diecisiete años y ella me sonrió y me dijo que me deseaba muy buena suerte y que, en el fondo, admiraba mi coraje y mi sinceridad. Y entonces fue cuando sonrió como Teresa, como en una inmensa travesura.

Yo sentí el alivio terrible de comprobarlo todo al mismo tiempo. Analisa no tenía la tez blanca sino bastante doradita. Y tenía el pelo corto pero lo tenía bastante rubio. Subjetiva y objetivamente, su sonrisa y sus dientes no podrían jamás hacerme sentir mortal amante inmortal. Su nariz era sólo objetivamente más bella que la de Teresa. Lo subjetivo, en cambio, era un problema subjetivo y, como tal, las decisiones me correspondía tomarlas todas a mí. Pero era sobre todo la sonrisa de Teresa, su manera de matarse de risa conmigo, la que me había salvado. Y corrí hasta su casa a gritárselo como un loco, pero una empleada me abrió la puerta y me dijo que la señorita había salido y que no regresaría hasta la noche.

Caminé hasta mi casa hecho un desenlace tan infeliz como incompleto. Le había sido fiel a Teresa, pero ella nunca se enteraría cómo ni por qué. Había sido atroz y feroz el placer que había vivido al lado de la joven Analisa Ricciardi Pollini «Hasta he estado a punto de desmayarme, Teresa, pero tú has logrado con tu sonrisa, con tus dientes y labios y, subjetivamente, hasta con tu nariz, que yo continúe atrozmente deshecho por ti y que esto sea lo que más me guste a mí en mi infierno cotidiano y pavoroso, desde el momento exacto de la expulsión y la acequia, aquí, al Este de tu sonrisa y el paraíso.»

VERDAD DE LAS CARICATURAS / VERDAD DE LAS MÁSCARAS

> El humor y la timidez generalmente se dan juntos. Tú no eres una excepción. El humor es una máscara y la timidez otra. No dejes que te quiten las dos al mismo tiempo
>
> A. MONTERROSO, *Movimiento perpetuo*

«Laissez-le trembler gentillement», dijo, por teléfono, el médico que Maggie, mi primera esposa, había llamado urgentemente. La pobre había estado sentada en la sala, conversando con su buena amiga Ana Rosa Tealdo, y yo me había retirado al dormitorio momentos antes, explicándoles que me sentía más que cansado. Estaba, en realidad, agotado, ya que el incesante paso de visitas por París, el mes aquel, me había perturbado profundamente. Recuerdo que todo había empezado con la llegada de mi hermana Clemen y de Paco, su esposo. Con la mejor intención y con el entusiasmo que los acompañaba siempre en aquellos viajes, decidieron irse a almorzar a Bruselas, a casa de un embajador peruano cuyo nombre prefiero olvidar. Me convencieron para que los acompañara la mañana siguiente, en el tren París-Bruselas. Por la noche estaríamos de regreso en París. Digamos que no tuve más remedio que aceptar y que hasta lo hice con gusto. Pero lo que prometía ser un viaje de un día, un almuerzo entre amigos de mis familiares, en fin, algo muy sencillo, muy pronto se convirtió para mí en una verdadera pesadilla.

Del embajador en Bruselas sólo puedo decir que pocas veces en mi vida he visto un hombre con una expresión de inteligencia y sensibilidad tan grandes. Parecía un señor muy fino, sumamente inteligente, sensible y culto. Pero era una bestia. Era, probablemente, el embajador peruano más bruto que jamás nadie haya logrado imaginar. Ya mi hermana me había advertido que el aspecto de ese señor y su inteligencia no eran lo que se dice *una misma cosa*, y que éste era uno de esos casos en que las apariencias realmente engañan. Mi cuñado aprobaba y, por fin, los dos se pusieron de acuerdo en salvarle la vida al pobre embajador y amigo, diciéndome que, eso sí, era un hombre muy bueno y generoso.

Yo, que desde niño he tenido una cierta tendencia a la marginalidad, me había olvidado por completo de lo que podía ser un salón limeño. Y de lo que podía ser una señora limeña. La esposa del embajador bruto, por ejemplo, que además le agrega a ese «retrato de familia en embajada» una de esas suegras que siempre llegan de Lima, se les instalan en casa a los embajadores o a los peruanos adinerados, y no cesan de decir y comprar una estupidez tras otra. La juvenil, total, despreocupada y hasta feliz marginalidad que vivía en París había hecho que me olvidara de todo aquello por completo. Al menos eso era lo que yo creía. No sé, pero algo en mi vida parisina o algo que estaba muy metido en el fondo de mí mismo me había llevado a olvidar la existencia de ciertas señoras peruanas que desde niño me produjeron verdadero pavor.

No sé por qué Maggie no me acompañó en aquel viaje. No recuerdo si era porque tenía clases o porque sus ideas marxistas de la época le impedían dirigirles la palabra a los muy discretos encantos de nuestra burguesía. Lo cierto es que, en la embajada del Perú en Bruselas, me encontré totalmente desarmado. Con la extraordinaria belleza de sus años jóvenes, Maggie lograba muy a menudo que yo pasara totalmente inadvertido y hasta ahora recuerdo con ternura la cantidad de veces que eligió la ropa que se iba a poner para este almuerzo o aquella cena, tras haberme consultado si yo pensaba que iba a asistir «gente de esa que a ti te hace temblar las manos, Alfredo».

Yo le decía que no se preocupara y que se vistiera como quisiera, que a ella todo le quedaba perfecto menos yo, pero entonces ella lo adivinaba todo. Adivinaba, por ejemplo, que la gente muy rica y poderosa, cuando no tenía una verdadera amistad por mí o por alguien de mi familia, me inspiraba pavor. Y en seguida adivinaba que beberme unos tragos de whisky era la única manera de evitar que mis manos temblaran, la única manera de evitar ese miedo que, entre otras cosas, me producía fuertísimos dolores de cabeza y contracciones musculares en el cuello, en los brazos y en la espalda. Lo malo, claro, es que atribuirle a una bebida tanta capacidad de generar bienestar puede ser muy contraproducente cuando de bebidas alcohólicas se trata. Y en mí tenía un efecto más: o me ponía excesivamente gracioso y hablador, para probarle al hombre o a la mujer que me habían intimidado que nunca jamás me habían importado un repepino, o en forma totalmente inesperada me les arrojaba encima a golpes.

Pobre Maggie. Con lo mucho que le gustaba el buen vino y la alegría de las copas. Tenía sin embargo que pasarse noches enteras vigilando el estado de mis manos. Si temblaban muchísimo era porque su pobre Alfredo la estaba pasando fatal; si ya casi no me temblaban, era porque empezaba a pasarla bastante bien; y si empezaban a funcionarme a la perfección y yo hasta empezaba a repartir varias tacitas de café a la vez, sin derramar una sola gota, existía la posibilidad de que de un momento a otro le arrojara la cafetera a alguien en la cabeza. Y ese alguien, después, me quería matar, pero al final nunca lo hacía porque Maggie era mi esposa y llevaba la falda más mini y menos falda de aquellos juveniles años parisinos.

Llegamos a la embajada peruana en Bruselas y, no bien nos abrieron la puerta, yo sentí que sin Maggie a mi lado estaba perdido. Aquello para mí fue una verdadera puesta en abismo, la entrada en el infierno tan temido de las convenciones sociales peruanas que tanto me habían atormentado siempre, pero para las cuales yo me tenía aprendidas mil máscaras y caricaturas y era capaz de inventar novelas enteras en un desesperado afán de pasar inadvertido, de que nadie notara el miserable estado de mis manos. Siempre he envidiado a muerte a esos tímidos a los que les basta con quedarse callados, porque así se manifiesta su timidez y punto. La pasan mal pero pueden tomar una tacita de café sin derramar y la gente ni se fija en ellos o muy pronto los olvida por lo callados que permanecen o porque hasta a una suegra peruana de embajador bruto le responden con una mueca torcida y medio monosílabo.

También el tembleque adora los monosílabos torcidos pero sabe que el temblar de unas manos aterradas por una brutal contracción muscular y la presencia de una suegra de embajador bruto es algo así como las perlas de un collar: se escapa la primera y se escapan todas, una tras otra y en todititas las direcciones. De este mismo modo, sus manos pueden quedar convertidas en cuatrimotores en total funcionamiento o en taquicardias señaladas por la escala de Richter y hasta por la de Rippley. No hay nada que hacer. Y ya uno está sentado en una sala y no hay minifalda guapa ni mujer enamorada ni whisky triple que pueda venir en nuestra ayuda.

Yo, que sólo recordaba un gran primer temblor en mi vida... Tuvo lugar un día en que, tras haber terminado mi amor primero conmigo, con alevosía, gran maldad y peor crueldad, busqué alguien para reemplazarlo en mi fiesta de promoción, al terminar el colegio. Pensé en una muchacha muy bonita, que apenas conocía, y realmente tuve que ser valiente para llamarla por teléfono así nomás. La pobre, creo, o más bien estoy seguro, estaba muy al tanto de que yo era el Alfredo Bryce ese que una de sus compañeras de clase, Teresa, había matado de por vida, por decirlo de alguna manera realmente acertada. Y aceptó ir conmigo al baile por piedad, estoy seguro y eternamente agradecido.

Pero los padres de Isabel —así se llamaba mi casi desconocida invitada— querían conocerme antes. En fin, era la costumbre. Querían conocer al muchacho que iba a llevar a su hija a un baile. Me invitaron una tarde y yo me presenté vestido de niño infeliz, para que también los padres de Isabel se apiadaran de mí y le dieran permiso para ser mi pareja en ese baile que a todos nos tenía tan nerviosos. Desgraciadamente, a los padres de Isabel se les ocurrió recibirme como a un hombre cabal, como a un amigo de casa, y como a alguien que, por ser hijo de don Francisco y de doña Elena y nieto de don etcétera que se casó... En fin, que me sirvieron un whisky. Yo estaba feliz y feliz recibí mi vaso de whisky y de pronto miré a un lado porque qué graciosamente daba sus campanaditas un reloj de cristal. Era como un tintineo, un verdadero tintinear de hielos en un vaso que, desgraciadamente, resultó ser el mío. Me contraje para siempre y aún me duele lo desgraciado que pude llegar a ser. ¿Por qué ahí? ¿Por qué en esas circunstancias? ¿Por qué si era gente tan sencilla, tan buena, tan generosa? ¿Por qué, si nadie se estaba burlando de mí, ni siquiera fijándose en mí con particular atención? Necesitaba ambas manos para controlar el vaso y no me quedó más remedio que esperar que el hielo se derritiera para que ese reloj tan fino que ustedes tienen, señores, deje de acompañarnos con sus interminables campanadas del más frágil y fino cristal...

La familia en pleno dudó de mis capacidades mentales, tras oírme insistir en la existencia de un reloj que desconocían, y sin duda también porque el efecto que me había producido la ruptura con Teresa parecía haber superado mis resistencias psíquicas. Pero, bueno, esto último creo que les produjo más pena todavía y los dueños de casa decidieron que debía quedarme a comer. No comí ni un bocado porque esa misma tarde, a las cinco, había tenido que visitar a un músico tan brasileño como loco y el tipo nada menos que me había obligado a comerme un plato tras otro mientras él se instalaba en un inmenso órgano y me tocaba íntegra la música de Juan Sebastián Bach.

Al final, Isabel vendría al baile conmigo y la familia me tomó mucho cariño. Los había mantenido entretenidos y despiertos hasta la madrugada, creo, y de qué manera me habría hecho comer ese brasileño loco que yo a ellos no les había podido aceptar ni siquiera un trocito del postre, que está delicioso, Alfredo. Lo maravilloso que fue regresar por fin a casa e invadir la refrigeradora con unas manos que por fin habían encontrado la calma de la soledad. Y lo peor de todo es que mi padre también temblaba. Pero temblaba con una tranquilidad increíble. Y jamás se le caía nada y era conocido por toda la familia como un gran *bricoleur*, como un hombre de inmensa habilidad manual, una habilidad sólo comparable a la serenidad con que se servía sus whiskies y continuaba conversando en medio de un tintineo digno de reloj de palacio austrohúngaro o, por qué no, también, digno de la más preciosa cajita de música en palacio también austrohúngaro.

Yo, en cambio, no logré ni siquiera agarrar el whisky que un mayordomo peruano, con cara de mal tratado por suegra bestia de embajador bruto en una casa con una decoración que, de París o Bruselas, lo devuelve a uno de un solo golpe en el alma a la Lima de ciertos salones huevones, me servía ante la mirada vacuna del embajador. Y esto exactamente era lo que sentía en los músculos: voy a temblar de tal manera que hasta estos animales se van a dar cuenta. De ahí, sin duda, la mirada vacuna del embajador, la muluna de su suegra y la gatuna de su esposa. El último recurso, en estos casos de terremoto externo e interno, es mirar qué hay sobre la mesa del comedor. Un plato o una cuchara de sopa pueden conducirlo a uno al alcoholismo. Así de grande es el miedo y el temblor que producen y así de numerosos son los whiskies que puede uno necesitar antes de sentarse a la mesa. Y ya en la mesa, unas arverjitas o una fuente de arroz pueden crearle a uno la más total dependencia del vino blanco y el tinto. Sin Maggie estaba perdido. Ella me habría servido los whiskies de tal manera que no se notara, ella me los habría sostenido y con su minifalda llena de amor me hubiera acercado el vaso hasta la boca misma y me hubiera servido el arroz y las arverjitas tras comprobar que ya había bebido lo suficiente como para calmar un poco la temblequísima autonomía de mis manos. Además, con las piernas cruzadas y el aire de sacerdotisa que la caracterizaba por aquella época, ya habría explicado que a mí no me gustaba la sopa y que, en fin, a mí casi no me gustaba nada más que ella.

Pero ese día no estaba Maggie y tres muslos de pollo adornaron el mantel de la embajada peruana en Bruselas, ya repleto de arverjas y granos de arroz. La inteligencia del embajador y sus familiares se midió por la insistencia con que observaron el fenómeno de mi temblación incontenible. Ni siquiera cuando mi pobre hermana Clementina les explicó que su hermano Alfredo era el idiota de la familia pero que muy pronto iba a publicar su primera novela, ni siquiera entonces me sacaron de encima los ojos de gente realmente bruta que me habían clavado desde que no pude recoger de un azafate, en ausencia de Maggie, uno de los whiskies que tanto solían ayudarme en situaciones como ésa.

Leopoldo Chiappo, psicólogo afable y hombre de cultura, me entregó el billete de barco con que abandoné gratuitamente el Perú. A él le correspondía entregar esas becas en nombre de un instituto cuyo nombre no recuerdo ya. Previamente, conversaba con uno acerca de sus aspiraciones y de sus razones para desear un viaje a Europa. Recuerdo claramente que, terminada la entrevista, el doctor Chiappo sacó un cigarrillo y yo intenté encendérselo, pues se trataba de un hombre que no me producía pánico alguno. Sin embargo, las manos me traicionaron. Desde entonces, creo, ha sido la única persona sensata al hablar de estos asuntos conmigo. «A su edad –me dijo–, a mí también me temblaban las manos. Y míreme ahora.» Puso ambas manos en el aire, horizontalmente, y juntos estuvimos temblando ahí un rato y matándonos de risa. Pero estos falsos tembleques como el doctor Chiappo y mi padre, ¡qué fácilmente viven! Beben sus whiskies sonrientes y mientras tanto obsequian al público con melodías provenientes de las más austrohúngaras cajitas de música.

De Bruselas regresé furibundo y con fuertes dolores musculares. Clementina, mi hermana, estaba furiosa, aunque creo que más con sus amigos diplomáticos que conmigo. Paco, mi cuñado, prefería dormir a pierna suelta, antes que ponerse trascendental. Mucho más grave, en todo caso, le parecía que el pollo del almuerzo hubiera estado demasiado hecho. Al llegar a París, ellos se fueron a su hotel y yo a buscar a Maggie para contarle lo que me había ocurrido. Pero ella se limitó a decirme: «Ay, Alfredo, lo loquito que eres», como cada vez que tenía que enfrentarse a un problema cuya única solución era tan absurda como que ella tuviera que recurrir a una minifalda para enmascararme a mí. O tan igualmente absurda como que yo tuviera que empezar a beber horas antes de encontrarme con la gente para luego poder soltar una andanada de inverosímiles historias que no eran sino otras tantas caricaturas de mí mismo, en las que nunca salían dibujadas mis manos ni se reflejaban tampoco mis dolores de espalda.

Pero llegó el día en que todos los temblores postergados estallaron en EL GRAN TEMBLOR, mientras Maggie conversaba con su amiga Ana Rosa Tealdo. Hubo que llamar a un médico de urgencias. Yo explicaba a gritos, desde el dormitorio, y Maggie hacía lo imposible por traducirle en pocas palabras al médico toda una vida de repentinos terrores y brutales timideces, de mil máscaras y caricaturas con las que su esposo intentaba ocultarse entre la gente. Lo estaban matando, cuando funcionaban y, cuando no funcionaban, su esposo podía morirse de angustia y terror.

Maggie regresó al dormitorio al cabo de un instante. Yo gritaba de frío y temblaba de pavor y las frazadas me parecían lozas a punto de dejarme para siempre aplastado y sin respiración.

¡Qué ha dicho el médico!, gritaba yo. ¡Cuánto tardará en venir!, volvía a gritar. Maggie empezó a acariciarme y me dijo, bañada en lágrimas y sonriente, al mismo tiempo, que el médico se había limitado a decirle que me dejara temblar suavemente: *«Laissez-le trembler gentillement, madame.»*

Mi padre y el doctor Chiappo temblaban suavemente, pero los tembleques honrados, los tembleques de cuerpo y alma, como yo, no tenemos más remedio que asumir la soledad de nuestra muy débil causa. Con los años, aprendemos muchas autoterapias, pero también éstas nos traicionan como a veces nos traiciona un quinto whisky cuando ya desde el tercero andábamos confiados. Lo nuestro es inventar máscaras y caricaturas orales. Éstas son nuestros escondites preferidos, aunque pueden doler mucho también. Nosotros somos las Justines de Lawrence Durrell y de este mundo, cuando parecemos «seres consagrados a dar toda una serie de caricaturas salvajes de sí mismos. Esto es algo muy común entre la gente solitaria, entre esa gente que siente que su verdadera persona jamás hallará correspondencia alguna en otra persona».

Casi veinte años después de haberme separado de Maggie, todavía tiemblo un poco en nuestros esporádicos y breves reencuentros. Y ahora, desde hace ya algún tiempo, es a Pilar a quien le toca ayudarme a esconder a estas viejas y experimentadas tembladoras que son mis manos. Lo que han perdido en fuerza, con los años, lo han ganado en experiencia. Pero aun así se sienten siempre expuestas a peligros inminentes y viven al acecho de sus acechantes verdugos. Pero no todo es triste en la historia de unas manos más temerosas del mundo que uno mismo. Pilar y yo «pactamos» la comida en que debía presentarme a su familia. Ni sopa, ni arroz, ni arverjitas (guisantes, en España), niní... Isabel, la esposa de su padre, optó por darme tiempo de sobra para el whisky estabilizador y yo opté por aplicarme una superautopsicoterapia especialmente preparada para la feliz ocasión. Iba a hablar muy poco, beber menos, y poner mi vida entera en manos de Pilar. Todo salió perfecto y la *fondue* que preparó Isabel, para que yo tuviera que usar la menor cantidad de cubiertos posible, estaba deliciosa. Pilar estuvo tan graciosa como siempre y su familia me pareció extraordinaria, ya que cada uno miraba hacia

218

un lado distinto. También yo les parecí a ellos un ser extraordinario, qué duda cabe: el novio de Pilar era una persona tan increíblemente distraída que se había terminado la *fondue* sin introducir jamás la carne en el precioso recipiente de cobre en el que ardía el aceite. «Parece que al escritor peruano le gusta la carne cruda», comentó mi futuro suegro.

LOS GATOS DEL ESCRITOR MAURICIO WACQUEZ

Mis apellidos han sido siempre fuente de mil complicaciones, falsas interpretaciones, todo tipo de errores y horrores ortográficos y fonéticos. Y han ido cambiando según los países en que he vivido. En el Perú, normalmente me apellidaba Bryce, en inglés, pero no todo el mundo deletreaba este nombre debidamente. Por otra parte, durante mis estudios universitarios en Lima, algunos optaron por llamarme afectuosamente mister Bryce y otros optaron por el apodo de Briceño, en un afán de popularizar mi nombre entre todas las clases sociales que frecuentaban la Universidad de San Marcos. Todavía hay amigos en Lima que emplean este apodo y que lo utilizan al empezar sus cartas. Recuerdo, también, cuando algún episodio de las páginas policiales limeñas dio a conocer el apellido Bryson que, según más de un amigo bromista pero con cierta audiencia, por decir lo menos, era el nombre con que los Bryce bautizaban a sus hijos naturales. Durante los largos años que viví en Francia, tuve que acostumbrarme a que se me llamara Bris o Brys o Brice, por ser este último un nombre de pila francés, aunque poco frecuente. Y mi primer libro traducido al francés apareció con el nombre de A. Bryce Echenique, lo cual dio lugar a una confusión que hasta hoy dura: me llamo A. Bryce y me apellido Echenique. Generalmente soy el escritor *peruvien Etchenique*. En Estados Unidos, donde por fin se pronuncia correctamente Bryce, se emplea sin embargo el segundo apellido, o sea el materno Echenique. El incidente más frecuente a que esto ha dado lugar es el de mi desaparición en ordenadores que, a su vez, han impedido una asistencia médica de urgencia, por ejemplo. También, en alguna oportunidad, el mismísimo senador por Texas John Pickle tuvo que intervenir desde Washington D.C. ante el fisco norteamericano para que yo recuperara varios miles de dólares que se me debían, con abogado y todo.

Y a veces, además, uno se confía. Y muy confiadamente esperaba yo poder tomar un vuelo de Cleveland a Madison, porque era el primero en la lista de espera y porque la señorita de Continental Airlines me había llamado mister Bryce con toda la gentileza y buena pronunciación inglesa del mundo. «Espere un ratito, Mr. Bryce, con seguridad le confirmaremos su viaje por los altoparlantes.» Me instalé a esperar con una revista en inglés, y mi fe en llegar a Madison a tiempo para una conferencia era tal que ni cuenta me di de que aquel señor griego, sin duda de apellido Equenaiqui o Ekenaiki, al que habían llamado hacía horas por megafonía, era yo. Desde entonces vivo muy atento a que en Estados Unidos soy Mr. Ekenaiki o algo por el estilo.

Ahora que vivo en España, cuando reservo mesa en un restaurant lo hago a nombre de Echenique, en vista de que todos me entienden y en vista de que, muy a menudo, por toda la geografía española la gente me pregunta por la pronunciación de mi primer apellido y normalmente transamos en Brice, a pesar de mis buenas intenciones anglosajonas. Cuántas veces antes de empezar una entrevista no me han preguntado: «¿Cómo prefiere usted que le llame, Bryce o Brice?». Finalmente, vivo en un país donde la gente dice *Jolivú* y vengo de un país donde todo el mundo sabe decir Bryce aunque medio mundo es capaz de escribir Brais, para simplificarme el asunto. Como la vez aquella en que, al mostrarle mi pasaporte a un simpático aduanero, me recomendó poner «Periodista» en vez de «Escritor», en el apartado «Profesión», por sonar esto último más conocido o, en todo caso, más viril. «Ya usted sabe la fama que tienen los artistas, señor.» Algo muy grato sucede en cambio cuando llamo a un restaurant y, al reservar la mesa a nombre de Echenique, me preguntan si Echenique se escribe como Bryce o como Brice Echenique: sé que voy a comer bien.

Pero el asunto de mis apellidos jamás le había causado daños y perjuicios a terceros. La primera vez, y la más memorable también, fue en Barcelona en 1982. Viajaba a México y vivía en Montpellier, por lo cual debía obtener mi visado en esa ciudad y tomar allí también el avión con destino a la ciudad de México. El télex de la compañía de aviación distorsionó de tal modo mis dos apellidos que el vuelo me dejó tirado en el aeropuerto de Barcelona. No había billete para mí. El télex de ida y vuelta aseguraba que yo no figuraba en la lista de escritores que debían viajar a un congreso en la capital de México. En fin, mientras trataba de aclarar el asunto, me dediqué a llamar a algunos amigos y fue Mauricio Wacquez, amigo divertido, generoso e inteligente como pocos, quien me dijo que su departamento quedaría vacío por un par de días y que me alojara allí y no gastara en hotel. Él se iba a pasar el fin de semana a su casa de Calaceite, en Teruel. Dejaba, eso sí, a sus gatos, pero con ellos no tenía que preocuparme en lo más mínimo. Les dejaba comida suficiente para dos o tres días y una puerta abierta a la azotea o balcón para que salieran a ventilarse y a hacer sus cositas. Sus gatos estaban ya acostumbrados a las ausencias del escritor, además.

Pude, pues, alojarme en casa de Mauricio y dejar ese número en México, donde un amigo se estaba encargando de arreglar el maldito embrollo que la compañía aérea o quien fuera había organizado con mis apellidos. El amigo mexicano quedó en llamarme hacia la una de la madrugada y aproveché para comer con la buena escritora Nuria Amat, pendiente eso sí de estar de regreso en el departamento de Mauricio hacia medianoche. Y, a las doce en punto, se abría el ascensor en un piso bastante alto del edificio de Infanta Carlota (hoy Josep Tarradellas) en que vivía Mauricio, cuando oí que en el departamento sonaba el teléfono. Era, sin duda, mi tan esperada llamada y realmente me precipité, abrí corriendo y como pude la puerta y no me tomé el trabajo de cerrarla debidamente. Celosos de la ausencia de su amo, vi cómo se escapaban los enfurecidos gatos de Mauricio y, lo que es más, olí, mientras hablaba con México y recibía instrucciones que me obligaban a salir literalmente disparado al aeropuerto (se había arreglado todo lo de mis apellidos y mi vuelo salía en menos de dos horas). Olí lo que literalmente había ocurrido: los perversos gatos del escritor Mauricio Wacquez habían depositado repetidas necesidades líquidas y sólidas sobre los manuscritos de su amo.

Mauricio me tranquilizó cuando, desesperado, lo llamé a su casa de Calaceite. «No te preocupes, Alfredo. Así son mis gatos. Déjalo todo tal como está y corre al aeropuerto.» Confiado en recuperarle sus gatos a Mauricio, nada le dije de la escapada en masa de sus animalitos caseros y me precipité por las oscuras escaleras del edificio. Nunca fueron más pardos todos los gatos de noche y nunca se encendieron y apagaron tanto las luces de una escalera. Estaba arañadísimo cuando por fin logré reunir tres gatos en una verdadera cacería nocturna que hizo que más de un vecino airado o sospechoso abriera su puerta.

Y realmente fue un milagro que pudiera subir al avión a México aquella madrugada. Lo malo, claro, es que el pobre Mauricio se quedó realmente desconsolado al regresar a una casa que apestaba más que nunca, como si sus gatos esta vez no sólo hubiesen ensuciado en sus locos celos sus manuscritos, sino toda su biblioteca y la sala y la cocina y... Horror de los horrores: era de día y los gatos ya no eran pardos. Pero tampoco eran los gatos de Mauricio. En mi arañada cacería nocturna y mientras maldecía los líos que suelen causarme mis apellidos *urbi et orbi*, no había acertado con un solo gato y sólo la bondad del escritor chileno me ha perdonado tanto estropicio y que le haya cambiado de animales caseros.

La había recordado siempre muy poco. La verdad, casi nunca recordaba a Claude X. No me acordaba de ella ni siquiera cuando lo intentaba, y eso que muchas veces el recuerdo, bueno o malo, depende bastante de la voluntad. Cuando intentaba pensar en Claude X, terminaba siempre pensando en otra cosa y su imagen se iba difuminando, su extraordinaria belleza física palidecía hasta desaparecer por completo. Me acuerdo de que en una carta que me escribió a Lima, en 1977, Julio Ramón Ribeyro «la despachó» con cinco palabras y un brevísimo comentario: «Para mí es la esfinge. He tratado de ocuparme de ella, de comunicarme con ella cuando ha venido a casa, pero realmente es algo imposible y, además, no me interesa.»

Claude, por su parte, comentaba aquella visita a casa de los Ribeyro como algo sumamente agradable. Y subrayaba que Alida, la esposa de Julio Ramón, había tenido la gentileza de regalarle un *blazer* flamante para Alejandro, «nuestro hijo». Cuando quería ser elegante, Claude era bastante cursi, y ello a pesar de que había sido modelo de buenos fotógrafos y conocidos modistos: «Si vieras lo *smart* que le queda a Alexandre...» Siempre añadía una palabra en inglés, aunque sólo supiera cuatro o cinco. Claude había nacido en un hogar muy modesto y duro de las afueras de Poitiers, en una casa en la que nadie quería a nadie. Más bien se odiaban todos. Su manera de olvidar todo aquello se revelaba, por ejemplo, en la forma en que nunca invitaba a nadie a casa a tomar una copa. Ella invitaba a tomar un *drink*, para dar a entender que había tenido una educación muy distinta.

Nunca he vivido bajo tantos techos con nadie como con Claude, y tal vez por eso me resultaba difícil incluso establecer una cronología de los buenos o malos recuerdos que de ella conservaba. Pero no por ello la llamé yo siempre la mujer incompleta. Hasta que un día, en París, años después de no haberla visto ni hablado con ella, un sueño me lo aclaró todo, absolutamente todo acerca de Claude. Aquel sueño me reveló la imagen definitiva de Claude, me reveló sobre todo que era una mujer mucho más incompleta de lo que yo había podido imaginar nunca.

Todo empezó en 1976. Yo estaba dando una clase en la Universidad de Vincennes y el verano se acercaba. Las clases estaban a punto de terminar y yo conocía a mis pocos alumnos «de memoria», o sea que realmente me sorprendió ver entre ellos aquel rostro increíblemente bello que un turbante algo hindú hacía resaltar sobremanera. Los ojos eran los de una mujer, los de una muchacha, los de una chiquilla, los de una niña realmente asustada en kindergarten. Sí, así era la imagen que daba, por poco que uno se atreviera a observarla. De mujer a niña, muy rápidamente. Y los brazos estirados con las manos fuertemente entrelazadas sobre la mesa, sólo podían ser comparados a los de una persona que asiste a misa y se ha arrodillado con verdadero fervor y piedad. Su belleza resaltaba entre los demás muchachos, pero la imagen de fragilidad que se desprendía de su expresión y de su postura, la apariencia perfecta de una chiquilla bastante salvaje y realmente aterrada, hacía que nadie reparara en ella. O que nadie se atreviera a reparar en ella, mejor dicho. La clase terminó y nadie intentó hablarle. Y nadie tampoco se fijó en ella mientras se marchaba en silencio y lucía una silueta mucho más que de modelo en pasarela, un cuerpo realmente escultural en el que ni siquiera faltaban las prototípicas nalgas (llevaba qué tal par de *blue jeans*) de una mulata joven y chúcara. Desapareció.

Pero estuvo en varias clases más hasta que acabó el año universitario y yo les conté a mis alumnos que había alquilado una casa bastante amplia en Menorca. Iba a trabajar en una novela, pero si alguno de ellos no tenía dónde pasar las vacaciones, podía venir a Port Fornells, en el norte de la isla. Me harían compañía, y bastaba con avisarme a la lista de correos de aquel pequeño puerto. No fuera que se me presentaran todos a la vez y faltaran camas. Claude desapareció como siempre pero yo había notado algo raro últimamente. Había un ómnibus que llevaba a profesores y alumnos desde la puerta de la universidad hasta la estación de metro más cercana. En su recorrido cruzaba íntegro el bosque de Vincennes, bosque pobre y medio sucio y prostituto si se comparaba con el de Boulogne. Por más que en el Bois de Boulogne también se ejerciera hasta y desde la madrugada el oficio más viejo del mundo. Bueno, yo tomaba ese ómnibus siempre, pero últimamente había notado que la belleza muda del turbante medio hindú siempre viajaba estatuariamente a mi lado. No me veía, por supuesto, porque estaba leyendo con una total atención un libro sobre el tema que yo enseñaba. Después tomábamos el mismo metro y nos bajábamos en la misma estación. Pero, definitivamente, éramos un par de mudos que viajaban por mundos apartes. Dos personas que caminaban por el mismo jardín pero, como es lógico, cada una veía su propio jardín, un jardín totalmente distinto al del otro.

Llegó el día de la última clase, la de la entrega de las tareas finales del año, y la chica bella, muda y aterrada me entregó su examen como si hubiese estado inscrita en mi curso y como si siempre hubiese asistido. No me atreví a decirle nada, por la sencilla razón de que nunca fui un profesor de verdad. Me daba una flojera horrible pelear o discutir con un alumno. Y, además, ya los alumnos me habían bautizado, dentro del mejor espíritu de mayo del 68, «antiprofesor», lo cual en aquellos años era un piropo y tenía una gran ventaja: nadie se metía conmigo y yo jamás planteaba problema alguno en una reunión de departamento, por ejemplo. Si los alumnos me tuteaban, yo los tuteaba, y si me invitaban a tomar un café o una copa, yo les invitaba otro café u otra copa. Y aprobaba o desaprobaba (cosa que, por supuesto, jamás me sucedió en Vincennes) al grupo y no a un determinado alumno. Finalmente, eso era lo que establecían los estatutos del «Centro Experimental de Vincennes»: el trabajo en equipo, en grupos muy pequeños, para que la relación profesor-alumno fuese lo más constante y directa posible.

En la Universidad de Vincennes se experimentaba con los deseos estudiantiles de mayo del 68. Aquellos jóvenes rebeldes de mayo del 68 habían terminado a adoquinazo limpio con los verdaderos y falsos mandarines distantes y asorbonados. Raymond Aron y Gaetan Picon habían sido mil veces abucheados. Hasta el pobre Sartre se había encontrado parado solo y arengando a una inexistente multitud desde un barril de metal. Pocos años más tarde, en Vincennes, donde se experimentaba con la cercanía profesor-alumno, pero con tal penuria económica que el asunto empezaba a degenerar en juntos y revueltos y un millón de psicoanalíticos líos de faldas y pantalones, alguien había intentado colocarle un basurero en la cabeza nada menos que a Pier Paolo Passolini, que era algo así como un Agustín García Calvo más logrado todavía, por aquella época, más maldito, más Sade y, sobre todo, sin tertulias presocráticas en cafés burgueses del barrio latino o algo así, como el expulsado profesor español.

En fin, que a mí me llamaran antiprofesor y no cojudo era una suerte extraordinaria. Y de eso tenía que ejercer siempre y cada día con mayor penuria económica y menor fe. O sea que cuando Claude X, la escultura encarnada en modelo francesa por delante y mulata quinceañera y bien papeada por detrás, me entregó su examen final y pude así por fin averiguar su nombre, yo se lo acepté todo, incluso almorzar juntos, y jamás tuve el coraje de decirle que aquella tarea redactada en perfecto español y de profundísimo contenido crítico y literario, era nada más y nada menos que un capítulo entero, copiado palabra por palabra, de un texto sobre García Márquez del excelente profesor y crítico español Ricardo Gullón. La aprobé con una nota excelente y sin atreverme siquiera a insinuarle que aquel libro estaba en la bibliografía de mi curso y que además lo tenía en casa muy subrayado.

Todo esto, por decirlo de alguna manera, formaba parte de lo que en Vincennes se llamaba «la administración de la penuria», primero; «miserabilismo», después; luego «devaluación de los diplomas» porque, en efecto, el Ministerio de Universidades nos odiaba y cada día nos soltaba menos dinero para nuestros experimentos de enseñanza revolucionaria, varios gobiernos extranjeros no le otorgaban valor alguno a nuestros diplomas, nuestros alumnos franceses no encontraban trabajo por el delito de haber estudiado en Vincennes, el alcalde de París reclamaba los terrenos sobre los cuales se había prefabricado un edificio de techos tan bajos y claustrofóbicos que literalmente agravaban la neurosis de los estudiantes del departamento de Psicología, que se contagiaba a todos los demás departamentos, además, mientras por los techos del edificio se escapaban gases venenosos y no quedaba ya un baño donde mear decentemente ni una cabina telefónica que no hubiese sido vandálicamente destruida. Todo eso y mucho más me obligaba a aprobar a Claude X y luego, cuando ya vivíamos bajo nuestros primeros techos (aquellos que el sueño parisino que tuve muchos años después en un hotel de cinco estrellas me enumeró con una profunda revelación), muchos colegas amigos la fueron aprobando con otros plagios, me imagino, aunque por otras razones: nadie se atrevía a decirme que a Claude, con su cara de pánico y su cuerpo de estatua sexy, realmente había que tenerle miedo. Pero Alfredo vivía con Claude y su hijo y quién podía decirle, como en un tango, «cuídate porque anda suelta». Durante muchos años conservé, no sé por qué, una copia del certificado de estudios de Claude en Vincennes. Yo había marcado un aspa al lado de cada uno de los cursos que siguió y aprobó con algún colega y amigo. Sin querer queriendo, entre todos le habíamos otorgado un 80 % de los «aprobados» con que obtuvo su licenciatura en español.

Claude escogió el restaurante de nuestro primer almuerzo y tenía unos brazos preciosos que culminaban en unas manos feas y campesinas, manos de haber trabajado la tierra y con alguna herida de carpintería y una quemadura de soldadura autógena. Eso daba pena y le quitaba importancia a lo de Ricardo Gullón. Comía muy rápido, como si tuviera mucha hambre, y miraba el reloj constantemente y la puerta del restaurante, como si además de miedo tuviera claustrofobia. Y apenas terminó el postre, salió disparada tras un vano intento de compartir la cuenta. Por la ventana del restaurante pude ver que afuera la esperaba un tenista evidentemente judío por la nariz perfectamente griega y la kipa en la coronilla y sus alrededores. Lo de tenista le venía por la raqueta, cuyo mango le sobresalía característicamente de un maletín deportivo. Era un muchacho bonito y alto hasta los celos, «esa quimera hecha de envidia, viento y sombras», y debía tener unos diez años menos que Claude, o sea, diecisiete o dieciocho, porque yo iba ya para los cuarenta y a Claude le llevaba más de diez años.

Esa noche me sentía terriblemente solo y estaba leyendo el trabajo de Claude sobre Ricardo Gullón, de puro triste que me sentía, cuando sonó el teléfono. Era Claude, pero yo le dije diminutivamente «Claudie», porque debía estar realmente aterrada para pedirme tantas veces y con voz tan temblorosa, permiso para venir a verme. Escondí su trabajo para no asustarla más todavía y llegó en el término de la distancia que había entre un teléfono público que quedaba a la vuelta de mi casa, en un cafetín. Había en su rostro tanta ansiedad y en el mío tanta soledad como desconcierto. Cocinó delicioso y me explicó muy coherente y disléxicamente que era tenista, que por eso le había dado cita ahí fuera del restaurant a David, campeón de su categoría. Se entrenaban juntos todas las tardes. Yo abrí una botella de vino bastante bueno y eso nos quitó un poco el miedo y la soledad.

Y Claudie habló, además, cayendo en lo bajo y en lo casi prohibido o, en todo caso, muy íntimo, con una facilidad de diván que literal, sentimental y piadosamente me hizo sentirme Carlos Gardel cantando, Sigmund Freud, misionero y matrimoniable, todo al mismo tiempo. Claude no se parecía en nada a Ingrid Bergman, ya habría querido Ingrid Bergman, pero yo encendía un cigarrillo tras otro como Humphrey Bogart y la interrumpía hablándole golpeadamente para probarle que estábamos en *Casablanca* y que en el fondo yo era un duro de corazón blando, aunque no tuviese versión alguna de la cancioncita *boy meets girl*.

La historia de su vida había empezado con la primera paliza que le dio su padre, por no haber nacido varón, como él quería para sus negocios de albañilería. Por eso la habían bautizado ambiguamente Claude, masculina y femeninamente, y por eso ni su madre la había querido («las energías sentimentales de mi madre se iban todas en odiar a mi padre»). Y por eso había acudido a mi departamento del barrio latino esa noche: yo la había llamado Claudie, femenina y diminutivamente y a ella la habían vestido tanto de hombre que hasta le hicieron dudar y en el colegio... Ahí lloró y yo serví más vino y encendí otro cigarrillo

229

para preguntarle golpeadamente si en el colegio se había acostado con otras chicas. Con una, sí... Bueno, con dos. Lloró más porque habían sido tres y después del colegio varias en París cuando su vida empezó de nuevo a los dieciocho años, a raíz de la última paliza con huellas que le dio su padre.

Le estaba pegando tan fuerte (yo escuchaba a Claudie, no a Claude, y había superado aquello de las chicas en la cama con un esfuerzo de modernización realmente agotador para un peruano de los que lloraba al ver *Casablanca* y se sentía totalmente incapaz de compartir ni la escobilla de dientes con otro hombre) que Claudie huyó de su casa y se encontró jadeando en una carretera en que la noche era como boca del lobo y llevaba para aquí o para allá, daba lo mismo. O sea que hizo autostop para aquí y para allá y el señor que paró iba a París y en el camino le fue contando que en la capital de Francia había una revolución estudiantil y mucho más, con Sartre incluido, y donde estaba terminantemente prohibido prohibir. Durante sus primeras noches en París, la chica que acababa de terminar el colegio y que llevaba en una nalga varios puntos de la última paliza que le daban en su vida, durmió de barricada en barricada y nadie le prohibió nunca nada y probó con los hombres porque nunca sentía nada con nadie del miedo que tenía. Tuvo todos los amigos del mundo, porque estaba prohibido prohibir y de algunos de esos tipos nació Alexandre donde unas monjas de la caridad que la hacían barrer el piso de la residencia de cinco pisos. Después trapeaba y hacía brillar las losetas tanto que por fin se escapó. Acerca de Alexandre, que «vivía» con ella aunque jamás estaba con ella, lo más probable era que el padre fuera un pintor panameño del cual a lo mejor seguía estando profundamente enamorada pero que jamás los reconoció ni al niño ni a ella. Salvo, claro, cuando reaparecía para acostarse con Claude. Después desapareció y Alexandre tenía ahora seis años. Con el pintor había sentido algo. Bueno, mucho, aunque también se había acostado una vez más con una senegalesa porque la negra le pegó por mirar tanto a su marido y después... Bueno, después, como era negra y estaba prohibido prohibir...

Claudie se quedó a dormir bajo mi techo esa noche pero yo me puse el esmoquin de *Casablanca*, la gabardina y el cigarrillo de medio lado y la mandé al cuarto del aeropuerto para que durmie-

230

ra en el avioncito en que se iba a fugar de Marruecos con un hombre que tenía ideales. Me quedé pensativo y fumativo en mi cama, mientras la oía toser en el diván al otro lado de la pared-tabique que dividía sala y dormitorio y apagué las luces decentemente. Claudie me dijo que tenía miedo y me preguntó si podía dormir conmigo sin molestarme. Estaba calatita, a pesar de la oscuridad, y había algo fosforescente en las curvas de su silueta que iluminaban la noche mientras se metía en mi cama y yo le cedía el lado derecho. Me preguntó si la podía acariciar un rato porque estaba muy nerviosa y comprendí que lo que quería probarme era que todo lo que me había contado era paso a paso verdad, la verdad verdadera, como decía ella cuando una de sus mentiras era más grande que la anterior.

Pero yo entonces estaba ya acostumbrado a conocer alumnas con historiales semejantes y la verdad es que quedé totalmente convencido de que me había contado la verdad y nada más que la verdad cuando puse la mano derecha sobre la biblia que resultó ser su nalga izquierda: palpé la tremenda cicatriz que le había dejado su padre justo antes de que ella descubriera lo que era mayo del 68, de pura suerte y destino, porque si el carro que la recogió hubiera ido en la otra dirección, ahora ella estaría en Marsella sabe Dios dónde y Alexandre no habría nacido y ella no sería madre soltera y el pintor panameño no se habría burlado tanto de ella.

Seguía llorando cuando yo me quedé profundamente dormido, sin haber abandonado para nada mi lado *Casablanca* de la cama ni el esmoquin ni el cigarrillo en la comisura de los labios ni el impermeable Humphrey con las solapas y el cuello alzado a lo Albert Camus. Al día siguiente, Claudie me despertó con un desayuno maravilloso, ropa nueva y un viejísimo y hermoso reloj de bolsillo con su leontina y todo. Conservo la leontina. El reloj, que se había robado esa mañana mientras yo dormía y dormía, y tras haberse robado también la ropa, me lo robó tiempo después. Me imagino que fue a manos de David, el tenista con quien practicaba lo que conmigo no practicaba. O a lo mejor fue Raphael o Pierre o Paul. En fin, hubo muchas verdades verdaderas pero como estaba prohibido prohibir...

La biblia de Claudie era —esto lo vine a saber algunos años

después, ante el pelotón de mis acreedores– *La función del orgasmo* y Wilhelm Reich. Nunca he visto un libro más subrayado en toda mi vida. Las mismas frases las subrayaba un montón de veces con bolígrafos muy finos y de distintos colores. Debía sabérselo de memoria el libro, porque además era el único que había leído en su vida, creo, a pesar de que en otro de los techos bajo el cual vivimos tenía una biblioteca inmensamente robada y virgen, y porque a Reich lo transportaba con ella por donde iba. En cuanto a Ricardo Gullón y su libro sobre García Márquez, era más que indudable que sólo había leído el capítulo del plagio, mientras lo pasaba a máquina electrónica con una perfección de ordenador. El capítulo había sido arrancado. ¿Para que yo nunca me enterara de nada? Vaya usted a saber. No recuerdo el título del libro, ahora mientras escribo, y la curiosidad hace que me levante. Voy a buscarlo...

Ya regresé: no está. Estoy segurísimo de que lo tuve y lo leí para mis cursos. ¿Se lo robó también Claude para que yo no me enterara? Vaya usted a saber... Hace ya tantos años de eso y me ha sido tan difícil siempre recordar a Claude. En cambio, nadie se robó jamás de mi biblioteca el libro de Reich, que jamás tuvo mayor influencia sobre nuestras relaciones más íntimas. Para mí Claude era una mujer frígida, pero no sólo corporalmente. Por más protección que necesitara y por más cariño que le faltara. Por más seguridad que buscara al lado de alguien. Parece que a mi lado la encontró durante un tiempo. Pero en lo de la seguridad era fríamente material. No era bella. Era tan fría como sus caricias y tan seca como sus lágrimas o esa increíble dificultad que tenía para articular una frase y hasta una palabra. Incluso escribía elípticamente, mezclando las palabras con signos matemáticos. Cuando escribía «más», ponía +, y cuando escribía «menos», ponía −.

Curiosamente, con eso lo cautivaba a uno y le hacía conocer ese sentimiento mucho más fuerte que el amor, mucho más terrible, en todo caso: la piedad. Y así, esa mañana, la primera, la dejé irse del aeropuerto de *Casablanca* con algún tenista con ideales, sin duda. Y sentí una pena inmensa porque me preguntó si podía venir en julio o agosto a la casa que yo había alquilado en Menorca. Eran las vacaciones de Alexandre y tendría que venir con él, eso sí. Y esto sí que lo recuerdo muy claro por lo caro que me costó. Golpeadamente, tras haber tomado el delicioso desayuno que me había traído a la cama y haber colocado el precioso reloj y la leontina de plata sobre mi mesa de noche, le dije: «Ni hablar. Ni perros ni niños.» Se fue llorando y yo encendí un cigarrillo *con* la comisura de los labios. Pero no funcionó. Como si en el último instante de la película, Humphrey Bogart no hubiese dejado partir el legendario avión a hélices. Y como si *Casablanca* hubiera tenido una segunda parte totalmente distinta a la primera.

El segundo techo en que viví con Claude fue, para mi gran sorpresa, el de Menorca, donde yo había empezado a escribir *Tantas veces Pedro*, a finales de junio y donde logré terminarlo a principios de octubre. Junio y julio habían sido varias semanas tranquilas y de intenso trabajo. Leía mucho en alemán e italiano, por las mañanas, iba a la playa un buen rato y ahí almorzaba y, hacia las cuatro de la tarde, ya estaba sentado escribiendo esa novela donde, como nunca, confundí la realidad con la ficción. El personaje más tierno y menos dañino de toda la novela era una especie de hippie llamada Claudine, que tenía un ojo verde y otro azul y que era madre de un par de niños, si no me equivoco. Era, en todo caso, la única persona que mantenía una relación tierna con el personaje de Pedro Balbuena, a lo largo de toda la novela, y que tenía mucho de «cronopio» cortazariano y una bondad que lindaba en lo franciscano. No pensaba mucho, pero actuaba siempre positiva y divertidamente. Y entonces apareció Claude, a principios de agosto, con una fiera de seis o siete años llamada Alexandre. Asombroso: el niño tenía un ojo verde y otro azul y cuando reparé en ello, Claude me hizo notar que ella también. La verdad es que esto se le notaba apenas y con bastante luz de por medio, ya que el ojo azul no era tan azul que digamos ni el verde dejaba de tener un cierto descoloramiento que tendía al gris. La verdad, con un mínimo de daltonismo, la diferencia entre la tonalidad de ambos ojos jamás se habría podido notar. Pero, en fin, quedaba aquello de Claude o Claudie y aquello de Claudine, siempre tan fiel amiga.

Un par de días antes que Claude había llegado un excelente alumno y amigo puertorriqueño, Héctor Feliciano, cuyo proble-

233

ma más grave era el pudor. No había manera de que se bañara en el mar ni de que se quitara una permanente camiseta marinera bastante pesada e invernal. La prenda era de lana y con ella se arrojó Héctor al agua de la bahía en una carrera de natación cuya finalidad era atravesar de un lado a otro el pequeño puerto de Fornells. Héctor se nos hundió a los pocos metros de la partida, por no quitarse la chompa esa de lana y manga larga que, empapada, arrastró con él y sus exagerados nervios al fondo del agua. Literalmente, hubo que pescarlo y tomarle respeto a eso de que hasta se duchara vestido.

Claude, en cambio, había adelgazado lo suficiente como para querer andar desnuda dentro de casa y en cada playa que visitábamos. Como ahí todos pertenecíamos de alguna manera a la camada del «prohibido prohibir», en la casa yo me limitaba a cerrar las cortinas que daban a la calle, muy disimuladamente. Y me limitaba también a no meterme en líos cuando Claude, con el enfermo exhibicionismo que le descubrimos, insistía en meterse desnuda al baño en el que el pobre Héctor podía muy bien estar sentado en el excusado. Poco después llegó otro alumno, Fede Montagut, que se vino acompañado por un joven fotógrafo catalán que aún no había terminado de deshacer su equipaje cuando ya Claude afirmaba su personalidad colocándosele como objeto de lente con las nalgas y las tetas al viento, en fin, muy provocativamente calatayú. Dios la había traído al mundo así de bella y el mundo debía reconocer, sobre todo ahora que se había sometido a una estricta dieta alimenticia, que esa mujer no tenía necesidad alguna de andar vestida para parecer desnuda y viceversa. Para qué complicarse la vida entonces: calata estaba más cómoda que vestida y la sociedad no le iba a imponer cadenas que iban contra la función del orgasmo ni contra el pan integral y el retorno a la naturaleza.

Todavía llegaron un par de alumnos más y surgió el inevitable problema de las camas que Claude contribuyó enormemente a facilitar: le daba lo mismo dormir en una cama que en otra, pasar de la mía a la de Fede y de ésta a la del fotógrafo e incluso a la del pobre Héctor, que dormía vestido y metido en una funda, además, y que rivalizaba rabiosamente con Fede por la segunda cama de abordo. Apelaron incluso a una autoridad que desde mayo del

234

68 había quedado abolida y de pronto me encontré ungido a la categoría de profesor y juez y repartiendo equitativamente camas: «Esta noche a Fede le toca aquí, Héctor, mañana a ti...» Pero la guerra de nervios y lisuras seguía y aproveché la autoridad que se me había otorgado para largarlos a todos a las playas de la isla de 10 am a 7 pm, y así poder seguir con mi ritmo de trabajo en paz. No lo logré, sin embargo, cuando el gran Fede me vino con una confesión de amigo leal: no bien me dormía yo, Claude se escapaba de mi cama e intentaba seducirlo. Con el paso de los días, el fotógrafo se convirtió en otro amigo leal, Héctor se desesperó entre el pudor y la lealtad y, por último, una tarde apareció un caballero italiano cuyo yate andaba anclado en la bahía y que vino a jurarme feroz lealtad y que si esa *putana* volvía a intentar ligarlo... Del insomnio pasé a la aceptación cabizbaja de que era no sólo un cojudo a la vela sino además un cornudo realmente ejemplar. Y tuve que dialogar con Claude, tratándola, eso sí, de Claudie con todo el respeto y el interés que se merecía Wilhelm Reich antes de terminar completamente loco.

Fueron las lágrimas amargas de Claude X. Retrocedió hasta la infelicidad de su infancia y la cicatriz en la nalga izquierda y me rogó que la ayudara. Lo hacía todo contra su voluntad, me amaba y me respetaba como a nadie en el mundo y me rogaba que la protegiera contra ese involuntario sonambulismo erótico que, cual un imán del diablo personificado, la sacaba de mi cama cuando más quería arrimarse a mí y sentir el calor de mi adormecido o insomne afecto, de la ternura que sólo en mí había encontrado y del amor verdadero que la había traído con Alexandre hasta Menorca, a pesar de que yo no aceptaba niños ni perros. Su enfermedad se curaría con el tiempo y la seguridad que sólo yo lograba hacerle sentir. Ésa era la verdad verdadera y ella me adoraba y por primera vez en la vida realmente respetaba sinceramente y sin miedo alguno a alguien. Todo esto me lo dijo de rodillas y desnuda al pie de la cama en que yo miraba al techo y desde ahí recibía feroces energías y altísimas dosis de esa piedad que tan caro habría de costarme, en francos franceses. Claudine siguió siendo una especie de Santa Juana de Arco hippie en mi libro y los ojos verdes y azules empezaron a abundar hasta un extremo que fácilmente podía atentar contra la verosimilitud de los hechos ahí narrados. Durante una semana seguida, además, Claudie me fue tan leal como Héctor, Fede o el fotógrafo que había encontrado su modelo perfecta y predispuestísima y, claro, la lealtad de Claudie era muchísimo más emocionante y sabrosa que la de los amigos.

Producto de tanta fidelidad fue la ferocidad con que Alexandre empezó a odiarme, a medida que yo empezaba a sentir algún cariño por él. Había derramado una Coca-cola sobre unas cuartillas de mi novela y, aunque logré rescatarlas a tiempo, tomé la precaución de dejar siempre mi manuscrito encima del refrigerador. Pero hasta ahí llegó una noche el bastardito ese, gracias a una silla, y literalmente me rasgó mi manuscrito y las vestiduras del afecto y la santa paciencia. Casi lo mato, y aunque Claude también intentó matarlo casi, opté por tomar la decisión de decirles que tomaran el primer barco que salía de Mahón esa misma noche. A las seis en punto de la tarde, Claude y Alexandre esperaban el ómnibus que iba de Port Fornells hasta Mahón y yo mismo los ayudé a cargar las mil bolsas de tela que constituían su equipaje. El sol empezaba a ponerse en la bahía y la dislexia de Claude se inundaba de tartamudeo y lágrimas que mojaban hasta el equipaje, mientras Alexandre, a su lado, había cruzado los brazos con la humildad y la orfandad más grande del mundo, añadiéndole a ello el ceño más fruncido, silencioso, corderito y castigado del mundo. Cuando llegó el ómnibus hacía rato que yo mismo los había ayudado a trasladar sus bultos y petates nuevamente hasta mi horrible casa de la calle Mayor.

Y de pronto llegó otra alumna que, pocos años después, habría de suicidarse. Era una joven guapa y sobre todo muy alta. A Claude le llevaba casi una cabeza y el primer síntoma de tanta estatura fue que Claude empezó a quedarse dormida y vestida y a sufrir de unos terribles dolores de cabeza, en la casa, en la playa, en el bar La Palma y en todos los restaurantes por los que íbamos desembarcando cada noche. Además, Claude se aferraba a mí, a mi cama, a mi brazo, y trataba de ser lo más Claudie posible. Hacía una dieta que lindaba en la huelga de hambre, vivía sin vivir en ella y ya nunca se desnudaba ni se bañaba en el mar. Un día me la encontré parada de cabeza en la terraza y con el piso bañado en lágrimas debajo de ella. Me explicó que era yo-yo-yoga y que es... taba med... itando... trascen... dentemente. Eufemia se llamaba la pobre chica que sin quererlo y por ser tan alta solamente, había liquidado la belleza de Claude, sus convicciones sobre la función del orgasmo y la liberación sexual. Entre Claude y Otelo había, de pronto, tanta similitud como entre Alexandre y Edipo. Y este Edipo me odiaba tanto como Claude odiaba a Eufemia, que no odiaba a nadie en este mundo.

En fin, Alexandre, pude entender, me odiaba porque yo le era potencialmente infiel a su madre y porque por culpa de mi nueva invitada, las jaquecas de mamá y sus fugas en el sueño la habían convertido prácticamente en una Juana de Arco en la hoguera. Héctor, Fede y el fotógrafo catalán decidieron abandonar un barco que empezaba a hacer agua a gritos. Ahora sobraban camas y Eufemia no era consciente ni siquiera de que en el mundo que nos rodeaba el odio latía a pasos agigantados. Hasta que anunció su partida para muy pronto y Claude pudo recuperar poco a poco salud y desnudez. Eufemia era la única persona que me ayudaba a comprar en el pequeñísimo supermercado de ese pueblo de trescientos habitantes y la única persona también con que se podía tomar una copa tranquilamente en el bar La Palma. Alexandre destrozaba sillas que el pobre Jaime Sanz, el propietario del bar, recogía con verdadero estoicismo. También más de una vez intentó suicidarse en bicicleta tras haber pasado mil veces por la terraza del bar para llamar la atención de esa especie de ente hermoso, doliente y dormido en que se convertía Claude. Éramos Eufemia y yo quienes teníamos que correr a ver si se había matado la fiera edípica que acababa de caérsenos kamikazemente sobre el duro suelo de asfalto o que había perdido todo control de la bicicleta y se había estrellado contra un automóvil estacionado. Yo quería matarlo, pero terminaba consolándolo, poniéndole parches con la ayuda de Eufemia y comprándole el sexto helado de la noche. El chiquillo sollozaba y era un saco de nervios y violencia. Me costó miles de miles de francos, en los dos años que duró la intermitente relación entre su madre y yo. Esta deuda, que pagué religiosamente a un verdadero pelotón de acreedores, en algo logré cobrársela a ese niño cuyos horrores edípicos utilicé descaradamente para ir conformando al personaje de Sebastián, aquel niño atroz de mi novela *La última mudanza de Felipe*

Carrillo. Pero esto fue muchísimos años después y muchísima agua había corrido por los puentes de París, de Lima, de la masía que Claude conservaba en l'Hérault, y finalmente de Montpellier.

Madre e hijo abandonaron Menorca el primero de septiembre y aún recuerdo ese atardecer en que permanecí horas parado en el puerto de Mahón, viendo cómo se empequeñecían hasta desaparecer los desesperados adioses que Claude y Alexandre me hacían desde la cubierta de aquel barco de la Transmediterránea. Claude necesitaba dinero para pagar la matrícula de su hijo y se iba a vendimiar entre inmigrantes temporeros españoles y portugueses a algún punto de l'Hérault. Ahí cuidaba también una pequeña y semiderruida masía, *Le mas de la plaine,* que pertenecía al «señor feudal» de un pueblecillo llamado Aspiran, no tan lejos que digamos de Montpellier. En fin, señalo esto último porque con el tiempo yo iba a terminar de profesor en la Universidad Paul Valéry de esa bella ciudad y Claude... Bueno, pero no me adelanto. Claude y Alexandre desaparecieron en el horizonte mediterráneo y yo recordé aquel bolero que inmortalizó el chileno Lucho Gatica: *Contigo en la distancia, amada mía estoy.* Alexandre iba a ir a un colegio en un pueblo cercano a Le Mans e iba a vivir allí con unos amigos de Claude. Ella volvería a París para continuar sus estudios de madre soltera y lo de la vendimia iba a durar hasta noviembre. A mediados de octubre, Claude me esperaba en la masía para bañarme en ternura. Ése fue nuestro tercer techo y ahí era donde ella tenía instalada su enorme biblioteca virgen. ¡Cuántas veces no habré ido yo a aquella destartalada masía que monsieur Curel, gran señor de Aspiran y buena persona, le había confiado a Claude a cambio de no sé qué pero sí lo sospecho, porque el viejo era un solterón bien plantado y lucía unas canas que hacían resaltar la belleza de su rostro curtido por el sol y la holganza, y perfeccionado por unos hermosos ojos azules. A veces nos recibía en el despacho de su casona pueblerina, cuyos esculpidos y oscuros muebles databan del siglo XVII y provenían nada menos que del virreinato peruano.

Varias veces me interrumpió Jaime Sanz, el propietario del bar La Palma, cuando yo escribía los últimos capítulos de mi libro: Claude me llamaba por teléfono. Por el servicio francés de información internacional, había logrado dar con el número del único bar que entonces había en aquel pequeño puerto de Fornells. Tartamudeaba y dislexicaba como loca, la pobrecita, y se estaba muriendo de amor y de vendimia por mí. A lo mejor yo no la iba a querer tanto cuando la volviera a ver: había engordado un poco y estaba furiosa consigo misma. Por favor, ¿no puedes llegar un poco antes? Yo creo que es psicológico esto de ganar peso. Tu ausencia me produce bulimia... Bueno, Claude, ya veremos. No bien le ponga el punto final al libro... Eso fue ya entrado el mes de octubre y cuando la tramontana que azotaba el norte de la isla empezaba a volverme loco. No bien pude me embarqué en Mahón con Louis, una especie de Jesucristo Superstar y superhippie que frecuentaba la puerta del bar La Palma, en vista de que el dinero no le daba para más. Tenía un destartalado Citroen *deux chevaux* tirado en Barcelona y estaba dispuesto a llevarme hasta la masía de Claude a cambio de la gasolina y la comida.

Maldita la noche aquella en que llegamos. El planito que me había dibujado Claude no correspondía en nada con la nocturnidad campestre y a cada rato nos volvíamos a perder por algún sendero que avanzaba entre las viñas. De entre éstas salían españoles y portugueses que se despertaban aterrados y que eran totalmente incapaces de darnos indicación alguna. Desde una especie de cabaña del tío Tom alguien nos disparó un evidente escopetazo y no nos quedó más remedio que recordar que los campesinos son la gente más desconfiada del mundo. Esto último y salir disparados en busca de la carretera fueron cosa de un instante. Y terminamos durmiendo en el carro estacionado en la plaza de Aspiran.

Y, por fin, ya con el sol en su sitio, logramos dar con la maldita masía. Bajamos, y Claudie apareció con una impresionante cara de desconcierto. Dijo que nos había estado esperando toda la noche y que por una ventana de los altos no había cesado de encender y apagar una linterna, pero la verdad es que nuestra llegada parecía haberla tomado por sorpresa. Estaba francamente guapota de campesina para reportaje de la revista *Elle*, con su toque de realismo sucio y todo, pero la verdad es que había engordado bastante y que entre el ajustado pantalón y las botas de caucho hasta las rodillas algo importante había pasado en las nalgas. Algo importante en kilos y en edad. Por lo demás, el pañuelo blanco que le cubría íntegra la cabeza hacía resaltar un rostro francamente precioso. Claude era una de esas mujeres a las que sólo debía engordarles la cara. Pero, en fin, era hora de tomar un buen café y de instalarnos porque ella ya debería estar entre los viñedos.

Aparte de la biblioteca, toda la planta baja de la masía estaba decorada con un millón de Claudes en colores y en blanco y negro o de dibujos de Claude en colores y en blanco y negro. Ídem arriba, donde había tres dormitorios con colchones en el suelo y lo del baño no quedaba por supuesto en ninguna parte. No fue un recibimiento cariñoso ni excesivamente disléxico, pero yo sólo quería tumbarme un rato y que Louis comiera, descansara, y siguiera su camino rumbo a París, donde quedamos en vernos pero hasta hoy... Pasé casi un mes en la masía y la verdad es que fue un tiempo realmente cariñoso por ambas partes, con mucha función sexual del orgasmo y con un solo incidente desagradable. Consistió en la aparición, una noche, de un individuo típicamente regional, bajo, fornido, bigotudo, muy Georges Brassens, vamos. Pero que era profesor de gimnasia y me trataba pésimo. Parecía haber llegado con derechos adquiridos y mi presencia, evidentemente, lo disgustaba sobremanera. O sea que me fui a los altos un rato, a ver si llovía, y teniendo como único dato que el Georges ese había traído a Claude y Alexandre desde Camprodón en autostop, a su regreso de Menorca. La verdad, nunca supe por qué Claude había llegado hasta Camprodón. Ya no estaba tan prohibido prohibir sino más bien preguntar. Me acerqué a la ventana, al escuchar que el gimnasta regional se iba por fin y la propia luz de mi habitación iluminó los besos que se dieron allá abajo, en el jardincillo lateral de la masía.

Después Claude lloró hasta convertirse en Claudie y me dijo que todo se debía a que había engordado demasiado y a que Eufemia era mucho más alta y esbelta que ella. No podía soportarlo. En fin, no tenía sentido alguno preguntarle a un ser totalmente desprovisto de sentido del humor si el Brassens aquel se llamaba Eufemia. Además, había el asunto ese terrible de la piedad que hacía que hasta Alexandre me hiciera falta aquella noche intranquila. Sólo se me ocurrió sugerirle a Claude que intentara leer mi manuscrito porque me encantaría tener su opinión. Finalmente, desear tener su opinión era respetarla intelectualmente y elevar nuestra relación algunos centímetros más arriba de sus nalgas. Y esto lo estoy viendo. Claude recibió el manuscrito de mis manos como quien recibe la santa comunión y lo estuvo palpando un rato largo, en el más absoluto silencio y con algo de yoga en la serenidad silenciosa de su estado trascendental. Terminadas la palpación y las palpitaciones, me lo entregó mirándome fijamente por primera vez en la vida y diciéndome que nunca había leído nada tan bello y con tanto poder mental. Después me comentó que era un libro muy duro y me ofreció una copa de vino. *Contigo en la distancia, amada mía estoy*, fue lo que yo sentí, aparte de unas ganas horribles de convertirme en campesino y en un escritor olvidado y sucio que cantaba su amor loco y su goce enloquecido por la naturaleza, por más incómoda que ésta fuera. Pero París nos esperaba a ambos y no me quedaba más remedio que abandonar otro techo más con la misma sensación de siempre: tristeza profunda porque algo se me había olvidado en la mudanza, algún objeto muy pequeño que Claudie había escondido por algún rincón, debajo de alguna loseta, o que a lo mejor hasta había enterrado entre las viñas.

Litera de segunda, compartimento vacío para seis y bastante frío en el trayecto entre Montpellier y París. Pero todo el amor y la incomodidad del mundo porque Claudie decidió adorarme y se metió a una litera en que apenas cabía yo y así hasta la Ciudad luz, juntos, revueltos, perdidos el uno en el otro, el amado en amada convertido. Optamos por su departamento para la convivencia y sólo pasé por el mío para recoger ropa de invierno y libros para mis cursos. Hacía años que Claude vivía en un departamento muy *Elle* y donde cada objeto había sido cuidadosamente robado a lo largo del tiempo. Aunque la verdad es que yo sólo llegué a conocer ese departamento cercano a la Ciudad Universitaria por las fotografías *Elle* que ella me mostró. Los objetos sí los llegué a ver, pero todos amontonados o desparramados ante una puerta precintada y con una orden judicial con citación y todo. O sea que ese fue un techo que no me albergó nunca pero que me costó los muchos años que había vivido ahí un fotógrafo sueco que engañó a Claudie y luego un señorito andaluz que se había engañado a sí mismo y a los cuarenta años quería ser rejoneador, sólo por los problemas edípicos que tenía con la duquesa de X, su madre, por la que encima de todo se había negado a hacer la mili, se había fugado a Francia, había sido discípulo de Deleuze, lo había intentado también con Lacan y por fin había regresado a las faldas de mamá en palacio. Puedo contar esta última parte porque, hace ya unos diez años que conocí en Sevilla al íntimo amigo de aquel señorito y me lo contó todo con pelos y señales. Más lo de la droga, por supuesto. ¡Qué años aquellos, Alfredo! Y: «O sea que tú también conociste a la bella Claude. Coño, lo bella que era y los líos en que metía a Fernando cada vez que éste la metía en un lío a ella...» Para qué decir nada. Nos reíamos mucho en Sevilla, recordando a Claude. Y por supuesto que no era el momento de decir que yo había sido el paganini de todos los alquileres que allá en París nunca nadie pagó.

Claude confesó todo en un café de la esquina. De lo contrario, claro, no se escapaba del correccional. El aval de departamento lo había firmado su padre... La firma de su padre era falsa... Qué más habría querido su padre que ver a su hija entre rejas. Ni con una jubilación anticipada habría logrado yo asumir tamaña deuda y, además, muy pronto lo supimos, la suma se duplicaba porque Alexandre estaba cada día más desadaptado en el colegio, ya casi no lograba articular las palabras, desarticulaba todo lo que tocaba y necesitaba cuidados intensivos, especiales, psicológicos y carísimos... Así llegó Claude a vivir en el número 8 bis de la rue Amyot, o sea en mi departamento del barrio latino... Y sólo así logré salvarla de sus deudas y sus consecuencias judiciales. Préstamo y más préstamo.

Pero, la verdad, la solidaria colonia peruana no logró reunir más que una ínfima parte de la deuda y entre dos o tres colegas franceses con las justas llegué a la cuarta parte. No me quedaba más remedio que morirme de vergüenza, marcar el número de mi amigo José Villaescusa, entonces ya notario en Barcelona y hoy en Madrid y decirle... Y, la verdad, sólo a García Márquez le he oído responder a mis pedidos con frases más profundas, elípticas y caballerescas. O a lo mejor ni siquiera a Gabo. Pepe Villaescusa me respondió con gran alegría, me escuchó con intensa atención, y no me preguntó: «¿Cuánto necesitas, Alfredo?», sino «¿Qué te ha ocurrido, Alfredo?». Le dije que me había ocurrido unos quince mil francos, por lo menos, en vista de que ya había reunido otros tantos y que era el niño de mi..., que..., estaba bastante mal. Después fue como en el tango: «... *y estuve un mes sin fumar*». Claudie se cobijó en mi billetera y yo en la idea más genial que he tenido en mi vida: en 1977, o sea ya muy pronto, me tocaba un semestre sabático que perfectamente podía enlazar con el verano próximo y regresar para siempre al Perú. Con mis derechos de autor podía defenderme tras haber renunciado a Vincennes, al final del año universitario y mientras tanto obtendría mi doctorado en Literatura en San Marcos (sólo era cuestión de poner al día unos amarillentos y abandonados capítulos sobre el teatro de Henry de Montherlant), conseguir un puesto en la Universidad Católica, medio tiempo, de preferencia, para poder escribir, y la que sí podía ganar una verdadera fortuna era Claude: modelo en la televisión o donde fuera, decoradora pero sin robarse nunca nada y profesora de tenis de la *high* femenina limeña y de sus niños.

Una nueva vida. Su pasado no la condenaría en el Perú y nuestro futuro conyugal en algún departamento sanisidrino limpio y bien iluminado significaría el bienestar de Alexandre y ahí nadie le iba a preguntar como en el colegio cerca de Le Mans que quién era su padre porque su padre iba a ser yo y Alexandre, además, parece que preguntaba más por mí que por su mamá, allá en los alrededores de Le Mans, a pesar de todo lo de Menorca. En fin, todo bien calculado y poco a poco, hasta que Alexandre lograra articular en perfecto castellano Alfredo Bryce es mi papá. Todo estaba a nuestro favor y Claudie empezó a desnudarse para pintar y empapelar precioso el departamento de la rue Amyot. La cocina y el bañito quedaron realmente acogedores con muebles azules y paredes blancas y el día que vino la propietaria a cobrar la renta encontró que, aunque muy atrevida, la salita-comedor había quedado francamente cálida, mi minúsculo despacho había crecido, el dormitorio le hizo bajar católicamente la vista y el corredor de la entrada tal vez si un poquito más oscuro. Comíamos delicioso y de origen desconocido y Claude incluso encontró un trabajito de profesora de un español que yo le preparaba la noche anterior, nada más y nada menos que en el muy elitista

243

liceo Stanislas, por obra y gracia de mi gran amigo y colega Saúl Yurkievich.

El problema era el tenis porque tenía que practicar duro y parejo pero por favor ya nada de Davides o cosas por el estilo, Claudie. Nunca estuvo Claude más de acuerdo conmigo que nunca y se robó otro reloj de leontina para que, allá en Lima, mi mamá me encontrara elegantísimo y además de todo qué lindo chaleco de fantasía el que te ha cosido esa novia que me has sacado, no veo las horas de conocerla. En fin, que las cosas iban viento en popa en nuestra imaginación y en lo del chaleco y el reloj y el sabático que ella pasaría trabajando en la masía y hasta David llegó una mañana a despedirse para siempre y a los dieciocho años de Claude. Hasta yo sufrí con la despedida.

Claude lo recibió en la cama, vestidísima y señora mayor, David se sentó a sus pies y ella jaló sábana y frazada hasta que sólo se le veía la punta de la nariz y el pañuelo en la cabeza y el ojo verde. Con el azul no sé qué hizo pero para que se fuera familiarizando con Lima yo le había leído varios textos de Ricardo Palma y Sebastián Salazar Bondy y parece que lo que había retenido era lo de las típicas tapadas coloniales limeñas. Esperé en el diván, al otro lado del tabique-pared, o sea en la salita-comedor y sólo oí balbuceos de David y firmes respuestas peruanas de Claude. Y era para siempre, David. Para siempre jamás. Pobre David. Salió hecho leña y lo acompañé hasta la puerta, donde entre lágrimas infantiles y un contagioso hipo me rogó que cuidara mucho a Claude, todo tan de hombre a hombre que ni siquiera aceptó que le diera unas afectuosas palmadas allá arriba en el hombro elevado y tenístico.

Claudie cumplía al pie de la letra y yo empecé a pagar deudas puntualmente con lo que ahorrábamos de su sueldo, del mío, de dos o tres objetos valiosos que vendimos y de dos o tres objetos valiosos que también vendimos pero cuyo origen era tan desconocido para mí que mejor ni preguntar. Y además ella pidió un préstamo aunque felizmente no con mi aval sino con el del amigo médico en cuya casa había dejado a Alexandre. La verdad, era un asunto a diez años vista y nunca supe cuál fue el desenlace porque lo nuestro fue hasta fines de 1978. ¿Quién lo habría pensado entonces? ¿Quién habría dicho que tanta armonía iba a tener un

244

desenlace tan largo y penoso para mí? Yo creo que Claudie y yo éramos bastante felices aunque cuando uno revisa las fotos que nos tomamos en la rue Amyot mi sonrisa es siempre triste y forzada y Claude mira siempre hacia otra parte. Pero bueno, entonces no creíamos sino que éramos felices y el cine italiano nos enloquecía y nuestros amigos nos veían como a una pareja hecha y derecha.

Cuando en ésas se le ocurrió divorciarse a Sylvie Lafaye de Micheaux, allá en Milán. Ahora me salía la *principessa* con esto y el teléfono no cesaba de sonar en italiano. Por aquella época ya Sylvie era una de las mejores amigas que yo tenía en el mundo pero, la verdad, no era el momento de dedicarle todos los fines de semana que decidió pasar con sus padres en París pero que en realidad pasaba casi íntegros en casa, como si vernos a Claude y a mí juntos le produjera harto consuelo y algo sumamente divertido ahora que ella estaba pasando por un mal momento. Se mataba de risa, Sylvie, no bien entraba a casa cada sábado y aunque Claude se defendió mostrándole todas sus fotos de modelo desnuda y vestida y Sylvie, encantadora, seleccionó las mejores para verlas una y otra vez y Claude sintió por primera vez en su vida que no tenía jaqueca en presencia de otra mujer hermosa, algo terrible pasó cuando Sylvie, yo hasta hoy sigo creyendo que sin querer, sacó de su bolso la foto de su hermanita de catorce años en malla de ballet. Claude guardó sus fotos para siempre jamás y se fue a sentar en el sillón que había al lado de la puerta de mi despacho. Al cabo de un momento anunció que nos iba a servir el té y al cabo de otro momento anunció jaqueca y nos rogó que saliéramos a comer juntos porque ella realmente necesitaba descansar. Pero si habíamos quedado en salir a comer juntos y después ir al cine, Claudie...

Comimos juntos esa noche, pero cuanto más se alegraba Sylvie más se acampesinaba Claude y hasta le dio por esconder las manos y por no tener hambre y fue entonces cuando empezó a llover a mares. Desde el restaurante se podía ver la cola empapada que había ya en el cine y, de pronto, Claude decidió que Sylvie no podía mojarse con la lluvia y salió disparada a hacer la cola y sacar tres entradas y, jamás sabré cómo, la verdad, regresó con un paraguas y aparaguó a Sylvie hasta la puerta del cine. Fuimos a ver *El tesoro de Sierra Madre*, donde hay una interminable escena en que un niño semiahogado y tal vez a punto de morir es auxiliado por algún bueno de la película. La escena era realmente atroz e interminable porque, tiempo atrás, a Sylvie se le había muerto su única hija, muy poco después de nacer. Yo estaba sentado entre las dos, y a un lado lloraba Claude y al otro Sylvie y entre ambas me estaban apretando feroz y nerviosamente la mano derecha y la izquierda.

Desde entonces Claude empezó a comer como una loca y a engordar lamentablemente y a desaparecer sonambulescamente. Yo creo que luchaba por quedarse encerrada en el departamento de la rue Amyot pero en la oscuridad de la noche había como un imán todopoderoso que se la llevaba muda y con una raqueta de tenis. Regresaba con miles de fotos en las que se la veía realmente gordita pero jamás tenista alguna había tenido un rostro más sereno y más bello ni unos modelitos tan variados y tan sexy. Me consolé pensando en lo de los entrenamientos indispensables para el Perú y sentí más piedad que nunca cuando Sylvie llegaba un sábado sí y el otro también y Claude la atendía servilmente y con unas jaquecas espantosas. «¿Pero yo qué he hecho?», me preguntaba Sylvie, mientras comíamos juntos en La Colombe, uno de nuestros restaurantes favoritos de los viejos tiempos en que fue mi alumna en Nanterre y el amor imposible más fácil que ha habido en el mundo. Hasta que se casó con Carlo, claro, y yo quedé en un estado realmente imposible. Claude dormía profundamente cuando yo regresaba hacia las dos o tres de la madrugada del Rosebud, otro de nuestros escondites favoritos de mi *illo tempore* con Sylvie. Ojalá yo alguna vez hubiese podido dormir tan bien como dormía Claude cada vez que surgía un problema. Y lo peor de todo es que ella hasta se preocupaba más que yo por los problemas de Sylvie.

Hasta que, por fin, llegó el mes de julio de mi partida al Perú para poner los cimientos de nuestra nueva vida. Poco antes de partir, Claude insistió en que me pusiera mis mejores prendas y en que fuéramos a visitar a sus padres. Un amigo nos prestó una camioneta y en ella llegamos a aquel pueblo cercano a Poitiers. La familia en pleno nos esperaba con una gran cena. La verdad, nunca vi tanto odio junto reunido en tan poco espacio. Había una hermana que era radióloga y vivía en París pero que Claude jamás me había mencionado. El esposo hindú desapareció a la mitad de la comida y horas después todos lo daban por muerto. Yo no me explicaba nada. El padre de Claude trataba de ser amable con la primera persona decente que Claude jamás había llevado a su casa, pero como que ya se había olvidado de las fórmulas de la amabilidad y se le atracaba hasta la sonrisa. Babette era la menor: casi una niña pero ya se saltaba la tapia del colegio y desaparecía con nocturnidad. Gegé era inmenso y muy flaco y tenía el pelo pintado de verde, una enorme cola de caballo y, no bien me vio, me pidió cien francos para comprar *mierda*. Después me explicó que era un *zonard*, o sea que iba de zona en zona del país, según las estaciones del año, y que eso no tenía nada de malo porque había estudios sociológicos sobre el tema. En fin, que todo aquello era verdad me consta porque de *zonard* se me presentó en Montpellier en 1981 y me costó un trabajo horrible alejarlo de la zona de mi departamento. Y muy buenos francos, por supuesto. Venía en estado de *mierda* y, a cambio de decirme que su hermana jamás me había querido y que él sí era mi amigo, me sacaba otros cien francos que desaparecían con una rapidez jamás vista. El hermano mayor, cuyo nombre no recuerdo, era el guapo y el intelectual. También había modelado con Claude pero ahora era novio de la hija de un general y estaba haciendo una tesis definitiva sobre Raymond Roussel y la imposibilidad de salir de una habitación o algo así. Creo que su director de tesis era Deleuze. No me pidió nada y me deseó las buenas noches porque se iba a releer *Impresiones de África*. La madre de Claude era una campesinota muy gorda con permanente jaqueca y que se desplazaba en silla de ruedas. Se odiaban tanto ella y su esposo que por eso se casaron (versión Claude). Y el padre sufría de una úlcera atroz y de una permanente amenaza de ataque al corazón. Su socio lo había estafado y llevaba años ante los tribunales.

Bebí mucho vino y dormí en una habitación de dos camas, aunque con Claude en la mía y con un pijama de seda negro que me había regalado para que mi mamá me encontrara muy elegante en el Perú. Al día siguiente, decidimos visitar a Alexandre y Claude manejó con serenidad y sabiduría a una velocidad que le costó más de una multa. Pero llegamos por fin a la casa donde vivía Alexandre. Un médico con tres hijos *flower generation* de su primer matrimonio con una marroquí y su actual esposa con dos hijos de disciplina militar muy a lo *École de Saint Cyr*. Cinco fieras cuyo deporte favorito consistía en sacarle la mugre a Alexandre por no saber responder quién era su papá. Llegamos precisamente mientras la pareja comía tranquilamente y en los altos los cinco niños andaban en plena paliza. Escuché los feroces gritos de Alexandre, pero parece que era costumbre, aunque la verdad es que también mi adoptable era una fiera porque no bien se escapaba de los golpes se metía en un baño y desde ahí provocaba a fuerza de insultos una nueva paliza. No sé cómo se enteraron de la novedad de nuestra llegada, pero las seis fieras se arrojaron literalmente escaleras abajo y ganó Alexandre, que se me arrojó entre los brazos y me besó realmente feliz y me dijo, literalmente: «Por fin has llegado, papá.» Nunca sentí tanta ternura por un niño odioso, nunca acaricié tanto a un niño que realmente me estaba haciendo jadeantes cariños, y sólo entonces comprendí que, por más deudas nuevas que tuviera que contraer, ese niño iba a empezar una vida nueva, sana y feliz en el Perú.

Claudie era la Magdalena disléxica del aeropuerto de París y subí al chárter lleno de medallitas de oro de San Cristóbal, patrón de los viajeros. Me doctoré en Literatura, empecé a consultar con amigos que trabajaban en la Universidad Católica, di alguna conferencia en la Facultad de Bellas Artes, incluso, y mi dormitorio empezó a llenarse de fotografías de una Claudie profundamente maternal: vestida de hindú con Alexandre disfrazado de pirata; con un modelito de tenista y Alexandre a su lado de niño tenista. Cada foto traía unas líneas de amor en la parte de atrás y me explicaba el lugar y hasta la hora en que fue tomada. Pero de pronto se cortó toda comunicación. Por entonces ya le había escrito a Julio Ramón Ribeyro, que me explicó aquello de que Claude era para él la esfinge y que además no le interesaba. Lalo Justo, por su parte, me habló por teléfono y me dijo que qué diablos le había hecho yo a Claude: se había presentado en su oficina de turismo llorando como una Magdalena, deshecha, tristísima, le había devuelto el billete de ida al Perú, y había desaparecido sin dar más explicaciones que el amargo llanto con que abandonó el local. A Claude le escribí un millón de cartas a la masía y llamé mil veces a mi departamento de la rue Amyot. Jamás hubo respuesta y yo en Lima deshecho y con mil planes hechos. El Gordo Alberto Massa, fraternal como siempre, había soñado tanto con ayudarme que hasta había pensado en que, a través de una agencia de publicidad de otro amigo común, Jorge Salmón, podíamos lanzar la imagen tenística de Claude y conseguirle un diploma de profesora en Miami. ¡Cuál de mis amigos no conocía a Alexandre en Lima! Y casi todos tenían hijos de la edad del «mío» y ese niño iba a llegar a Lima y en dos días iba a aprender el castellano y a estar lleno de amiguitos. En la revista *Caretas* había aparecido, gracias al amigo Fernando Ampuero, una fotografía de Claude y yo: en la leyenda decía que Claude era modelo y tenista y sólo yo reparé en la tristeza casi mueca de mi sonrisa, ahí en la rue Amyot, y en que Claude estaba mirando de ahí a la eternidad.

Habían pasado siete meses y el verano avanzaba. Mi conducta había sido tristemente ejemplar y, tras escribirle una carta de adiós para siempre a Claude (ya llegaríamos a algún arreglo que me permitiera seguir viendo a Alexandre), me dediqué a salir con amigas, a trasnochar, a dormir mis borracheras en las playas del sur de Lima y vivir en el mes de febrero que me quedaba en Lima todo lo que no había vivido en siete meses. Conservo tantos recuerdos hermosos y tantas fotos reveladoras de lo que fue ese mes de juerga que precedió mi retorno a París. Pero, aun así, algo me faltaba: como siempre, al desaparecer, Claude parecía haber ocultado algún objeto precioso en algún rincón de su mudanza, en este caso en algún escondite que sólo ella conocía en el departamento de la rue Amyot.

Llegué a París agotado y me senté en un sillón a beber whisky y a esperar que el *jet lag* me durmiera. Algo tenía que haber escondido en aquel departamento. Claude se había llevado todas sus cosas (y algunas mías), pero por algún lado había dejado escondida una cajita pequeña con algo muy suyo y muy secreto adentro. Ya era una vieja y conocida sensación que me hería y me hacía sentir que mi piedad era un cariño muy profundo. El verdadero dolor y la rabia, claro, venían cuando pensaba en Alexandre.

El teléfono me despertó ahí sentado en el sillón, a eso de la medianoche. Claude lloraba en Le Mans. ¿Con quién había andado en Lima? ¿Con chicas? ¿Había pensado en ella? ¿Por qué, por qué no le había avisado de mi regreso? Ella se había enterado por la agencia de viajes. ¿Quería verla? Le dije que quería ver a Alexandre. La trampa mortal estaba ahí a su lado, claro: Alexandre. Y quería hablar conmigo. Me lo pasó y Alexandre gemía mientras me decía a gritos silenciosos, sin duda para no despertar a nadie en la casa de allá, que su madre era una puta por haberme hecho lo que me había hecho con David y con Daniel y con Max y con... Claude logró recuperar el teléfono y lloró a gritos muy callados y tartamudos: que no, que no era eso, que no era eso, que había tenido miedo, que no estaba a la altura de mi familia porque..., porque..., porque... Nunca había sabido jugar tenis en su vida.

Tomé el primer tren a Le Mans y el primer taxi que encontré a mi llegada a la estación me cobró una fortuna por llevarme hasta mi destino casi campesino. Claude no estaba cuando llegué. Andaba en una granja cercana con una gente que había regresado de la ciudad a la naturaleza. Alexandre estaba en el colegio y, si quería descansar y esperarlos, había una habitación arriba a la derecha, la que tiene una puerta que da al baño. Yo llevaba, como un imbécil, un par de cassettes con todas las canciones que habían acompañado mi mes de febrero limeño. Casi todas eran desgarradoras. Pero *L'étranger*, de Moustaki, sobre el tipo con su jeta de meteco era la peor de todas.

Me quedé seco hasta la noche y desperté con Claude tumbada a mi lado y con Alexandre sentado en una silla y contemplándome descansar de mi *voyage au Pérou*. No supo muy bien qué decir y sólo recuerdo que abracé y besé a Alexandre antes que a Claude, a quien además sólo le di un beso en la frente, desesperante para ella, cruel para mí. De los bajos de la casa nos llamaban a comer. Nos sentamos a la mesa en el instante en que alguien tocaba la puerta, la abría sin que nadie respondiera y entraba como quien llega desde muy lejos y muy cansado. Era, según pude ir deduciendo poco a poco, *l'Aventurier,* Jacques de nombre y de profesión contrabandista, ladrón, traficante de lo que fuera, etc. Lo noté inmediatamente: ante los ojos de Claude, aquel individuo muy alto y flaco, con aspecto de árabe, con el rostro picado de

250

viruela y con un impermeable verde oliva que no se quitó ni para comer, fue adquiriendo rápidamente una sucia y casi mítica aureola que le pesaba sobre la cabeza y que, sin embargo, a nadie le impedía ver la grosería de sus modales en la mesa. En fin, si se hubiera tratado de una mujer, a Claude rápidamente le habría dado una fuerte jaqueca y hasta habría emprendido una de sus interminables fugas en el sueño. Pero se trataba de un ladrón, de un hombre que tenía a la policía en sus talones y al cual se le toleró tan sólo pegarse un buen baño, dormir en casa una noche y desaparecer en la madrugada. Eran patéticos los gestos que Claude hacía para atraer su atención. Hasta se había presentado como Claudie, ante lo cual Alexandre murmuró *putaine* y apuró una cucharada de sopa con los ojos metidos en el plato.

Al enterarse de que venía del Perú, *l'Aventurier* me preguntó si había traído esmeraldas del Brasil. Le respondí que sólo había traído unos regalos para Alexandre y recordé que, mucho antes de que las cartas de Claude cesaran de llegarme a Lima, alguien me había regalado un típico collarón peruano con una inmensa piedra verde. Todo estaba allá arriba, en mi maletín de mano, que era el mismo que traía desde Lima. El collarón típico estaba destinado a Claude, pero ya ni me acordaba de su existencia. A *l'Aventurier* le dio por verlo y comprobar si se trataba de una esmeralda real, pero me deshice de su insistencia contándole que lo había comprado en una *boutique*, en el *duty free* del aeropuerto de Lima y que, aunque era muy bonito, no era más que uno de esos objetos para turistas norteamericanos, una copia en todo caso. La comida transcurrió desde entonces en un silencio sepulcral.

Después, subí con Alexandre y Claude al dormitorio, para entregarles sus regalos, y todavía me da pena el beso con el que aquel niño flaco y nervioso me los agradeció. Claude lo mandó a acostarse, se desnudó y, a pesar de mi insistencia en que prefería dormir solo, se metió en mi cama y se acurrucó como una paloma profundamente herida. Cerré la puerta del dormitorio que daba al baño, al escuchar que *l'Aventurier* empezaba a llenar la tina, puse uno de mis cassettes limeños y me tumbé vestido sobre la cama, dejando una lamparita encendida sobre la mesa de noche que tenía al lado. Claude miraba a la eternidad, ahora, y se había arrinconado incómodamente contra la pared.

La música seguía suavemente un par de horas después y cada vez que paraba yo cambiaba de cassette o le daba la vuelta. *L'Aventurier* tarareaba placenteramente en la tina y por fin se levantó el telón y Claude salió a escena. Parece que había estado mucho rato tratando de controlarse hasta que ensordeció totalmente y como que perdió el conocimiento. La vi pasar desnuda sobre mi cuerpo, sin darse cuenta absolutamente de nada y hasta le di un buen pellizco en la pantorrilla para convencerme de que en efecto no oía ni veía ni sentía absolutamente nada. Creo que nunca sentí más piedad por ella en mi vida y, lógico, al mismo tiempo me alegraba de saberme ya libre del todo de nuestros frustrados proyectos de nueva vida peruana. Y allá fue la ex tenista: abrió mecánicamente la puerta del baño y se presentó ante el enjabonado *Aventurier*, mucho mejor de lo que Dios la trajo al mundo. Unas palabras atroces del bañista la devolvieron llorando y despierta a mis brazos cerrados para siempre: «No, yo no quiero estar contigo, Claude, quiero estar con el peruano... Ay, si el peruano pudiera venir.» Nunca nadie me ha pedido tanto perdón en mi vida pero yo acababa de petrificarme en Claude y ni la oía ni la veía ni la sentía. Apagué la lamparita, además, y muy pronto me quedé profundamente dormido.

L'Aventurier ya no estaba a la mañana siguiente para el desayuno y, con todos los niños en el colegio, por fin me fue posible hablar sensatamente con Claude: ni podía ni quería seguir viviendo con ella pero tampoco podía ni quería seguir viviendo sin ver a Alexandre, por el bien de todos, entiende, Claude. Había pagado todas mis deudas y no estaba dispuesto a gastar un centavo más en ella y sólo estaba dispuesto a pagar facturas que, legalizadas por notarios, dieran fe de que el dinero había sido utilizado por o para Alexandre. A cambio de eso, yo podría ir al menos una vez al mes y verlo en la masía, pero con cama propia y en dormitorio aparte. Y ahora sólo quería regresar a París sin despedirme de Alexandre, ya lo llamaría por la tarde. Claude asintió a todo con la cabeza y me ofreció llevarme hasta la estación del tren, en Le Mans. Empecé a arreglar mis cosas y, sobre la mesa en que Claude lo había dejado la noche anterior, reposaba el collarón típico peruano con la piedra verde partida por la mitad. Era el adiós de *l'Aventurier*, evidentemente.

Nevaba fuertemente y Claude se llevó la piedra rota al corazón. Lo del llanto podía ser por mí o por *l'Aventurier*, porque con Claude realmente nunca se podía saber cuál era la frígida verdad verdadera. Entre la nieve de la carretera, pero más aún en la despedida en la estación de Le Mans, sentí que a pesar de todo, que a pesar de los pesares, Claude ocultaba en algún lado de la casa que acababa de abandonar algún objeto, alguna cajita o algo así, un cofre pequeño tal vez, cuyo contenido era un valiosísimo tesoro...

El resto del año 1978 lo pasé yendo y viniendo de la masía y prácticamente sin intercambiar palabra con Claude. Sólo una vez me llamó para pedirme dinero prestado para comprarse un automóvil de sexta mano y se lo mandé, porque sabía que de algún modo le serviría al menos para llevar a Alexandre al colegio. Trabajaba mucho en casa y había regresado a Vincennes, pero por las noches me daba perfectamente bien cuenta de las cosas: yo había dejado París para siempre, cuando partí al Perú, y ahora realmente no sabía qué hacer. En Aix en Provence, la ciudad donde siempre había soñado vivir, el extraordinario historiador Pierre Duviols hizo todo lo posible por conseguirme un puesto de asistente, pero eran tan malas sus relaciones con sus colegas del departamento de Español, extrañamente dividido en dos, además, que ni siquiera quisieron examinar mi candidatura. Sylvie llegaba a cada rato, los fines de semana, pero eso sólo contribuía a alejar de casa a cada mujer que yo lograba acercar. Y los lunes por la mañana quedaba hecho polvo cuando se iba tan feliz como llegó de Milán.

Traté de buscar a Anne X, una preciosa y cultísima chica judía que había olvidado por Claude y porque Anne misma me había pedido hacer una pausa en nuestras relaciones antes de mi partida a Menorca, en junio de 1976, pero Anne jamás me creyó que la carta que me había escrito a la isla, pidiéndome volver a vernos, había aparecido en mi buzón de la rue Amyot por obvias razones: la metió en un sobre y, en un descuido tremendo, puso mi dirección de París y no la de la lista de correos de Port Fornells. Insistí mil veces pero Anne no me lo creyó jamás. Vivía ahora con su jefe, un tuerto que le doblaba o triplicaba la edad, pero el asunto era profundamente intelectual. Y Anne, que preparaba informes para los consejos de ministros, seguía siendo esa muchacha frágil y encantadora que, a pesar de los científicos informes y los tremendos tomazos con que partía a una reunión con algún ministro, yo encontraba exacta a Ana Frank con su diario íntimo bajo el brazo. Lo malo era que ahora me detestaba. Reapareció por aquella época una guapísima chilena que había sido ave de paso en mis clases de Vincennes: Giggia Talarico. Regresaba a París harta de vivir en Suecia y quería verme mucho, pero bastó un fin de semana de Sylvie para que regresara a Suecia harta de París.

Hasta que, de pronto, un día apareció con dieciocho años de edad, una preciosa buhardilla cercana a mi departamento y un desmedido amor por la Unión Soviética y las monedas de cinco francos, Evaine X. Alta, rubia, muy pálida, con unos enormes senos soviéticos y una cara más linda todavía en las fotos en blanco y negro. Le confesé mis ya muy próximos cuarenta años y le prohibí estratégicamente acercarse a mi departamento, *because of* Sylvie, lo cual me permitía regresar de mis clases nocturnas en Vincennes y llegar a su preciosa buhardilla de la rue des Fossés Saint Jacques, cenar unos deliciosos blinis rusos con su huevo frito encima, caviar de algún viaje del que siempre regresaba muy triste y diciéndome que la URSS *était très malade* (muchos amigos le proponían matrimonios blancos para poder salir a Francia), y vodka antes, durante y después de la comida. Evaine era una muchacha realmente bella pero Balzac habría hecho de ella y sus monedas de cinco francos un personaje muy parisino de la *Comedia humana*. Con ella lo aprendí todo sobre la pequeña burguesía francesa. Su padre vendía pescado en un mercado de algún suburbio de París, estaba separado de su madre, y ésta venía infaliblemente a buscar a Evaine cada sábado para ir a ver a *l'homme d'affaires*, para invertir las monedas de cinco francos que coleccionaba Evaine y los billetazos que se ganaba la madre cuidándole el castillo a un noble de las afueras de París. Evaine no regresaba hasta el lunes y mis fines de semana transcurrían entre la alegre y desesperada emancipación de Sylvie y mis viajes al sur para ver a Alexandre. De lunes a viernes dormía en casa de Evaine, jurándole que era demasiado viejo para ella porque hacía ya diez años que ya había sido demasiado viejo para Sylvie, que entonces tenía su edad, aunque coleccionaba castillos y no monedas, pero Evaine me tranquilizaba diciéndome que prefería mi compañía a la de un joven Apolo que no bebiera vodka. Con lo cual me convertí en un buen consumidor de esta bebida y dormía cada vez peor.

Pero así tenía que ser la vida de un hombre que se ha quedado en París con el partido acabado y el estadio vacío y 1978 siguió exacto, aunque confiese que cada vez iba menos a ver a Alexandre y que ya entrado el año 1979 dejé de ir por completo porque Claude había empezado a vivir a tiempo completo también con un ceramista regional llamado Marcel, aunque con momentos de petrificación en brazos de algún campesino, según me contó el carpintero de Aspiran con el asentimiento y condena moral de su esposa que veía en Claude al enemigo malo de la región. Las mujeres regionales, según parece, empezaban a hartarse de esa falsa campesina vestida de modelo de *Elle*, para París, y no tardaba en armarse una suerte de *Fuenteovejuna* local. Yo, por mi parte, odiaba a Marcel, y Alexandre, por su parte, empezaba a equivocarse delante de mí y a llamarle papá al ceramista de mierda ese. Había llegado el momento de desaparecer, por más que volviera a surgir en mí la sensación tan extraña aquella del tesoro oculto en un cofrecillo o algo similar. En fin, un producto de la piedad, me dije, el día en que, por teléfono, Claude me llamó a pedirme dinero para el dentista de Alexandre y lloró cuando le respondí que se lo pidiera a *daddy* Marcel porque yo ya me había despedido de todo aquello mirando atrás con pica, con rabia y con pena.

Evaine me acusó a la comisaría del Barrio latino por la desaparición de unas monedas de cinco francos, que devolví con billetes de cinco o de diez, no recuerdo, pero me imagino que un Apolo amante del vodka había ocupado mi lugar entre sus senos soviéticos. Y entonces la vida parisina me deparó una sorpresa final y yo decidí que ésa era mi última oportunidad para huir de esa Ciudad Luz en la que sólo me consolaba escribiendo los primeros capítulos de *La vida exagerada de Martín Romaña*, en un segundo piso sin ascensor, y en el despachito que me puso Claude y que ahora apestaba a tango. De pronto, me había convertido en algo muy semejante al copiloto de San Juan de la Cruz. El santo poeta y yo figurábamos en el programa nacional de *Capés* y *l'Agrégation d'Espagnol*, en fin, el equivalente francés de las oposiciones a cátedra, si es que algo entendí durante aquel año universitario 1979-1980 que me pasé viajando en trenes de segunda, durmiendo en hoteles de tercera y dando unas conferencias o explicaciones de cuarta sobre *Un mundo para Julius*, la novela programada para ese año y, la verdad, de la cual yo no recordaba casi nada y cualquier alumno sabía muchísimo más que yo. Sólo en Montpellier me trataron de primera clase, me pagaron de primera especial y me alojaron en el mejor hotel de la ciudad. Al preguntarle yo el porqué de tanta amabilidad al jefe del departamento de Español, mi futuro y entrañable amigo Edmond Cros, éste me respondió: «¿Y tú cómo crees que habríamos tenido que invitar a San Juan de la Cruz? De ti han abusado por todas partes. Porque te han pagado como asistente y no como lo que eres: un autor digno de estudio.» Después me ofreció un puesto en Montpellier que yo le acepté antes de que terminara de hacerme la oferta.

Y a París regresé feliz y dispuesto a enfrentarme incluso con Sylvie. Claude no iba a ser ningún peligro en Montpellier, porque estaba por casarse con Marcel y se habían instalado en la región más deprimida de Francia, l'Aveyron, en uno de esos parajes tan aislados en que de pronto se vislumbran dos o tres granjas dispersas y algún pastor contemplativo y huraño hasta la escopeta, y que los franceses llaman *un lieu dit*, porque no es ni siquiera una aldea. Allí, probablemente, Claude no tenía que huir en el sueño porque vestida de pastora *Elle* no tenía rival en millas a la redonda y en cambio sí tenía un automóvil para ir a petrificarse en el pueblo donde daba clases de castellano con el diploma de licenciada que entre yo y algunos amigos le regalamos. ¿O fue que nos lo robó, finalmente? Supe, porque mis amigos son amigos de verdad, que a más de uno se le había petrificado pero que ellos le habían ofrecido una cama de piedra y de piedra la cabecera, por clarísima respuesta. En fin, eran ellos los que me decían siempre, aunque con otras palabras, que me cuidara porque Claude andaba suelta. Pero yo les respondía siempre que aquello de Alexandre y lo del cofrecillo oculto con un tesoro de amor adentro, y ahí dejaban de meterse en mi miserable vida privada.

Dije en el párrafo anterior que a París llegué feliz y dispuesto a enfrentarme incluso con Sylvie. Lo hice, pero sólo para terminar vagabundeando con ella por la Costa Azul y haciendo un disparate tras otro, mientras intentaba escribir uno que otro capítulo en mis horas de sosiego. Mis grandes amigos salvadoreños Carmen y Mario Hernández habían alquilado una villa preciosa en un lugar privilegiado, Théule sur Mer, y me habían invitado a pasar unas semanas en la preciosa casona llamada La Batterie. Me habían alojado en un luminoso y amplio pabellón que quedaba en un jardín lateral de la villa. Dormitorio, baño, salita y mesa de trabajo con vista al mar, en fin, un lujo asiático cuyo único inconveniente era que no quedaba tan lejos de la villa real de Sylvie y su familia. Sylvie llegaba por las mañanas, con su perrita Cipollina y todo, a la que por supuesto había que alimentar, además de todo. No podía creer que yo hubiera terminado metido en un lugar tan selecto y elegante como ése y un día trajo a su hermana Anita y al esposo de ésta, el duque de M., para que vieran hasta qué punto los extranjeros estaban invadiendo Francia. Anita, que me había odiado en el pasado pero que ahora me trataba con el sonriente cariño con que se trata a un perrote manso y un poco tonto, no pudo ocultarme su más sincera opinión: «Yo nunca he pensado mal de ti, Alfredo. Pero siempre pensé que terminarías metido entre gánsters.» Su esposo, el duque Jean Charles, se limitó a tasar la casa con el olfato y a considerar que no le quedaba más remedio que soportar lo mejor que podía otra travesura de su adorada cuñadita.

Yo, mientras tanto, no cesaba de decirle a Sylvie que, o se venía a vivir conmigo para siempre o que yo muy pronto desaparecería para siempre. Pero ella se limitaba a sentarse en mi silla de escritor y a lanzar a los cuatro vientos las hojas de mi novela. O a seguirme llevando de playa en playa y de restaurante en restaurante, hasta que llegaba la noche y, tras recoger a Cipollina, emprendía el regreso a su villa. Pero algo empezaba a pasar porque una noche, mientras comíamos en un restaurante en Mónaco y observábamos cómo alguno de los niños del principado y sus amigos, en plena juerga, lanzaban los platos al aire y los hacían pedazos, tras haber comido, e ídem con las copas, tras haber pedido una y otra, Sylvie me exigió que hiciera lo mismo por ella, y el pobre Mario Hernández tuvo que venirse de madrugada hasta Mónaco para sacarme de apuros económicos. En cambio a los niños del principado no les cobraron nada.

Yo repetía lo de mi partida inminente y sabía que Sylvie sospechaba que me iba a ir a México, pero de dejarla sospechar no pasaba el asunto porque jamás me dijo ni que sí ni que no. Hasta que una tarde, regresando con Anita y Jean Charles de visitar a una hermana de la cantante Chantal Goya, en Montecarlo (¿o fue en Mónaco?), sentí que algo grave pasaba. De pronto, Sylvie, que iba al volante, me dijo sin motivo alguno que yo no era más que una buena pasta fresca. Y la rapidez con que me miró de reojo y desdén anunció que había moros en la costa y que el verano, en efecto, estaba llegando a su fin. Mi respuesta, textual, fue: «Las mejores pastas frescas se producen en Italia, Sylvie.» Fui depositado en La Batterie y, mientras Sylvie recuperaba a Cipollina, Anita me dijo que su hermana se había vuelto doble, un ser profundamente feliz e infeliz, al mismo tiempo, y que por favor no le hiciera eso de desaparecer, aunque ella entendía profundamente que yo necesitara salvarme y desaparecer.

Dije adiós a todo eso, regresé a París a liquidar impuestos y organizar mi mudanza a Montpellier y el primero de octubre ya estaba instalado en un inmenso departamento de lujo, el mejor que he tenido en mi vida, demasiado para un pobre imbécil solitario como era yo. El edificio en que quedaba se llamaba Los jardínes de la reina y la calle era la del Huerto del rey, para mi desesperación, porque ahora los intelectuales y artistas de izquierda en el Perú me van a odiar y además a requeteodiar porque seguro que piensan que, además de todo, Montpellier queda en la Costa Azul. Pero, en fin, tras mil anuncios en los periódicos y visitas a agencias fue lo único que encontré. Un buen lugar para morir, sin duda. Pero nunca he escrito tanto ni me he sentido tampoco tan solo en toda mi vida. Gracias a Carmen Balcells y al editor Gustavo Domínguez, con quien siempre festejo agradecido aquel generosísimo anticipo por la edición española de *Tantas veces Pedro*, amoblé decentemente (y Roche Bobois, incluso, aunque sólo un sillón que todo el mundo creyó que era Voltaire pero era de cuero negro, con respaldar inclinable y un inmenso taburete para reposar los pies mientras leía o corregía exámenes —en 1983 se me otorgó un premio literario en Francia, por la traducción de *La vida exagerada de Martín Romaña* y se descubrió que jamás había tenido aquel mítico sillón Voltaire de la novela, por lo que el premio se materializó en un sillón de ese estilo con su plaquita conmemorativa del *Prix Passion 1983*) aquel inmenso departamento. Mandé ampliar una fotografía de Sylvie hasta convertirla casi en un afiche, que coloqué a la entrada del departamento para acostumbrarme a haber desaparecido para siempre.

Pero inmediatamente arrancaron los incidentes. El primero fue la llegada de un aviso procedente de la cercana ciudad de Béziers, para que recogiera un impresionante automóvil Morgan descapotable, claro, y rojo. Viajé a Béziers a explicar que tenía que tratarse de un error, pero no, no se trataba de un error sino de un sospechosísimo regalo procedente de Italia, aunque el representante había aceptado encargarse del asunto a condición de no revelar jamás el origen del regalo y, por supuesto, tras haber cobrado una comisión respetable. Fueron como diez viajes a Béziers para deshacerme del Morgan y asegurarme de que llegara a su desconocido dueño. Luego, gracias al escritor Manuel de Lope, logré comprar en Aix en Provence un viejo y reparadísimo descapotable de colección y, gracias al chofer alcohólico perdido de una autoescuela de Montpellier, empecé a empinar el codo demasiado noche tras noche en un proletario bar que desgraciadamente quedaba al lado de mi casa. Un día salía de clases con una considerable perseguidora y, ya en el parking de la universidad, mientras abría la puerta del carro y apagaba aterrado la alarma que no sé cómo diablos se había puesto en funcionamiento, apareció una muchacha de rostro lejanamente conocido.

Se presentó diciéndome que no era Babette y yo le dije que sí era Babette, la hermana menor de Claude. Pero era Elise, porque se había cambiado de nombre y creo que hasta de apellido y era una apasionada y puntual estudiante del departamento de Teatro. La invité a tomar unas cervezas que necesitaba a gritos para cortar la perseguidora y me contó por el camino que había roto para siempre con su familia, se había cambiado de nombre, etc. Horror, pensé yo, por aquí desembarca la otra cualquier día, pero

259

Elise me aseguró que eso jamás, que me juraba que jamás diría nada y que, además, a su hermana prácticamente no la veía. Se había casado con Marcel y en plena boda el padre de éste había armado un lío atroz para que Claude no tuviera nada que ver con las propiedades de la familia. Notarios, llantos, insultos, golpes, en fin qué no había habido para obligar a Claude a firmar una total separación de bienes. Lo suyo, que era nada, y lo de Marcel, que no hacía nada más que alguna vasija de barro al mes en espera de que su padre muriera y dos o tres granjas pasaran a sus manos. El novio de Elise, un escritor tan joven como tardía y provincianamente maldito y al que yo bauticé como «el inefable escritor inédito», cosa que le encantaba al novio y conviviente, me dijo pocas horas después que el matrimonio de Claude había sido el espectáculo más sórdido del mundo.

Todo esto fue un par de horas más tarde y por la quinta o sexta cerveza, desde que salimos de la Universidad y llegamos a la ciudad. Bueno, ya tenía un par de amigos que no fueran respetables colegas de la facultad. Y con los cuales se podía beber un poco más serenamente que con el monstruo de la autoescuela, que sabía estrellarse perfectamente y con absoluta calma, eso sí. Jamás le pasaba nada y la policía lo adoraba. Era un personaje popular de Montpellier, o de cierto Montpellier, y sólo logré librarme de él cuando Bernard, el patrón del bar vecino a mi casa, lo largó por alzar demasiado la jeta de extrema derecha. Jugaba tenis diariamente o casi, daba mis clases dos o tres veces por semana, escribía por las tardes y me emborrachaba ligera y muy tristemente por las noches, siempre en compañía de Elise y del escritor maldito. Nos hacíamos un mutuo favor: yo los invitaba a comer en pequeños antros de la ciudad y ellos me pagaban con compañía y conversación. Y confiaba plenamente en ellos para lo de Claude, a quien hacía ya dos años que había dejado de ver.

Y si a esta amistad sincera con ese par de muchachitos la he calificado antes de incidente fue porque un anochecer en que llegué a buscarlos, me abrieron la puerta realmente espantados. Pero ya era muy tarde, porque yo había pasado el umbral de la puerta y Claude ya me había visto. Yo, que ya un día, pocas semanas atrás... Tres o cuatro semanas hacía que, saliendo yo de clases, vi a Claude y a Marcel esperándome como aterrados y sonrientes, algunos metros más allá de la puerta del salón. Fingí no haberlos visto, di rápidamente media vuelta y salí disparado hacia una escalera que quedaba al otro extremo de ese amplio corredor. Parece que Claude había llegado llorando donde su hermana y que Marcel se había quejado amargamente de que yo me había escapado para no saludarlos siquiera, pero ni Elise ni Christian, su novio maldito, me habían querido contar nada porque del tema Claude no se hablaba jamás... Y ahora estaba yo ante una Claude que me rogaba que me quedara y que lloraba de la emoción de verme y que había venido al dentista y que tenía que quedarse a dormir en Montpellier y que estaba a punto de arrodillarse y de entregarme, por fin, el pequeño cofre oculto con el inaudito tesoro adentro...

Terminamos bebiendo más de la cuenta en un restaurant donde preparaban una excelente *fondue bourguignone*, y yo puse una condición, eso sí: nunca más, que sea la única vez, Claude. Pero ella insistía: quería ser mi chofer, manejar mi lindo carro —no, Claude—, podía venir dos veces a la semana y limpiarme la casa —no, Claude—, sólo me cobraría la gasolina del viaje —ni lo sueñes, Claude—, y así sucesivamente hasta las lágrimas de Claudie, porque nunca la habían humillado tanto delante de su hermana menor y además empezaba a tener una jaqueca atroz, por la evidente razón de que su hermanita estaba como pepa de mango y era más alta que ella, ligerísimamente más alta que ella. Fueron muchas copas de vino más hasta que, por fin, decidimos que debíamos comer la famosa *fondue*.

Claude insistió en que ella me iba a dar de comer en la boca y, a la primera, juá, el fierro hirviendo del pincho con el trozo de carne en la punta y fuego intenso y prolongado sobre mi borracho labio inferior. Salí a gritar a la calle y corrí hasta mi casa para echarme chorros de agua fría, ponerme trozos de hielo encima, pero detrás de mí llegó la maldita comitiva y dale con que con aceite y dale con que un algodoncito y de pronto yo dándoles una botella de whisky a ellos y sirviendo la primera copa para mí. A la mañana siguiente, sólo recordaba haber tocado en algún momento la cicatriz en la nalga izquierda de Claude. Y tenía clases. Bien preparadas, felizmente. Con cinco rápidas cervezas *chez Bernard*, manejé el elegante Pinín Farina hasta la universidad y descubrí que en ese estado se podían dar unas clases excelentes. Dos o tres días después, en plena cura de reposo y abstinencia, recibí la visita de Elise y Christian. Bueno, sin duda yo tenía mis razones, pero Claude se les había presentado semidesnuda a las seis de la mañana y llorando desconsoladamente. Parece que yo le había reclamado unos cincuenta mil francos mientras ella se había quedado conmigo para darme una noche de amor escondido y entre caricia y caricia yo la había largado a patadas gritándole: «¡Si no fuera porque eres una enferma, por el cabronzuelo de Alexandre y por esa cajita o cofre que me ocultas, ya te habría matado, ladrona!» O algo peor todavía, no recuerdo muy bien. Ah, sí, además la había acusado de ser incapaz de quererse ni a sí misma, de ser frígida y de ser una mujer completamente incompleta. O algo peor todavía.

En octubre de 1984, cuando ya mi mudanza a España estaba lista, sonó el último teléfono que respondí en Montpellier y era Claude, tres largos años después. Elise le había contado que abandonaba Francia para siempre y me rogaba que pasara un día siquiera en su granja llamada Lucante, allá donde el diablo perdió el poncho. Yo acababa de regresar del Perú en plena forma y, en realidad, no tenía nada que hacer. Simplemente me había dado por esperar que llegara el día 24 de octubre de 1984, porque el 24 de octubre de 1964 había llegado a Francia por primera vez y quería cruzar la frontera y sentir que realmente veinte años no eran nada. Siempre me han gustado esas cosas simbólicas. Y siempre he tenido la malsana costumbre de hacer viajes al pasado. Por eso le acepté a Claude tomar un tren que debía llevarme hasta un pueblo llamado Mirafleur, donde ella me iba a estar esperando en su automóvil. Me dio pena verla tan elegante en un lugar tan pobre y campesino y fue largo el camino hasta llegar a Lucante. Me hicieron visitarlo todo, hasta el automóvil muerto que yo le había regalado a Claude seis o siete años atrás. Pero no sé por qué nada me dio tanta pena como ver que en la casa ya no había ni una sola foto de Claude vestida o desnuda y que en el taller del ceramista Marcel no hubiese más que dos o tres mediocres piezas de barro cubiertas de polvo y con alguna telaraña incluida. Era una vida inmóvil para una mujer aún bastante joven y muy bella a la que una terrible artrosis hereditaria amenazaba con sentar para siempre en una silla de ruedas como a su madre. Claude había comprado una impresionante cantidad de botellas de vino, pero apenas si bebimos una copa o dos en el día y medio que pasé con ellos. Alexandre no aparecía y yo pensaba que era mejor así. Tal vez, incluso, todo estaba planeado de antemano, aunque la verdad es que yo no sentía ya nada por aquel adolescente de quince años, que si bien era muy violento y peleaba demasiado en el colegio, aprobaba los cursos y era un nadador apasionado. En su edad o categoría o qué sé yo, era el décimo de Francia. Todo eso lo sabía por Elise, que me había puesto al corriente de todo antes de abandonar Montpellier con el inefable escritor inédito y emprender el camino de la consagración en la capital de Francia.

Dormí bien y nadie me interrumpió y me pegué un buen baño al despertar. Fueron en total tres comidas las que pasamos juntos, Claude, Marcel y yo. Claude habló hasta por los codos y siempre de lo mismo: la respetabilidad y la fidelidad conyugal. Marcel no tenía opiniones al respecto ni tampoco yo, la verdad, pero la aparición muda de tres furibundos pastores a cobrar una deuda que casi termino pagando, de puro miedo a que me incluyeran en la paliza, me permitió ver claramente que Claude tenía una nocturna vida bucólica con uno de ellos. Fue más que evidente que por eso aceptaron volver dentro de un mes a cobrar por última vez esa deuda. Poco antes de partir rumbo a Mirafleur, apareció un adolescente con cara de malas pulgas y que, no sé por qué, me decepcionó porque era mucho más bajo de lo que yo había imaginado siempre. El pintor panameño de mayo del 68 era delgado y realmente muy alto y aindiado, pero éste era un colegial de pelo castaño, muy francés común de apariencia, y con un rabioso ojo verde y otro azul. Me saludó de paso, como los chicos de hoy, y yo tampoco reconocí para nada a ese chico desesperado que tanto me había querido al final y cuya paternidad quise asumir para siempre. Recogí mi maletín, me despedí de Marcel, no de Alexandre que había subido, y ya en Mirafleur, Claude intentó llorar pero le falló y hasta hoy...

Bueno, hasta hace poco más de un mes, en el Hotel Príncipe de Gales, en París. Soñé con una cantidad de casas y una cantidad de techos y una cantidad de Claudies y una cantidad impresionante de mudanzas... Y, por fin, antes de despertarme y después de haberla buscado durante años, encontré una pequeña caja, una cajita rosada, preciosamente empaquetada en seda y con mi nombre grabado en oro. La cajita tenía forma de corazón y se abrió fácilmente. No había nada adentro. Absolutamente nada. Horas después, caminaba por Les Halles y aunque hacía frío, la mañana era clara y soleada. Nunca como en esos momentos le había encontrado tan poco misterio a la vida. Y me sentía tan bien aunque al mismo tiempo sintiera una extraña sensación.

He regresado a París varias veces desde que me mudé a Montpellier en 1980. Pero ahora, por primera vez, tenía la sensación de que seguía viviendo ahí y de que muy pronto me iba a mudar a Montpellier donde, cómo lo iba a saber entonces, terminaría escribiendo una novela sobre Sylvie en una clínica llamada Rech. Fueron siete meses de hospitalización, en total, por un insomnio incurable que se me curó sólo con instalarme en Barcelona. Mis amigos Marisa y Pepe Villaescusa vinieron a verme desde Barcelona y me llevaron a Italia y volví a ver a Sylvie, que me devolvió la visita en la Feria de Nimes, poco antes de que una recaída me devolviera a la clínica Rech. Jamás falté a una clase, eso sí. Y al comienzo me llevaban en ambulancia y con una enfermera para tomarme la presión entre clase y clase.

Terminé *El hombre que hablaba de Octavia de Cádiz* en la clínica Rech, pabellón de los locos, viajé al Perú y regresé en plena forma aunque volvía a visitar la consulta privada del doctor Pierre de la Nuce de la Motte, que fue quien me entregó el certificado aquel que hablaba de un insomnio rebelde a toda terapia.

Y allí, en París, en 1992, caminando serenamente por el forum de Les Halles, había terminado de mezclar a Claude con Claudie y a ambas con Claudine, el personaje más fiel y más tierno que hay en *Tantas veces Pedro,* o *Pedro hasta en la sopa,* como le llamaban Paquita Truel y Lalo Barrón, unos amigos a los que acababa de ver un instante la noche en que un sueño me permitió separar a mi linda e imaginaria Claudine de una mujer doblemente incompleta.

EL VIZCONDE DE CALAFELL

Veinte años y dos etapas que, hasta el día de hoy, abarcan la mayor parte de mi vida en Europa. Cada etapa tiene una década, más o menos, y no quiero caer en minuciosidades cronológicas porque aquellos años fueron tan lentos como veloces, y sus meses, semanas y días fueron a veces lentos y a veces veloces. *Cuando las horas veloces* es el título del tercer y último volumen de las bellísimas memorias de Carlos Barral, que solía llamarme virrey por aquello de mi antepasado Pío Tristán, que dejó sin legítima herencia a Flora Tristán, la paria que peregrinó hasta el Perú en busca del rosario de su padre. A Carlos le encantaban los datos de aquella historia que yo entremezclaba con anécdotas recogidas de la memoria familiar y condimentadas por mi progresivo alejamiento geográfico del Perú. Él era el vizconde de Calafell y yo había sido su «última ilusión ultramarina», según cuenta en aquel tercer volumen veloz e impreciso cuyo penúltimo capítulo me dio a leer en el que fuera nuestro último encuentro en su vizcondado. Me sorprendió tremendamente descubrir que había sido yo quien encabezó aquel «grupo de desmelenados bebedores [que] cargó en la cuenta del novelista cubano Lisandro Otero la reserva entera de la bodega del hotel...».

Leí aquel capítulo —y aquella frase que Carlos colocaba entre signos de interrogación— esa misma noche, al acostarme, y recordé el episodio de aquel Congreso de Caracas, en 1981. Lo recordé con *mi* memoria. Precisamente por culpa de Carlos y de su esposa Ivonne, y no porque yo no lo intentara, no pude beber una sola copa durante aquel congreso. Sólo la última noche, después de la clausura, el gran amigo y escritor venezolano Salvador Garmendia nos invitó a Jorge Edwards y a mí a salir por ahí... Y del muy desagradable episodio del que fue víctima Lisandro Otero me enteré días antes en mi dormitorio del hotel, donde Ivonne y Carlos me mantenían encerrado porque tenía que entregarle corregidas las galeradas de *La vida exagerada de Martín Romaña*, antes de regresar a Montpellier, y para eso faltaban sólo tres o cuatro días. A la mañana siguiente bajé a la hora del desayuno, cuando ya aquel tremendo desaguisado, aquel complot contra Lisandro, organizado por jóvenes poetas lugareños y algún borrachín más totalmente ajeno al congreso, se había solucionado al asumir la cuenta algunos de los organizadores del congreso, o a lo mejor fue el propio Guillermo Morón, caballeroso embajador cultural de su país. Lo cierto es que aparecí en el comedor en que desayunaban la mayor parte de los asistentes, me acerqué a la mesa en que Lisandro Otero desayunaba en compañía de Jorge Rufinelli y otros contertulios, y le dije a Lisandro que venía a pedirle públicas disculpas por algo que yo no había hecho. Lisandro se levantó para abrazarme, y me dijo que eso lo sabía perfectamente bien.

Era un precioso capítulo de *Cuando las horas veloces* y, muy probablemente, cuando Carlos me lo dio a leer, ni cuenta se dio de que mi nombre aparecía en él. ¿Para qué reparar en ese detalle? *Cosi è (se vi pare)* y *ciascuno la sua verità*, según el universal Luigi Pirandello. La última vez que vi a Carlos fue en un vuelo del puente aéreo Barcelona-Madrid. Me dedicó el tercer volumen de sus memorias, que acababan de salir del horno, pidió una copa de vino blanco y empezó a leerme aquel penúltimo capítulo, casi a declamarlo, para desesperación de mi vecino peruano de asiento, un conocido oftalmólogo instalado en Barcelona, al que lo único que le preocupaba era que en Iberia le cobraran a uno cien pesetas por media lata de cerveza. Yo me había sentado estratégicamente en el asiento del medio, para evitar en la medida de lo posible que dos preocupaciones tan distintas y lejanas se mezclaran en el aire. Parece que el escritor venezolano Denzil Romero había pasado por Calafell pocos días después que yo y que Carlos le había pedido también que leyera aquel penúltimo capítulo. Denzil habría convencido a Carlos de la auténtica versión de los hechos, según sus recuerdos, por supuesto, y mi nombre había desaparecido de la página 267 velozmente. Pero un último descuido del vizconde hizo que en el índice onomástico del libro yo apareciera, entre otras páginas, en la 267. Carlos Barral fue la primera ilusión literaria de mi vida.

Después vinieron las primeras desilusiones mutuas, las nuevas ilusiones y desilusiones mutuas y poco a poco se fue zurciendo una amistad cuya tercera etapa empezó hace algunas semanas cuando le escribí una carta a Carlos, a pedido de Ivonne, para algún homenaje con plaza y busto, creo, que se debe inaugurar en algún lugar de Tarragona. Carlos Barral para mí era un mito catalán y universal, al que sólo conocía a través de las serias versiones que de su persona me había dado en París Mario Vargas Llosa. Otro amigo del París de aquel entonces, Federico Camino, lector apasionado, filósofo escéptico y severo y maestro del género epistolar, me había dado la primera versión literaria de Carlos, a quien había conocido en casa de Mario Vargas Llosa: «Es el personaje más logrado de Herman Melville. Habría opacado al capitán Ahab.»

Después de los problemas que terminaron con la relación entre Carlos y la editorial Seix Barral (todo aquel asunto me era «ancho y ajeno») y que impidieron que se fallase el premio Biblioteca Breve de 1970, supe que Pepe Donoso era el gran favorito (por cartas del propio Mario Vargas Llosa, miembro del jurado, y del siempre enterado escritor paraguayo Rubén Bareiro, a quien le debo dos trabajos en dos universidades parisinas) y que mi novela *Un mundo para Julius* podía quedar finalista. Hubo alguna especie de ancha y lejana transacción, creo, y yo decidí seguir los consejos de fidelidad a Carlos Barral que me hicieron llegar Mario Vargas Llosa y Gabriel García Márquez, que también era miembro del jurado aquel año. Pepe Donoso publicaría su libro con Seix Barral, con una nota del propio Carlos en la primera solapa, y yo publicaría mi novela como primer título de la nueva aventura editorial de Carlos: Barral Editores. Yo sólo sabía y quería estar de acuerdo con todo el mundo por aquel entonces.

Como casi todos los años, desde 1967, fui a pasar el verano a España y le informé a Carlos de mi paso por Barcelona. Me dio una cita en la editorial Seix Barral, donde aún mantenía su despacho, y cuando aparecí con británica puntualidad, una soleada mañana de julio, me di perfectamente bien cuenta de que Carlos había olvidado por completo ese compromiso. Tampoco hizo mayor esfuerzo por disimularlo, la verdad, ya que tenía problemas mucho más graves y urgentes que un almuerzo conmigo. Recuerdo la inmensa mesa negra del despacho atiborrado de libros que anunciaban mudanza y que detrás de la mesa el personaje descrito por Federico Camino se comunicaba por teléfono con su esposa y le decía: «¿Recuerdas, Ivonne, que habíamos quedado en almorzar con Bryce Echenique...? Sí, el sudamericano... El peruano, sí...»

Terminamos sentados en un restaurant cercano a la editorial y, poco a poco, Carlos como que salió de sus problemas para entrar en sus proyectos y nuevas ilusiones. Lo que le faltaba, por supuesto, era dinero. Pero mi novela la publicaría y ya vendría el momento de firmar un contrato en la debida forma. Carlos me explicó que el Codorniu con que nos obsequió el restaurant al final del almuerzo era, por si aún no lo sabía, una especie de champán obligatoriamente catalán. La palabra *cava* no se usó en ningún momento y yo apenas si bebí una gota para brindar por un futuro muy cercano. Y eso fue todo. Hice mis visitas de reglamento en Barcelona y seguí rumbo a Almería, en busca de lo que Mario Vargas Llosa llamaba «la España de pandereta que le encanta a Alfredo».

Las cosas en París andan bastante mal, en casa, y vagabundeo solo por Andalucía y Extremadura, antes de visitar a Pepe y Marisa Villaescusa en Bilbao. Es una época de malos recuerdos y que recuerdo muy mal, pues arrastro una dimensión desconocida para mí de la vida: la depresión que me ha producido sabe Dios qué, pero que realmente coincide con el punto final de *Un mundo para Julius*. Contra todos los pronósticos, aquel «mal oscuro» se agrava terriblemente con su publicación. Vuelvo a pasar por Barcelona a mi regreso a París y entre las visitas de reglamento, la primera y más importante es al doctor Ramón Vidal Teixidor, un hallazgo genial que le debo a Toniquín Puchol, que había pasado los años más entrañables de su adolescencia metida entre mi familia limeña y que entonces acababa de casarse con un notario, valenciano como ella. Poco a poco, Ramón y Maruja Vidal Teixidor se van convirtiendo para mí en algo mucho más importante que una nueva aventura editorial de Carlos Barral. Pero visito al futuro vizconde y resulta que ahora su problema más urgente o su ilusión mayor es la puesta en marcha de su colección *Hispanica Nova*, cuyo primer título tiene que ser mi libro. «Y tú andas desaparecido, maldito peruano. Si todos fueran como Vargas Llosa...»

Urge que corrija las pruebas de la novela porque simple y llanamente tiene que salir a fin de año. Le explico a Carlos que me es imposible hacerlo por el momento, que no tengo ánimos, que me dé tiempo y que me permita llevarme las galeradas a París para que allá alguien me ayude a revisarlas. Nones. Es demasiado urgente y no se puede confiar en una persona tan destartalada como yo. Fernando Tola, que es el segundo de a bordo en Barral Editores en ese momento, según entiendo, es también peruano y puede corregir las pruebas más rápido que yo. Dudo, pero de pronto Carlos me dice que piensa publicar *Un mundo para Julius* en dos tomos. Finalmente son casi seiscientas páginas y *Conversaciones en la catedral* se ha publicado en dos tomos en Seix Barral. La idea me deprime más todavía y Carlos lo nota y nota también que discutir de mi libro me hace demasiado daño. Llegamos finalmente a una transacción en la que prácticamente pregunta y responde por mí: la novela se corrige en Barcelona y se publica en un solo volumen. Acepto y firmo el contrato.

Un día suena el teléfono de mi casa, en París, y es Carlos. Está en ni sé qué famoso hotel en que se alojan editores y escritores importantes y quiere entregarme personalmente el primer ejemplar de mi novela recién salida del horno. Me da cita en el bar y allá voy y me lo encuentro conversando con un escritor negro, lleno de collares como guirnaldas hawaianas y, cuando observo más, la falda o como se llame eso también es hawaiana. El célebre personaje se va no bien me siento yo, y Carlos me entrega ese ejemplar de *Un mundo para Julius*. No se siente nada bien y quiere que comamos en un lugar muy tranquilo, lo más vacío posible. La noche anterior ha estado en la embajada de Cuba con Alejo Carpentier y ha bebido más de la cuenta. Ahora bebe lentamente una cerveza y yo le explico que para lugares tranquilos, silenciosos y casi vacíos, nada mejor que mi casa. Me encantaría presentarle a mi esposa. Eso le parece a Carlos una idea brillante y pide dos cervezas más antes de que nos pongamos en marcha. Rechazo la mía: no, no bebo porque está totalmente contraindicado con los remedios que estoy tomando. Lo acompaño con una Cocacola y poco rato después estamos atravesando los jardínes de Luxemburgo, camino a la rue Amyot, ahí vivo yo, Carlos.

Maldito sea el humo que salió cuando Maggie abrió la puerta y escuchamos voces y carcajadas peruanas. ¿Qué pasa, Maggie? Es Carlos Barral y veníamos a comer solos contigo. Pasaba que Maggie no tenía la culpa de nada y que además estaba muy contenta, como siempre que Julio Ramón Ribeyro aparecía por casa. Lo malo, claro, es que había venido acompañado por una verdadera turba de peruanos que apenas cabían en la sala y que Julio Ramón no se había atrevido a meter en su casa. Y tampoco era culpa de Julio Ramón. Lo habían llamado de la embajada del Perú para avisarle que se hallaba varado en París el compositor peruano Manuel Acosta Ojeda que, entre otras joyas del vals criollo, había compuesto una cuya letra hablaba de peces acuáticos anfibios, lo cual había sido motivo de buena cantidad de burlas que habían terminado con interminables broncas de sangre criolla y popular.

Contra todo lo que yo había pensado, Carlos se instaló en un filito del diván apretujado de compatriotas y, como yo estaba muy deprimido y se notaba, Manuel Acosta Ojeda me dijo que no me preocupara de nada, que él haría los honores. Y copas y botellas iban pasando de mano en mano sin que yo tuviera que intervenir en nada, mientras el gran compositor peruano empezaba a contarnos su odisea europea y Carlos empezaba a respirar difícilmente antes de lanzar otra sonora carcajada. El cantante y autor de valses como *Cariño, Si tú me quisieras, Madre* («*Madre: cuando recojas con tu frente mi beso / todos los labios rojos que en mi boca pecaron / huirán como sombras cuando se hace la luz...*»), o *Puedes irte* («*Hiéreme sin temor que los dolores / son muy amigos míos desde niño / y mi pecho está lleno de cariño / y en él no pueden entrar rencores... Cansa el oro y también cansa el armiño / hasta la vida cansa, no, no llores... / Es lógico tu adiós, las golondrinas / buscan el sol cuando el invierno llega / y la abeja no besa flores secas...*»), el mismísimo e inolvidable Manuel había sido enviado por el Gobierno Revolucionario de las Fuerzas Armadas en gira por Europa. Tenía que representar al Perú en un congreso de músicos en Berlín, y llegar después hasta Moscú donde lo esperaba un nutrido calendario artístico.

En las despedidas limeñas del «ambiente», a Manuel le habían robado dinero, abrigo, pero jamás la gallardía para dejar bien alto el nombre del Perú. Y así emprendió viaje, alimentándose con los caramelos que coleccionaba en cada despegue de un aeropuerto y en Berlín había dejado a los rubios esos turulatos con su ponencia sobre la música cómica. ¿Música cómica? Los alemanes estaban realmente sorprendidos y él les había explicado que él era autor de música cómica y que eso consistía en usar muchas comas en cada verso... Humo, botellas, carcajadas, y apenas pan y queso para la caballada. Julio Ramón había tenido que cargar con el muerto feliz que era Manuel, cuando éste había telefoneado a la embajada, había llegado a pie hasta el 50 de la avenida Kléber, y se había instalado a vivir en algún sofá de la sección consular, mientras por algún lado surgiera el dinero para el billete de regreso al Perú...

Bueno, pero lo mejor había sido en Moscú. ¡Qué frío ni ocho cuartos! ¿No se han fijado lo gordo que estoy? Bajo el saco, la camisa, el pantalón y la ropa interior, Manuel se había empaquetado varias veces con periódicos que había ido coleccionando en el camino. Y ahí mismito en el aeropuerto de Moscú empezaron los líos. Una barra formada por catorce peruanos tan criollos y juveniles como comunistas lo había ido a recibir y él se había presentado con su nombre y apellido y había empezado a preguntarle a cada uno cómo se llamaba. Pero resulta que de camarada Pepe o camarada Juan no pasaban esos huevones. ¿Y el apellido? Porque yo les he dicho mi apellido... Ustedes están en la obligación de devolverme la cortesía. Pero eran las reglas del juego, las consignas... Ah, ¿conque quieren jugar conmigo?... Bueno, ¿y qué hiciste, Manuel?, le preguntó Carlos Barral, atragantándose el humo del cigarrillo. Les pegué a los catorce, pues, qué iba a hacer si no... Mucho comunismo y mucha cojudez pero ninguno de esos camaradoskis había visto sangrecita en su vida... ¡Les pegaste a los catorce! Manuel Acosta Ojeda explicó que qué diablos iba a hacer, pues. Y, al notar entre el humo sospechosas miradas de incredulidad, se quitó el saco, se remangó la camisa hasta el codo, empezó a desenvolver su empaquetado brazo izquierdo y uno por uno nos fue mostrando los catorce relojes de pulsera que llevaba en el antebrazo... No me quedaba más remedio, caballeros, pero no te preocupes, Alfredo, que yo me encargo de los tragos, a ver, por favor, pásenme ese boticelli para destaparlo...

La madrugada seguía totalmente nocturna y cubierta de nieve cuando decidí acompañar a un Carlos que nos maldecía a Mario Vargas Llosa y a mí por haberlo estafado con novelas que para nada pintaban la realidad peruana como acababa de descubrirla en boca de ese genio. Manuel Acosta Ojeda desapareció por los locales en que se cantaba música latinoamericana en París y no lo volví a ver más hasta mi regreso del Perú, en septiembre de 1972. Apareció con guitarra y toda su alegría y gratitud para despedirme con unos cuantos compases de alegría e inolvidable gratitud... Pero la helada noche aquella de diciembre de 1970, Carlos y yo nos cansábamos ya de tanta vereda resbalosa y nevada cuando él gritó: «¡No puede ser! ¡El abominable poeta de las nieves!» Rodolfo Hinostrosa atravesaba el bulevar Saint Michel y abría los brazos feliz. Los dejé en algún café, tal vez el *Old Navy,* ya no tan lejos del hotel de Carlos... Tomaban vino y, a cada chica que se acercaba, Rodolfo le preguntaba de qué signo era. Poco tiempo después ganó el premio Maldoror de poesía, en Barral Editores, y en esa misma editorial publicó con gran éxito la edición de bolsillo de *El sistema astrológico,* en 1973. Un año más tarde, apareció *La felicidad ja ja,* los primeros relatos que lograba escribir al salir por fin del túnel de una interminable depresión.

Pero ya para entonces todo eran quejas. Y en mi caso, aquello había empezado antes, apenas un par de meses después de la publicación de *Un mundo para Julius.* Maggie había hojeado las primeras páginas del libro, y después el tomazo había encontrado su lugar entre otros libros, en una pequeña estantería que había a la entrada de la casa, junto a la puerta de la cocina. Unos amigos españoles, entusiasmados por ser un académico el que firmaba la crítica, me habían enviado la página entera que don Antonio Tovar le había dedicado al libro en una revista de la época, *La Gaceta Ilustrada.* El artículo concluía afirmando: «El autor sabe tan bien el idioma que puede dar sabor a su novela con tales dialectismos.» Ejemplos: «las confusiones de *c* y *s* y las hipercorrecciones de *ear* en vez de *air*...» Más ejemplos: «Le molestaba que andaran», «locetas», «pezcuecito». Y muchos ejemplos más... Yo era incapaz de hacerlo, pero Maggie corrió a buscar nuestro ejemplar de *Un mundo para Julius* y arrancó una atentísima lectura, obligándome a menudo a sentarme a su lado. Hasta la página 100, perfecto, se notaba que habían revisado exhaustivamente las galeradas. Pero a partir de ahí, los árboles ya no «bordeaban» las avenidas sino que las «bombardeaban» y a fulanita de tal no se la veía cada día más «avejentada» sino más «aventajada». En total, 750 erratas y horrores. Maggie me ayudó a redactar una inmensa fe de erratas y me dictó la carta en que yo amenazaba a Carlos con publicar esa fe de erratas en la prensa si él no retiraba en el acto el libro de la circulación.

La respuesta fue este telegrama: «Desolado descubrimiento. Quemo edición.» «Carlos.» Y apareció una segunda primera edición «revisada por el autor», pero la experiencia me enseñó muy pronto que ningún editor quema cinco mil ejemplares. Algún día una alumna puertorriqueña me trajo un ejemplar comprado en su país para que se lo dedicara, y así empecé a descubrir más o menos por dónde habían ido a parar los ejemplares con las 750 erratas y horrores. Y por la quinta edición, yo seguía sin cobrar un céntimo y apelé a Carmen Balcells, pero desgraciadamente, nada podía hacer ella con un contrato que había sido firmado sin pasar por sus manos y tiempo antes de que me aceptara como autor de su agencia literaria. Le escribió a Carlos pero éste evocó alguna cláusula según la cual, en caso de litigio, tenía que dirigirme a los tribunales de Barcelona. Apenas si pude dirigirme a Barcelona, y más bien para visitar a Ramón Vidal Teixidor y renovar mi tratamiento. Ramón me decía siempre que tenía que aprender a ser agresivo, a agredir cuando me agredían, que no me dejara aplastar por la gente, y cuando Carlos me invitó a almorzar con un grupo de amigos, yo me atreví a tocarle el tema del dinero. Respuesta muy bromista: qué maleducados éramos los peruanos: se nos invitaba a almorzar y hablábamos de dinero. La verdad, había ido con la frase preparada: «Gracias, Carlos, por pagarme este almuerzo. Pero me quedan 364 almuerzos y comidas más los siguientes doce meses y...» Me levanté y me fui entre las carcajadas de los comensales.

No volví a ver a Carlos hasta el increíble congreso de escritores que hubo en Canarias en 1979. Debe haber sido el congreso más grande del mundo y necesitaría un historiador, o cuando menos un cronista. Todavía corren anécdotas divertidas y a veces muy desfiguradas por los años. Debió costar un platal y no sé si sirvió para algo, pero en todo caso yo pocas veces he disfrutado tanto en mi vida. Y era un momento en que necesitaba escaparme de París, ver otras caras, conocer a otras personas. Y a quién no conocí ahí. Yo entraba al bar una noche en el preciso instante en que Carlos salía. Sentí un profundo afecto por ese hombre cuya aventura editorial había terminado naufragando lastimosamente. Carlos estaba flaquísimo. Sabía que había estado muy enfermo y que lo habían operado. No conocía mayores detalles pero físicamente Carlos no era el mismo hombre de perfecta musculatura delgada que yo había conocido. Estaba muy avejentado y realmente flaco. Alzó la cabeza al verme y temí que no me saludara. Pero fue él quien tomó la iniciativa: «Te jodí, ¿no, virrey?» Parece que yo había aprendido a agredir sonriendo y emocionándome: «No, Carlos —le dije—; el que te ha jodido soy yo. Te has bebido todo mi dinero y mira en qué estado te encuentro.» Después vino un abrazo fraternal acompañado de una mutua celebración de mi frase. Y copas, porque Carlos decidió que regresaba al bar a tomarse unas copas conmigo.

Nos vimos al año siguiente, en México, y ya las aventuras llegaron a ser enloquecedoras. En Canarias había descubierto a Pepe Esteban y, como cuenta Carlos en *Cuando las horas veloces*, fue Pepe quien durante todo un congreso impidió estratégicamente mis llamadas telefónicas «a lo imaginario». Ya en otros lugares me había arruinado con llamadas de ésas y Pepe había llegado a un acuerdo con la telefonista del hotel acerca de un peruano loco que a eso de las cuatro de la madrugada... «No se la pase, señorita.» Una prolongación del congreso nos llevó hasta Baja California, con motivo del primer centenario de la ciudad de La Paz. En la pared, detrás de mí, tengo la fotografía de Carlos sentado en ropa de baño, tristemente flaco; a su lado estamos Pepe Esteban, Paco Ignacio Taibo I, amigo y anfitrión inolvidable del Distrito Federal y de Cuernavaca, Santiago Genovés, yo, y los extraordinarios Luis Rius (qué hombre fino fue) y Ángel González. La playa es Pichilingüe y nos habían puesto ahí un tenderete y un pequeño mostrador. Carlos me invitó poco rato después a tomar una copa de tequila y empezó a explicarme que ésos eran los momentos más importantes de la vida, los únicos que contaban. Y sufrió un desmayo sin consecuencias. Debe haber sido ése el viaje más feliz o, en todo caso, el más inolvidable en la vida de muchas personas. O sea que ahí termina la primera etapa de mi relación con Carlos Barral. En la próxima, ya era el Vizconde de Calafell y Pepe Esteban y yo seguimos hablando siempre con amor del vizconde Carlos y la vizcondesa Ivonne.

1981. Sonó el teléfono de mi departamento en Montpellier y tuve la suerte de llegar a tiempo para responder. Porque allá en Montpellier el teléfono quedaba lejísimos de todo y, como sonaba muy raras veces al año, yo a veces no reaccionaba a tiempo y tenía que esperar otro mes antes de que... Pero aquella vez patiné en el piso de mármol y así logré ir frenando a tiempo para no seguirme de largo hasta la sala. Era Carlos: «Vuelvo al ruedo, virrey. ¿Tienes novela?» Eso era un milagro y tardé en responder... Eso era realmente un milagro. Sobre mi mesa de trabajo, más de seiscientas páginas recién corregidas y con punto final colocado apenas unos días atrás. «Es un tocho de más de seiscientas páginas, Carlos.» La satisfacción de Carlos sonó allá en Barcelona: «Mejor si es un mamotreto.» «Pero tendrías qué leerla primero, Carlos...» «Claro que la leeré, pero tú bien sabes que la necesito y que me gusta.»

Y así nació para mí La Bibliotheca del Fenice, la colección de lujo que Carlos iba a dirigir en la editorial Argos Vergara. Carmen Balcells no estaba muy de acuerdo en que yo publicara otra vez con Carlos, pero a mí me provocaba una inmensa emoción la idea que Carlos me contó por carta pocos días después. Yo entonces le hablé de Manuel de Lope, novelista y amigo español radicado en Aix en Provence y cuyo último libro había sido escrito en francés y directamente publicado en París. Fue toda una coincidencia feliz para Carlos, porque sabía perfectamente bien quién era

Manuel de Lope. Barral Editores había empezado con *Un mundo para Julius*, mi primera novela, y había terminado con *Albertina en el país de los garamantes*, también la primera novela de Manuel. ¡Lo rescataría! ¡Su novela *L'automne du siècle*, traducida al castellano, acompañaría a la mía en el debut de La Bibliotheca del Fenice! Serían sus dos primeros volúmenes. La idea le fascinaba a Carlos: el autor con que arrancó Barral Editores y el autor con que terminó esa pesadillesca e interminable aventura cuyos entresijos y maldiciones jamás entendí muy bien, la verdad. Pero como siempre, Carlos salió perdiendo y España se quedó una vez más sin su gran editor desde la década de los sesenta o aun antes.

Pero a Carmen Balcells seguía sin entusiasmarle la idea de que yo volviera a aventurarme con Carlos y pidió un anticipo muy importante para mí. La respuesta de Argos Vergara fue afirmativa. Lo que no fue nada afirmativo fue la juerga que yo me pegué en la presentación de los libros de Manuel y mío, sobre todo en Barcelona. En Madrid logré contenerme bastante más, pero mi comportamiento tampoco fue muy ejemplar que digamos. Pude haber aguado la fiesta en cualquier momento, pero la gente fue realmente tolerante y generosa conmigo y, pocos días después (o pocas semanas), mi novela ocupaba el segundo lugar en las listas de libros más vendidos. En primer lugar seguía *La guerra del fin del mundo*, de Mario Vargas Llosa, y Carlos vivía realmente ilusionado con esa situación: «La cosa se está poniendo interesante, virrey», me repitió, más de una vez, con pícara expresión. Pero muy poco tiempo después mi libro empezaba a bajar hasta el séptimo u octavo lugar y por fin desapareció de aquellas listas. Mientras tanto, la novela de Mario se mantenía firme como un tronco en la primera posición.

He hablado de ilusiones y desilusiones mutuas en la relación cada vez más entrañable que mantuve con Carlos y, aunque jamás le toqué este tema, creo poder adivinar (lo repito: *creo poder adivinar*) que fue aquel hecho el que muy pronto terminó con el entusiasmo inicial de Carlos por La Bibliotheca del Fenice. Algo en la correspondencia que manteníamos por aquellos meses me permite creer que las cosas pudieron ser así, aunque desde mi distancia montpellierina me fue imposible seguir la evolución de aquellos asuntos. Se publicaron todavía libros estupendos, además del de Manuel de Lope: *Los perros del paraíso*, de Abel Posse, con una primera parte realmente insuperable; *El Himno de Riego*, de José Esteban y *Diálogos de la alta noche*, densa e intensa novela de ese escritor de raza que es José María Vaz de Soto. Pero se me pueden escapar muchos títulos más, porque no seguí de cerca el destino de aquella colección (aunque tengo la impresión de que Carlos fue delegando bastantes funciones en colaboradores realmente entusiastas) y ni siquiera sé cuántos volúmenes se publicaron ni hasta cuándo duró. Hay quienes afirman que mi novela sobre Martín Romaña financió el resto de la colección, pero la verdad es que nunca recibí liquidación alguna, que nunca supe cuántos ejemplares se imprimieron o si se reimprimió alguna vez. Precisamente el propio Carlos, en los días de compartido entusiasmo que precedieron el lanzamiento de la colección (tuve que hacer un apresurado viaje a Barcelona, para corregir unas desastrosas segundas pruebas, y una noche se olvidaron de mí y terminé quedándome encerrado en la editorial y durmiendo en el sofá del despacho de Luis Miracles), me contó que, de haberse fallado el premio Biblioteca Breve de 1970, lo habría ganado *Un mundo para Julius*. Pero su última y definitiva versión de aquel asunto queda escrita en sus memorias y da por ganador seguro a Pepe Donoso. Era lo más probable, creo yo.

En abril de 1985, me instalo por fin en Barcelona y empieza la etapa en que ya todo es amistad y nada más. Frecuenté mucho la casa de la calle Carrencá y pasé muchos soleados fines de semana en Calafell. Ivonne es ya una amiga definitiva y toda la familia Barral empieza a metérseme en el alma. ¡Cuántas anécdotas no podría contar de aquellos años! La noche en que me quedé dormido con el cigarrillo encendido, en Calafell, e Ivonne me rescató a tiempo del cubrecama que ardía ya entre una gran humareda. El fin de semana en que mi sobrina Maite Igartua estaba de paso por Barcelona y me la llevé a Calafell. Me sorprendió lo mucho que ayudaba en los trabajos del bar La Espineta, que atendían los hijos de Carlos. Mayor sorpresa me llevé cuando, de pronto, los mellizos Darío y Marco la invitaron a una discoteca, dejándome realmente aterrado. Le rogué al par de fieras esas (con la que tantas veces terminé yo de discoteca en discoteca) que, por favor, si armaban algún lío, vieran la manera de que mi sobrina quedara fuera de todo peligro. Marco y Darío cumplieron con la palabra empeñada por dos caballeros. Habían olvidado la llave de la casa, pero hicieron que Maite trepara hasta el dormitorio más alto, sabe Dios cómo, y luego regresaron a participar en la tremenda trompeadera que se había armado en la discoteca.

Hubo también viajes memorables por España y alguno bastante «accidentado» cuyo destino fue Albacete y cuyo final feliz se debió en gran parte a la amabilidad y simpatía de José María Martínez Cano, nuestro anfitrión en aquella ciudad. Ivonne nos acompañaba siempre en aquellos desplazamientos, ya que según su teoría Carlos y yo solos podíamos causar estragos aún mayores que los mellizos Darío y Marco. Pero la mayor parte de aquellos viajes fueron muy serenos y me permitieron admirar cada vez más la cultura increíble de Carlos y también sorprenderme con la arbitrariedad de sus opiniones o conclusiones, verdaderas *boutades* de un hombre que poco a poco había ido perfeccionando al personaje que al final representó en el mundo.

Y ahora me viene a la memoria que la visita más entretenida y bien conversada que recibí en Montpellier fue la que me hicieron Ivonne y Carlos, Ana María Moix y Rosa Sender. Duró un fin de semana y Carlos disfrutó muchísimo observando las embarcaciones del pequeño puerto de Palavas. Él soñaba con un bastón que yo había heredado de mi abuelo y realmente estuve a punto de esconderlo por temor a terminar regalándoselo. Pero partió muy contento con un bastón desarmable que le compré, en fin, un bastón que podía transportarse muy fácilmente en un pequeño maletín de mano y recuperar su tamaño natural al llegar a destino. Aquella visita debió ser en 1982 o 1983. Tendría que buscar y rebuscar en mi desordenado «archivo fotográfico» para comprobar el mes, aquel fin de semana, y el año de tan necesaria e importante visita para mí.

O sea que desde antes de mi llegada a Barcelona había empezado la época de los bastones, los chalecos y las condecoraciones, que fue reemplazando los muchísimos años que Carlos anduvo casi siempre con camisas bastante abiertas y aquel verdadero «encadenamiento» que llevaba en el cuello. Carlos el abuelo, el hombre de los mil achaques y de una vejez realmente prematura. Todo aquello era, en el fondo, su última coraza. Su manera de ahorrar energías y de protegerse de aquellos coleccionistas de curiosidades que lo visitaban intrusamente y le robaban unas horas de trabajo que él cada día necesitaba más, precisamente porque eran ya las horas veloces. Se lo dije, una tarde en Calafell: «Toda esta aparente decrepitud no es más que un invento tuyo, Carlos. Una manera de protegerte, de darle gusto a Ivonne, y de ahorrar tiempo y energías.» Su respuesta fue alzar la cara como si algo realmente lo hubiera sorprendido, y decirme: «Coño, no sabía que me conocías tan bien, Alfredo.» Creo haberlo conocido bastante, efectivamente. Y Carlos había ido fabricando pacientemente al hombre de los chalecos, los bastones y los honores, para resistir mejor a tantas adversidades económicas y judiciales. Odió siempre la estupidez, aunque ello a veces lo llevara a conclusiones un tanto arbitrarias acerca de algunas personas y, sobre todo, de algunos escritores.

Y he pensado desde hace mucho tiempo que si la Bibliotheca del Fenice no funcionó, ello se debió más que nada a que el *momento* de Carlos Barral como editor ya había pasado. En Barcelona, en todo caso, dos «jóvenes» editoriales, Anagrama y Tusquets, habían alcanzado en la década de los ochenta aquella madurez y aquel espacio selecto y de avanzada que Carlos había llenado totalmente en las décadas precedentes. Nunca hablamos de esto tampoco, la verdad, pero cierto es que mientras viví en Barcelona, mi querido vizconde se entretenía y se interesaba más por un buen chaleco o un precioso bastón que por alguna novedad literaria. Había llegado totalmente a la época de la relectura, a aquella época en que los libros del pasado se van seleccionando solos, invaden el presente y determinan los futuros placeres de una nueva lectura. Suele ser una época en que se cita mucho y él citaba mucho mientras caminábamos por las Ramblas hasta llegar a la calle Hospital, donde nos recibía siempre muy amistosamente el sastre Ferrán, hermano del poeta. Horas nos pasábamos allí Carlos y yo mirando telas, diseñando trajes imaginarios e inventando chalecos tan novedosos como antiguos que luego el señor Ferrán cortaba a la perfección y convertía en realidad. Hubo una memorable visita a la sastrería que terminó a las ocho de la madrugada en mi casa, con dos esposas furibundas en el teléfono.

Ivonne, y la esposa de aquel médico encantador al que todos llamábamos el Cuervo.

Su apodo venía de la marca de tequila que bebía cuando apareció en Calafell un misterioso personaje proveniente de otro pueblo costero, según se averiguó muy pronto. Era uno de esos hombres que realmente dan sed y Carlos no tuvo mejor idea que la de traerlo una tarde a Barcelona y llevarlo donde el sastre Ferrán, porque ya estaba harto de verlo con el mismo terno de corduroy negro y gastado. Juramos ser prudentísimos y lo fuimos, realmente lo fuimos. Nos detuvimos sólo una vez en el camino de regreso por las Ramblas y apenas si tomamos un par de cervezas. El resto pertenece a la caída de la noche y probablemente soy el primer y único culpable. Había descubierto unas garrafas de whisky *Of the Yee Monks* como las que compraba mi padre y muy nostálgicamente me las compré todas con el convencimiento de que eran las últimas que iba a ver en mi vida. Pues fueron las últimas que vi en mi vida y ni siquiera las convertí en lámparas como solía hacer tanta gente en la Lima de los años sesenta, una Lima realmente distinta a la del año 1986 y el entonces presidente Alan García.

Tenía allá un gran amigo que pertenecía «históricamente» al partido que había triunfado en las elecciones generales del año anterior, en el Perú. No podía desperdiciar esa ocasión y ya le había prometido a Carlos Barral que haría todo lo posible por obtener para él la condecoración peruana con que tanto soñaba. Y creo que ése fue el principal objetivo de mi visita a Lima, en 1986.

Conseguí, en efecto, una cita con Alan Wagner, entonces ministro de Relaciones Exteriores. Mi fiel y cumplido amigo «histórico» me acompañó una soleada mañana de abril hasta el Palacio de Torre Tagle, sede del ministerio, donde fuimos muy cordialmente recibidos. El ministro, creo yo, ya estaba al corriente de lo que venía a solicitarle y pidió tres tazas de café mientras conversábamos un rato. Y ahora debo confesar que, en mi afán de darle una buena noticia a Carlos, exageré bastante el número de condecoraciones que otros gobiernos latinoamericanos le habían otorgado ya a mi vizconde, por haber sido un personaje fundamental en aquel estallido literario que se conoció como el *boom* de nuestra novelística.

Realmente no creo que Alan Wagner me creyera gran cosa, pero la verdad es que sabía muy bien quién era Carlos Barral, el cargo que desempeñaba entonces en el senado español, y la laboriosidad y empeño que había puesto en sacar adelante la Ley de la Propiedad Intelectual. El documento final, por supuesto, dependería muy probablemente del propio presidente Alan García, pero su tocayo y ministro de Relaciones Exteriores me dio grandes esperanzas y sólo me pidió que lo pusiera todo por escrito y se lo hiciera llegar lo antes posible. Se lo hice llegar esa misma mañana, gracias también a mi fiel y cumplido amigo. Su oficina no quedaba muy lejos y una hora más tarde ya yo le había dictado la carta a una de sus secretarias. En abril de 1987, en una alegre y muy concurrida ceremonia, el vizconde de Calafell fue condecorado en Madrid por el entonces embajador del Perú, Juan José Calle. Recibió la Orden al Mérito del Perú, en el grado de Gran Oficial.

Junto a esas fotografías he encontrado muchas más en muy distintos lugares. Todas fueron anteriores a aquel viaje en el puente aéreo durante el cual Carlos insistió en leerme el penúltimo capítulo de *Cuando las horas veloces*. ¿Lo hizo para que me diera cuenta de que mi nombre había desaparecido de la página 267? Ya nunca lo sabré. Y la gente no entiende por qué digo siempre que una cerveza sin alcohol es una cerveza con tristeza. Desde que la empiezo a beber me produce un efecto similar al que una magdalena mojada en té le produjo a Proust. Me traslada brutalmente hasta el ataúd de Carlos, antes de la incineración. Nunca lo vi pero sé que Ivonne le puso la condecoración peruana.

BREVE RETORNO VISUAL A LA INFANCIA

La casona de la avenida Salaverry con tantas habitaciones que nunca se sabe muy bien qué hacer con ellas. Una de las tres salas ha terminado por convertirse en depósito para las bicicletas de los niños. Al lado, una casa menos grande pero con tanto fondo como la nuestra. Por las terrazas y ventanas que dan a los jardínes interiores mi madre y nuestra prima Olga conversan matinalmente y alguna lora repite, interviene, interrumpe siempre esas conversaciones. Olga está casada con César, hombre de sonrisa y alegría, hombre bueno, muy sencillo, ingeniero encantador que trabaja mucho. Más que un pariente político, es un gran amigo más joven que mis padres. Carmencita, su hija, es amiga de mi hermana Elena. La tercera casa, ésa sí que es inmensa y complicada. Ahí vive el gran caballero español don Fernando Mosquera, propietario de las tres casas. Suele viajar en barco a Europa y le encantan los juegos en la cubierta. El último día de cada mes o, a lo mejor, el penúltimo, porque mi padre siempre que ve un semáforo en verde disminuye la velocidad del inmenso Oldsmobile, con el inútil chofer de copiloto, hasta que el semáforo se pone en rojo y se detiene suavemente para dar un ejemplo de civilidad, discreción, y jamás tener que dudar ante un color ámbar..., el penúltimo día de cada mes o, a lo mejor, el antepenúltimo, mi padre envía un cheque a casa de don Fernando Mosquera por el alquiler de la casa. Lo envía con un mayordomo muy joven, procedente de Junín, y don Fernando sale, caballero furibundo, a espiar la primera aparición de mi padre en la vereda: «¡Habráse visto cosa igual! ¡Es decir, don Paco, que don Fernando

Mosquera no sólo le cobra a don Francisco Bryce, sino que además le cobra más de lo debido! ¡Hágame usted el favor, don Paco!» Todos los meses sucede exactamente lo mismo: mi padre se ha vuelto a subir el alquiler y don Fernando no puede aceptar una cosa semejante. Se pone muy colorado, don Fernando. Muy a menudo, mi padre termina cediendo, pero entonces decide que un inquilino no debe nunca dudar en ámbar y vuelve a pintar íntegra la casa, porque algún día la devolverá con muchas mejoras y, de ser posible, tan impecable como se la entregó don Fernando. Nosotros somos canallitas, los insoportables y malcriados niños que, a veces, al dejar algún triciclo o bicicleta en la sala que se ha convertido en depósito, arañamos una pared, ¡como los vea yo!

Terrazas de azulejos «a lo don Fernando», el jardín con las viñas al fondo, probablemente porque don Fernando es español y, a ambos lados, pero a dos niveles distintos y la parte elevada incluso con su corredor-balcón al jardín, los dormitorios irreprochables de la servidumbre. No como en casas de gente que uno conoce pero que prefiere no mencionar. Siempre se va a construir la gran casa nueva, con máquinas venidas de Inglaterra para instalarlas en el sótano y que la limpísima familia Bryce Echenique se bañe con mayor presión de agua que nadie en Lima. Las interminables discusiones postergan siempre la puesta en marcha de las obras y el pobre arquitecto Belaúnde se pasa la vida almorzando en casa hasta que, tal vez algún día, mi padre y mi madre se pongan de acuerdo. O la casa francesa que quiere ella o la casa inglesa que quiere él...

Paquito, nuestro hermano mayor, al que sobre todo conocemos por fotografías con leyenda en inglés y por las largas ausencias de nuestros padres, que a veces se turnan y va sólo ella, primero, y mi padre otros meses después, va a regresar por fin de los Estados Unidos. Mi hermana Elenita, la menor, recién va a conocerlo: no había nacido cuando partió un atardecer de mis cuatro años de la casona de invierno en Chosica. Nuestros padres siempre nos han enviado las mismas felicitaciones de Navidad desde Pensilvania: la fotografía de mi padre, a la izquierda, un candelabro con tres velas encendidas y unas hojas que cuelgan sobre las letras góticas: A MERRY CHRISTMAS AND A HAPPY NEW YEAR. Este mismo diseño se repite en la tarjeta tan fina de mi madre y también su fotografía con el peinado de moda de las revistas que llegan de Francia. Aunque ella, si no fuera más guapa, sería exacta a la princesa Isabel de Inglaterra y lo mismo pasa con Tere, su hermana menor, si no fuera mucho más bonita y distinguida, sería exacta a la princesa Margarita. Mi tío Octavio le llama princesa a mi madre y duquesa a mi tía Tere y la gente en Lima las encuentra exactas a las princesas reales de Inglaterra. Resulta curioso, ¿no?, cuando las dos son hijas de un hombre que, en Madrid, todo el mundo encontraba exacto a Alfonso XIII y en los hoteles realmente no sabían qué hacer cada vez que aparecía mi abuelito. ¿Se acuerdan de la vez aquella en que un ascensorista gritó: «¡El rey!»

Hoy llega Paquito de los Estados Unidos. Han sido años. Sabemos, por nuestra abuelita Teresa, que qué no han hecho mis padres y que cuánto no han gastado. Debe darnos mucha pena. Nuestros padres tienen que haber sufrido muchísimo y sufrirán siempre. Paquito, aprendan bien la palabra y su importancia en este caso, es el primogénito. No, Alfredo, no preguntes tanto, por favor: el que sea primo no le quita que sea hermano porque es génito, ¿entiendes? Tú siempre confundiéndolo todo. Como el otro día en que oíste a tu mamá cantar *saca los nardos morena* y terminaste cantando *saca las nalgas morena*, ja, ja, ja, ja... No te pongas a llorar ahora, pues. Mira qué lindo collar me trajo tu abuelito de París: vamos a armarlo y desarmarlo juntos, te voy a ensañar a contar hasta muchísimas perlas, pero que no se te pierda ninguna porque se resiente tu abuelito. Dicen que nuestra abuelita Teresa es muy traviesa y graciosa. No tenemos más abuelos porque mi padre es primo hermano de mi abuelo materno por todas partes, además. Con tanto apellido exacto, los líos que se arman en esta familia y además todos somos exactos a la Mamanena, que era Bryce y era mamá de tu abuelito Echenique y aquí todo el mundo se llama igual. Eso es ser gente conocida. Y buena y decente. El pueblo es malo. Menos la servidumbre, que come lo mismo que nosotros y a los que llevamos donde nuestros mismos médicos. Por eso durarán toda la vida. Ya verán, ya verán. Ellos han salido del pueblo y por eso ya no son como la demás gente del pueblo. Y han sido siempre de Cajamarca o de Junín o del Cuzco. Nunca de Lima. Nuestro abuelito no olvidará nunca a las malvadas turbas enloquecidas, al infame populacho limeño que asaltó la casa de los Echenique. Le juró a su pobre Mamanena que le recuperaría hasta su última joya enchapada en plata y no en oro como los nuevos ricos, como cuenta don Ricardo Palma en sus *Tradiciones peruanas*, que ya ustedes leerán cuando sean más grandecitos. Pobre abuelito: su Mamanena murió antes de que pudiera cumplir con su promesa. Había tenido que empezar de nuevo, en Buenos Aires, de donde me trajo a mí, que también era pariente y peruana, y sólo alcanzó a devolverle a su Mamanena el cofre en que habían estado las joyas. De más está que les diga...

Paquito es ese adolescente de trece años que mira a través de los cristales del aeropuerto y sonríe y duda y vuelve a sonreír y dice que mi hermano Eduardo no no, con la cabeza de un lado a otro, seguro porque no se acuerda o no sabe contar. Con los dedos dice que somos tres, y somos cuatro, pobrecito. Si no le gustaba un plato, lo rompía. Y sólo se alimentaba con sustancia de carne argentina. Nada más soportaba probar el pobrecito. Siempre fue muy delgadito y ágil y caminó perfectamente bien y nadie sabrá nunca por qué don Gregorio Marañón lo vino a ver desde España, pidió que lo obligaran a caminar un rato y se sentó a mirarlo y se fue sin decir más que Estados Unidos. Y si dice algo en inglés ahora, no se rían, por favor. Han sido muchos años y será todo lo que sabe decir y porque no oye y tampoco logró hacer que hablara una monjita santa que hizo hablar a un miembro de la familia real española. Si uno mirara los álbumes de fotografías, podría ir viendo a Paquito desde que se fue hasta hace un mes en la foto en que está con el mismo saco de tweed a cuadros con que está ahora detrás del cristal del aeropuerto. Un colegio especial en Pensilvania y ya van a ver los modales tan excelentes que tiene y cómo come de todo ahora.

Paquito es minucioso y llegó a tener hasta nueve gatos que dormían durante el día con horario fijo sobre su cama. Pero un día lo picó una pulga y la asoció con los gatos, el pobrecito, que tanto le gustaban sus gatos, y hubo que regalarlos todos y ahora sólo hay perros pero en el jardín y Fortunato los baña con amor de indio por los animales, porque es de Junín. Paquito es muy minucioso y ordena con verdadera perfección, como si fueran

285

muchos soldaditos, casi un batallón, sus pomitos de pastillas. El Epamín es muy importante para los ataques, según el doctor Fernando Cabieses, que es una maravilla, un señor, un caballero, un amigo de la familia. Si lo hubiésemos conocido antes pero es tan joven que...

La avenida Salaverry es una maravilla y a nosotros nos gusta jugar en el jardín delantero de la casa, junto a la entrada del inmenso Oldsmobile verde y el chofer inútil de papá con sombrero y abrigo. Es tan linda la avenida Salaverry, tan larga y tan ancha. Jardines y árboles en el centro y el paseo de caballos que va desde Orrantia del Mar hasta el Campo de Marte y pasa por delante de la casa cuando atraviesa San Isidro. Ahí va el conde Morosini que es tan pero tan huachafo y ni es conde ni es nada y dice que ama mucho más a los caballos que a los seres humanos. Y qué importa que esté de moda si parece un argentino de clase media que canta tangos. No parece un profesor de equitación. Por eso, tú, Clementinita, montarás con el señor Roderman, el alemán ese tan flaco que pasa a caballo todas las mañanas, regresa a mediodía, vuelve a pasar con otros alumnos después de almuerzo y regresa otra vez a las seis. Sus caballerizas están por el Club de Polo, en la misma calle en que, cuando se pongan de acuerdo papá y mamá, el arquitecto arequipeño Belaúnde construirá una casa inglesa o francesa. Papá no la llama casa inglesa sino virginiana y cada día la dibuja más y más sobre el inmenso piano de cola. Por la sala del piano se ve linda la avenida Salaverry y miren, ahí pasa el papá de tío Jorge, esposo de tía Tere, ahí va otra vez don Otto von Bichoffshausen, tan alemán, tan elegante, tan señor, siempre con chaleco de fantasía y siempre paseando a caballo. Doña Juanita Canaval, su esposa, es una santa. Una dama santa que se pasa la vida haciendo obras de santidad, perdón, de caridad, pero es lo mismo casi cuando se es una señora tan rica y tan elegante y en vez de presumir hace más y más obras de caridad mientras don Otto regresa de pasarse la vida a caballo.

El hipódromo de San Felipe queda al frente pero prohibido atravesar si no están con la mama Rosa, que es muy blanca y cargó a mamá y, ya verás, cargará a tus hijos, porque los indios no tienen edad y ella no parece india por lo blanca que es pero vino desde Cajamarca y nació en un pueblo llamado Celendín, de gente muy buena y trabajadora y honrada. La mama Rosa es muy blanca y como si fuera de la familia. Tiene un dormitorio un poquito mejor que los demás, en la parte alta pero no tan alta como la nuestra. La mama Maña es negrita y también tiene un dormitorio un poquito mejor y a Pepe su hijo lo ha mandado tu papá a educarse en Jauja porque es tuberculoso pero va a sanar y será un buen portero del Banco, dice abuelito, aunque a él le gustan los porteros más negros todavía y visita al portero negro del hospital San Juan de Dios porque se llama Francisco Echenique porque antes los esclavos tomaban el nombre de sus amos. Y en cada visita le da una propina.

El chofer de la ambulancia del hipódromo de San Felipe es negro. Todos los días pasa caminando delante de la casa pero nadie se ha fijado, nadie se ha dado cuenta de que Paquito está aprendiendo palabras en castellano, gracias a los diarios esfuerzos de mamá, y nunca antes en su vida había visto un negro y nunca nadie había reparado en ello, sabe Dios por qué. Y el chofer es grande, muy fuerte y nadie se ha fijado que Paquito se ha quedado solo reventando cohetes en el jardín delantero, porque algo logra oír el pobrecito, y de repente hemos oído que ese mastodonte de cuarenta años se ha abalanzado sobre un niño de trece que nunca ha visto un negro, sabe Dios por qué, y parece que fuera a matar a Paquito que le ha dicho marrón, porque los negros son en realidad marrones y mamá le está enseñando los colores con un esfuerzo enorme y Eduardo y yo no sabemos qué hacer y vemos algo increíble: Paquito no sabe pelear ni defenderse ni habla ni oye y tiene ataques y tal vez por eso cuando enfurece es el hombre más fuerte del mundo y de pronto el chofer de la ambulancia del hipódromo de San Felipe recibe un golpe tan espantoso en el pecho que se ha caído y parece que se ha muerto junto al Oldsmobile contra el cual ha ido a estrellarse de espaldas tras haber volado desde el centro del jardín. Ojalá reviva el hombre para darle explicaciones: es un niñito enfermo que no sabe lo que dice y que no mata ni una mosca. Ha llegado un médico de la clínica Losada y al chofer que se gana la vida honradamente le abren los brazos y lo ayudan a respirar y a levantarse. Hay que darle explicaciones, es nuestro deber. El hombre sólo quiere irse y, por más que mamá insiste, no acepta la

287

propina. La mama Maña llora, qué raro que Paquito nunca le haya dicho *brown*, seguro porque es negrita y es de la casa, la mama Rosa llora y dice saber en vez de soler porque es de Cajamarca, seguro: «Pobre Paquito. ¿Por qué estaba solo? Él, que siempre sabe ir acompañado por Fortunato.» Fortunato poco a poco va a llegar a ser como de la familia y a mamá se le ha ocurrido que debe ser padrino de confirmación de Paquito para que lo quiera más. Mi papá quiere mucho a Fortunato pero no lo sabe expresar y sólo opina que la idea es buena pero que no es costumbre y seguro que está pensando cómo se hará en Virginia en estos casos. A veces como que no le gustara que Paquito fuera Paquito y se harta con él, pero eso es porque le duele mucho y no lo sabe expresar.

Papá se fue a navegar a los dieciocho años y volvió dieciocho años después y bromea que dio dieciocho veces la vuelta al mundo. Abuelita dice que la dio como cincuenta mil veces y que regresó de Inglaterra más inglés que nunca porque nunca habla pero en cambio se casó con nuestra mamá, que es sobrina de nuestro papá, qué vida tan complicada. Demasiadas cosas sabe hacer papá. Un día entraron ladrones profesionales mientras dormíamos y se pegaron tal susto con un aparato para sustos que ha fabricado papá que, en vez de llevarse nada, dejaron una caja de herramientas muy buenas que él usa ahora. Haciendo mejoras siempre y ahorrando siempre, ha hecho con sus manos y herramientas persianas venecianas y las ha colocado en todas las ventanas que dan a la avenida Salaverry para que el sol no se ponga sobre los tapices de los muebles. Y pobrecito Alfredo, está aterrado porque ha visto llorar a un hombre grande que es su papá. Lloró al descubrir su error de haber hecho las persianas venecianas de cartón, a lo largo de mil fines de semana. Con lo que le gusta no equivocarse nunca y con el trabajo que le había costado. El mismo sol las arqueó toditas igualitas y lo descubrió delante del pobre Alfredo que estaba en su clase de piano.

Para que yo no me haga más problemas me han sacado a ver regresar al conde Morosini huachafísimo y sus alumnos huachafos. Un rato después pasa el caballo de don Quijote de la Mancha y el señor Roderman medio inclinado ya porque hace como mil años que llegó de Alemania, con sus alumnos de familias conocidas, elegantes y discretas, católicas y decentes. No como la brillantina del conde falso Morosini que de italiano nada y quiere más a los caballos que a sus alumnos, habráse visto cosa igual. Don Otto von Bichoffshausen es el último en hacernos adiós y atardece en la avenida Salaverry y ni yo ni nadie conocerá nunca lo que es un vendedor ambulante y todos los sectores son formales y los mendigos están en las puertas de las iglesias y en los evangelios y en el centro de Lima hay lustrabotas. En San Isidro no se necesitan lustrabotas porque en cada casa todas las tardes hay una persona de la casa que limpia los zapatos y el afilador es tradicional de Lima y el pescador es pintoresco y honrado y el lechero viene de la hacienda San Borja que es de don. Lo que es nuevo en casa son los *Corn-flakes* de Kellogs en el desayuno. Los trajo Paquito de Estados Unidos y a él hay que darle gusto en todo y explicarle que a los marrones no se les puede decir marrones porque les duele el pecho, uffff, así, sí, uffff, y porque el señor Coronado es marrón y va a darle clases de carpintería porque el doctor Cabieses dice que tiene gran habilidad manual y ya se habilitó una terraza especial para eso. Papá es el único que sigue tomando tradicionalmente *Quaker Oats*. Y mamá con sus bizcochitos de la pastelería francesa. Los adultos tienen derecho pero nosotros no debemos quejarnos de los *Corn-flakes* ni mucho menos molestar a Paquito y decirle que la carne que está comiendo es de gato porque aunque él sabe que es *rabbit* y lo explica enseñándonos sonriente las orejas inmensas de un conejo con su habilidad manual, pobrecito sufre al imaginar seguramente que alguien muy malo del infierno podría comerse a uno de sus gatos. Él, que sabe jugar tanto con los gatos, nos explica la mama Rosa y nosotros nos miramos cómplicemente porque dice sabe en vez de suele... Hoy día sabe pagarle tu papacito al señor Mosquera y ahora seguro que discuten los dos caballeros...

II. Cuba a mi manera

NOTA DEL AUTOR

Esta segunda parte debió integrarse en la primera, pues también fue recordada e iniciada «por orden de azar». Sucedió, como sucede a menudo con un breve relato (*Un mundo para Julius* fue concebido como un cuento que luego llegó a unas 600 páginas sin que se hubiese contado nunca ese cuento que, además, ya era totalmente innecesario agregar al final, ni siquiera como breve epílogo). Yo quise escribir cinco capítulos basados en los cinco viajes que hice a Cuba en la década de los 80. En fin, lo sabemos por la canción aquella *«son las cosas del querer...»*. Y me salieron todos estos capítulos.

SECCIÓN EPÍGRAFES VARIOS Y CONTRADICTORIOS

Voy en busca de la isla —jamás del tiempo— perdida.

PENTADIUS (s. IV)

El principal deber de un revolucionario
es impedir que las revoluciones lleguen a ser lo que son.

EDUARDO LIZALDE

Aquí se queda la clara
la entrañable transparencia
de tu querida presencia
comandante Che Guevara.

Guajira de CARLOS PUEBLA

Para servir mejor a aquellos que se ama, a menudo
hay que correr el riesgo de separarse de ellos.

JEAN GHÉHENO

Yo no puedo pertenecer a un club que acepta como miembro
a un tipo como yo.

GROUCHO MARX

CASA, COLEGIO Y PREHISTORIA

Siempre me he preguntado cómo habría sido mi vida, qué habría sido de mí, si en vez de ingresar a la Universidad Nacional de San Marcos, de Lima, que vive en eterna competencia con la de Santo Domingo, en la República Dominicana, por aquello de cuál fue la primera universidad de América, hubiera ingresado a la de Cambridge, en Inglaterra. ¿Tuvo o no razón mi padre para tenderme semejante celada? Él no era un hombre de celadas y era totalmente incapaz de hacerle trampa a nadie. Era, por el contrario, un hombre lleno de buenas intenciones, aunque tal vez demasiado conservador y temeroso por el porvenir de sus hijos, y extremadamente «anglosajón perdido en Indias», por decirlo de alguna manera y por explicar también de alguna manera que jamás logró entender al Perú o, como él sin duda preferiría decir y no sin alguna razón, que el Perú jamás logró entenderlo a él tampoco.

Durante dieciocho años había recorrido el mundo entero. Me acuerdo que solía hablar (cuando hablaba lo poquísimo que hablaba) de su quinta travesía por el océano Índico, siempre como contador de un barco mercante. Pero tanta aventura como todos imaginábamos que habría podido vivir un viajero tan impenitente (regresó al Perú a los treinta y seis años para ingresar al familiar Banco Internacional del Perú y casarse con mi madre, que era su sobrina y como dieciocho años menor que él), no le impedía ruborizarse cuando en algún cabaret de la época una bailarina «muy vulgar», según él, mostraba el horror de una pantorrilla o, lo que es peor, el pecado mortal de una rodilla. Y tampoco le impedía pensar que los escritores y artistas eran vagos profesionales y alcohólicos tuberculosos homosexuales de nacimiento. Solía leer bastante antes de dormir, eso sí, pero su autor favorito era, relectura tras relectura, Winston Churchill.

Todo esto tiene que ver, y mucho, con la eterna interrogación con que he puesto en marcha estos recuerdos. Porque yo a los quince años era un excelente alumno (en lo que a notas se refiere, al menos) de un anacrónico internado inglés y, un día, tras haber entendido perfectamente las complicadísimas explicaciones que un ex profesor de Cambridge nos hacía en un complicadísimo inglés de *Paradise lost*, de Milton, y tras haber declarado literalmente que amaba a Unamuno por ser el autor de *La vida de don Quijote y Sancho*, fui casi agredido por maricón por el futuro prohombre de la TV privada en el Perú, Nicanor González, un divertidísimo y excelente compañero de colegio, pero de los que sacaban malas notas en literatura y en todo lo demás, porque era de maricones eso de querer ser primero de la clase y amar a un tipo llamado Unamuno, además de todo, viejo degenerado sin duda, opinión esta última que, quitándole algunas palabrotas que mi padre jamás usó, compartía plenamente con él. Y, digamos que, en medio de aquel ambiente general, a mí se me ocurrió decir que deseaba ser escritor.

Me apoyaron mi profesor de literatura inglesa, el de literatura española y peruana, mi madre, que leía a Proust siempre que leía y leía siempre, y nadie más en este mundo. Como el internado era británico, anacrónico y *snob*, se optó porque llegara a ser un escritor inglés o algo por el estilo, probablemente perdido en Indias tras haber cursado estudios de literatura en la Universidad de Cambridge. Mi padre, que en el fondo les tenía pánico a los intelectuales y sólo sabía decirles «no» a los que no traían altas recomendaciones y avales de caballeros cuando le solicitaban un crédito bancario, dijo que sí cuando los profesores de literatura del colegio aparecieron una tarde en casa y le dijeron que su hijo era un escritor nato, que entendía a Milton, Unamuno y todo, y que sin duda alguna, por tener una educación anglosajona, sería admitido en Cambridge. Muy probablemente, mientras les decía que sí a los profesores de literatura y les invitaba a un whisky, lo que mi padre realmente estaba haciendo era fijarse hasta qué punto eran vagos profesionales pertenecientes a una clase social inferior o de «la ínfima», como solía pensar y decir, incluido el ex profesor inglés de Cambridge, y alcohólicos tuberculosos homosexuales de nacimiento, que mediante el uso y abuso de Milton y Unamuno, en el fondo lo que aspiraban era a sodomizar a ese hijo tan extravagante como estudioso (felizmente) que le había tocado en gracia y en desgracia.

Y ahí vino la gran celada de ese viejo adorable. Como la Universidad de San Marcos era célebre en el mundo por ser la primera de América, en eterna competencia con la de Santo Domingo, uno de los muchos requisitos para ingresar a Cambridge era haber ingresado antes a San Marcos. Más inglés, que ya sabía, latín, que estudié como loco y traduje a Cicerón en trocitos de papel que me daba mi profesora particular de idiomas, que también tocaba el piano, el oboe, la viola d'amore, y cuidaba como nadie sus rosales, y más un examen en el *British Council* que fácilmente aprobé. Y así ingresé a San Marcos con la primera nota entre 1.500 alumnos, me parece recordar, en el mes de abril, o sea en el otoño peruano de 1957. En realidad ingresaba sólo para no perder el tiempo que debía esperar hasta septiembre, o sea el otoño europeo, en que Cambridge esperaba al lord Byron de Indias con los brazos abiertos.

Lo recuerdo perfectamente: en agosto empezaron las comidas de despedida de mis ex compañeros de colegio, porque el loco de Bryce, en vez de ser banquero como su padre o su abuelo o presidente de la república o virrey, como sus tristemente ilustres antepasados, se iba a Europa a estudiar para bohemio, o para seguir haciéndose el interesante desde que lo plantó su primer amor, o porque imitaba demasiado bien el andar de imbécil de Jerry Lewis y un día dijo que quería ser maricón, bueno, no fue eso exactamente lo que dijo pero sí que amaba a la loca esa que se llamaba Unam*a*no o algo por el estilo.

Septiembre llegó y yo miré a mi padre como diciéndole «bueno, ¿y cuándo me sacas el billete a Inglaterra?». Él me respondió con una de esas bofetadas tan cariñosas que solía emplear para no hacerles daño a sus hijos, me probó en seguida que económicamente y en todo dependía de él, y me dijo que a San Marcos había entrado para quedarme hasta que me graduara de abogado y, por fin, hubiera algún miembro útil entre su descendencia. Agregó, por cierto, que si algún día deseaba visitar Inglaterra como abogado y banquero, lo haría con mi propio esfuerzo y no con el del Banco Internacional del Perú, porque en nuestra familia todos éramos gente decente, gente bien, gente de lo mejor, y que jamás nadie había ejercido el nepotismo, ni siquiera en el caso de mi tío Luis, que si bien era bruto, era trabajadorcísimo, hasta el punto de jamás abandonar el Banco antes de la medianoche, que era cuando lograba entender los problemas ligeramente complicados y era al mismo tiempo honradísimo y merecía ser director de la Sección Legal del Banco, sobre todo ahora que se acababa de contratar a jóvenes y brillantes abogados para que lo «asesoraran» en eso de entender más temprano los problemas algo complicados y tener de este modo tiempo de pasar un rato por el Club Nacional, ya que tu tío Luisito es un auténtico *clubman*.

La celada estaba tendida y, siete años después, el 15 de febrero de 1964, me gradué de abogado con una larga tesis sobre «La compensación en el Código civil peruano», algo sobre lo que realmente no había casi nada que decir, ya que si X le debe 20 a Z y éste a su vez le debe 20 a X, X y Z compensan sus deudas. No recuerdo cuántos centenares de páginas escribí sobre el tema, pero aquélla fue sin duda mi primera novela. Después pasé el examen de grado con un expediente penal en el que el tribunal falló a favor de mi defendido, un chofer de ómnibus al que se acusaba de ser responsable porque un pasajero se rompió la pierna por subir «a la volada», o sea cuando ya reglamentariamente el vehículo se había puesto en marcha. Mi expediente civil era el de un juicio de vecinos por una pared medianera y el jurado me aprobó tras haberme dado medianamente la razón.

Estudié literatura paralelamente, también en San Marcos, y la verdad es que, como en tantas cosas en mi vida, había pasado muy poca y mucha agua bajo los puentes del limeñísimo río Rímac durante los siete años que duró todo eso. Empecemos así: yo provenía de mi antiquísima familia y del anacrónico, divertidísimo y *snob* internado británico en el que habían transcurrido mis estudios secundarios. Bastaba con ver el uniforme del colegio para darse cuenta de que andábamos más cerca de Eton que de una educación peruana, y mis inolvidables compañeros de colegio eran, en su mayoría, hijos de terratenientes ricos, descendientes de ilustres familias de la llamada «república aristocrática», cuando no magnates de la banca italiana en potencia (herederos), por ejemplo, y aun así no faltaba quien se quejara del Perú en que vivíamos. Doy sólo dos ejemplos memorables: mi inefable tío Bryce San Juan y Bryce —o algo por el estilo, pero así hablaba él— se quejaba siempre, no cesaba de repetir: «Dios mío, ¿por qué no vendemos este país tan grande que tenemos y nos compramos un país chiquito cerca de París?» A don Manuel Prado y Ugarteche, dos veces presidente del Perú y tío de varios alumnos que pasaron por el colegio, se le atribuye la siguiente histórica frase: «Lo único malo de ser presidente del Perú es tener que dejar París.»

Don Manuel vivía en la célebre avenida Foch y allí me recibieron él (ya «retirado» por un cuartelazo) y su elegantísima esposa doña Clorinda Málaga, tía carnal de otro de mis más queridos y recordados compañeros de colegio, y muy buena amiga de juventud de mi madre. Yo acababa de graduarme de abogado y de llegar finalmente a Europa «por mi propio esfuerzo» (en un barco de carga y con una beca de 100 dólares mensuales, muy lejano ya del Cambridge que alguna vez me esperó mientras yo descubría el comunismo y me aterraba), y cumplí con el encargo de mi madre: «No dejes de visitar a Clori y a don Manuel, vístete bien, por favor, y no te olvides de decirle *Monsieur le Président*, cuando te dirijas a él.»

Mi madre se llama Elena y nadie sabrá nunca hasta qué punto don Manuel Prado y doña Clorinda Málaga de Prado me recibieron con cariño cuando, tras haberme equivocado varias veces de estación de metro, llegué por fin a su residencia de la avenida Foch. Yo era el hijo de Elenita Echenique, que a su vez era hija de don Pancho Echenique, «¿Y en qué castillo pasa usted, Alfredo, sus fines de semana?». Les dije que en el *chateau* de Censier, nombre este último del restaurant universitario donde comía hasta los fines de semana, y les pareció un lugar encantador. Por último, un inefable profesor del internado británico, que ya desde entonces se preocupaba por nuestras alianzas matrimoniales, al enterarse de que mi primer amor me había dejado plantado a los dieciséis años, sentenció: «El imbécil de Bryce Echenique acaba de perder 64 millones de dólares, que es la herencia que más o menos le corresponde hoy a esa muchacha.»

De este mundo tan lejano del Perú pasé a San Marcos, algún día primera universidad de América —en eterna competencia con Santo Domingo, claro está—, luego bastión del APRA o Partido del Pueblo, luego de la influencia cubana y el comunismo, hoy «dormitorio de terroristas», en opinión de mucha gente y, en todo caso, siempre conocida como «el pulmón del Perú».

EL PULMÓN DEL PERÚ

La celada que me había tendido mi padre había funcionado. Ya yo no sería jamás estudiante en Cambridge. Era ya, en cambio, estudiante de San Marcos, «el pulmón del Perú», la universidad del pueblo y algunas «blanquiñosas» excepciones (esto último debido a lo buena que era por entonces). Mis compañeros de colegio se habían marchado a Estados Unidos, o a la Universidad Católica, a la Escuela de Ingenieros o a la de Agronomía. Nos veíamos o nos encontrábamos siempre, y la broma por calles y plazas era siempre la misma: «Pero si a ti ya te dimos como mil comidas de despedida... ¿Cuándo diablos te vas a Cambridge de una vez por todas?» La triste, la divertida pero dolorosa broma, se convirtió en algo habitual y, cuando en octubre de 1964, partí por fin de veras a Europa, Luchito Peschiera, otro amigo queridísimo del colegio, dijo que me iba sólo por un año y sólo para llamar la atención. Y aún hoy, cada vez que regreso al Perú y nos reunimos los antiguos ex compañeros, el mismo Luchito se burla diciendo: «Yo entonces habría jurado que te ibas sólo por hacerte el interesante y que un año después volverías. Pero resulta que ahora ya estamos calvos y barrigones y tú sigues publicando libros de verdad. Parece mentira.»

—Oye, ¿y los libros dan plata? —añade algún otro ex compañero, inmenso hombre de negocios.

Sólo yo fui a dar a San Marcos en aquel inolvidable 1957. Y si debo ser totalmente sincero, llegar a San Marcos fue para mí como aterrizar por primera vez en el Perú, en cierta medida. Y, además, en alguna lejana provincia del Perú pobre. Descubría cosas atroces, como por ejemplo que algunos estudiantes comían no en sus casas, porque realmente eran de provincias, sino en baratos comedores universitarios. ¿Quién habría de decir que yo, siete años después, sería como uno de esos alumnos, pero en París? Y descubría más cosas terribles. Cosas como ésta, por ejemplo: la mayor parte de los estudiantes se parecían a los mayordomos de mi casa. Y, sobre todo, al segundo mayordomo, que era el más «autóctono de cuantos empleados tenemos en casa», a decir de mi padre, que tanto los quería y cuidaba, al mismo tiempo que decía que la única solución al problema de las barriadas en el Perú era un buen bombardeo. De más está decir que también le dolía al estudiante que descubría «el pulmón del Perú» que las estudiantes se parecieran a todas las empleadas domésticas que había en su vida. Y que, entre las razones de este dolor, la más importante era la de haberle oído decir, pocos días antes, a un amigo minero de mi padre, mientras escuchaban música clásica, que su esposa le había contado que la hija de su cocinera acababa de ingresar a una universidad. Mi padre se llamaba Francisco y la gente solía llamarle don Paco o Francis. Y el señor minero de los inolvidables cuellos altísimos y almidonadísimos, al que al morir se le descubrió la raya morada que sus cuellazos le habían dejado en el pescuezo, agregó: «La hija de una cocinera no debe estudiar una carrera universitaria. Es demasiado pronto, Francis.» Recuerdo que la música de forma y de fondo era de Schumann.

Y yo en San Marcos era como Schumann, si es que Schumann se vestía exquisitamente bien con la ropa que le compraban en casa. Había «blanquiñosos», es cierto, entre las mil variantes raciales que deambulaban por los patios de Letras, de Ciencias, de Medicina, etc., a menudo todo un descubrimiento para mí. Había estudiantes negros, por ejemplo, algo increíble para mí. Pero lo peor de todo es que, entre la minoría «blanquiñosa», yo era nada más y nada menos que la mínima minoría «blanquiñosa». Tal vez sólo yo me entienda cuando siento y digo estas cosas con sentimiento. No era que me sintiera solo. Era que estaba profundamente solo. Los otros amigos «blanquiñosos» sabían alternar con el pueblo, tomarse sus cervezas con sus compañeros de estudios en el bar Palermo, un sábado por la noche, o juntarse con los poetas del Salón Blanco y tomarse sus jugos y cafés matinales. Yo ya era un escritor frustrado, por entonces, a fuerza de comidas de despedida que nunca me llevaron a Cambridge ni a ninguna parte. De lejos, con sus zapatones, alto y delgado, veía en la fuente del patio de Letras al poeta Javier Heraud, que poco tiempo después moriría acribillado en una guerrilla por el ejército. Tenía sólo veintiún años, o veinte, y era «el poeta joven del Perú». Pero era también, claro, *un* comunista. Y ya sabemos que poetas, artistas y escritores eran de nacimiento alcohólicos y homosexuales y tuberculosos. Pero Javier Heraud procedía de una «buena familia» y de un «buen colegio» y del «buen barrio» de Miraflores. ¿Cómo se comía eso?

¿Y cómo se comía que François Mujica y Mañuco Chacaltana, «blanquiñosos» ambos y los primeros amigos que tuve en San Marcos, fueran apristas, miembros del «partido del pueblo» que mi familia había odiado creo que desde antes de que se fundara? ¿Y cómo se comía que François, uno de los mejores amigos que he tenido en mi vida, «el divino calvo de la amistad» (como El Gallo lo fue del toreo), me dijera un día que se avecinaba tormenta en San Marcos, o sea enfrentamiento entre «búfalos» apristas y los «rabanitos» del partido comunista, o sea también y sobre todo una tormenta en que era peligroso para un tipo como yo acercarse siquiera a San Marcos, que me abstuviera por completo de intentar ir a clases al día siguiente? Yo recuerdo claramente que le dije que él y yo éramos amigos y que, por consiguiente, me encontraba totalmente a salvo, pero él me repitió muy amistosamente su advertencia. Y también yo, muy amistosamente, me acerqué al día siguiente a la universidad y, al llegar a la altura de la entrada lateral al patio de Letras, detecté nada menos que al gran François en el techo de la universidad con un amenazante extinguidor de incendios entre los brazos alzados. Por supuesto que no estaba destinado a nadie sino a la guerra en general, porque además de todo François era y es uno de los hombres más serenos y pacíficos del mundo, pero por supuesto y claro y por cierto que yo opté por una rápida retirada.

También a clases entraba con cara de rápida retirada y recuerdo muy bien que, cuando algún profesor me hacía alguna pregunta, yo le contestaba diciendo que ignoraba la respuesta, en un loco

afán de no destacar en nada por nada de este mundo. Después
—quiero decir «un día»— se me acercó alguien con cara de peor
que mayordomo de mi casa y muy humildemente me pidió que le
enseñara algo de lo que yo, que era culto y elegante, sabía en mi
inmensa sabiduría. Le empecé a dar clases de inglés gratuitas,
paternalística y limosnamente. Me bañaba en lágrimas tanta humildad y todo. Ese hombre fue después diputado y un gran
arribista del periodismo peruano. En uno de mis viajes a Lima me
ofreció una comida en nombre de los diez o doce compañeros de
la Promoción García Calderón «que habíamos triunfado en la
vida». Aún conservo la fotografía de aquella promoción 1964,
tomada en el patio de Derecho de la Vieja Casona, hoy museo,
como se le llamaba ya al edificio muy antiguo del parque universitario en que quedaba entonces «el pulmón del Perú». Sólo en
mezclas raciales, yo calculo que en la foto salimos más de cien y
que en total debemos ser como trescientos. El triunfador-arribista
social y político me premió con un discurso que no respondí.

Y mientras estudiaba paralelamente Letras, un día le dije a un
profesor que, de pie sobre el estrado del aula, nos hablaba de
Ferdinand de Saussure, que con esos bigotitos, ese pelo rizado y
esa bocaza mulata, yo, cada vez que él decía «lingüística», creía
que iba a soltar un ¡UNO!, como Dámaso Pérez Prado, el rey del
mambo, cuando ponía en funcionamiento a su sensacional orquesta. Dicho sea de paso, el mambo estaba prohibido y, a los
bebedores de Coca-cola, la empresa que trajo el mambo y las
mamberas al Perú, el cardenal Guevara, indísimo, los había
amenazado con la excomunión. Y a nuestra gran dama Anita
Frenandini de Naranjo, católica ferviente y creo que primera
alcaldesa de la ciudad de Lima, tres veces coronada villa, se le
presentaron en la alcaldía y en franca manifestación, todo un
conjunto de rumberas, ombliguistas, mamberas y demás gente de
mal vivir y pésimos abrigos de visón. Lo malo, claro, es que las
bárbaras del ritmo estaban calatitas debajo de los abrigos y se los
abrieron en coro y en coro le dijeron: «Mire, señora alcaldesa,
¿qué tenemos de malo? ¿Demasiadas curvas? ¿No estará usted
envidiosa?» De chico, mi hermano Eduardo era íntimo amigo del
hijo de esa señora. Veraneábamos juntos en La Punta, hasta que
empezaron a llegar a La Punta tantos italianos nuevos ricos y

tantos judíos, sobre todo, que entre ellos había incluso gente decente, pero era mejor vender ya la casa de playa del abuelo. Y después —quiero decir «un día»— el profesor de lingüística que, en vez de hablar de la Real Academia de la Lengua parecía que iba a soltar el ¡UNO! del rey del mambo, me dijo: «Usted merece una nota superior a este 14, Bryce, pero no se la doy porque a usted por su educación previa le resulta más fácil estudiar y todo que a todos los demás alumnos.»

El Derecho nunca me interesó y por ello sólo recuerdo a los profesores que me resultaban más divertidos, extravagantes, o de origen más popular y, por tanto, sorprendente, aunque la verdad es que me fui acostumbrando a medida que pasaba el tiempo. A medida que pasaba el tiempo, también, y desde el día en que me volví popular porque el comiquísimo buen amigo que era entonces Tulio Loza (hoy lo he dejado de ver, pero conservo el afecto y recuerdo perfectamente que asistió a la comida de los diez o doce triunfadores de la promoción que me ofreció el gran trepador que, además, como ya he contado, no es otro que el serranito aquel al que le enseñé inglés con lágrimas en los ojos, sobre todo por lo difícil que le resultaba a él aprender y a mí enseñarle algo siquiera. En cuanto a Tulio Loza, es uno de los más populares cómicos de la TV peruana desde hace mil años), me bautizó con un nombre que, la verdad, apenas cambiaba mi nombre y lo que yo parecía y, a lo mejor, hasta era yo por aquel entonces en «el pulmón del Perú»: *«Mister* Bryce.» Mi vida cambió por completo. Hasta una chica con cara de empleada de mi casa se enamoró de mí. Tulio Loza me lo hizo notar, porque yo entonces no «notaba» nada. Más bien me preguntaba: «¿Y eso cómo se come?» Y la verdad es que no me comía las cosas. Me las atragantaba con tanto sudor y lágrimas como el Churchill que leía mi padre. La sangre la derramaban a mi alrededor los apristas y los comunistas en su lucha por la conquista de la Federación de Estudiantes.

Un día llegó Richard Nixon y yo ya tenía amigos apristas y comunistas, y aunque debo confesar que las únicas ideas políticas que expresé por la época —mi segundo gran amigo judío aún debe recordarlo en Miami, donde hoy vive— fueron de carácter «bromonarquista». Bromeaba siempre con el ideal de San Martín, primer libertador del Perú, de traer un príncipe de una casa real europea, para instaurar una monarquía en el Perú. Aunque claro, si mi antepasado Pío Tristán logró ser virrey entre gallos y media noche, ¿por qué mi adorado abuelo materno no podía ser un buen rey? El Gordo Massa, Mujica, Pablo Arana y otros amigos de la «collera» de los «blanquiñosos», más el judío Braiman, a quien yo llamaba Salomón, se mataban de risa. Bueno, pero llegó Richard Nixon, que era entonces vicepresidente del imperialismo yanqui, y el pulmón entero del Perú le impidió a escupitajos ingresar al patio de Derecho y llegar al rectorado. Yo dudé un millón de veces ante semejante temeridad, semejante vulgaridad. ¿Qué iba a pensar, en efecto, el señor Nixon (además mi padre había recibido una invitación para «la gala Nixon» de esa noche) del Perú y de los peruanos? Un millón de veces más dudé ante tanto escupitajo, pero de pronto sentí el enardecimiento de las multitudes enardecidas y, sacando mi pañuelo de lino de un bolsillo, le pegué un silencioso escupitajo seguido de una tos convulsiva.

Recuerdo, porque los estudios de Letras sí me encantaban y consolaban de los de Derecho, a grandes maestros. Luis Alberto Sánchez, tantas veces rector, senador, presidente del Senado, gran estudioso de la literatura peruana, crítico y escritor que, siéndolo todo y aprista, como ha sido siempre, me escribe a sus noventa años y ciego muy cariñosas cartas de maestro a discípulo y de amigo a amigo. Recuerdo a Mario Vargas Llosa, como un joven asistente de literatura exigentísimo y ejemplar, a don Augusto Tamayo Vargas y a don Estuardo Núñez, que se sucedieron en la presidencia de la Academia Peruana de la Lengua y siempre quisieron que me incorporara a ella, y recuerdo a tantos más, pero al que necesita ahora mi memoria es a don Raúl Porras Barrenechea, eximio historiador, enemigo mortal de mi abuelo, y algo así como el Herodoto peruano de aquellos tiempos.

El recuerdo del doctor Porras me acerca por primera vez a Cuba. La revolución cubana había triunfado en 1959 y las calles del centro de Lima estaban llenas de barbudos con uniforme verde oliva. Yo creo que eran populares, pero no lo recuerdo muy bien porque más me preocupaba eso que el «Cholo» Tulio Loza me andaba recordando todo el tiempo: «Ya, pues, *mister* Bryce: déle bola. Esa hembrita está que se muere por usted.» Hay que ser sincero cuando de memorias se trata: yo me seguía muriendo por mi perdido primer amor, la que iba a heredar 64 millones de dólares. Y me moría de pena cuando pensaba que, a lo mejor, la muchacha esa de rasgos indígenas y fea como pocas, era la hija aquella de la cocinera del señor minero y también ganadero, ahora que lo recuerdo, que pensaba que una hija de cocinera, Francis (Francis era mi papá y la música de forma y de fondo era Schumann, mientras conversaban), no debía estudiar una carrera universitaria porque «es demasiado pronto, Francis».

Bueno, digamos como Manzanero en su bolero famoso que *esa tarde vi llover / vi gente correr...* y que había barbudos verde oliva y que don Raúl Porras Barrenechea me tomó un examen oral privado y me dijo, mientras me entregaba un papelito en que me había puesto su nota más alta, un 16, y firmaba abajo, que se lo mostrara a mi padre para que me diera buena propina. Pero me dijo también que de ningún modo le mostrara esa nota a mi detestable abuelo Echenique, añadiendo: «Fíjese Bryce Echenique que su bisabuelo Echenique no fue tan mal presidente de la república como se cree. Pero para que yo escriba eso algún día es preciso que se muera su abuelo primero.» Mientras tanto, el primer gran amigo de izquierdas que tuve –resultó ser un exitoso abogado, después–, el primer comunista que me dio la mano en mi vida, por decirlo de alguna manera, y que me dijo Alfredo y no *mister* Bryce, fue también el primero que, un día mientras me acompañaba a buscar mi automóvil, me pidió que le pidiera a mi padre que le consiguiera un puesto en el Banco Internacional del Perú. Cumplí y mi padre lanzó una bomba sobre ese pedido y exclamó: «¡Qué se ha creído la gente hoy! Ten cuidado, Alfredo, hay guerrilleros en todas partes. ¡Tú trabajas en *La Prensa*, el diario de mi amigo don Pedro Beltrán, cuyo hermano Felipe es uno de los directores del Banco! ¡Ten cuidado con Hugo Blanco! ¡Anda metido en el valle de La Convención, y en Cuba y en San Marcos hay comunistas!» Cito de memoria, por supuesto, y la verdad es que debió ser mucho mejor lo que dijo mi padre.

Don Augusto Tamayo Vargas simpatizaba con el belaundismo

310

y el belaundismo era de izquierdas, en mi caso. Otro amigo comunista me pidió que le consiguiera trabajo en el «Banco de tu papá» y, creo que a cambio, me «delató» que ese joven asistente de Literatura, a cuyas clases yo no faltaba nunca, era o había sido miembro de la célula Cahuide del Partido Comunista, en la universidad. Casi dejo de asistir a las clases de Mario Vargas Llosa, pero digamos que triunfó la calidad de lo que, años después en *La tía Julia y el escribidor*, es sin duda uno de los seis o siete trabajos que Mario Vargas Llosa desempeñaba entonces para sobrevivir y llegar a ser escritor en París. Pero ¡oh horror! ¿El doctor Porras Barrenechea, el Herodoto peruano, comunista?

Mi madre, en vista de que mi padre detestaba el nepotismo, me había conseguido un trabajito de traductor en el diario *La Prensa* de don Pedro Beltrán, vecino de la familia paterna en su hacienda Montalbán, en Cañete. Cobraba poco y traducía poco y mi jefe era un español medio loco o medio sádico, no sé, pero resulta que solía pegarle a la gente cuando algo no le gustaba en el trabajo. Y creo que yo no le gustaba en el trabajo, pero masoquista y obligatoriamente debía mostrarle cada una de mis traducciones. Un día faltó al trabajo por enfermedad y me llevé mi traducción de frente a la imprenta. Se trataba de un texto de Sartre sobre Cuba y francamente yo creía que a todo el mundo le iba a gustar, porque daba una explicación muy hermosa y dignificante de los sentimientos revolucionarios. Y, por decirlo de alguna manera, ninguno de los comunistas que figuraban en el artículo de Sartre me había pedido un puesto en «el Banco de mi papá», con lo cual, parece ser, yo me volvía más de izquierdas a medida que ellos arrancaban con una derechización. San Marcos, el pulmón del Perú, me enseñaba algo muy cruel: a medida que pasaban los años la gente trataba de «colocarse» en el Perú y cada uno es dueño de su miedo y yo para algunos resultaba algo así como una agencia de empleos que traducía a Sartre y encontraba, mientras releía el artículo en francés, que el filósofo y novelista tenía toda la razón del mundo cuando decía que Cuba, antes de Castro, era el lupanar de los norteamericanos. Y que quien tiene una hermana prostituta y hasta dos o tres y también la mamá mientras que el papá o el otro hermano son proxenetas, siente profunda vergüenza. Y que la vergüenza es un sentimiento revolucionario. Castro, por lo tanto, era un gran revolucionario, y yo quedé contentísimo con mi traducción. Y la hija de la cocinera del señor minero ganadero que oía a Schumann con mi padre tenía toda la razón del mundo en ser estudiante universitaria.

Al día siguiente, un señor apellidado Rizo Patron, que de paso me encargó un gran saludo para mis familiares, me dijo muy cortésmente que *La Prensa* ya no necesitaba de mis servicios y me entregó con gran corrección y puntualidad el sobre con el sueldo que yo empleaba en emborracharme los sábados con mis mejores ex compañeros de colegio y en estudiar idiomas con mi profesora particular, de lunes a viernes. Los domingos, al menos por las mañanas, los pasaba en mi cama con los perros bóxer que mi madre enviaba para levantarme los ánimos porque era una mujer sumamente intuitiva y releía a Proust releído. Fue ella misma quien llamó a don Benjamín Roca, otro amigo de la familia, para que me contratara como lo que fuera, Benjamincito, en el recién fundado diario *Expreso*. Me entrevistó un señor Deustua y me contrató pero sin contrato, porque con un Bryce Echenique basta una palabra de caballero. Anduve por la biblioteca del *Expreso*, por la redacción, y al final por la sección editorial. Sólo un compañero de San Marcos me saludaba. Ah, no, había otro compañero que se encargaba de la sección «espectáculos nocturnos» y que un día me llevó a ver y beber gratis el *show* del Embassy, llamado por entonces «el primer cabaret de Sudamérica». Nunca tuve un escritorio en *Expreso* y nunca cobré tampoco. Y un día me fui para ver si me reclamaban, pero la verdad es que hasta hoy.

Y Hugo Blanco, barbudo también y guerrillero en las portadas de *La Prensa* de don Pedro Beltrán, hermano de don Felipe, uno de los directores del Banco Internacional (¡Y qué fotazos de un grandote inmundo!), podía matar a mi padre que ya veía a Castro bajando de la Sierra Maestra, de la Sierra Madre, de la Sierra Morena y creo que hasta de la de Ronda, para dejarnos sin todo lo que él había ganado con el esfuerzo de toda una vida. Pero, gracias a Dios, algo sensato ocurría al mismo tiempo. Don Raúl Porras Barrenechea había sido nombrado ministro de Relaciones

Exteriores e iba a representar al Perú, con órdenes estrictas de condena, en la reunión de la Organización de Estados Americanos de Punta del Este. Despuntaba la década de los sesenta y Cuba iba a ser expulsada de la OEA. Nada menos que el gran historiador, el gran señor, el Herodoto peruano representaba a nuestro país. Su prestigio atravesaba fronteras. Porras Barrenechea era o había sido también senador, es decir, Padre de la Patria.

En el mundo en que nací, nadie le perdonó nunca al doctor Porras Barrenechea su traición. No votó contra Cuba tras escuchar el discurso del Che Guevara y renunció el ministerio. Poco tiempo después, moría el gran historiador en el mundo de San Marcos en que yo vivía entonces, emborrachándome los sábados con mis amigos del internado británico, jugueteando con los perros bóxer de casa los domingos en mi dormitorio, y estudiando Letras, Derecho e idiomas de lunes a viernes. En cuanto senador que había sido, los restos mortales del doctor Porras Barrenechea debían ser velados en el Senado. Y creo que al Senado lo llevaron o trataron de llevarlo y no sé qué pasó en el camino, pero lo cierto es que, rodeado de comunistas y con una bandera cubana encima, el ataúd del célebre historiador apareció en el patio de Derecho de la Universidad de San Marcos. Me acerqué a ver qué pasaba y la verdad es que eso era un hervidero de dirigentes estudiantiles, artistas, escritores y estudiantes comunistas. Y un tipo con un terno azul marino y rostro pálido que parecía mandar mucho sobre lo que allí ocurría. Tenía cara de malo y de sospechoso. Yo ya sabía algo de criminología y según Lombroso parecía un delincuente nato. Peor: un espía malvado, de raza blanca, y nato. Averigüé, acercándome donde la chica que estaba enamorada de mí y era fea y era según dijo el señor amigo de mi padre que era minero y ganadero. Fue la única vez que le hablé y recuerdo que, sonriéndome, me explicó que ese señor que tanto me intrigaba era nada más y nada menos que el embajador de Cuba. Me sentí un verdadero Lombroso y odié a ese individuo, con lo que hoy sólo puedo calificar como «un anticomunismo visceral».

Pero si ya yo tenía amigos comunistas... Bueno, pero un embajador de verdad era un señor y un comunista sólo podía ser, a lo más, un estudiante de una universidad popular. Y yo era yo y don Raúl era don Raúl y mi padre era don mi padre. Pero la vergüenza, también, había traducido yo, emocionado, era un sentimiento revolucionario, según una persona tan autorizada como Sartre. Claro que Sartre era comunista, según explicó un artículo de opinión en *La Prensa*, por esa época. Pero también la chica que, según el «Cholo» Loza tanto me quería, fue detenida por comunista poco tiempo después.

Seguí siendo un excelente estudiante el resto de la semana, para poder emborracharme perdidamente el sábado con mis inolvidables Jaime Dibós, Lucho Elías y Alberto Massa. Y para poder preguntarles domingo tras domingo a mis perros bóxer, y sobre todo a *Happy*, que era mi favorito, por qué ya nunca se repetirían aquellos años escolares en que, por ser todos amigos, en los partidos de fútbol se me permitía jugar el primer tiempo en un equipo y el segundo en el otro. Me encantaba esa sensación. Me encantaba sentir lo que sentía el otro, sentir lo suyo, ponerme en su lugar. Eso se terminó, claro, cuando un día me tocó jugar por el equipo infantil peruano del Universitario de Deportes contra el equipo argentino Independiente. Pedí jugar en el segundo tiempo en el equipo argentino y mi entrenador y los titulares y suplentes me botaron casi a patadas del Estadio Nacional de Lima. Alguien gritó «¡Traidor a la patria!», incluso. «Algo así debe ser la política, ¿no, *Happy*? ¿Cuándo llegará el día en que pueda irme a París y ser escritor, *Happy*? ¿Te vendrías tú conmigo?»

Como verán, me había dado por sufrir interrogativamente. Y, antes de partir rumbo a París, todavía me quedó tiempo para enamorarme por segunda vez en mi vida y quererme casar por primera vez en mi vida, también, por supuesto. *Una tarde vi llover / vi gente correr...* Y no estaba Maggie, una estudiante de la Católica, tan católica que cuando la conocí de vista y me enamoré a primera vista estaba a punto de entrar al convento. Averigüé su dirección en el antiguo balneario de San Miguel, estando yo en pleno centro de Lima y, como había decidido sufrir interrogativamente, en vez de irme a verla sin conocerla en mi automóvil, me presenté extenuado en la puerta de su casa, tras haber recorrido varias largas avenidas como la Wilson o la Brasil, en fin, como se dice en España, «como de aquí a Lima». Iba deshojando margaritas por el camino verde que va a la ermita: «¿Me abrirá?, ¿me aceptará?, ¿me tirará un portazo en la cara...?» Maggie me abrió, tardó algo en entenderme, pero como era verano y ella tan católica y yo un sediento enamorado muerto de calor y de andar, fue a traerme un piadoso vasito de agua y me hizo caso. No odiaba el comunismo porque solía ponerle siempre la otra mejilla, hasta a Hugo Blanco, y me perdonaba que tuviera amigos apristas y comunistas.

Y, por supuesto, también capitalistas. Esto último mientras yo observaba la fachada cansada de la vieja «Villa Leonor», que era su casa, y calculaba que el ex profesor del colegio que calculaba nuestras alianzas matrimoniales iba a profetizar que Bryce estaba en peligro de hacer el peor negocio de su vida. Entonces amé a Maggie como hubiera amado, si la hubiese amado, a la hija de cocinera y comunista que estaba enamorada de mí en el pulmón del Perú. Maggie presentaba la ventaja, claro está, de ser alta, blanca, e hija de españoles. Y hasta logré convencerla de que teníamos que irnos juntos a París porque, siete años atrás, yo había querido ir a Cambridge...

Y fue mi madre la que nos ayudó, primero a mí y luego a ella, a obtener una beca del gobierno francés. Lo hizo así, en mi caso:

—Alfredo, ¿tú sabes por qué nunca obtienes las becas que solicitas en el *British Council*, ahora que vas a acabar Derecho?

—No, mamá...

—Pues porque cuentas que las estás solicitando a la hora de las comidas y tu papá llama enseguida al embajador de Inglaterra para que te las nieguen una tras otra. Óyeme bien, hijo mío: soy muy amiga del director de la Alianza Francesa y al embajador de Francia le encanta también Proust. Yo te recomendaré. Les diré, incluso, que tu segundo nombre de pila es Marcelo, por Marcel Proust, que por casualidad naciste el día de San Marcelo, que te bautizamos en la iglesia de San Marcelo y que el padre que te bautizó se llamaba Marcelo Serrano. ¿No te parece demasiada casualidad en honor de Marcel Proust? Confía en mí, hijo mío, y no abras la boca delante de tu padre. Y ya verás. París es Proust. París es maravilloso. París es una fiesta del alma. El año próximo intentaré ayudar a Maggie, que es una chica encantadora y jamás me perdonaría dejarla sin ti. Ella te cuidará y París será Proust para los dos. Toda una fiesta para un hijo que, por tantos Marcelos y casualidades, no puede sino ser un finísimo escritor. Aunque claro, a ti te falte el asma del *pauvre Marcel*...

Cito de memoria, pero estoy seguro que fue muchísimo mejor.

PARÍS ERA UNA FIESTA

Cuando desembarqué en Dunquerque de un barco cargado de mineral y estudiantes peruanos, sentí que nunca había querido a mi padre tanto como en ese momento. Pocos meses antes de partir, él había sido operado de algo que se anunciaba malo y yo había corrido de San Marcos hasta su cuarto en la clínica. Había corrido y corrido, sufriendo interrogantemente, pero con mi diploma de abogado obtenido minutos antes. El viejo de mierda y su flema británica... No se dejó dar un beso de enfermo y me aceptó, como quien no quiere la cosa, el diploma que había venido a regalarte tu hijo el estudioso, papá. Me despedí tras una visita de médico, como se dice, y mil años después de su muerte, durante uno de mis viajes a Lima, recuperé el diploma que hoy cuelga muy simbólicamente sobre el WC de mi baño.

En el barco viajamos mi «ya viejo amigo de San Marcos» François Mujica, el magnate minero Pocho Portaro, hoy magnate maderero y algo más, su esposa Susy van Ordt y dos «uruguayos-peruanos», un término de época que puedo explicar y recordar siempre, gracias a los siete años que anduve metido en el pulmón del Perú. A los indios recién llegados de los Andes y, en general, a cholos y mestizos varios, se les llamaba «los uruguayos» por aquella época. La razón era sencilla: Uruguay, *in illo tempore*, había sido varias veces campeón mundial o sudamericano de fútbol. En concreto, los valientes uruguayos habían combatido al inmenso y todopoderoso Brasil en el Mundial de Río de Janeiro, cuando los cariocas inauguraban «*o estadio mais grande do mundo*» —Maracaná—, con la consiguiente sucesión de muertos por infarto

318

y heridos por arma blanca y borrachera pa'todo el año. Lima se empezaba a llenar de indios que habitaban en las primeras barriadas desde los años 40 y 50. Los «indios de mierda», «huanacos» o «auquénidos», en fin, los andinos descubrían Lima y el mundo y el fútbol en el mundo. Y como el mundo entero admiraba al pequeño David Uruguay, que acababa de ganarle al Goliat Brasil en su propia cancha, en final y en mundial, los pobres cholos e indios soñaban con imitar a los uruguayos dentro y fuera de un campo de fútbol de tierra. Y así, los domingos, o cuando iban a buscar trabajo y también se endomingaban, vestían cuello almidonado blanco, terno azul marino, corbataza roja y zapatos de fútbol como los magníficos héroes uruguayos. Vivían ya en barrios marginales, eran marginales, y se ponían al margen del mundo siempre y cuando hubiese gente decente por ahí.

O sea que hoy ni recuerdo el nombre de los dos uruguayos-peruanos que, durante diecinueve días, navegaron con nosotros a Europa. Recuerdo, sí, que uno era mormón y ya había estado en Alemania y sabía lavarse la ropa, usar ropa que no necesitaba plancha y coser botones. Me acerqué bastante a él por lo del pulmón del Perú, pero sólo logré que perdiera su fe mormona por intentar enseñarme, inútilmente, por cierto, a lo largo de toda la travesía, a ensartar una aguja y coser un botón, porque yo en Europa no iba a tener servicio doméstico.

A las ocho en punto de cada mañana, ya era yo el mejor alumno de literatura que había en La Sorbona. Estudié literatura francesa clásica y contemporánea y los diplomas se los mandaba a mi padre, para ver si al fin me entendía. Me contestaba con dólares que yo le devolvía porque había ido a París para ser escritor, pobre y joven y feliz. Siempre. El tiempo me alcanzaba para todo, y hasta comí ocho años seguidos en un restaurante universitario, lo cual, según mi gran amigo Jean Marie Saint Lu, escritor, profesor y traductor del francés, es la mejor prueba que tiene de que provengo de una familia de la oligarquía peruana: me habían sobrealimentado de primera calidad y cinco tenedores durante los veinticinco primeros años de mi vida.

Maggie, en cambio, no formaba parte de la oligarquía peruana, por más bonita que fuera. Era hija de inmigrantes españoles y ya he contado anteriormente que, la primera vez que llegué a su casa del antiguo barrio de San Miguel, jadeante desde el centro de Lima, o sea más o menos desde Madrid a Lima, a juzgar por la distancia y la sed y el calor que hacía esa tarde, observé claramente lo cansada que estaba la vieja fachada de la antigua «Villa Leonor» en que vivía. El amor es ciego, pero ya yo sabía lo que iba a opinar de mi alianza matrimonial aquel ex profesor del internado británico que calculaba nuestras herencias y las de nuestras chicas y que nos entretenía a muerte con sus clases de historia porque con mapa y todo nos probaba, por ejemplo, que cuando el abuelo de Díez Canseco fue presidente del Perú (y Díez Canseco –apodado por mí «John Wayne» porque ya a los treinta se parecía a John Wayne a los sesenta, en whisky, barriga, inmensidad, fuerza demoledora y todo– Díez Canseco, el nieto y compañero de clase escuchaba aterrado, pero al día siguiente le tocaba a otro «descubrir» el tan noble origen de su fortuna familiar), construyó el ferrocarril de Arequipa a Mollendo en forma triangular y no en línea recta, o sea añadiéndole «unos mil kilómetros más», sólo para que pasara por su hacienda. Y así, en la próxima clase de historia del Perú no seguiríamos enterando del casi siempre oscuro origen de las grandes fortunas de nuestras intachables familias. Maggie, en cambio, repito, no formaba parte de la oligarquía peruana, y la prueba fue que la pobrecita se enfermó de anemia al tercer año seguido de estudiante universitaria y fue enviada por un médico al restaurante especial para enfermos flacos de los restaurantes universitarios normales.

Pero todo esto empezaría un año después de mi viaje a Londres y de mi visita a Cambridge, siempre en mi vano intento de responder a la eterna interrogación: ¿Qué habría sido de mí y de mi vida si, en vez de tenderme la celada y enviarme al pulmón del Perú, mi padre me permite viajar a los diecisiete años a Cambridge para convertirme en algo así como un Lord Byron de Indias? Sólo tengo una vaga respuesta, y ella es mi primer amigo inglés y borracho Martin Hancock. Justo hoy que «proso» acabo de recibir una postal suya de Colombia, porque esta enésima vez se ha casado pero con una colombiana pero pronto regresará a su *pub* londinense favorito y me llamará desde su maravillosa casa de campo en Albury, Guilford, precisamente al lado del *pub* del pueblo.

A Martin lo conocí borracho a los veinticinco años y él me conoció a mí también borracho y exactamente a los veinticinco años de edad. Y había estudiado en Cambridge exactamente desde el mismo año en que me tocaba llegar a mí. O sea que hubiéramos sido íntimamente borrachos y desde esa memorable noche en su *pub* favorito de Londres fuimos viejos condiscípulos de Cambridge y de bares de París, en vista de que su empresa magnate lo envió a trabajar a la Ciudad Luz. Su maravilloso departamento en Neully contrastaba profundamente con el estudio que yo compartía con el futuro cineasta *underground* y contestatario Allan Francovich, un gringo despistado y genial que estudió conmigo en el internado británico porque su padre trabajaba para una empresa del imperialismo yanqui. No volví a ver a Allan desde que salí del colegio hasta que tomé el primer metro de mi vida en París y decidimos compartir comunistamente nuestro prometedor futuro de cineasta comprometido y de escritor medio Byron-medio Proust, en un pequeñísimo estudio de la rue de l'Ecole Polytechnique. Algunas de sus películas contra la CIA y a favor de la revolución cubana y sandinista han pasado por la televisión española y las he visto. Todas han sido prohibidas en los Estados Unidos.

Allan recordaba mi pasado peruano y me trataba ante medio mundo como a un degenerado reaccionario. Por lo demás, nos llevábamos muy bien y hasta me enseñó a robar libros en *La Joie de Lire*, nada menos que una librería de izquierdas en la que robaban todos los izquierdistas del mundo. ¿Cómo se comía eso? ¿Y cómo me hubiera comido yo Cambridge y Europa a los diecisiete años, si a los veinticinco París me devoraba como a un niño de cinco? Definitivamente, siempre he llegado tarde a todas las edades de la vida. Y, en ese sentido, mi padre tuvo toda la razón de no dejarme viajar a Europa hasta que no fuera, por lo menos, algo más grandecito.

En fin, que de Martin a Allan y por ellos de Ray a Scotty y por ellos de Jack a Bob y por ellos de Peter a Jerry, y el francés no me servía para nada en París. Y me convertí en lector de Hemingway más atento que antes, en el Perú, y terminé metido noche tras noche en el *Harry's bar* de la rue Daunou, discutiendo de rugby con galeses, escoceses, ingleses e irlandeses. Hasta aprendí a trompearme en inglés. Y lo recuerdo claramente: una noche, un indiscreto bebedor irlandés me soltó algo que al conservador Martin le pareció digno sólo de un irlandés de mierda: «*Whats's your politics?*», me interrogó, de golpe, el irlandés con su acentazo. «*My politics* —le dije, alzando mi copa por San Marcos, el Perú y su pulmón— *is the lung of Perú.*» ¿Qué tenía que ver un pulmón con la política? El irlandés tambaleante me miró incrédulo y fue él quien soltó el primer golpe. Una vez más, nos echaban del *Harry's bar.* Y una vez más, me quedaba el resto de la noche bebiendo con Martin y, eso sí, a las ocho en punto de la mañana, ya era el primer alumno en literatura de La Sorbona. Tenía la edad en que las fuerzas dan para todo y el tiempo alcanza para todo, aunque a mí, de pronto, me sorprendió eso de que el tiempo pasara y nunca escribiera una línea. Le contaba, eso sí, novelas enteras sobre el Perú, pero en inglés, a mi gran amigo Martin.

Y se acabó la beca y no me la renovaron y, como era tan joven y feliz, vendí mi billete aéreo de regreso a Lima y quemé las naves y me fui a vivir a Italia. Estudiaba, escribía, leía y no bebía una gota en Peruggia. Ahí vino a despedirse de mí François Mujica y le leí el primer cuento que había escrito en mi vida. Un fuerte abrazo, un cuento que le había gustado a un amigo y que estaba escrito en castellano, y la promesa de que seguiría comiendo en la *mensa poppolare* hasta que terminara mi libro. Cumplí. Y Mario Vargas Llosa, a quien había encontrado casualmente en París y que ya era el autor de *La ciudad y los perros*, me había prometido leer mi manuscrito. Lo había encontrado en un café del carrefour del Odeón, esperando a Mario Benedetti, porque tenían que hablar de Cuba y otras cosas así de importantes. Recordé que alguien me había «delatado» en San Marcos que Mario era comunista.

Bueno, pero la plata se me acababa y un gringo playboy del *Harry's bar* me había prometido un trabajito en Grecia. Fui a dar a Mykonos, y lavaba platos en una discoteca y pensaba en un cuento sobre un niño llamado *Julius* y su familia inefable. Mientras yo lavaba copas y platos para el sustento, el gringo bailaba y conquistaba en la discoteca. Volvimos a París con mis ahorros y cruzamos Yugoslavia parando casi siempre en el camino para enamorar a unas chicas que yo jamás enamoraba y casi nunca para comer porque había que ahorrar para la gasolina del MG del playboy de New Jersey. Maggie ya había llegado a París y, con el tacto que me caracteriza cuando amo demasiado, le dije la verdad: «Ya no soy católico como tú y a lo mejor soy comunista como el gringo con que viví el año pasado pero la gente sigue pensando que soy de derechas, como el gringo con que viví. Y me pasé media vida en París metido en el *Harry's*. Pero, en cambio, Maggie, he escrito mi primer libro en Italia y he lavado platos en Grecia. El libro está en la maleta del auto con todas mis cosas.» Corrí al auto y acababan de desvalijarlo, primer manuscrito incluido. Maggie me tuvo temblando entre sus brazos. ¿Era París una fiesta?

PARÍS SÍ ERA UNA FIESTA, PERO PARA HEMINGWAY

Martin Hancock regresó a Inglaterra y yo llegué con Maggie, por primera vez o casi, al mundo latinoamericano de París. Abandoné para siempre el *Harry's bar* y todas sus consecuencias y descubrí el comunismo latinoamericano de París con todas sus consecuencias. América latina estaba de moda, Sartre estaba de moda, la discusión o eterna simplificación sartriana sobre el intelectual comprometido estaba de moda, el imperialismo yanqui estaba de moda, *El cóndor pasa* estaba de moda, la revolución cubana estaba de moda y el Che Guevara, que también estaba de moda, pocos años después estaría de supermoda a raíz de su muerte y un inolvidable afiche en el que sus ojos profundos miraban enigmáticamente a la eternidad. Bueno, por supuesto que las guerrillas latinoamericanas y estar contra la guerra del Vietnam también estaba de moda. Y de una forma u otra, todos *aprendimos a quererte... comandante Che Guevara* y *aquí*, con lágrimas en los ojos, *se queda la clara, la entrañable transparencia, de tu querida presencia,* comandante combatiente que creyó que los hombres eran ángeles y después resulta que los indios bolivianos jamás te entendieron y que confundiste, objetiva y subjetivamente, los Andes con la Sierra Maestra o es que huías de algo y buscabas la muerte siempre digna que completa un destino humano y estabas a punto de reconocer, en tu romántico diario de combate, que por primera vez habías mirado a los ojos de un hombre y no te habían dicho absolutamente nada. Por eso, sin duda, tampoco era malo el soldadito boliviano que, según el poema y la canción, te pegó el tiro de gracia.

Para nosotros, los latinoamericanos entre los que yo, como en el pulmón del Perú, buscaba desesperadamente un lugar, ése era un mundo feliz y hasta Hemingway, que había considerado y escrito que París era una fiesta permanente y movible, había vivido en *Castro's Cuba* (como la llamaba la prensa *made in USA*) y era, cuentan los que cuentan, amigo de Fidel Castro. Para nosotros, los latinoamericanos, que éramos los jóvenes de nuestro tiempo en una Europa cansada, entre esa juventud francesa que, a fuerza de aburrirse en el bienestar de la sociedad de consumo y las superpobladas clases de los distantes *messieurs les professeurs* en históricas sorbonas, estaba cercana a explotar en poesía en mayo del 68, pero tomando equivocadamente por asalto el teatro del Odeón y no la Bolsa de París, como Marx le hubiera aconsejado. Sartre era el único francés joven que quedaba en el universo mundo, Camus había muerto trágica y precozmente por pequeño-burgués, y el fantasma del comunismo rondaba hasta en nuestros sueños de amor erótico. Yo un día fui a ver la excelente comedia *Kiss me idiot*, de Billy Wilder, con Kim Novak y Dean Martin, y casi me matan mis compañeros de restaurante universitario. Eso era proimperialismo y el cine americano no era negro sino maldito. Maggie me saludó un día y me dijo que ya no iría nunca más a misa y que sólo había sido católica porque la habían engañado desde niña. Ricardo Letts, oligarca de nacimiento y de formación, había evolucionado hasta la extrema izquierda desde un latifundio en Huacho. Y llegaba a París como fundador de Vanguardia Revolucionaria, tras haber violado una orden judicial que le impedía salir del Perú, tras una huelga de hambre, tras haber sido apresado mientras en Mesa Pelada moría el intelectual y guerrillero peruano Luis de la Puente Uceda. Al saber de su «autoexilio», el entonces presidente del Perú, Fernando Belaúnde Terry, comentó ante su hija Carito, que sin duda alguna debió ser amiga del Ricardo Letts que robaba los corazones de las niñas ricas y bonitas cuando aún era belaundista y latifundista: «Al enemigo que huye, puente de plata.» Belaúnde era un demócrata convencido y un político con gran olfato: nunca deportaba a nadie.

Pero nuestros enardecidos corazones peruanos, latinoamericanos por consiguiente, admirados por la rectitud de Ricardo Letts, por su célebre polémica con el Regis Debray de entonces, o sea una suerte de Ricardo Letts filósofo y francés, convertimos rápidamente al «Sólido Letts» en deportado político, con la mejor y más romántica intención del mundo.

Poco tiempo antes, ilustres escritores, poetas, artistas e intelectuales peruanos como Julio Ramón Ribeyro, Mario Vargas Llosa, Germán Carnero, Federico Camino, Alfredo Ruiz Rosas y Pablo Paredes habían firmado en París un manifiesto en favor de las guerrillas, muy probablemente mientras yo me emborrachaba en el *Harry's bar* con mi amigo Martin Hancock y discutía de rugby y carreras de caballos en el idioma ya no de Shakespeare sino del imperialismo yanqui. Y estudiaba demasiada literatura y leía demasiado a Proust y me pasaba demasiadas horas en la cinemateca o en el teatro, todas estas cosas sospechosas y aristocratizantes y decadentes.

Por un error de nombres y una prueba de mi ignorancia, había querido hacer —e hice— mi doctorado en Literatura sobre un misógino decadente y reaccionario como Henry de Montherlant, ya satanizado por José Carlos Mariátegui, introductor de las ideas marxistas en el Perú y en América latina y líder espiritual de todas las izquierdas que en el Perú han sido y serán. Yo había querido trabajar sobre Maeterlinck, porque quería mucho a mi ya fallecido abuelo materno y las obras de ese autor llenaban, en mi memoria visual, un buen espacio en sus estantes. Confundí Maeterlinck con Montherlant y una noche, mientras le hablaba de éste a Ricardo Letts en la cola del restaurante universitario, me acusó de fascista. Pocos días antes o después, Mario Vargas Llosa nos había acusado, muy culta y amablemente y en privado, por cierto, a Montherlant y a mí, de «cavernarios», mientras me daba unos mil cariñosos consejos sobre la literatura y la disciplina del escritor, y mientras yo esperaba que me invitara un whisky pero él sólo bebía café.

A mi joven maestro sanmarquino Mario Vargas Llosa lo había encontrado casualmente en un café del Odeón, poco tiempo después de llegar a París. Me le había acercado muy tímidamente y me había dirigido a él tratándolo de «usted» y de «doctor». Le había recordado lo mucho que me habían gustado sus clases de literatura peruana en San Marcos y, timidísimamente, había tenido el atrevimiento de decirle que a mí también me gustaría ser Vargas Llosa, perdón, doctor Vargas Llosa, lo que he querido decir es «ser escritor». Creo que nadie me ha vuelto a acoger con tanta amabilidad en el resto de los días de mi vida. Mario me rogó que lo tuteara, me invitó un café que no pude aceptarle porque me estaban temblando las manos, y me invitó a comer con él la noche siguiente, porque esa noche estaba esperando a Mario Benedetti para hablar de Cuba y de cosas así de importantes. Entendí que estaba ocupadísimo, me odié por haberlo molestado, y me llevé mis trembleques y emocionadas manos a la calle, a ver si llovía. Mario había firmado un manifiesto a favor de las guerrillas, motivo por el cual yo nunca jamás en mi vida volvería a poner los pies en el *Harry's bar*. Como Montherlant, yo era un cavernario, un decadente, un misógino, y, por qué no, hasta un fascista en inglés, ya que mi amigo Martin era realmente muy conservador y británico.

¡Qué bello y emocionante era el mundo! ¡Qué fiestón era París! Mario confesaba su admiración por Malraux y yo corría a comprar y devorar las obras de Malraux, que entre otras cosas afirmaba que, para escribir, había que estar enamorado. Y yo estaba hasta la remaceta por Maggie. Ricardo Letts era amigo y amigo político de Mario Vargas Llosa y el mundo, por consiguiente, era coherente, nos daba la razón a los latinoamericanos. Ya todos simpatizábamos con el partido Vanguardia Revolucionaria, fundado por el «Sólido Letts». En el Palacio de la Mutualité, tendría el honor de escuchar a Sartre y a Mario Vargas Llosa despotricando contra la guerra del Vietnam, juntos y revueltos por los mismos ideales, la misma emoción. Mario confesaba, en honor a los muertos en las guerrillas peruanas de entonces, que «él no había tenido ni la bondad ni la generosidad de ser guerrillero». Sartre escribía o declaraba, que es lo mismo, que no se podía escribir una novela mientras un niño se moría de hambre en Biafra. Hasta Julio Cortázar abandonaba su torre de marfil para aplaudir rabiosamente (aunque yo juro y rejuro que Julio era tan mágico y tan Zen que aplaudía rabiosamente con una sola mano que yo observaba levitando en el Nirvana de la Mutualité) a Sartre y a Vargas Llosa. En 1967 Miguel Ángel Asturias recibía el premio Nobel de Literatura. El mundo entero le daba la razón a

América latina y *El cóndor pasa* volaba más que nunca sobre nuestros explotados indios y los ponchos y las quenas invadían la moda francesa. Hasta la «frívola, decadente y burguesa» revista *Elle* le dedicaba un reportaje a los Andes peruanos. Yo guardaba a Montherlant en el cajón de los malos recuerdos, me confesaba ante Maggie que ya iba por su tercera lectura de *El capital*, me autocriticaba, me autoenviaba a un paredón cubano, y salía a aplaudir como todo el mundo al Hombre Nuevo, aunque con un viejo temblor familiar en las manos.

Jesucristo había tenido una última cena y yo había tenido ya una primera cena con Vargas Llosa. Freddy Cooper Llosa, amigo mío de infancia y pariente de Mario por Llosa, me pidió que le presentara a su primo. Consulté con el encantador Mario y me respondió que encantado, que nos esperaba en su departamento de la rue Tournon para comer luego en un restaurancito cercano y no muy tarde, eso sí, porque él trabajaba de noche, dormía de mañana, y apenas si almorzaba para sentirse ligero mientras escribía puntualmente tarde tras tarde. Eso era disciplina y no yo. La hora de la cita en casa de Mario llegó y, puntualmente, llegamos Freddy Cooper y yo y un tercer hombre casi en discordia, a juzgar por la manera en que me observó toda la noche. Comimos barato y con una garrafita de vino para cuatro disciplinados y, como Mario y Freddy iban por el mismo camino y habían congeniado mucho, partieron en el viejísimo y disciplinado Dauphine amarillo que poseía Mario, no sé si con alguna tendencia pequeñoburguesa porque el tercero en discordia, también firmante del manifiesto en favor de las guerrillas y comunista de padre y madre y de nacimiento, hijo de exilados de cárceles peruanas y guerras civiles españolas, actor de teatro y «militante del "Sólido Letts"», por decirlo de alguna manera, no parecía haber aprobado esa reunión.

Pero resultó que nos quedamos solos en la rue Tournon y que vivíamos a una cuadra de distancia y que no nos quedaba más remedio (a él, en todo caso, porque yo soñaba con ser su amigo y lo envidiaba) que caminar juntos por la noche de izquierdas parisina. Al llegar a la puerta de mi edificio, invité a ese héroe a subir hasta mi altísima miseria, como más tarde le llamaría el poeta comunista César Calvo a mi *chambre de bonne* de oligarca peruano que se hace el difícil, que esnobea diciendo «quiero leer a Marx para contentar a mi novia», en fin, a tomarse una copa de izquierda tinto barata conmigo. «No bebo con mierdas», me respondió Germán Carnero Roqué, uno de los más grandes amigos que he tenido después en mi vida. Un año entero vivimos a una cuadra de distancia y siempre me quitó el saludo cuando nos cruzamos. Según recuerda hoy el propio Germán: «A Mario Vargas Llosa lo critiqué entonces severamente por recibirte en su casa. Y a ti te consideré un mierda por el apellido y la corbata que llevabas. ¡Qué niños! ¡Qué locos y cojudos éramos en aquellos años! ¡Pero qué lindo y qué fácil era todo en ese tiempo!»

Maggie vivía en una residencia universitaria y subí solo hasta mi alta miseria. Para mí nada era fácil en aquel tiempo. Tomarme una copa solo no tenía ningún sentido. Extrañé al gringo Martin en el *Harry's bar*. Unas horas de insomnio más tarde extrañé a *Happy*, mi bóxer favorito. ¡Cómo me entendía cuando le contaba los domingos que era lindo eso de jugar fútbol el primer tiempo en un equipo y el segundo en otro! Hasta que me llamaron traidor. Y ahora acababan de llamarme mierda. Traidor a la patria, primero, traidor y mierda política, ahora. En el mundo que me esperaba en adelante sólo se podía pertenecer a un equipo y para siempre. Pero Camus, a quien también leía clandestinamente, había dicho algo así como que él creía profundamente en la justicia, pero que antes defendería a su madre. Casi textualmente había dicho eso. Y claro, por eso también había muerto trágica, prematura y pequeñoburguesamente. «El camino es así», me dije, pensando en los cuentos que me habían robado a mi regreso de Italia y Grecia a París, y que estaba volviendo a escribir. Ese camino me llevaría a Cuba, aunque tardaría aún más en llegar a esa isla que el poeta Constantino Kavafis en llegar a Ítaca.

EL CAMINO ES ASÍ

En realidad, el camino había sido así y, salvo en los instantes más poéticos, infantiles, generosos y felices de la amistad, el camino nunca más volvería a ser así. Eso era cosa de fútbol entre niños amigos. No de rivales argentinos y peruanos, por ejemplo, porque era traidor a su patria quien pedía jugar el primer tiempo en un equipo y el segundo en otro. Y sólo porque uno era incapaz de odiar, sólo porque uno no tenía tendencias agresivas o, por decirlo con un término muy de moda en el mundo actual, competitivas. En fin, sólo porque, sin saberlo ni presentirlo aún, uno anteponía los afectos a las ideas, la ironía a la gravedad categórica y la tolerancia al odio a la alteridad, a aquello que es distinto. Y, en fin, otra vez, porque uno era observador y curioso y en vez de comprar deseos que se confundían con necesidades, uno se llevaba de una sola mirada hasta el contenido de los basureros de la ciudad a casa.

Por eso terminé de escribir el libro que me habían robado al volver a París (un robo que afectó mucho más al generoso Mario Vargas Llosa que a mí) y opté porfiadamente por titularlo *El camino es así*. Les llevé el manuscrito a mis escritores peruanos favoritos, a Mario y a Julio Ramón Ribeyro, a quien acababa de tener la suerte de conocer, y a ambos les gustó casi todo menos el título. En realidad, los dos me dijeron casi lo mismo: muchas cosas en ese libro de cuentos les gustaban, pero había una que les horripilaba: el título. ¿Qué pretendía yo con semejante titulazo para unos cuentos que hablaban de traumas de infancia y adolescencia? ¿Mandarle un mensaje a la humanidad? Para mensajes están los carteros, Alfredo. Y los mensajeros, Alfredo, en todo caso. Pero tú te has querido sentir una especie de Goethe con su *Werther* y poco más o menos has arruinado el libro y te estás exponiendo a un tremendo papelón.

Julio Ramón Ribeyro solucionó el asunto, finalmente, diciéndome que el libro poco más o menos apestaba a atmósfera sin salida, a ambiente cargado, a... «a *Huerto cerrado*. Eso, Alfredo, ponle *Huerto cerrado*, que viene del *Cantar de los cantares: Hortus Clausus* y suena más discretito que *El camino es así*». Mario Vargas Llosa completó: «Y suprime el segundo cuento que no apesta a huerto cerrado sino al cavernario de tu amigo Montherlant.» Cumplí al pie de la letra con tan útiles enseñanzas y, lo recuerdo clarísimamente, esa noche tuve la suerte de leer por primera vez a Cortázar y me dije: «Este gran Bárbaro que escribe como le da la gana, o sea como sólo Cortázar puede escribir un cuento.» Bajé la silla de encima del edredón, ya que a veces creo que ponía hasta mi mesita de trabajo sobre la cama inmensa de mi enana *chambre de bonne* sin ventana ni calefacción, o sea para morirse en invierno y el verano, pero siempre apellidándome Bryce Echenique, siempre sin que me saludara Germán Carnero, el que tan severamente había criticado a Mario Vargas Llosa por recibirme en su casa marxista, bajé la silla y de un tirón escribí como me dio la gana un relato llamado «Con Jimmy en Paracas», que fue lo primero que publiqué en mi vida gracias a la ayuda de Juan Goytisolo, en la revista *Cuadernos del Ruedo Ibérico*, muy famosa entre los antifranquistas de entonces.

Recuerdo también muy claramente que un señor llamado José Martínez, exiliado español y jefe de redacción de esa revista, me dijo que, por favor, pasara siquiera mi cuento en limpio: «No se puede publicar un texto lleno de tachaduras.» La verdad, ni se me había ocurrido que un texto mío necesitase pasarse en limpio. Y es que ni se me había ocurrido publicar algo en mi vida. Yo escribía porque era escritor y porque mi padre me había hecho esperar siete años para ser escritor. Y el placer era tan inmenso que para qué pasarlo en limpio. ¿Alguien ha visto a alguien pasar en limpio jamás la felicidad? Bueno, pero parece que todos los escritores tenían esa costumbre, salvo algunos que se morían de hambre y de ineditez, como Van Gogh, que era pintor, o Rimbaud, que era maldito. Yo, en cambio, era feliz y cada sábado nos reuníamos en casa de alguien que tenía espacio para recibir gente, y vino para que la gente se entusiasmara y leyera lo que había escrito durante la semana. Poetas, narradores, dramaturgos, bebían vino y leían sus textos y las críticas podían acabar a golpes en la calle por un quítame esta paja, o sea este verso o aquel párrafo. Era un mundo feliz en el que todos escribíamos, nos ganábamos la vida de cualquier manera y, probablemente tras haber escrito nuestras obras completas, nos uniríamos a la guerrilla del Che o de quien fuera. Tiempo en la vida feliz había para todo, hasta para la mayor bohemia, la mayor inmadurez, las mayores amistades, odios y reconciliaciones vitivinícolas.

Le debía mi entrada a esos sábados de felicidad al poeta César Calvo, siempre de paso largo por París, casi siempre de ida o de vuelta de La Habana. Fue el único poeta que conocí en mis años de San Marcos, el único que se me acercó a pesar de ser yo quien era y el único que tuvo la bondad de ofrecerme una sincera amistad. Él subió hasta mi cuartucho helado y se sopló el manuscrito de *Huerto cerrado*, en borrador, y empezó a explicarle a la gente que yo no era tan mala persona como mis apellidos y que hasta el «Sólido Letts», campeón universal de la izquierda peruana, había descubierto algunas debilidades positivas en ese despistado llamado Bryce, que además tenía una enamorada linda de apellido Revilla y origen inmigrante, o sea ya simpatizante de Vanguardia Revolucionaria. Y así llegué un día, tras conciliábulo previo, a leer un cuento delante de Germán Carnero que, tras larga discusión, aceptó recibirme en un espacioso departamento al que iba a asistir también Mario Benedetti. A Benedetti le dijeron que desconfiara de mí, pero ya no tanto como antes, y que luego diera su opinión de izquierdas sobre mi persona. Fue una noche memorable de lecturas de cuentos y poemas. Noche memorable para mí y para todos los presentes porque leímos tanto y nos hicimos tan amigos que, de madrugada, apareció la policía que un vecino había llamado para quejarse de ruidos molestos en el tercero izquierda. Tocaron, abrimos, y la policía no supo muy bien si matarnos a nosotros o al que nos había denunciado desde el segundo izquierda. Porque lo que vio en realidad fue a unos extranjeros correctamente vestidos con un correcto francés, alguna botella de tinto, y una mesa llena de manuscritos alrededor de la cual, antes de tocar, sólo habían escuchado cuentos y poemas en castellano y prudente nivel de voz.

La policía se retiró bastante desconcertada y aconsejándonos no leer más por esa noche y conversar en voz bajita. Y en voz bajita, Benedetti, Calvo y Carnero me aconsejaron pasar en limpio *Huerto cerrado* y enviarlo a un concurso que se llamaba Casa de las Américas y quedaba en La Habana, Cuba, en fin, ¿cuándo aprenderás, Alfredo? Consulté con los maestros Vargas Llosa y Ribeyro, que me dieron un entusiasta y rápido visto bueno y Maggie me pasó los cuentos en limpio porque yo sigo totalmente incapaz de escribir bien a máquina en la edad de los ordenadores. La verdad, nunca he sido ni seré lo suficientemente aerodinámico o algo así. Y lo mismo me pasa con los automóviles. Suelo estrellarlos y sigo extrañando al chofer de mi abuelo y al chofer de mi padre, que acabó de guerrillero y al cual yo nunca delaté porque era mi amigo, pero la verdad es que en el Buick del viejo llevaba una verdadera biblioteca horrible: las obras completas de Marx, Lenin y Trotsky en la maletera del inmenso carrazo verde. Apenas si cabía la rueda de repuesto, y el gran Orlando se aprovechaba de que mi padre jamás se acercaba a esas zonas de un automóvil.

Mandé mis cuentos al comunismo y, como Cuba siempre estaba bloqueadísima, no tuve mayor fe en que llegaran por correo ni en enterarme jamás del resultado del concurso aquel. Pero un día pasó por París el escritor chileno Jorge Edwards, que regresaba de La Habana y había sido miembro del jurado de cuentos. Me invitó muy simpáticamente a un café del boulevard Saint Michel, y me explicó más o menos lo siguiente: el fallo había sido muy disputado entre el escritor cubano Norberto Fuentes y yo. Finalmente a Fuentes se le iba a dar el premio porque, por primera vez en Cuba, se publicaba un libro en el cual no todos los guerrilleros eran santos de una sola pieza sino seres humanos con sus virtudes y sus defectos. «O sea con primer y segundo tiempo», pensé yo, recordando al futbolista infantil que había sido, y realmente le di toda la razón a Jorge. Y me sentí feliz cuando me contó que yo había ganado una mención honrosa con un jurado en el que participaba gente tan importante como el traductor y profesor francés Claude Couffon y el gran poeta peruano Emilio Adolfo Westphalen. Hipócritamente, le oculté a Jorge que no tenía la menor idea de quiénes eran esos dos importantes maestros que, con el tiempo, al igual que Jorge, también llegaron a ser buenos amigos.

Maggie, con quien me había casado poco antes y con quien vivía en un lugar bastante más habitable, pero siempre en un techo, me dio el primer premio con un beso y la izquierda peruana toda, por primera vez y por unanimidad, me llenó de abrazos y menciones honrosas. Ahora, claro, lo que tenía que hacer era escribirle a Haydée Santamaría, presidenta de la Casa de las Américas y heroína de la revolución (a quien todos menos yo conocían), darle las mil y una noches de gracias y pedirle que me enviara ejemplares de mi libro de izquierda. Hubo algo así como un consejo de Estado para redactar la carta, en vista de que yo, con esa corbata, era muy capaz de decirle «Muy estimada señora Santamaría», de puro bestia. O sea que me redactaron la carta en la que saludaba a una «Compañera revolucionaria» y me despedía de ella con «Un revolucionario abrazo de solidaridad con el Tercer Mundo y Cuba», o algo por el estilo pero mucho mejor, estoy seguro. Me quedé frío cuando, meses después, la compañera revolucionaria me respondía diciendo —en carta que conservo—: «Distinguido señor Bryce Echenique, esperando que, al recibir la presente, se encuentren usted y su familia gozando de muy buena salud.»

Mucho más frío me quedé meses antes, cuando una mañana el cartero trajo un telegrama que decía así: «Felicitaciones. Ganó Ud. Mención Honrosa Concurso Casa de las Américas. Haydée Santamaría.» Y, cuando por la tarde, el cartero llamaba otra vez a mi puerta con este telegrama: «Felicitaciones. Ganó Ud. Concurso Casa de las Américas. Firmado UNEAC.» Enseñando mi telegrama estilo primer y segundo tiempo de fútbol infantil me enteré de que UNEAC quería decir Unión de Artistas y Escritores de Cuba. Por calles y plazas andaba yo feliz con mis dos telegramas hasta que los perdí o se gastaron de tanto enseñarlos. Por entonces, el discretísimo Emilio Adolfo Westphalen ya había pasado también por París y me había contado que había sido un fallo discutidísimo y complicado. Pero ni él ni Jorge Edwards mencionaron jamás la palabra «polémico».

334

Y los ejemplares del libro no me llegaban nunca y, como en cierta medida yo ya era de izquierdas, me permití robármelos, como toda la izquierda mundial, de la librería de izquierdas *La joie de lire*, donde una noche me quedé atónito al ver siete libritos verdes y exactos y todos con mi nombre o un nombre exacto al mío. Pero se llamaban *Huerto cerrado* y, justo estaba metiéndomelos en mi inmenso abrigo de *clochard* (en todo caso, los *clochards* me lo reclamaban siempre que pasaba delante de ellos), cuando sin duda me delataron mis orígenes y mi educación y me pescaron. Pero era gente encantadora la de *La joie de lire*. Por eso, claro está, quebraron. Gente encantadora que me regaló los siete ejemplares cuando les probé que yo era muy pobre y muy feliz y que, al mismo tiempo, o tal vez por eso, era el autor del libro.

No puedo retener este recuerdo que, de golpe, asalta mi memoria. Un día acompañé a Mario Vargas Llosa a comprar libros en *La joie de lire* y me quedé realmente asombrado al ver lo pasmosamente bien que robaba. Se ponía un libro tras otro bajo el brazo y luego salía tan tranquilo. En la esquina lo felicité y él exclamó ¡Qué!, cuando se dio cuenta de que, distraídamente, se había salido sin pagar. Y por más que insistí en que éramos pobres y felices, él regresó a la librería y pagó. «Hay que pagar siempre», me dijo.

HAY QUE PAGAR SIEMPRE

Terminado mayo del 68 mataron al Che Guevara y fue como si la poesía se hubiera acabado para siempre. Ingresé a trabajar en la Universidad de Nanterre como última rueda del coche pero había jóvenes idealistas y chicas más lindas que idealistas. En esas condiciones, lo confieso, era un placer dar clases de lo que a uno le echaran. Y así me leí al *boom* entero, página a página, para explicarlo en clases alegres y llenas de contestatarios que me respetaban por hablarles de la miseria del indio mexicano en los libros del inmortal Rulfo. Iba descubriendo a todos los autores del *boom* y escribía una novela titulada *Las inquietudes de Julius*, que debió ser un cuento y terminó en tocho interminable en el que vargasllosianamente trabajaba tarde tras tarde. *Cien años de soledad* llegó a París y vino a privarnos de la soledad en que nos habían dejado la muerte del Che y de mayo del 68.

Recuerdo claramente que, en el *curriculum* que presenté para ser admitido en la universidad, incluí los telegramas de Casa de las Américas y la UNEAC en los que yo era mención honrosa en Cuba, según el primero, y ganador en Cuba, según la Unión de Artistas y Escritores de la lejana isla que lloraba al Che.

Leí un libro de Carlos Fuentes, *Los hijos de Marx y Coca cola*, que fue el primero que me hizo reflexionar sobre ese mayo revolucionario en el que creo que ni yo ni nadie había entendido nada, al menos mientras duró. Y Fuentes fue el último de los escritores del *boom* con el que trabé amistad, gracias a una invitación a las universidades de Harvard y Brandheis, detrás de las cuales estaba el poeta, escritor y crítico peruano Julio Ortega. Eso

336

fue en 1987 y mucha agua había pasado bajo los puentes del *boom* y éste había terminado, como bien dice el crítico Rafael Conte, «como el rosario de la aurora». Pero yo sigo considerándome amigo de todos los que siguen vivos y sigo siendo amigo de todos los que murieron, sobre todo de Cortázar y Rulfo, ese gran bromista cuando le daba la gana. Y el *boom,* según José Donoso, dio lugar a un *boom junior,* en su deliciosa *Historia personal del boom.* Pero lo que hoy realmente hay es un muy merecido *boom* de la novela española, en el cual, como en el de la novela latinoamericana, y como sucede siempre en estas cosas, no están todos los que son ni son todos los que están. Pero esto se llama suerte o destino o como se quiera. No se llama en todo caso literatura porque ésta es única y exclusivamente los libros que un autor escribe. Nunca su circunstancia. Yo, por ejemplo, vivo de mi máquina de escribir, tengo esa suerte, y eso que apenas logro teclear con dos dedos. Ni fui de un *boom* ni puedo ser del otro. En fin, como dicen los franceses: «Siempre entre dos sillas con el culo en el suelo.» Pero sigo avanzando rumbo a Ítaca e, incluso, creo que me voy acercando un poquito a La Habana, aunque por ahí luego me vuelva a perder. Y me vuelva a perder para la causa revolucionaria.

Mi sueldo en Nanterre me permitía seguir comiendo en un restaurante universitario, porque era muy bajo y yo era amigo viejo de los porteros de los restaurantes universitarios y me dejaban pasar sin ser estudiante. Y, además, el hombre es un animal de costumbres y hasta tal punto que a mí la comida buena me caía mal. La moda latinoamericana decaía, porque no hay mal que dure cien años y ya uno estaba realmente harto de que le tocaran charangos cada vez que ingresaba a un restaurante de esos que quedan bajo la luz de la luna o sea de la mirada de una chica bonita. Maggie terminó abandonándome por mis insoportables contradicciones burguesas, la izquierda peruana de verdad regresaba al Perú y la de mentira engordaba en París y bebía mucho y peleaba más y más por idioteces. En realidad, me aburría y cada vez seleccionaba más a los amigos. Mario Vargas Llosa hacía rato que se había instalado en Barcelona y el amigo que yo más frecuentaba en París era Julio Ramón Ribeyro.

La publicación de *Un mundo para Julius,* que fue lo último que

Maggie dejó en limpio antes de marcharse y empezar el lentísimo camino que nos llevaría a una profunda amistad, tuvo su éxito en España y también mil anécdotas que me unieron hasta la muerte y después a Carlos Barral. Y, claro, seguro que esta noche llamo también a Ivonne Barral. Pero estos recuerdos merecen capítulo aparte.

Y si algún día Ana María Moix, esa hermanita catalana de mis primeras enfermedades y desilusiones, lo desea, que dé testimonio de lo que me costó publicar una novela, verla impresa, no robarla en *La joie de lire,* descubrir el mundo literario y sus bondades y maldades, sus intrigas y caprichos y trucos y sus personajes maravillosos y espantosos, sus náufragos y sobrevivientes. Y yo naufragué en manos de un ser maravilloso, gracias a la ayuda de otros seres maravillosos. Ramón Vidal Teixidor, psiquiatra catalán y padre y hermano del alma, que para mí son sinónimos exactos, jamás me cobró un centavo por mantenerme vivo hasta hoy en que, aun jubilado, lo llamo por teléfono para preguntarle hasta qué debo comer. Maruja, su esposa, me alegra la vida cuando más triste estoy, con su alegría de vivir. Ramón y Maruja, Maruja y Ramón. Visitaban a Dalí en París, pero creo que en realidad sólo lo hacían para poderme visitar a mí gratis. Pero esos mismos meses, en Barcelona, Mario Vargas Llosa me hizo otro gran favor. Me presentó a Carmen Balcells, cuya agencia queda además en el mismo edificio en que viven los Vidal Teixidor. Y por eso, cuando en 1984 salí corriendo de Francia para empezar a vivir de mi máquina de escribir y dejar así para siempre la enseñanza universitaria en forma permanente, los Villaescusa, que han dedicado parte de su vida a mí, de la misma manera en que yo creo haberles dedicado parte de mi obra a ellos, me consiguieron un departamento muy cerca de la agencia de Carmen y de la consulta de Ramón. Así podríamos vivir y sobre todo dormir todos más tranquilos. Ya lo decía Martín Romaña en el díptico que le dediqué: «El infierno son los otros, pero también el paraíso.» O: «He sido siempre un solitario que ha vivido en excelente compañía.»

No pude escribir más, por depresión, hasta que en 1974 logré publicar los depresivos y enfermizos cuentos de *crack-up,* titulados *La felicidad ja ja.* Nunca se me acusó tanto de neurótico y decadente y de vivir entre la felicidad y la facilidad. Después vino *Tantas veces Pedro*, escrito de un tirón en Menorca, y que el fallecido crítico Ángel Rama calificó de «triste de fiestas». De Lima me escribía mi eterno amigo Alberto Massa, cuyas cartas conservo como un tesoro: «Briceño —éste es un apodo que se me puso en San Marcos para peruanizarme un poco y llevarme a tomar cervezas en el popular y bohemio bar Palermo—, o te escribes otro *Mundo para Julius* o te vas a la mierda. Aquí en Lima la gente se está olvidando hasta de que una vez ganaste el premio Nacional de Literatura.»

Esto fue en 1972 y el premio se llamaba entonces «Ricardo Palma de Fomento a la Cultura». Mi padre había muerto en el 67 y nunca vio un libro mío impreso. Estoy seguro de que le hubiera gustado. Prácticamente se había despedido de mí con una caligrafía tembleque y dos líneas enviadas a París: «Creo que te entiendo, Alfredo. Sólo te ruego que sigas el camino que has elegido, pero siempre hacia adelante y hacia arriba.» Yo iba más bien hacia abajo y hacia atrás. Mi madre se puso furiosa porque en la primera edición de *Huerto cerrado* no aparecía mi apellido materno. Lo agregué, entonces, a partir de *Un mundo para Julius*. Ella que tanto había hecho para que yo llegara a ser Marcel Echenique. Pero también ella que, hablando en oro, me ocultó la enfermedad y muerte de mi padre porque pensó que conmovido y culpabilizado por esa muerte, iba a regresar al Perú a cargar con el peso de la tradición familiar. Finalmente, llevaba muy pocos años en París y aún no había publicado nada y probablemente si regresaba al Perú terminaría metido y hecho un infeliz en el Banco Internacional o algo por el estilo. Empezaría por la sección legal del Banco, por ejemplo, y claudicaría para siempre. Ella evitó eso y no llegué ni a los funerales de mi padre. También me aconsejó en ese sentido mi cuñado Francisco Igartua. Gracias, Paco.

En 1972, «el Gobierno Revolucionario de las Fuerzas Armadas», que ya había puesto en marcha la reforma agraria que acabaría con los familiares y amigos latifundistas y que «se cargaría» el Banco Internacional del Perú, el Popular y el Continental, para crear la llamada Banca Estatal, persiguiendo a sus altos funcionarios y encarnizándose con don Mariano Prado Heudebert hasta en su lecho de muerte, me otorgaba el premio Nacional de Literatura por mi obra antioligárquica y revolucionaria *Un mundo para Julius*. Cuentan las malas lenguas que mi madre, orgullosísima, fue a recoger el premio en un acto público, en nombre de su hijo Marcel Echenique. Y que, cuando en el discurso de entrega, el ministro de Educación dijo que «entre el general Velasco (entonces jefe de Estado) y el escritor Bryce Echenique habían liquidado a la oligarquía peruana», a doña Elenita Echenique de Bryce, madre de Marcel, hubo que sacarla en camilla.

Ramón Vidal Teixidor logró ponerme en forma para el viaje a Lima. Dos años después de la publicación de ese libro en Barcelona y sus consecuencias nefastas, el tratamiento de Ramón me permitió viajar a Lima por dos meses y medio en un chárter tan barato que, en la escala de tres días a la ida y tres a la vuelta, en Nueva York, nos alojaron en el peor hotel de Harlem. A Lima llegué ocho años después de mi primera partida y a gastarme el dinerito del premio. Literalmente me comí todas mis nostalgias y me bebí a todos mis amigos. Hasta logramos jugar un partido de fútbol con mis entrañables ex compañeros de colegio, y guardo las fotografías de los veintidós compañeros jugando en el enorme jardín de la casa del ex presidente Manuel Prado Ugarteche, donde vivía uno de sus sobrinos porque *monsieur le president* vivía siempre en la avenue Foch, en París. Ahí estamos en las fotos jugando con las botellas de cerveza en la mano. Primera contra segunda promoción. Y ahí estamos adolescentes otra vez y niños para siempre y yo jugando el primer tiempo por la primera promoción y el segundo por la segunda. Metí dos goles en una portería y uno en la otra. Y me enteré de que Mario Vargas Llosa, Julio Ramón Ribeyro y Germán Carnero eran los que habían presentado mi novela a ese premio, una noche en que coincidieron en Lima y comieron juntos. «El Sólido Letts», cada día más en la extrema izquierda, me dictaba lo que debía declarar a la prensa: «El gobierno no era revolucionario, era pequeñoburgués y reformista y la reforma agraria era una farsa. Los militares eran reformistas y populistas, nada más.» Yo obedecía porque jamás había tenido tantas entrevistas en mi vida, y tan poco que decir, y la verdad es que eran tantas las preguntas que uno agradecía que alguien le dictara las respuestas de antemano. Nadie me criticaba.

Era loco, era un irresponsable, y era, según parece que declaré yo mismo un día: «Un aristócrata arruinado y, por consiguiente, un hombre que tenía derecho a jugar... No, a jugar no. A juntarse con quien le diera la gana.» Eso se lo había oído decir en mi adolescencia a un noble español de ropa elegantemente fatigada que apareció un día por casa. A los primeros síntomas de depresión y agotamiento y cuando ya no me cabía ni la ropa que me había comprado el día anterior, solté las únicas frases sinceras de todo aquel viaje: 1) Soy un escéptico sin ambiciones y mis afectos privados han triunfado siempre sobre cualquier idea. 2) El jefe de Estado, el cholo Velasco (en realidad le llamaban «el Chino»), me cae muy bien y me encantaría emborracharme con él.

Mario Vargas Llosa me criticó todas mis declaraciones, muy cariñosamente, eso sí, y sobre todo las que hice a la revista *Caretas*. El presidente Velasco, por su parte, me invitó a emborracharme en palacio. Yo creo francamente que ese hombre hacía trampa con los tragos. Yo ya me tambaleaba y él seguía tan ecuánime. Y no nos poníamos de acuerdo sobre el precio de un escritor. Él me decía que todo hombre tenía su precio y yo le respondía que era un escéptico sin ambiciones. Por fin, agotado, me vendí a las seis de la mañana: una embajada en Venecia. Y él me compró llamando a un edecán y mirándome con sorna y cariño. Después nos abrazamos porque él, a las ocho en punto, tenía que presidir un consejo de ministros. Y cuando me tambaleaba por la salida de aquel gran salón de palacio de gobierno, el general carraspeó y me dijo sonriendo: «Nunca lo olvidaré, señor escritor escéptico. Porque usted y yo sabemos que jamás ha habido embajada del Perú en Venecia.»

DE VENECIA A LA HABANA

No, no crean que no me hubiera gustado una embajada en Venecia. Pero no la había como jamás habría habido oligárquico mundo para un Julius francés como yo y mis apellidos. Salía con una chica, casi una niña —y yo ya de la edad de Jesucristo al morir y siempre de última rueda del coche en la Universidad de Nanterre— con muchísimos apellidos precedidos por la preposición *de*. Nobleza de antes de Versailles y castillo con calefacción en *le département de l'Ardeche*. Nobleza que despreciaba a la nobleza de Versailles, señores feudales que, con mayor razón aún, despreciaban a la nobleza de Napoleón. Yo no sabía muy bien cómo se comía eso y me dejaba querer y desdeprimir en mi departamentito de recién abandonado por mi esposa y volvía a escribir por las noches, ayudado también por los fármacos que, desde Barcelona, me traía San Ramón Vidal Teixidor.

Volvía a escribir por las noches o por las mañanas los cuentos tristísimos que por las tardes le contaba a la futura Octavia de Cádiz de mi futura novela sobre aquella increíble relación que fue la nuestra. Me metían preso, nunca había sido tan izquierdista y sudaca *avant la lettre* en mi vida, todo mientras yo explicaba que mi familia en el Perú, claro que antes de la estatización de la Banca y la reforma agraria, pero en fin, aún quedaban acciones y propiedades y parientes muy ricos y mi familia era en Lima... Me pegaba la policía por dar explicaciones dignas de un débil mental y todo aquello duró años y terminó en una novela que, en el lejano futuro de 1984, mientras me recuperaba de *la resaca de todo lo vivido*, en Montpellier, escribí creo que íntegra en una clínica.

Después del ya lejano mayo del 68 y cuando la gente empezaba a quitar los pósters del Che de las paredes de su juventud y fumaba marihuana para volar, yo volaba más que nadie sin fumar casi nunca marihuana, yo era un clásico en el pecar: amor loco y locas copas de vino.

Y volví a ver a la chica de los mil apellidos y preposiciones, ahora ya *signora Principessa* y divorciada, primero en Venecia y luego en la feria de toros de Nimes, al cabo de casi cuatro años de adiós para siempre, de separación y silencio que desembocarían en una perfecta amistad y una pluscuamperfecta soledad compartida en nocturnos telefonazos de larga distancia. Ella leyó el manuscrito de mi recién terminada novela y, soltando algún lagrimón de mueca amarga, se limitó a opinar: «No recuerdo nada de nada. Sólo reconozco los lugares. Cada uno de ellos.» «Es que se trata de una novela sobre Octavia de Cádiz y no sobre ti», le dije yo, y cenamos en el *Harry's bar* de Venecia recordando la Venecia a la que más de una vez nos habíamos fugado pobres y felices y cómo yo algún día, para estar a su imposible altura, me había vendido, soñando despierto, a un dictador, a cambio de una inexistente embajada en Venecia.

Pero la vida diaria, la vida cotidiana con metro y restaurante universitario e izquierda y derecha continuaba en ese París de los años 70. Julio Ramón Ribeyro había estado muy gravemente enfermo y Maggie y Vargas Llosa estaban de paso y venían de Lima. El Gobierno Revolucionario de las Fuerzas Armadas del Perú, cuyo jefe supremo era el general «Chino» Velasco, que antes había sido agregado militar en París y se había encariñado con ese flaco llamado Ribeyro que dicen que escribe, como César Vallejo, le ofrecía a Julio Ramón un puesto de agregado cultural que le estaba haciendo falta a gritos. Pero Julio dudaba. Julio era de izquierdas y años atrás había firmado aquel famoso documento en favor de las guerrillas peruanas del 65, de los artistas e intelectuales peruanos de París. Julio, mi hermano Julio. Una vez en Lima su familia me invitó a comer y su hermano Juan Antonio me enseñó un marco de plata con la familia Ribeyro en pleno. Habían recortado una fotito mía de algún periódico limeño y la habían colocado en el marco familiar. Pregunté. Me explicaron que Julio Ramón, desde el hospital en que agonizaba en París, había enviado un cassette con su voz a Lima. Decía, entre otras cosas: «No moriré sin hermanos en París. A mi lado tengo siempre a Alfredo Bryce.»

Y era verdad y a mí me pudo haber pasado exactamente lo mismo y habría grabado exactamente lo mismo. Alida, la esposa de Julio Ramón, me llamaba domingo tras domingo para que no me olvidara nunca de ir a almorzar. Todavía a veces, aquí en Madrid, los domingos espero distraída y nostálgicamente las llamadas de Alida. Los Ribeyro jamás me dejaron pasar una Navidad ni un Año Nuevo solo en París. Y, aunque era cierto que yo siempre desesperaba o hartaba a Julio Ramón con mis amores «siempre dramáticos», como decía él, también fue cierto que una noche, en una pizzería parisina en la que nos habíamos reunido diecinueve escritores y artistas peruanos en torno a una feroz dama limeña con Rolls Royce, cuando ésta me atacó con exceso de vino por haber «traicionado a mi clase social» en *Un mundo para Julius*, fue Julio Ramón quien, en medio del silencio sepulcral en que me golpeaban una recatafila de insultos, rompió su botella de vino contra la mesa y le advirtió a la elegantísima dama que, si no recuperaba la compostura en el acto, diecinueve artistas y escritores peruanos la dejarían comiendo sola.

¡Cómo era la vida! Ese libro que me había convertido primero en autor «de la revolución peruana», con el tiempo pasó a ser «el canto del cisne de la oligarquía peruana» y terminó siendo «el lamento de un oligarca agonizante». Por eso todo el mundo iba y venía de Cuba menos yo. Y un gran amigo pintor y tocayo me hizo jurar que si me contaba el milagro y yo jamás decía el nombre del santo, él me explicaría la razón: en Cuba, yo figuraba en una lista negra de escritores de derechas. Eran épocas geniales, aquéllas. Ese mismo tocayo me contó que un día, estando él y otros artistas peruanos en La Habana, se dividieron en dos mitades y una de ellas redactó y firmó un documento acusando a la otra mitad de ser de derechas y de haber ido a Cuba sólo a beber ron, enamorar mulatas, y después regresar a Lima hablando pestes de la revolución esa de negros y cha cha chá.

Me he pegado todo este rodeo antes de seguir con lo del cargo de agregado cultural de Julio Ramón Ribeyro, para que vean ustedes más o menos el trasfondo dentro de cual me movía yo. La eterna historia del primer y segundo tiempo y los equipos distintos continuaba y creo que continuará toda mi vida. Yo mismo he llegado a pensar que, si bien esta historia ha sido la fuente de más de una tristeza y lágrima, también es la esencia del sentido del humor con que lo miro todo. Creo que para mí un buen epitafio, uno que me honraría, sería: «Amigo, escritor, humorista a pesar de él.» No puedo mirar las cosas sin sentido del humor, por más que me muera de miedo y hasta necesite siempre sentirme amigo del jefe de Estado del país en que vivo por temor al mundo en que vivo. Bueno, por eso ni me amargué ni tiré un portazo el día en que, estando ya separados Maggie y yo, Julio Ramón Ribeyro aprovechó el paso de mi ya ex esposa y de Mario Vargas Llosa para invitarnos a almorzar y consultarnos si debía o no aceptar el cargo de agregado cultural. Pero me equivoco cuando digo *consultarnos*, porque sólo les consultó a Maggie y a Mario, y mi modesta opinión jamás salió de mis labios por la sencilla razón de que, en aquellas graves y serias circunstancias, nadie me pidió que abriera la boca.

Maggie adoraba a Julio Ramón y sabía que necesitaba ese puesto, le gustara o no al izquierdismo ya amainante de mi ex esposa, por otra parte. Votó a favor y Mario Vargas Llosa estuvo totalmente de acuerdo con ella, porque (cito de memoria, pero tengo fama de tener muy buena memoria): «El gobierno de Velasco había dado más de una prueba de estar tomando medidas progresistas.» Los dos ejemplares con que Mario ilustró su esperanzadora opinión fueron la reforma agraria y la estatización de la banca. El gobierno no se había limitado al imperio Prado y al Banco Popular. Había seguido con el Banco Continental y acababa de estatizar el Banco Internacional del Perú. *Contra viento y marea*, o sea la reunión de los artículos periodísticos de Mario, es una valiente prueba de que no sólo es un excelente periodista, además de escritor, sino también de sus cambios y avatares políticos. De su paso largo y sereno desde la pasión por Sartre hasta el descubrimiento del antes menospreciado y hoy revalorado Camus. Y yo que adoro a Camus porque creo que también él jugaba primeros y segundos tiempos con amigos distintos.

Pero lo cierto es que con lo del Banco Internacional pasaron sobre el cadáver de toda mi familia o casi, incluyendo a mi padre y a mi tío Luisito, el bruto, que felizmente habían muerto ya. Y pensar que yo estaba destinado a un brillante porvenir en el Banco Internacional... Habría terminado en la cárcel como el inolvidable cajero X, quien, cuando vino a buscarlo la policía o el ejército, qué sé yo, en vez de intentar huir exclamó feliz: «¡Llévenme preso, por favor! ¡Por fin voy a dormir tranquilo! ¡Llevo treinta años sin dormir bien por andar robándome dinero de la caja del banco para apostar en los caballos!» Cabrón, con lo mucho que lo quería mi padre y con lo agradecido que vivía yo con él desde que un día, cuando inaugurábamos la nueva sucursal del banco en Huacho y yo era aún un mocoso, me invitó clandestinamente el primer vaso de cerveza de mi vida.

Julio Ramón fue un gran agregado cultural y Jorge Edwards escribió su libro *Persona non grata* sobre su nada grata experiencia diplomática en Cuba. Y yo casi me muero de pena, de dudas y de rabia al leer ese libro que fue «precursor» y valiente. Pero esto lo digo hoy, no entonces en que mi único sueño era lograr que me borraran de esa maldita y equivocada lista negra y viajar a La Habana. Jorge pasó a la embajada de Chile en París y siempre me invitaba a las reuniones que allí se organizaban. Por esos días Neruda era embajador de Allende en París y Jorge estaba escribiendo silenciosamente sus memorias de diplomático de Allende en Cuba. A Neruda le había gustado mucho *Un mundo para Julius*, que el venezolano Miguel Otero Silva le había regalado estando Pablo de paso por Caracas. La novela estaba a punto de publicarse en París y Neruda, García Márquez y Vargas Llosa habían «cocinado» algunas lindas frases para que el editor francés las usara comercialmente en la contraportada de mi libro. En fin, que todos eran muy generosos conmigo y Jorge hasta insistió para que yo fuera a almorzar con Neruda en sus últimos días de embajador en París. Pablo ni siquiera pudo ponerse de pie cuando entré a saludarlo acompañado por Jorge Edwards, pero luego revivió durante el almuerzo y hasta renunció a su siesta para quedarse conversando con Jorge y conmigo.

El «pinochetazo» lo interrumpió todo, creo que muy poco antes de que apareciera *Persona non grata*. La carrera diplomática de Jorge se había terminado por la derecha y, por la izquierda, hasta un hombre tan bueno y comprensivo como Julio Cortázar le quitó el saludo. Jorge Edwards fue a dar a Barcelona, donde del esplendor diplomático —en fin, visto por un lector de universidad—, sólo le quedó el automóvil. Y como yo seguía yendo a Barcelona cada verano (criticadísimo por la izquierda latinoamericana de París, por veranear paupérrimamente con Franco en el poder), empecé a visitar a Jorge, a pesar de su libro. Después de todo le debía mucho desde que me dio la mención honrosa en 1968, y luego, mientras fue diplomático en París, ya he contado lo amistosamente que me trató siempre. *«Chacun a ses idées»*, había dicho un francés de cuello pequeñoburgués, blanco y muy almidonado, una mañana en que tomaba su café con un *croissant,* disponiéndose a correr en seguida a su trabajo. *«Chacun a ses idées»*, repitió gruñón, observando cómo Martin Hancock y yo cortábamos la perseguidora de la noche anterior con varios vasos tembleques de cerveza.

Otro largo, otro interminable rodeo, dirá el lector, y sin duda tiene razón, por más cerca que esté yo ya de La Habana. La vida es toda un rodeo, si se piensa bien. Y, a veces, hasta un rodeo norteamericano en que un caballo chúcaro lo arroja a uno salvajemente por los aires. Y va a dar hasta el hotel Crillon de París a llorar por su padre, justito antes de conocer al poeta cubano Roberto Fernández Retamar. Yo iba acompañado por una *Principessa,* para colmo de males.

FIN DE UNA PRINCIPESSA Y COMIENZOS DE UNA CUBA

«No puede ser», me dije al ver a don Felipe Ayulo Pardo parado y desconcertado ante la puerta del edificio en que yo vivía. Di rápida media vuelta y salí disparado por la esquina. Don Felipe Ayulo Pardo era un magnate expropiado por «la revolución peruana», había sucedido a mi abuelo materno en la presidencia del Banco Internacional (que mi padre, en sus últimos años de vida, creo que andaba vendiéndole al *Chemical Bank of New York*, en constantes ires y venires a la isla de Nassau, no sé por qué, pero sí sé que era don Felipe quien lo enviaba) y era lo que se llama «un fortunón», por Ayulo y por Pardo. Su primera decisión al reemplazar a mi abuelo fue mandar quitar todas las lindas alfombras de los jefazos del banco, ya que le tenía una feroz alergia a las alfombras, por más persas que fueran. Su segunda decisión fue construirse un caserón lo más cerca posible del de mi padre, para tenerlo a su disposición hasta de noche y volverlo loco con sus consultas y sus temores. Yo estuve con don Felipe y con mi padre, por ejemplo, la noche en que, ocultísimos, llegamos a las puertas de la sede principal del banco —un horroroso templón griego diseñado por mi padre con el beneplácito de mi abuelo y cuyo plano había firmado un arquitecto amigo— para cambiar todas las cerraduras y candados exteriores porque el guerrillero Hugo Blanco operaba en el valle de la Lonvención, porque la Federación de Empleados Bancarios era «roja» y porque Fidel Castro había llegado al poder en Cuba.

Don Felipe había dejado una tarjeta bajo mi puerta. Se había instalado en París, «huyendo de la revolución», se había alojado en el hotel Crillón de la place de la Concorde, e inmediatamente había mandado quitar todas las alfombras de su suite. No podía olvidar a mi abuelo, que lo había formado a él, y no podía olvidar a mi padre, a quien él había formado. Y el único miembro vivo de esa estirpe era yo y yo vivía en París. En fin, para llorar. Y tardes enteras lloramos en su suite don Felipe y yo porque todo tiempo pasado fue mejor. Probé hasta llevarle a la *Principessa*, para ver si lo (en realidad, *nos*) consolaba, pero todo fue inútil. Y el pobre don Felipe ahorraba como si realmente anduviese sin un cobre. No me invitaba ni un trago, siquiera, para llorar mejor. Y ahí se queda en mi memoria: muy solo y sin alfombras en un hotelazo de París. Creo que también él se aburrió de mí.

¡1980! Ese excelente poeta y amigo ecuatoriano, Jorge Enrique Adoum, nos invita al escritor paraguayo Rubén Bareiro y a mí a comer en su departamento. Asisto con la *Principessa*, ya casada y divorciada, y en un incesante ir y venir entre París y Milán que para mí resulta enloquecedor. Y yo por fin había encontrado un trabajo en Montpellier y andaba prácticamente en los días del adiós final, me voy para siempre de París y nunca más oirás de mí. En fin, ese largo adiós que no duró ni siquiera cuatro años. Whiskeros éramos todos los hombres ahí y apareció el poeta cubano Roberto Fernández Retamar, presidente, nada más y nada menos, que de la Casa de las Américas. Al quinto whisky le solté lo de la historia de la lista negra en que yo figuraba, al sexto le rogué que me invitara a La Habana, y al séptimo la *Principessa* se largó entre furiosa y celosa al verme tendido a los pies de la revolución cubana. Rubén Bareiro tuvo que llevarme a casa.

¡Montpellier 1981! Estoy a punto de ir por un par de meses a Lima y recibo una invitación para el Primer Congreso Internacional por la Soberanía Cultural de los Pueblos, a realizarse en septiembre en La Habana. Acepto eufórico y agradecidísimo. Me agoto comiéndome nuevamente mis nostalgias en Lima y casi literalmente bebiéndome a mis amigos. «Alfredo no cambiará nunca», comentan ellos cariñosamente y la fiesta continúa. Antes de mi partida a Cuba, mi madre me despide con uno de sus últimos y famosos *open house* en los que medio mundo pasa por casa a tomar una copa, a comer, cuando surge o vuelve a surgir el hambre, o a romper una cristalería entera de un tropezón borracho. La «servidumbre» atiende día y noche durante casi cuarenta y ocho horas. Están viejos, están cansados, me cargaron todos de niño, pero ahí están y se sienten tan orgullosos como irremplazables. No me acuesto en dos días y, previo duchazo, parto rumbo al aeropuerto. «Media izquierda peruana» hace cola ante el mostrador de Cubana de Aviación. Sólo mi hermano Eduardo me ha acompañado al aeropuerto, pero se despide justo a la entrada del *hall* con un cariñoso abrazo: «Ahí te dejo con tu cola», me dice en tono neutro, y arrastro el pesado equipaje que me lleva de un mundo a otro. En realidad, se trata de un equipaje verdaderamente pesado. Maggie, mi ex esposa, me había mandado a «comprarme» tres alfombras típicas peruanas para mi departamento nuevo de Montpellier. En total son 77 kilos pero no hay problema porque cuando uno va invitado a La Habana todo vale, se trata después de todo de una revolución con pachanga y cha cha chá.

Sentado ya en el avión y rodeado de gente que ni conozco ni me conoce, salvo dos o tres excepciones que ya aparecerán, siento lo que sólo podría llamar una extraña asociación de impresiones. Recuerdo, de golpe, en mi agotamiento, el primer relato de Faulkner, titulado *La paga del soldado*. Y recuerdo vagamente que se trata de un soldado que regresa del frente de batalla a su pueblo, cuando ya muchos soldados más han regresado mucho antes que él. Y por más que le habla a la gente de la guerra y de sus hazañas, ya nadie le hace caso. La gente se ha cansado de oírles a los soldados que lo precedieron en el retorno mil historias de combates. Y entonces pienso en *Persona non grata* y en que Mario Vargas Llosa hace mucho tiempo que se ha distanciado de La Habana definitivamente y que también hace ya mucho tiempo que nadie pasaba por París ni por ningún lado rumbo a Cuba. Y, en fin, siento que una vez más he llegado tarde a una época de la vida y siento también como si las historias que contaré de Cuba, a mi regreso a Montpellier, serán como las de *La paga del soldado:* que nadie me hará caso y que aburriré a medio mundo con ellas. Ya casi no quedan escritores e intelectuales que no hayan tomado sus distancias ante la revolución cubana. Y, con excepción del gran poeta y amigo Toño Cisneros, de Francisco Moncloa, a quien conozco poco, del director teatral Luis Peirano, que había conocido también poco, y del escritor venezolano Miguel Otero Silva, que me manda llamar para presentarse y abrir con Paco Moncloa una botella de ron, me siento como extraviado entre una izquierda marxista pro soviética o maoísta que empieza a resultarme como anacrónica o algo así.

Son sensaciones bastante depresivas que sólo se interrumpen con los tragos de ron y el encanto gigante de Miguel Otero Silva y que llegan a cambiarse en alegría cuando pienso que, sin duda, Gabriel García Márquez estará en La Habana. A Gabo lo había conocido yo en plena depresión nerviosa, en Barcelona, o sea en medio de una nebulosa triste y gris cuya fecha no logro determinar muy bien. Era, eso sí, a principios de los 70. Mario Vargas Llosa me lo presentó y esa escena sí que la recuerdo con extrema claridad. Mario estaba leyendo *Los guerrilleros en el poder*, de K. S. Karol, mientras me esperaba en el vestíbulo de un residencial en que se había alojado hasta que encontrara un departamento en Barcelona. Y Gabo daba vuelta tras vuelta por el vestíbulo como si dudara en acercarse. Por fin, Mario lo llamó, le dijo quién era yo, y nos presentó. Medio en broma o totalmente en serio, como suele hacer García Márquez tantas cosas, me estrechó la mano con la siguiente frase: «No me gustan los escritores con corbata y menos con corbatas como la tuya.» Desde el fondo de mi depresión y en un período en que el médico insistía en que debía aprender a ser agresivo, le respondí: «Pues tendrás que acostumbrarte, porque tengo setenta y cinco corbatas como ésta.»

«Está bien», me dijo, como quien de golpe y muy profundamente entiende muchísimas cosas y, entre ellas, que está hablando con una persona triste e incapaz de agredir ni siquiera cuando agrede. Después sonrió como quien transa, y me invitó a comer a un restaurant llamado La Puñalada. También yo sonreí, entonces, como quien transa. Y varias veces más lo visité mientras vivió en Barcelona y yo llegaba en busca de San Ramón Vidal Teixidor, mi médico eterno de aquellos años. Siempre he dicho y reconocido que todos los escritores del llamado *boom* latinoamericano fueron afectuosos y generosos conmigo (como lo han sido, de otra manera y a veces sin conocerme todavía, los poetas españoles de la generación del 50), pero Gabo era el único en manifestar físicamente su simpatía y afecto también. Mientras yo me sentaba

351

en un sillón de su departamento de Barcelona, mientras conversábamos de esto y aquello o escuchábamos música clásica, muy a la disimulada se colocaba detrás de mi sillón y «me aplicaba» unos masajes de quiropráctico en la columna dorsal y en los hombros. Y yo realmente me relajaba y era capaz de alzar una copa de una mesa sin que me temblara el pulso. Siempre le agradeceré, también, el «capotazo» que me echó varios años después, en Montpellier, y gracias al cual salté desde asistente hasta profesorazo en la Universidad Paul Valéry, luego de una centralizada decisión que debía tomarse en París.

Cuando llegué a Cuba, varios hombres cohabitaban en mi humanidad agotada por las malas noches y los excesos de Lima. Pero el calor del Caribe, el mar frente al hotel y las perspectivas de una buena cama y un gran reposo fueron cambiando mi estado de ánimo y, de golpe, me sentí tan responsable como animado y, también, lo recuerdo clarísimamente, sentí como un peso histórico sobre mis hombros, algo realmente exacto a lo que sentí la primera vez que llegué a Atenas y visité el Partenón. Siglos de historia y memoria colectiva pasaban y pesaban sobre mis hombros. Y ahora, en el vestíbulo inmenso del hotel Riviera repleto de gente que llegaba ansiosa y sonriente a La Meca de la revolución latinoamericana, siglos de contradicciones y dudas pesaban sobre mí mientras revolucionarios de todo el mundo unidos se abrazaban en fraternales reencuentros y se ponían disciplinadamente en las inmensas colas que se estaban formando ante el mostrador de la recepción. Emocionado, realmente emocionado y sobrepasado por la altura de unos acontecimientos de los que muy probablemente yo no merecía formar parte, me convertí en modelo de disciplina que, orgulloso, se observa a sí mismo, me sentí mucho más que sobrepasado y encima de todo eso nuevamente mucho más que sobrepesado por los 77 kilos de equipaje que arrastraba en dos descomunales maletones. Pensé que en ese vestíbulo enorme faltaban botones para cargarle a uno el equipaje, pero luego me dije: «Imbécil, la esclavitud se terminó con la revolución», y llegué al colmo del sobrepasamiento con 77 kilos de equipaje y *aprendimos a quererte, comandante Che Guevara*, con fondo musical.

Poco rato después estaba en la enfermería y convertido en lo que mi amigo y ex colega de la Universidad de Vincennes, el historiador chileno Miguel Rojas Mix, que acababa de llegar de París, llamaría «el Woody Allen de La Habana», al enterarse de todo lo que me había sucedido ya y de todas las molestias que yo había ocasionado nomás con llegar a Cuba.

CUAL WOODY ALLEN EN LA HABANA

Porque en los hoteles revolucionarios no hay botones esclavos, me arrastré arrastrando mis 77 kilos de equipaje hasta quedar colocado junto a una ascensorista inmensamente gorda y profundamente negra. Llave en mano y feliz, a pesar del peso de la mujer y de mi equipaje, pronuncié la palabra *compañera*, en vez de señora o señorita, por primera vez en mi vida, añadiendo «Séptimo piso ascensor», con educada pero militante sonrisa. Un dedo negro y cansado de apretar apretó el botón número 7, sin moverse de un taburetito incomodísimo bajo esa nalgamenta descomunal, y la compañera tan seria siguió tejiendo entre piso y piso. El hotel Riviera es exacto a Esther Williams y/o Xavier Cugat y la edad de oro de Hollywood, y sus corredores son amplios, muy amplios y larguísimos, y conservan las mismas míticas alfombras por donde, a mucha honra para mí, debió pasearse tarareantemente Frank Sinatra, contratado por alguien como Al Capone. Mi habitación quedaba en la parte más larga del corredor, o sea al fondo, y me arrastré hacia el lecho soñado en el que reposaría, sin abrir siquiera mis maletones, hasta el día siguiente.

Era el hombre más cansado y feliz del mundo cuando abrí la puerta y encontré las dos camas del cuarto ocupadas por dos dominicanos, a los que sin duda desperté. «Perdonen, compañeros, se trata sin duda de un ligerísimo error de la recepción desbordada por las colas de congresistas que siguen llegando.» Dos bostezos me despidieron y otra vez regresé donde el dedo más gordo, negro y cansado del mundo, que siguió tejiendo entre piso y piso y otra vez dije *compañera* y terminé en la cola de otra cola. Fue el piso 11, aquella vez, si mal no recuerdo, porque ya empezaba a no recordar nada muy claramente. García Márquez estaba al fondo del vestíbulo, conversando con amigos, y sentí que era de mí que se estaba riendo cuando me vio en la cola con esas maletas cargadas sin duda de corbatas que a él no le gustaban en los escritores.

Su risa debió durar media hora, a juzgar por el tiempo que estuve esperando mi segunda llave de la noche. «Compañera tejedora», dije para mis adentros, mostrándole el número de mi llave a la ascensorista, en un ya muy necesario afán de ahorrar esfuerzo y aliento. Abrí la puerta de mi habitación, y dos dominicanos se despertaron furiosos y casi me botan a patadas cuando les dije que, por distracción mía y no de la recepción, la compañera ascensorista había apretado nuevamente el botón del séptimo piso. Entonces me largaron casi más a patadas todavía, porque no estaba en el séptimo piso sino en el undécimo. Bajé ahorrando ya hasta los pensamientos, pues también me cansaba pensar y ya casi no existía, luego, y me disciplíné íntegro en la tercera cola de la noche. Una media hora después, y tras deducir que el Riviera estaba plagado de dominicanos, los últimos dos dominicanos que vi en mi vida, con excepción del ex presidente Juan Bosch, me botaron somnolientos de una habitación del quinto piso. Mis recuerdos son éstos, aunque ella más tarde me lo negaría siempre, y ella era Trini X y Trini X no mentía nunca, aunque ocultaba muchas cosas eso sí, pero más que nada para protegerme y porque en Cuba todo el mundo oculta siempre muchas cosas.

—Compañera Trini —le dije, no pudiendo más, aunque ella niega que fue a ella a quien se lo dije y siempre insistió en que debió ser a Inesita o Teresita o alguna otra compañera de la Casa de las Américas—. Compañera, compañera —esto sí estoy segurísimo de que se lo dije a quien fuera—, tres errores de la revolución, perdón, son mis orígenes limeños y me estoy muriendo de ellos y de cansancio, quise decir *tres errores de la recepción* han hecho que... Le ruego que por favor me ayude, compañera.

Ya no vi a Gabo porque lo único que veía era un pequeño sofá y contaba los pasos de distancia y calculaba si llegaría con mi mareo hasta ahí, para no causar molestia alguna. Pero me desmayé justo antes de llegar a buen puerto. Y desperté en una enfermería del mismo hotel, sintiendo que por fin estaba en una cama, aunque fuera tipo hospital. Médicos y enfermeros me rodeaban asustados y cómo que iban auscultando y detectando unos orígenes de lo más burgueses y aún peores en mi pulso, en mi corazón y en mi mirada enlagrimada y asustadísima. «No sé si saldré de éstas, papá», le dije a mi ya fallecido viejo, jurándole eso sí que uno de los logros de la revolución era la altísima calidad de la medicina. Pero él me miró totalmente incrédulo desde su tumba, sin duda alguna por lo pesimista que había sido siempre. El diagnóstico era el de una gran fatiga acompañada de otra gran fatiga nervioso-emotiva y se me administraron calmantes, reposo absoluto, no asistencia justificada a la inaguración del congreso y más calmantes para que los tomara hasta que me durmiera del todo en mi habitación.

−¡Jamás! −exclamé yo, incorporándome más de lo que el médico juzgó conveniente en un caso de emoción fatigadísima. Pero yo insistí, dominándome y explicativamente luchando por mi vida−: Lo he probado ya tres veces. Este hotel está plagado de dominicanos. Y, definitivamente, no hay una sola habitación para mí en todo el Riviera.

Que la habría, de primera y de suite, me dijo el médico que más galones llevaba, ordenando una camilla. La negra del dedo inmenso y cansado siguió tejiendo tras apretar el botón más alto del hotel y no notar siquiera si yo subía parado o en camilla. La suite se abrió inmensa, muy Esther Williams, y con una vista maravillosa sobre el malecón de La Habana. Un gran amigo me confirmó días después que la versión que había circulado por el hotel era la de un infarto y que la suite que me habían atribuido era la que utilizó una hija de Salvador Allende para arrojarse desde el balcón. Con gran acierto, mi compañero de habitación era mi gran amigo poeta Toño Cisneros, pero el gran Toño apenas si dejó sus maletas sin abrir y se largó a disfrutar de la noche habanera. Poco rato después llegó el periodista peruano Francisco Moncloa y me acompañó hasta que me dormí llorando catastásicamente,[1] o la catarsis me durmió más bien, mientras

1. Catástasis: «Punto culminante del poema épico o dramático», según mi diccionario.

Paco Moncloa me escuchaba con un cariño inmenso y yo le contaba que, en el fondo de todo, había siempre oculta una gran verdad.

En Lima, veintiún años después de que me dejara plantado y muerto para el amor, había vuelto a encontrarme con Tere, una chica que según aquel profesor del colegio que calculaba nuestras alianzas matrimoniales casi desde antes de que naciéramos, debía heredar 64 millones de dólares. Sí, Tere, Tere, Tere, Tere: pecas (y en efecto pecaba) en los brazos, pelo muy corto y oscuro, piel muy blanca y aquella nariz de primer amor que irrumpió una nerviosa tarde de mi veraniega adolescencia y, exactamente dos años y medio después, me dejó convertido en un niño loco que se arrojaba a una acequia del Club de Polo. Habíamos bailado veintiún años después, sin música ni voz de Nat King Cole ni nada, la misma canción sólo nuestra de veintiún años antes: *Pretend*. Y mientras nos repetíamos al oído las palabras en inglés, una por una y varias veces y bailando de nuevo *Pretend* para probarnos que jamás nos habíamos olvidado de nada, salvo de que yo era insoportablemente loco, la gente se había ido retirando de la sala para dejarnos solos y muy juntos y revueltos y permitirnos así que llegáramos, a lo mejor por primera vez en la vida, a los quince años, aunque ella ya tuviera cuatro hijos y alguno de quince o más, también... Gracias por la compañía, recordado Paco Moncloa.

Desperté a tiempo para ir a la inauguración y fui a la inauguración a pesar del médico que más galones tenía. Realmente me moría de ganas de ir a la inauguración. Toño Cisneros no había regresado a acostarse y me lo encontré bastante molesto en una cafetería del sótano del hotel. Desayunamos juntos y él sólo deseaba una cosa: regresar a Lima. Lo habían agredido la noche anterior en el bar del Riviera y le habían robado una linda y carísima corbata que se había comprado en el *duty free*, cuando hicimos escala en Panamá. Traté de animarlo y de convencerlo para que se quedara, pero Toño estaba nervioso y triste y realmente deseaba volver a su casa. También José Agustín Goytisolo trató de convencerlo, pero fue inútil. Creo que Toño se embarcó ese mismo día a Lima.

El palacio de los congresos era un señor palacio para congresos, todo un logro arquitectónico de la revolución para congresos. La ceremonia de apertura era muy solemne y yo cometí el error revolucionario de no ponerme corbata cuando en el inmenso auditorio medio mundo lucía sus mejores galas y corbatas Christian Dior, que jamás se acomodaron con mi gusto más bien clásico y conservador. Pero, por Dios, compañero Bryce, éste no es el momento de andar recordando estupideces de ésas que sólo tú recuerdas. Solemnemente hizo su ingreso la larga comitiva que, desde el estrado, presidiría esa ceremonia. Fidel entró gigantesco y yo casi canto *aprendimos a quererte / comandante...* Lo cual, creo, habría sido un lamentable error que, felizmente, un nudo en mi garganta y los primeros compases del himno de la revolución o de Cuba (la verdad es que no sé bien y que tampoco importa y que a mí, sea cual sea el himno que suene, desde chico los himnos siempre me han superemocionado y me han hecho aprender a querer, aunque nunca aprendí a marchar ni a desfilar correctamente y, lo que es mucho peor, bailo realmente pésimo).

Gabriel García Márquez había entrado impecablemente vestido de blanco, como siempre anda vestido en Cuba, me parece recordar, por lo que deduzco que debe tener más guayaberas y liqui-liquis blancos que yo corbatas de esas que dieron nacimiento a nuestra amistad. O a mi afecto por él, en todo caso, porque la admiración venía desde mucho tiempo antes, desde *El coronel no tiene quien le escriba*, exactamente, que jamás me cansé de explicarles a mis alumnos en clase, aunque ese libro no necesitaba explicación alguna pero, en fin, por algo se me consideró siempre un profesor muy puntual y muy penetrante en sus análisis. Y de pronto, con el himno y todo eso, Gabo se puso solemne, muchísimo más logrado que cuando yo, aterrado, trataba de cuadrarme solemnemente ante los engalonados que nos enseñaban educación premilitar en el colegio y en la universidad. La verdad, juro que nunca he visto nada tan solemne como a Gabo solemne. Muchas veces más lo vi solemne de toda solemnidad, en Cuba. Hasta el uniforme verde olivo de Fidel Castro como que se desteñía un poco ante la solemnidad de Gabo. Y eso que esta era de una estatura bastante menor. Y hasta hoy, la solemnidad sólo será solemne siempre y cuando Gabo se encuentre solemne. Realmente lo que se dice solemne de toda solemnidad. Y ahora, perdonen, por favor, porque se trata de un gran poeta, de un sacerdote, de un sandinista, de casi o sin casi un místico, y de un gran luchador. Perdónenme, por favor, pero la presencia de Ernesto Cardenal en una especie de palco-púlpito que se elevaba a mi izquierda (yo estaba en platea, con «la base», entre más de un encorbatado-Christian Dior y alguno que otro zarrapastroso de verdad, algún poeta exilado de alguno de esos países exilados del festín de la vida, sin duda), sí, la presencia de Ernesto Cardenal casi me revienta todo el congreso.

TODO EL CONGRESO Y NADA EL CONGRESO

La verdad, casi no voy a contar nada sobre el congreso y a mí me encanta entretenerme y mucho más me entretiene la gente fuera de los congresos. Y Ernesto Cardenal francamente me aburre bastante y hasta un lío tuve con él, aunque claro, él es místico y casi ni se dio cuenta el pobre. En fin, podría contar e inventar cosas que realmente sucedieron en aquel congreso de Cuba, como Stendhal inventó un verdadero viaje a Sicilia que nunca realizó, pero precisamente el egotismo stendhaliano lo arrastra a uno mucho más hacia la gente que hacia los congresos. Y hacia Sicilia o Cuba más que hacia un místico como Cardenal, poeta además de todo y excelente. Pero dicen que no hay nada menos poético que un poeta conocido de cerca. No lo sé, porque mis amigos poetas son realmente poéticos y hay narradores a los que yo, al verlos, les digo: «Poeta, ¿qué tal andas?» y a los que también se les puede decir que mientras haya crédito (para otra copa, se entiende) habrá poesía, una rima que sin duda se le quedó a Bécquer en el tintero. Como yo me quedé sin poderme tragar bien al gran poeta de Marilyn Monroe que fue Ernesto Cardenal, pero la verdad es que esto fue por lo místico que era. Y aclaro: nada tengo contra Cardenal, soy todo menos enemigo de Cardenal. Lo que pasa es que los místicos creo que son así. Lo que pasa es que yo creo que lo mismo me hubiera pasado con San Juan de la Cruz o Santa Teresa de Ávila.

Yo no sé qué tienen los místicos pero sí tengo testigos de que todo lo que cuento es realidad real, verdad verdadera. Si no, que hablen Lucho Peirano, director de teatro, Cancho Larco, autor de teatro, gran tipo y gran periodista, Miguel Rojas Mix, compañero de hazañas tenísticas y clases universitarias en París y hasta el periodista Sinesio López, con quien hice buenas migas en aquel congreso al que asistí casi tanto como Stendhal fue a Sicilia, pero ya digo, hay testigos de que estuve ahí. Hasta Sinesio López, repito, a quien no he vuelto a ver más pero sigo leyendo con interés y lo que sí no puedo afirmar es que continúe siendo maoísta.

Tercer párrafo para Ernesto Cardenal y juro que último. El hombre con su boina, una túnica blanca y corta y que, además, le quedaba corta y se debatía entre lo liqui-liqui y lo eclesiástico-tropical, y el *blue jean* más mal usado del mundo. ¡Por Dios Santo!, que alguien le regale un pantalón al poeta sacerdote ministro sandinista que fue (esto último solamente; todo lo demás lo sigue siendo). Pero, qué duda me cupo, había estado en Libia y Gadaffi, sin duda aprovechando lo distraído y túnico-bóinico que es Cardenal, más lo del *blue jean,* lo debía haber tratado como al santo Papa de Roma. Porque el místico andaba como seducido o petrificado o mistificado por Libia y su revolución. Y ahí les soltó a Fidel, des-solemnizando en seguida a Gabo también, y poniendo nerviosísimo al ministro de Cultura, Armando Hart y demás miembros del partido, perdón, del estrado, aquella mezcla de gadaffismo-marxismo-sandinismo que tan útil le iba a resultar a la humanidad. Hablaba desde su palco-púlpito y yo tuve el pálpito de que me encontraba ante un místico al que el misticismo había llevado hasta la mismísima y mítica Marilyn Monroe. O, a lo mejor, fue al revés. El asunto es que habló de unas confusiones que, por más que Castro lo disimulara porque sin duda lo quería y admiraba mucho, desconcertaron al comandante en jefe, mientras Gabo empezaba a quedar ya desprovisto de toda solemnidad y empezaba a poner una cara que, aunque seria, a mí no me engaña, de tener que soplarse actos como ésos a cada rato. Después hablaron más personas, para ver si empezaba a surgir alguna claridad, pero la verdad es que no era fácil porque éramos como trescientos los asistentes. Yo me sentí en el deber de hablar, para justificar los gastos de viaje, hotel y enfermería, y hablé de la única revolución que conocía en mi vida, por haberla sufrido demasiado y vivido aún más. De mayo del 68 en París. La verdad es que, muy cobardemente, esperé casi hasta la pausa para el café para hablar ante la menor cantidad de gente posible. Y confundí hasta a los que habían salido a tomar café. Ernesto Cardenal me miraba gadaffianamente confundidísimo y desde místicas nubes. En fin, como alguien que realmente parece estarse interesando en algo.

Ha sido un tercer párrafo larguísimo y ruego que se me perdone, pero traté de cumplir con mi palabra de dedicarle un tercer y último párrafo al gran poeta nicaragüense Ernesto Cardenal. Pero resulta que ahora, por primera vez en mi vida, lo juro, voy a romper un juramento y habrá cuarto párrafo cardenalicio. Y es que también es cierto que, aunque no soy animal político, podríamos llegar a un acuerdo, en vista de que sí leo de política y recuerdo aquella frase de Raymond Aron, último gran mandarín de Francia: «La política es el arte de elegir entre lo preferible y lo detestable.» Y, en vista de que el gran poeta Ernesto Cardenal no me es ni preferible ni detestable ni político, siquiera, transemos y dejémoslo para un quinto párrafo, con la excusa de que en todo ejercicio de la memoria, cual Proust en *En busca del tiempo perdido*, cuando uno empieza a recordar siempre se acuerda de más y hasta demás, a cada rato se vuelve a acordar de algo que se le estaba quedando en el tintero, de alguna cosa más que realmente sí vale la pena y sí, fue así, me imagino, al menos, como Marcel Proust y su asma llegaron a los siete volúmenes del *tiempo perdido*, todo a punta de buscar en un tintero y aunque en su caso haya sido tan sólo el olor de una magdalena a la que le pegó su bañito en una infusión. Así es la memoria y así es mi memoria de Cuba: toda una búsqueda del tiempo perdido, una infinita nostalgia de momentos esperanzadores y, por qué no, felices, hasta de Ernesto Cardenal perdido, en fin, que voy en busca de la isla perdida. Y ni siquiera he logrado empezar un quinto párrafo para evitar que el cuarto se convierta en siete volúmenes. O sea que a Ernesto Cardenal lo dejamos para el séptimo párrafo y la pausa para el café de la sesión inaugural del congreso será el tema del quinto y sexto párrafos.

Me había quedado solo, voluntariamente solo, en vista de la confusión que había creado con mi breve intervención sobre mayo del 68 en París. En fin, que no quería crear mayor confusión y por eso me había aislado con mi tacita de café negro. De repente me dieron un beso en la mejilla, llenecito de alegría y acento cubano. «¡Julius! —exclamó el beso, añadiendo—: Yo soy Miguel Barnet.» Miré tanta alegría y tanto calor y no me quedó la menor duda de que se trataba del gran Miguelito, el mismo que algún día feliz de marzo de 1986 nos enseñaría a cantar a Jesús García Sánchez y a mí, *Pensamiento, dile a Fragancia que no la olvido, que no la puedo olvidar, que yo la llevo en el alma, anda y dile así*... En fin, la única canción que el gran Chus de la librería editorial Visor y yo nos hemos atrevido a cantar juntos y revueltos y en público, aunque sin mayor éxito, valgan verdades. Miguelito siguió su alegre camino de congresista acostumbrado y yo recordé sus *Memorias de un cimarrón*, un libro que tampoco necesita explicación alguna, como los de García Márquez, pero que yo tanto les había explicado a mis alumnos en la universidad, en París, porque eso es lo que se llama ser un buen profesor.

Sexto párrafo sin Cardenal. Acto seguido se me acercó un matrimonio apellidado González Manet y se presentó como íntimo amigo de un íntimo amigo mío, todo lo cual resultó ser verdad. Y me entrevistó con la grabadora que traían preparada. Todo perfecto hasta ahí. Lo que pasó después es lo que nunca me quedó muy claro. Yo no sé si se puede confiar tanto en la gente tan rápido como ellos lo hicieron en mí, pero lo cierto es que me entregaron unas fotografías en un sobre. Abrí y era el poeta paralítico Armando Valladares, que llevaba veinte años de cárcel por disidente. En todas las fotos lucía muy joven y vestido de policía de Batista, de un cuerpo especial de torturadores, además, me explicaron, y hasta con una placa oficial en el pecho y una sonrisa de torturador en los labios.

Séptimo párrafo sin Cardenal. Conservé esas fotos hasta que me mudé de mi departamento de Barcelona al que actualmente ocupo en Madrid. No creo habérselas enseñado a más de tres o cuatro personas que no querían creerme cuando les contaba todo esto. Eran como una docena de fotos. Bueno, pero todos sabemos los trucajes que un señor gobierno puede hacer con unas fotos. Además, nunca tuve tendencia alguna a la delación, al proselitismo y a esas cosas. Pero lo conté en mi siguiente visita a Cuba, en marzo de 1986, y me llevaron a ver un breve documental en el que un policía llevaba al detenido Valladares en su silla de ruedas de veinte años preso y paralítico y lo dejaba en el baño, salía, y cerraba la puerta para que, muy humanamente, el hombre pudiera hacer sus necesidades solo y en paz. Y entonces Valladares no sólo se paraba de su silla de ruedas e iba al inodoro sino que aprovechaba además para hacer gimnasia y mantenerse en forma. Hacía, sobre todo, flexiones de piernas.

Bueno, pero todos sabemos los trucajes que todo un señor gobierno puede hacer con un filme. Por fin, Valladares fue liberado y llegó a París y bajó caminando del avión. En La Habana lo habían llevado hasta el mismo avión en silla de ruedas. La gente se quedó realmente asombrada. Y mi humilde opinión revolucionaria fue la siguiente: «Ésta es la mejor prueba de los extremos de perfección que puede haber alcanzado la medicina en Cuba. Hace caminar a un paralítico en menos de lo que canta un gallo. No, si hay logros de la revolución que nadie podrá negar nunca.» La gente se ha olvidado de mi opinión y de todo. Y ahora lo que se discute es si Valladares es un buen poeta o si lo es pésimo y los poemas fueron un trucaje más, el invento de un muy astuto Valladares. Si fue poeta, fue un poeta bueno, malo o pésimo, qué más da. No he leído su poesía, la ignoro. Y que Dios nos coja a todos confesados. Y como dijo el comandante Fidel Castro: «La historia me absolverá.» Que la historia nos absuelva a todos confesados.

Noveno párrafo con Cardenal, ahora sí, y en el autoservicio del hotel Riviera, donde previa cola, se comía bien y abundante. Hago mi cola disciplinadamente y ya no me voy a desmayar ni nada. Aunque confuso como todo el mundo, espero tranquilamente mi turno y voy observando a los participantes en el congreso, hasta que por fin me llega el turno para agarrar mi bandeja y los cubiertos, el pan y un vaso de cartón. Y se me cuela Cardenal, que acababa de entrar al amplio comedor y ni se había asomado por la cola. Simplemente puso una cara de místico impresionante y se colocó delante de mí, que llevaba como media hora de cola y disciplina. «Ni hablar del peluquero —me dije—. Yo a éste lo bajo de las nubes. Por más importante que sea. Esto es una revolución o qué. Esto parece el aeropuerto de Barajas, en Madrid, en la cola de los taxis.» Y entonces fue cuando me fijé en lo realmente pésimo que usaba su *blue jean* el poeta sacerdote. No era que la túnica blanca eclesiástico-liqui-liqui le quedara corta solamente. Era que el *blue jean* le quedaba muchísimo más abajo todavía. No, la verdad, por más revolucionario que fuera él y por más Woody Allen o lo que quieran que fuera yo. Medio culo al aire, lo juro. ¿Y el calzoncillo, al menos? Aun así, le rogué que no se me colara y sin oírme siquiera se me puso más místico y se agarró mi azafate. Hasta hoy me arrepiento, porque a lo mejor es santo y todo eso, pero no pude controlarme y le grité con un empujón desconcertante: «¡Persona non grata!» Y le quité su azafate y después me dio una pena horrible verlo último de la cola mientras yo comía mis moros y cristianos y bebía una cerveza. En realidad, bebí como mil, pero fueron extraños mojitos y eso fue por la noche.

EXTRAÑOS Y MOJITOS EN LA NOCHE

Hemos terminado con Ernesto Cardenal. Lo juro. Aunque yo jamás termine o rompa con ese gran poeta, lo juro. Lo que hice, más bien, entonces, fue empezar a molestar a medio mundo, personal adorable de la Casa de las Américas sobre todo, con lo de la visita a la finca de Hemingway. Y aquí tengo las fotos de aquella visita, con media delegación peruana, si de delegación se puede hablar, porque yo creo que ahí todos fuimos tan buenos compañeros de viaje y amigos como de distintas tendencias y, porque creo también, y muy tristemente, que ni yo he llegado a formar parte de delegación alguna en mi vida ni, lo que es peor, nadie ha llegado a considerarme parte de delegación alguna en su vida. Tal vez por eso de mis orígenes siempre sospechosos, aunque yo creo que más que nada por haber sido siempre un escéptico sin ambiciones, un marginal doble y un hombre en cuya vida han triunfado los afectos privados sobre cualquier sentimiento o idea.

Bueno, pero dale con que Lucho Peirano, por favor, ayúdame a convencer a toda esta gente para que nos lleve a visitar la casa del maestro Hem. Y dale con darles la lata a las encantadoras Trini, Inesita, Teresita, a la negra Irene y a alguien que, jamás lo sospeché en ese momento, se convertiría en uno de los más escogidos hermanos que he tenido en mi vida: Conrado Bulgado, hombre del pueblo, hombre de la base, de esos que construye su casa y su vida con su propio esfuerzo para no molestar a revolución alguna, patriota por excelencia y trabajador de la Casa de las Américas, piloto o paracaidista para colmo de colmos, pero lo

366

largaron del ejército a su casa y a su Casa de las Américas, justamente por indisciplinársele a un Conrado más grande que él y con muchos galones, porque Conrado Bulgado aguanta todo menos un abuso. Conrado el hermano patriota, Conrado, su bigotazo y su sonrisa que alegraron siempre todas mis estadías en La Habana. Por ese afecto privado, por el de Trini, por el cariño y la admiración al Gabo que me «aplicaba» masajes de quiropráctico y trató inútilmente de enseñarme a usar su ordenador y sus ventajas, por mi cariño a Lupe Velis y su esposo Antonio Núñez Jiménez (ex embajadores en el Perú, lectores de mis libros que, sin duda, mucho tuvieron que ver en todas mis visitas a Cuba), él, ex lugarteniente del Che y sabio al estilo del Renacimiento, por mi afecto y mi amistad con mis choferes Carlitos (hoy preso, por más que lo aconsejamos), Raulico, Orlandico y René (el único medio aburrido y demasiado respetuoso pero es que era del ejército); en fin, por todos ellos y la negra Clara y su hijo Huey y mi compadre de cervezas Horacio García Britto y Tomás Gutiérrez Alea, cineasta genial y su compañera Mirta Ibarra, feminista y actriz, por mi fiel amigo, el recio Lisandro Otero, en fin, por ellos, sólo por ellos, yo habría ido a una nueva Sierra Maestra, lo juro, aunque sólo hubiese servido para cantar un par de peteneras, que sinceramente creo que fue lo único útil o, al menos divertido, que jamás hice por la revolución cubana.

Y tanto fastidié la paciencia y tanto falté al congreso que, por fin, me llevaron a la Finca Vigía, en lo alto de una colina estratégica, con su piscina reglamentaria y bastante Esther Williams, la torre que una de sus esposas le construyó a Hemingway y que él apenas frecuentó, y la casona blanca aquella que, valgan verdades, no es más que la casa que cualquier gringo rico se hubiese comprado o construido en los alrededores de La Habana, por los años cuarenta. Me dio un colerón espantoso que hubiera que «visitarla» sólo por las ventanas, porque el mítico museo Hemingway andaba en obras. Aguaité como loco por esas amplias ventanas mientras un español fisgoneaba como loco por otras amplias ventanas. En fin, esto lo cuento sólo para explicar que los peruanos aguaitamos, del peruanismo aguaitar, mientras que los españoles fisgonean, del verbo que no usamos los peruanos. Es un lío hacer periodismo así y hasta escribir un libro de recordar. En

367

la literatura, en cambio, uno está más cómodo y la prueba es Juan Rulfo, cuyos mexicanismos a veces no los entienden ni los mexicanos y es, a pesar de ello, universal.

Hemingway calzaba demasiado y usaba cualquier cosa, a juzgar por unos zapatones que había desparramados por el suelo de una habitación. Y lo de siempre en él: recuerdos de cacerías, recuerdos taurinos, en fin, cornamentas y cabezas de toros y venados en las paredes. Libros hasta junto al excusado, como tantos escritores y, sobre una mesa o cómoda, una vieja Corona portátil colocada sobre tres tomazos porque el hombre, se sabe, escribía de pie para inventar un estilo inmortal que aún hoy usan los norteamericanos que hablan o escriben medianamente bien. Algún uniforme de sus guerras, creo que en la torre algo separada de la blanca finca. En fin, de todo, como en el Rastro o en la casa de cualquier bohemio desordenado. Y no insisto sobre esta casa y su culto, pues sobre la mitificación de Hemingway en Cuba, sobre sus míticas relaciones con Fidel Castro y otros puntos, basta con leer el libro *Cuba hoy, y después*, del periodista argentino Jacobo Timerman.

Me hice amigo de un vigilante lugareño y aprendí, eso sí, cómo Hemingway averiguaba diariamente cuánto alcohol puede resistir el cuerpo humano. Se levantaba a las 8 am y escribía hasta la 1 pm, mientras bebía hasta dos botellas de whisky. Entre la 1 y 2 pm, nadaba dos kilómetros en su piscina y luego comía algo siempre marino. De ahí bajaba con su chofer hasta el centro de La Habana, a la Bodeguita de en medio. Al subir al auto, su chofer le entregaba un termo lleno de mojito para el camino. Una vez en la Bodeguita, ya sabemos, pues él mismo lo dejó escrito y firmado y ahí está reproducido en la pared del vetusto y mundialmente famoso bar restaurante, una especie de tropical sanfermines en chiquito, gracias a la bulliciosa y mítica fama que, desde 1923, en el caso de los sanfermines, produjo la presencia y la literatura de ese viejo lobo de mar. Dice el letrerito que cuelga en la pared: «Mi mojito en la Bodeguita y mi daiquiri en el Floridita.» En realidad, eran decenas de mojitos, primero, y luego los daiquiris en el Floridita, donde todavía está su taburete divino ante el mostrador. Y donde leía, además.

Y a golpe de 8 pm el viejo y el mar regresaban a hacer tuto, porque Hemingway era el aventurero que más dormía en el mundo. Testimonio de ello nos da quien fuera su cuñado y gran amigo, John Dos Passos, en unos recuerdos suyos que leí alguna vez en la revista *Playboy* y que, sin duda alguna, cualquiera puede leer. Hemingway dormía como doce horas y la amistad con Dos Passos se acabó porque aquel novelista y aventurero (tierno como pocos, en el fondo y en esa maravillosa novela de amor que es *A través del río y entre los árboles*, a pesar de las escenas de guerra), aquel gran novelista algo matón y algo torero, como habría dicho Antonio Machado, sin duda, tenía a la entrada de su casa un busto suyo y un día llegó Dos Passos, quitóse el sombrero y colocólo sobre la cabeza del maestro, quien rápidamente procedió a construirle un puente de plata para enemigo que huye.

El vigilante lugareño que todo esto me contó, realmente era uno de esos hombres que dan sed. Como lo era Carlos Barral, por ejemplo, o lo es Pepe Esteban de Sigüenza, todavía. Pero aún era temprano y yo era un disciplinado y volví satisfecho al Riviera con el improvisado *tour* de congresistas peruanos. Dejaría lo de las *tournées* de mojitos y daiquiris para la noche tropical, cálida y sensual, si es que lograba escaparme del congreso e infiltrarme en la Bodeguita de en medio, en taxi para turistas y dólares para el turismo. Recuerdo clarito que yo entraba al hotel y Gabo salía con aire preocupado. Se afirmaba que tenía una suite por ahí cerca a la mía y que ahí vivía como nadie y trabajaba también como nadie. Era, en todo caso, la época en que cada miércoles publicaba un artículo maravilloso que subía la tirada de un diario madrileño de alta tirada. «Oye, poeta —me dijo—, ando sin tema para mi artículo de esta semana. Sugiéreme algo.» Le sugerí con todo cariño un tema sobre la ausencia de tema en tantos grandes artículos. En fin, fue algo así, y no sé si le sirvió o no. Para eso están los exégetas y las recopilaciones de artículos.

Y seguí rumbo a mi suite, en la que habitaba solo desde que el poeta Cisneros regresó a Lima, o sea prácticamente desde que me trajeron de la enfermería. Y algo empezaba a molestarme terriblemente, en medio de tanta amplitud y comodidad. Como sin duda el plan quinquenal o algo por el estilo había establecido que ésa era una suite para dos, de todo lo que me regalaban me regalaban dos y libros regalaban por toneladas. Y no había poeta Cisneros

369

para llevarse los suyos. Y cada mañana una ruma más de libros de Fidel, Marx, Lenin, el Che, malos escritores de esos que van distribuyendo sus libros por los congresos y para eso asisten a los congresos, y cuartillas mimeografiadas de todo lo que iba diciendo el comandante en jefe Fidel Castro no sé desde cuándo, pero o era desde que estudió en un colegio jesuita o desde que anunció que la historia lo iba a absolver o era, más sencillamente, que a ese revolucionario le grababan minuto a minuto todo lo que iba diciendo y, sin duda, previa revisión, lo imprimían provisionalmente en mimeógrafo para que luego quedara cada cuartilla destinada a ser reunida en las obras completas más voluminosas de la humanidad. ¿Manongo, dónde lo pongo? En fin, ya se veía el día de la partida porque debían ser, hasta ese momento, unos 77 kilos de libros multiplicados por los del poeta Cisneros y yo ya tenía 77 kilos de alfombras típicas peruanas que, por ser una «compra» que me mandó hacer mi ex esposa para mi recién inaugurado departamento de Montepellier, el más grande, mejor y menos amoblado que he tenido en mi vida, francamente prefería.

Nadie vino a buscarme esa tarde y hacia las 9 pm recalé por la Bodeguita de en medio, medio en busca de Hemingway, medio en busca de averiguar cuánto alcohol puede resistir el cuerpo humano, lo confieso con vergüenza, por no ser esta conducta digna de un congresista. Llevaba varios mojitos sin hablar con nadie y comprobando algo que a los cubanos nada les gustaba: lo mal que huelen los rusos en el Caribe. Pasé al comedor y me sentí un extraño en la noche, sobre todo cuando empecé a observar a una extraña muchacha sentada muy cerquita de mi mesa. Yo creo que, a pesar de que tocaba un trío exacto al inmortal trío que formaron los Panchos en su época de oro, la muchacha extraña aquella y el extraño que era yo aquella noche mojita, cálida y sensual, lo que recordábamos era a Frank Sinatra cantando *Extraños en la noche* e intercambiando miradas, o sea *exchanging glances, wondering through the night, what were the chances...*

Para mí, en todo caso, las «chances» eran nulas, en vista de que me había atrevido a ver a mi primer amor veintiún años después y ya con cuatro hijos y ya me había desmayado y llorado lo suficiente por eso en brazos de los fármacos y de Paco Moncloa; en vista de que mi ex esposa me había abandonado como diez años antes y ahora sólo me mandaba «comprar» alfombras para hombre solo que ya ha llorado lo suficiente por eso también; *and last but not least*, porque al mudarme a Montpellier había abandonado para siempre (en fin, aún no sabía que sería tan sólo por menos de cuatro años) a la *Principessa* Octavia de Cádiz, *in love forever*, según Sinatra en su *Strangers in the night.* Lo malo, claro, es que, a decir del genial Vallejo, sin mojitos en su caso, la resaca de todo lo vivido como que se me había empozado en el alma y la extraña muchacha me estaba observando realmente empozado en lágrimas. Pedí otro mojito y una carne de chancho con moros y cristianos, a ver si averiguaba algo y, de paso, le hacía su camita al trago.

¡Y claro, era una nieta de Hemingway! Cuál, no lo sé hasta ahora porque sigo confundiendo a las nietas de Hemingway por lo mucho que se parecen a su abuelo y porque nunca he sabido si son dos o tres. Era, en todo caso, una mujer que tenía una cara preciosa y que, a juzgar por las apariencias externas e internas, también trataba de averiguar cuánto alcohol puede resistir un cuerpo humano. Sólo la volví a ver una vez en mi vida en una revista del corazón. Parecía haber averiguado lo del alcohol y el cuerpo humano y estaba gordísima y arrepentidísima en el reportaje. En la Bodeguita era un bombón y la resaca de todo lo vivido empozada en el alma, unida a la soledad puede tanto, que le propuse unos mojitos *in the night* y nuestros daiquiris en el Floridita. La gente veneraba a esa muchacha. Veneraba también a su padre, del que colgaban fotos en las paredes de la Bodeguita, a su o a sus hermanas, y al abuelo lo idolatraba. Aquella noche, aquella muchacha me abrió íntegras las puertas del sociolismo real (ojo: no digo socialismo sino sociolismo) y, sin tener que dar una sola propina en dólares ni nada, se me abrían unas tras otras las reverencias. Porteros y vecinos parecían caerse al compás de nuestros daiquiris cada vez que le y nos, modestia aparte, hacían una reverencia. Se abrió la noche tropical enterita, calidísima y muy sensual y, lo recuerdo vagamente, se abrió por último la puerta de mi suite del Riviera cuando ella tuvo la amabilidad de resistir al alcohol mucho más que yo y me depositó tal vez en una góndola en las puertas del Gritti Palace, en Venecia.

Desperté con más obras completas en varias rumas más, multiplicadas por el poeta Cisneros y que yo, además, veía dobles. Mi duchazo fue interminablemente regenerador y aun así necesitaba varios cafés y cuatro o cinco cervezas para cortarme la perseguidora. Bajé al *lobby* y vagabundeaba en busca de la cafetería que a diario usaba, cuando me gritaron y abrazaron «¡Alfredo!» con todo el cariño del mundo que necesitaba yo aquella mañana. Y con acento mexicano. Era mi gran amiga Cristina Sainz Tejero, que tan enamorada había estado de un escritor sevillano de sonrisa tan misteriosa como su simpatiquísimo carácter y bondad. Y no digo más porque éstas son unas antimemorias serias y no una revista del corazón, por lo cual gustarán mucho menos sin duda alguna. Cristina era el alma de unos movidos y muy entretenidos congresos de escritores que se realizaban en México por aquellos años y su simpatía y bondad le permitieron reconocer rápidamente el estado de enfermería tembleque en que me encontraba. Me contó que venía trayendo una exposición de pintura mexicana que iba a dar la vuelta a la isla, con gastos pagados por su gobierno y atención de suite real en su habitación.

Me abracé a ese lindo reencuentro, subimos y, en menos de lo que canta un gallo o de lo que a mí tardaban en meterme obras completas, teníamos abundante café y cervezas bien heladas en su habitación. Y ahí estábamos disfrutando de un millón de recuerdos cuando sonó el teléfono, contestó Cristina y le preguntaron por mí en su habitación. ¿Cómo diablos podía saber la policía, perdón, la revolución cubana que yo estaba ahí? ¿Adónde estarían camuflados los micro-micros, Jorge Edwards, en vista de que ya hay microondas? Recordé íntegro *Persona non grata* y pensé lo que podía significar meses y meses micrograbado como piensa Jorge Edwards que anduvo él. Pero contesté sin problema alguno, la verdad, porque jamás me he creído que yo pueda ser tan importante como para ser micrograbado o tener un teléfono intervenido, por más burradas que diga y reconozco que digo bastantes.

La maravillosa voz de Trini me preguntó qué tal la estaba pasando y dónde había estado metido anoche. Trini era la vicepresidenta de la Casa de las Américas y nadie podía mentirle a la suavidad de su voz. Confesé autocríticamente y Trini soltó la carcajada. Después me dijo que, *por favor*, hoy no bebiera nada, que almorzara temprano y que comiera a las 7 pm en punto. Y que estuviera solito mi alma en la entrada del vestíbulo a las 8 pm. Alguien se me iba a acercar entonces y me iba a llevar a verlo a ÉL. La suavidad amable de la voz de Trini tenía la convicción de unas instrucciones que seguí al pie de la letra mientras seguía preguntándome a quién diablos podía haberse referido esa muchacha al decir ÉL.

La voz de Trini era suave, tierna y disciplinada. Era la voz de una vicepresidenta rubia, de ojos verdes, joven, y que a los trece años había salido de su casa para recorrerse medio Cuba alfabetizando. No creo haber conocido nunca a una revolucionaria tan firme, digna de afecto y amable como Trini. Tan suave, tan convencida y tan respetuosa y cumplidora de su deber. Trini podía llegar lejísimos, pero lo único que le interesaba en su vida sencilla y sin ambición personal era el trabajo cotidiano bien hecho. Casi ni se notaba la rectitud de su carácter por lo dulcemente que hablaba y sonreía, por lo amiga de «la base» que era, a pesar del respeto que le tenían los de arriba. Adoraba a sus padres y a sus sobrinos y, aunque me contó que tuvo un amor oculto que nunca estuvo a la altura, sus más íntimos amigos me hablaron siempre del afecto que le hacía falta y de la soledad en que vivía. Era algo así como una soltera para la revolución, como una virgen para una causa, a pesar de que era la rubia más ardiente del mundo probablemente.

Era hija, en todo caso, del cartero de Guanabacoa, barrio de negros, de santería y de gente pobre, aunque a mí me resultó siempre más rubia y distinguida que Lady Di. Le debía, sin duda, mucho a la revolución, pero ella estaba dispuesta a devolverle muchísimo más. Sufría de asma y de ciertas alergias pero yo creo que la principal de todas era la que le producía García Márquez. Nunca aprobó mi amistad con Gabo, aunque sí mi admiración incondicional por su obra que, además, compartía. Y era célebre el broncón que un día, según me contó ella misma, tuvieron en

Nicaragua. «Tú te crees que me siento Dios —afirmaba ella que le había dicho Gabo, agregando—: Pues lo soy.»

Sin duda alguna fue mi eterno despiste y la fraternal relación que establecí con su querido Conrado Bulgado, con Inesita y Teresita, con su adorada negra Clara y otros miembros de «la base» de la Casa de las Américas, como Carlitos, su chofer, lo que la hizo tomarme cariño. Tal vez también su sentido del humor sorprendido por el eterno despiste de esa suerte de oligarca podrido que prefería andar con la base antes que con la cúpula. Que prefería almorzar con la izquierda peruana y la base de la Casa de las Américas a llegar puntual a un almuerzo exclusivo en casa de Lupe Velis y Antonio Núñez Jiménez, por ejemplo, para celebrar el 28 aniversario de bodas de Gabo y Mercedes, algo que en realidad sucedió cinco años más tarde y por razones iguales nomás que diferentes, como dicen los mexicanos y ellos se entienden. Trini siempre me reprochó mi despiste en la Bodeguita cuando fuimos con «la delegación peruana», o al menos algunos miembros de ella, y todos le firmaron un autógrafo en un posavasos o en una servilleta menos yo, por andar escuchando boleros tan intensamente.

Fue ciega mi obediencia a las órdenes de Trini y no bebí una sola gota tras la quinta cerveza y estuve un mes sin fumar, creo. Lo cierto es que a las 7 pm en punto hice mi ingreso al autoservicio del Riviera para comer como ella me había ordenado y luego colocarme a la entrada del *hall* a esperar que alguien me hiciera alguna señal y me llevara a verlo a ÉL. Tomé mis precauciones anticardenalicias al ponerme en una inexistente cola, pero vi que ni el poeta sacerdote ni nadie podía colárseme y que el amplio recinto estaba totalmente vacío a esa hora. No tenía hambre pero me habían dicho que comiera y muy disciplinadamente comí y muchísimo, pensando que ésa podía ser mi última cena hasta el día siguiente. Andaba con mi bandeja en mi solitaria mesa cuando aparecieron Gabo y su esposa, agarraron unos refrescos y se sentaron en mi mesa. Me preguntaron por qué estaba comiendo solo y tan temprano y yo fingí atorarme para ocultarles que cumplía órdenes secretas y telefónicas. Y, por supuesto que, aunque el Gabo y la Gaba se sabían hasta el último secreto de La Habana, por nada de este mundo me atreví a preguntarles quién podía ser ÉL. Todo esto lo estoy viendo retrospectivamente desde aquella misma noche, un par de horas más tarde, mientras ellos se tragaban una buena carcajada y gozaban diciéndome: «Pero qué bien se alimenta usted, poeta.» Lo sabían todo, los muy desgraciados, pero más puede siempre el sentido del humor.

Los Gabos se retiraron, terminé de comer abundantemente y sin hambre alguna, y revolucionariamente me instalé en la entrada del *hall* del hotel. A las 8 en punto, en efecto, me tocaron el brazo y yo sentí 220 voltios en todo el cuerpo y casi pregunto si debía vendarme los ojos. Otros escritores e intelectuales subían a un microbús, Mario Benedetti subía al carro de delante y yo era el último en partir. Pero, elemental, Watson, no todos vamos al mismo lugar porque el único que ha comido soy yo. Un chofer tan disciplinado como silencioso me depositó en un Lada negro ante una casa con puerta de casa japonesa, de ésas que son como ventanales a cuadritos de vidrios opacos y se abren corriéndolas hacia un lado. Me abrió un mayordomo tipo casa-de-mi-padre y me recibió una guapísima señora exacta a la actriz italiana Alida Valli. Me saludó «de toda la vida», y yo le respondí de amor a primera vista. Después me dijo que pasara y que estaba en mi casa y se fue a atender a otros invitados que yo lograba escuchar mas no ver, ya que en el vestíbulo sólo estaba el siempre fraternal Mario Benedetti. Nos dimos el abrazo de rigor y Mario me dijo que pasara al comedor, que ya estaban sirviendo la cena. Le confesé que había venido bien papeado por órdenes telefónicas pero él me insistió en que pasara adelante y yo le insistí en que nones: «Traigo órdenes telefónico-superiores de haber comido ya y las he cumplido revolucionariamente, Mario.» Volvió Alida Valli, que resultó ser no sólo la anfitriona sino la compañera del ministro de Cultura, Armando Hart. Deduje, pues, que me hallaba en casa del ministro y no me equivoqué porque salió el propio Hart y me conminó a pasar a cenar al comedor, a lo cual yo me negué rotundamente, cumpliendo órdenes que le confesé al oído y que francamente lo desconcertaron.

Él, a su vez, le transmitió mi confesión a su compañera, la Valli, y Benedetti se unió a ellos en eso de no entender qué diablos pasaba conmigo, por qué diablos había comido ya y por qué me negaba a pasar a un comedor donde todo el mundo empezaba recién a comer. Pero yo me mantenía en mis trece revolucionario-telefónicas, fidelísimo a las órdenes de Trini y, además, que no abuse esta revolución de mi afecto y comprensión, y es que realmente había tragado en el autoservicio del Riviera. Total que decidieron dejarme ahí y Mario Benedetti, Hart y la Valli se fueron a conciliabular a otra parte: «¿Qué nos hacemos con este idiota? Porque mala intención no puede traer ni tener...»

Fue sin duda un error de la revolución, vía Trini, aunque para no pecar de antirrevolucionario diré que fue tan sólo un error de la recepción, como aquel que la noche de mi llegada fue a dar con mis huesos a la enfermería. Se trataba de una comida-incógnito a la que debía llegar ÉL y ÉL venía a comer con lo que ya podríamos llamar una antología de la izquierda latinoamericana, más el pintor español Antonio Saura y un profesor norteamericano cuyo nombre no recuerdo pero que está en cuclillas junto al ministro Hart y a Mario Benedetti, en la foto que estoy mirando. Atrás estamos, de izquierda a derecha, triste es decirlo, Fidel Castro, un sobón guatemalteco cuyo nombre ojalá recordara para delatarlo por sobón y meloso, Ernesto Cardenal exacto al retrato que ya he hecho de él, el digno pintor Antonio Saura, que fue el único que se atrevió a hacerle alguna pregunta un tanto incómoda a Fidel, y el incómodo Bryce Echenique, último a la derecha porque éramos más pero partieron la foto en dos y la otra mitad se la dieron a la otra mitad de la antología. Las damas-compañeras fueron retratadas en grupo aparte con Fidel y no sé si esa foto se dividió también en dos. En fin, un total de unas treinta personas formábamos la antología de la izquierda que seleccionó la revolución, entre los trescientos o más invitados a ese congreso.

Jamás grité «¡Persona non grata!», como algún malvado afirmó una vez en su vida, sin duda alguna llevado por la envidia de saberme miembro de esa antología de la izquierda en 1981. Pero sí es cierto que seguía solo en el vestíbulo y que solté tremendo grito de pavor cuando la puerta oriental quedó abierta de golpe y el vestíbulo se llenó de matones que hábilmente se distribuyeron por cada rincón, cuidando y cediéndole el paso y rodeando, todo al mismo tiempo cual perfectos guardaespaldas que eran, al

377

comandante en jefe, que resultó ser el ÉL que se me había anunciado.

El mismo Castro se quedó desconcertado al toparse con alguien parado en la sala, pero rápidamente reaccionó y empezó a quitarse dos legendarios pistolones que llevaba al cinto. Mientras tanto, yo aprovechaba para huir despavorido, tras haber entendido al fin el por qué de tanta insistencia en que pasara al comedor. Confieso haber pasado el resto de la noche prácticamente en un escondite, y creo que fue Gabo o el propio Fernández Retamar quien vino a sacarme de mi rincón para presentarme al comandante.

Nunca había estado tan cerca a la historia en mi vida y francamente necesitaba un trago. Pero Lupe Velis, Gabo, y finalmente Roberto Fernández Retamar, poeta, maestro universitario y presidente de la Casa de las Américas, me hicieron sentirme algo menos sediento y nervioso. Fue Roberto quien primero le dijo a Fidel que yo era Bryce Echenique, un escritor peruano que, un año antes en París, le había rogado que lo invitaran a La Habana. Esto ya lo he contado y es tan cierto como que 2 y 2 son 4. Aunque fueran como diez los whiskies que me postraron a los pies de la revolución, aquella noche en París, contribuyendo a aumentar notablemente la saga y fuga de la futura Octavia de Cádiz. Lupe y Gabo estaban explicándole a Fidel lo de *Un mundo para Julius*, que por supuesto Fidel ya había leído entre el millón de libros que lee y memoriza al año, cosa que me probó en seguida recitándome un párrafo entero de memoria.

Frisaba la edad de nuestro hidalgo los cincuenta y tantos años y también era de complexión recia, aunque nada flaco como el otro hidalgo, lector excesivo de andanzas, y se mantenía joven, realmente bien conservado para su edad y exceso de trabajo. Ahí yo no causé problema alguno y el Woody Allen fue un boliviano simpatiquísimo y de apellido Zavaleta, que llevaba un brazo inmensamente enyesado. Y a Fidel le daba por girar constantemente en su conversación con todo el mundo y los guardaespaldas que, constantemente tenían que girar con él, se estrellaban constantemente con el molestísimo brazo-estatua de Zavaleta. En fin, una situación bastante incómoda para todos menos para Fidel y Zavaleta que, enyesadísimo como andaba, ni cuenta se daba de los problemas y estrellones que iba causando su brazo.

El resto de la noche para mí fue odiar al guatemalteco calvo, delgado y sobón, que por supuesto está al lado de Fidel y derritiéndose de orgullo, en la foto que estoy mirando. Otra noche, clausura del congreso y cena en el palacio de la revolución, tropical de flores y cascadita de agua por dentro y mussoliniano por fuera. Cola para estrechar la mano de Fidel y mucho orden y muchísima langosta más y otros caribeños manjares. Una mesa florida e interminable en un comedor realmente inmenso y de piso de mármol. Los revolucionarios del mundo unidos se debaten entre la langosta, los diversos manjares, el maravilloso ron añejo, y un acercamiento real para intercambiar palabras amables con Fidel Castro. A mí me preocupa muchísimo más su legendario hermano mayor. Ramón, siempre aislado del mundanal ruido y con un terno de seda de gusano de seda o qué sé yo pero que ya quisiera cualquier árbitro de la moda. Y me duelen los pies, como siempre en los pisos de mármol. De nada me sirven las plantillas ortopédicas nuevas que traigo de Montpellier. No hay un solo asiento y realmente la estoy pasando mal y no veo la hora de que acabe aquella eterna ceremonia y nos devuelvan al hotel.

A quien sí veo, en cambio, es a César Leante, un simpático escritor cubano con quien había tenido un par de años atrás, creo, una firme pero cortés discusión en el Gran Hotel del Centro, de la ciudad de México. Fue en torno al asunto de la embajada peruana en la que se refugiaron centenares y hasta miles de cubanos, algunos de los cuales terminaron en Lima y crearon graves problemas de delincuencia. César defendió la posición del gobierno cubano sobre ese grave caso, y yo defendí la del gobierno peruano. Fue casi un diálogo de sordos que algunos testigos trataron de convertir en agria discusión, pero sin lograrlo. Bueno, ahora César Leante está al otro lado y casi al otro extremo de la inmensa y larguísima mesa e intercambiamos sonrisas de saludo y más saludos con los brazos. Muy poco después me enteré de que, a mi saludo cordial, César estaba respondiendo con un adiós definitivo a Cuba. Creo que ésa fue su última noche en La Habana y que muy pocos días después se escapaba de una delegación que había salido de Cuba y pedía asilo en Madrid. Sólo lo he visto una vez en San Sebastián, en los cursos de verano de la Universidad del País Vasco. Nuestro cordial reencuentro tuvo lugar en julio de 1990. Bromeando, me cuentan amigos comunes que César decía siempre que la última vez que me había visto, antes de San Sebastián, era comiendo langostas como loco con Fidel Castro.

Ha llegado el momento de la partida y Conrado Bulgado cumple con la tranquilizadora promesa que, a cada rato, lo obligaba a hacerme. Al llegar a Cuba, como es costumbre, hay que entregar el pasaporte para que se lo devuelvan a uno al partir. Y yo había sido tan bueno como para entregar no sólo mi pasaporte sino también mi permiso de residencia en Francia. Y, lo que es peor, los había entregado en dos momentos distintos y a dos personas distintas. A veces, la verdad, me sentía perdido sin esos papeles y mi terror congénito a la burocracia me causaba pesadillas y más pesadillas. A Conrado lo perseguía y lo molestaba todo el santo día con mi insistencia. Tal vez así nació nuestra fraternal amistad: Conrado sonriendo con su bigotazo y yo temblando de miedo por mis documentos. Sonriente y con su bigotazo, Conrado me entregó mi documentación tal como me lo había prometido desde el primer día, un millón de veces al día. Y yo le di un gran abrazo de gratitud y afecto. Y, sin duda, por andar pensando tanto en lo de mis documentos, no me fijé en lo de mi billete de avión. Y me desembarcaron en Luxemburgo, sin duda alguna por un error de la... recepción. La suerte hizo que no tuviera que caminar hasta Montpellier, pues andaba literalmente sin un cobre.

PS. A la legua se nota que no soy Agatha Christie, pues me he olvidado de desenlazar el asunto aquel de las obras completas que, por rumas, crecían día a día en mi habitación del Riviera, y por partida doble, debido al temprano regreso del poeta Antonio Cisneros. Al final, los libros ya casi no cabían en mi suite y yo le había tomado odio, no sé por qué, a un famoso líder del Partido Comunista de Chile que había tenido la coherencia —o el mal gusto— de refugiarse en Moscú en vez de en París, por ejemplo, cuando el golpe de estado de Pinochet. Siempre me lo encontraba en el ascensor y me miraba tan de arriba abajo y tan convencido de ser dueño de la verdad única y total, que en su presencia mi anticomunismo empezaba a parecerse al de mi padre. Se llamaba Volodia Teitelboim y realmente fue odio a primera vista el que sentí por él, Dios me perdone hoy. En fin, llegó el momento de hacer el equipaje y me moría de vergüenza de dejar tanto libro regalado en mi suite. Manongo, ¿dónde lo pongo? Y fue entonces cuando vi que la puerta de la habitación de Volodia Teitelboim estaba abierta y que la compañera que la estaba limpiando había bajado a buscar algo. Ni tonto ni perezoso, me entregué a la mudanza más rápida del mundo. Y a Volodia Teitelboim le dejé obras completas para una vida eterna en su habitación.

Regresé a Cuba cinco años después, como jurado del concurso de cuentos de la Casa de las Américas. Debo decir que los cubanos jamás me han pasado factura alguna por esa invitación ni por las que en adelante me hicieron. Algún telegrama inútil de la Casa de las Américas, pidiéndome que defendiera al sandinismo o que condenara la invasión de Panamá «en los medios de comunicación que tuviera a mi alcance», o sea algo en que yo y tantas otras personas que recibieron el telegrama estábamos de acuerdo.

Pero ni siquiera eso recuerdo haber hecho públicamente por Cuba —aunque en más de una ocasión defendí los reconocidos logros de la revolución en materia de sanidad o educación, por ejemplo, sobre todo en comparación con otros países de América latina. En fin, algo que salta a la vista— porque no se dio la ocasión, porque se dio sólo en privado, o porque soy totalmente reacio a recibir instrucciones inútiles.

En cambio les debo a los cubanos operaciones, un tratamiento muy difícil de encontrar para mi esposa y una buena dosis del cariño y la diversión que he tenido en mi vida. Definitivamente, aparte de un curso que dicté en la Escuela Internacional de Cine, por sugerencia de García Márquez (algo que hice bien, pero que no salió tan bien que digamos), creo que los cubanos me consideraron siempre un caso perdido para su revolución y cualquier otro asunto serio, y que simple y llanamente «me alquilaron para loco». O que me agradecieron siempre por algunas peteneras que una noche de 1986 les canté a Fidel y Raúl Castro en medio de la alta concurrencia que asistía nerviosamente a una ligera bronca entre los dos hermanos.

Pero bueno. La noche del 7 de marzo de 1986 llego al hotel Riviera desde Barcelona. Llego cansado y deseo descansar de un pesado vuelo que me ha llevado hasta a hacer una escala no tan lejos del Polo Norte, pero, ¡oh, horror!, resulta que tengo que decir el discurso de inauguración del premio Casa de las Américas. La carta en que Roberto Fernández Retamar me encargaba esa tarea se había perdido o qué sé yo y total que yo ahí en el amplio vestíbulo del Hotel Riviera, aprendiendo todo lo que hay que aprender acerca de los trastornos del pánico y recordando, además de todo, las palabras casi exactas que en ocasiones distintas les escuché decir a los sabios Ana María Matute y Augusto Monterroso: «Los escritores escribimos porque somos tímidos y resulta que ahora nos hacen hablar en público.»

Procedí en seguida a tener la suerte de encontrarme al gran Chus García Sánchez, alias Visor, como su librería y editorial, en la puerta del bar, y ambos decidimos que la hora de los caballeros había llegado. Salir del bar del Riviera y entrar puntualmente encorbatado al salón de actos de la Casa de las Américas fue casi una sola y misma cosa, gracias a la ayuda física del gran Chus.

Cantó primero en su dramático *créole*, la haitiana Marta Jean Claude. Después me tocaba entrar a mí, sentado allá arriba del estrado con las autoridades y los miembros del jurado de poesía, cuento y ensayo, y algún personaje más. Estoy mirando las fotos del estrado mientras yo entraba y salía del discurso como podía. Me consolaba pensar que, el año anterior, creo, ya Julio Cortázar había creado el precedente de un discurso hasta anticortazariano, por decirlo en pocas palabras. Gabo y Roberto Fernández Retamar, presidente de la Casa, se atragantan de la risa. Armando Hart, ministro de Cultura, no sabe si reírse u optar por el ataque de nervios. Los miembros del jurado ríen o maldicen, según el favor del viento. Alicia Alonso baila de sonrisa. Y algún ortodoxo desprovisto de sentido del humor y su esposa parecida a Stalin, sobre todo así con el bigote tan descuidado, me están paredoneando y fusilando y qué sé yo con la mirada. En fin, aquí va el texto del discurso, tal como fue grabado, y que cada lector juzgue por su cuenta y riesgo.

PALABRAS DE ALFREDO BRYCE ECHENIQUE
EN LA CONSTITUCIÓN DEL JURADO DEL PREMIO LITERARIO
CASA DE LAS AMÉRICAS 1986

La Habana, 8 de marzo

Yo no soy Marta Jean Claude, ni sé cantar, ni vengo de Haití, y solamente hablo porque un día Tito Monterroso, que es amigo de todos nosotros, me dijo: «Alfredo, a nosotros los escritores nos hacen hablar, cuando escribimos porque somos tímidos», y me dio la palabra. Desde ese día he tomado la palabra en nombre de Tito Monterroso. Yo lo que quiero decir es la alegría enorme, el placer enorme de estar aquí en La Habana, en Cuba, un poco así como diría un buen *crooner* con un buen micro: «Nunca he visto tanto amor reunido en tan poco espacio.»

He venido aquí a ver mi nacimiento también, de alguna forma, porque cuando yo era un máximo irresponsable, más de lo que fui toda mi vida, en el año 66 o 67, me puse a escribir en París (hasta ahora no se pone de acuerdo mi familia para decir si yo me fui a Europa o me mandaron a ella), después me fui a Italia, para no tener que escribir en París, y pasaron por allí unos amigos y me dijeron: «Allá en Cuba.» «¿Y eso qué es?», les dije yo, porque me habían educado en un internado inglés, «¿eso qué es?» «Es un país, una revolución, una nueva vida. Allá hay un premio, Casa de las Américas.» «¿Y eso qué es?» Siempre andaba preguntando: «¿Y eso que es?» «Es una actitud ante la vida.» Y ellos me cogieron el manuscrito y lo mandaron para La Habana. Yo de La Habana no sabía más que esa canción: «Yo me voy pa'l'Habana y no vuelvo más», que siempre he querido poner en práctica. Y tiempo después salía un libro, me acuerdo, con la portada verde, como si en mí hubiese esperanza, un libro con una portada verde al cual, incluso, mi amigo Julio Ramón Ribeyro le había cambiado el título, porque él decía: «El libro es bueno, pero el título se parece a ti», y le cambié el título. Ese libro estaba escrito para que mis amigos me quisieran más, y llevaba algo más grave en el epígrafe: «Es preciso escribir como si uno fuera comprendido, como si uno fuera amado, y como si uno estuviera muerto.» Cuando leo el epígrafe digo: «Bueno... este epígrafe lo puso Ribeyro también.» En el 68 se publicó mi primer libro en La Habana, vi mi primer libro, o sea que ahora vengo a festejar eso también. Esa maravilla de enterarse, de cartearme en esa época con una mujer que quiero recordar hoy en el Día Internacional de la Mujer, la Haydée Santamaría con quien yo me carteaba muy bonitamente, muy lindamente. Me carteé con ella que hizo todo lo posible por difundir nuestros libros, los de los escritores que amamos. Lo grande, lo importante, que es tratar de liberar al ser humano, ella lo hizo. Yo me carteé y guardo sus cartas, y a ella quiero rendirle homenaje hoy también, porque es el Día Internacional de todas las mujeres, las que están, las que no están y las que están sin estar.

Bueno, lo demás, dirían Shakespeare y Tito Monterroso, es silencio, pero yo tengo ganas de hablar. Voy a ser breve: he venido también un poco antes que el nuevo embajador del Perú en La Habana. He sido recibido ayer en el aeropuerto por mis compatriotas de aquí de la embajada.

Todo parece anunciar que las cosas van bien. Ojalá todo sea así. He venido a leer manuscritos que vienen de todas partes, de todos los países. He venido y lo primero que he encontrado son caras amigas, de aquella amistad que yo me busqué y la trabajé en la mejor, en la primera, en la más grande borrachera de mi vida, cuando en casa del «turco» Adoum le dije a Roberto Fernández Retamar: «Oye, cabrón, ¿y a mí por qué nunca me invitan a La Habana?» «Pero si tú eres un retoño de la oligarquía peruana, eres una porquería.» «Es lo mismo que opina mi madre», le dije, «pónganse de acuerdo.» Y me tuve que mandar como veinticinco whiskies. Perdí a mi compañera esa noche y todo, pero vine a La Habana. ¿Así fue, o no, Roberto?» (Roberto: «Bueno, parcialmente.») Vine a La Habana y además llegué varias veces. Eso fue una maravilla de la cual fue testigo Trini: yo llegué en estado de fin de raza, de oligarca podrido, de todo lo que me habían acusado. Me entró un complejo de inferioridad cuando llegué a La Habana y la Trini me dijo: «Haga la cola ahí para que le den su llave», y yo hice la cola para que me dieran mi llave. Había como trescientas personas delante, y cuando llegué me dieron mi llave y subí a la habitación, y había dos dominicanos profundamente dormidos. «Oye», le dije a Trini, «me siento mal, me va a dar un patatús.» «Haga la cola, Alfredo», me dijo, «no pasa nada.» Otra vez hice la cola y me dieron mi llave. Volví a subir, era el piso 11, y había dos dominicanos durmiendo en mi cama. Bajé de nuevo con la llave, ya me pesaba la llave, se notaba el cansancio en el peso de la llave, como diría César Vallejo. Por ahí estaba el Gabo, yo lo veía de lejos para quererlo siempre mucho más. Él acaba de escribir una novela que se llama *Todo lo que quiera usted saber sobre el amor en 500 páginas*. Me dieron otra llave. El Gabo seguía ahí, se mataba de la risa. Y yo volví a subir, y otra vez dos dominicanos. Bajé y le digo: «Trini, que me voy a desmayar. Estoy muy emocionado y encima me han dado tres llaves, y todas para dominicanos.» Me fui a un canapé para echarme, pero no llegué y me desmayé. En fin, cumplí con mi palabra. Me metieron a la enfermería y los médicos dijeron: Está muy cansado, llévenlo a su habitación.» «No», dije, «ésta es la única cama que me consta que existe en La Habana para Alfredo Bryce.»

Así son mis relaciones con La Habana. Tengo el orgullo, tengo el placer de volver a contar esta historia cinco años después como si la hubiera vivido anoche. Anoche no me enteré, se abrió sola la puerta, y esta mañana bajé y traía la llave de mi departamento de Barcelona. Pero el orgullo de haber sido invitado por la Casa de las Américas, por Roberto Fernández Retamar, volver a ver caras tan amigas como las de Armando Hart, mi ministro, como le llamo yo, la de Trini, extrañar tanto a Lisando Otero, mi amigo del alma, a tantos compañeros que no están «compartiendo en este día», como decía mi abuelita, «en este lugar de dulce contento, en aniversario tan extraordinario, me siento anonadado al verme nombrado...» Y mi abuelo le decía: «Pero si eres mujer, habla en femenino.» Ella no tuvo Día Internacional de la Mujer, me tuvo sólo a mí como nieto.

Hemos venido aquí todos, los que hemos llegado ya para el jurado y los amigos que todavía van a llegar, y vamos a trabajar con mucho gusto, vamos a estar estos días felices. Vamos a estar entre amigos, y quiero volver a un asunto que me preocupa mucho, y es este acercamiento enorme que se está produciendo entre el gobierno peruano y el gobierno de Cuba. Ojalá sea verdad. Ojalá sea para toda la vida. Yo no soy de Haití, pero el drama peruano también es un drama horrible. Hemos salido de una democracia asquerosa, de unos virreyes de esos que me parieron a mí, hemos salido de eso a la esperanza de un presidente joven, aunque el vicepresidente tiene ochenta y cinco años y es ciego, y fue mi profesor. Claro, no me reconoce, ni mis profesores me reconocen, porque eran ciegos. «Doctor, ¿cómo le va?» «Y usted ¿quién es?» «Yo lo admiro a usted tanto, doctor.» Luis Alberto Sánchez, muy buena persona.

Que se cree este acercamiento, esta maravilla. Yo he estado pensando mucho últimamente (comprendan ustedes que yo pienso porque estoy solo, en mi casa siempre solo, y pienso mucho en La Habana, y pienso mucho en todo), y yo diría que si no me creyeran loco, si sólo pudiera pasar por loco nuevamente, haría un partido bolivariano-martiano. Simplemente tomaría un avión. A Santiago de Chile, por ejemplo, y allí, en la Plaza de Armas de Pinochet, de ese monstruo, me pondría encima de un barril (vacío, porque ya me lo habría bebido), me pondría a hablar, y cuando vinieran para machacarme, torturarme: «¿Qué estás hablando?» «Estoy leyendo las cartas de Martí, estoy leyendo las cartas de Bolívar.» Nada más. Ése es un partido político que tenemos que llevar todos los latinoamericanos en el alma para unirnos, para no seguir inventando países llenos de banderas, condecoraciones, escudos nacionales, Echeniques y otras porquerías. Me jacto de ser descendiente del peor gobernante del Perú, o sea que lo he vivido en carne propia porque me leí sus memorias y él mismo dice que era malo.

Todo esto para volver a la mujer, porque en esta familia mía, de la cual yo soy ya el final (aunque mis hermanos todavía han procreado algo), ahí, en esa familia, estuvo Flora Tristán, precursora de los derechos de la mujer. Flora Tristán, cuyo apellido llevo por algún lado, eso lo cita mi abuelo mejor. Hasta que yo me vine saliendo del Perú, Flora Tristán no se podía leer en Lima, estaban prohibidas las ediciones de las obras de Flora en el Perú, porque mi familia no las dejaba publicar. Flora era hija del hermano de don Pío Tristán, último virrey del Perú. Ella se fue a Europa, allí falleció su padre. Volvió al Perú desde Europa, y escribió luego *Peregrinaciones de una paria*, que es el primer libro sobre la condición de la mujer latinoamericana. Un libro bellísimo que yo pude leer solamente cuando salí de mi país, porque hablaba tan mal de mi familia que era algo espantoso. Pero era verdad lo que decía. Fue una luchadora por la mujer. Ella fue también la abuela de Paul Gauguin, el pintor. El último libro que he conseguido sobre ella se llama *La asombrosa abuela de Paul Gauguin*, quien también vivió en casa de mi familia, también se volvió loco. Claro, por haber vivido en mi casa, probablemente. En esa época miren ustedes lo que eran las familias más cristianas, las familias ejemplares del Perú: tenían que practicar la caridad cristiana teniendo un loco en casa, y entonces los Echenique teníamos arriba, en el techo de la casa, un negro atado con cadenas. Ésa era la caridad cristiana. Y ese negro se escapó un día y trató de estrangular a Gauguin. Hay muchos libros sobre Paul Gauguin que dicen que la locura de este hombre fue culpa del negro que tenían encadenado los Echenique, que se desencadenó un día. Así deber ser el nacimiento de la literatura, del arte, y de todas esas cosas. Flora Tristán es un nombre que quiero recordar hoy, Día Internacional de la Mujer. Flora Tristán, Cuba, yo, tantos amigos, tantas cosas. Mis palabras son, como siempre, incoherentes; mis palabras son siempre palabras de afecto, de cariño, y de agradecimiento por esa borrachera que me pegué yo en París y le dije: «Oye, Retamar, ustedes invitan a cualquiera menos a mí, ¿por qué no me invitan?» Y él me invitó. Vine esa vez y empezó la historia de la llave. Y aquí estoy con esa llave en el bolsillo, siempre volviendo, aunque haya dominicanos, no importa.

PS. Demás está decir que en esta improvisación, fruto de una excelente mala noche con Jesús García Sánchez, hay más de una inexactitud histórica. Pero realmente grave sólo hay una. Flora Tristán nació en Francia —hija de Mariano Tristán, hermano de Pío, que fue suegro del presidente Echenique. Flora fue al Perú en busca de la herencia de su fallecido padre—. Se afirma que la fortuna de los Tristán era por entonces de las más grandes de América del Sur, si no la más grande, pero que su tío carnal Pío Tristán la «declaró» hija ilegítima de su hermano, y le birló su legítima herencia. Fruto de ese viaje fue su libro *Peregrinaciones de una paria*. Flora Tristán escribió y combatió hasta su muerte, a los cuarenta y pocos años de edad. *Paseos por Londres* es otro de sus títulos famosos. Y *La unión obrera*, publicado cuatro años antes que Marx escribiera aquello de «proletarios del mundo uníos» en su *Manifiesto comunista*. Flora colaboró y se carteó intensamente con Engels y con Marx.

Debo reconocer, por último, que Roberto Fernández Retamar me trajo el original mecanografiado de mi improvisación, a mi cuarto del hotel Riviera, para que corrigiera cualquier error que encontrara. Pero entre aquello de que una improvisación mejor que quede tal cual, como fiel testimonio de lo dicho y lo vivido, opté por la puntualidad. Tenía cita con Chus García Sánchez y otros amigos en la piscina del hotel, y salí irresponsablemente disparado, tras hojear apenas el texto y decirle a Roberto: «Está perfecto así.» Después vino el trabajo del jurado y todo lo demás.

Camino de Trinidad, la guagua ponchó en Cienfuegos, es decir, para un peruano, que al ómnibus en que íbamos los miembros del jurado y el personal de la Casa de las Américas, se le reventó una llanta. Bajamos mientras tanto a tomar unos refrescos en una cafetería, y por tercera y última vez en mi vida, espero, *fui* Charles Bronson. Desde entonces, indudablemente, uno de los dos creo que ha envejecido lo suficiente como para que la gente nos distinga. La primera vez había sido en París, con Claire Neyreneuf y Catherine Mercier, dos guapas hijas de papá que eran mis alumnas en Nanterre y que, a pesar de estar yo fidelísimamente casado, no podían vivir sin su Charles Bronson peruano, como ellas me llamaban. Las utilicé inescrupulosamente como medio de transporte entre la facultad y mi casa, todo un trote en tren en aquellos años, hasta que ya separado de mi esposa y con *Principessa* en mi vida y obra, encontré nuevo y más agradable vehículo de transporte.

La segunda vez fue en Roma, buscando un impermeable. El afeminadísimo vendedor de la *boutique* exclamó «¡*Il* Charles Bronson!», al verme entrar, y casi salgo con siete impermeables sin pagar por ninguno. Y, en Cienfuegos, por más que juré y rejuré y hasta transé en que era tan sólo un primo de Bronson, tuve que soportar un muy pro norteamericano asedio de *fans* guajiros del actor, dediqué alguna servilleta, todo mientras escuchaba a un mozo japonés, el único ahí en creerme que era escritor y peruano, recitarme íntegra de memoria la obra de César Vallejo. En fin, esto da una idea de lo lentamente que se cambiaba una rueda en Cuba, en la época en que aún había repuestos y ruedas.

El hotel de Trinidad estaba al borde del mar y ahí lo aislaban a uno para que leyera en paz en su habitación, en la piscina con bar, o en la playa con unos malditos mosquitos llamados jejenes, que se incrustaban en la piel y lo obligaban a uno a pegarse apenas un remojón y salir disparado.

Pero era un hotel muy cómodo, con servicio especial para personajes importantes que leían para la revolución. Había un ambiente realmente fraternal entre los jurados, y por supuesto que no faltaba ni Trini, vicepresidenta de Casa de las Américas y alma mater de la misma, ni el fabuloso Conrado Bulgado, el hombre del bigotazo y la simpatía en la Casa. Yo leía en mi cuarto, una habitación con su salita adjunta, y salía a encontrarme en la piscina con Chus García Sánchez y Miguelito Barnet, que no prueba una gota de alcohol. Chus era el invitado mimado por todos, por ser el dueño de la librería y editorial Visor, donde muchos poetas cubanos soñaban con publicar y vender sus obras, como lo sueñan también poetas de toda América latina y España. Además, era más que obvio que, cada año, a los cubanos les resultaba más difícil reunir a jurados de prestigio internacional y ver al mismo tiempo a sus autores publicados fuera de la isla.

A cambio de tanto cariño, yo mismo me comprometí a intentar contactar a poetas, escritores, ensayistas y dramaturgos de prestigio y a los pocos editores que he considerado amigos de verdad. Pero no era fácil ya que la gente quisiera ir a Cuba. Carlos Barral, por ejemplo, estaba prácticamente «quemado» para las autoridades de la isla, creo que a raíz de la publicación en Barral Editores de *Persona non grata*. Los únicos intentos que hice con editores españoles fueron con Lali y Jordi Herralde, de Anagrama, que me respondieron que no les disgustaría la idea, pero que ya verían, y con Beatriz de Moura que me respondió con un sincero, amistoso y rotundo: «Yo no voy a países totalitarios, Alfredo.» Al regresar de Cuba, dejé una lista de posibles jurados, pero no sé si sirvió de mucho, de poco o de nada.

Cada miembro del jurado era todo un personaje. Cada uno destacaba por su simpatía, como los cubanos Miguel Barnet y Humberto Arenal o el costarricense Rodolfo Dada, por su cultura y sencillez, como el boliviano René Arze, por su mutismo y seriedad, como Fayad Jamís, por su ingenuidad, como un norte-americano a quien apodamos Huckleberry Finn y jamás nadie supo su verdadero nombre, o por su soberbia y vanidad, como la poetisa uruguaya Amanda Berenguer, alias la Berenguela, cuyo sufrido esposo era un narrador muy serio y muy honorable llamado José Pedro Díaz.

Nunca, nunca olvidaré la escenita que organizó la Berenguela, encontrándonos todavía en el Hotel Riviera de La Habana. Estábamos comiendo cuando apareció el poeta cubano Fayad Jamís, quien tenía el encargo de organizar una lectura pública de una hora de duración, en la que cinco poetas debían leer durante doce minutos. Inmediatamente, la Berenguela, que además de todo se había incorporado tarde al jurado (en realidad, fue a nuestro regreso de Trinidad al Riviera, ahora que creo recordar muy puntualmente), impuso todo tipo de condiciones: un lugar preferencial, pasar diapositivas durante su lectura, etc. El muy ensimismado Jamís asentía a todo, y también asintió cuando ella le dijo que su esposo, Pedro José, era además de narrador poeta y que por qué no lo incorporaba a la lectura. Fayad Jamís respondió que claro, que sí, y que en ese caso, para que la lectura no pasara de sesenta minutos, cada poeta leyera un par de minutos menos. Enfureció la Berenguela, al ver que le acortaban algunos versos a su lectura, y proclamó que su esposo era sólo narrador y no poeta, y que por lo tanto quedaba fuera de escena. También se le aceptó esto pero al mismo tiempo se le empezó a odiar, por supuesto, porque además acababa de aterrizar en La Habana. El sufrido José Pedro Díaz continuó comiendo tan tranquilo, como muy acos-tumbrado a una vida entera junto a su genial esposa, y jamás causó problema alguno.

Pero entre todos los miembros del jurado, el personaje central fue sin duda el decimonónico y educadísimo nicaragüense don Juan Aburto. Me tocó de compañero del género cuento y quiero rendirle aquí un sincero homenaje a su seriedad, humildad, entra-ñabilidad, compostura e ignorancia. Ya estaba muy viejo el pobre para esos trotes y sus lecturas, me parece, se habían quedado detenidas en Darío, cuanto más. Sé que falleció pocos años o poco tiempo después y hasta hoy conservo con cariño un libro suyo memorablemente malo y anticuado, por su recuerdo y su cariñosísima y sorprendente dedicatoria, ya que yo creía que me odiaba por haber detectado en su libro de cuentos frases o pasajes realmente inolvidables, que luego funcionaron como santo y seña para la carcajada general, en los momentos de tensión que produjeron algunas deliberaciones. En uno de sus cuentos, un niño pasa siempre por la misma calle en la que hay una peluquería con su letrero BARBERÍA. Y sigue pasando y pasando y crece pasando y pasando delante del mismo letrero, bajo el sol y la lluvia que iluminan o mojan tanto el letrero que éste acaba por borrarse. Es entonces cuando el niño, ya viejo y nostálgico, mira el letrero más borrado que borroso, se detiene ante él y literalmente exclama: «¡Oh misterio de la peluquería!», momento culminante de una acción dramática que no culmina nunca porque el misterio de la peluquería es infinito.

Ante Trini, Inesita, Conrado y otros miembros de la Casa de las Américas que nos acompañaban y asesoraban en el hotel de Trinidad, don Juan Aburto se quejó de que los otros miembros del jurado se pasaban demasiado tiempo en la piscina y en el bar, provocando más de una ira santa, pero sobre todo carcajadas que los amigos de la Casa compartieron con nosotros, esforzándose al mismo tiempo por evitar toda tensión, en vista de que conocían a don Juan Aburto y sabían que no estaba a la altura de la tarea y que era uno de esos casos de viejo cansado y sandinista al que había habido que invitar más que nada como premio o reconocimiento a una vida muy honorable. Su cariñosa y sorprendente dedicatoria, al final de viaje, fue la siguiente: «Para el gran poeta Alfredo Bryce Echenique. El conocerte es una fiesta del alma, del corazón y gran parte del hígado. Un abrazo entrañable y fraterno, Juan Aburto.» En la página siguiente arranca su cuento «El amigo», el del misterio insondable de la peluquería. Se trata precisamente del letrero: «Como todo el paisaje circundante, ¡oh misterio no desentrañado!, la tabla era gris, con tonalidades blancas en la orilla. En letras azules, en el centro, se leía: Luis Carlos Rivas, BARBERO.» Y cuando don Juan Aburto quiere contarnos que todo tiempo pasado fue mejor, también exclama: «¡Oh gran tiempo sin béisbol!»

La peor de todo era que don Juan Aburto realmente se pasaba horas leyendo en su habitación y que, cuando nos dimos cuenta de que sus juicios literarios estaban llenos de limitaciones y eran realmente anacrónicos, tuvimos que agenciárnoslas para lograr, sin que se diera cuenta, que se recuperara la caja enorme en que había ido depositando los manuscritos que había desechado, a medida que iba leyendo. Y fue precisamente en esa caja, cuyo contenido nos repartimos entre los demás miembros del jurado de cuentos, donde el costarricense Rodolfo Dada recuperó el manuscrito de *Donjuanes*, del joven escritor cubano Reynaldo Montero, un libro realmente novedoso, nada convencional y hasta «antitradicional», por llamarlo de alguna manera, que luego de interminables discusiones en mi suite del Riviera y en un salón de la Casa de las Américas, ya de regreso de Trinidad y con veinticuatro horas de atraso con respecto al fallo de los demás géneros, obtuvo el premio.

Fue entonces cuando realmente sentí pena por don Juan Aburto. Pena, afecto y respeto. El hombre terminó inhibiéndose y creo que hasta se abstuvo de dar su fallo, en vista de que no entendía el libro de Montero pero sí entendía que él no se encontraba a la altura de las circunstancias. En la tremenda juerga que se organizó en el ómnibus de regreso de Trinidad, gracias a la cantidad de hielo que Conrado Bulgado había acumulado para mantener el ron heladito durante el largo trayecto que pasaba por Matanzas y Cienfuegos, don Juan Aburto me dedicó su libro titulado *Prosa narrativa*, de 1969, y jamás entendí su mención de «gran parte del hígado», pues jamás se tomó un trago. Fue entonces también cuando Miguelito Barnet nos enseñó a Chus y a mí a cantar la inmortal *«Pensamiento, dile a Fragancia...»* La noche anterior había sido la noche de las bromas y había logrado borrarme el mal sabor de boca que me producía la persecución erótico-neurótica a la que me sometía la muy desagradable periodista Lídice Valenzuela, que nadie sabía cómo se había metido en el hotel y que ni los buenos oficios de Trini o Conrado lograban detener.

Recuerdo que, en mi afán de quitármela de encima, terminé por concederle una entrevista para *Revolución y cultura,* a la insoportablemente pesada Lídice Valenzuela. En principio, la presencia de periodistas estaba totalmente descartada y para eso lo aislaban a uno de La Habana durante varios días, y la verdad es que hasta ahora no entiendo cómo esa señora apareció por ahí y logró quedarse día tras día sin hacer otra cosa más que molestar a medio mundo. Nuestra entrevista tuvo lugar al borde de la piscina del hotel y fue cordial y francamente pensé que con eso habíamos hecho las paces y que me dejaría tranquilo. Pero el asedio continuó más tarde en el Riviera, mediante tarjetas de visita y pedidos de cita, aunque nunca más la volví a ver y creo que eso se debió a la habilidad con que Miguelito Barnet logró convencerla de que yo había regresado ya a España. Muy previsiblemente, la entrevista se debatía entre los elogios y los insultos de una persona realmente desquiciada. A veces me trataba de «hombre que se toma muy en serio la literatura» y otras de vivir con «los bolsillos holgados aprovechándome de mi fortuna familiar», cuando no de «payaso» o de cantar peteneras «sólo para que nadie pueda dormir en el hotel». Y de ahí pasaba a «caballero» y otros piropos por el estilo.

La permanencia en Trinidad se terminaba con una protocolaria cena en la ciudad más importante de la provincia, Sancti-Spiritus, y luego con bailongo en la discoteca del hotel. Fue una opípara cena de gran tenedor y mejor mantel, pero se hizo interminable por los discursos protocolares y ortodoxo-provincianomarxistas de las autoridades locales del PC. Pero mientras todo ese aburrimiento transcurría lento y pesado, las bromas muy a la cubana estaban empezando. Era una gran mesa en forma de U y a mí me había tocado sentarme junto a Chus García Sánchez, que andaba algo preocupado por la manera realmente insistente en que lo miraba una guapísima mujer sentada justo al frente de nosotros y al lado de su esposo, que resultó ser un famoso periodista apellidado Castellanos. No sabíamos de dónde podía haber aparecido esa pareja. ¿Vivirían en Sancti-Spiritus? Pues a lo mejor, pero antes no los habíamos visto y la mujer miraba a Chus cada vez más y éste empezaba a ponerse bastante nervioso y a preguntarme qué diablos podía hacer. Yo insistía en que lo mejor era ignorar todo el asunto, por más difícil que, en verdad, estuviera resultando. Y así terminó la cena y yo felicité a Chus por lo bien que se había portado. Entre los jurados, con excepción de la Berenguela, por supuesto, existía un tácito pacto de comportarse lo mejor posible y de dejar el mejor de los recuerdos, en vista de lo afectuosamente bien que nos trataban.

Pero la guapísima esposa del periodista Castellanos reapareció inesperadamente en la discoteca del hotel, a nuestro regreso a Trinidad, y se instaló tan descaradamente frente a Chus que al pobre marido no le quedó más opción que desaparecer, resignándose a lo peor o a algo que ya estaba muy acostumbrado, a juzgar por las apariencias. La cosa se puso entonces candente, porque la mujer de piel muy blanca, alta, de preciosos ojos azules, se acercó aún más a Chus, apoyó el codo sobre la rodilla de una pierna cruzada y ventilada al máximo, luego instaló la barbilla sobre la mano del brazo apoyado, y ahí se consagró cuerpo y alma a morderse los labios y a mirar a Chus para el resto de la vida. El hombre realmente no sabía qué hacer con el hombre: «Coño, Alfredo, pero si es que esta tía...» «Por favor, Chus, acuérdate que hasta ahora todo ha salido perfecto menos lo de la Valenzuela y la absurda queja de don Juan Aburto.» Chus me hizo caso y empezó a mirar al techo, hasta que por fin la mujer soltó un «Idiota» despechado, en voz muy baja, se puso de pie y se largó furiosa. Todos descansamos en paz.

Pero la paz duró cinco minutos porque resulta que Huckleberry Finn apareció furioso en la discoteca, con un papelito en la mano que acababan de entregarle en la recepción del hotel. Nos leyó el texto en que Fayad Jamís, tras haberlo tratado de yanqui de... y de imperialista aún más inmundo, lo desafiaba a duelo. Además, el duelo debía llevarse a cabo a medianoche y ya era medianoche y él ni sabía esgrima ni era imperialista ni mucho menos un yanqui de ésos... Él, con las lágrimas en los ojos y sus lecturas de Martí en el corazón y en el alma, era un norteamericano sincero, casi de donde crece la palma, y era marxista en California. ¡Cómo podían hacerle eso! Pero no había nada que hacer y Pedrito, un empleado encantador de la Casa de las Américas, que lo hacía a uno entrar gratis al show del Riviera porque su increíblemente bella hija bailaba ahí, y que terminó mal por beber peor (la última vez que supe de él era un delincuente alcohólico, o delinquía para beber, lo cual podría ser un atenuante pero en nada le quitaba ya la chapa de «elemento antisocial»), le entregó al pobre gringo su espada, rogándole que no llegara tarde a la cita de honor, pues precisamente su honor estaba en juego. Por supuesto que en la cita de honor lo esperaba Conrado Bulgado disfrazado de Errol Flinn espadachín y el pobre Huckcleberry no tuvo más remedio que soltar una carcajada y venirse a tomar una copa con todos al bar. El pobre gringo era tan comunista e ingenuo que hasta su esposa era rusa y se dedicaba a las obras de bien social en Berkeley.

La paz era con nosotros en la discoteca, por fin, cuando sonó el teléfono, contestó un mozo, y de ahí vino a darle un mensaje a Chus en la oreja. La mujer guapísima lo esperaba en la palmera número siete, empezando por la izquierda de la playa, y le mandaba decir: «Por favor, no me falles esta vez, amor mío.» «Mira, Chus —le dije—, francamente creo que esta vez no te queda más remedio que ir. Se trata en el fondo de una cita escondida con la gloria de sus besos», agregué, citando las palabras de un bolero cálido y sensual, muy apropiado para las circunstancias, dicho sea de paso. Y le aconsejé ponerse de pie disimuladamente, como quien va al baño, salir sin despedirse de nadie, y dirigirse en busca de la séptima palmera empezando por la izquierda. La verdad, me quedé tan curioso como preocupado, y Conrado, que todo lo había venido captando desde Sancti-Spiritus, se sentó a mi lado y me confesó que también estaba preocupado, en vista de que el periodista Castellanos era un hombre realmente respetado en Cuba. Al cabo de unos minutos me venció la curiosidad y les propuse a Conrado y a otro par de amigos irnos a la playa en plan de *paparazzis*. Llegamos a la playa y empezábamos ya a contar las palmeras, cuando escuchamos un grito de pavor y vimos a Chus corriendo en dirección a todas partes y a ninguna, y al periodista Castellanos persiguiéndolo machete en mano mientras su bellísima esposa pedía clemencia. Chus tropezó y cayó, y era más que evidente que lo iban a matar a machetazos, pero en cambio surgieron mil carcajadas de empleados de la Casa y gente del hotel que había permanecido camuflada detrás de las palmeras, y el famoso periodista le obsequió a Chus un machete que éste hasta hoy guarda de recuerdo en su casa de Madrid.

Yo aproveché para ir a mi dormitorio un rato y, al abrir la puerta me pegué el susto de mi vida y empecé a gritar «¡Conrado!», «¡Trini!», mientras era sacado a patadas por dos dominicanos que dormían en las dos camas de mi habitación. El pánico que sentí esa madrugada hizo que tardara en reaccionar y recordar que, con aquella broma, se estaba celebrando el incidente de mi primera llegada a La Habana, en 1981. Me tumbé en la cama un rato para relajarme y quedé con todos en que dentro de un momento aparecería nuevamente por la discoteca. La comida me había caído algo pesada. Y ahí estaba relajándome y chupando un par de digestivos, cuando escuché sollozos en la habitación de al lado. Recordé que ahí se alojaba el pelirrojo historiador boliviano René Arze, y me incorporé para ir a ver qué podía estarle pasando a ese simpatiquísimo muchacho. Pero por nada del mundo quiso decirme lo que le estaba ocurriendo y decidí regresar a la discoteca y contarles a Trini y Conrado que Arze, definitivamente, la estaba pasando muy mal. «¡No! —exclamó Conrado—: ¡Nos olvidamos de Arze!» Y salió disparado en busca del historiador. La broma, en su caso, había consistido en decirle que una invasión yanqui al amanecer era inevitable y que se habían agotado todas las medidas diplomáticas para intentar devolver a sus respectivos países a los miembros extranjeros del jurado... El bombardeo, se sabía, iba a empezar por Sancti-Spiritus y Trinidad y no quedaba más remedio. Se necesitaban las medidas del historiador para devolverlo a Bolivia en un ataúd que, al menos, no le quedara enorme, en vista de que el hombre era más bien bajo. Y le habían tomado las medidas y le habían entregado la bandera boliviana con la que yo había visto a Arze secándose las lágrimas y que, sin duda, sería colocada sobre su ataúd, al repatriar el cadáver, cuando el fin de la invasión lo permitiera. Le habían hecho la broma antes de la comida, a eso de las 8 pm, y se habían olvidado por completo de avisarle, al terminar la gran cena de Sancti-Spiritus, que se trataba de la primera broma de la noche y no de un secreto que debía guardar hasta la muerte, como cada uno de los demás extranjeros del jurado. Y eran las 2 am...

Las chicas de la Casa de las Américas empezaron a sacarme a bailar y yo les expliqué mi rotunda negativa: realmente bailaba pésimo. Pero en eso andábamos cuando pusieron algo muy lento, cálido y sensual, y Trini me invitó a bailar. No podía rechazar. Era la vicepresidenta de la Casa de las Américas y la sucesora histórica de Haydée Santamaría, el alma mater de esa institución y una de las personas más respetadas que conocí en Cuba. Bailábamos, y era más que indudable que se trataba de una nueva broma. Trini me apretaba fuertemente entre sus brazos, pegaba su mejilla a la mía, y me confesaba entrecortadamente que me había querido desde 1981, desde la primera vez que fuimos juntos a la Bodeguita de en medio, desde la vez aquella en que todos los peruanos le autografiaron un posavasos o una servilleta y sólo yo me abstuve por distraído y por andar escuchando muy intensamente a un trío exacto a Los Panchos en su época de oro.

Claro que al día siguiente, en el ómnibus de regreso a La Habana, Trini se colocó a mi lado y Conrado nos sirvió el ron más añejo y nos dio más hielo que a nadie. Y Miguelito Barnet cantó «*Pensamiento, dile a Fragancia que no la olvido...*» tantas veces que Chus y yo acabamos aprendiéndonos la canción de memoria. Era Chus, ahora, quien disimuladamente me ponía en alerta: «¿Eran los cubanos capaces de prolongar tanto una broma?» Claro que sí, pensaba yo, cantando ya *Pensamiento*. Los cubanos, por reír y bromear, eran capaces de todo. Fueron capaces, por ejemplo, de hacer salir disparados y desnudos al escritor chileno Antonio Skármeta y a su bellísima esposa alemana, según me contó Conrado. Pusieron en funcionamiento todas las alarmas de invasión de un hotel de provincias o algo así, sólo para que otro miembro del jurado Casa de las Américas, otro año y en otro hotel de provincias, apareciera aterrado y desnudo por la piscina del hotel una noche cálida y sensual con invasión yanqui inminente.

¿ERAN TAN BROMISTAS LOS CUBANOS?

Llegué francamente desconcertado a mi suite del Riviera. Trini, la incorruptible y severa Trini, me acompañó a tomarme un último y cariñoso ron y, cuando se fue, me atreví a preguntarle hasta cuándo iba a durar «nuestra broma». «Déjame pensarlo. Alguna noche hablaremos de eso en el malecón», fue su respuesta, al despedirse aconsejándome que descansara mucho y deseándome que durmiera muy bien. La verdad, me quedé seco en un instante.

El despertar no fue nada alegre. Pocos meses o semanas antes de regresar a La Habana, había almorzado en Nueva York con el poeta exilado Herberto Padilla y un grupo de amigos, entre los que se encontraba el español Daniel Sueiro. Daniel, en particular, quedó muy afectado por la versión terrible que Padilla nos dio de Cuba. Padilla hablaba mucho y nerviosamente, como un hombre que quiere aprovechar al máximo el tiempo que va a durar un almuerzo para colocar la mayor cantidad de críticas posibles contra Cuba. Su visión era negra, dramática, y a mí me pareció francamente exagerada, aunque no por ello me impidió pensar que había mil cosas que los visitantes jamás veíamos en Cuba y que mi viaje de 1981 había sido todo menos el viaje de un observador con espíritu crítico. Que, como siempre, había sido un viaje de placer, exacto a los que en la segunda mitad de los 60 y la primera de los 70 hacía a la España franquista, y que tanto me criticaban los latinoamericanos de izquierda en París y mi propia esposa, Maggie, aunque por nada del mundo se perdía ella esos deliciosos veraneos de trotamundos muy pobres que empezaban a tener excelentes amigos en España.

Pocos días después del almuerzo con Padilla, conocí a otro exilado cuya obra yo admiraba mucho y que hace algún tiempo se suicidó al saberse fatalmente enfermo de sida y tras una vida muy dolorosa. Era Reynaldo Arenas, el autor de esa notable novela sobre la libertad que es *El mundo alucinante*. Yo tenía que dar varias conferencias en la Universidad de Cornell, al norte de Nueva York, y Reynaldo parecía no estarla pasando económicamente nada bien en Estados Unidos. Fue la impresión que me dio, en todo caso, y terminé cediéndole algunas conferencias para que se ganara unos cobres y lo recomendé muchísimo como escritor extraordinario, a ver si por ahí le ligaba algún puestecillo permanente. Creo que Reynaldo terminó trabajando por un tiempo, al menos, en la Universidad de Princeton, y estoy convencido de que sólo un milagro habría logrado que mis recomendaciones túvieran algo que ver con ese puesto. En fin, que le perdí la huella pero no la afectuosa admiración.

Lo cierto es que abrí los ojos, pedí un café, puse la radio, y me encontré con radio Martí, algo maldito en Cuba, el arma de propaganda de «la gusanera de Miami», según la versión oficial. Estaba hablando, nada más y nada menos, que Reynaldo Arenas, en lo que me imagino sería un programa cultural o algo así. Apagué furioso, tras oírle decir textualmente, al referirse al premio Casa de las Américas, que yo formaba parte del jurado, pero con un tono en el que prácticamente decía que sólo yo formaba parte de ese jurado. Y sólo conmigo se metió: «Bryce Echenique es un oligarca tan podrido que se deja invitar por cualquier régimen con tal de comer langosta gratis.» Al rato llegó Miguelito Barnet rabioso, a comunicarme la noticia que yo acababa de escuchar y que me causó gran pena, sólo por venir de quien venía.

1986 era un año de «apertura» en el régimen cubano y hasta se hablaba de un grupo llamado «perestroiko» integrado por juventudes universitarias. Yo, en todo caso, respiraba muy a gusto, pero claro, respiraba también entre atenciones de invitado, una suite del Riviera, y la siempre fraternal amistad de gente como Tomás Gutiérrez Alea, Lisandro Otero, y «los compañeros bromistas» de la Casa de las Américas. Me dejaba querer, como se dice, eso es todo, y disfrutaba de cada instante del día. Hasta mis oídos no llegó jamás queja alguna y pude despotricar contra el pésimo servicio del Riviera sin sospechar de la existencia de micrófono oculto alguno. Y ojalá lo hubiera habido, además, para que se enteraran de mis quejas al menos en la gerencia de ese hotel. Pero Chus y yo hablábamos a voz en cuello de lo que nos gustaba y no nos gustaba (y no limitándonos precisamente a los servicios del hotel) y ello jamás produjo fricción alguna.

Por otra parte, el gran Miguelito Barnet era la mejor prueba de que la muy conocida y desagradable persecución de los homosexuales era ya cosa del pasado y que la autocrítica de Herberto Padilla había sido en el fondo una delación de personas como él, que pertenecían al grupo de Padilla y que pasaron un largo mal trago cuando éste se exilió. Para Miguelito, Padilla era un traidor, pero sobre todo un traidor a la amistad. Y ahora soplaban vientos nuevos y Miguelito no cesaba de viajar al extranjero, vivía bien, y exageraba al máximo su relación con Lazarito, su pareja de mucho tiempo. Precisamente cuando lo empezó a traer a mi suite, a reuniones de grupo reducido en las que él leía poemas con la esperanza de que se los publicara Chus, en Visor, nos enteramos que el simpático y reservado Lazarito ni era obrero de fábrica ni nada de eso. Trabajaba en la televisión y era un muchacho instruido y de excelentes modales. Miguelito, en su afán de convertir su relación con Lazarito en algo entre simbólico y sagrado, en la comunión de un intelectual y un obrero, nos había metido el cuento de que Lazarito regresaba de la fábrica a su casa cubierto de grasa y polvo, de pies a cabeza. Entonces él, con gran paciencia, lo bañaba en colonias de Paco Rabanne y hasta le enseñaba modales en la mesa. Ah, el gran Miguelito y su tendencia a la telenovela...

Las deliberaciones de los distintos jurados continuaban y muy pronto debía darse el fallo, aunque en el género cuento había problemas con la testarudez de don Juan Aburto, para quien un cuento que no tuviese frases tan profundas como «¡Oh, misterio de la peluquería!» no era un cuento. Y Pedro José Díaz también estaba contra la obra de Reynaldo Montero. Pero el ambiente seguía siendo cordial y lo peor que podía pasar era que llegara la fecha acordada para dar los diversos fallos y que nosotros continuáramos sin llegar a mayoría alguna. Fue, finalmente, el muy cordial escritor cubano Humberto Arenal quien defendió tan ponderada cuanto larga, seria y profundamente *Donjuanes,* de Reynaldo Montero, logrando aquella patética confesión de «incapacidad de juicio» de don Juan Aburto y la abstención, me parece, de Pedro José Díaz. Aun así, nos demoramos más que nadie en dar nuestro fallo.

Entonces arrancaron las atenciones del personal de la embajada del Perú. Acababan de restablecerse las relaciones entre ambos países y, aunque aún no había embajador, el asunto parecía tener una gran importancia para Cuba y un día aparecieron «mis hombres y mujeres en La Habana». A la cabeza de nuestra delegación se encontraba un diplomático fornido y sumamente extrovertido, José María Pacheco Núñez. También había una muchacha muy delgada y guapa llamada Zoía, que andaba de arriba abajo con un hermano muy joven y presumiblemente muy izquierdista. Creo que el chico había tenido incluso algún problema a ese nivel en el Perú y que se encontraba de «vacaciones» en Cuba. Zoía, además, era casada pero su esposo no aparecía nunca por ninguna parte y jamás le vimos la cara. A mí el grupo me pareció simpático, muy afanado por ser agradable conmigo y con mis amigos. «Arrastrado» por su interés en agradarme y por representar bien al Perú, empecé a frecuentarlos en el bar o en el comedor del Riviera. No recuerdo haber estado nunca en ninguna residencia o dependencia diplomática peruana, ya que la anterior residencia de la Quinta Avenida, célebre desde que ahí se refugiaron miles de cubanos y todo terminó con una ruptura de relaciones entre Cuba y el Perú, era ahora uno de los tantísimos museos de la revolución que, con un nombre u otro, rememoran alguna «gesta» revolucionaria. En fin, lo más probable es que esa gente recién se estuviera instalando y que por ello optaran por los restaurantes para agasajarnos.

«Cuídate de esta gente —me decía siempre la sagaz Trini, añadiendo a cada rato—: Esa gente está pa'Miami, Alfredo.» Pero confieso no haber hecho caso alguno a esta advertencia y haber disfrutado al máximo de las siempre excesivas demostraciones de simpatía del extrovertido José María Pacheco Núñez. Algo me parece recordar, sí, de que el marido de Zoía se encontraba en Miami. Pero ¿quién en Cuba no tiene un pariente o muchos más en Miami? Trini se alejaba cuando llegaban «los peruanos» y Chus, Miguelito Barnet y yo nos «dejábamos querer». La atención máxima que nos brindaron tuvo lugar en la preciosa Marina de Hemingway, un lugar totalmente fuera del alcance de los bolsillos cubanos y en el que sólo se paga con dólares. El hoy tristemente célebre Pacheco Núñez contrató músicos y todo, y no puedo recordar la cantidad de latas de cerveza alemana que consumimos antes de empezar siquiera con los aperitivos que precedieron a las formidables langostas y otros manjares. Con gran vino, mayor alegría y total intensidad de guajiras y boleros, a pedido del consumidor. Sólo Miguelito, que es abstemio, mantuvo una calma alegre, pero la verdad es que Pacheco Núñez, en su afán de agasajar al escritor peruano, o sea a mí, terminó comprando en 40 dólares el menú del restaurant, una preciosa tabla de madera con los nombres de los platos y sus precios grabados, por un lado, y una españolísima imagen taurina por el otro. La linda tabla cuelga aún en la sala de mi casa.

Pero Zoía terminó efectivamente «pa'Miami», con su hermano izquierdista y todo, y el fornido y extrovertido Pacheco Núñez terminó realmente pésimo. Al regresar a Lima tras haber cumplido su misión en La Habana, en el Ministerio de Relaciones Exteriores se le encargó ocuparse de las valijas diplomáticas. En fin, todo eso se leyó abundantemente en la prensa peruana. El hombre vivía por encima de sus posibilidades y cada día encargaba comprar más valijas diplomáticas o algo así. Lo cierto es que al final daba fiesta tras fiesta, pero la gente lo notaba nervioso y preocupado. El asunto terminó con su detención en Londres, en el momento en que cerraba un formidable negocio de tráfico de drogas. Se le condenó, me parece, a veinte años de prisión y ahí debe estar cumpliendo su pena mientras escribo esto. Trini había tenido razón.

Y por fin, una noche, mientras comía en el Riviera con mi gran amigo Germán Carnero Roqué, Trini me invitó a pasar unas horas en el malecón de La Habana. Ya yo había averiguado que aquello tenía un significado simbólico en Cuba, que era toda una tradición popular, y que ahí se daba el sí o el no a los pretendientes. Y, la verdad, yo no quería ni un sí ni un no. Yo quería y respetaba mucho a Trini, eso es todo. Pero, como se dice, Trini mandaba mucho, imponía mucho. Y por más que hice por dilatar la cena y luego invitarla a ella y a Germán a tomar una copa en el bar, y otra y otra, terminé sentadito en el malecón de La Habana, simbólica, tradicional y muy silenciosamente. Sólo se oía el ruido formidable del mar y yo necesitaba otra copa, y otra y otra y, por fin se lo dije y Trini me las fue a traer del hotel. La verdad, se lo agradecí tanto y tan sinceramente que terminé siendo su compañero, en el más romántico, cálido y sensual sentido de esta palabra. Nos esperaba una vida complicadísima, ella en Cuba y yo en Barcelona, ella revolucionaria y yo nadie sabía muy bien qué, ni yo mismo. Pero teníamos una vida entera por delante para resolver una vida entera complicadísima y superar nuestras contradicciones, nuestros «tientos y diferencias», como diría Alejo Carpentier.

A partir de ese día, Chus y yo tuvimos automóvil particular y al gran Carlitos de chofer. Era el automóvil oficial de Trini y, como quien pasa una prueba prematrimonial, me sometieron a un largo y deseado chequeo médico en el que siempre me acompañaban Conrado y Miguelito Barnet. A mí me encontraban todo bien y, en cambio, a Conrado y a Miguelito los llenaban de recetas y pastillas, aprovechando la oportunidad. Sólo se declararon en estado desastroso mis pies (ahora, en Madrid, tengo un contrato de seguro individual con ASISA, con cláusula especial que excluye mis pies), y se me descubrieron un millón de piedrecillas en la vesícula. La operación era más que necesaria pero ya no había tiempo y se decidió que regresara en verano para que se me operara gratis y socialistamente en Cuba y volviera a estar con Trini. Acepté encantado.

La clausura del premio fue algo atroz, pues corrió a cargo nada menos que de la Berenguela, quien con el pretexto de un emocionante discurso de adiós y muchísimas gracias, nos abrumó a todos con una interminable lectura de sus poemas, por no decir de sus obras completas, y realmente casi nos mata a poemazos. Y después vino la recepción con Fidel en el palacio de la Revolución, algo realmente vergonzoso. Me dolían los pies más que nunca, como siempre que piso mármol, pero felizmente abundaban las sillas y me pasé casi la noche entera contemplando, junto a la despistada viuda de Carpentier, la sobonería e histeria que podía producir la presencia de Fidel Castro mezclada con copas de ron. La Berenguela le repitió mil veces que, cuando Fidel visitó su país, Uruguay, ella alzó sobre sus hombros a su nietecito y se lo llevó a ver el paso de la comitiva oficial. Al pasar el comandante, hizo que su nieto se parara literalmente sobre sus hombros y le dijo: «Mira, amor, ese señor con barba que va ahí es la libertad. No lo olvides jamás. Ese señor con barba que...»

Fidel se la sacó de encima, invitándola rimbombantemente para un inmediato retorno a Cuba cada vez que ella lo deseara, pero entonces una brasileña entró en trance delante de su esposo y empezó a levantarse la falda para mostrarle sus muy indiscretos encantos al comandante en jefe. Otros se ofrecían para vencer o morir por Cuba. En fin, un patético desastre y poca gente que realmente mantuvo la dignidad. Lupe Velis y Antonio Núñez Jiménez vinieron a buscarme hasta mi silla, con la sinceridad y el cariño de siempre, para llevarme a hablar un rato con Fidel. No me atreví a decirles que no, pero la verdad es que apenas si me acerqué al tumulto y aproveché el primer empujón para irme en busca de un plato de langosta y una buena copa de ron. Trini brillaba por su ausencia en ese tipo de situaciones.

Me esperaba, eso sí, en el hotel, donde la juerga continuó alrededor de la piscina, pero yo sólo participé obsequiando un par de botellas de ron para el festejo. A Huckleberry Finn lo arrojaron muy pronto a la piscina. El cineasta y novelista cubano Jesús Díaz pescó la borrachera del siglo y arruinó su elegante y flamante saco blanco al caer de espaldas sobre el césped y mancharlo íntegro de verde. A la Berenguela la mandaban al diablo cada vez que intentaba recitarle un poema a un borracho y Miguelito Barnet exclamaba, refiriéndose a la brasileña que se había levantado la falda ante Fidel: «¡Cómo será de puta esta mujer que hasta a mí ha tratado de besarme!» Hacia el amanecer, oí voces en los pasillos del hotel y provenían nada menos que de un grupo de juerguistas retrasados que se habían aprendido de memoria una canción que yo le había robado a mi amigo español Pepe Esteban. La habían adaptado a las circunstancias y la cantaban a gritos ante la puerta de la poetisa uruguaya: *«Oye, Berenguela, perdónales, perdónales, perdónales... ¡Berenguela, Berenguela, viva Berenguela!, ¡Berenguela, Berenguela, qué gilipollez!*

406

El último día partió el grupo de los privilegiados rumbo a Varadero. Con Carlitos al volante, íbamos Trini, Chus, Miguelito, el gran Conrado y yo. Playa, copas, canciones, y Trini y yo inseparablemente unidos por el malecón de La Habana. Yo era un verdadero caso de *to be or not to be,* sobre todo al sentir el inolvidable momento presente y al presentir los complicadísimos años futuros. Pero al mismo tiempo sentía que llevaba demasiados años de soledad y me dejaba querer y con ello me bastaba y sobraba y lograba actuar con muy cariñosa sinceridad y desembocar por ahí en una total irresponsabilidad. Bueno, pues, me debía decir, adiós, por fin, a los ya lejanos años de la *Principessa:* por ella, incluso, había dejado Francia dos años atrás y vivía solo en mi ático de Barcelona. Lo más opuesto en el mundo a la *Principessa* era Trini. De aquí a la eternidad. De un extremo del lujo y los prejuicios al otro extremo de la revolución y sus prejuicios, también, por supuesto, porque no soy ciego ni cuando el amor es ciego. Nuevamente en mi vida, jugaba el primer tiempo en un equipo y el segundo en el del adversario. Me encantaba la idea. Y, aunque quería a Trini y mucho, su amor bastaba y sobraba para ambos, ella amaba por los dos y yo la quería y la respetaba mucho porque ya me tocaba, por fin, volver a querer y a respetar mucho en esta vida. Y estaba en la mítica playa de Varadero. Y una revolución marítima y caribeña se iba a hacer cargo de mí, en vista de lo desastrosamente mal que yo me había hecho cargo siempre de mi persona. En todo caso, el extraordinario poeta y sonámbulo chileno Raúl Zurita, integrante del jurado de poesía, había llegado flaco y deshecho a La Habana y estaba a punto de regresar engordado y totalmente rehecho a Santiago de Chile. Memorable amigo y poeta Raúl Zurita.

Y, por último, la dignidad. A Varadero habíamos ido a pagar en pesos cubanos y Miguelito armó tremenda bronca cuando intentaron cobrarnos en dólares en la ex casa de un magnate norteamericano (¿Dunlop?, ¿Dupont?), ahora restaurant del pueblo, o así decían, y ya no caserón hasta con pista de aterrizaje privada para que el magnate llegara hasta su casa cubana en su avión propio y sin pedir visa ni permiso ni nada al burdel de los Estados Unidos que fue la Cuba batistiana. Miguelito hizo venir al maître y le probó casi con código penal en mano que, si él como cubano tenía dólares en su poder, estaba cometiendo un delito. Y que si el maître aceptaba dólares de otro cubano, estaba cometiendo también otro delito. El hombre se inclinó ante las sabias y dignas explicaciones de Miguelito Barnet y pagamos en pesos cubanos por una vez en la vida.

En el aeropuerto me despidieron Lupe Velis y Antonio Núñez Jiménez, los únicos amigos cubanos, con excepción de Conrado y Miguel Barnet, que sabían lo de Trini y yo. Me dijeron que tenía que volver en julio, que tenía que operarme de la vesícula, que tenía que pasar una larga temporada en Cuba, en fin, todo el cariño del mundo en un instante. Miraba a Trini y a Conrado y sabía que iba a volver a Cuba cuando ellos quisieran. Miraba a Carlitos, el chofer, y sus ojos me decían lo mismo. Y, con toda sinceridad y sentimiento, yo decía que sí a todo.

ALLÁ VOY SI NO ME CAIGO

Al regresar a Cuba ese verano, la complicadísima vida que nos esperaba juntos (o más bien separados) a Trini y a mí se había complicado aún más. Mi heroína y vicepresidenta de la Casa de las Américas había sido ascendida a ministro consejero y debía partir dentro de unos meses a reabrir la embajada de Cuba en Brasil como agregada cultural. El restablecimiento de relaciones con Brasil era algo importantísimo para la revolución cubana, y Trini era la cubana más querida por la izquierda latinoamericana y, tal vez, una de las más sospechosas para la derecha. En Brasil, en particular, era realmente muy querida y mantenía relaciones personales muy profundas y afectuosas con los sacerdotes de la Teología de la Liberación, en los cuales Fidel empezaba a interesarse particular y estratégicamente.

Por otro lado, había drama en la Casa de las Américas. *Las cubanas cuando besan... se sabe... es que besan de verdad. Y a ninguna le interesa...* Le interesa nada más que amar. E Inesita había amado en secreto a un cretino de escritor brasileño que, creo, había sido invitado a un jurado del premio Casa de las Américas. Y seguía amando, aunque ya no en secreto, a juzgar por lo flaca que estaba, y la forma digna de figurar en el *Guinnes Book of Records* en que se comía las uñas. Y el *playboy* aquel al que la pobre Inesita, en su loco amor, le había hecho más de alguna confesión del tipo «Me aburren soberanamente las prácticas militares a que nos someten», por ejemplo, se había aprovechado para publicar muy comercialmente un libro titulado *Amar en Cuba.*

El maldito libro del brasileño contenía infidencias mil, daba en su contenido para un año entero de revistas del corazón, y precisamente en un momento en que Trini debía viajar a Brasil e intentar dejar la mejor imagen posible de Cuba. Gracias a Dios que la Casa de las Américas, todos a una, había cerrado filas en torno a la compañera Inesita, y que ésta no había terminado cortando caña o cualquier otro tipo de trabajo o castigo ejemplar, como había ocurrido muchos años antes con otra mujer estupenda, con mi buena amiga Chiqui, que tan caro había pagado por abandonar a su esposo y correr detrás de César Calvo, el don Juan de la poesía peruana, por aquellos años en que yo recién empezaba a figurar en la lista negra de la revolución cubana. Y hasta mi última visita, creo, la noble Chiqui continuó buscando la ocasión de encontrarse a solas conmigo para preguntarme por el gran César. Definitivamente, *las cubanas cuando besan...* hasta terminan cortando caña. En fin, lo aviso desde ahora: los capítulos de estas antimemorias que se refieren a la relación que mantuve con Trini, serán cualquier cosa menos los recuerdos de un hijo de Satanás. Cosa fácil, por lo demás, porque Trini y yo, salvo aquel incidente final que habla más del «estado de la revolución» que de nuestra relación, mantuvimos una relación impecable y que terminó, justo es decirlo, casi sin terminar, o en todo caso, para bien de todos e impecablemente bien y mal, por consiguiente.

En Barcelona, mientras esperaba que, por fin, se me otorgara el visado y se fijara la fecha del viaje, frecuentaba mucho a grandes amigos como Jordi Herralde y Lali Gubern, a Nicole y Mario Muchnik, a los Villaescusa de toda mi vida, e Isabel Gortázar. Era la temporada de los «guateques» previos a las vacaciones, el mes que todos aquellos que teníamos un departamento pequeño y una terraza grande aprovechábamos para invitar a toda la gente que nos había invitado a lo largo de todo el año o que, por lo que es la vida en las grandes ciudades, no habíamos visto a lo largo del año. Las hijas de Antonio de Senillosa eran perfectas en aquello de «montarle» a uno el «guateque», de dejar copas y bocaditos mil listos junto a un gran recipiente de caipiriña y mil botellas más, y desmontarlo todo silenciosamente a la mañana siguiente, mientras uno dormía la trasnochada feliz de hace algunas horas.

En mi casa reunía desde banqueros tan ilustres y simpáticos

como José Vilarasau y Lola, su esposa, hasta jóvenes y debutantes artistas muertos de hambre, como mi siempre querido y recordado Daniel Lacks, que se aprovechaba de la situación para comer y contactar con algún editor, a ver si le ligaba alguna traducción que le facilitara el sustento mensual. El encantador Mauricio Wacquez no faltaba nunca con toda su inteligencia, su humor y su vehemencia, a mis «guateques» anuales y, a los pocos días, organizaba otro tanto o más animado que el mío en su ático muy similar también al mío: pequeño por dentro y grande por la terraza.

En aquella oportunidad, julio de 1986, Bryce Echenique daba su guateque previo a su jornada sentimental en La Habana. Carmen Balcells se mataba de risa: «De todo le he visto hacer a este loco en la vida, pero la verdad es que jamás se me ocurrió que terminaría en los brazos de una heroína cubana.» Y qué duda me cabe: por más que se hiciera el despistado en lo que a mi relación con Trini se refiere, el gran Gabo debía haberle soltado más de una broma al respecto a Carmen. El preocupado, ahí, era Mauricio Wacquez, hombre tan libre y liberal como escritor inteligente y agudo, pero definitivamente no un simpatizante de la revolución cubana. Y recuerdo clarísimo que me dijo, al contarle yo de mi afecto inmenso por Trini y por Conrado Bulgado y de lo mucho que ellos correspondían a ese afecto: «Cuídate, Alfredo. Esos dos deben ser precisamente los policías que la revolución te ha puesto. Y cuídate de Miguelito Barnet.» Yo me cuidé de todo menos de mis tres potenciales policías. Antes bien me entregué a sus brazos y sigo entregado hasta hoy a los brazos de mi amigo Conrado Bulgado.

No sé si le respondí esto a mi entrañable Mauricio, porque lo he dicho tantas veces desde que visité criticadamente la España franquista, que me da la impresión hasta de haberlo escrito un millón de veces por aquí y por aquí y por allá: «Entre los derechos humanos fundamentales (aunque los cubanos no tengan libre acceso a este derecho, lo reconocí siempre), está el de la libre circulación de las gentes.» Y, claro, también he repetido, bromeando tristemente, la frase que le escuché decir al raído aristócrata español que almorzó un día en casa de mis padres: «El único privilegio de un aristócrata arruinado es el de juntarse con quien le da la gana.» En fin, esto forma parte del mito que en

411

Europa, sobre todo, la izquierda, mis amigos bromistas y mi relación con la *Principessa* contribuyeron a crear en torno a mi persona. Y que yo he convertido en un papel que interpreto con bastante corrección, cada vez que la gente quiere elevarme a la categoría de personaje y cada vez que yo me aprovecho de esa ocasión para ocultar en el personaje a la persona temerosa y tembleque que hay en mí, al hombre que simplemente le tiene miedo a tantas cosas.

En fin, es exactamente lo mismo que Orson Wells hacía cuando se ocultaba detrás de descomunales e inexistentes borracheras. Y, como a Wells, de quien soy incondicional admirador, también el alcohol me ha ayudado bastante bien a sobrevivir como persona y a hacerme querer y aceptar. Aunque a veces sea muy alto el precio que haya que pagar por ello. Pero, por alto que sea, es siempre un precio inferior al miedo y a la maldita carencia total de vanidad y sentimientos de solemnidad o importancia de un hombre que sabe que sus ideas pueden cambiar dependiendo tan sólo de una buena o mala digestión y que sus lealtades y amistades, por el contrario, han sido los valores predominantes, los únicos y lo único que realmente se ha tomado en serio ese gran irresponsable que dicen que soy. El humor, como la caridad, empieza por casa.

Bueno, pero basta ya de cogitaciones tan autocomplacientes como autotorturantes y de hacerme el intelectual con lo bruto que soy para el asunto aquel de las ideas. He llegado a La Habana, la casa en que debo vivir, por supuesto que no está lista (o, a lo mejor, no existe aún por error de un plan quinquenal que no me incluyó entre sus planes), Trini ha sido ascendida hasta Brasil, Inesita se está comiendo las uñas como nunca, nuevamente voy a dar a una suite del Riviera, Conrado Bulgado no se separa de mí con esa sonrisa irónica y afectuosa que incluye su bigotazo, Carlitos, el chofer, tiene permanentes ojos de excitación y mala noche pero me quiere, y Lupe Velis y Antonio Núñez Jiménez me reciben en su casa como a la persona que más han querido en su vida. Gabo está viviendo en su casa de protocolo en un superbarrio de La Habana y el verano me promete protección y abrigo revolucionarios y fraternales.

En cambio, el Hotel Riviera me ofrece su habitual pésimo

servicio y me desespero cada mañana cuando pido una taza grande de café con leche y un jugo de naranjas, que termina siendo siempre de piña o cualquier otra cosa. Y de latita, por supuesto. Pero a eso me acostumbro y no me quejo más que del asunto del café: una tacita enana que contiene un tan italiano como *ristrettissimo espresso*. Maldita sea. Llego al extremo de pedir una tazota de café como para cinco personas y el surrealismo me trae en bandeja de metal cinco tacitas enanas. Más la diaria cuchara de sopa, para remover el azúcar, y que por supuesto no entra en la tacita. Al final, tomo cinco tacitas de café una tras otra pero mi psicosis es ahora con las cucharas de sopa. Y me quejo y me quejo, sin resultado alguno. Tacita, latita de jugo de piña y cuchara de sopa, es mi hacienda para el desayuno. Y se lo cuento a Conrado que, por supuesto, me explica, como con tantas otras cosas y siempre con su santa paciencia: «Seguro que eso ya no existe, mi hermano, pero yo te lo conseguiré.» Como tantos otros cubanos, Conrado es de aquellos que consiguen todo aquello que ya no existe. Desde una medicina que a uno le recetan hasta una cucharita de café.

Y una tarde, mientras me encontraba tomando unos whiskies con Lisandro Otero, Conrado y otros amigos, pido que nos suban hielo. ¿Broma de Conrado, plan quinquenal, un cargamento que acababa de llegar de Hungría, por ejemplo, burocracia hotelera que había encontrado setenta y siete pedidos míos de cucharita de café, por favor, compañero? Jamás lo sabré, pero todos en la sala de mi suite nos revolcamos de risa cuando, al pobre Alfredo de las cucharas de sopa, le trajeron con insólita rapidez un gran cubo con hielo y una fuente de plata con setenta y siete cucharitas de café para el whisky.

UNA CASA EN GUANABO

Playa de Santa María. Y como soy muy distraído, a pesar de que ahí viví casi cuatro meses, hasta hoy no sé decir si la casa quedaba a 35 kilómetros o 35 minutos de La Habana. Sólo sé decir que era una linda casa de playa, que debió pertenecer a un rico exilado que la usaba para veranear, que estaba bastante bien conservada, que era de arquitectura muy cómoda, funcional y moderna, y que era demasiado para una sola pareja. En los bajos había dos dormitorios con baño, que indudablemente habían pertenecido al servicio de la familia, y en la amplia planta alta, rodeada de grandes terrazas, una sala-comedor grande, muy cómoda y bien iluminada, una buena cocina, cuatro dormitorios más, uno matrimonial y tres de dos camas, más un amplio baño y, en la cocina, una escalerilla que daba a un patio interior de servicio, con sus lavaderos y todo lo necesario. El televisor estaba encendido cuando llegué y la casa había estado deshabitada desde largo tiempo atrás. Con lo cual, por supuesto, el televisor y el vídeo en el que yo me dedicaba a ver cintas de películas cubanas, sobre todo de Tomás Gutiérrez Alea, se malograron rápidamente. No existía arreglo, tampoco, por supuesto, pero Conrado se encargó del milagro de encontarlo con inusitada eficacia.

Era, pues, en total, una casa para doce personas y jamás supe quién me la consiguió. Lisandro Otero decía que era él, a través de la Unión de Escritores y Artistas de Cuba, Conrado me afirmaba que todo se lo debía a Chela Rodríguez, la encantadora secretaria personal del ministro de Cultura, Roberto Fernández Retamar decía que la casa era obra y gracia de la Casa de las

414

Américas, y Trini me decía que la disfrutara y punto. Y yo a todos les creí, porque probablemente había habido un enredo burocrático fruto del pedido de demasiadas instituciones para obtener una sola casa. El único que se excusó y me dijo que él nada tenía que ver en lo de la casa fue el único que me había ofrecido alquilarme una casa: Miguelito Barnet. Me había prometido alquilarme la casa de una tía suya que vivía en la playa y que, en los veranos, solía ausentarse y alquilarla o algo así, pero la verdad es que la famosa tía de Miguelito desapareció de todas las conversaciones. O, a lo mejor, fue que al novio de Trini se le habían pedido tantas casas tan fáciles de obtener que Miguelito, temiendo que yo terminara burocráticamente convertido en un errado Padre de las Casas, de Cuba, decidió olvidarse de su promesa para que, a mi llegada, no me encontrara yo con demasiadas casas en la playa.

El primer problema que tuve con la linda casa y que jamás logré resolver fue el del plan quinquenal, por llamarlo de alguna manera. Diariamente, las compañeras de la limpieza, verdaderos modelos de limpieza y de honradez, a pesar de los cuidados y advertencias de Trini, traían doce jabones y doce toallas para una casa en la que, según me explicaron siempre, el *planning* afirmaba que vivían doce personas. Terminé convertido en el rey del jabón y de la toalla, al cabo de casi cuatro meses, a pesar de haberle hablado del asunto del despilfarro al propio García Márquez. Pero éste me explicó que cesara ya en mi lucha. Su casa, por ejemplo, estaba considerada como residencia a la cual llega mucha gente de visita. Y el pobre Gabo, encontrándose una vez solo porque su familia estaba en México, se había topado en la cocina con una entrega de ochenta y ocho barras de pan.

Mi segundo problema fue el de la luz. Descubrí, de pronto, lo mucho que me gusta a mí apagar luces. Y nadie a mi alrededor, ni siquiera la revolucionaria ejemplar que era Trini, apagaba jamás una luz porque la luz era gratis como lo había sido también el agua. Ahora se cobraba algo por el agua y el pueblo cubano aprendía, por fin, a cerrar revolucionariamente los caños. Me daba rabia, la verdad, hacer el casi diario recorrido hasta La Habana y ver que, en pleno mediodía, dentro y fuera de las tiendas, casas y edificios que veía a mi paso y hasta en la carretera, todas las luces estaban encendidas. A Fidel Castro, lo recuerdo claramente, le hirió profundamente una broma que un día le hice al respecto: «Comandante —le dije–, usted sabe que yo quisiera serle útil a una revolución que me cuida tanto. Y, la verdad, no me basta con cantarle a usted y a su hermano peteneras. Necesito hacer algo más. Y claro que no le pido que me nombre ministro de Economía porque le arruinaría el negocio, pero nómbreme usted, por favor, ministro del Economato. Yo le juro que me apago todas las luces. Al menos todas las que hay desde mi casa hasta La Habana.» Molesto y herido por mi broma, Fidel me contestó con una larguísima disertación sobre las plantas eléctricas. Allí, y no en el pueblo revolucionario ni en el plan quinquenal o lo que fuera, se encontraba la razón de aquel problema.

Me resigné a apagar tan sólo las luces de mi casa y a enseñarle a Trini y a mis amigos cómo se apaga una luz. Pero un día, de compras en una diplotienda que había en el camino, bastante cerca de casa, me entró un patriótico sentimiento antidespilfarro y enfurecí con las dependientas. Las luces estaban encendidas en pleno sol, dentro y fuera de la tienda. Y así habían estado siempre esos cansadísimos focos. Cuando me puse a dar clases de apagar, nos topamos con que nadie sabía dónde se encontraban los interruptores. Fue una interminable búsqueda que se convirtió en verdadera mudanza de mesas, vitrinas y escaparates. Al cabo de una buena media hora, descubrimos que los interruptores habían estado siempre detrás de un mueble. Trini se moría de vergüenza, Carlitos se desesperaba con la espera, y Conrado sudaba a mares pero sonriente con mis hazañas mudanceras. Era el que más había cargado. Aunque él más bien debía considerarlo nuevas manías de su loco y frágil hermano peruano.

Casi frente a la casa y en plena playa, se encontraba el hotel Atlántico, en el que debía almorzar y comer diariamente. Normalmente almorzaba solo o con Conrado, pues Trini se levantaba al alba y Carlitos venía a buscarla para llevarla a su trabajo en la Casa de las Américas. Yo dedicaba las mañanas a la lectura, casi siempre de literatura francesa o anglosajona, y fue ahí donde descubrí a ese maravilloso precursor de Proust que fue Crebillon hijo. A veces, también, invitaba a almorzar a amigos como Mirta Ibarra y Tomás Gutiérrez Alea, el gran Titón, que desde hacía años estaba empeñado en hacer, casi como celebración de sus cincuenta y cinco años, la película de su vida, como la llamaba él. Y se trataba nada menos que de una adaptación al cine de *La vida exagerada de Martín Romaña,* que yo había escrito entre 1978 y 1981. Titón contaba ya con productores muy importantes en España y en Francia.

Lo único malo, claro, era que Titón quería que yo interpretara a Martín Romaña, algo a lo que me negué una y mil veces. El asunto terminó, lo recuerdo claramente, cuando Titón, de regreso de un jurado de cine reunido en la India, me llamó de Londres a Montpellier, para insistir una vez más, en fin, para tratar de convencerme de que asumiera la responsabilidad de «ser» Martín Romaña en el cine. «Mira, Titón –le dije, en larga distancia–, en ese libro Martín Romaña tiene unos veinticinco años y yo ando ya por los cuarenta y cinco.» A lo cual Titón respondió, con gran entusiasmo: «De eso ni te preocupes, Alfredo. Eso se arregla con un buen maquillaje.» Colgué furioso, y durante un buen tiempo, el gran Titón como que olvidó un proyecto que, realmente no sé por qué, no lograba concebir sin mí como Martín Romaña. Las últimas veces que lo vi en La Habana, la idea de la película nuevamente le rondaba la mente, pero ahora pensaba que sólo un actor argentino podría reemplazarme en el papel de un personaje tan cosmopolita como Martín Romaña, a decir del gran Tomás Gutiérrez Alea. En fin, cosas de directores de cine en las que no me meto, pues nada entiendo de ello.

Como siempre, lo difícil fue empezar a comer en el Atlántico, por esas cosas del socialismo que desesperan a cualquiera y que sólo arregla el sociolismo. Trini y yo teníamos las indispensables tarjetas de identificación como huéspedes del hotel, pero el primer maître con que nos topamos, el capitán Ramos, decidió que eran falsas. Y no nos quería atender por nada. Eran las cosas que a mí me ponían siempre histérico, en Cuba, pero que disimulaba lo mejor posible para no avergonzar tanto a mis amigos. Por fin se resolvió el asunto, gracias a lo mucho que imponía y mandaba Trini, y el superineficiente capitán Ramos hasta terminó invitándome a salir de pesca con él y con Conrado.

Todo era ineficiencia y vagancia en el servicio del comedor del Atlántico, los días pares, y todo era eficiencia y hasta elegan-

417

cia los días impares. Y es que los días pares el maître era el capitán Ramos y los días impares el maître era el formidable capitán Ledesma y, su segunda de abordo, la encantadora negra Norita. No hay nada peor que los servicios en un país en el que ya nadie trabaja más de cuatro o cinco horas al día y existe una ley de la vagancia. Los días pares, por ejemplo, uno entraba al comedor y demoraban media hora en servirle un vaso de agua. Después, por más agua que quisiera uno, la encargada permanecía entre dormida y despierta junto a una mesa llena de jarras, pero por nada del mundo se le ocurría que el cliente pudiera desear otro vaso de agua. Y, además, lo odiaban a uno por exigirlo. Pero los días impares, en cambio, funcionaban los estímulos morales en los que tanto insistió sin resultado alguno el Che Guevara, por ser el hombre un ser interesado y que funciona más bien con estímulos materiales.

El capitán Ledesma, vestido siempre con impecable esmoquin negro, y su inseparable compañera de trabajo Norita, se habrían distinguido por la calidad de sus servicios hasta en el más exigente restaurante del mundo. Ledesma era todo un personaje y su historia ejemplar es la de muchos otros hombres en Cuba. Había emigrado a Nueva York, antes de la revolución, y allá había logrado hacerse de una situación bastante acomodada, a juzgar por las fotos de su casa y automóvil en un suburbio neoyorquino. Realmente era una buena casa y un automóvil caro del mismo año que la foto. Pero, al enterarse del triunfo de la revolución castrista, decidió que «no quería envejecer entre copos de nieve», y regresó a su isla. Ahora no cesaba de pintar a brocha un viejísimo e impecable Chevrolet, para protegerlo de la humedad del Caribe. Y, paradoja también bastante frecuente en la historia del castrismo, su primera esposa era cubana y vivía en Miami y su segunda esposa era norteamericana y vivía con él en Cuba. Jamás nadie me ha atendido tan bien como el capitán Ledesma. Y yo... Pues yo me limitaba a agradecer y a dejarme querer en Cuba.

Hemingway, señores. Claro que nada de «Mi mojito en la Bodeguita y mi daiquiri en el Floridita», porque Trini me aplicaba «la ley de la vagancia» y casi la prohibición norteamericana del alcohol, al menos en su ausencia, pero también yo tenía mi Finca Vigía para vivir y escribir en Cuba, recibir amigos, leer en Cuba, y que algún exégeta universitario estudiara mi vida y obra en «La Finca Guanabo» o «Finca Bryce», como la bautizó el gran Conrado, que no perdía oportunidad de aparecer por ahí un día sí y el otro también, siempre a ver si me faltaba algo, siempre para ayudarme y acompañarme en todo, y trayéndome siempre algún vídeo que él quería que yo viera o que la revolución quería que yo viera, o que yo mismo deseaba ver o volver a ver.

Debo haber visto un millón de veces las películas del gran Titón Gutiérrez Alea, y sobre todo la mítica *Memorias del subdesarrollo* que, en la prehistoria de mis relaciones con Cuba, la *Principessa* y yo habíamos visto en la pagoda de París, donde había un precioso cine llamado precisamente La pagode. Volvía a ver, también, incesantemente, un documental sobre Benny Moré, «el bárbaro del ritmo», que ya en 1986 nos habían pasado a los miembros del jurado Casa de las Américas y otros invitados. Siempre recordaré que fue una sesión en que se proyectaron y aplaudieron cuatro documentales cubanos y que uno de ellos nos mostraba largamente a Fidel conversando con el único anciano que había visto desembarcar a Martí en Cuba, al cual le regalaba una casa y todo. Y los invitados aplaudimos, sí, pero lo malo es que inmediatamente después nos pasaron el documental sobre

419

Benny Moré y su orquesta, y la sala literalmente se vino abajo con los aplausos del respetable. Menos interesante aunque valioso también por el recuerdo, era el documental sobre Bola de Nieve, pianista e intérprete tan negro como único, mimado de las oligarquías latinoamericanas, que precisamente murió en México de un infarto cuando retornaba al cabo de muchos años a hacer las delicias de los ricos limeños. De él se decía que era tan pero tan loca, que nunca abandonó, como se suponía que haría, la Cuba revolucionaria, porque estaba perdidamente enamorado de Fidel Castro. Vivía, eso sí, inmerso en sus recuerdos de un mundo muy lejano y, cuando uno lo visitaba, no cesaba de preguntarle por personajes de esa Lima que se fue, por ejemplo, como la Mocha Graña o la misma Elenita Echenique de Bryce.

Leía por las mañanas, escribía por las tardes, y por las noches visitaba a los amigos de La Habana. Desde entonces empezó a fallarnos mi querido Carlitos, el chofer oficial de Trini. Empezó a llegar tarde y con los ojos rojos de sueño o algo más que falta de sueño. Siempre había «ponchado» una llanta entre La Habana y Santa María. Trini se disgustaba mucho y empezaba a sospechar de Carlitos, pero yo lo defendía siempre e impedía que las cosas trascendieran. Según Conrado, Carlitos andaba perdidamente enamorado de una compañera de la Casa de las Américas y no era correspondido. Razón de más para que yo lo defendiera y Trini aceptara tanta llanta ponchada.

La última mudanza de Felipe Carrillo, que con excepción de unas cuantas páginas redactadas en Barcelona, escribí simbólicamente casi la exacta mitad en Cuba y luego en Estados Unidos, casi la exacta otra mitad (en fin, como quien juega el primer tiempo en un equipo y el segundo en el del adversario, pero siempre entre colegas y amigos), era mi principal obsesión en ese momento. Y Trini, que con toda su modestia era una excelente crítica literaria, me ayudó mucho en mi empeño de lograr escribir mi primera novela de corta extensión. Recuerdo que los dos vivíamos obsesionados con Philip Spencer, un personaje inglés que aparecía en cada nueva versión del libro y se llevaba la acción a Londres, con lo cual arrancaba una más de mis largas novelas y páginas y páginas sobre un mítico Philip Spencer, que absolutamente nada tenía que ver con mi proyecto inicial y al que tampoco podíamos considerar «una larga digresión», pues realmente se estaba comiendo la novela en su totalidad antes siquiera de que ésta empezara, de acuerdo a la idea original. Fue un verdadero triunfo, que Trini y yo festejamos en su restaurante favorito de La Habana, la desaparición definitiva de Philip Spencer y de la ciudad de Londres de ese manuscrito.

Los fines de semana los dedicábamos a la playa y las excursiones por la isla o a recibir en casa a jóvenes escritores cubanos. Aquello me recordaba a los años felices de París, en que todos éramos inéditos, y una buena botella de vino, que en este caso era de whisky o de ron añejo, presidía la lectura de poemas, cuentos y capítulos de novelas siempre inéditos. Jamás se conspiró en mi casa ni vino disidente alguno ni nadie se quejó de nada. Claro que es fácil imaginarse que a nadie en Cuba le interesaba acercarse a «disidir» en una casa en que vivía nada menos que Trini. Pero también es cierto que yo era siempre el que más se quejaba de todo y me reía siempre de la cariñosa advertencia de Mauricio Wacquez sobre mis «policías» Trini, Conrado Bulgado o Miguelito Barnet. Miguelito apenas si aparecía, y sólo recuerdo algún fin de semana en que vino con Lazarito y durmió en casa. Y la forma increíblemente pícara y breve en que hacía *jogging* por la playa, mientras Trini y yo lo observábamos muertos de risa desde el mar.

Y recuerdo también que Conrado, infatigable cada vez que de ayudar se trataba, se quedaba seco no bien alguien arrancaba a leer algo en la amplia terraza. Pedrito, el alcohólico que bebía mal y acabó pésimo, solía aprovecharse de las ausencias de Trini para aparecer por casa en busca de una botella de ron y de la siempre tan necesitada *garçonnière*. Solía llegar por las tardes con una mediopelo demasiado guapa, la verdad, para la edad y el comatoso estado físico de Pedrito, y yo les entregaba hielo, una botella de ron, y me encerraba en mi cuarto a trabajar. Lo malo fue que un día Trini regresó antes de tiempo o ellos se demoraron más de la cuenta, no sé, pero lo cierto es que Trini nos armó la bronca del siglo. A mí por imbécil, por dejarme usar y abusar por los amigos, a Pedrito por sinvergüenza y vago, y a la aterrada muchacha por ser una «guaricandera», en fin, una mujer fácil y situada en ese oscuro límite entre lo que los peruanos

421

llamamos una putillita y una mediopelín. No le faltaba razón, la verdad.

El próximo grave incidente fue el de la llegada de mis muy queridos Marco y Darío, los hijos mellizos de Carlos Barral, un par de fieras de toda la vida. Aparecieron por casa en busca de una copa, indudablemente, y se habían instalado nada menos que en el Mar Azul (o Marazul, da lo mismo), un deteriorado hotel que quedaba a pocas cuadras de Finca Bryce. Trini se debatió entre la amabilidad que merecían los guapos hijos de Ivonne y Carlos Barral y el esmero que ponía en cuidar mis horarios laborales. O sea que fueron tan sólo dos o tres tragos y su muy generosa propuesta para que ese par de fieras y el amigo que los acompañaba disfrutaran al máximo de las enseñanzas y el turismo cultural revolucionario. Les consiguió entradas para mil espectáculos teatrales y mil otras actividades culturales, pero era más que evidente que ese trío catalán lo que en realidad buscaba era juerga, muchachas, copas, discotecas, playas donde el mar fuera preferentemente de ron y en el que nadaran tan sólo formidables mulatas. Gracias a Dios, como siempre, el gran Conrado se encariñó con el trío y se encargó, en la medida de sus posibilidades, de que los «barralitos» y su amigo se metieran en el mundo más anticultural del mundo.

Pero las quejas llegaban del hotel una tras otra. Los «barralitos» y su amigo literalmente eran tan bronquistas e irresponsables como encantadores. Los propios mellizos se habían trompeado a muerte un día en el hotel y se habían noqueado mutuamente ante la puerta de un ascensor del tercer piso. Yo mismo asistí a su lenta y golpeada resurrección y ayudé a arrastrarlos hasta sus respectivas camas. Otro día, uno de ellos dejó de dar signos de vida y no le respondía a nadie hora tras hora, encerrado en su habitación. ¿Se había muerto? ¿Lo habían matado? Hubo que llamar a la policía y todo, pero cuando echamos la puerta abajo resultó que el muchacho sólo descansaba de un largo resentimiento con el tercer miembro del trío catalán. Al final, eran ya amigos de todos los seres que en la playa merecían que se les aplicara la ley de la vagancia y hasta la de fuga, si es que la había. Y noche tras noche la simpática guardia que Conrado y yo les habíamos colocado en el hotel, devolvía a las «guaricanderas» que los acompañaban en un taxi de regreso y les devolvían todos los perfumes y demás regalitos que ellos les habían entregado a las «guaricanderas». No sé si permanecieron en Cuba un mes o un par de semanas solamente. Sólo me consta que jamás asistieron a un acto cultural, que jamás le hicieron caso alguno a Trini y que, en cambio, congeniaron mucho con el gran Conrado y que, al final, cuando todo el mundo empezó a descansar en paz porque al fin se habían ido los «barralitos» y su amigo, todo el mundo empezó a extrañarlos y a comentar nostálgicamente sus hazañas de muchachos guapos y niños terribles y terriblemente simpáticos.

Yo pensaba siempre en lo distinta que era mi vida en Cuba a la que le había tocado soportar a Jorge Edwards. A veces, todo lo atribuía a una cuestión de paciencia, pero las más veces me imaginaba que había sido también (o más bien) una cuestión de cargos y responsabilidades. El viaje de Jorge era importante, significativo, y hasta grave y difícil. El mío, en cambio, era un canto al amor y a la amistad, cantado por un ser nada importante para la revolución, que no representaba más que a sí mismo, que era incapaz de sentirse lo suficientemente importante como para imaginar siquiera que hubiese un micro oculto detrás de cada una de sus palabras, y que en las reuniones más trascendentales a las que asistió sólo se destacó por sus peteneras, sobre todo por lo bien que se puede cantar una petenera en un lugar en que nadie entiende de flamenco. Y, además, yo mismo me burlaba de mis peteneras, bautizándolas antes de cada «perfomance» como «peteneras de Lima», o sea algo que jamás existió. Responsabilidad e irresponsabilidad podían ser el *quid* del asunto.

Y me parece recordar que Jorge escribió sus memorias de Cuba como toda una terapéutica destinada a curarse de la neurosis o del sentimiento de persecución que brotó en él a raíz de su estadía oficial en Cuba. Yo, en cambio, me limitaba a dejarme querer y mi única dolencia era el asunto aquel de las piedrecillas en la vesícula cuya operación postergaba siempre en mi afán de seguir trabajando en mi libro y disfrutando de la vida, mientras la pobre Trini hacía también todo lo posible por postergar su partida a Brasil, para reabrir aquella tan nueva como importante embajada. Y el resultado era más que evidente: Jorge terminaría escribiendo *Persona non grata* y, aunque terminadas y publicadas estas «antimemorias», yo termine siendo un ingratísimo hijo de Satanás, en Cuba, sé que siempre quedarán un Conrado, un Tomás Gutiérrez Alea, una Mirta Ibarra, una negra Clara o un Carlitos (hoy preso), un Horacio, un Raulico o un Orlandico que me recordarán como yo los recuerdo a ellos. Y que los volveré a ver, en esta España o en otra Cuba. Y creo que hasta Lupe Velis y Antonio Núñez Jiménez o los jóvenes escritores Leonardo Padura o Senel Paz me perdonarán también en el fondo de sus corazones, si no lo hacen públicamente. Y, salvo error u omisión, el resto de ellos qué diablos me importa porque yo fui a Cuba por la misma razón por la que tantas veces visité la España franquista o «el perverso imperialismo yanqui»: «Por razones del corazón que la razón no entiende.»

Salvo por lo de su abismo, siempre me ha importado un repepino Descartes y su cartesianísimo «Pienso, luego existo.» Modestamente, a esa frase opongo otra que ha dominado toda mi humilde existencia: «Siento, luego existo.» Y es perfecta la muy razonable, bien contada e importante narración que Jorge Edwards hace de la visita de las fuerzas armadas chilenas a Cuba, en época de Allende, mientras él se reunía con escritores disidentes y jugaba golf con Fidel Castro y le ponían micros por donde iba. Me lo creo todo y, es más, me lo imagino muy bien y no puedo estar en desacuerdo con él. Y me imagino también que si uno no simpatiza con Fidel, por ser quien se es y por ser Fidel quien es, el resultado puede ser un desastre. Y me imagino perfectamente bien, también, el martirologio burocrático que puede sufrir un diplomático que intenta abrir una embajada en La Habana y que, sólo por sus orígenes familiares, puede ser objeto de más de una impertinencia. Lo he sufrido en carne propia y no sólo en Cuba.

El resultado es lo más extraño de todo. Y de él sólo me interesa una cosa y sólo me halaga una cosa: yo no soñaba todavía con poner los pies en Cuba cuando Jorge publicó su importante testimonio y, víctima del golpe de estado de Pinochet, terminó sin trabajo y siendo objeto de «un doble exilio» en Barcelona. Jorge mismo se quejaba ante mí, cuando yo lo seguía visitando y, con mis magros ingresos de asistente universitario en París, le devolvía alguna de las mil copas de whisky que él me había invitado en aquella ciudad y hasta le decía que mandara a la eme al mismísimo Julio Cortázar, a quien sigo adorando, si éste por izquierdista había optado por retirarle el saludo. Amigos le quedarían siempre y nuestras reuniones en Barcelona son buen testimonio de ello, aunque claro, yo no era un Julio Cortázar o un Gabriel García Márquez.

Yo era tan sólo un amigo, Jorge. Y una vez me hiciste alguna mala jugada en Barcelona, tal vez sin querer, tal vez sin querer queriendo, o tal vez porque así es la vida de complicada, de complejísima. Y yo te mandé a la eme no bien hiciste tu ingreso al bar del hotel Iberia en Las Palmas de Gran Canaria, en aquel célebre y multimillonario congreso que todos, creo, disfrutamos en 1979. Luego, en 1981, tú mismo te acercaste en otro congreso, esta vez en Caracas, y me pediste conversar un rato en el bar. La vieja amistad quedó nuevamente sellada hasta hoy y Dios quiera que para siempre.

Pero prefiero la versión apasionada que Conrado Bulgado, a quien le ha tocado atender con su sonrisa y su bigotazo de siempre hasta a la entonces futura reina de España, hace de aquella visita de altos personajes de las fuerzas armadas de Chile, entre los que se encontraba nada menos que el propio general Pinochet. Fricciones hubo, y que las cuente un cubano o un chileno, a mí me resulta igualmente entretenido, sobre todo si está bien contado. Y no podré olvidar nunca el cuento que «me echaba» el pobre Conrado de su odio muy personal por Pinochet. Conrado jamás ha vivido las cosas en la cumbre, salvo por la vez aquella en que, a pesar de las protestas realmente clasistas del ya entonces triste y dolido para siempre Roberto Fernández Retamar, por razones del corazón que ni mi propio corazón entiende, por falta de cojones, en el fondo, creo yo y creía Trini, salvo la vez aquella, repito, en que lo llevé a la nueva casa del ministro Hart y canté peteneras cuando se armó la bronca entre Fidel y Raúl. Y el propio Conrado jamás se lo perdonará a sí mismo, pero la verdad es que se quedó dormido en las mismas barbas de Fidel, probablemente porque era el último hombre que se desvivía trabajando en Cuba y estaba realmente agotado aquella noche. Aunque te conozco, mascarita: «¡Qué pena tuve de dormirme aquella vez!», me dice siempre Conrado. «Pena» en Cuba es «vergüenza», pero si a Conrado hay algo que realmente le avergüenza de aquella noche es haberse perdido mis peteneras, aunque éstas fueran sólo «peteneras de Lima». Y lo mismo pasa con su odio a Pinochet o cuando mil veces se quedó dormido en la terraza de Finca Bryce, mientras Reynaldo Montero, Senel Paz o yo leíamos algún párrafo de nuestro *«work in progress»*. Conrado siempre «se avergonzaba» pero la verdad es que lo suyo era la base y no la intelectualidad ni la literatura ni las citas en la cumbre. Y lo suyo era un trabajo bien hecho, buena ropa, música, buen carro, buena comida, su casa, su «China», sus hijos y su hermano peruano Alfredo o su vecino fulano o su muy querido padre guajiro.

En fin, que Conrado es un cubano inmortal porque es exacto a cualquier cubano que se exprese libremente. Y eso es lo que le gusta. Una buena guayabera, un buen trago de ron y un buen plato de cerdo y de moros y cristianos. Y así será siempre. Hagan lo que hagan su querido Che Guevara o su respetado comandante en jefe. Conrado es un cubano de antes, de durante, y de lo que por diablos y demonios venga después de la revolución. Por eso es eterno. Y por eso de todas las fricciones que produjo la visita de los altos oficiales entre el Chile de Allende y la Cuba de Castro, lo que realmente motivó el odio eterno que Conrado le tiene a Pinochet desde la base del pueblo y desde la base misma de su corazón y lo pretencioso que es, como buen cubano, se debe a un pantalón. Porque Pinochet hasta le había tomado simpatía al básico Conrado y lo llevó junto a la piscina del Riviera para hablarle pestes de Cuba. Y lo más probable es que Conrado, tras de una intensa jornada de trabajo y atenciones a la importantísima delegación chilena, se hubiese quedado también dormido ante las barbas inexistentes del futuro dictador. Pero hasta ahora no duerme bien recordando cómo ese hijo de Satanás, medio en broma y medio en serio, le manchó para siempre el único pantalón para grandes ocasiones que le había dado la revolución. Conrado sigue siendo el más feroz y menos dañino antipinochetista del mundo porque el general le derramó aquel maldito vasito de sabe Dios qué endiablado jugo cubano en su flamante pantalón para las grandes ocasiones. Y también sé que al propio Fidel le respondió más de la cuenta un día en que éste le reprochó el andar mal vestido para otra gran ocasión de ésas que el gran Conrado aprovechaba para dormirse a pierna suelta o, si

427

estaba libre, para pasarse una noche entera resolviendo el problema del «no existe pero yo te lo consigo» de algún invitado o arreglando puerilmente su carro o su moto, la otra gran pasión de su vida.

Así era la vida cotidiana, aunque claro, tampoco me quejo, algún día mis queridísimos Lupe Velis y su esposo Antonio Núñez Jiménez, el propio Gabo, o Carlos y Patricia Higueras, embajadores del Perú y de primera especial y amigos desde mucho antes, terminarían metiéndome en lo que Trini llamaba «el pensamiento ilustre», por no decir el *jet set*. Yo agradecía y agradezco hasta hoy y siempre cada una de esas invitaciones y todo a lo que ellas dieron lugar. Creo que se me trató siempre con un gran afecto y mayor desinterés. Y qué me pueden deber a mí embajadores tan inolvidables y encantadores como Katie y Jean Louis Marfaing, de Francia, o aquel embajador de Argelia, Hocin Zatout, tan bajito como cariñoso, cuya esposa, Jamila, cocinaba la mejor comida norafricana que he comido en mi vida. Habían sido embajadores en Lima y adoraban todo lo que fuera peruano, aunque se llamara Alfredo Bryce y no les sirviera a ellos para nada. Cuántas noches hice trasnochar a Patricia y Carlos Higueras con mis problemas personales y materiales. Cuánto buen amigo conocí en su casa. Recuerdo, por ejemplo, al Negro Ruiz, un piurano que tanto me ayudó en aquel «contagio por la historicidad» que me causó la cercanía a Gabo en los momentos en que él escribía *El general en su laberinto*. A mí, que jamás me ha importado un repepino si tal hecho que narro en tal novela tuvo lugar a tal hora, o tal día, o tal año, ni siquiera en tal siglo, realmente me hizo daño el afán carpenterianamente historicista que le había entrado a Gabo con su Bolívar. ¿Hubo o no hubo luna llena la noche en que Bolívar peleó en tal batalla? ¿Lo arañó o no lo arañó Manuelita Sáenz, la víspera de aquella batalla? Oye, peruano, ¿sabes tú si...?

Me contagió el gran Gabo, y yo que tanto había luchado por suprimir al gran Philip Spencer de mi libro, porque la verdad es que ese gringo borracho se lo estaba devorando sin tener nada que ver con su verdadera trama. Y ahora resulta que necesitaba batallar una vez más, pero con la realidad real, en esta oportunidad, algo que siempre me ha tenido sin cuidado en mis demás libros hasta el punto de que, me parece recordar, Julius ve televisión antes de que ésta llegara a Lima. *Se non é vero é ben trovato...* El Negro Ruiz, piurano de pura cepa y que se conocía al pie de la letra el mundo que yo quería evocar con un tal Felipe Carrillo metido adentro, fue la enciclopedia que me enseñó que Montenegro era realmente la hacienda de los Houghton, que Querecotillo no era una hacienda sino un pueblo de Sullana, que Colán no sé qué y que la luna de Paita tampoco sé qué. En fin, hasta creo que le gané en historia y por *walk-over* literario al pobre Gabo que realmente nos había metido a mí y a su general en un laberinto sin salida.

Lo que sí me resultaba extraño era la dificultad que «el pensamiento ilustre» tenía al comienzo para darse cuenta de la relación entre Trini y yo. Sólo Lupe y Antonio Núñez Jiménez lo sabían, pero actuaban con una discreción tal que era imposible que a través de ellos nadie se enterara de nada. Y cada vez que alguien me invitaba a algún sitio, yo miraba a Trini, consultándole si ella estaría libre, y sólo entonces respondía afirmativa o negativamente. Pero nada. La gente no se daba cuenta de nada o, lo que es más que evidente, no quería darse cuenta de nada.

Trini, definitivamente, era respetada y querida donde fuera, y con el nuevo cargo que la esperaba en Brasil había pasado a pertenecer, además, al cuerpo diplomático. O sea que ésa no podía ser la razón. ¿La antipatía entre ella y Gabo? Pues tampoco, ya que jamás Mercedes o Gabo dieron señal alguna de que esa antipatía fuera real y yo creo que era sólo fruto de la imaginación de Trini que, como la de Conrado, estaba anclada en la base, entre esa parte del pueblo cubano que siempre consideró a Gabo un privilegiado en Cuba. Conrado, por ejemplo, me ha contado una y mil veces la misma anécdota en la que Gabo, definitivamente, no lleva la mejor parte. Su chofer lo había dejado plantado y Conrado le ofreció llevarlo en el enano 600 que poseía por entonces. Cruzaban el malecón de La Habana, cuando Gabo le dijo: «Jamás había demorado tanto en cruzar este malecón.» Picado en su orgullo, Conrado le contestó: «Más se hubiera demorado si hubiera seguido esperando a su chofer.»

No encuentro explicación para la ignorancia que «el pensamiento ilustre» mostraba acerca de las relaciones con una mujer que, además de todo, vivía conmigo bajo el mismo techo de Guanabo. Y así, digamos que el asunto sólo «estalló» la noche aquella en que, en casa de Armando Hart y ante nutrida concurrencia de gente de todas las cúpulas, el inefable Fidel nos juntó a Trini y a mí y nos exigió tan afectuosa como categóricamente «constancia en un futuro que no será fácil para ninguno de los dos». Y nos hizo cogernos de la mano, pidiéndonos que nos sentáramos como todo el mundo, para poder continuar tranquilamente la bronca con su hermano Raúl. Éste, mientras tanto, me rogaba que empezara ya con mis peteneras, como a quien canta en su propia boda. Fidel insistía en aclararlo todo ahí antes de que nadie cantara nada y Conrado asistía profundamente dormido al espectáculo. Sin decir ni pío, Gabo se puso de pie y tomó las de Villadiego. Pero estoy seguro, más que seguro, que lo hizo porque sabía de paporreta que esa «velada» se iba a prolongar hasta las mil y quinientas y él se despertaba cada mañana a las 6 am para seguir metiendo al general en su laberinto. Y, sobra decirlo, Gabo también era el único que algo sabía de peteneras y, por lo tanto, sabía perfectamente bien que «las peteneras de Lima» eran otro invento del «poeta peruano», como decía él cada vez que quería introducirme sin credencial alguna en un evento que exigía la máxima seguridad.

SIN CREDENCIAL ALGUNA

La verdad, yo nunca sabía muy bien a dónde iba a parar, ni mucho menos con quién o a qué hora iba a terminar la noche, cada vez que al atardecer, después de unas buenas horas de trabajo, eso sí, abandonaba mi casa de Guanabo para ir a La Habana. Y tampoco creo que lo sabía Trini, que sí tenía que madrugar cada día para salir corriendo rumbo a la Casa de las Américas. Muchas veces iba donde un personaje que no conocía y cuyo rango dentro de la revolución ignoraba por completo. Trini jamás mentía, pero sí ocultaba cosas, como ya he dicho anteriormente. Y eso era muy frecuente en Cuba. El silencio como respuesta o una mirada que se desviaba o una respuesta que nada tenía que ver con lo que uno había preguntado, era algo muy frecuente, casi una costumbre en la Cuba que yo conocí. Tardé mucho, por ejemplo, en saber que Haydée Santamaría, heroína de la revolución y personaje al que en el mundo de la cultura, al menos, se le rendía verdadero culto, se había suicidado. Yo sabía que Haydée había muerto en circunstancias misteriosas y que Trini, con su juventud y temperamento introvertido, era en cierta forma la persona llamada a reemplazar a la mítica y extrovertida Haydée. No sé cuántas veces debo haber visto aquel vídeo de aquella mujer combatiente de la Sierra Maestra, traumatizada por haber entrado a la lucha siendo virgen, cuando el novio le pedía lo contrario, y que sufrió el horror de ver cómo la dictadura de Batista le enviaba en un mismo plato los testículos de su novio y los ojos de su hermano.

El vídeo era muy poco anterior a la muerte de Haydée y en él se veía a aquella mujer gruesa y femenina, indudablemente amable, nerviosa y extrovertida, mostrando las dependencias de la Casa de las Américas, una institución que durante largos años fue realmente el centro cultural de la izquierda latinoamericana, la meca, la gran animadora cultural de un continente que debía encontrar su propia identidad. Yo no creo que haya habido premio literario más prestigioso que «El Casa», en la América latina de los 60 y los 70. Pero, la verdad, cuando a mí me tocó ser jurado, ya era la época en que «todo el mundo» había pasado por Cuba y no todo el mundo deseaba regresar a la isla. La misma revista de la Casa de las Américas, que debido al bloqueo llegaba tarde, mal y nunca, cansaba a los lectores de la década de los 80 y empezaba a parecer excesivamente rígida, anacrónica, ortodoxa. Colaboré varias veces en ella, pero casi siempre por agradecer de alguna manera el cariño y la generosidad con que se me trató siempre. Y creo, sospecho, que muchos de los colaboradores extranjeros enviaban sus textos por la misma razón y que se entregaban muchas veces artículos almacenados en el fondo de un cajón o que ya habían sido publicados antes en otro lugar. En fin, que tanto la Casa como su revista habían pasado a ser deudores culturales que siempre buscaban algún nuevo obsequio, algún jurado de prestigio para el premio Casa, y que ya desde los 70 habían dejado de ser el centro de peregrinación e información, acreedores culturales de latinoamericanos y aun de norteamericanos y europeos repartidos por el mundo entero.

Haydée Santamaría había sido esposa del eterno ministro de Cultura, Armando Hart, otro héroe de la revolución, hombre de pelo blanco, muy blanco y de hermosa cara, cuya nerviosa cojera era la prueba galopante de su valor y capacidad de riesgo. Se lo estaban llevando condenado cuando aprovechó un descuido de sus guardas para lanzarse al aire desde un piso muy elevado. Y Haydée, según Trini, nunca había dejado de amar ni al novio que murió torturado ni a Armando Hart, con quien contrajo un matrimonio destinado al fracaso por el feroz temperamento de ambos. Poco antes de suicidarse, siempre según la versión de Trini, que realmente adoraba a Haydée, ésta había juntado todas las joyas de plata que el ministro le había obsequiado y, con larga y santa paciencia, las había convertido literalmente en un polvillo plateado que Hart recibió de manos de un mensajero.

La vida de Haydée, reducida de esta simbólica manera a polvo eres y en polvo te convertirás, duró pocos días más. Hasta ahí la versión de Trini, que jamás mentía pero a menudo ocultaba. Después vino el fatal desenlace que, por supuesto, una oportuna presencia de Fidel habría podido evitar (todo, en Cuba, hasta el escalón roto de una vieja casona habanera, se habría podido evitar si Fidel hubiera estado ahí). Tal era la confianza que los cubanos tenían en su comandante en jefe. Y por eso, claro, nadie apagaba la luz y la gente daba cada día menos golpe laboral. Todo podía arreglarse solo y para ello sólo bastaba la presencia del comandante. La verdad, era tal el deterioro de la vieja Habana y de todo durante mi última visita a Cuba, que Castro parecía haber desaparecido para siempre. Y aún recuerdo el sentimiento de orfandad que le entró a Trini cuando, en 1986, Castro visitó la entonces URSS por dos o tres días. Se sentía sola y desamparada y yo tenía que exagerar mis mimos y mis bromas. Y lo mismo sucedía cuando Trini pensaba que pronto, muy pronto, Fidel iba a cumplir los sesenta años y que su inmensa y descuidada barba empezaba a encanecer. Esos temores nunca me los ocultaba, pero Trini jamás me contó que, más que simbólicamente, la mujer sensible y liberal que fue Haydée Santamaría, la revolucionaria, la combatiente de la vida diaria y las peores dificultades materiales, la optimista, la bromista, abierta y extrovertida idealista que fue Haydée, se suicidó nada menos que un 26 de julio, arruinándole a la cúpula la celebración de un aniversario más del triunfo de la revolución. Todo un símbolo.

Y ahora, acúsenme de ser una bestia y no me defenderé. Es cierto que hace sólo unos meses, leyendo un artículo sobre Cuba, me enteré del contenido simbólico de la muerte de Haydée Santamaría. Se me ponen los pelos de punta al pensar qué destino le espera (o le ha esperado ya) a su introvertida sucesora Trini. La gente empezaba a adorar a Trini cuando la nombraron en Brasil y dejé de saber de ella. Y Trini, aunque muy delgada, fragilísima en apariencia, asmática como el Che, de pronto se me aparecía vestida de verde oliva y con una bazuca sobre el hombro. Se iba de prácticas militares y yo me iba a nadar un rato a la playa, para ver si en algo lograba compensar la inferioridad de mi estado físico. ¡Qué mundo aquel!

William Álvarez se llamaba aquel capitán, coronel, o qué sé yo, en cuya casa terminé metido, copa tras copa de whisky, y escuchándolo una y otra vez contarme la historia titulada *Salida 19*. O sea la historia del rapto de Juan Manuel Fangio por unos jóvenes e inexpertos luchadores anti-batistianos. El plan y su desarrollo era realmente una comedia de equivocaciones e inexperiencias, con las que un audaz puñado de muchachos quería llamar la atención de la humanidad entera, secuestrando al entonces campeón mundial de automovilismo. Fallaron 19 veces o, en todo caso, lograron capturar al corredor en el decimonoveno intento, cuando el circuito que había venido a correr Fangio ya había terminado y la atención del mundo deportivo se había alejado ya de Cuba. Era más que indudable que este simpático aventurero, anfitrión y borrachín, quería hacerme escribir un artículo sobre la historia que había narrado en un libro que se le caía a uno de las manos. Y lo mismo me ocurrió con otras de mis «salidas». Fui secuestrado por uno de los pocos líderes negros de la revolución y no me quedó más remedio que cargar con sus obras completas, literarias y musicales, ya que al comandante Juan Almeida Bosque le daba por ambas cosas. Me cayó tan simpático ese negro viejo y bonachón que escribí algún articulillo (que sólo le hice llegar a él, por supuesto), cubriéndolo de elogios. La verdad sea dicha: preferí elogiarlo a tener que leerlo o escucharlo. Un par de canciones y algunas páginas eran más que suficientes. Y yo no estaba dispuesto a convertirme en el escribidor de la revolución.

En estas cosas, justo es decirlo, Trini me defendía siempre y nada me ocultaba. Me contaba, como se dice, la verdad de la mermelada. Porque su novio, el escritor Bryce, era tan sagrado para ella que hasta hizo que me ascendieran casi a la categoría de escritor muerto en el cumplimiento del deber, con mausoleo y romería anual y revolucionaria. Claro que cobraba unos derechos de autor que jamás servían para nada, porque no bien abría la boca en un club, bar, o un restaurant, me cobraban en *dóyares*. «No caballero, si usted no paga con *doya*, usted no puede pasar. La fiesta no es para feos.»

Qué líos traían estas cosas, por Dios santo, cuántas vergüenzas pasaban los pobres amigos cubanos. Gente como Tomás Gutiérrez Alea, que sólo se quedaba en Cuba por su amor a Cuba y por su confianza en la revolución, pero que con su fama y calidad internacional habría podido ser rico en Hollywood, no podía corresponderle a uno las atenciones que uno le había ofrecido en el extranjero. Íntegros entregaban sus dólares a la revolución y, después, cuando querían pagarle a uno la comida en cualquier restaurante u hotel de La Habana, el mozo les exigía dólares no bien el invitado abría la boca con su acento extranjero. El inefable Titón declaró un día que su huésped ya había comido y que él, en cambio, quería doble de todo. Y cuando el mozo vino con dos platos de pollo y arroz y dos cervezas, le dijo que se los metiera al culo y mandó al diablo al mundo entero. Lo malo, claro, es que después uno no sabía dónde ni qué comer. Y nadie tenía lo suficiente en su casa para organizar una comida. El acceso a las diplotiendas les estaba totalmente prohibido a los cubanos. Y cuántas veces no fui yo, como todo extranjero, a comprar en dólares comida y bebida para la cena que se daba en mi honor.

Pero de la misma manera en que yo no sabía muy bien dónde iba, a quién iba a ver o a qué hora iba a regresar a Finca Bryce, cada vez que salía, tampoco supe cómo alguna gente logró llegar hasta mi casa sin haberse anunciado antes siquiera. De repente aparecía un Mercedes negro de protocolo (o un auto muy parecido a un Mercedes) y llegaba a mi casa un diputado de la extrema izquierda peruana. Alguien como el dirigente del Partido Unificado Mariateguista, Javier Díez Canseco, alguien a quien apenas conocía por la prensa peruana. Tampoco les preguntaba cómo habían llegado y simplemente tratata de atenderlos lo mejor posible. Con Díez Canseco pasé un buen par de horas conversando y sólo saqué en claro que estaba de paso por La Habana y que iba a Alemania. No recuerdo bien de qué hablamos pero sí me quedó la impresión de haberlo defraudado, de que el buen rato que yo pasé preguntándole cosas sobre el Perú no fue nada provechoso para él. Y tal vez lo mejor de la reunión fue el whisky que tomamos aquella mañana en que él, lo que realmente deseaba, era pegarse un buen remojón en el mar. Pero yo estaba leyendo a Crebillon hijo en pijama y terminar en el Caribe con un izquierdista tan radical me resultaba bastante surrealista. Opté por el whisky y la conversa.

Y así fue también la noche aquella en que Fidel Castro terminó exigiéndonos «constancia» a Trini y a mí. Era una reunión en la que no faltaba ni Vilma Espín, esposa de Raúl Castro y líder del comunismo femenino de la isla. Recuerdo también a Lisandro Otero y su muy simpática compañera Nara, sin duda alguna la mujer más guapa que había esa noche ahí. Raúl Castro la llamaba «la Lisandra», en vista de que le costaba trabajo retener el nombre de Nara. Estaban los Fernández Retamar, Gabo, el ministro Hart y algunos viceministros, pero también mucha gente más que no logro recordar. Conrado roncaba, y acallar sus ronquidos era la única urgencia que tenía yo por cantar mis «peteneras de Lima». También Raúl Castro quería que empezara a cantar lo antes posible, pero Fidel quería dejar lo de la bronca bien aclarado, primero. Y Gabo hizo mutis por el foro. La bronca se debía a un artículo de la página editorial de *Granma* que Raúl había «colado» sin que Fidel lo leyera antes. La gente seguía la escena con verdadero pavor y yo descubría con toda la ingenuidad del mundo que los editoriales del órgano oficial de la revolución cubana también eran obra y gracia de Fidel Castro. En fin, miles y miles de páginas para las obras completas más largas del mundo. No sé cuántas peteneras me eché esa noche, pero lo cierto es que también agregué algunos mirabrás, *siguiriyas,* soledades, fandangos y vaya usted a saber qué improvisación más. Y así, sin credencial alguna, ni siquiera de «cantaor», me iba introduciendo casi sin darme cuenta en el mundo oficial.

CANTAOR DEL MUNDO OFICIAL

Confieso que he vivido. Pero no de escribidor sino de cantaor del mundo oficial de la revolución cubana. Con excepción de Gabo, creo que logré tener una buena aceptación. No como cantaor cantaor, que eso ya habría sido mucho, pero sí como intérprete del cante jondo de los altos oficiales de la revolución. Hasta tuve que tomármelo en serio, a pesar de la permanente reprobación de Trini. Y por las mañanas, confieso que he vivido, anotaba en cuartillas coplas andaluzas y flamencas que volvían a mi memoria, plagiaba descaradamente a Porrina de Badajoz y Bernardo el de los lobitos, y afinaba la garganta mientras me duchaba. Empecé a fumar puros, para arruinarme lo más posible la voz, y a tomar ron añejo antes de cada reunión, sin hielo y sin nada, también para eso de la imprescindible ronquera a lo Manolo Caracol. Escribí muchas coplas de mi propia inspiración, en vista de que siempre se me pedía más, y las canté de muchas maneras distintas, aunque hay que reconocer que lo hice siempre, como Frank Sinatra, «a mi manera».

Mi *cante* me llevaría muy lejos. Me llevó a conocer jefes de Estado, héroes de la revolución, frailes de la Teología de la Liberación, célebres escritores y artistas y hasta a la madre Teresa de Calcuta, para quien, por cierto, no canté. Trini se desesperaba de ver cómo yo podía servir para todo eso, cómo Gabo me hacía ingresar en los círculos más cerrados, cómo sin credencial alguna aparecía al lado de los más altos jerarcas de la revolución, en la clausura del no sé cuántos Congreso de Periodistas, por ejemplo. Y perdonen si aún no sé decir si eran periodistas de todo el

437

mundo *uníos,* o sólo periodistas cubanos *uníos* por su adhesión incondicional al marxismo-leninismo, al Che y a Fidel. Yo me dejaba llevar por Gabo que siempre me avisaba por teléfono a último minuto. Y me sentía feliz, orgulloso, y totalmente inútil. Y, además, lo parecía, sobre todo lo de inútil, creo, porque los guardaespaldas y vigilantes de esos cenáculos siempre se me venían encima. Pero bastaba con el santo y seña que les daba Gabo: «Poeta peruano.» Y pasaba con alfombra roja y Trini, furiosa, me veía en la tele, ahí en el estrado, clausurando un congreso y aplaudiendo como loco para que Fidel quedara satisfecho. No fuera a ser que se arrancara otra vez con el rollo, y yo ahí con los pies hechos polvo, tan adoloridos como para ponerme a pensar en Miami.

Confieso también que he bebido, y que tanto Trini cuanto Gabo eran mis ángeles guardianes a ese nivel. Lupe Velis y Antonio Núñez Jiménez eran en cambio bastante más permisivos. Sabían y entendían hasta qué punto yo era una persona tímida e insegura, amiguera pero no sociable, y siempre que me detenía en su casa antes de ir a «una cita en la cumbre», me ofrecían uno o dos vasos de whisky para que mi organismo se relajara y mis manos dejaran de temblar un poco siquiera. Y yo me dejaba querer por gente tan maravillosa como ésa. Al cabo de miles de años en Europa, tras haber sido un marginal ya en mi infancia en el Perú y luego un extranjero en todas partes, «un hombre con las raíces descabaladas», como me llama Pilar, mi esposa, tras haber sido un izquierdista para la derecha, un derechista para la izquierda, un revolucionario para unos y un oligarca agonizante para otros, y tras haber sido apaleado por haber sido un inmundo meteco para la policía francesa, «un árabe de mierda», sólo por haber querido y haber sido querido por la *Principessa,* me había convertido en la atracción de videntes, quirománticos, lectores de cartas, acupuntores y demás individuos que se interesan por mi naturaleza y mis manos tembleques y el verbo abundante con que ocultaba ese temor, ese terror, los súbitos y traidores trastornos del pánico, mi eterna alteridad y mi galopante miedo a la burocracia, al poder y su imagen. En cierta forma había «transado» con esos últimos desde que, una noche de 1979, gracias a mi amiga y periodista peruana Elsa Arana Freire, conocí y simpaticé en París con un consejero de Estado del entonces presidente de Francia, Valéry Giscard d'Estaing, al que siempre desprecié por ese peinadito que lleva de peluquero de pueblo.

Pierre Mayer se llamaba ese simpatiquísimo y muy inteligente personaje. Y me dedicó un libro suyo, *Le monde rompu*, verdadero precursor de los acontecimientos mundiales que estamos viviendo. Recuerdo que escribí una reseña sobre ese libro para la revista de la Universidad Autónoma de México, con la que colaboraba muy esporádicamente por aquellos años. Por consejo de la noble Elsa Arana, le pedí a Pierre que me consiguiera un documento de identidad que me permitiera dormir un poco más tranquilo en Francia y, sobre todo, con menos riesgos de que la policía me mandara nuevamente a un hospital de París, inconsciente y con treinta y seis heridas de costura en la cabeza. Con la ayuda de Pierre Mayer obtuve aquel famoso «Permiso de Residente Privilegiado», válido desde 1979 hasta 1989, y del que muy probablemente volveré a hablar dentro de muy poco, cuando me arranque con mi «galería de jefes de Estado». Y así sí que sí. Así me fue siempre más fácil dejarme llevar por mi amor a la vida, pero bajo «protección estatal», por lo de la marginalidad doble, la alteridad triple y la temblequidad múltiple. En fin, cada uno es dueño de su miedo, como dicen.

Y yo hasta mi volví valiente, bajo «protección estatal», inscrito sin duda alguna en el registro de «Irresponsables, irrecuperables, y altamente recomendables para ciertas situaciones». «Novio de la compañera Trini. Intachable ella. Podría tachársele a él, de ser necesario. Figuró en lista negra por error de plan quinquenal que la burocracia descuidó, quedando inscrito como tal durante casi veinte años. Quiérasele, porque se deja hacer de todo por cariño. Pero no se intente domesticarlo y manténgasele lejos del comandante Piñeiro.» Y es que, como decía, hasta me envalentonaba tanto que, en casa de Gabo, al comandante Piñeiro le solté una que no le gustó nada y que obligó a Gabo a decirle a Lupe: «Ni una copa más esta noche para el poeta peruano.» A Lupe le bastaba con llamarme «mediotíntico», palabra que había recogido de *La vida exagerada de Martín Romaña*, que a ella le encantaba y que a mí no me molestaba que me aplicaran, sobre todo en La Habana, para «matizar» un poco mi libertad de expresión; en fin,

439

a Lupe le bastaba con mirarme sonriente, cariñosa, y decirme «mediotíntico». Yo inmediatamente respondía con un «adiós a las armas» y le entregaba mi copa y hasta mi corazón.

Esa noche, en casa de Gabo, esperábamos sin duda a Fidel, que solía aparecer cuando menos se le esperaba, o sea a cada rato, y se quedaba horas a descansar conversando, mostrando su rostro más íntimo y su soledad de mil años, durante unas horas en las que uno hubiera preferido descansar durmiendo. Se hacía primero un silencio espectacular, de espectáculo, y se oía el ruido del aire y de ese silencio. Entonces aparecía Fidel y todos felices, menos Gabo, que a menudo ponía cara de «Nos jodimos. Esta noche nadie duerme aquí.» Y nadie dormía ni se dormía, en efecto, hasta que Fidel, a eso de las 6 am, miraba su reloj y soltaba su eterno «Yo creo que todos tenemos un poquito que hacer esta mañana», que era cuando se levantaba la sesión y volvía a escucharse el ruido que hace el silencio y esa leve brisa de timidísimo vendaval.

Pero una noche llegó el comandante Piñeiro, en vez de el comandante en jefe. Era el típico pelirrojo, el típico «colorao» de los peruanos, y lucía una muy cuidada barba roja que le daba su apodo, aunque también se le llamaba «el gallego», ya que creo que lo era por padre y madre. Era, en todo caso, un militarote, grande, ario y guapo, y era sobre todo militarmente muy importante. ¿Estaba algo caído en desgracia en aquel momento? ¿Fue verdad lo que una «alta fuente» me contó de él, al día siguiente? ¿Buscaba alguna gracia en casa de Gabo ahora que andaba en desgracia? Nada en la conversación de esa noche me permite responder afirmativamente a esta última pregunta. Porque además, si había alguien que criticaba a Cuba, pero dentro de Cuba, y a Fidel, pero cara a cara a Fidel, era Gabo. Y, si bien este escritor extraordinario y campechano (pero que ve a través del alquitrán), siempre ha sido considerado el procastrista por excelencia, el último que queda hasta hoy en que «proso» estas páginas, tal vez, yo pienso que Gabo también y además vivía en Cuba porque allí se le dejaba vivir en paz, trabajar en paz, tomar decisiones en paz, aislarse cuando le daba la gana, en paz, y porque el Caribe fue siempre su taza favorita de té, como dicen los ingleses.

Bueno, pero Piñeiro no me había oído cantar y probablemente tampoco había oído hablar de mí. Me miró, pues, con desconfianza, y probablemente no le gustó mi camisa o algo así, muy típico de militarote muy macho. Y cada vez que hablaba, miraba a su alrededor, como preguntando: «¿Se puede seguir hablando delante de este tipo?» Gabo, a quien le encantan este tipo de bromas y Lupe, que se las celebraba siempre, le respondían diciéndole: «No, nosotros pensamos que más bien no se debería hablar. No lo sabemos, en todo caso.» Y Piñeiro se empezó a meter conmigo por la vía más directa e indirecta que encontró: haciendo una alabanza del comunismo, del partido comunista peruano, en fin, de todo aquello que me quedaba ancho y me era ajeno. Y yo, que siempre viajo con Stendhal por el mundo, le solté una del Cartujo de Parma: «Comandante −le dije−: En todos los partidos, cuanto más inteligente y culto es un hombre, menos del partido es.» Y, aprovechando el colerón que le estaba dando, le solté: «¿Sabe usted quién es Ricardo Letts? Yo me imagino que sí. Pero usted no sabe que Letts es el superizquierdista peruano que yo más quiero y admiro. Y lo admiro, sobre todo, por una razón. Porque es tan inteligente, culto y stendhaliano, que cada vez es menos del partido del que es. Y esto hasta el extremo, comandante, de que ha dividido a la izquierda peruana hasta prácticamente su atomización final.» Casi agrego «Y definitiva, también», pero Gabo interrumpió al «poeta peruano» y le dijo a Lupe que inmediatamente me quitara esa petenera de la mano.

Duré hasta el fin de la reunión, pero Trini casi me mata en el camino de regreso a Finca Bryce. Además, ella tenía que trabajar dentro de un par de horas, que bañarse, volverse a vestir y regresar a La Habana, y seguro que yo me iba a pasar la mañana durmiendo o conversando en el dormitorio y patas arriba con las compañeras de la limpieza, que por mi culpa chismeaban toda la mañana en vez de limpiar. Y así debió ser, en efecto, pero en todo caso para qué me había preguntado el comandante Piñeiro, recordándome a aquel irlandés borracho del Harry's bar de París, *«What's your politics?»*. No había habido trompeadera, como en aquella oportunidad, ni yo le había respondido que «Mi política era el pulmón del Perú». Mucha agua y mucho Stendhal habían pasado bajo los puentes del Atlántico desde aquella oportunidad. Pero también era cierto que me había burlado nada menos que

441

del comandante Piñeiro, algo así como el responsable de la política exterior militar de Cuba. Yo mismo andaba asustado y consulté por ahí, por las cumbres borrascosas. Me dijeron que no me preocupara. Yo era Bryce. Y, en todo caso, Piñeiro era poco menos que responsable de que el propio Piñeiro y sus hombres anduviesen completamente dormidos y desarmados cuando los Estados Unidos invadieron militarmente Granada. No quise seguir averiguando, la verdad.

Confieso que he vivido más, todavía: yo le llegué a tomar un gran cariño a Fidel y hasta hoy, en que lo he llamado ya el sordo de Numancia en un artículo distribuido por la Agencia EFE, sigo sintiendo pena por su soledad otoñal de tirano anacrónico y sigo agradeciéndole tanta deferencia como tuvo conmigo. La verdad, o es que el hombre tenía poco que hacer, o es que realmente le gustaba perder el tiempo conmigo, a cambio de nada, o en todo caso a cambio de aquellas peteneras y soleares que, a lo mejor, paliaron en algo su soledad y su cansancio. Y juro y rejuro que, a pesar de sus discursos interminables, a pesar de sus desenfrenados gritos en la plaza pública, era un hombre tan tímido e inseguro como autoritario y solitario (por más mujeres e hijos que, se dice, tuviera, y por más casas que tuviera un hombre del que se decía que jamás dormía y que se acostaba a leer cuando lo pescaba el acostarse un rato. Además, es interesante señalar cómo al pueblo cubano, tan amigo del chisme y la telenovela de siempre, jamás le interesó ni le importó la vida privada de su jefe máximo). Y siempre necesitaba a un Gabo o a un «poeta peruano» para que le dijeran si un discurso había estado bien o mal, si tal cosa o tal otra la había salido bien.

Un ejemplo típico de esto fue el de la clausura de ese Congreso no sé cuántos de Periodistas, al que me introdujo Gabo. Terminada la interminable perorata, siempre interrumpida por interminables e incondicionales aplausos, no llamó a ningún ministro ni alto cargo político. Ni siquiera al fino y amable Carlos Rafael Rodríguez, que hasta que abría la boca y le salía el acento cubano, más parecía un político italiano que caribeño, en la cultura y en el vestir, al menos. No. Fidel nos llamó a Gabo y a mí. El pretexto, como siempre, era una copita de descanso y Gabo inmediatamente se aprovechaba de ese pretexto para impedirme tomar una copita y ponerme Cartujo de Parma o algo así. «¿Estuve bien?» «¿No creen ustedes que me equivoqué o que faltó...?» Eran las inseguras preguntas de rigor. Y yo aquella vez lo tranquilicé muchísimo cuando soltó una de esas verdades de loco que fueron el principio del fin, porque los locos nunca deben tener razón: «Me he emocionado mucho, comandante −le dije−, cuando usted ha afirmado que por dinero se mata y por dignidad se da la vida.» Le encantó, y luego ya Gabo y él se lanzaron a hablar de cosas realmente importantes, de asuntos de esos que saben sólo los entreteloneros y que a mí se me escapan siempre por andarme fijando tanto en una botella de Chivas Regal, como pasó en esa ocasión, hasta que el propio Fidel me autorizó a servirme una copita como Dios manda, o sea dos.

Trini mandaba mucho e imponía más y a mí me encantaba amar la vida bajo protección estatal. Por eso, sin duda, y porque yo trabajaba muy seriamente y hasta me convertía en *La vida de Abstemio Bryce* en vez de *La muerte de Artemio Cruz,* cuando ella se iba a pasar unos días con sus padres y sus adorados sobrinos, en Guanabacoa, Finca Bryce era un modelo de paz y armonía, de trabajo y de orden. Sólo Conrado aparecía por ahí diariamente, siempre para ayudar en algo, y Trini y él literalmente se adoraban y respetaban y complementaban. Sólo las cada vez más frecuentes «ponchadas» de Carlitos, sus tardanzas y sus cada día menos creíbles excusas para unos ojos rojos de mal vivir y dormir, interrumpían esa rutina tan tropical y agradable. Y alguna que otra carcajada, como cuando el culto expedicionario renacentista Antonio Núñez Jiménez mandaba probar en mi casa algunos de los artefactos que pretendía utilizar en su hazaña de llegar en canoa desde la espesura amazónica y fluvial hasta las luminosas aguas del Caribe. «¡Núñez está loco!», exclamaba Trini, mientras Conrado colgaba de un techo de Finca Bryce algún absurdo aparato para espantar mosquitos y demás insectos monumentalo-amazónicos, algún modelito último-grito-de-la-ciencia que acaba-ba de recibir de Nueva York o Moscú. Y, a la mañana siguiente, había más mosquitos que nunca en esa habitación, y yo le devol-vía su «descubrimiento» al sabio, con una nota que decía: «Mejor recurrir al viejo matamoscas, mi querido Antonio, que ya está completamente inventado.»

¡Ah! Pero aquellos fray Betos y demás curitas jóvenes de la

Teología de la Liberación. Humano, muy humano, claro, pero después lindaba en lo inhumano lo que me hacían en casa. Ellos sí que eran capaces de romper la armonía de nuestra amplia y moderna casa, playa de Santa María. ¡Qué diferencia, por Dios, con mi reverendo amigo y maestro Gustavo Gutiérrez y su profundidad tan peruana como universal! ¡Y su fe tan cristiana como liberal y grave y difícil y sacrificada! Estos curitas jóvenes, en cambio, eran para las *Crónicas italianas* de Stendhal, con los conventuales escándalos que nos organizaban con una carita de santo inocente y ave María purísima sin pecado concebida santísima... Los muy condenados se traían a sus secretarias privadas a abortar a Cuba, y de preferencia en silencio, y de preferencia donde Trini, que de preferencia vivía en Finca Guanabo o Finca Bryce.

Y yo la miraba con cara de Manongo, dónde lo pongo, cuando nos dejaban a alguna secretaria embarazada en casa, deprimidísima, engreidísima, malcriada, nerviosísima, y sabe Dios si enamoradísima, además de todo. Insoportable, casi siempre, pero Trini era amiga del curita X y muy amiga de su secretaria y a «Manongo» qué remedio le quedaba, había que hospedarla mientras se resolvía el caso, nada menos que en casa. Yo trataba de tranquilizar a todos, leyendo alguna crónica conventual-stendhaliano-italiana, y aunque lograba arrancarle alguna sonrisa de comprensión e ironía a Trini, la Carmencita de turno se ponía cada minuto más insoportable y llorona. El teólogo liberal, en cambio, tomaba las de Villadiego y se internaba nuevamente en la selva brasileña de su sagrada misión cumplida. En fin, «pecadillos de juventud», que diría nuestro Ricardo Palma peruano, creo que para excusarse por su juvenil y ardiente romanticismo.

Pero como la Teología de la Liberación era revolucionaria, según las nuevas orientaciones de Fidel y el PC cubano, resulta que Trini defendía al curita y me resultaba más antifeminista que el Papa. Y era yo quien tenía que defender los derechos a decidir de su vida y sus derechos, de su aborto o no aborto, de la insoportable secretaria de turno. Y terminaba llorando con ellas y consolándome con ellas, gracias a las providenciales apariciones de Conrado con algún tranquilizante que no existía pero que él conseguía. En fin, estas mujeres que se debaten entre la santidad, la virginidad, y el hecho consumado de que están encinta y profundamente enamoradas de un cura que, encima de todo, está huyendo tras haberla dejado en reconfortantes y limpia-conciencias manos revolucionarias. Sabrá Dios... Pero a mí la situación me resultaba por cierto muy embarazosa. Y de pronto, todavía, en medio de tanto laberinto, la madre Teresa de Calcuta, la inseguridad de Fidel que necesitaba de escritores para que lo acompañaran a rascarse la preocupada barbota, y literalmente rizar mil rizos en el camino al lugar en que estaba alojada la santa. Y, después, para que uno le soltara en sus rizadísimas barbas que el asunto, en verdad, había sido un empate, comandante. Y, usted perdone, comandante, pero si empate hubo fue gracias al penal patriótico que le toqué a último minuto.

Al comandante le encantaba aquello del penal patriótico y hasta pensaba que era letra en prosa de algún fandango de Lima o algo así. A cada rato me pedía que le volviera a contar en público la historia del famoso árbitro peruano, el Gato Bulnes, con sus pantalones largos y blancos a lo Wembley o Wimbledon de ayer y su chompa de lana y tenis ídem, en el estadio nacional de Lima y de mi infancia. Sus arbitrajes de gringo criollo y calvo eran respetados en toda Sudamérica y jamás nadie pidió ni le discutió su famoso penal patriótico. Era, además, recuerde el alma dormida, por amor al país natal y a la camiseta patria y no al país de adopción que es el club profesional que mejor paga. Era la época amateur, o sea la de los que aman. Y el Gato Bulnes amaba por sobre todas las cosas de este mundo al Perú y eso la gente lo podía entender hasta la injusticia en Asia Menor, por ejemplo. O sea que nadie le discutía su penal patriótico al viejo calvito peruanísimo. Lo pitaba matemáticamente y estuviese donde estuviese el juego, cinco minutos antes de terminar todo partido de fútbol en el que Perú anduviese empatado o fuese perdiendo por un gol de diferencia. Jamás nadie discutió las victorias o empates de último minuto que el equipo peruano obtuvo gracias al inmortal Gato Bulnes y su penal patriótico. Se celebraba con el Himno Nacional del Perú y todo. ¡Qué lindo era el fútbol amateur! ¡Qué lindo cuando se jugaba por amor a la patria y a la camiseta! ¡Cuando se sudaba con lágrimas el uniforme patrio! Cuando, comandante, como dijo usted el día de la clausura del Congreso de Periodistas ese al que me metió Gabo de contrabando, no se mataba por dinero sino que se moría por dignidad. Fidel encantado con lo profesional que me estaba volviendo yo.

Y es que resulta que el par de locos éstos, monjita santa y revolucionario barbudo, se encerraron en una habitación y no iban a cesar en su empeño hasta que los sorprendiera la muerte. El diálogo de sordos era más que nada un monólogo de solitarios y consistió en esto, básicamente: «Usted, madre, como yo, es una revolucionaria que todo lo ha hecho por amor al pueblo. Sus hospitales, todo.» A lo cual la monjita hecha una pasita de arrugada, le respondía con santa paciencia de mula: «No. Yo eso lo he hecho y lo seguiré haciendo por amor a Dios.» Y repitiendo lo mismo y lo mismo llevaban horas de horas, cansadísimos ambos, y Fidel era además el anfitrión interesado. Era, pues, el momento de *ser* el Gato Bulnes, y toqué mi silbato. La reunión había terminado, en lo que al árbitro se refería, con un honroso empate y triunfo de la Iglesia y la revolución. Aunque luego, desinflándose de descompresión en el carrazo negro y monumental de jeque árabe con cortinitas blancas, Fidel confesó: «La verdad, es la primera vez en mi vida que hablo con una santa.»[1]

Indudablemente, a Fidel «le salió el indio», como se dice. Y el indio de Fidel era, sin duda, su educación jesuita allá en su juventud, o sea ya lejos, pero también presente siempre en su alharaca revolucionaria. Si no, que lo diga Carlos Rafael Rodríguez, alias «el Fino», según yo, que ése sí que era ya comunista mucho antes de que Fidel hiciera la primera comunión marxista-leninista.

Pero el verdadero genio del olfato político, por más que muchas veces lo encerrara en perfectas fórmulas literarias de

---

1. Lo más increíble de todo esto es que, dos o tres días después, vi a Gabo y me contó casi exactamente la misma historia. Me quedé patitieso, y sólo pude llegar a esta conclusión: no contento con un primer empate, Fidel había recurrido a otro árbitro, a otro escritor. Y o Gabo le tocó también penal patriótico, o el empate se produjo de nuevo «por su propio peso», como caerían las cosas si no existiera la ley de la gravedad.

ejemplar sencillez, era Gabo. Él sí que sabía tocar hasta veinte penales patrióticos en menos de lo que canta un gallo. Y sin que nadie, ni siquiera el propio Fidel, se enterara. Tenía algo de encantador Rasputín caribeño, el Nobel 82, un instinto, un qué sé yo, algo con que se nace. Y algo, también, que a Raúl Castro nada le gustaba, o que simplemente envidiaba. Desde luego, esos dos no simpatizaron nunca y casi me atrevería a jurar que tampoco se llevaban bien, por más que la nobleza los obligara. Raúl, además, era vulgar en su forma de meterse con la gente (nada agradable era, por ejemplo, oírlo llamarle «Lisandra», en público, a Nara, la hermosa y simpática compañera de Lisandro Otero). Es curioso, pero a pesar de sus orígenes muy populares que, estoy seguro, él exagera hasta caer en el populismo, aunque sea mitad en broma y mitad en serio, Gabo es un hombre fino de nacimiento. A pesar suyo, casi, y que me perdone.

Raúl Castro, a pesar de su buena familia original en Cuba y su buena educación primaria y secundaria, no era un hombre fino como podía serlo, como era, en realidad y mucho, su hermano Fidel (quítenle toda la locura de encima al comandante y queda un hombre fino, estoy convencido, un hombre de sentimientos y modales muy finos). Tal vez porque Gabo no le gustaba, disfruté yo de los «favores» y de la simpatía de Raúl Castro. Las únicas dos veces que lo vi en mi vida (aunque mi último viaje a Cuba fue, sin que yo lo supiera hasta el final y sin que a mí se me ocurriera pedirlo jamás, por supuesto, una invitación del Ministerio de las Fuerzas Armadas, o sea el colmo. Yo, que poseía miles de pesos de derechos de autor y que había rogado, con influencias y todo, gastarlos en billetes de ida y vuelta, en una estadía en La Habana y en un tratamiento médico para mi esposa) mostró todo tipo de deferencias hacia mí. Y la primera vez ni siquiera me conocía. En todo caso, en ambas oportunidades fue delante de Gabo y éste hizo rápido mutis por el foro. La segunda vez fue la de mis peteneras y la bronca con Fidel por lo del artículo en *Granma*.

La primera vez, lo recuerdo clarito, fue en el Palacio de la Revolución. La recepción al entonces presidente argentino Raúl Alfonsín había terminado, y Gabo y yo nos habíamos quedado descansando los pies un rato, charlando con gente que se acercaba, y bien sentaditos en todo caso. Yo me había aburrido de lo lindo y no veía las horas de estar nuevamente con Carlitos en el auto, rumbo a Guanabo. Trini, además, brillaba por su ausencia en esas grandes ocasiones. Lo suyo, como siempre, era la base. Aunque su destino, desde los trece años en que salió por los pueblos de alfabetizadora, la había venido encumbrando y encumbrando en el mundo político-cultural.

Raúl Castro entró como Pedro por su casa, pidió una botella de ron añejo, mucho hielo, se presentó casi sin presentarse, pero sí que nos presentó o me presentó a mí, en todo caso, a un hombre callado y como muy humilde, algo así como un aprendiz de brujo becado por la Cuba revolucionaria, en pleno 1986. La verdad, ese hombre de mano visiblemente destrozada por la tortura y llamado Humberto Ortega, me cayó francamente bien y le acepté gustoso su informal invitación —jamás concretada— a visitar Nicaragua. Sonreía, escuchaba, bajaba la cabeza y callaba. Parecía estar «bajo las órdenes» en todo y encontrarse bastante bien así. Y estar francamente contento con la presencia de Gabo y la mía. Pero Raúl arrancó con lo de «Salud, Bryce», una y otra vez. Era su manera de decirme que le había caído simpático y de acentuar sus puyas contra los mocasines blancos de Gabo. No sé cómo, logró además que Gabo quedara sentado en el centro de un círculo de gente. De un círculo de gente, claro, que debía soportar el asunto aquel de los zapatos blancos de Gabo. Éste tomó rápidamente conciencia del asunto y se marchó indudablemente disgustado. Y siguieron los «Salud, Bryce», hasta que Raúl quiso tenerme a sus órdenes.

Creo que nadie vivía tan bien en La Habana como el chileno Max Marambio, gran amigo de Gabo, hombre simpático por excelencia y un loco de las ideas empresariales y de los medios de comunicación. Según Trini, que nada lo quería, el Guatón, como todos le llaman siempre, se había pasado más de una temporada cuidando patos en una granja, «por encargo» del comandante en jefe. Estaba casado entonces con Lupita, la guapa hija de Lupe Velis y Antonio Núñez Jiménez, había sido secretario y amigo personal de Salvador Allende, y salvó la vida por un pelo cuando el asalto del Palacio de la Moneda por Pinochet. Adoraba y cuidaba siempre de «la Payita», algo así como la «otra viuda de Allende». La Paya, mujer extraordinaria como pocas, dulce muy dulce, había sido la secretaria privada de Allende y, afirman los díceres, su verdadero amor. La cobijaba Cuba y trabajó siempre en turismo, así como México cobijaba a Hortensia Bussi, «la otra viuda de Allende», la esposa oficial, en todo caso.

En casa del Guatón Marambio vi a Gabo ejercer sus dotes de político que sabe lo que busca y lo que va a sacar. Se aproximaba la visita de Felipe González y Guatón homenajeaba a Serrano de Haro, entonces embajador de España en Cuba. Un hombre serio, discreto, y que solía aparecer en público aquel verano con una hija muy guapa que realmente sacaba de sus cabales al inquieto Guatón y le arrancaba una fea mueca a Lupita, la bellísima dueña de casa. Gabo buscaba dinero para la Fundación del Nuevo Cine Latinoamericano y para la Escuela Internacional de Cine de San Antonio de los Baños, un proyecto que mimaba con la minuciosidad que caracteriza toda actividad en la que pone su empeño. Era genial escuchar sus conversaciones con el serio embajador. Era algo entretenidísimo y que realmente renovaba mi interés en «participar» en esas comilonas en la cumbre, por llamarlas de alguna manera. La verdad, las últimas habían sido bastante cansadas y aburridas y, sobre todo, la recepción a ese fatigado presidente en retirada que era ya Raúl Alfonsín. De él sólo recuerdo su aspecto de resignación y cansancio casi históricos. Cuando me dio la mano tanto rato y yo no lograba retirarla porque el presidente como que seguía diciéndome algo con una voz inescuchablemente baja, comprendí que, en realidad, se estaba aprovechando de mi mano un rato para dejar descansar la suya. Y ésa fue mi muy humilde contribución al retorno de la democracia en la República Argentina. Pocos días después, el primer y anunciado cólico a la vesícula hizo que por fin me decidiera a ser operado. Yo lo que quería y soñaba, en realidad, era aprovechar de esa oportunidad para que me cambiaran de pies.

UNA OPERACIÓN SOCIALISTA

Más de tres meses habían pasado desde mi llegada a Cuba y realmente yo no paraba un instante cuando vino el primer y maldito cólico a la vesícula. Lo que es el destino: lo habíamos hablado antes, en Madrid, con el gran amigo que seguirá siendo siempre Daniel Sueiro, narrador y periodista ejemplar a quien yo había llamado en un artículo «el caballero gallego de la literatura española». Los dos necesitábamos la misma operación, pero mientras yo me divertía en La Habana y postergaba el día de mi ingreso a la clínica, Daniel, mi querido Daniel, tenía muchísimo más que un problema de vesícula y, mal que bien, había partido al Puerto de Santa María a recuperarse de algo cuyo desenlace fatal todos temíamos. Y fue Chus García Sánchez quien, a los pocos días de entrar yo al fabuloso CIMEQ (Centro de Investigaciones Médicas y Quirúrgicas), me llamó de Madrid para avisarme que nuestro Daniel había muerto.

Yo, mientras tanto, era objeto de tantas bromas como cuidados y análisis. Mi obsesión seguían siendo mis pies y en La Habana creía haber encontrado la solución en manos del equipo del célebre doctor Álvarez Cambra. Conrado me acompañaba diariamente de una clínica a otra y, a veces, aprovechaba de mi chequeo para chequearse él también. Y hasta hoy recuerda haberme visto colgado de mil barras por el techo, como gran gimnasta, dejándome fotografiar y radiografiar los pies desde todos los ángulos posibles. La historia de mis pies, muy digna de un fin de raza, como decían en Lima, se remontaba a mis primeros años universitarios. La gente me decía que yo cada día andaba de una

451

manera distinta y más de una persona afirmaba haberme visto saltando un día sobre un pie y el siguiente sobre otro. Todo podía ser verdad, porque cada vez sufría más en mi intento de apoyar la diminuta monedita-callo que apoyaba de cada talón y de cada dedo gordo del pie. Mi primer intento de arreglo fue con el doctor Scholz, en Lima. Me otorgaron gratuitamente un par de suelas ortopédicas de cuero y hierro, a cambio de unas fotografías de mis pies como modelo a exhibir entre las calamidades máximas que los establecimientos Scholz habían atendido por el mundo entero. Una semana después, regresé con ambas plantillas partidas por la mitad y la enfermera, muy gentilmente, me rogó que por favor no volviera más.

No puedo decir que he arrastrado los pies desde entonces por varios continentes, porque en realidad he caminado siempre con el 99 % de cada pie en el aire. Arco curvo, empeine excesivamente elevadísimo, en fin, todo lo contrario de un rutinario pie absolutamente chato y plano. El asunto se fue agravando con los años y tuvo que ver siempre con mi afición por el buen whisky. Entre las manos que me temblaban y los pies que me dolían a muerte, un cóctel y una larga conversación de pie en un cóctel han sido siempre los momentos más temidos y dolorosos de toda mi vida. Igual en el metro o en los autobuses, aunque ya voy aprendiendo a ganarle por un pelo el asiento a una ancianita o, con santa resignación, aprendo a esperar el día feliz aquel en que alguien me ceda, por fin, un asiento. Durante la década del 70, en París, mejoré bastante, gracias a las hazañas tenísticas a las que me obligaba mi amigo y colega chileno Miguel Rojas Mix. Pero, como cuando jugaba fútbol con verdadera pasión, siempre tuve el hándicap en contra de mis dobladuras de tobillo y mis estrepitosas caídas. Debo haber usado un millón de suelas ortopédicas en mi vida y sólo una vez que, en agosto de 1978, compré en Málaga un par de ellas, me sirvieron de ligero alivio. Pero se gastan, claro. En Montpellier hice meses de antesala para llegar a la antesala de un célebre especialista, al que visitaba gente venida del mundo entero. Me dijo que el dolor se intensificaría siempre, pues yo siempre había caminado con los músculos de las piernas (para nada con los pies) y que éstos, con la edad, señor... En fin, que ni suelas ortopédicas ni nada. Una bicicleta de salón, todo el fortalecimiento posible de los músculos de las piernas, y esperar así hasta el día en que la muerte, por fin... Porque la operación sólo era posible en un niño. En mi caso habría que destrozar los pies y literalmente irlos rehaciendo varias veces. Y sin ninguna garantía de nada, a lo largo de muchísimos años.

Los cubanos en cambio no se daban por vencidos y, aunque también descartaron la operación, el doctor Álvarez Cambra y su equipo pensaban que unos buenos zapatos ortopédicos, que sí, que sí. Y Teresita, la infatigable Teresita de la Casa de las Américas, puso todo su empeño en aliviarme, aunque tuviese que llevar los muy peruanos zapatos Diamante, que calzan al pie como un guante. Y eran cada vez más finos y caros y científicos los zapatos, pero todo seguía igual. Me resigné a unos botines o botones exactos a los de Fidel Castro, algo que sólo se puede soportar en invierno, pero que, al igual que su uniforme de comandante, sólo Fidel soporta en el verano casi eterno de La Habana. Y yo creo cuando me dicen que lleva todo un sistema de aire acondicionado por dentro. En fin, *piedra y camino* fue, es y será mi destino, como en la canción que cantaba el debutante Lucho Gatica.

Odio la fama que tienen mis pies en Cuba, ya que creo que ésta se debe a todo un servicio de espionaje burocrático que impide que uno pueda escribirle una carta a una novia o a un amigo a su oficina. Las abre todo el mundo, van de mano en mano, y la menor confidencia puede quedar registrada por una burocracia maldita. Mis pies y la correspondencia que, en torno a ellos, mantuve con Trini, deben figurar en los archivos de los servicios de una inteligencia sin pies ni cabeza. Yo pedía, yo rogaba, que me pusieran nuevos pies, que me quitaran peso de encima de los pies, que me redujeran hasta la cabeza con tal de aliviar en algo siquiera el calvario que era mi destino, sobre todo cuando hay un cóctel en un piso de mármol, Trini, como esos del comandante en jefe cada vez que recibe u homenajea a alguien. O me llevan donde el doctor Álvarez Cambra y me reducen al mínimo las grasas de tanta piedra y camino, o mi fervor revolucionario no llegará para volver a someterme a la tortura de ponerme en cola para saludar a Fidel. Y, a lo mejor, Trini, ya que la medicina anda tan adelantadísima en Cuba, las piedrecillas de mi vesícula pueden ser reconvertidas en pies nuevos y así le ahorramos más agobio económico a la revolución, averigua, tú que mandas e impones, averigua, por favor. En fin, cosas por el estilo, que terminaron mal cuando la revolución sólo pudo darme unos botines-botones de la misma calidad y peso que los del comandante, según pude comprobar precisamente mientras hacía cola para saludarlo una noche, o mientras soportaba con democrático estoicismo que Raúl Alfonsín terminara de reposar su cansada mano sobre la mía, algo que repercutió fatalmente sobre mis pies aquella noche atroz. Metió la mano y la pata, realmente, el pobre presidente argentino, pero ni loco me hubiera atrevido yo a colocarle un pie sobre su mano, a ver si así descansábamos juntos los dos un ratito. Ya lo decía: *piedra y camino*...

¡Qué cuartazo el del CIMEQ! ¡Qué lujo de vestíbulos y pasillos! ¡Qué maravilla de cuadros en las paredes! Ahí sólo entraban héroes de la revolución, heridos en el ardor del combate en Angola, internacionalistas del mundo entero, magnates del cine y de la empresa (pagando en dólares, claro), cúpula del PC de Cuba y el mundo uníos, líderes del Tercer Mundo, y yo. Sólo puedo quejarme del pijama, que me quedó chico, y de que no me dejaron usar el mío. Pero, en cambio, me operaba el doctor Selman, médico personal de Fidel, o uno de los muchos médicos personales de Fidel. No lo sé, pero con uno bastaba y sobraba para una sola vesícula, aunque más adelante empezarían a descubrirme otras calamidades. A voz en cuello se afirmaba que, en el cuarto de al lado, a cambio de 200 mil dólares, le estaban cambiando de cara a Alain Delon, para dejarlo exacto a Alain Delon. Y yo pedí lo mismo, aunque la verdad es que no sabía muy bien a quién quería parecerme. Para Tere, mi primer amor, quería ser James Dean en su mejor momento, o sea de preferencia en *Gigante*, para Maggie, mi primera esposa, quería ser cualquier cosa menos Alfredo Bryce, para la *Principessa* quería ser Leslie Howard en *Lo que el viento se llevó*, porque tenía un rostro muy sensible, porque era un caballero del Sur, nada tan vulgar y triunfador de acento y de todo como Clark Gable, en todo caso. Trini quería que fuera yo y el comandante me había pedido «constancia en el futuro». En fin, que ahí nadie se ponía de acuerdo y nunca me he arrepentido más de nada, creo, como de haber solucionado el impasse con una cita de Spinoza: «Todo lo que existe, se esfuerza por perseverar en su ser.» Alain Delon hizo una *rentrée* triunfal el siguiente otoño, con una super portada a todo color en *Elle, Marie Claire*, o alguna de esas revistas, donde a todas luces se veía lo bien que había quedado mi mítico vecino. La verdad, jamás lo vi. Pero también puede haber sido uno de los parchadísimos héroes de Angola que me crucé por los pasillos de mi pabellón, con más dolor en los pies que en la vesícula, por ser los pasillos de mármol y mi andar muy lento.

Minutos antes de la operación, el doctor Selman me explicó en qué consistía la medicina socialista, mientras yo iba jurando cumplir una por una cada consigna. En el capitalismo, el médico se compadecía del paciente y lo dopaba para que no sintiera dolor alguno después de la operación. Y así lo mantenía en la clínica más tiempo del que la naturaleza humana, sabia como nadie, requería. En fin, era una forma típicamente capitalista de arrancarle una plusvalía a los pacientes, pasándoles un facturón después por largos días de internamiento. En el socialismo, se le ahorraba al paciente el gasto inútil al que lo habituaba la sociedad de consumo. Se dejaba que la sabia naturaleza actuara por sí misma e iniciara una instantánea recuperación vital. En pocas palabras, compañero Bryce, lo que tiene usted que hacer, no bien empiece a despertar de la anestesia, es empezar a toser. Le dolerá tremendamente la primera vez, pero pruebe la segunda y verá cómo le duele tremendamente menos. Y así hasta que la sabia naturaleza vaya actuando y no sea necesario doparlo a usted con calmantes postoperatorios que no son más que otro exceso hedonista de la sociedad de consumo. Tosa, compañero, no bien abra un ojo, tosa y deje que la revolución se encargue del resto. Por último, despertará usted bajo cero, como medida de precaución para evitar las infecciones. Despertará en una especie de cuarto-refrigeradora y así no correrá el más mínimo riesgo de que un caribeño y caluroso microbio se le meta por la boca o por la herida.

Desperté, en efecto, en una habitación-frigorífico y ahí anduvo mi camilla rodante durante largas horas, como olvidada de la mano de Dios y del socialismo. El doctor Selman me había dicho que quería verme caminando por los pasillos a la mañana siguiente y que para ello era indispensable que empezara a toser y a

455

maldecir no bien abriera un ojo. Ya vería, en algún momento me encantaría toser y bendeciría. Tosí y, en efecto, era como si uno tosiera por última vez en la vida. Y ahí anduve tosiendo en voz muy baja horas y horas pero el doctor Selman, para ser sincero, tenía toda la razón del mundo. Cada vez dolía menos toser y uno se daba el lujo de elevar la voz tosiendo y todo. Pero hay un cálculo que se le escapó a la revolución: el estornudo, que es un terremoto generalizado. Y con el frío estornudé y tuvieron que venir a ver si había golpe de Estado o algo así en el frigorífico del CIMEQ.

Pero el doctor Selman y la revolución siguieron teniendo razón y, esa misma noche, cargando mi propio suero y bajo la atenta mirada de Trini, logré bajarme de la cama e ir al baño solo. Y, la verdad, aparte de los dolores de la sabia naturaleza, lo que más me molestaba eran los pies de siempre y el asunto aquel del pijama que me quedaba a la trinca. Caminaba como un héroe por los pasillos de la revolución, a la mañana siguiente, y Lupe Velis y Trini no cesaban de felicitarme y de conseguir que me trajeran más helados de vainilla, único remedio que he encontrado en mi vida para reemplazar un buen trago. Había además una gran Feria Internacional de la Industria, en La Habana, o sea que encendí el televisor para ver al comandante en jefe de feria. Sus propios guardaespaldas estaban desconcertados y lo vigilaban más que nunca cuando se mandaba sus buenos tragos de vinillos y vinos en cuanto pabellón español le sacaran una bota o una botella. ¡Cuándo un Médicis o un Borgia se hubiesen atrevido a un gesto tan audaz!

Que buscaba a un escritor peruano y loco, decía una voz acompañada de silencio y corriente de aire. Yo estaba viendo a Fidel abandonar la Feria cuando lo vi entrar en mi habitación. Trini, emocionadísima, trataba de agrandarme el pijama y de que quedara yo lo menos postoperatorio posible. Y yo tosía *cual pluma al viento*, para que el comandante en jefe viera que, en menos de lo que canta un gallo, ya estaba listo para Angola y lo que usted mande, mi comandante. Fidel me aseguró que se estaba revolcando de risa con *La vida exagerada de Martín Romaña*, aunque no me soltó capítulos enteros de memoria, creo que por consideración a mi estado, y que ese libro «mediotíntico» se publicaría en Cuba, pagándose mis debidos derechos de autor. Yo le aseguré que en la Feria Industrial podían haberlo envenenado, pero él a su vez me aseguraba que jamás «un gallego» envenenaría a un cubano. «Desconfíe usted de todos los demás, pero jamás de un español, *cantaó*.» Me puse sabio en política, y le dije que tuviera cuidado con España, la Madre Patria nos abandona por Europa, Comandante. Pero él se puso más sabio todavía, que era cuando le salía realmente lo de ingenuo hasta la ternura: «Mire, Bryce —me explicó–, si España se va con la Comunidad Europea es sólo para robarles tecnología y luego pasárnoslas a nosotros los latinoamericanos.» Textual. Como textual fue también la envidia que produjo entre algunos intelectuales y artistas cubanos aquella visita. Roberto Fernández Retamar, presidente de la Casa de las Américas, el hombre que, creo, más había hecho por sacarme de la lista negra cubana y para que me pudieran invitar a Cuba en 1981, gran poeta y profesor, fue víctima de su cada vez más frecuentes depresiones. Pobre Roberto, no vino a verme a la clínica, dizque porque si Fidel ya me había visitado, para qué iba a visitarme él. Pero yo, en todo caso, continuaba agradecidísimo. E ignoraba por completo que, apenas un par de días después, iba a estar navegando por el Caribe con unos veinte puntos en la tripa.

Hasta Trini ignoraba quién había entrado a nuestra Finca Bryce de Guanabo y se me había aparecido en la clínica con mi mejor terno de verano, camisa y corbata. Pero nada más. Rumbo al Palacio de la Revolución, supe que se trataba de Felipe González y una amplia comitiva española. Bastaba con ver los grandes paneles con el rostro sonriente de Felipe y el «Bienvenido a Cuba» que, con estilo bastante social realista, acompañaban a los árboles tropicales por las amplias avenidas verdes. Unos veinte puntos (creo que fueron exactamente diecisiete, más el dren, un poquito más abajo) me pesarían esa noche sobre los pies, sobre el piso de mármol. En fin, allá voy si no me caigo. Felipe regresaba de Lima y yo me preparé un discursito y todo, para soltárselo cuando llegara mi turno en la cola para darle la mano. «Me hubiera encantado darle la bienvenida en mi país, señor presidente, pero mire usted dónde me encuentro metido en cambio.» Y se lo estaba soltando textualmente, cuando él y el entonces ministro de Cultura, Javier Solana, rompieron el protocolo y se pusieron en cola para abrazarme y acusarme de ingrato. Y todo esto mientras Gabo añadía: «Es, en efecto, un ingrato. Mil veces le he dicho que cuando vaya a Madrid los llame por teléfono.» Pero mi vida, la verdad, ha sido siempre más sencilla que la de Gabo y no suelo andar con el teléfono de palacios de gobierno en el bolsillo.

Era inmensa la comitiva de los españoles y todos estaban felices de haber terminado, por fin, la visita a Lima. Se notaba a la legua. El viaje a La Habana, por más importante que fuera, tenía un contenido sentimental y de reposo que no había tenido para nada el peligroso viaje al Perú de Sendero Luminoso y Alan García, que había cansado a los españoles con sus gestos demagógicos, con su egocentrismo y con sus peligrosas rupturas de protocolo. Todo eso me lo habían comentado en la clínica y, la verdad, podía corresponder exactamente al carácter de nuestro entonces presidente. Es uno de los pocos jefes de Estado de los que he huido en mi vida. Una vez, encontrándome yo en el hotel Cesar's, de Miraflores, me avisaron por teléfono que no me moviera, por favor, porque un edecán del presidente García estaba en camino a buscarme. Salí disparado y me refugié en el bar del hotel El Condado, a pocas cuadras de distancia. Y pido perdón por no tomarme en serio la mayor parte de las cosas, pero ya ven: Vargas Llosa aceptó un edecán de Alan García, le devolvió cortésmente la visita al presidente, y después terminó convertido en su más acérrimo enemigo. Otra cosa era mi maestro (desde la universidad y siempre) Luis Alberto Sánchez, entonces primer vicepresidente de la República, que siempre esperaba que Alan García estuviera de viaje en el extranjero y él en su cargo, interinamente, para invitarme a palacio siendo él presidente del Perú. Cosa de niños, dirá la gente, pero no. No, porque seguía siendo nada más que mi maestro de siempre cuando me hablaba de nuestra Lima, de la Lima que se fue, de literatura, en fin, de lo nuestro de toda la vida. Y mantengo una cariñosa correspondencia con el doctor Luis Alberto Sánchez, en la cual la palabra «política» no ha asomado nunca, a pesar de que los dos sabemos que es realmente hasta novelable la animadversión que su partido, el APRA, le tenía a mi abuelo materno y viceversa.

Al que también le rechacé una invitación al Eliseo fue a Mitterrand. Mi Permiso de Residente Privilegiado era aún válido cuando dejé Francia y me instalé, por fin, en Barcelona, y cuando un día el cartero me avisó que debía recoger un sobre insuficientemente franqueado y procedente de Francia. Casi boto el aviso postal, pero como vivía al lado del correo de la calle París y a cada rato iba a dejar cartas, en unas de ésas recordé lo del sobre proveniente de Francia y me acerqué a la ventanilla pertinente. Venía del Ministerio de Cultura y lo abrí sin imaginarme qué diablos podía ser el sobre ése insuficientemente franqueado. Pues

459

era ni más ni menos que mi nombramiento de «Caballero de la Orden de las Letras y las Artes de Francia» «¡Cáspita! –exclamé, en vista de que todavía no se me había pegado lo de "¡Coño!"–, hasta cuando me nombran caballero se equivoca la burocracia.» Y solté las trece pesetas que debía, pensando con ironía que si al menos me hubiesen nombrado «caballero» en las épocas de la *Principessa*... Bah, seguro que el mismísimo gallo cantaría...

Total que, siendo ya caballero y siendo todavía residente privilegiado, según documentos que había legalizado notarialmente, me acerqué al consulado francés de Barcelona a solicitar un visado para ir a presentar un libro mío en París. Y me trataron como a un perro. Y, un par de días después, ya en París, no sé cómo terminé metido en la inauguración matinal (la vespertina era pública) de las obras de restauración de *La Maison de l'Amérique latine*. Ni Gabo estaba ahí. Sólo el pintor chileno Roberto Matta Echenique (según me dijo él que se apellidaba,[1] en una llamada copera a las 2 am de París a Montpellier, una noche en que estaban festejando el paso de Lisandro Otero), Regis Debray, Jack Lang, ministro de Cultura de Francia y cuatro o cinco despistados más como yo. Llegó un Mitterrand muchísimo más cansado que el Alfonsín de La Habana y de color verde que no te quiero ver tan verde. Yo creo que habían traído al Mitterrand del Museo de Cera de París. Pero su esposa sí era la Danièlle oficial y la que saludaba con sonrisas y admiraba con palabras y gestos los cuadros del excelente pintor colombiano Alejandro Obregón, que se exhibían retrospectivamente. Madame Mitterrand se me acercó de pronto y me dijo con protocolo pero simpático y poco protocolar que qué hacía yo el martes a la hora del almuerzo. La esposa de Gaston Deferre, a quien parece que le debo ser caballero en Francia, y su esposo, alcalde de Marsella y mucho más durante largo tiempo que ya acabó, querían «tenerme» a almorzar con *François le président, mon époux*, y con ella. Me dolían tanto los pies que fui capaz: «Madame, con el debido respeto, que es sobre todo mío, y con el debido agradecimiento que, espero sea mutuo, no puedo comer en el Eliseo mientras se me siga tratando mal, per-

---

1. En realidad, me he enterado después, se apellida Matta Echarau o algo así, vasco también. Pero él dice que da lo mismo, y como lo dice un genio...

done el eufemismo, en el consulado francés de Barcelona. Mi agresividad, *pardon, madame*, sólo es explicable, creo yo, por el estado de mis pies y sólo es justificable por el estado del consulado de Barcelona.» Madame ya se lo había imaginado: «Lo encantador, lo *drôle* y *charmant* que era el autor de Martán Romaná.»

Debo decir, en honor a la verdad, que Sofía y Micel Luneau, más cazadores profesionales que editores de libros, pero mis editores franceses en ese momento, me habían invitado a safariar en África y la partida era precisamente el martes del Eliseo. Ésa fue la verdadera razón y, usted perdone, madame Mitterrand, pero, aparte de que todo lo que le dije sobre ese consulado era verdad, yo un viaje al África con dos expertos cazadores no me lo pierdo. Aunque los cazadores sigan sin pagarme mis derechos de autor, alegando quiebra. Y, hablando de África, unas últimas líneas para otro jefe de Estado, antes de embarcarme rumbo a los cayos del Caribe. Era un muchachito llamado Thomas Sankara, que había dado un golpe de Estado de «inspiración Gadaffi» en Burkina Fasso y había venido a La Habana a aprender de todo y llevarse tecnología. Se fue lleno de cooperantes técnicos, de asesores políticos y qué sé yo qué más. En fin, estaba encantado, Thomas Sankara, cuando tras dolorosa cola de pies sobre mármol, de Palacio de la Revolución, otra vez, Andrés, ten paciencia, Hortensia, lo saludé porque se llevaba la mejor tecnología de ni sé qué fábrica importantísima. Al día siguiente de su partida, Conrado y yo vimos en televisión todo un informe sobre el fracaso de aquella inmensa fábrica, de aquel complejo industrial o lo que fuera, y las razones revolucionarias que rectificarían esos errores. Pobre Thomas Sankara, se había llevado íntegros los errores tecnológico-industriales. Nunca más supe de él. ¿Vive o no vive? Hasta 1987, según mi pequeño Espasa, seguía en el poder, pero creo que algo oí decir un día. Bueno, no recuerdo, francamente, y tampoco viene al caso.

Fidel me llamó a un lado y me dijo que esa noche lo esperara con Gabo en casa de Núñez Jiménez. «Mis puntos, comandante», protesté yo, pero él me dijo que el doctor Selman se embarcaba también. Traté de comunicarme con Trini, pero la llamada «se caía» siempre y las instrucciones eran que no se me dejara volver ni a la clínica ni a mi casa. Dormiría en casa de Gabo, y a las cinco de la mañana debía estar en pie. Pero si yo no tengo ni mi ropa de baño y no puedo afeitarme sino con mi máquina eléctrica. Soy hemofílico y me corto cuando tiemblo al verme ante el espejo (leve exageración en mi loco afán de reposar esa noche, porque no me corto y me desangro por hemofílico sino por el espejo que se me temblequea todo). Me mandaron de un empujón a casa de Antonio Núñez Jiménez y de Lupe. Ahí apareció Fidel hacia las 2 am con su inseguridad de siempre. Quería saber si los españoles estaban contentos y por eso nos había tenido esperando ahí hasta esa hora. Me volví político y le dije algo que, definitivamente, le encantó: «No solamente deben estar contentos, comandante. Están realmente felices. Piense usted que vienen del Perú y que la guardia personal, decenas de personas, que Felipe tuvo que llevar a Lima, debe estarse bañando ahora en mojito en Varadero.»

A casa de Gabo llegué arrastrándome y, además, me caí del automóvil al bajar. Se me atracó un pie con un cinturón de seguridad que andaba suelto y aterricé sobre una rodilla. Gabo se quedó realmente preocupado y yo aproveché para pedirle un whisky. Me trajo un whisky, ordenó que me dejaran la cama lista, y comprobó que yo en efecto me estaba acostando y no escapando. Le rogué que me consiguiera una máquina de afeitar y me juró que, a las 5 am, la tendría. Me quedé seco con la luz encendida y el whisky sin probar sobre la mesa de noche. Y a las cinco en punto me despertó una voz que decía: «Tómala y devuélvela.» Era Gabo, con una máquina de afeitar. «Qué hombre éste —pensé—, uno ni se ha despertado bien todavía y ya está endeudado con él.» Intenté nuevamente comunicarme con la muy madrugadora Trini, pero pasó la comitiva oficial sin que lograra decirle cuándo ni en qué estado volvería. Y a esa hora me llevaron de hospitales infantiles, qué horror, para que Felipe viera. Esos cubanitos lindos y recién operados y tan llenos de salud. La envidia que me daba verlos sonriendo en sus camas. Ése era mi lugar y no un yate que el presidente Echevarría, de México, le había regalado a Fidel cuando en los 70 era presidente de todos los mexicanos. Felipe admiraba el yate y le decía que, en cambio a él, sólo por subirse al yate de Franco, mucho más viejo y chiquito, en España le habían armado la gran bronca. Y Fidel le contestaba con su primera lección del día: «Es que eso no se hace, Felipe. Un yate de Franco se le vende a un magnate norteamericano por una tonelada de dólares y después, por media tonelada te compras uno igualito a éste.» Entramos y, en la primera sala, sobre una mesa-vitrinita de las lecturas del comandante, *La vida exagerada de Martín Romaña*. Me lo contó hasta la parte en que Inés y Martín ya se iban a «fajar», porque hasta ahí había llegado por el momento.

Acto seguido, la feliz comitiva subió a cubierta, y el doctor Selman me hizo pasar a la sala de operaciones. Anduvo mirándome la herida un rato, mientras por una ventana yo veía a los felices navegantes y me avergonzaba de andar ahí panza arriba y con tremenda herida. Más lo del dren, ¡coño!, que con el apuro se habían olvidado, pero que no era grave. Claro que de la operación hoy sólo me queda una estética a lo Alain Delon, y en cambio lo del dren que no era casi nada parece una mancha de lepra en la barriga. Pero, en fin, podía comer langosta, como todo el mundo, podía hacer de todo como todo el mundo, mas no debía ni bañarme en el mar, ni beber ni cantar. Lo del cante sí que se lo agradecí en el alma al doctor Selman. El papelón que hubiera hecho yo cantándole peteneras a Felipe González.

Y ahí estamos en las fotos. Felipe, Javier Solana, Armando Hart, Julio Feo, cuyo nombre me sonaba raro, casi mal, Núñez Jiménez y Gabo. Al día siguiente, en una embarcación situada a prudente distancia, trajeron al pintor ecuatoriano Guayasamín. Estaba un poquito gordo, y vi cuando lo ayudaban a bajar con su impecable pantalón de seda blanca. Lo vi de espaldas y pensé que era Lupe que llegaba con noticias de Trini. Pero no, era el gran Guaya, indígena de seda y oro, indigenista revolucionario, casa de protocolo en La Habana y uno de los mejores promotores de su propia obra que he visto en mi vida. Gran conversador y siempre sacando alguna tajada para la Fundación Guayasamín. No daba puntada sin hilo, el cholo, cuando ya todo el mundo era amigo y de lo que se trataba era de confraternizar. Fidel desaparecía y batía su record de pesca submarina, gran preocupación del doctor Selman, pues acababa de regresar de un viaje relámpago, 48 horas, creo, a Moscú, y tenía que estar agotado. Felipe pescaba allá adelante y no fallaba una. Francamente, yo creo que Fidel desde abajo le ponía los pescados en el anzuelo. Estábamos felices y a mí me habían dejado suelto por la cubierta. Pensando en Trini, bajé donde el pueblo tripulante para presentar mis saludos en la base. Pero rápidamente me mandaron buscar desde el poder, cuando ya el Vizcaíno, gran *chef* de turno, se disponía a invitarme una copita de ron con hielo. «Déjeme una botellita escondida por ahí, Vizcaíno», le dije. Pero la verdad es que no fue necesario volver a buscarla. Regresé a cubierta y anduve calmándole el colerón que le entró al Gabo al lanzar el anzuelo, anunciar pesca grande, y sacar no sé cómo una pequeña roca del fondo del mar.

Todos con ropa de baño, camiseta y gorrita marinera y yo con mi mejor terno de verano, corbata, y la camisa sudada del día anterior. Me juraban que en Cayo Piedra me cambiarían y cumplieron, la verdad, aunque debía ser ropa de Fidel porque me quedaba enorme. Y el pobre doctor Selman que iba aprendiendo aquello de «ir de Herodes a Pilatos», porque el comandante en jefe no salía nunca de su estado de submersión y yo a cada rato le reclamaba otro vistazo a mi herida en la salita de operaciones del yate, como la llamaba yo. Lo del drenaje me preocupaba, porque no sé qué diablos me estaba saliendo por el tubito ése, aunque francamente creo que se trataba de una mezcla de whisky, ron añejo y helados de vainilla. De pronto reapareció Fidel y yo me fui a reír un rato a un rincón de la cubierta, porque el mastodonte ése tenía unas piernas muchísimo más flacas que las mías. En ropa de baño, casaca azul y gorrita de marino, realmente parecía un gigante con pies de barro. En cambio Felipe sí tenía un impresionante y desenvuelto aspecto de joven jefe de Estado en caribeñas aguas.

Sin duda alguna, si hay algo que aprendí en ese viaje fue que los jefes de Estado son seres humanos, tan humanos que a veces se vuelven niños, verdaderas criaturas que pelean y se pican por jugar con el juguete del otro. Más lo de Felipe y Carmen, su esposa, que yo estaba viviendo en carne propia con Trini, aunque en mucho más chiquito, claro. Aunque era verdad, Felipe parecía haberse inventado lo del cumpleaños de Carmen y dale y dale con que quería hablar por teléfono con ella porque era un día muy especial, por más que en Cuba los servicios telefónicos eran especialmente malos.

Y a mí que no me cuenten que el pobre Fidel tenía teléfonos especiales para dictador. Los teléfonos de los cayos, en todo caso, eran tan infames como los de la isla y sólo Conrado, en todo Cuba, era capaz de lograr una rápida llamada. Pero Conrado no estaba ahí. Y tampoco estuvo esa noche del 90, cuando en casa de dos viceministros y en presencia del ministro Armando Hart, el pobre embajador peruano, Carlos Higueras, quería hablar con uno de sus hijos en Lima. El intento empezó a las 11 pm y eran las 2 am cuando abandonamos la casa de nuestros ilustres y muy queridos anfitriones sin que la operadora nos pasara comunicación alguna. Dos días más tarde, sin embargo, a Conrado le bastó con decirle a una operadora, desde mi suite en el hotel Comodoro: «A ver, mi amor, que yo contigo me caso, ponme con este teléfono de don Antonio de Vega, en Madrid, porque ese señor es el suegro de tu próximo cuñado, mi hermano peruano Alfredo Bryce», para que Pilar, mi esposa, lograra hablar con su padre el día de su cumpleaños. Y además sin pasarle la factura a nadie hasta que «ellos do' no contrajeran boda de amó, mi amó.»

Y qué almuerzotes los de los jefes de Estado, sus ministros de Cultura, Julio Feo, cuyo nombre me seguía sonando raro, casi mal, el gran Guayasamín, Núñez Jiménez, Gabo y yo. Vizcaíno, el *chef*, cuadrándose como en el ejército, por más que ese hombre ya nació cuadrado, y presentando con cuadrado respeto sus muy respetables manjares. Y aquí viene una inexactitud del periodista Julián Lago, en la columna que a ese viaje, que no vio ni en foto, le dedicó en la revista *Tiempo*. Me perdonaba la vida como escritor y se lo agradezco y también le devuelvo ese respeto, pero a mí, que confieso que he bebido y hasta vivido más que Neruda y Hemingway juntos, aunque en cómodas cuotas mensuales, que no me venga Julián Lago con que me sequé íntegro el regalo que le había hecho Felipe a Fidel. Tratábase, según el periodista, de una especialísima reserva de Vega-Sicilia, que el escritor peruano se bebió hasta coger tremenda cogorza.

En lo de «cogorza», la verdad, nadie llega a ponerse de acuerdo. Yo insisto, porque me consta, en que muy a escondidas sólo tomé whisky de la petaquita Gucci que me regaló la *Princi-*

pessa, y con la cual había entrado incluso a la sala de operaciones, tan hábilmente la sé esconder y rellenar ya. En cuanto a los demás rones, vinos blancos (que jamás pruebo) y mojitos y daiquiris, Gabo no me dejaba probarlos, en vista de que en su ir y venir entre Herodes y Pilatos, el doctor Selman a veces me descuidaba un rato. Y, además, el doctor Selman era loco y fuí yo mismo quien tuvo que pararle la mano un par de noches después, en el cabaret Tropicana al aire libre, cuando la visión de mil mulatas bajo una luna *made in Caribe* hizo que empezara a descargar su propia botella de ron en mi propia copa, cuando se le llenaba la suya. El vídeo del viaje lo tiene, que yo sepa, Julio Feo, quien en efecto afirma que yo andaba tambaleante y yo también lo afirmo, aunque sigo sin estar de acuerdo en el origen del tambaleo. Julio insiste en su «Cómo ibas, hermano», y yo en el dren, la petaquita, de acuerdo, y mis casi veinte puntos, hermano. Pero yo insisto también en ver el vídeo y él insiste en no dejármelo ver... Ahhhh...

O sea que me queda sólo una prueba. Cuando de reservas especiales se trata, sólo empino el codo, y el bolsillo, por la del 64, la 71 o 73 de Martínez Lacuesta, que nos cuesta carísimo a mi esposa y a mí, aunque esas bodegas pertenecen a su familia materna que reparte magros dividendos, sí, pero no regala ni de a vainas más de una caja en la reunión familiar anual o bienal, a la que yo no asisto tampoco ni de a vainas. De eso se trata, en realidad, señor Lago, con el debido respeto yo también.

Pobre Fidel. Llevaba un *jet lag* espantoso de su viaje relámpago a Moscú y de su preocupante record de inmersión y submersión y submarinismo pescador y qué sé yo, pero dale con hablar de política. En fin, los jefes de Estado cuando se humanizan se infantilizan, en realidad, y cada uno quiere pescar más que el otro y haber hecho más por su pueblo que el otro y jugar con el juguete del otro. Gabo cuidaba a Fidel y a mí me habían sentado a la izquierda de Felipe como insinuándome que, en vista de que mis impuestos los pago en España, debía cuidar de mi jefe de Estado. Y los dos ignoraban, claro, que no bien puedo juego un tiempo del partido en cada equipo. Y ahí andaban los dos matándose por aquello de que cada uno ha hecho más por su pueblo, aunque reconociendo con hidalguía que ambos vivían intensamente la sensación de todo, de lo muchísimo que quedaba por hacer por su pueblo, cuando yo le dije a Felipe aquello de que una vez casi me matan en una operación en Logroño y que en cambio, aquí en Cuba, en el CIMEQ, mira cómo me han dejado esta herida socialista.

Se picó Felipe con la flor que le eché a Fidel (debo, además, confesar que le oculté lo del dren, que más bien parecía real socialismo), y me dijo que qué coño, que esos hospitales los pagaba España. Entonces fui yo quien se picó, y empecé a esperar mi oportunidad. Guayasamín no dejaba de dar puntadas sin hilo y la verdad es que al comandante ya se le estaba atragantando un poquito todo el asunto y también daba muestras de hartazgo. Que hablaran los jefes de Estado, por Dios santo, y al pobre Fidel no se le ocurrió mejor idea que soltar aquello de la trascendencia histórica, política y económica de aquella visita. Felipe casi lo mata con aquello de que la única trascendencia de aquella visita (al menos en público) era la sentimental, ya que más del 50 % de su comercio exterior lo tenía con Europa, con la Comunidad Europea, en todo caso, y sólo un ínfimo porcentaje con Cuba, que además no pagaba. Si no, que le preguntara a su ministro de Economía. España estaba harta de dar y no recibir nada de América latina, aunque España siempre seguiría y sigue haciendo todo lo que puede por todos los iberoamericanos. «¡Mentira! –lo interrumpí yo, en la que reconozco fue mi única metida de pata en aquel viaje de debutante en lo importante–. Yo soy peruano y vivo en España y por mí no has hecho nada.» Javier Solana y Julio Feo se mataban de risa, Fidel se moría de sueño, Guayasamín entendió por fin que yo era un escritor peruano y legible, Felipe volteó a mirarme con una cara de pena y desconcierto terribles, y Gabo me clavó los ojos con cara de tirarme al mar. Los cubanos, por su parte, patrióticamente encantados con mi intervención tan pro y tan contra.

Pero arrancó la bronca de jefes de Estado nuevamente, hacia los postres, y en ese estado de *jet lag* y pesca submarina Fidel jamás iba a llegar al décimo segundo asalto. Le debían estar flaqueando las piernas ya, con lo flacas que las tenía el pobre. Envejecía rápidamente, el comandante verde oliva, y la cabeza se le iba a un lado y a otro de sueño y agotamiento. Yo traté de crearle una duda, algo que lo inquietara y le impidiera dormir ya para siempre, como le ocurrió al presidente peruano Echenique cuando le preguntaron si, al acostarse, colocaba su barbota encima o debajo de la sábana. En fin, todos los peruanos sabemos cómo terminó el pobre José Rufino Echenique, y el historiador Pablo Macera no muestra compasión alguna cuando afirma que fue el peor presidente de la historia del Perú, definitivamente. Pero Fidel ni siquiera reaccionó con mi pregunta y se quedó más solo y aislado que nunca, ahí en su rincón dormilón del pleno centro de la mesa, cuando de pronto metió el peor *jab* que he visto en mi vida. Ni Echenique, la verdad. Definitivamente, ése no era un golpe de profesional: «¿Y tú, Felipe, cómo permites que en España un gusano como Valladares escriba en los periódicos?» En fin, ya estábamos al borde de los derechos humanos y la libertad de expresión, aunque la verdad es que Felipe tuvo la gentileza de limitar al máximo este disparo al aire: «¿Y yo qué diablos tengo que ver con eso? ¿Cómo se te ocurre a ti que yo puedo impedir que fulano o mengano escriban donde les da la gana?» Gabo se puso en plan de mánager, desplazándose rápidamente a un extremo de la mesa. Que hablara Guayasamín, que hablara Bryce, que hablara cualquiera, pero que alguien detuviera esa pelea entre un niño y un viejo cansado. Muy andaluz, aunque como en una ranchera, Felipe no sólo había empezado a sacar juventud de su pasado, la sacaba también de su presente y de su futuro. Y fue entonces cuando el gran Gabo me hizo una seña desde el extremo de la mesa: «Cualquier cosa, poeta peruano, aunque sean peteneras...»

Yo en estos casos recurro a historias de mi familia, que arrullan a cualquiera y hasta pueden producir la enfermedad del sueño, pero tenía más frescas las hazañas de «los barralitos» en Cuba. «Todos aquí sabemos quién es Carlos Barral... Pues bien... Había una vez sus hijos Marco y Darío en La Habana...» A los pocos minutos, Fidel dormía profundamente y Javier Solana confesaba su amor por la vida, se quitaba la camiseta, y se lanzaba creo que con gorra y todo al mar. Felipe volvía a pescar tranquilo y ministros y artistas se acomodaban en la popa de la embarcación. Ahí fue, lo recuerdo clarito, donde el sabio Núñez Jiménez, ex lugarteniente del Che y verdadero hombre de cultura, le soltó una puya terrible a Armando Hart, ministro de Cultura: «Tú te encargas del ministerio —le dijo—, y yo de la cultura.»

Veo la foto de todos, ahí atrás, matándose de risa. Yo llevo la mano sobre lo que es reírse con veinte puntos en la barriga. Y clarito se ve también en esas fotos que ni Julián Lago ni Julio Feo tenían razón. Más sobrio y adolorido no puedo estar. Pero Fidel dormía en la sala de operaciones y no me quedó más remedio que aguantar ahí en cubierta. La envidia que me daba verlos bañarse a todos. Sólo Julio Feo, siempre con su pipa, esperó hasta la noche en Cayo Piedra, para darse un remojón en la piscina.

¡Cómo se cuidan estos cabrones de políticos! Lo bien que duermen a expensas de uno. Y uno termina hasta de pinche de cocina. ¿Quién fue primero? No me acuerdo, pero a mí me mandaron a dormir con Armando Hart, en Cayo Piedra, y estaba a punto de acostarme ya cuando a Javier Solana le entró hambre. Y Vizcaíno, el *chef*, había desaparecido. Total, que terminé preparando un par de huevos fritos con arroz, más conversa y copa con el ministro. Y cuando nos íbamos a acostar, salió otro y me pidió exactamente lo mismo: arroz con huevos fritos, conversa y copa. A las 4 am se me acabó la historia de mi familia, por fin, y ya todos habían comido y se habían acostado o sea que aproveché para un merecidísimo descanso. Pero diablos, Armando Hart dormía en tinieblas y no quise encender la luz y tropecé. Primero me puso, de un sólo salto de la cama, un pistolón en el pecho, y después tardando en reconocerme, me preguntó: «¿Qué pasó? ¡Qué coño pasó!» «Soy Bryce, Armando. Enciende la luz y compruébalo si quieres, pero no dispares antes, por favor.»

Mejor me hubiera matado entonces, pero se disculpó, volvió a quedarse seco en menos de lo que canta un envidiable gallo, y me dejó sin frazada y a menos cero. Imposible dormir así y del armario habían desaparecido todas las frazadas. Conchudo, carajo, toditas se las había agarrado el señor ministro. Me congelaba de frío y no me quedó otra: en puntitas de pie me metí al baño y el resto de la noche lo pasé agonizando bajo una ducha bien caliente.

Y a las 7 am, cuando el ministro salía y yo me disponía a subir la temperatura y echarme un rato, Fidel me mandó llamar para el desayuno. No encontraba palabras para disculparse por haberse quedado dormido a la mitad de mi historia y quería, por favor, que le contara la otra mitad... «Usted manda, comandante...» Al volver al yate iba a meterme de cabeza a la sala de operaciones, pero Julio Feo me detuvo en el camino. La amistad nació entre ese hombre cuyo nombre a mí me sonaba raro, casi mal, y un moribundo que, por fin, se enteraba del porqué de un malentendido. ¡Claro, era él! Había estado casado con una íntima amiga y alumna mía en París y ella siempre me hablaba de sus líos en España. Y también había estado casado con la amiga de unos íntimos amigos míos, Fina y Jorge Capriatta, y de ahí..., total que terminé llamándole «el ex amante de todas mis ex alumnas», mientras él contemplaba el Caribe y me soltaba esta confesión de amigo: «Dejo la política, Alfredo. Y se acabaron estos viajes, entre tantas otras cosas. De ahora en adelante viajaré por mi cuenta y riesgo. Me voy a la empresa privada.»

Más comida y más copas y sólo recuerdo que Felipe me apostó una cena en la Moncloa, con los Lebrijano y su arte gitano, si es que yo lograba escribir en dos diarios madrileños al mismo tiempo. Brevemente lo logré, pero él nunca cumplió su promesa. Llegamos a buen puerto, por fin, y Gabo me llevó nuevamente de las narices a su casa. Yo le rogaba que me dejara llamar a Trini, antes que nada, y él me rogaba que descansara, antes que nada. Se «cayeron» o «rompieron» todas las llamadas a Finca Bryce y al final me quedé seco. Otra vez el terno de verano, la camisa sudada y la corbata. Más el Tropicana, donde no sé cómo diablos me perdí y me quedé solo en la calle. Gabo mandó un chofer a buscarme y pasé y entré al cabaret con el simple santo y seña de «poeta peruano». Me sentaron con el doctor Selman, mi viejo amigo, y no bien arrancó el show, empezó a llenarme uno tras otro los vasos de ron. Gracias a Dios que muy a menudo se bebía hasta mis vasos.

Almuerzo en la embajada de España, al día siguiente. El ministro Francisco Fernández Ordóñez e Inocencio Arias se me acercaron muy afectuosamente, aunque la verdad es que a mí me daba la impresión de que se morían de risa de verme metido ahí. Alguien me entregó un planito. Era la mesa de los escogidos, la del gran protocolo, me imagino, casi la de los doce apóstoles. Me sentaron junto a Julio Feo, felizmente, porque éste me tapó la boca cuando empezaron los cálidos discursos de despedida y los saludos en nombre del pueblo cubano y el pueblo español. ¿¡Y el peruano!? ¿¡Y la paliza que le han dado al pobre pueblo peruano!?, iba a reclamar yo, pero intervino el gran Julio con un manotazo de chitón boca, hermano.

En el aeropuerto, aún de pie y en medio del cuerpo diplomático, nada menos, y escuchando himnos nacionales pero de peruano nada. Felipe se despidió muy afectuosamente, pidiéndome que «le echara un capotazo». «Llámanos algún día —me dijo—, a Carmen le encantará conocerte. Anda, no lo olvides.»

LA OTRA DESPEDIDA. LA MUY TRISTE

Me sacaron los puntos y el dren, pero en cambio me clavaron más puntos en un dedo medio encogido que tenía hace ya tiempo. Se trataba de una biopsia y lo recordé todo: mi primera noche en París, veintidós años atrás, la había pasado yo en un hotelucho de la rue Dr. Dupuytren, junto a la Facultad de Medicina de París. Y ahora, por supuesto, me tocaba tener la enfermedad que descubrió aquel médico y que llevaba su nombre. Consiste, más o menos, en un encogimiento de la piel, músculos y tendones de la palma de las manos, que arrastran en su encogida a los dedos. Era lógico, pues. Un ciclo más se cerraba en mi existencia. Y nuevamente no podía relajarme nadando en el Caribe, en los pocos días que quedaban para mi partida.

Los pasaba juerguendo con Trini y «la base» de la Casa de las Américas. Casa de la negra Clara y su fornido Horacio y Huey, el hijo de Clara, que se llamaba así en honor de Huey Newton, el líder de los Panteras Negras. Reíamos y cantábamos hasta el amanecer y Carlitos cada día desaparecía más con el automóvil. Trini se molestó mucho conmigo porque, gracias a Teresita y a escondidas, le compré ropa para diplomáticos en Cubamoda. Su partida a Brasil era inminente y cada día iba menos rato ya a trabajar en la Casa de las Américas. En Finca Bryce escuchábamos siempre la misma canción de Pablito Milanés que a ella le encantaba: «*El tiempo pasa / nos vamos poniendo viejos.*» Yo le respondía con un bolero inmortal de María Teresa Vera, en la inmortal versión de Omara Portuondo: «*Fui la ilusión de tu vida / Un día lejano ya / Hoy represento el pasado / Nada valgo ya...*»

Sólo recuerdo una noche feliz más en La Habana. Fue en casa de Mirta Ibarra y Titón Gutiérrez Alea. Estaba de paso por La Habana el gran mexicano Eraclio Zepeda, el mejor cuentacuentos, el más grande y generoso narrador oral que hay en el mundo. Venía acompañado de una muy simpática y cartesiana profesora francesa y los llevé a casa de Titón y Mirta, con muchas botellas y con el director peruano de cine Chicho Durant. Hacia la medianoche todos volábamos de felicidad y encantamiento escuchando a mi hermano Eraclio. Sólo la profesora interrumpía tanta maravilla para decirle a Eraclio que, por favor, no dejara de escribir esas cosas. No sabía, tan simpática y cartesiana señora, que de los narradores orales es el reino de los cielos. Pero Eraclio mismo, ya acostumbrado sin duda a tan molestas interrupciones, le encontró fácil solución al asunto. Y antes de empezar con cada nuevo relato, soltaba con verdadera gracia e ironía: «Como tengo ya escrito en la novela que estoy terminando...» No sé a qué horas salimos de casa del gran Titón y de la siempre espontánea y adorable Mirta.

Por el camino, yo iba jurándole constancia en el futuro a Trini, que reía y lloraba, vaya uno a saber por qué, cuando de una revolucionaria ejemplar se trata. Dormíamos cuando sonó el teléfono. Era Chus García Sánchez, desde Madrid: nuestro Daniel Sueiro había muerto. Por fin lograba hacérmelo saber. Fui por una copa para brindar por «el caballero gallego que fue y será de la literatura española». Y le rogué a Chus que, a mi llegada a Madrid, por favor me acompañara a llevarle unas flores a esa tumba, y que fuera a recogerme al aeropuerto para eso. No habría tiempo para quitarme los puntos de la mano y estaba muy cansado. Necesitaba que alguien me acompañara y acogiera en el aeropuerto de Madrid.

Esa noche tuvimos Trini y yo la primera, única y última bronca de nuestra vida. Gabo y los Núñez Jiménez, Lupe y Antonio, vinieron a visitarme a Finca Bryce, a ver en qué estado y con cuántos puntos se iba de Cuba el «poeta peruano.» Se despidieron temprano y a Lupe se le olvidó un pequeño bolso, casi un monedero. Ya se habían ido cuando nos dimos cuenta y Trini lo abrió para espiar traviesamente su contenido, muerta de risa. La misma maldita costumbre que tenían con el correo. No pude controlarme. Yo quiero mucho a Lupe, además. En fin, me salió el indio, y creo que nunca he insultado tanto ni tan groseramente a nadie en mi vida. Terminada la descarga y, tras un largo silencio, intenté pedirle perdón a Trini. Todavía la veo sentada, llorando de vergüenza e impotencia en el sofá verde de Finca Bryce. Yo rogaba al cielo que llegara Conrado, sólo él podría, tal vez... Pero Trini insistía: «Después de lo que me has dicho, todo se ha acabado entre nosotros.»

Recurrí al más asqueroso y vil y sincero chantaje, porque la vida es asquerosamente vil y sincera, a veces. Le juraba a Trini que terminaría en un Comité de Defensa de la Revolución, en Guanabacoa, y agregaba: «Es un merecido fin para un Bryce, después de todo. Tú ya verás.» De esa estupidez pasaba a hablar de Daniel Sueiro, y finalmente recogí todas las botellas de ron que quedaban en la refrigeradora y me encerré en el dormitorio. Me las estaba bebiendo cuando entró Trini, me sonrió y se acercó tiernamente al desmadre que yo estaba organizando.

Nos quedaba una última noche y ella escogió, como siempre, El Polinesio, donde todo se pagaba en pesos, menos la langosta que se pagaba en dólares. A Carlitos realmente le rogamos que estuviera a las once en punto en la puerta del restaurant. Nos lo juró. Pero desapareció cuando yo había dejado mi último dólar en langostas.

Trini juraba una y otra vez que llegaría, que Carlitos sabía perfectamente bien que aún teníamos que madrugar antes de llegar al aeropuerto, pues a mí me esperaba una última cita importante en el CIMEQ. Sólo había taxis en dólares y yo ofrecía una fortuna (720 pesos, exactamente), a quien quisiera llevarnos hasta Guanabo. Dóyar, dóyar, dóyar. Y eran las tres de la madrugada cuando empecé a gritar «¡Viva Batista! ¡Esto es una mierda!», en la puerta del restaurant y del hotel Habana Libre. Trini salió volando a llamar a Conrado Bulgado.

Felizmente que no me agarró la policía. Y a las 4 am, Conrado y su moto con sidecar nos llevaban hasta Guanabo. A la mañana siguiente apareció Carlitos llorando. Se había quedado dormido en casa de su abuela. Pero Trini estaba dispuesta a presentar un informe muy negativo sobre Carlitos, antes de partir a Brasil. Le rogué mil veces que no le hiciera ese daño a un muchacho que parecía haberse vuelto loco de amor no correspondido y que además vivía en pésimas condiciones materiales. Lo supe más adelante: muy cariñosamente y contra todos sus principios, Trini le hizo caso a mis ruegos. Muy a su manera, por supuesto, Carlitos también había formado parte del mundo de Finca Bryce.

Adiós a todo eso. Adiós a los alegres almuerzos en Cojímar, punto favorito de pesca de Hemingway, en el restaurant La Terraza, y siempre con «la base» de la Casa de las Américas, como a Trini le gustaba. Conrado silbaba cantes de ida y vuelta, cuya letra recordaba yo vagamente:

> Ay...! Una noche y en La Habana
> a una mulata conocí yo
> bailaba tan bien la rumba
> que con su cante me enamoró.

> Tú me haces sentir amor
> de tal manera
> que yo la vida sin ti
> entrañas mías
> no la quisiera.

> Yo te quisiera llevar
> vente conmigo mi niña
> yo te quisiera llevar
> a la tierra donde yo vivo.

> De ahí vinieron un día
> y hasta aquí nuestros mayores
> pa'que tú no dejes de bailar
> entrañas mías te estoy cantando...

En el aeropuerto, y en su emoción, Lupe Velis y Antonio Núñez Jiménez me decían que para mi próximo viaje me tendrían una casa de protocolo mejor que la del Gabo. Conrado se encargaba de los trámites y del equipaje. Trini y yo brindábamos con ron en la sala de protocolo. Adiós mi amor. «Tenemos que ser constantes en el futuro.»

No hubo futuro ni constancia ni nada. En el aeropuerto me

esperaban Chus y Pilar, que de casualidad había pasado a hacer una compra esa mañana en la librería Visor. Chus le había pedido que lo acompañara a recibirme: Bryce Echenique regresaba herido de Cuba, con puntos en una mano, en todo caso. Aterricé agotado y recuerdo que terminamos almorzando en La Plaza de Chamberí, un restaurant del barrio en que vivo ahora. Pilar abandonó el almuerzo antes de que terminara, porque tenía que correr a su trabajo. Le rogué que comiéramos juntos esa noche y que mañana también y pasado también. Me miró sonriente y escéptica y hasta hoy creo que en el fondo no me hizo el menor caso. Después yo tenía que salir disparado al Festival Internacional de Cine, en Huelva. Era un frío 25 de noviembre y yo con mi mejor traje de verano. Chus me acompañó hasta el cementerio de Fuencarral, donde dejé flores sobre la tumba del «caballero gallego de la literatura española». Y donde, con el viento y el frío y mi ropa de verano, pesqué un gripazo de padre y señor mío. Chus y Conchita, su esposa, me alojaron dos o tres días y Pilar vino a verme y me ayudó en todo hasta que, recuperado a medias, partí rumbo a Huelva.

Ahí sí que pesqué la cogorza de mi vida con Paco Rabal. Fue vernos, decidir que de algún lado nos conocíamos y simpatizábamos, y empezar a empinar el codo. Fernando Rey y Gian Maria Volonté nos miraban entre sonrientes y preocupados, hasta que nos perdimos en la noche onubense. Yo le contaba a Paco que, por amor a una tal Pilar de Vega, había traicionado a la revolución cubana más rápido que Pedro a Jesucristo y él me decía «Salud por la vida», mientras yo gritaba «Viva Cuba» por calles, bares y plazas.

Y, al día siguiente, vino tal vez la única nota de malgusto con respecto a ese asunto cuya gravedad yo sin duda exageraba. Así como Lisandro Otero me escuchó y tranquilizó con santa paciencia, Miguelito Barnet me soltó con increíble impertinencia: «Tienes que aprender a cuidarte en público, Alfredo. Ayer tuviste que pasar hasta por la clínica... Con lo que le estás costando a la revolución...»

Chus me dijo que mandara a Miguelito al diablo, cuando le conté todo esto en Madrid, pero la verdad es que más me preocupaba a mí ubicar a Trini, saber de ella, explicarle todo y serle terriblemente sincero, por más que a ambos nos doliera de formas muy distintas. Vivía con la conciencia sucia, inmunda. Y le escribí mil veces, pero sin respuesta. Supe que había partido a Brasil y un día, en su agencia literaria, Carmen Balcells me vio tan preocupado que cogió el teléfono y me comunicó con Lupe Velis, que me prometió averiguar qué pasaba en Brasil. También Conrado me explicó que lo más probable era que Trini no se atreviera a escribirme por temor al control de cada carta. El tiempo y los amigos comunes me permitieron llegar a la siguiente conclusión: por razones muy distintas a las mías, por razones de fidelidad a su revolución, Trini también había decidido no ser «constante en el futuro», como tan afectuosa y categóricamente nos había pedido el comandante en jefe.

SAN ANTONIO DE LOS BAÑOS

Regresé a Cuba en 1989, apenas tres o cuatro semanas después de casarme con Pilar. Por esta razón, y por otras que surgieron a lo largo del mes que duró mi estadía, este viaje a Cuba no resultaría muy agradable que digamos. Claro que hay buenos recuerdos, pero los hay malos también y fueron muy pocos los amigos que encontré tan contentos como en 1986. El viaje, en realidad, era resultado de un proyecto nacido en 1986 y no quise faltar a ese compromiso. Por el contrario, quería salir de él lo antes posible. Con Gabo y la encantadora Lola Calviño, habíamos quedado en que yo enseñara algún día en un seminario de la Escuela Internacional de Cine de San Antonio de los Baños. Y había esperado cerca de tres años a que me llamaran y justo ahora, coincidiendo con mi matrimonio y en un momento en que a Pilar le era imposible acompañarme y mucho más nos ilusionaba un futuro viaje al Perú y a Puerto Rico, se me convocaba. El proyecto inicial, el que yo recordaba y quería poner en práctica, en realidad, consistía en ocuparme con Gabo de un taller de creación, sea en forma paralela, sea en forma continuada, empezando él un mes y continuando yo con los mismos alumnos el mes siguiente.

Pero la realidad fue otra y Gabo ni siquiera estaba en Cuba cuando llegué esa vez. Y Lola Calviño, subdirectora de la Escuela, estaba a punto de partir a los Estados Unidos para trabajar un mes en el Instituto *Sundance*, de Robert Redford, en el espantoso estado de Utah. Ambas escuelas o institutos tenían un convenio de intercambio y ahora le tocaba a Lola pasarse un mes allá.

479

Tampoco estaba en La Habana Tomás Gutiérrez Alea, el gran Titón, con cuya experiencia cinematográfica había contado yo para asesorarme en mi taller de creación. Y San Antonio de los Baños estaba pésimamente mal comunicado con La Habana. Lola me propuso residir en la capital, pero a mí no me pareció nada serio vivir fuera de la escuela y opté por ese aislamiento, a cambio de chofer y automóvil. Pero, cuando había chofer no había automóvil y viceversa y cuando había las dos cosas no había rueda. Fue, pues, una buena idea en lo que a la seriedad de mi trabajo se refería (tres horas de clase todas las mañanas), vivir en San Antonio y no en La Habana.

Pero apenas si pude hablar tranquilamente con Lola, antes de su partida, y con Gabo logré hablar tan sólo una vez, en larga distancia. «Veo que eres el hombre más recién casado del mundo», fue lo único que me dijo en referencia a un trabajo que yo había venido a hacer más que nada por Lola y por él. Había enviado, eso sí, el programa que pensaba desarrollar en mi taller, no sólo para su aprobación sino para que se utilizara en la convocatoria que debía publicarse en la prensa de muchos países de América latina y el Caribe. Y me lo habían aceptado gustosamente. El programa era, en realidad, un buen resumen del curso de doctorado que había dictado entre los meses de agosto y diciembre de 1987, en la Universidad de Austin, en Texas, con excelente resultado. Básicamente consistía en una reflexión sobre los «mecanismos» de creación en *Cien años de soledad* y *El llano en llamas*.

La Escuela Internacional de Cine funcionaba bajo los auspicios y orientaciones de la Fundación del Nuevo Cine Latinoamericano, y a ella se pensaba ir incorporando con el tiempo a países asiáticos y africanos. Era, en todo caso, un proyecto «tercermundista» y una gran idea de Gabo, cuyo entusiasmo había logrado contagiarle a Fidel. Pero, digamos, «sus libertades y orientaciones» no obedecían en nada a la revolución cubana, que tan sólo había cedido el terreno o algo así. Funcionaba en un inmenso bloque de talleres, laboratorios, salas de clase y auditorios, que incluía también la mayor parte de los dormitorios de los estudiantes residentes, centros deportivos y de recreo, filmoteca, biblioteca, cafetería, restaurant y enfermería.

Algo apartados y en medio de amplios espacios verdes, se levantaban dos o tres bloques de cemento más, que eran los departamentos bastante cómodos en que vivían los profesores visitantes y residentes, y también algunos alumnos visitantes, como los que me tocaron a mí. Y el director de este entramado y su burocracia era el inefable director de cine argentino Fernando Birri, quien vivía en una buena casa en La Habana, cuyo jardín poco cuidado era nada menos que el mar Caribe. Fernando era tan simpático como ineficiente. Nunca he visto a nadie poner en práctica tan bien aquello de *laissez faire-faissez passer* como al barbudo y sombrerudo y trenzudo Fernando Birri. Los alumnos residentes, por otra parte, lo querían tanto como hombre bonachón cuanto lo menospreciaban como director de cine. De su famoso documental *Tire die* opinaban que no tenía más valor que el de la muy difícil coyuntura económica en que se hizo. Y, en cuanto a su adaptación del relato de García Márquez, *Un señor muy viejo con unas alas enormes*, los alumnos simple y llanamente me impidieron verla.

Siempre he sido disciplinado para mi propio trabajo pero jamás he sabido «imponer disciplina», ni mucho menos resolver los casos de indisciplina. Y, aunque el origen de todo parecía estar en el desastre total con que se hicieron las burocráticas convocatorias (en algunos países se había publicado una cosa y en otros, otra; o, en algunos países se había publicado una parte de la convocatoria y en otros, otra), yo más bien lo atribuyo a los criterios, o a la ausencia total de criterios con que se seleccionó a mis alumnos visitantes. Éstos, en su mayor parte, definitivamente mucho más tenían de visitantes que de alumnos. Y más tenían, en su mayor parte, de comunistas que de futuros hombres de cine. Las excepciones eran poquísimas y la calidad brillaba por su ausencia, lo cual desesperaba a un buen alumno más que a mí, acostumbrado ya a las diferencias que puede haber entre los alumnos de un mismo curso.

En fin, que ahí había de todo menos disciplina y verdadero interés. Un nicaragüense se dedicaba abiertamente a la explotación humana (sobre todo en su dormitorio y en la piscina) de una sensible alumna dominicana. Y el resto del tiempo, según me dijo él mismo, lo dedicaba a «vigilar» el comportamiento de los otros estudiantes nicaragüenses de la escuela. Debo decir que, si por algo me alegró la derrota electoral de los sandinistas, fue porque rápidamente imaginé lo perjudicial que debió ser para ese individuo. Había un mexicano, envarado sin duda por el escritor jaliscience Dante Medina, ex colega mío en Montpellier, cuyo único propósito parecía ser el de restablecer las buenas relaciones que siempre mantuvimos Dante y yo. No bien terminaba una frase, el mexicano me felicitaba y me pedía mi nueva dirección y mi agenda de actividades en España. Un dominicano al que rápidamente se bautizó como «Pachanga» fue detenido siete veces por la policía de La Habana. La primera, traté de ayudar, la segunda, me interesé por el asunto, pero a la tercera me convencí de que me hallaba ante un provocador y un delicuentillo común y corriente. Dos muchachas brasileñas de Teleglobo, con quienes hice buena amistad, realmente valían la pena como estudiantas pero apenas entendían mi castellano. Una gorda cubana, dizque directora o profesora de teatro, asistió tan sólo a dos o tres clases, en las que se quejó e interrumpió como nadie, y el resto del mes se lo pasó organizando festejos en el departamento en que vivía. En realidad, fue su mes de vacaciones.

Y aún queda un inefable caso más: el del publicista y anticastrista venezolano Diego Fressan, entrañable muchacho, sí, pero que sólo había venido por un asunto que bien podría calificar de «freudiano». Diego era, en realidad, un argentino afincado en Caracas, y existía un odio mortal entre él y un hermano mayor que vivía en Buenos Aires. Ese hermano mayor era un lector fanático de mis libros y Diego sólo había venido a mi taller para decirle que él no sólo era mi lector sino mi amigo.

Dos cubanos, una alumna libre peruana, una excelente estudiante ecuatoriana y alguien más que puedo estar olvidando, era el resto de mi hacienda. Y lo mejor que tuvo el taller. También otro alumno colombiano, ahora que recuerdo. Pero el asunto no funcionó desde el primer día. Para empezar, porque tres horas seguidas de una misma clase son mucho, porque el café y los jugos que ponían para la pausa se lo despachaban los alumnos en el momento en que se les antojaba, y porque la mayor parte ya «estaba el jueves para Varadero o Cayo Largo» y no regresaba hasta el lunes por la tarde o martes por la mañana. Cada pedido de ayuda a Fernando Birri terminaba con un *laissez passer* o con un almuerzo en su casa de La Habana. Recurrí entonces a la ayuda de Lichi Diego, hijo del gran poeta Eliseo Diego y colaborador experto de Gabo en la escuela, pero ninguna de sus excelentes sugerencias me sirvió de nada con ese alumnado. Cada tentativa de escribir un guión para cine fue un fracaso, sobre todo en vista de que yo jamás he escrito un guión en mi vida y eso había quedado bien claro desde el comienzo. O sea que terminamos viendo películas, comentándolas sin seriedad alguna, y tomando jugos y café. Por lo demás, nunca en mi vida he comido tan mal como en la Escuela de San Antonio de los Baños.

Mucho más útil y agradable fue mi relación con unos profesores residentes peruanos, Ana Mari y Guillermo Palacios y Marta y Emilio Salomón. En sus departamentos logramos organizar más de una buena comida, ya que Guillermo era un gran *chef,* y también reunimos a alguna que otra persona realmente interesante y amiga. En casa de Guillermo y Ana Mari pude ver, por única vez, a Mirta Ibarra. Titón Gutiérrez Alea, su compañero, no estaba en Cuba y ella vino a visitarnos. Acababa de estar en Tiananmén y de ver con sus propios ojos lo que allí había ocurrido, la célebre matanza de estudiantes de 1989. Y realmente estaba furiosa de ver la versión oficial que de esos acontecimientos nos daba la atroz televisión cubana. Mi sobrina Alicia Bryce Maguiña, que se hallaba practicando con el ballet de Camagüey, me mandó un SOS pidiéndome que la invitara a pasar un fin de semana en San Antonio. Fue muy agradable recibirla en mi departamento y, sobre todo, llevarla a La Habana, donde recuerdo dos o tres muy simpáticas visitas a Patricia y Carlos Higueras, embajadores del Perú, y a Lisandro Otero y su compañera Nara. Alicia aprovechó para comprar de todo y, poco tiempo después, me mandó otro SOS desde la escuela de ballet de Camagüey: papel higiénico. Me robé todo el que pude de la intendencia, hice una colecta entre los alumnos que dejaban la escuela, y se lo envié todo en una gran bolsa con una chica brasileña.

A Conrado le costaba mucho trabajo venir a visitarme en San Antonio y Carlitos sólo apareció una vez y por un par de minutos. Era más que indudable que se había inventado alguna «ponchada» para venir a verme. Fue la única persona que tomó la

483

iniciativa de hablarme de Trini en aquella visita: «Yo creí que no te atreverías a volver más a Cuba», me dijo, y salió disparado. La verdad, yo había temido que alguna gente no me recibiera bien después de lo de Trini. Pero fue todo lo contrario. Casi todos se quejaban de alguna manera del comportamiento de Trini desde que fue nombrada en Brasil. Conrado, por ejemplo, vivía eternamente resentido con su «hermana Trini», porque en una de sus vacaciones en Cuba se había demorado quince días en llamarlo para saludarlo. Conrado optó por demorarse quince días en devolverle la llamada, con lo cual se pasó el mes entero de vacaciones de Trini sin que se vieran. También Lupe Velis y Antonio Núñez Jiménez andaban resentidos con ella. En Brasil, cuando Antonio había necesitado alguna ayuda urgente para su expedición en canoa desde la Amazonia al Caribe, Trini había brillado por su silencio y ausencia.

Tampoco quiso, creo, comunicarse conmigo cuando intenté ponerme en contacto telefónico con ella. No debo culparla, en todo caso, porque la operadora me pasó la llamada tardísimo, cuando creí que ya hasta se había olvidado de ella y me había acostado. Sabía que Trini estaba de vacaciones en su casa de Guanabacoa, por eso llamé, y a las mil y quinientas salté de la cama al oír que el teléfono sonaba. Me contestó la madre de Trini y le di mi nombre, pero luego esperé un buen rato y colgué al ver que nadie se acercaba a decirme nada. Y lo dejé estar. Por otro lado, sabía que Trini había sido reemplazada en la Casa de las Américas por una persona realmente encantadora y con la cual Pilar y yo haríamos gran amistad al año siguiente: Esther Pérez. En alguna oportunidad logré también visitar a Katty y Jean Louis Marfaing, grandes amigos y embajadores de Francia. Fue ésa la última vez que los vería a ellos en Cuba y también a los encantadores embajadores de Argelia. La otra visita agradable fue la que les hice a Marta y Jesús Díaz, cuyo descontento y aislamiento eran más que evidentes. Y, por supuesto, gracias al gran Conrado, no faltó la clásica comida con la «base» en casa de Clara y Horacio. Esa vez tuve que poner de todo, menos el cariño, para que la comida tuviera el mismo éxito que en los viejos tiempos. Miguelito Barnet ya era el escritor mimado de la revolución y organizaba hasta el carnaval de La Habana. Alguna vez lo invité a almorzar a la Marina de Hemingway, pero, por decirlo de alguna manera, «los tiempos eran distintos» y aquél fue más que nada un tímido almuerzo protocolar.

En San Antonio, por las tardes, lo que más me gustaba era irme al pueblo con Orlandico y Raulico e instalarnos en un bar que había en una gran terraza al borde del río. Los dos eran choferes, pero preferían mil veces manejarme el auto a mí que a Fernando Birri. La verdad, odiaban al viejo cineasta eterna e impresentablemente vestido de invierno. Más el sombrerazo, la barbota y la trenza. Demasiado, sin duda, para los burlones y alegres Raulico y Orlandico. Con ellos y mis alumnos Diego, «el argentino», y Teresa y María Elena, «las brasileñas», y el escritor cubano Leonardo Padura, nos reunimos en simpáticos almuerzos en la Marina de Hemingway o en la Terraza, en Cojímar, cuya decadencia era más que desagradable. Con Leonardo descubrimos el Centro Gallego, un hermoso y tranquilo lugar para hablar de todo un poco y tomar una copa de ron en pesos cubanos. A todos nos parecía un milagro y sobre todo a mí: en la escuela de cine me cobraban en dólares hasta los vídeos que sacaba para ver en casa. En fin, eran cosas del «estado de la Nación», cuando arrancó el asunto del héroe y narcotraficante Ochoa.

Ver aquel juicio por televisión, algo que apasionaba a todos los cubanos, era realmente lamentable. Lamentable no sólo por su lado de burda improvisación y de farsa sino por la apariencia física de los militares cubanos que formaban el tribunal. Los cuatro acusados se enfrentaban a unos militarotes tan gordos como colorados, unos personajes que le habrían servido sin duda de gran fuente de inspiración al pintor colombiano Fernando Botero. Ochoa parecía haber sido dopado y estarse muriendo de sueño a lo largo de todo el juicio. Y Toni La Guardia realmente hacía honor a su nombre de mafioso. El tercero era un gordo con cara de malo de la película y al cuarto no lo recuerdo porque, la verdad, me aburría tanto seguir esa farsa a lo largo de horas que nunca logré someterme a una sesión entera. Lo único que recuerdo es que, entonces, nadie pensaba que la verdadera razón del juicio pudiese haber sido, aparte de lo del narcotráfico, un frustrado golpe de Estado contra Fidel y su hermano Raúl.

Regresé de La Habana tras haber dejado verbalmente arreglada mi visita del año siguiente: la utilización de mis derechos de autor, acumulados en Casa de las Américas, para obtener dos billetes de ida y vuelta en agosto del 90, la estadía, y un tratamiento médico que Pilar necesitaba a gritos y que según se afirmaba con mucha razón, prácticamente sólo en Cuba daba resultados positivos. Conrado, Antonio y Lupe me despidieron en el aeropuerto. A Lupe nada le habían gustado unas crónicas que yo había escrito sobre Checoslovaquia y publicado en España, Perú y Estados Unidos. Pero eso en nada había alterado nuestras relaciones e incluso trataron de acompañarme al mismo avión para ver que me tocara un buen asiento. Hasta hoy me arrepiento de no haberles aceptado tan generoso ofrecimiento. Era más que indudable que al avión le habían añadido decenas de asientos y que el espacio entre uno y otro se había reducido al mínimo. Y a mí, como era de esperarse, me tocó el peor de todos. La mesa-bandeja de la comida apenas se podía abrir y se me quedaba atracada en el pecho. Y tuve que viajar con los pies de lado y las piernas montadas sobre el brazo del asiento que daba al pasillo. Pilar se quedó aterrada del grado de hinchazón en ambos pies que tenía al llegar a Madrid. Más unos buenos moretones en la cintura.

Ese viaje, pesado, aburrido, casi absurdo, pero que me había permitido gestionar otro viaje esperanzador para Pilar el año siguiente, tuvo muy desagradables consecuencias para mí, pues la canallada de un periodista me alejó de un buen amigo peruano e hizo que otro periodista, por el que siento respeto y estima, diera una versión totalmente distorsionada de lo que eran mis relaciones con Cuba. Y de lo que habían sido siempre, en realidad. Todo empezó cuando el amigo peruano, muy importante abogado con bufete en Madrid, accionista entonces del diario *El Independiente*, me pidió algunas colaboraciones que acepté gustoso para después del verano. Al día siguiente, creo, en los cursos de verano de la Complutense, en El Escorial, un periodista de ese mismo diario me preguntó largo y tendido sobre Cuba y, sobre todo, sobre el fusilamiento de Ochoa y sus cómplices, que había tenido lugar estando ya yo de regreso en España, tal vez si aquella misma mañana. Mi respuesta textual, que además se reproduce luego en el artículo mismo que publicó *El Independiente*, fue: «Estoy contra

486

la pena de muerte y contra el narcotráfico.» Pero se publicó un breve texto con este título infame: «Bryce Echenique justifica los fusilamientos de Cuba.» Además, se mezclaban los elogios que yo hacía sobre algunos logros de la revolución, en comparación con los demás países de América latina, con el contenido de mi conferencia en aquellos cursos de verano. En fin, el infame fruto de una distorsión total. Aquella conferencia, estrictamente literaria, fue presentada y elogiada por el catedrático Francisco Ynduráin, y a cualquiera que estuvo ahí, pero sobre todo a don Francisco, le consta que jamás me salí de los cauces exclusivos de la literatura. Tan infame título, que además de todo se contradecía en el contenido de mis declaraciones, pues en su transcripción se recogía mi verdadera respuesta: «Estoy contra la pena de muerte y contra el narcotráfico», dio lugar a que un periodista como Federico Jiménez Losantos, con quien había simpatizado mucho en las dos ocasiones en que fue mi vecino de mesa en alguna comida, me tratara en un artículo de la revista *Época* de «chusquero de Fidel Castro» y «vice García Márquez».

Lo del *Independiente* me daba asco y lo de *Época* me daba pena, por venir de quien venía. O sea que consideré una excelente oportunidad para aclarar todo el asunto, en aquellos mismos días, la invitación a almorzar en su casa que me hizo aquel buen amigo abogado. Le llevé el texto del *Independiente*, lo leyó, y tras comprobar que se trataba en efecto de una infamia, se lo guardó en el bolsillo para aclararlo todo, en vista de que él era accionista del diario y realmente deseaba que yo le enviara algún artículo sobre aquel Perú en el que Vargas Llosa era candidato a la presidencia. Demás está decir que mi buen amigo era «vargasllosista», y que lo mismo le había pedido a otro escritor peruano amigo suyo, Julio Ramón Ribeyro. Pero pasaron meses y hasta más de un año antes de que me lograran explicar por qué aquel buen amigo y abogado nunca jamás me volvió a llamar. Simplemente no había logrado que en *El Independiente,* por más accionista que él fuera, se dignaran reconocer aquella infamia y pedirme disculpas por ella. Y desde entonces no he vuelto a ver a aquel excelente abogado, amigo y anfitrión peruano.

ADIÓS A TODO ESO

La última visita que hice y haré a *Castro's Cuba*, como había aprendido a llamarle en los prehistóricos años de mi vida estudiantil y familiar limeña, fue en agosto de 1990. Y aún recuerdo que, pocos meses antes, en París, un joven periodista había tratado de arrancarme alguna dura crítica contra Cuba. El muchacho me inspiraba confianza y pude decirle la verdad y él la respetó en su artículo. No deseaba hablar mal ni bien de Cuba hasta mi regreso del viaje que a Pilar y a mí nos esperaba en agosto. Pilar, sobre todo, tenía una gran confianza en aquel viaje y lo esperaba con verdadero optimismo. Yo me mostraba mucho más escéptico, pero la realidad era que también ansiaba volver a ver a los amigos de Casa de las Américas y compartir con Pilar, por más difícil que pareciera ya, algunos de los momentos felices que en viajes anteriores había disfrutado con mis amigos cubanos. El mes de agosto se me presentaba como la peligrosa ocasión de realizar unos de esos retornos al pasado que tan crueles suelen resultar a menudo.

En el aeropuerto nos esperaban Conrado, muerto de vergüenza con un «ramo de flores para la novia», y la encantadora Esther Pérez, convertida ya en problemática sucesora de Trini en Casa de las Américas. Esta vez también me tocaba una suite, pero no en el nostálgico Riviera sino en el alejado Comodoro con su playa inmunda detrás. Pero no solamente el Comodoro merecía llamarse más bien Incomodoro: eran otras también las razones por las cuales esta visita se me anunciaba poco agradable. A la ausencia de casi todos mis amigos embajadores, al típico nerviosismo con que los siempre encantadores Patricia y Carlos Higueras preparaban maletas para abandonar la embajada peruana en Cuba, se unía algo que Max Marambio, el siempre simpático Guatón, ya bien instalado en Madrid, me había anunciado pocos días antes de la partida: que ni soñara con que mi visita a Cuba era algo financiado con mis derechos de autor, como yo creí hasta el último momento, sobre todo porque los arreglos los hice siempre vía Conrado y Esther Pérez, ambos de la Casa de las Américas. Mi viaje, en realidad, se debía a una invitación de Raúl Castro. ¡A santo de qué, por Dios! No, no podía ser verdad. Lo malo, claro, es que en Cuba nunca se sabe muy bien qué es verdad.

Y no bien entramos al Comodoro y nos entregaron nuestras credenciales de huéspedes, pude comprobar que al Guatón no le habían fallado sus fuentes de información. Éramos, en efecto, huéspedes del Ministerio de las Fuerzas Armadas y René, nuestro chofer, era un muchachito uniformado. Gracias a ello, por lo demás, la burocracia había actuado eficazmente. Pilar podía optar entre dos médicos y dos tratamientos distintos, aunque lo más fácil para todos era que ingresara a una clínica especializada, en Guanabo, nada lejos de la casa en que yo había vivido en 1986 y que ahora se encontraba francamente deteriorada, según pude comprobar un día que pasamos delante de ella. Después de dos o tres consultas médicas realmente inútiles, nos inclinamos por la opción que Conrado aconsejaba y Pilar fue hospitalizada durante dos semanas. Su necesidad de reposo era tan grande que ni yo podía visitarla. Por supuesto que el gran Conrado se las agenció para que nos la raptáramos medio fin de semana.

Mientras tanto, yo podía aprovechar para someterme a un chequeo médico que aún duraría si nuestra fecha de regreso no hubiese estado establecida desde el comienzo. Debo haber visitado la mitad de los hospitales que hay en La Habana, esperando interminablemente, y descubierto casi siempre que tal examen ya no era posible aquí sino allá porque los aparatos se habían malogrado para siempre, por falta de repuestos provenientes de los países socialistas. Era el principio del fin, y las colas para todo eran más largas que nunca. No hubo dentista capaz de arreglarme una muela, en las tres veces que esperé horas con una larga cola de soldados soviéticos heridos en Afganistán.

Mi suite del Comodoro se convirtió rápidamente en una mezcla de bar-comedor que mis amigos y sus conocidos empleaban con inusitada frecuencia, trayendo hasta a sus amantes, con la mentira de que eran sus novias, y en muro de las lamentaciones. La gente comía y se llevaba los restos con verdadera urgencia y las quejas de unos contra otros y de casi todos contra el régimen eran interminables. A veces me preguntaba incluso si a Pilar no la habían hospitalizado para poder usar y abusar de mi dormitorio y su sala con mayor confianza y tranquilidad. Pero no, eso era imposible estando Conrado ahí. El ruido que llegaba del jardín del hotel era infernal. Miguelito Barnet se iba a China y canceló la cita que me dio una mañana. Para los contados escritores y artistas que vi, se había convertido en «la prostituta del régimen». En fin, nadie quería hablarme más del gran Miguelito. Lisandro Otero y Nara no estaban en Cuba y la verdad es que los demás amigos estaban tan deprimidos que casi era mejor no verlos. Sólo insistí en el caso de Marta y Jesús Díaz y Mirta y Tomás Gutiérrez Alea, porque realmente deseaba que Pilar los conociera. Más impacientes que todos, Marta y Jesús no dudaban en calificar a Fidel Castro de «Ceaucescu», y ni varias ni muchas copas de whisky lograban hacer de Mirta Ibarra la Mirta de toda la vida ni de Titón el maravilloso y finísimo Gutiérrez Alea de siempre. Eran los más discretos, pero siempre fueron discretos en todo y ahora sólo formaban parte de aquel inmenso grupo de artistas y escritores que sentían que sus vidas podían resumirse en treinta largos años de sacrificios inútiles. Nadie, entre esta gente que andaba ya entre los cincuenta y los sesenta años, me resumió tan bien como Jesús Díaz, en 1989, lo que para ellos había terminado por ser la revolución cubana, a la que tan fiel y sacrificadamente habían adherido siempre: «Nos dijeron que se necesitaba treinta años de sacrificios para alcanzar la felicidad y ahora se nos dice que el sacrificio es la felicidad.»

Entrañables como siempre, Lupe Velis y Antonio Núñez Jiménez trataban de encontrar alguna explicación a lo que estaba ocurriendo. El imperialismo y el bloqueo norteamericano, por supuesto, era el culpable de todo. Los había entregado atados de pies y manos a la Unión Soviética. Esto era muy cierto, probablemente, y creo que a todos nos consta, pero como decía el escritor

Leonardo Padura: «Resulta que ahora la solución se encuentra en nuestra propia agricultura, entre muy pocas cosas más. Lo cual quiere decir que durante treinta años nos han mentido al darnos comida extranjera.» ¿Dónde estaba el origen de aquellos disparates? Y hasta hoy no logro explicarme cómo, salvo por el infame «cebiche peruano», durante los cuatro meses que comí al borde del mar, en el Hotel Atlántico, en 1986, jamás tuve acceso a un buen trozo de pescado y casi siempre tuve que resignarme con un trozo de faisán pésimamente mal hecho.

La única contenta ahí parecía ser Pilar, aunque también se quejaba del servicio del hotel, de la inmundicia del mar en Santa María, y empezaba a descubrir con su agudo olfato y su capacidad de observación rapidísima cuáles eran las diferencias entre el infame socialismo real y el acostumbrado sociolismo de la vida cotidiana, el «no existe pero yo te lo consigo», en el cual ella misma se convirtió en rápida experta. Mientras yo ponía en aprietos a Carlos Higueras, que movilizaba al personal de la embajada peruana, en busca de una rueda para el médico jefe de la clínica de Guanabo (el pobre hombre, todo un genio de la ciencia, al parecer, no lograba visitar a sus familiares por falta de una rueda para su automóvil), ella misma se escapó de la clínica en un «taxi-doya», logró que éste la llevara a una diplotienda de repuestos para vehículos, y en un par de horas estaba de regreso en la clínica, rueda en mano, para felicidad de su médico.

Mientras tanto, yo me desesperaba en el hotel. Cada día recibía más visitas y más lamentaciones, y ni los tapones que me ponía en los oídos impedían que la misma y eterna lambada penetrara día y noche en mi sistema nervioso. Leer era casi imposible, intentar escribir inútil, y hasta hoy creo que gran parte de la excelencia que en un artículo le atribuí muy merecidamente a *La ciudad de los prodigios*, de Eduardo Mendoza, y *Juegos de la edad tardía*, de Luis Landero, se debe a que fueron los únicos libros cuyas virtudes literarias lograron salvarme de la locura. Sólo me relajaba cuando Conrado venía a acompañarme a almorzar y lograba ubicarme lo más lejos posible de la infame pianista y el infame piano que «amenizaban» aquellos almuerzos. Y ni los milagros sociolísticos del gran Conrado servían para paliar las deficiencias de un servicio entregado por completo a la vagancia.

Terminamos comiendo lo que hubiese, en la cafetería del hotel, en vista de que René, el soldadito chofer, se había conquistado a una de las camareras. El tiempo medio que se empleaba en hacer una habitación era de tres o cuatro horas, y la mayor parte de ese tiempo lo dedicaba la compañera de la limpieza a instalarse frente a mi televisor. A Pilar le pedían que se identificara cada vez que la veían subir sola en el ascensor, y a mí no me dejaron entrar un día al comedor porque me presenté en bermudas, acostumbrado como estaba ya a ver que la bajísima ralea de turistas italianos y españoles entraban semidesnudos. Me explicaron en la puerta que se trataba de una «nueva orientación», y no quise protestar, por no ofender a Conrado. Subí a mi habitación y me puse un pantalón normal. De regreso al comedor, no pude contenerme al ver que casi todo el mundo andaba en ropa de baño. Le pregunté a Conrado, y su respuesta fue realmente inefable: «Han creído que eres cubano.»

Mi sobrina Alicia Bryce Maguiña había logrado su anhelo de pasar del ballet de Camagüey al de Alicia Alonso, en La Habana. Pero ahora se quejaba del socialismo, de que para todo tenía que llevar algún regalito, de que Alicia Alonso no aportaba por ahí, sin duda por razones de edad y ceguera, y de que a ella nadie le hacía el menor caso. Recurrí a la ayuda sociolística de Conrado y Esther Pérez, pero la única respuesta que tuve, tras la intervención de ambos amigos, fue que mi sobrina no era precisamente un ejemplo de dedicación y que constantemente faltaba a clases.

Pilar abandonó la clínica feliz y sintiéndose realmente curada y, si la verdad es que nunca antes tratamiento alguno le había hecho tanto bien, con el tiempo los síntomas de su enfermedad volvieron a aparecer casi con la misma crudeza. También es cierto que nadie le aseguró lo contrario y que le dijeron que necesitaría volver cada seis meses. Y ninguno de los dos deseaba ni podía volver hasta dentro de mucho tiempo. El retorno de Pilar al hotel alejó a muchos de mis diarios visitantes, pero ya nada nos devolvería la paz definitiva. Pilar me echaba la culpa de todo a mí, sobre todo porque bebía demasiado, pero creo que le bastó con escuchar a Armando Hart una noche, en casa de Lupe y Antonio, para darme en el fondo la razón. Con ella visitamos a los Díaz y a Mirta y Titón, pero ya lo he dicho antes: nada tuvieron que ver esas visitas obligatorias con las visitas felices que yo le había evocado a ella tantas veces, entre 1986 y 1989.

Después asistí a un cóctel de despedida en la residencia de Patricia y Carlos Higueras, que abandonaban la embajada del Perú en Cuba. Era ese típico cóctel —muy frecuente en la carísima Lima de hoy también— en el que artistas e intelectuales llegan puntualmente a beber y devorar cuanto antes el contenido del buffet. Por ahí vi al poeta Pablo Armando Fernández y al muy simpático escritor y ensayista Reinaldo González, autor de un libro que leí con verdadero interés: *Llorar es un placer.* Y creo que tanto Pablo Armando como Reinaldo lloraban placenteramente con los whiskies y los bocaditos de la embajada. Y eso que ya no se comía tan bien como antes. Pocas semanas hacía, en efecto, que el día de la Independencia del Perú, Patricia y Carlos habían organizado el tradicional 28 de julio de todas nuestras embajadas en el mundo. Muy simbólicamente, Fidel había asistido, pero ni eso logró impedir que el cocinero se emborrachara y que hubiera que despedirlo.

Esa noche interminable, en la que Carlos insistía en que me encerrara en una salita a dedicarles libros a sus hijos y amigos, en que Pilar se había quedado seca en el hotel, con la cabeza jabonada por falta de agua, yo empezaba a temerme una aparición tardía de esas que acostumbraba hacer Fidel. No lo había visto ni en ese viaje ni en el anterior y tampoco había visto a Raúl. Pero Fidel no daba señales de vida y la madrugada avanzaba. Abandoné la embajada cuando ya sólo quedábamos Patricia, Carlos y yo, y me parecía más que obvio que el comandante no iba a aparecer. René me esperaba pacientemente en la calle. Al revés de Carlitos, que ya había sido detenido por «elemento antisocial» y al que nunca logré que se me dejara ver, René era callado, disciplinado, paciente y tímido. Felizmente que era tímido, porque me costaba un trabajo endemoniado entenderle cuando hablaba.

De pronto, noté que no estábamos llegando al Comodoro sino al muy elegante barrio de las casas de protocolo. René no me respondió qué diablos hacíamos por ahí a esas horas de la madrugada. Y muy pronto me lo imaginé. Fidel me esperaba en la amplia sala de una de esas preciosas casonas. Aparte de los guardaespaldas, estaba solo, sentado y meditabundo. No bien me vio, se puso de pie y me saludó con distraído afecto. Pero era la época aquella de los refugiados en la embajada de España en La Habana y muy pronto empezó a soltarme diatriba tras diatriba contra España y contra media humanidad. Regresé agotado al hotel, y hasta hoy creo que lo vi loco, o por lo menos perturbado de ira y de soledad. En todo caso, hasta hoy no logro darle crédito a las cosas que un hombre en ese estado de fatiga y de nervios logró decirme.

Triste, muy triste también fue la breve y matinal recepción que Roberto Fernández Retamar nos ofreció a Pilar y a mí en la Casa de las Américas. Ya ni quise enterarme de que la simpática Marcia Layseca, recién desembarcada del Ministerio de Cultura, le andaba quitando el aire y el espacio a nuestra amiga Esther Pérez y que había líos entre nuestros más entrañables compañeros. Pero lo peor de todo era el estado de Roberto. Salía de una larga permanencia más en un hospital psiquiátrico y partía rumbo a una casa de reposo en Jibacoa, en la que Conrado se había opuesto rotundamente a que nos alojaran a Pilar y a mí, porque estaba muy alejada de La Habana y la falta de gasolina empezaba a ser muy grave. Roberto vivía de depresión en depresión, pero aún así tuvo la gentileza de invitarnos con Esther Pérez a un restaurante chino en el que ya alguna vez lo había visto llorar por la mujer amada y perdida, tomarse mil pastillas antes de la comida, y permanecer mudo con una flor en el ojal porque precisamente ese día en que nos invitaba a Trini, a Jesús García Sánchez, el gran Chus, y a mí, se cumplía un mes o dos o tres de su muerte en vida por amor y falta de coraje para romper con las sagradas instituciones de la revolución y sus costumbres.

Conrado aún logró improvisarle a Pilar un picnic a Varadero y no sé por qué sociolistas artimañas suyas terminamos disfrutando de los servicios de una espléndida mansión destinada a cosmonautas rusos en vacaciones. A Cayo Largo nunca llegamos, y en eso tuvo toda la razón Pilar: mejor hubiera sido contratar ese viaje por medio de una agencia de turismo del hotel. También tuvimos que comprar de todo en una diplotienda para que fuera posible la ya tradicional comida en casa de Clara y Horacio, que jamás vivió ahí, con los choferes y amigos de «la base». Pero yo nunca he esperado tanto que un viaje se acabe como aquella vez. Salimos, si mal no recuerdo, un día antes de que empezara el «período especial en tiempo de paz» que les faltaba sufrir a todos los cubanos de Cuba. Por eso, tal vez, la despedida fue particularmente dura y triste. A Esther y Conrado, a Lupe y Antonio, y a otros amigos a los que ya me había jurado ver en cualquier lugar menos en esa Cuba, les brillaban los ojos de despedida. Yo vivía esos adioses y los que vinieron poco antes y poco después, y recordaba aquella canción que tan lindo cantaba Harry Belafonte:

> Sad to say
> I'am on my way
> Won't be back
> For many a day
> My heart is sad
> Me heart is turning around...

Y desde entonces, también, cuando escucho a Sinatra cantar *A mi manera*, pienso en la isla lejana en que tanto viví.[1]

---

1. El antidogmatismo de Malraux le permite exclamar, al concluir un discurso en que rechaza el totalitarismo soviético en su debido momento: «¡Que cada uno combata donde le parece justo!» Yo no exclamaría tanto, y me quedaría con otra frase del mismo Malraux, en su libro *Le Temps du Mépris:* «Existen otras actitudes humanas.» Pero, de cualquier modo, como algo aprendí de niño, cuando jugaba el primer tiempo en un equipo y el segundo en el del adversario, prefiero terminar estos largos capítulos con una canción que habla de tristeza y de un lejano retorno. No se vea, pues, en este adiós en inglés, nada definitivo. Y recuérdese, más bien, que entre los epígrafes están presentes algunos sentidos versos de afecto por el Che Guevara. Distinto ritmo y distinto idioma, sí, por supuesto, como también distintos momentos. Pero en ambos casos, una melodía... Y un amigo vuelto a ver: Conrado, lógicamente. Logré nombrarlo «heredero» de mis míticos pero existentes derechos de autor y logré invitarlo a Madrid pocas semanas antes de empezar estas páginas.

ÍNDICE

Este libro se acabó de imprimir
en los talleres gráficos
de Libergraf, S.L.,
Constitució, 19
08014 Barcelona